春花秋月何時了

唐宋詞鑑賞辭典

【第一卷】

唐、五代十國、北宋

宛敏灝、周汝昌、葉嘉瑩、唐圭璋、繆鉞、俞平伯、施蟄存 等著

李白、韓翃、張志和、戴叔倫、韋應物、王建、釋德誠、劉禹錫、**白居易**、
劉長卿、竇弘餘、杜牧、皇甫松、**溫庭筠**、**韋莊**、司空圖、韓偓、李曄、
張曙、李存勗、**歐陽炯**、**孫光憲**、和凝、**馮延巳**、**李璟**、**李煜**、魏承班、
耿玉真、徐昌圖、薛昭蘊、**牛嶠**、**張泌**、牛希濟、尹鶚、**李珣**、毛文錫、**顧夐**、
鹿虔扆、閻選、毛熙震、**敦煌曲子詞**、呂巖、王禹偁、寇準、陳堯佐、
潘閬、林逋、楊億、錢惟演、陳亞、夏竦、范仲淹、**柳永**、**張先**、**晏殊**、張昪、
石延年、李冠、**宋祁**、葉清臣、梅堯臣、王琪、解昉、韓琦、杜安世、李師中、
蔡挺、司馬光、韓縝、阮逸女

目錄

馮延巳

撰稿人（以姓氏筆畫為序）

丁稚鴻　于　飛　王元明　王少華　王中華　王水照　王玉麟　王延梯　王汝瀾　王步高
王季思　王思宇　王達津　王運熙　王筱芸　王學太　王錫九　王雙啟　王鎮遠　毛　慶
方智范　艾治平　史雙元　朱世英　朱易安　朱金城　朱德才　羊春秋　江辛眉　李廷先
李向菲　李家欣　李國章　李達武　李維新　李濟阻　呂智敏　吳丈蜀　吳小如　吳小林
吳世昌　吳企明　吳汝煜　吳奔星　吳庚舜　吳曼青　吳惠娟　吳無聞　吳翠芬　吳熊和
吳調公　吳戰壘　吳　錦　邱俊鵬　丘鳴皋　何均地　何林天　何林輝　何念龍　何國治
何滿子　余恕誠　汪耀明　沈文凡　沈祖棻　宋　廓　范之麟　林東海　林昭德　林家英
林從龍　周汝昌　周振甫　周家群　周義敢　周溶泉　周滿江　周嘯天　周篤文　周錫䪖
宛敏灝　宛新彬　胡中行　胡國瑞　秋如春　侯　健　俞平伯　施紹文　施蟄存　施議對
姜書閣　姜逸波　洪柏昭　祝振玉　韋　樂　秦惠民　馬以珍　馬承五　馬祖熙　馬　群
馬興榮　袁行霈　連弘輝　夏承燾　倪木興　徐少舟　徐永年　徐永瑞　徐培均　徐　樺
徐翰逢　徐應佩　高建中　高　原　高章采　唐圭璋　唐玲玲　唐葆祥　陸永品　陸　堅
陳仁鳳　陳允吉　陳永正　陳邦炎　陳志明　陳　忻　陳長明　陳來生　陳祖美　陳振寰
陳華昌　陳祥耀　陳書錄　陳順智　陳慶元　陳耀東　孫映逵　孫綠江　孫藝秋　陶爾夫
黃拔荊　黃進德　黃清士　黃墨谷　黃寶華　曹光甫　曹慕樊　曹濟平　崔海正　許永璋
許理絢　許　雁　梁守中　梁鑒江　張仲謀　張　旭　張宏生　張明非　張忠綱　張秉戍
張清華　張撝之　張燕瑾　葉嘉瑩　萬雲駿　董乃斌　董扶其　程千帆　程中原　程郁綴
曾紹皇　湯易水　湯華泉　湯貴仁　蓋國梁　楊鍾賢　楊牧之　楊海明　雷履平　趙其鈞
趙昌平　趙義山　趙興勤　蔡厚示　蔡義江　蔡　毅　蔣　凡　蔣哲倫　臧克家　臧維熙
鄭臨川　鄧小軍　鄧喬彬　鄧廣銘　劉乃昌　劉　乂　劉文忠　劉立人　劉衍文　劉逸生
劉揚忠　劉德重　劉慶雲　劉燕歌　劉學鍇　劉競飛　潘君昭　薛祥生　蕭　鵬　賴漢屏
霍松林　錢仲聯　錢鴻瑛　魏同賢　謝桃坊　謝楚發　繆　鉞　鍾振振　鍾　陵　聶在富
羅忠族　蘇者聰　顧易生　顧偉列　顧復生

春花秋月何時了

啟 動 文 化

凡　例

一、《唐宋詞鑑賞辭典》於一九八八年首次出版，本套書以其為基礎，全新增修校勘，收錄唐、五代十國、南北宋，及遼、金三百三十餘位詞人的詞作共一千五百餘篇。

二、本套書正文中作家、作品的先後排列次序，以及選收作品一般參照張璋、黃畬編《全唐五代詞》和唐圭璋編《全宋詞》、《全金元詞》。對於其他版本出現的字詞句異文，一般不作校勘說明，必要時在註釋和賞析文章中略作交代。

三、每位作家的首篇作品前，均載其小傳，無名氏從略。

四、本套書由二百二十餘位學者、專家及詩人，就其專長分別撰寫賞析文章。原則上採用一首詞配一篇鑑賞文章的形式，也有少數作品幾首合在一起賞析，並於文末括註撰稿人姓名。

五、詞中的疑難詞句和掌故史實，一般在賞析文章中串釋，個別在原作末酌加簡釋。

六、涉及古代史部分的歷史紀年，一般用舊紀年，夾註公元紀年，但省略「年」字。涉及的古代地名，夾註今地名。

七、本套書別冊有詞人年表、詞學名詞解釋、名句索引以及詞牌簡介等。

序言（一）

宛敏灝

詞，原是配合隋唐以來燕樂而創作的歌詞，後來逐漸脫離音樂，成為一種以長短句為主的詩體，以格律詩的面貌流傳至今。宋詞向來與唐詩並舉，可見它已成為這個歷史時期文學上最有成就的代表。現略述詞在唐五代十國和兩宋的發展過程及其流派。

一

詞的最初全稱是「曲子詞」。「詞曲本不相離，唯詞以文言，曲以聲言耳」（清劉熙載《藝概·曲概》）。所以，「曲子」或「詞」都是它的簡稱。後來「詞」終於占了優勢，成為通用名稱。

曲子詞包括民間曲子詞和後蜀歐陽炯所稱詩客曲子詞。前者可以晚清在敦煌發現的《雲謠集雜曲子》及其他曲子的殘卷為代表；後者可以《花間集》為代表。試將二者加以比較，便可明瞭詞的產生及其初期發展情況。

（一）敦煌曲子詞絕大部分是無主名的作品；而《花間集》裡的作品皆有主名，其作者除少數外，皆有行實可考。

（二）《花間集》中較長的詞，如薛昭蘊的〈離別難〉（八十七字），歐陽炯的〈鳳樓春〉（七十七字），毛熙震的〈何滿子〉（七十四字），都是引近而非慢詞。但敦煌曲子裡已有〈傾杯樂〉〈內家嬌〉等百字以上的長調。

（三）在形式上，二者同調名作品的格式並不完全一樣。又，在敦煌曲子詞裡，同調名作品的句法也有出入，《花間集》裡這種情況就比較少。試就韻、字數、單雙疊等方面比較即知。

（四）從內容上看，《花間集》裡的作品絕大多數是描寫男女間的悲歡離合。像鹿虔扆的〈臨江仙〉寫亡國之痛，孫光憲的〈後庭花〉賦陳後主故事，這類詞就很少。至於敦煌曲子詞，所寫的內容就廣泛得多。王重民在其《敦煌曲子詞集敘錄》裡說：「有邊客遊子之呻吟，忠臣義士之壯語，隱君子之怡情悅志，少年學子之熱望與失望，以及佛子之讚頌，醫生之歌訣，莫不入調。其言閨情與花柳者，尚不及半。」又指出：如「生死大唐好」、「早晚滅狼蕃」等句，則是異族統治下敦煌人民之壯烈歌聲，絕非溫飛卿、韋端己輩文人學士所能道出。

（五）就語言方面比較，花間作品重詞藻典雅，而敦煌曲子詞則用樸素語言。溫庭筠詞固好用金玉錦繡等字雕琢；就是色彩較為平淡的韋莊詞也和敦煌詞有所不同。以韋莊詞〈思帝鄉〉兩首和敦煌曲子詞〈菩薩蠻〉一首為例：同樣描寫戀人的山盟海誓，韋詞是「說盡人間天上，兩心知」，敦煌曲子乾脆一句話：「枕前發盡千般願。」同樣作堅決之辭，韋詞說：「妾擬將身嫁與，一生休。縱被無情棄，不能羞。」敦煌曲子卻說：「要休且待青山爛，水面上秤錘浮，直待黃河徹底枯。白日參辰現，北斗回南面，休即未能休，且待三更見日頭。」

根據上面的比較，有些問題我們獲得一個初步印象，如：令詞和慢詞是同時興起的。所謂南唐以來但有小令，慢詞蓋起自宋仁宗朝的說法，並不正確。詞在民間創始時，內容原很豐富。說什麼詞為豔科，以婉約為正宗也不符合事實。更重要的是敦煌曲子詞還保存了原始詞的本來面貌，而《花間集》存詞則顯示所謂「詩客」們接受這一新的形式而加以發展。大體上是沿著如下方向進行的：

（一）排斥俚言俗語，讓它典雅化。鍊字琢句，逐漸由淺顯走向渾成，但尚無晚宋詞晦澀之弊。

（二）詞在民間初創階段，體式尚不怎樣嚴格。到了詩人手裡，便從章句、聲韻上去考究，使得形式漸漸固定下來。

（三）民間詞的內容是多方面的，但那些寄情聲色的詩客，供奉內廷的詞臣，為了自己或統治者消遣的需要，寫了大量豔詞。

經過這樣一個階段，固然使得詞漸失其民間文學本色，但由於體制和作法更加成熟，奠定了後來在兩宋大發展的基礎。

二

由於詩客曲子詞大盛於兩宋而民間曲子詞今存資料絕少，故論述詞的發展只得取材於文人的創作而研討其流變。

既然詞是樂章，因而在其發展進程中，視其與音樂關係如何，形成了不同的兩條道路；貫串著宋代三百多年歷史，成為影響詞風的因素之一。

這兩條道路是：（一）創製新調，要求歌詞與音樂密切配合。（二）恢張詞體，革新歌詞抒寫的內容。

《花間集》共收七十七調。見於唐崔令欽《教坊記》所載的調名如〈曲玉管〉〈夜半樂〉〈傾杯樂〉〈蘭陵王〉等，不見於晚唐五代詞而見於宋詞，可見宋人採用舊調的範圍較廣。但唐宋樂曲不一定完全相同。如白居易的〈楊柳枝〉不同於朱敦儒的；韋應物的〈三臺〉不同於萬俟雅言的；張祜的〈雨霖鈴〉不同於柳永的。大致唐詩人習慣為五、六、七言絕句，如何使聲拍相合是樂工的事。宋詞人則每用舊調衍其聲，並配以參差長短的句子。這說明自唐迄宋曲與辭的配合逐漸講究起來。

北宋柳永、周邦彥等通曉音律，既本古樂以翻新調，又善於創作協合音譜的歌詞。但張炎還嫌周邦彥沒有作到盡善盡美。在其所著《詞源》裡說：「……（徽宗）崇寧立大晟府，命周美成（邦彥）討論古音，審定古調，淪落之後，少得存者。由此八十四調之聲稍傳。而美成諸人又復增演慢曲、引、近，或移宮換羽為三犯四犯之曲。按月律為之，其曲遂繁。美成負一代詞名，所作之詞渾厚和雅，善於融化詩句，而於音譜且間有未諧，可見其難矣。」按方千里等和周詞簡直四聲不敢稍異，張炎還指摘他「間有未諧」，可見此派對於合樂要求之高。

就今日存詞來看，溫庭筠但分平仄，晏殊已注意到去聲，柳永更重視分去上。此後周邦彥、姜夔、張炎等對字聲的要求一個比一個嚴格。姜夔在過巢湖時作了一首平韻〈滿江紅・仙姥來時〉，序裡指出〈滿江紅〉舊調用仄韻多不協律，如末句用「無心撲」三字（按此為周邦彥〈滿江紅・晝日移陰〉詞句），歌者將心字融入去聲方協音律。並說明他這首詞「末句云『聞珮環』，則協律矣」。因知姜夔是反對讓歌者融聲以協律的。張炎在《詞源》裡記載他的父親張樞「每作一詞必使歌者按之，稍有不協隨即改正」。並舉〈瑞鶴仙〉「粉蝶兒撲定花心不去」句改「撲」為「守」乃協，說明「雅詞協音雖一字亦不放過」。又舉〈惜花春起早〉「瑣窗深」句改「深」為「幽」仍不協，改為「明」字歌之始協，說明雖同為平聲，亦「有輕清重濁之分」。「深、幽」與「明」詞義正相反，是重視協律已不惜改動歌詞的句意。

與此相反的一條道路就是黃庭堅所謂「寓以詩人之句法」（〈小山集序〉），要求「清壯頓挫，能動搖人心」（同上），而把協律放在第二位。

黃庭堅詞，晁補之曾譏誚他是「著腔子唱好詩」（宋吳曾《能改齋漫錄》卷十六）。蘇軾「以詩為詞」更為明顯，他簡直在詞的發展中劃下一條分界線。

當時因襲唐五代詞風的作家，如晏幾道自述其作詞動機是「病世之歌詞不足以析酲解慍」（〈小山詞自序〉），因別制新詞由家伎「清謳娛客」（同上）。還是以能應歌為主。秦觀所作也是「語工而入律」（宋葉夢得《避暑錄話》）。蘇軾卻於此時給詞另闢一條新的途徑。宋王灼說：「東坡先生以文章餘事作詩，溢而作詞曲，高處出神入天，平處尚臨鏡笑春，不顧儕輩。或曰：『長短句中詩也。』為此論者，乃是遭柳永野狐涎之毒。詩與樂府同出，豈當分異？」（《碧雞漫志》卷二）可見當時有人反對走這條路，王灼為之辯護。

前人對蘇詞的評價大都很高，看法也大體相近。晁補之說：「蘇東坡詞，人謂多不諧音律。自然居士詞橫放傑出，自是曲子中縛不住者」（宋吳曾《能改齋漫錄》）。宋胡寅說：「眉山蘇氏一洗綺羅香澤之態，擺脫綢繆宛轉之度，使人登高望遠，舉首高歌，而逸懷浩氣超然乎塵垢之外，於是花間為皂隸，而柳氏為輿臺矣。」（〈向子諲酒邊詞序〉）宋劉辰翁說：「詞至東坡，傾蕩磊落，如詩如文，如天地奇觀，豈與群兒雌聲學語較工拙？」（《須溪集．辛稼軒詞序》〉）從上面這些話看，蘇軾詞的特點是於音律漸疏，而內容更為豐富，作者的性情抱負更能表現於字裡行間，因而詞境擴大，詞體始尊。

他的影響如何呢？王灼說：「東坡先生非心醉於音律者，偶爾作歌，指出向上一路，新天下耳目，弄筆者始知自振。」（《碧雞漫志》卷二）有哪些人繼承這條向上的路呢？元好問說：「坡以來，山谷（黃庭堅）、晁無咎（補之）、陳去非（與義）、辛幼安（棄疾）諸公俱以歌詞取稱。吟詠情性，留連光景，清壯頓挫，能啟起人妙思。亦有語意拙直，不自緣飾，因病成妍者。皆自坡發之。」（《遺山先生文集．新軒樂府引》）按其他學東坡者如葉夢得、向子諲輩尚多，不一一列舉。

詞到蘇軾，確是一大轉變。

於是詞遂成為「句讀不葺之詩」（宋胡仔《苕溪漁隱叢話後集》引李清照評蘇詞語），一種以長短句抒寫廣泛內容的新體詩。到後來曲譜散佚，那些嚴於聲律而忽視文辭的作品，聲價自減，日即湮沒。唯有不完全依賴曲譜以存的歌詞，仍為愛好文學者所傳誦。

因此，蘇軾及其同派詞人的貢獻是擴大詞的歌詠範圍，不僅延長了詞的生命，並使其獲得新的發展。他對南宋愛國詞人的影響尤其顯著，使之留下了更為豐富多彩的詞篇。

上述兩條道路雖各有所偏，但在創作實踐中名家仍力求兼顧。如蘇軾的詞並非不能歌唱，不過要關西大漢執鐵板唱「大江東去」（明楊慎《詞品》引宋俞文豹《吹劍錄》述幕士答東坡語）。晁說之（字以道）嘗見其酒酣自歌〈陽關曲〉（陸游《老學庵筆記》卷五），陸游也說「試取東坡諸詞歌之，曲終覺天風海雨逼人」（清沈辰垣《御選歷代詩餘》引）。至精於音律的詞家如周邦彥、姜夔、張炎等，也是詞章能手，寫了很多傳誦至今的詞作。

這兩條道路一直貫串在詞的發展史中並明顯影響詞的風格。大體說來，重視音樂關係者詞多婉約，不受束縛者詞多豪放。自明張綖謂「詞體大略有二：一體婉約，一體豪放」（《詩餘圖譜．凡例》），論詞者好就詞的風格分為如此兩派，但這僅僅是粗線條的區分。張綖又說：「婉約者欲其詞調蘊藉，豪放者欲其氣象恢宏，然亦存乎其人。」人，不能脫離其所生活的時代和社會，因而當時政治經濟的影響無往而不表現在其作品中。我們試從這個角度進一步略述唐宋詞的流變及其重要作家。

三

明清以來之論詞者，嘗有擬詞於詩而評其盛衰。如清尤侗謂：「唐詩有初、盛、中、晚，宋詞亦有之。」（清徐釚《詞苑叢談》序）清劉體仁則合五代及宋去看，他說：「詞亦有初、盛、中、晚，不以代也。」（《七頌堂詞繹》）意見各殊，由來已久。明俞彥早就反對說：「唐詩三變愈下，宋詞殊不然……南渡以後矯矯陡健，即不得稱中宋、晚宋也。」（《爰園詞話》）詩詞各有其發展經過，無互相比照必要。為了說明方便，似可將詞在唐宋的發展歷程分為四期：（一）唐五代和北宋初年；（二）北宋中葉到南渡；（三）南宋前期的壯懷高唱；（四）晚宋的哀感低吟。

從唐五代到北宋初葉，跨越的時間很久，可以說是令詞發展極盛時期。劉子庚《詞史》有〈論隋唐人詞以溫庭筠為宗〉、〈論五代人詞以西蜀南唐為盛〉兩個章目，這一說法是符合實際的。溫庭筠以前詩人存詞甚少，相傳為李白作的有〈菩薩蠻〉〈憶秦娥〉。劉禹錫的〈和樂天春詞〉還自註「依〈憶江南〉曲拍為句」，可見文人接受民間詞的形式，「依聲填詞」還不甚習慣。到溫庭筠才「能逐管弦之音為側豔之詞」（《舊唐書》本傳）。據說唐「宣宗愛唱〈菩薩蠻〉詞，令狐相國假其新撰密進之，戒令勿他泄，而遽言於人，由是疏之」（宋孫光憲《北夢瑣言》）。庭筠宦途失意，卻在詞的創作方面頗有成就，藝術造詣很高，甚至掩其詩名，後為西蜀所重視，趙崇祚輯《花間集》，以溫詞壓卷，選錄達六十六首之多。此集凡錄作者十八人，就中與溫並稱的有韋莊。其他皇甫松屬晚唐，和凝屬後晉，孫光憲屬荊南，餘皆蜀人。他們詞的風格都與溫庭筠近似。按唐末五代之亂，北方都市多被破壞，唯西蜀、南唐尚能保持安定，社會經濟有些發展，都市出現一定繁榮。更加之統治者的享樂需要，於是適合宴會演唱的令詞便興盛起來。

南唐詞家以後主李煜及馮延巳為最著。李煜早年寫過一些如「花明月暗籠輕霧」（〈菩薩蠻〉）等綺靡無聊作品，及至國破家亡，才意識到「無限江山，別時容易見時難」（〈浪淘沙令〉），而發出「自是人生長恨水長東」（〈相見歡〉）的哀嘆，王國維說：「詞至李後主而眼界始大，感慨遂深。」（《人間詞話》）馮延巳在五代詞人中是位重要作家。陸游《南唐書》記載「元宗（李璟）嘗因曲宴內殿，從容謂曰：『吹皺一池春水（馮氏〈謁金門〉詞句），何干卿事？』延巳對曰：『安得如陛下『小樓吹徹玉笙寒』（〈山花子〉）之句！』陸游斥其「稽首稱臣於敵，奉其正朔，以苟歲月，而君臣相謔乃如此」，其實這種政治影響在李璟和馮延巳的詞裡已隱約有所反映。到李煜明說「故國不堪回首月明中」（〈虞美人〉），則與《花間集》裡鹿虔扆的「煙月不知人事改，夜闌還照深宮」（〈臨江仙〉）同一傷感。就其大者言之，西蜀、南唐的詞風可以說同屬於花間一派。餘風及於北宋初期，雖經改朝換代，也沒有多大改變。

宋初令詞作家，向來推重晏殊、晏幾道父子及歐陽脩。宋劉攽說：「晏元獻（殊）尤喜江南馮延巳歌詞，其所自作亦不減延巳。」（《中山詩話》）。清劉熙載說：「馮延巳詞，晏同叔（殊）得其俊，歐陽永叔（脩）得其深。」（《藝概》）晏幾道為晏殊幼子，行輩較晚，但所作仍繼承花間詞風，成為此派最後一位重要作家。宋陳振孫說「（晏幾道）其詞在諸名勝中，獨可追逼《花間》，高處或過之」（《直齋書錄解題》），黃庭堅說：「獨嬉弄於樂府之餘……士大夫傳之，以為有臨淄（晏殊）之風爾，罕能味其言也。」（〈小山集序〉）北宋真、仁兩朝是專制政權鞏固，都市商業經濟繁榮的盛世。神宗以後的社會，則是農村經濟漸瀕崩潰。由於晏氏父子所處時代背景不同，反映於其詞作也就有閒雅和婉及感傷豔麗之別。

花間派的令詞發展到一定階段，已不能滿足各方面的需要。於是革新派詞人先後興起。從北宋中葉直到南渡，最著名的詞家柳永、蘇軾、周邦彥都曾致力於此。柳永創作慢詞，蘇軾變詞風為豪放，都是針對花間派令詞而進行的改革。到周邦彥又把花間、革新兩派之長融合為一，被譽為「集大成」（清周濟《宋四家詞選目錄序論》）的詞家。他們對於詞的革新都是有很大貢獻的。關於柳永，清宋翔鳳說：「耆卿失意無俚，流連坊曲，遂盡收俚俗語言，編入詞中，以便伎人傳習。一時動聽，傳播四方。其後東坡、少游（秦觀）、山谷輩相繼有作，慢詞遂盛。」（《樂府餘論》）柳詞善於鋪敘，唯有慢詞才能大開大闔；東坡恢張詞境，也需要餘地供其馳騁。周邦彥提舉大晟府，在慢曲創調填詞方面貢獻更多。這對於後來詞的發展影響很大。自東坡以灑脫曠達之氣入詞，詞體已由形式的解放進而為內容的革新。周邦彥無「大江東去」之詞，然如其兩首〈西河〉「金陵」及「長安道」之清勁，亦庶幾風格近似。這一時期其他著名詞人，尚有張先、賀鑄及蘇門四學士中的秦觀、黃庭堅、晁補之等。張先、賀鑄也曾為詞體革新努力。張先《安陸集》中已多慢詞；賀鑄的〈六州歌頭〉「少年俠氣」與蘇軾的〈江城子〉「老夫聊發少年狂」同樣是抒寫豪情壯志之作。秦七、黃九並稱，而晁補之認為「黃魯直（庭堅）間作小詞，固高妙，然不是當行家語，自是著腔子唱好詩……近世以來，作者皆不及秦少游」（宋吳曾《能改齋漫錄》）。李清照卻說「秦即專主情致而少故實……黃即尚故實而多疵病」（宋胡仔《苕溪漁隱叢話後集》）。陸游《老學庵筆記》謂李清照「譏彈前輩，既中其病」（清俞正燮《癸巳類稿．易安居士事輯》引）。這位傑出的女詞人於汴京破後南渡，流離轉徙，詞情為之一變。她說：「傷心枕上三更雨……愁損北人，不慣起來聽。」（〈添字采桑子〉）「中州盛日，閨門多暇，記得偏重三五……如今憔悴，風鬟霧鬢，怕見夜間出去……」（〈永遇樂〉），具見政治大變動對於作家的影響。

南宋百五十年，幾與內憂外患相終始。早在北宋范仲淹防守西夏時，就寫過邊塞詞，對當時的詞風未見影響，歐陽脩還取笑他是窮塞主。及至金、蒙貴族統治者相繼入犯，國內主戰主和勢力互為消長。這種關係國家興亡的政治社會影響反映於詞中者特別顯著，其前期激於愛國熱情，表現為壯懷高唱；及末期大勢已去或為亡國遺民，但有哀感低吟而已。因此整個南宋詞壇，約可分慷慨憤世和感喟哀時兩派。時間略有先後，然亦互相交錯。

慷慨憤世的詞家當以辛棄疾（稼軒）為代表。向來蘇、辛並稱，蘇也曾寫過「會挽雕弓如滿月，西北望，射天狼」（〈江城子〉），同為革新派的賀鑄也寫過「不請長纓，繫取天驕種，劍吼西風」（〈六州歌頭〉）。這究竟是少量的。辛棄疾則抑鬱不平之氣皆寄之於詞。同一詞風的作者除岳飛、李綱、趙鼎諸將相外，稍前則有請斬秦檜之胡銓。其詞說：「欲駕巾車歸去，有豺狼當轍。」（〈好事近〉）因送胡銓而獲罪的張元幹有詞說：「夢繞神州路，悵秋風、連營畫角，故宮離黍。」（〈賀新郎〉）以〈六州歌頭〉使張浚罷席的張孝祥，在聞采石戰勝時寫詞說：「我欲乘風去，擊楫誓中流。」（〈水調歌頭〉）並世的有大詩人陸游，前人評其詞「纖麗處似淮海（秦觀），雄慨處似東坡」（明楊慎《詞品》）；「超爽處更似稼軒」（明毛晉〈放翁詞跋〉）。〈謝池春〉云：「壯歲從戎，曾是氣吞殘虜……望秦關何處？嘆流年、又成虛度！」〈訴衷情〉云：「當年萬里覓封侯，匹馬戍梁州……此生誰料，心在天山，身老滄洲！」這些與辛棄疾的〈鷓鴣天〉「壯歲旌旗擁萬夫，錦襜突騎渡江初……卻將萬字平戎策，換得東家種樹書」很相似。其他如「元知造物心腸別，老卻英雄似等閒」（〈鷓鴣天〉）；「有誰知？鬢雖殘，心未死」（〈夜遊宮．記夢〉）；「雲外華山千仞，依舊無人問」（〈桃源憶故人〉），也都是憤慨語。陳亮、劉過皆嘗與稼軒交遊，其詞不僅風格相同，甚至體制、句法亦甚近似。陳亮〈水調歌頭〉送章德茂使虜云：「堯之都，舜之壤，禹之封，於中應有、一箇半箇恥臣戎。」劉過〈賀新郎〉「彈鋏西來路」云：「男兒事業無憑據，記當年擊筑悲歌，酒酣箕踞。」劉克莊晚出，追蹤稼軒。其〈賀新郎．送陳真州子華〉云：「兩淮蕭索唯狐兔，問當年、祖生去後，有人來否？多少新亭揮淚客，誰夢中原塊土，算事業、須由人做。」陳人傑〈沁園春．丁酉感事〉也說：「誰使神州，百年陸沉，青氈未還……渠自無謀，事猶可做！」更晚的吳潛，其詞如「報國無門空自怨，濟時有策從誰吐」（〈滿江紅．送李御帶珙〉）；「抖擻一春塵土債，悲涼萬古英雄跡」（〈滿江紅．金陵烏衣園〉），依然辛派詞風。這時禍國殃民的是賈似道，外患已換了蒙古。此派到文及翁和文天祥還有風格豪邁的詞，其後便告結束。

感喟哀時的詞人，舉其著者則前有姜夔，後有張炎。其間史達祖、吳文英等亦有對故國河山之慟的表現。到周密、王沂孫等親見亡國慘變，則深感黍離之悲。姜夔比辛棄疾晚十餘年。清周濟說：「白石脫胎稼軒，變雄健為清剛，變馳驟為疏宕。」（《宋四家詞選目錄序論》）按辛、姜為南宋並時二大詞宗，發越、含蓄，作風迥然不同。姜夔重音律，尚典雅，自是遠紹周邦彥。清宋翔鳳謂其「流落江湖，不忘君國，皆藉託比興，於長短句中寄之」（《樂府餘論》）。今檢《白石道人歌曲》，殊多感慨亂離、俯仰身世之作：「自胡馬窺江去後，廢池喬木，猶厭言兵」（〈揚州慢〉）；「綠楊巷陌，西風起、邊城一片離索」（〈淒涼犯〉）；「最可惜、一片江山，總付與啼鴂」（〈八歸．湘中送胡德華〉）；「南去北來何事？蕩湘雲楚水，目極傷心」（〈一萼紅〉）；「今何許？憑欄懷古，殘柳參差舞」（〈點絳脣〉）。感時傷事，一以清空含蓄之筆出之。沉鬱悲涼，迴腸蕩氣。

史達祖詞以〈綺羅香．春雨〉及〈雙雙燕．詠燕〉最為後世傳誦。然其身世潦倒之感，故國河山之思，時亦見於詞中，如「思往事，嗟兒劇；憐牛後，懷雞肋。……三徑就荒秋自好，一錢不值貧相逼」（〈滿江紅．書懷〉）；「天相漢，民懷國。……老子豈無經世術，詩人不預平戎策」（〈滿江紅．九月二十一日出京懷古〉）；「楚江南，每為神州未復，闌干靜，慵登眺」（〈龍吟曲．陪節欲行，留別社友〉）。吳文英詞或病其晦澀，或稱其幽邃。無論為「晦」為「邃」，要皆難於索解。故集中雖有感慨之作，不必強為附會。其較為明顯者，如〈賀新郎．陪履齋先生滄浪看梅〉云：「喬木生雲氣。訪中興、英雄陳跡，暗追前事。戰艦東風慳借便，夢斷神州故里。」南宋時滄浪亭為韓世忠所有，此為懷韓之作。

蒙古鐵騎南下，宋王朝疆域日漸迫促，終於覆滅。周密、王沂孫、張炎等皆痛遭神州陸沉，身受壓迫。斜陽衰柳，但餘蟬曳殘聲了。周密早歲效吳文英之工麗，晚作則似張炎之淒清。其〈一萼紅．登蓬萊閣有感〉云「好江山、何事此時遊」，具見其感喟之深。王沂孫詞如「病葉難留，纖柯易老，空憶斜陽身世」（〈齊天樂．蟬〉）；

「千古盈虧休問，嘆慢磨玉斧，難補金鏡……看雲外山河，還老盡、桂花影」（〈眉嫵·新月〉），無論抒情詠物，皆情調淒咽，亦可窺見其亡國落拓的悲傷。張炎是及見臨安全盛的貴公子，而晚年不免於賣卜寄食，宜其不勝盛衰興亡之感。〈高陽臺·西湖春感〉云：「東風且伴薔薇住，到薔薇、春已堪憐……莫開簾。怕見飛花，怕聽啼鵑。」〈八聲甘州·餞沈秋江〉云：「短夢依然江表，老淚灑西州。一字無題處，落葉都愁……空懷感，有斜陽處，最怕登樓。」淒咽蒼涼，無限感慨。其他如劉辰翁的〈蘭陵王·丙子送春〉、〈永遇樂·上元〉、〈寶鼎現·春月〉諸詞，都是辭情悲苦。蔣捷的〈賀新郎·兵後寓吳〉〈虞美人·聽雨〉，汪元量的〈六州歌頭·江都〉〈鶯啼序·重過金陵〉等，亦皆懷念故國，感慨平生。

總之，自詩客接受民間曲子詞的形式從事創作，又經沿著兩條道路進行革新發展，到北宋晚年的詞壇，一般已奉周邦彥為典範。及汴都失陷，詩人乃一變浮靡作風為嚴肅態度，或悲歌慷慨，或感喟情深。辛、姜同是這一時期的重要作家，影響及於宋末。

唐宋詞是古代文學光輝遺產，至今猶為人們所喜愛。這裡，略述其發展過程及主要流派，聊備本書讀者參考。錯誤之處，尚希指正！

一九八七、十二

序言（二）

周汝昌

近年來，中國出版界出現的諸般特色之一，是很多詩詞鑑賞一類書籍相繼印行。這是一個新興的可喜的現象。它並非只是一種「風氣」。由於歷史的原因，向來極少這類著作問世，幾乎形成了一個文化方面的空白；而讀者卻非常需要這方面或由個人撰寫或集眾家賞析而成的讀物，來解決他們在欣賞唐宋名篇時所遇到的困難，提高他們的欣賞能力。本辭典的編纂，正是這一歷史要求背景下的一部鴻篇巨製。

唐詩宋詞，並列對舉，各極其美，各臻其盛，是中外聞名的；而喜愛詞的人，似乎比喜歡詩的人更多，從寫作和誦讀來說，都是如此。廣義的「詩」（今習稱「詩歌」者是），包括了詞；詞之於詩，以體裁言，實為後起，並且被視為詩之旁支別流，因而有「詩餘」的別號。從這一角度來說，欣賞詞的要點，應該在詩之鑑賞專著中早就有所總結和抉示了，因為二者有其共同質性。但詞作為唐末宋初時代新興的文學體制，又有它自己的很多很大的特點特色。如今若要談說如何欣賞詞的綱要與關鍵，我想理應針對上述的後一方面多加注意討論才是，換言之，對如何欣賞詩（無論是廣義的，還是狹義的）的事情，應當估計作為已有的基礎知識（例如比興、言志、以意逆志、詩無達詁……），而不必在此過多地重複贅說。

基於這一認識，我擬乘此撰序之便，將個人的一些愚見，貢獻給本辭典的讀者。

我想敘及的，約有以下幾點：

第一，永遠不要忘記，詩詞是漢字文學的高級形式，它們的一切特點特色，都必須溯源於漢語文的極大的特點特色。忘記了這一要點，詩詞的很多的藝術欣賞問題都將無法理解，也無從談起。

漢語文有很多特點，首先就是它具有四聲（姑不論及，如再加深求，漢字語音還有更細的分聲法，如四聲又各有陰陽清濁之分）。四聲（平、上、去、入）歸納成為平聲（陰平、陽平）和仄聲（上、去、入）兩大聲類，而這就是構成詩文學的最基本的音調聲律的重要因子。

漢語本身從來具有的這一「內在特質」四聲平仄，經過了文學大師們長期的運用實踐，加上六朝時代佛經翻譯工作的盛行，在梵文的聲韻之學的啟示下，漢文的聲韻學有了長足的發展，於是詩人們開始自覺地、有意識地將詩的格律安排，逐步達到了一個高度的進展階段——格律詩（五七言絕句、律句）的真正臻於完美，是齊梁以至隋唐之間的事情。這完全是一種學術和藝術的歷史發展的結果，極為重要，把它看成人為的「形式主義」，是一種反科學的錯覺。

至唐末期，詩的音律美的發展既達到最高點，再要發展，若仍在五、七言句法以內去尋索新境地，已不可能，於是借助於音樂曲調的繁榮，便生發開擴而產生出詞這一新的詩文學體裁。我們歷史上的無數語言音律大師們，從此得到了一個嶄新的天地，於中可以馳騁他們的才華智慧。這就可以理解，詞乃是漢語詩文學發展的最高形式。（元曲與宋詞，其實都是「曲子詞」，不過宋以「詞」為名，元以「曲」為名，本質原是一個；所不同者，元曲發展了襯字法，將原來宋詞調中個別的平仄韻合押法普遍化，採用了聯套法和代言體，因而趨向「散文化」，鋪敘成分加重，將宋之雅詞體變為俗曲體，俗語俚諺，大量運用；諧笑調謔，亦所包容；是其特色。但從漢語詩文學格律美的發展上講，元曲並沒有超越宋詞的高度精度，或者說，曲對詞並未有像詞對詩那樣的格律發展。）

明瞭了上述脈絡，就會懂得要講詞的欣賞，首先要從格律美的角度去領略賞會。離開這一點而侈談詞的藝術，很容易流為膚辭泛語。

眾多詞調的格律，千變萬化，一字不能隨意增減，不能錯用四聲平仄，因為它是歌唱文學，按譜制詞，所以叫做「填詞」。填好了立付樂手歌喉，尋聲按拍。假使一字錯填，音律有乖，那麼立見「荒腔倒字」——倒字就是唱出來那字音聽來是另外的字了。比如「春紅」唱出來卻像是「蠢閧」，「蘭音」唱出來卻成了「濫飲」……這個問題今天唱京戲、鼓書、彈詞……也仍然是一個重要問題。名藝人有學識的，就不讓自己發生這種錯誤，因為那是鬧笑話呢。

即此可見，格律的規定十分嚴格，詞人作家第一就要精於審音辨字。這就決定了他每一句每一字的遣詞選字的運籌，正是在這種精嚴的規定下見出了他的駕馭語文音律的真實功夫。

正因此故，「青山」「碧峰」「翠巒」「黛岫」這些變換的詞語才被詞人們創組和選用。不懂這一道理，見了「落日」「夕曛」「晚照」「斜陽」「餘暉」，也會覺得奇怪，以為這不過是墨客騷人的「習氣」，天生好「玩弄」文字。王國維曾批評詞人喜用「代字」，對周美成（邦彥）〈解語花·上元〉寫元宵節景，不直說月照房宇，卻說「桂華流瓦」，頗有不取之辭（《人間詞話》），大約就是忘記了詞人鑄詞選字之際，要考慮許多藝術要求，而所謂「代字」原本是由字音、樂律的精微配合關係所產生的漢字文學藝術中的一大特色。

然後，還要懂得，由音定字，變化組聯，又生無窮奇致妙趣。「青霄」「碧落」，意味不同；「征雁」「飛鴻」，神情自異。「落英」繽紛，並非等同於「斷紅」狼藉；「霜娥」幽獨，絕不相似乎「桂魄」高寒。如此類推，專編可勒。漢字的含義淵繁，聯想豐富，使得我們的詩詞極其變化多姿之能事。我們要講欣賞，應該細心玩味其間的極為精微的分合同異。「含英咀華」與「咬文嚼字」，雖然造語雅俗有分，卻是道著了賞會漢字文學的最為關鍵的精神命脈。

第二，要講詩詞欣賞，並且已然懂得了漢字文學的聲律的關係之重要了，還須深明它的「組聯法則」的很多獨特之點。辛稼軒（棄疾）的詞有一句說是「用之可以尊中國」（〈滿江紅〉）。末三字怎麼講？相當多的人一定會認為，就是「尊敬中國」嘛，這又何待設問。他們不知道稼軒詞人是說：像某某這樣的大材，你讓他得到了真正的任用，他能使中國的國威大為提高，使別國對她倍增尊重！曹雪芹寫警幻仙子時，說是她「遠慚西子，近愧王嬙」（《紅樓夢》第五回）。那麼這是說這位仙姑生得遠遠不及西施、昭君美麗了？正相反，他說的是警幻之美，使得西施、昭君都要自慚弗及！蘇東坡的詩說：「十日春寒不出門，不知江柳已搖村。」（〈正月二十日往岐亭，郡人潘古郭三人送余於女王城東禪莊院〉）是否那「江柳」竟然「動搖」了一座村莊？范石湖（成大）的詩說：「藥爐湯鼎煮孤燈。」（〈元夕四首〉其三）難道是把燈放在藥鍋裡煎煮？秦少游（觀）的詞說：「碧水驚秋，黃雲凝暮。」（〈滿庭芳〉）怎麼是「驚秋」？是「驚動」了秋天？是「震驚」於秋季？都不是的。這樣的把「驚」字與「秋」字緊接的「組聯法」，你用一般「語法」（特別是從西方語文的語法概念移植來的辦法）來解釋這種漢字的「詩的語言」，一定會大為吃驚，大感困惑。然而這對詩詞欣賞，卻是十分重要的事情。我們的詩家詞客，講究「鍊字」。字怎麼能鍊？又如何去鍊？鍊的結果是什麼？這些問題似乎是藝術範疇；殊不知不從漢語文的特點去理解體會，也就無從說個清白，甚至還會誤當作是文人之「故習」、筆墨之「遊戲」的小道而加以輕蔑，「批判」之辭也會隨之而來了，——如此，欣賞云云，也豈不全成了空話和妄言了？因此，務宜認真翫索其中的很多的語文藝術的高深的道理。

至於現代語法上講的詞性分類法，諸如名詞動詞等等，名目甚多，而我們舊日詩家只講「實字」「虛字」之一大分別而已。這聽起來自然很不科學，沒有精密度。但也要思索，其故安在？為什麼又認為連虛實也是可以轉化的？比如，范石湖詩云：「目眚浮珠珮，聲塵籟玉簫。」（〈藻侄比課五言詩已有意趣老懷甚喜因吟病中十二首示之可率昆季賡和勝終日飽閒也〉）浮是動詞，一目了然，但籟應是「名詞」吧？何以又與「浮」對？可知它在此實為動詞性質。漢字運用的奇妙之趣，表現在詩詞文學上，更是登峰造極，因而自然也是留心欣賞者的必應措意之一端。其實這無須多舉奇句警字，只消拿李後主的「自是人生長恨水長東」（〈相見歡〉）來作例即可看得甚清：譬如若問「東」是什麼詞性詞類？答案恐怕是方位名詞或形容詞等等。然而你看「水長東」的東，正如「吾欲東」、「吾道東」，到底該是什麼詞？深明漢字妙處，讀歐陽脩詞——「飛絮，垂柳闌干盡日風」（〈采桑子〉）之句，方不致為「詞性分析」所貽誤，以為「風」自然是名詞。假使如此，便是「將活龍打作死蛇弄」了。又如語法家主張必須有個動詞，方能成一句話。但是溫飛卿（庭筠）的「雞聲茅店月，人跡板橋霜」（〈商山早行〉）一聯名句，那動詞又在何處？它成不成「句」？如果你細玩這十個字的「組聯法」，於詩詞之道，思過半矣。

第三，要講欣賞，須看詩詞人的「說話」的藝術。李白詩句：「聖主恩深漢文帝，憐君不遣到長沙。」（〈巴陵贈賈舍人〉）不說皇帝之貶謫正人是該批評的，卻說「聖」「恩」超過了漢文帝，沒有像他貶謫賈誼，遠斥於長沙卑濕之地。你看這是何等的「會講話」的藝術本領！如果你認為，這是涉及政治的議論性的詩了，於抒情關係嫌遠了，那麼，李義山（商隱）的〈錦瑟〉說：「此情可待成追憶，只是當時已惘然。」他不說如今追憶，惘然之情，令人不可為懷；卻說何待追憶，即在當時已是惘然不勝了。如此，不但惘然之情加倍托出，而且宛轉低迴，餘味無盡。晏小山（幾道）作〈鷓鴣天〉，寫道：

醉拍青衫惜舊香，天將離恨惱疏狂。
年年陌上生秋草，日日樓中到夕陽。
雲渺渺，水茫茫。征人歸路許多長。

相思本是無憑語，莫向花箋費淚行。

此詞寫懷人念遠，離恨無窮，年復一年，日復一日，而歸信無憑，空對來書，流淚循誦——此本相思之極致也，而詞人偏曰：來書紙上訴說相思，何能為據？莫如丟開，勿效抱柱之痴，枉費傷心之淚。話似豁達，實則加幾倍寫相思之摯，相憶之苦；其字字皆從千迴百轉後得來，方能令人迴腸蕩氣，長吟擊節！這就是「說話的藝術」。如果一味直言訴說，「我如何如何相思呀！」豈但不能感人，抑且根本不成藝術了。

第四，要講詞的欣賞，不能不提到「境界」的藝術理論問題。「境界」一詞，雖非王國維所創，但專用它來講究詞學的，自以他為代表。他認為，「詞以境界為最上」（《人間詞話》），否則反是。後來他又以「意境」一詞與之互用。其說認為，像宋祁的「紅杏枝頭春意鬧」（〈玉樓春〉），著一「鬧」字而境界全出矣；歐陽脩的「綠楊樓外出秋千」（〈浣溪沙〉），著一「出」字而境界全出矣。這乍看很像「鍊字」之說了。細按時，「鬧」寫春花怒放的豔陽景色的氣氛，「出」寫秋千高現於綠柳朱樓、粉牆白壁之間，因春風而倍增宕的神情意態。究其實際，仍然是我們中華文學藝術美學觀念中的那個「傳神」的事情，並非別有異義。我們講詩時，最尚者是神韻與高情遠韻。神者何？精氣不滅者是。韻者何？餘味不盡者是。有神，方有容光煥發，故曰「神采」。有韻，方有言外之味，故曰「韻味」。試思，神與繪畫密切相關，韻本音樂聲律之事。可知無論「寫境」（如實寫照）「造境」（藝術虛構），都必須先有高度的文化素養造詣，否則安能有神韻之可言？由是而觀，不難悟及：只標境界，並非最高之準則理想，蓋境界本身自有高下雅俗美醜之分，怎能說只要一有境界，便成好詞呢？龔自珍嘗笑不學之俗流也要作詩，開口便說是「柳綠桃紅三月天」，以為俗不可耐，可使詩人笑倒！但是，難道能說那七言一句就沒有任何境界嗎？不能的，它還是自有它的境界。問題何在？就在於沒有高情遠韻，沒有神采飄逸。可知這種道理，還須探本尋源，莫以「境界」為極則，也不要把詩詞二者用鴻溝劃斷。比如東坡於同時代詞人柳永，特賞其〈八聲甘州〉「漸霜風淒緊，關河冷落，殘照當樓」，以為「不減唐人高處」（宋趙令畤《侯鯖錄》引）。這「高處」何指？不是說他柳耆卿只寫出了那個「境界」，而是說那詞句極有神韻。境界有時是個「死」的境界，神韻卻永遠是活的。這個分別是不容忽視的。

第五，如上所云，已不難領悟，要講詞的欣賞，須稍稍懂得我們自己民族的文學藝術上的事情。如果只會用一些「形象的塑造」、「性格的刻畫」、「語言的生動」等語詞和概念去講我們的詞曲，良恐不免要弄成取粗遺精的後果。因此，我們文學歷史上的一些掌故、佳話、用語、風尚，不能都當作「陳言往事」而一概棄之不顧，要深思其中的道理。杜甫稱讚李白，只兩句話：「清新庾開府，俊逸鮑參軍」（〈春日憶李白〉），還有人硬說這是「貶」詞（真是以小人之心度君子之腹了）。這實是詩聖老杜拈出的一個最高標準。這是從魏晉六朝開始，經無數詩人摸索而得的一項總結性的高度概括的表述。如果我們對這些一無所知，又怎能談到欣賞二字呢？

大者如上述。細者如古人因一字一句之精彩，傳為盛事佳話，警動朝野，到處歌吟，這種文化傳統，不是不值得引以為自豪和珍重的。「山抹微雲秦學士，露花倒影柳屯田」（宋葉夢得《避暑錄話》引蘇軾語），人謂是「微詞」，我看這正說明了「膾炙人口」的這一詩詞藝術問題。

至於古人講鍊字，講遣辭，講過脈，講搖曳，講跌宕……種種手法章法，術語概念，也不能毫無所知而空談欣賞。那樣就是犯了一個錯覺：以為千百年來無數大師的創造積累的寶貴經驗心得，都比不上我們自己目前的這麼一點學識之所能達到的「高」度。

詞從唐五代起，歷北宋至南宋，由小令到中、長調慢詞，其風格手法確有差異。大抵早期多呈大方自然、雋朗高秀一路，而後期趨向精嚴凝練、綺密深沉。論者只可舉示差異，何必強人以愛憎。但既然風格手法不同，欣賞之集中注意點，自應隨之而轉移，豈宜膠柱而鼓瑟？所應指出的，倒是詞至末流，漸乏生氣，堆砌、藻繪塗飾者多，又極易流入尖新纖巧、輕薄側豔一派，實為惡道。因此清末詞家至有標舉詞要「重、拙、大」的主張（與輕、巧、瑣為針對）。這種歷史知識，也宜略明，因為它與欣賞的目光不是毫無關係的。

序言不是論文，深細討論，非所應為；我只能將一些最簡單易曉、不致多費言說的例子，提出來以供本書讀者參考。這是因為一部辭典成於諸家眾手，篇中或不能逐一地都涉及這些欣賞方面的問題，在此稍加申說，或可備綜合與補充之用。

本辭典共收詞一千五百餘篇，詞人共三百餘家。這誠然是目前所能看到的一部最為豐富多彩的賞詞巨著。像我們這樣一個偉大而又有著特別悠久的文化歷史的民族，對於自己的傳統文學財富的價值是絕不能以一知半解為滿足的，我們應當不斷地研索，並且使得越來越多的人，特別是青年一代，都能對詩詞的欣賞有所體會理解，這對於我們的精神文明，關係實非淺顯。本書的問世，必然引起海內外愛詞者的高度重視。謹以蕪言，貢愚獻頌。

一九八五年十二月十二日呵凍寫訖

乙丑十一月初一，至前十日

李白

【作者小傳】（七〇一～七六二）字太白，號青蓮居士，祖籍隴西成紀（今甘肅秦安東），隋末其先人流寓西域，白出生於安西大都護府碎葉城（今吉爾吉斯斯坦托克馬克附近）。五歲時，隨父遷居綿州昌隆（今四川江油）青蓮鄉。二十五歲離蜀，漫遊各地。唐玄宗天寶初供奉翰林，不久即遭讒去職。安史亂中，曾為永王李璘的幕僚，璘敗，李白被流放夜郎（今屬貴州），中途遇赦，往依當塗令李陽冰。卒於當塗（今屬安徽）。是唐代著名詩人，有《李太白集》。又，《尊前集》於李白名下錄詞十二首，其中〈菩薩蠻〉（平林漠漠煙如織）和〈憶秦娥〉（簫聲咽）兩首，宋人黃昇譽為「百代詞曲之祖」（見《唐宋諸賢絕妙詞選》），但後人疑非李白之作。

菩薩蠻

李白

平林漠漠煙如織，寒山一帶傷心碧。暝色入高樓，有人樓上愁。

玉階空佇立，宿鳥歸飛急。何處是歸程，長亭更短亭。

季節和時序對敏感的人常是觸發感興的媒介。黃昏，是動感情的時刻。風燭殘年的老人惆悵地倚閭盼望浪子歸家；懷春少女，望著湖中的鴛鴦，陷入了纏綿悱惻的相思之中；而那遠離鄉井的旅人，也不禁在異地的暮色中勾起濃重的鄉思，如果他湊巧是詩人，便會像孟浩然那樣地吟出「移舟泊煙渚，日暮客愁新」（〈宿建德江〉），那愁思，正像薄暮的煙靄那樣侵入人的心頭，愈來愈濃郁，愈來愈沉重，終於像昏暝的夜幕似的壓得人難以喘息。難怪詩人總愛融情入景地選擇「煙」來渲染惹愁的暮色，而不用華燈和暮歸者的喧笑。

瞧，這首〈菩薩蠻〉正是用畫筆在廣漠的平林上抹出牽動愁思的如織暮煙。畫面的靜景帶有動勢，它暗藏著時間在瞬息之間的冉冉推移。當遠眺著暮靄籠罩的平林的第一眼，望中還呈現著寒碧的山光，該是太陽垂沒未久吧！只是詞人避免了諸如落日餘暉這樣的明調子，以免損害蒼涼味的基調的統一罷了。但一轉眼，暝色已悄悄地降臨了。這和英國詩人雪萊（Percy Bysshe Shelley）的名作〈雲〉描寫暮夜遞嬗一樣：

當落日從明亮的海發出
愛情與安息的情熱，
而黃昏的堇色的帷幕也從
天宇的深處降落……

但是，我們的詞人更著意在「暝色」之下用了一個神來之筆的「入」字，把暝色人格化，比作一個帶來了離愁的闖入者，比「夜幕」這一類平泛的靜物更能使景色活躍在讀者的心頭眼底。於是，高樓上孤單的愁人，就益發和冉冉而入的暝色融合在一起了。

這樓頭的遠眺者是因何而發愁呢？我們不禁想起「盈盈樓上女，皎皎當窗牖」（〈古詩十九首．青青河畔草〉）這兩句漢代古詩。她是在懷念、期待遠人。從下片，可以想像，那征人是已經有了行將歸來的消息了吧。但此刻，他在何處，在做什麼？是日暮投宿的時候了，他正走入一家村舍嗎？還是早已打尖，此刻正和旅伴在酒肆中暢飲，乃至在和當壚的酒家女調笑？或者，由於什麼事情的牽扯，至今還未踏上歸程？向心頭襲來的各種怪異的聯想，不斷增添這女子的愁思。這裡面當然也纏夾著往昔的甜美回憶，遐想著久別重逢的情景。這時令，正如李賀所說的「心事如波濤」（〈申胡子觱篥歌〉），這樣那樣都會增添她期待的激情的濃度。

這惆悵、哀怨而又纏綿的期待，自然會使樓頭人產生有如王涯詩「心怯空房不忍歸」（〈秋夜曲〉）的心情。這驅使她佇立於玉階，痴痴地、徒勞地茫然望著暮色中匆遽歸飛的宿鳥。鳥歸人不歸，觸景生情，這歸鳥又惹起無限愁思。那阻擋在她和征人之間的遙遠的歸程啊，這一路上不知有多少長亭、短亭！

眼前所見的日暮景色，這平林籠煙，寒山凝碧，暝色入樓，宿鳥歸林；心頭所想的那遠人，那長亭、短亭，以及橫隔在他們之間的迢遞的路程……真是「這次第，怎一個愁字了得」（李清照〈聲聲慢〉）！

歷來解說這首詞，雖然有不少論者認為它是眺遠懷人之作，但更多的人卻說它是羈旅行役者的思歸之辭。後一種理解，大概是受了宋代文瑩《湘山野錄》所云「此詞不知何人寫在鼎州滄水驛樓」一語的影響吧。以為既然題於驛樓，自然是旅人抒思歸之情。其實，古代的驛站郵亭等公共場所以及廟宇名勝的牆壁上，詩詞不一定要即景題詠，也不一定是寫者自己的作品。細玩這首詞，也不是第一人稱，而是第三人稱。有如電影，從「平林」、「寒山」的遠鏡頭，拉到了「高樓」的近景，復以「暝色」作特寫鏡頭造成氣氛，最終凸出「有人樓上愁」的半身鏡頭。分明是第三者所控制、所描摹的場景變換。下片的歇拍兩句，才以代言的方法，模擬出畫中人的心境。而且，詞中的「高樓」、「玉階」，也不是驛舍應有之景。驛舍郵亭，是不大會有高樓的；它的階除也絕不會「雕欄玉砌」，正如村舍茅店不能以「畫棟雕樑」形容一樣。同時，長亭、短亭，也不是望中之景；即使是「十里一長亭，五里一短亭」中的最近一座，也不是暮色蒼茫中視野所能及。何況「長亭更短亭」，不知凡幾，當然只能意想於心頭，不能呈現於樓頭人的眼底。

李白究竟是不是這首詞的作者，也是歷來聚訟不決的問題。光以〈菩薩蠻〉這一詞調是否在李白時已有這一點，就是議論紛紜的。前人不談，現代的研究者如浦江清說其無，楊憲益、任二北等信其有；而它的前身究係西域的佛曲抑係古緬甸樂，也難以遽斷。有人從詞的發展來考察，認為中唐以前，詞尚在草創期，這樣成熟的表現形式，這樣玲瓏圓熟的詞風，不可能是盛唐詩人李白的手筆。但這也未必可援為的據。敦煌卷子中《春秋後語》紙背寫有唐人詞三首，其一即〈菩薩蠻〉，亦頗成熟，雖無證據斷為中唐以前人所作，亦難以斷為必非中唐以前人所作，而且，在文學現象中，得風氣之先的早熟的果子是會結出來的。十三世紀的詩人但丁，幾乎就已經唱出了文藝復興的聲調，這是文學史家所公認的。六朝時期的不少吳聲歌曲，已近似唐人才開始有的、被稱為近體詩的五言絕句。以文人詩來說，隋代王績的〈野望〉：「東皐薄暮望，徙倚欲何依。樹樹皆秋色，山山唯落暉。牧人驅犢返，獵馬帶禽歸。相顧無相識，長歌懷采薇。」如果把它混在唐人的律詩裡，不論以格律或以風味言，都很難辨別。這不過是信手拈來的例子。李白同時人、玄宗時代的韋應物既然能寫出像〈調笑令．胡馬胡馬〉那樣的小詞，為什麼李白偏偏就辦不到呢？

總之，迄今為止，雖然沒有確切不移的證據，斷定這首詞必屬李白之作，但也沒有無法還價的證據，斷定確非李白所作。因此，歷來的詞評家都不敢輕率地剝奪李白的創作權，從宋代黃昇《花菴詞選》起到近人王國維，詞學大家都尊之為「百代詞曲之祖」。（何滿子）

憶秦娥 李白

簫聲咽。秦娥夢斷秦樓月。秦樓月。年年柳色，灞陵傷別。

樂遊原上清秋節。咸陽古道音塵絕。音塵絕。西風殘照，漢家陵闕。

這一篇千古絕唱，永遠照映著吟壇聲苑。打開一部詞史，我們的詩心首先為它所震盪，為之沉思翹首，為之驚魂動魄。

然而，它只是一曲四十六字的小令。通篇亦無幽巖跨豹之奇情、碧海掣鯨之壯采，只見他寥寥數筆，微微唱嘆，卻不知是所因何故，竟會發生如此巨大的藝術力量！每一循吟，重深此感，以為這真是一個絕大的文學奇跡。含咀英華，攬結秀實，正宜潛心涵詠，用志覃研。

第一韻，三字短句。萬籟俱寂、玉漏沉沉，忽有一縷簫聲，採入耳際。那簫聲雖與笛韻同出瘦竹一枝，卻與彼之嘹亮飄颺迥異其致，只聞幽幽咽咽，輕緒柔絲，珠喉細語，無以過之，莫能名其美，無以傳其境。復如曲折泉流，冰灘阻澀，斷續不居，隱顯如泣，一個咽字，已傳盡了這一枝簫的神韻。

第二韻，七字長句。秦娥者誰？猶越豔吳娃，人以地分也。揚雄《方言》：「娥、嬴，好也。秦曰娥。」必秦地之女流，可當此一娥字，易地易字，兩失協調，此又吾夏漢字組列規律法則之神奇，學者所當措意。

秦娥之居，自為秦樓——此何待言，翻成辭費？蓋以詩的「音組」以讀之，必須是「秦娥——夢斷——秦樓——月」，而自詞章學之角度以求之，則分明又是「秦娥夢——秦樓月」，雙行並舉，中間特以一「斷」字為之綰聯，別成妙理。而必如是讀，方覺兩個秦字，重疊於唇齒之間（本音讀作「金」陽平聲，齒音，即劇曲中之「尖字」；讀作「琴」者失其美矣），更呈異響。若昧乎此，即有出而責備古代詞人：何用如此笨伯，而重複一個「毫無必要」的「秦」字？輕薄為文，以哂作者，古今一慨，蓋由不明曲詞乃音學聲家之事，倘假常人以「修改」之權，「潤色」之職，勢必揮大筆而塗去第二「秦」字，而濃墨書曰「秦娥夢斷『高』樓月」了！

夢斷者何？猶言夢醒，人而知之。但在此處，「斷」字神情，與「醒」大異，與「夢回」「夢覺」「夢闌」亦總不相同。何者？醒也，回也，覺也，闌也，都是蘧蘧眠足，自然夢止，乃是最泛常、極普通的事情與語言。「斷」即不然，分明有忽然驚覺、猝然張目之意態在焉。由此而言，「斷」字乃非輕下。詞人筆致，由選字之錚錚，知寄情之忒忒。

簫聲幽咽之下，接以夢斷——則夢為簫斷耶？以事言，此為常理；以文言，斯即凡筆。如此解詞，總是一層「邏輯」意障，橫亙胸中，難得超脫。簫之與夢，關係自存，然未必如常情凡筆所推。吾人於此，宜知想像：當秦娥之夢，猝猝驚斷，方其悵然追捕斷夢之間，忽有靈簫，娓娓來耳根，兩相激發，更助迷惘，似續斷夢——適相會也，非相忤也。大詩人東坡不嘗云乎：「客有吹洞簫者，倚歌而和之，其聲嗚嗚然，如怨如慕，如泣如訴。」（〈前赤壁賦〉）此真不啻為吾人理解此篇的一個絕好註腳。四個「如」字，既得「咽」字之神，復傳秦娥之心矣。

簫宜靜夜，尤宜月夜。「二十四橋明月夜，玉人何處教吹簫」（杜牧〈寄揚州韓綽判官〉），言之最審。故當秦娥夢斷，張目追尋，唯見滿樓月色，皎然照人。而當此際，乃適逢吹簫人送來怨曲。其難為懷，為復何若！

簫聲怨咽，已不堪聞，——然尤不似素月凝霜，不堪多對。「寂寞起來褰繡幌，月明正在梨花上」（歐陽脩〈蝶戀花〉面旋落花風蕩漾）。寂寞之懷，既激於怨簫，更愁於明月，於此，詞人乃復再疊第三個「秦」字，而加重此「秦樓月」之力量！鍊響凝輝，皆來傳映秦娥心境。而由此三字疊句，遂又過入另一天地。

秦樓人月，相對不眠，月正淒迷，人猶悵惘，夢中之情，眼前之境，交相引惹。灞陵泣別，柳色青青，歷歲經年，又逢此際。閨中少婦，本不知愁，一登翠樓，心驚碧柳，於是「悔教夫婿覓封侯」（王昌齡〈閨怨〉），以致風煙萬里難相見。此時百感，齊上心頭。可知簫也，夢也，月也，柳也，皆為此情而生，為此境而設——四者一也。

春柳為送別之時，秋月乃望歸之候。自春徂秋，已經幾度；茲復清秋素節，更盼歸期有訊。都人士女，每值重陽九日，登樂遊原以為觀賞。身在高原，四眺無際。向西一望，咸陽古道，直接長安，送客迎賓，車馬絡繹；此中宜有驛使，傳遞佳音——然而自晨及昏，了無影響，音塵斷絕，延佇空勞——命局定矣，人未歸也。

至「音塵絕」三字，直如雷霆震聾！「筆落驚風雨，詩成泣鬼神」（杜甫〈寄李十二白二十韻〉），彷彿似之。音塵絕，心命絕，筆墨絕，而偏於此三字，重疊短句一韻，山崩而地坼，風變而日鎖。必具千鈞力，出此三字聲。

音塵已絕，早即知之，非獨一日一時也，而年年柳色，夜夜月光，總來織夢；今日登原，再證此「絕」。行將離去，所獲者何？立一向之西風，沐滿川之落照，而入我目者，獨有漢家陵闕，蒼蒼莽莽，巍然而在。當此之際，乃覺凝時空於一點，混悲歡於百端，由秦娥一人一時之情，驟然昇華而為千秋萬古之心。蓋自秦漢以逮隋唐，山河締造，此地之崇陵，已非復帝王個人之葬所，乃民族全體之碑記也。良人不歸，漢陵長在，詞筆至此，簫也，夢也，月也，柳也，遂皆退居於次位，吾人所感，乃極闊大，極崇偉，極悲壯！四十六字小令之所以獨冠詞史、成為千古絕唱者在此，為一大文學奇跡者亦在此。

向來評此詞者，謂為悲壯，是也。而又謂為衰颯，則非也。若衰颯矣，尚何悲壯之可云？二者不可混同。

夫小令何以能悲壯？以其有偉大悲劇之質素在，唯偉大悲劇能喚起吾人之悲壯感，崇高感，而又包含人生哲理與命運感。見「西風殘照」字樣，即認定為衰颯，何其皮相——蓋不識悲劇文學真諦之故。

論者又謂此詞「破碎」，似「連綴」而成，一時乍見，竟莫知其意何居，云云。此則只見其筆筆變換，筆筆重起，遂生錯覺，而不識其潛氣內轉，脈絡井然。全篇兩片，一春柔，一秋肅；一婉麗，一豪曠；一以「秦樓月」為眼，一以「音塵絕」為目——以「傷別」為關紐，以「灞陵傷別」、「漢家陵闕」家國之感為兩處結穴。豈是破碎連綴之無章法、無意度之漫然閒筆乎？故學文第一不可見淺識陋。

此詞句句自然，而字字錘鍊，沉聲切響，擲地真作金石聲。而抑揚頓挫，法度森然，無一字荒率空浮，無一處逞才使氣。其風格誠五代花間未見，亦非歌席諸曲之所能擬望，已開宋代詞家格調。

凡填此詞，上下片兩煞拍四字句之首字，必用去聲，方為合律，方能起調——如「漢」家「灞」陵是，其聲如巨石渾金，斤兩奇重；一用平聲，音樂之美全失，後世知此理者寥寥，學詞不知審音，精彩遺其大半矣。（周汝昌）

韓翃

【作者小傳】唐詩人。字君平。南陽（今屬河南）人。唐玄宗天寶十三載（七五四）登進士第。約卒於唐德宗貞元初。與錢起、盧綸等合稱「大曆十才子」。今傳《韓君平集》。生平事跡見《極玄集》卷下。

章臺柳 韓翃

章臺柳，章臺柳！昔日青青今在否？縱使長條似舊垂，也應攀折他人手。

楊柳枝 柳氏

楊柳枝，芳菲節。所恨年年贈離別。一葉隨風忽報秋，縱使君來豈堪折！

這兩首詞出於唐許堯佐所撰傳奇小說《柳氏傳》，收入《太平廣記》四百八十五；又見於唐孟棨《本事詩·情感一》。文字小有出入。前者韓翃作韓翊。柳氏本長安倡女，為韓翃朋友李生的愛姬，豔絕一時，喜談謔，善謳詠，慕翃之才。李生知其意，乃請翃飲酒，席間將柳氏贈之。後韓翃登第，歸家省親，柳氏留在長安。唐玄宗天寶末年，遇安祿山叛亂，陷長安。柳氏以姿容絕世，懼為亂兵所辱，乃剪髮毀形，寄居尼庵。此時韓翃在淄青節度使侯希逸幕中任書記。長安收復後，翃遣人尋訪柳氏，攜去一囊金並題寫了這首〈章臺柳〉。柳氏捧金嗚咽，回報以〈楊柳枝〉詞。兩詞反映了亂世婦女命運之不幸與韓、柳二人悲歡離合的愛情故事中悲離的一面，篇幅雖短，卻蘊含著豐富的情意。

兩詞的共同點是以柳枝喻柳氏，借詠柳以訴情。章臺街原是漢代長安一條熱鬧的街道，在後世多用指倡家聚居之地。韓贈詞重在抒發對柳氏的思念和憂慮她的命運。開頭用兩個疊句：「章臺柳，章臺柳！」如呼喚聲口，韻味深長，表達他日思夜想的懷戀之情。接著以「今」、「昔」二字領起下文。「昔日青青」象徵柳氏的年輕美貌；「今在否」暗言社會動亂，邪惡猖獗，柳氏單身獨處，其安全令人擔憂。「縱使長條似舊垂」與上文「昔日青青」呼應，「也應攀折他人手」是「今在否」的進一步推測，前句見懷想之切，後句見憂慮之深。

柳氏答詞亦託詠柳以自述境況，訴說苦情。「楊柳枝，芳菲節」，「芳菲節」指花草茂盛的春天季節，此時柳枝繁密，因風得意，象徵自己年華正好的時光。然而「所恨年年贈離別」，不能與丈夫廝守，同賞芳時，而年年在離別的景況中度過。《本事詩》述韓、柳分手後的情況說：「後數年，淄青節度使侯希逸奏（韓）為從事。以世方擾，不敢以柳自隨，置之都下，期至而迓之。連三歲，不果迓。」這裡以傳統的折柳贈別故事轉入離別之意。《三輔黃圖》載：「灞橋在長安東，跨水作橋，漢人送客至此橋，折柳贈別。」（韓詞的「也應攀折他人手」一句也用此事，但側重點不同，是憂慮柳氏為他人「折」去。）下「一葉隨風忽報秋」，承上「芳菲節」之「春」，作大拗轉，喻指安祿山叛軍入長安，自己剪髮毀形，避居尼庵等情事。長安被陷，事出突然，個人遭遇，斬折亦大，以春忽報秋擬之，極為切合。春柳繁茂，秋柳凋零，自己如今處境亦與秋柳相同。「縱使君來豈堪折！」極寫此時中心之哀傷。柳氏詞是在會見韓派來尋她的人並在讀了韓詞之後寫的，知道情愛不渝，重逢有望，故有「縱使君來」之語；而自顧風鬟霧鬢，如今憔悴，又有「豈堪折」之嘆。「折」字回應「楊柳枝」，不離「折柳」之典。末句腸迴百轉，亦喜亦悲，而以悲為主。以此結束，情意有餘不盡。

兩詞各以起句為題。柳氏的〈楊柳枝〉與韓翃的〈章臺柳〉同屬一調（唯首句不入韻），而與七言四句的古調〈楊柳枝〉並非一體。萬樹《詞律》同隸於〈章臺柳〉調下，云：「君平（韓字）贈句本只是詩，後人採入詞譜，即以起句為名。其柳姬答詞，亦以起句名〈楊柳枝〉，句法與此相同。」（蔣哲倫）

張志和

【作者小傳】（七三〇？～八一〇？）初名龜齡，字子同，婺州金華（今屬浙江）人。年十六，舉明經。唐肅宗時待詔翰林。後隱居江湖，自號煙波釣徒，又號玄真子。能書畫，善歌詞。詞存〈漁父〉五首，描寫隱逸生活，景物明麗生動，為早期文人詞中較著名的作品。著有《玄真子》。

漁父　張志和

西塞山前白鷺飛，桃花流水鱖魚肥。
青箬笠，綠蓑衣，斜風細雨不須歸。

在唐代，小令詞風格多樣，清空乃其風格之一；王維一派水墨畫又有沖淡之特質。詞人而兼畫家的張志和，則完美地融合了這兩種藝術風格。他把高遠的情思外化為清空的意境，又把質樸玲瓏的語感，提煉為翛然脫俗的沖淡意趣，從而使他的詞作形成了獨樹一幟的高蹈風格。他傳世之作有〈漁父〉詞五首，但另外四首卻都為這一首的光輝所掩。也正因為有這麼一首短短的詞，張志和得以傳名千古。

張志和肅宗時待詔翰林，做過左金吾衛錄事參軍，因事被貶，作南浦尉。赦還以後，絕意仕途。朝廷賜給他奴婢各一名，他把他們配為夫婦，取名「漁童」、「樵青」，自號為「煙波釣徒」，長期過著隱逸生活，徜徉於太湖一帶的山水之間。他對文藝多所通曉，凡歌詞、書畫、擊鼓、吹笛，無不精工，善於汲取各方面的營養化為己用，〈漁父〉詞便是借鑑民間的漁歌而成的。

由於取自民間，這首詞的基調以清新、質樸見長。但另一方面，由於張志和並不是一個真正的漁父，而是以「煙波」為寄託的文人式的「釣徒」，所以詞中除了具有民間文學的質樸、清新之氣外，還融和著一種出汙泥而不染的古代高蹈文人的淡泊、澄潔的高情遠意。

因此，我們可以說〈漁父〉詞是漁父式的文人之歌，也是文人醉心漁父而確乎領略了煙波妙境的歌。儘管這境界不能代表漁父的心境，但作為詩人藝術加工的形象，作為張志和由於長期徜徉太湖之上而領悟到的審美意象來說，這首詞正如明胡震亨稱道王維所說的：「以淳古澹泊之音，寫山林閒適之趣。」（《唐音癸籤》）在那一個長夜難明的社會，不求聞達，「有山林閒適之趣」，可以說是別有襟抱的。當然，因為詞人和世俗相忤，只落得從大自然中覓取心靈滋養，陶醉其中，也就不免迴避現實。但，畢竟不能掩蓋作品中出於自然的淳美的光彩，到如今，作品依然給讀者帶來詞人的淡懷逸致的美感。

詞人的淡懷逸致不是訴諸直接詠懷，而是寄情於景，以畫入詞。通篇二十七字，寫了山，寫了水，寫了白鷺和肥魚，寫了斜風細雨，更寫了優游自在的漁父。詞人借漁父寄託自己的情懷，而漁父又是被安排在一個特定的環境之中，顯示了這是一幅江南水鄉的漁歌圖。

儘管詩是時間的藝術，畫是空間的藝術，一動一靜，各有特點，然而它們卻又可以相通和相補。蘇東坡論王維之作「詩中有畫，畫中有詩」，正說明高明的詩人，善於在時間流程中凸出事物的某一點，描繪出空間中一剎那間靜止的狀態；而高明的畫家，也善於在暫時凝固的畫面中，不著一筆，巧妙地傳寫出事物靜止時前前後後可能出現的變化。張志和是詞人，又是畫家，所以他對淡懷逸致的抒發，是詩畫相兼的。從漁父的長期煙波生活中切取這麼一點：恰是斜風細雨時，江南春色方濃時，而偏偏又是桃花汛泛起時。就這樣，作者寫出了一剎那的空間狀態，相對凝定式的畫圖。與此同時，他還用中國傳統的「散點透視」畫法，以舊吳興縣西的西塞山作為觀察點，落落清疏地、幾乎是信手拈來地捕捉了山前的一片景色：高處有從水田飛入上空的白鷺鷥，低處有落英繽紛的春水綠波，以及引起人們鮮美味覺的大口細鱗的肥嫩鱖（音同貴）魚。作為畫圖中心的，則是頭戴「青箬（音同弱）笠」、身披「綠蓑衣」的漁父。而從這些互為烘托的靜態的空間結構中，分明又透過景物生氣的渲染，表現出漁父內心翛然自得的動態。鷺在飛，水在流，魚在潑剌地嬉逐，一切景物都是那麼新鮮、清麗、秀潤，當然，漁父也就被當前的景物所吸引，產生了自然、淳樸的意趣和不願離開這一個魅人亦復宜人的境界的深情。你看，「斜風細雨不須歸」，對漁父說來，不正是他對美的發現、美的執著麼？在斜風細雨中，漁父體驗到鷺鷥的飛翔更為飄逸，漂流在水裡的桃花瓣格外鮮妍。在這樣優美的環境中垂釣，漁父的心情，就不止是為美陶醉，而且還因當前的優美畫境而堅定了意志，不僅是「不思歸」，而且更進一步作出訴諸審美判斷形式的「不須歸」了。漁父所執著的已經不是垂釣，而是作為詞人內心的自白——「我決心以山水之間的自由自在的生活終老」。這顯然又是畫中之詩，隱伏在西塞山前空間結構背後的時間潛流，悠悠地但終於又是深穩有力地蕩漾的感情波瀾。就憑這樣的時間和空間的結合，而尤其是凸出了瞬間的靜止的狀態，凸出了漁父這一個寫景人物，讓他「與山水有顧盼，人似看山，山亦似俯而看人」（清《芥子園畫譜》），這樣的詩中之畫，便充溢著這位「煙波釣徒」的胸中丘壑了。

唯其是煙波釣徒的詩中之畫，就不同於唐代著名畫家大、小李將軍（李思訓、李昭道）工筆的青綠重彩，以及其中所顯示的那種帝王宗室的富貴堂皇氣派。張志和這幅「煙波垂釣圖」，顯然是另一路，屬於王維一派，是潑墨畫，是寫意畫。畫中景物，無不有水墨淋漓之意。「漠漠水田飛白鷺」（王維〈積雨輞川莊作〉）。鷺鶿，本來就沾滿了水氣。魚，也離不開水。蘇軾因「長江繞郭」而「知魚美」（〈初到黃州〉），張志和因為桃花汛來臨而想起「鱖魚肥」，二者正如出一轍。水映桃花而紅，桃花因水而濕，這和「竹外桃花」不同，自然也是濕漉漉的。漁父的一身打扮，就更不用說了。人、花、魚、鷺，一切都被斜風細雨所籠罩。天地萬物各自消失了它們的邊際而成為渾然整體。這使我們想到古代文人畫的水墨暈染，特別是宋代大、小米（米芾、米友仁）的那派取自瀟湘奇觀的雲水煙樹的技法。詞人矢意絕塵脫俗，所以特地給安排了這麼一個漁父，「襟度灑落，望之飄然」（宋劉學箕《方是閒居士小稿》）。而為了表現自己的率性歸真，寄情縹緲，則又把整個畫面，建構為「斜風細雨」的審美內涵，歸於「平淡」二字。林泉高致要淡，向萬物「回歸」的人要淡，因忤世、傲世而避世的張志和自然也要淡。這首〈漁父〉中的整個人物和事物，按照美學的「先定默契」來說，作為點景人物的傳神之筆，既然已經透露出「煙波垂釣」的隱逸基調，那麼人們在目擊到鷺飛，花漂，魚游，以至整個畫幅時，自然也就更容易對之萌發出「同化」作用，不僅走進「平淡」的境界，更能「於平淡中求真味」（清清郎廷槐編《師友詩傳錄》引王士禛語）。也許有人要問，詞中不是也夾有鮮豔的顏色麼？可是別忘記，「青」喲，「綠」喲，它們都已經在斜風細雨中被吹被淋，色彩變淡了。「桃花」，也早已漂落水中。一切都淡。至於通篇音節的自然、簡短、隨和、淳樸，它們恰恰體現了作者平易近人的情調，並與作品色彩的「淡」糅合起來，而匯歸為「平淡」的風格。無意雕琢，情趣極深；可再定睛一望，卻又不止忘歸，還忘卻了「釣徒」自我，這真是唐司空圖所說的「遇之匪深，即之愈稀」（《二十四詩品．沖淡》）了。（吳調公）

戴叔倫

【作者小傳】（七三二～七八九）字幼公，一作次公，金壇（今屬江蘇）人。曾任撫州刺史，官終容管經略使。有《戴叔倫集》。詞存一首。

轉應曲　戴叔倫

邊草，邊草，邊草盡來兵老。山南山北雪晴，千里萬里月明。明月，明月，胡笳一聲愁絕。

戴叔倫的詞，只存這首〈轉應曲〉，《全唐詩》作〈調笑令〉，並註明即〈轉應曲〉。戴叔倫的作品，在唐代大曆、貞元間，以能反映社會現實見稱。其寫邊地生活的詩，有〈邊城曲〉、〈屯田詞〉等，詞則是這首〈轉應曲〉。此詞以明白如話的語言，比較深刻地反映了邊地戍卒的思想情緒，真實地揭示了中唐時代民間極以戍邊為苦的社會心理。起句以「邊草」點明邊塞的地理環境；以邊草的「盡」與戍卒的「老」構成一對鮮明的形象，藉以反映長期戍邊生活的愁怨。以「草」襯「兵」，以「盡」喻「老」，不獨用筆新穎，而且暗寓作者對當時戍卒的同情。這種思想情緒一直貫串全詞。「山南山北」的「山」，自然也是指邊塞的山，這一句明寫冰天雪地的景象。「千里萬里」字面是寫月光的普照，實則是寫戍卒離家之遙遠，而以明月這個最易使人動情之景，暗寫戍卒的思鄉懷人之情。在那遙遠的邊塞的山地上、雪堆裡，戍卒們望著天上的明月，思念著遠在千里萬里之外而同此明月的家鄉，偶爾一聲胡笳傳來，悲悲切切，嗚嗚咽咽，此情此景，戍卒的心都要碎了！這種心情，作者在詞的結尾用「愁絕」二字加以概括，起到了畫龍點睛、卒章見志、揭示主題的作用。

「愁絕」為一篇之骨，也是全詞之「眼」。作者為了使之得以凸出表現，增加其感染力，在寫作上成功地使用了「烘托」的手法。首先是景物的烘托。全詞的主要篇幅是寫自然景物：邊塞的將盡的枯草，積滿山山嶺嶺的冰雪，初晴的夜空上普照大地的明月，偶爾傳來的悲切嗚咽的胡笳聲，用這諸般景物托出那羸弱的老兵。這樣步步寫來，層層烘托，感情所至，就自然凝成了「愁絕」二字。這樣的「愁」，自有其沉重的扣人心弦的力量。

景物的烘托之外，作者又運用疊句的形式所創造的氛圍加以烘托。全詞八句之中，有兩對疊句（「邊草」、「邊草」與「明月」、「明月」），用這種重疊複沓的結構形式，一方面反覆歌詠，加強語意，以盡其情；另一方面也能創造意境。「邊草」的疊句，就造成了一種茫茫無邊的荒涼草原的意境，從而為老兵提供了一片迷離的活動背景，以烘托其空虛徬徨的心理。這是單一句「邊草」所收不到的效果。「明月」一疊，又有其特殊性：這兩句乃是「千里」句末二字「月明」的倒詞的重疊，用這種倒疊的手法使疊句與上句轉相呼應（「轉應曲」的名稱即由此而來）。這樣一來，既造成了一種月光滿地、使戍卒輾轉難寐的意境，又形成了一種迴環往復的韻致和上下勾連的構局。這種複雜的氛圍，就強烈地烘托了那老兵的輾轉反側的思鄉情緒，再加上那一聲追魂奪魄的悲笳，困於戍守的老兵還會不「愁絕」嗎？

〈轉應曲〉儘管屬於單調小令，但在用韻上卻是比較複雜的。在全詞八句之中，共押四仄韻、兩平韻、兩疊韻，而且又要三換其韻（起韻用仄，二韻換平，三韻再換仄），使全詞句句入韻，連綿而下，雖然其唱法早已失傳，但誦讀起來，我們仍能感覺到它確有一種行雲流水般的音韻美。據白居易說，這種調子本來是一種「拋打曲」。於小令之中有如此複雜的用韻和如此多變的構局，是前無古人的。（丘鳴皋）

劉長卿

【作者小傳】（?～七九〇?）字文房，宣州（今安徽宣城）人，居長安。郡望河間（今屬河北）。唐玄宗天寶進士，曾任監察御史、長洲縣尉。因事下獄，兩遭貶謫，量移睦州司馬，官終隨州刺史，世稱劉隨州。詩工五言，稱「五言長城」。有《劉隨州詩集》。詞存〈謫仙怨〉一首。此詞《劉隨州詩集》題為〈苕溪酬梁耿別後見寄〉。

謫仙怨① 劉長卿

晴川落日初低，惆悵孤舟解攜。鳥向平蕪遠近，人隨流水東西。
白雲千里萬里，明月前溪後溪。獨恨長沙謫去，江潭②春草萋萋。

〔註〕①據唐竇弘餘〈廣謫仙怨序〉稱，此曲調為唐玄宗思念張九齡而創製。張九齡於開元中預察到安祿山必反，曾密啟玄宗誅之，未被採納。張九齡後遭貶而死。玄宗於安祿山叛亂後倉皇奔蜀，後悔未聽張九齡之言，故吹笛制此〈謫仙怨〉曲以悼之。「謫仙」蓋指張九齡。
②江潭：即江畔。

〈謫仙怨〉又名〈劍南神曲〉，其曲調為唐玄宗於天寶十五載（七五六）入蜀途中所創製。劉長卿寫作此詞時約在代宗大曆中。當時作者因受到鄂岳觀察使吳仲孺的誣陷，由淮西鄂岳轉運留後貶為睦州（今浙江建德）司馬。詞題一作〈苕溪酬梁耿別後見寄〉，一作〈答秦徵君、徐少府春日見集苕溪，酬梁耿別後見寄六言〉。從題目上看，這首詞是寄給梁耿的。從詞的內容看來，梁耿當時亦在貶所。苕溪在今浙江湖州，當是作者赴睦州途中行經之處。

開頭兩句「晴川落日初低，惆悵孤舟解攜」，以回憶起筆，敘寫了數年前與梁耿分手時節的情景。「晴川」是指晴朗的原野。「落日初低」是說落日開始接近地平線。「解攜」就是與友人分手。劉長卿於唐肅宗至德初曾任蘇州長洲尉，與梁耿交厚，不久梁耿因事獲譴，行將遠謫。作者為他餞行於苕溪之上。這次重經苕溪，很自然地回想起當年送別的情景。首句中的「初」字，很值得玩味。送別之際，留戀盤桓，把臂傾觴，暫時忘卻了離愁別緒，也不覺得時間的流駛。直至紅日西沉，始覺天色向晚，不得不解舟啟程了。「初」字以敏銳的直覺，抒寫了強烈的主觀感受：話別的時間實在太短暫了。離別之愁已夠淒楚，更何況言未盡懷，孤舟催發。次句緊接以「惆悵」兩字，就勢把滿腹愁緒瀉出，以下便轉到眼前實景。

三四兩句「鳥向平蕪遠近，人隨流水東西」，由眼前實景引出更深一層的感慨。作者送別梁耿以後，自己也因「剛而犯上」（唐高仲武《中興間氣集》），於肅宗至德三載（七五八）被貶為潘州南巴尉。這段心酸的往事湧上心頭，遂使眼前的景物也似乎為作者的心境而設。他從鳥兒忽遠忽近的飛翔，想到了自己在宦海中忽東忽西的漂泊；鳥兒飛翔，尚能自由掌握遠近方位，而自己宦遊，卻身不由主，只能聽憑命運的擺布。上句中的「向」字寫飛鳥凌空展翅，在廣闊的平蕪上空任意來往，顯得極為自由活躍；下句中的「隨」字寫自己受名韁利鎖的束縛，只能隨人俯仰，欲罷不能，顯得極為拘窘可悲。鳥為羽族，卑乎其微，人乃萬物之長，人鳥相比，反不如鳥，這已是夠悲愴了；何況今日之飛鳥，一似識破作者的心理，故意在平蕪上空去來不已，引起作者的身世之感，則其景其情，實令人難以為懷。作者在此運用相反相成的手法，極為深切而又含蓄地寫出了內心的酸楚之事和悲憤之情。以上四句明代以後的選家都定為上片，而把下面四句定為下片。按之唐人竇弘餘、康軿的同調之作，不僅三辭平仄一致，而且八句渾然一體，可見此詞原無分片之說。

五六兩句「白雲千里萬里，明月前溪後溪」，寫別後思念之深。「白雲」、「明月」在古詩詞中常用來表現對遠方親友的思念。如杜甫〈恨別〉詩：「思家步月清宵立，憶弟看雲白日眠。」詞中兩句也是借白雲、明月來寄託對梁耿的懷念。白雲飄忽不定，時或千里，時或萬里，象徵著今日與友人暌隔之遠，而自己的思念之情也悄悄地隨著遠去的白雲飛向天涯。「明月」一詞，上承首句「落日」而來。友人於「落日初低」時分乘舟遠去，詩人佇立溪畔，凝神望久，不覺月輪初上，照得前溪後溪猶如白晝。兩句雖然都是景語，但上句喻今日之暌隔，下句寫昔日之相別，不僅景中有情，而且充分發揮了詩歌是時間藝術的長處，把今昔融為一體，創造了一幅形象凝練的感情畫面，既呼應了開頭，又十分自然地過渡到結尾。

最後兩句「獨恨長沙謫去，江潭春草萋萋」，寫作者竭力從離愁別恨中解脫出來而終於無法解脫的情狀。「長沙」原指西漢前期被謫為長沙王太傅的賈誼，這裡借指梁耿。賈誼是一個有才學、有品格的傑出人物。他的被貶，完全是無罪的。用賈誼比梁耿，說明梁耿人才出眾。他的遭貶也是無辜罹罪。「獨恨」者，意即人世間一切恨事皆可忘卻排遣，唯獨對志同道合的友人無辜遭貶一事永遠不能忘懷之謂。作者所以能具此一份強烈的感受，當與自己切身感受有關。「長沙謫去」四字，復於「獨恨」之餘，在心靈上掃出一片感情空白。這片空白，在現實人生中已經無法填補。於是，只好從虛擬的想像中去尋求寄託。「江潭」是作者想像中梁耿謫居之處。「春草萋萋」是《楚辭．招隱士》中語：「王孫遊兮不歸，春草生兮萋萋。」古人常以春草之生，興遊子思歸之情。「萋萋」形容春草的茂盛。春草由初生而至茂盛，遊子自當由遠出而思歸。但實際情形並非如此。

遊子欲歸而終不得歸，梁耿遠謫未返，己亦正行赴貶所。詩人原想借《楚辭》的妙文秀句填補內心的感情空白。至此則非但不能達此目的，反而更增添了幾分淒愴寥落之感。充塞於詩人心頭而又聊可與友人千里相接的，唯有一片連綿不斷、延伸到天涯海角的萋萋春草而已。由此可見，他們彼此的心境都是非常悲苦的。

全詞六言八句，五平韻。每句作三次停頓，音節短促激楚，有一波三折之妙，頗能傳達出作者抑鬱不舒的哀切心情。中間四句兩兩相對，不僅有律詩的嚴整，而且多用民歌語言（如「千里萬里」，「前溪後溪」），有歌詞的通俗和迴環蕩漾的情致，因此很適合於傳唱。竇弘餘〈廣謫仙怨序〉稱劉長卿撰寫此詞後，曾「吹之為曲，意頗自得」，足見作者自己也是很欣賞這篇作品的。（吳汝煜）

韋應物

【作者小傳】（七三七～七九一？）京兆長安（今陝西西安）人。少任俠，做過唐玄宗的三衛郎。唐代宗永泰中，授京兆功曹，遷洛陽丞。歷任滁州、江州、蘇州刺史，世稱韋蘇州或韋江州。又曾任左司郎中，也稱韋左司。有《韋蘇州集》。詞存四首，見《尊前集》。

調笑令　韋應物

胡馬，胡馬，遠放燕支山下。跑沙跑雪①獨嘶，東望西望路迷。迷路，迷路，邊草無窮日暮。

〔註〕①一作「咆沙咆雪」。

此調一名〈宮中調笑〉，一名〈轉應曲〉，一般以詠物名開始，此詞即從「胡馬」詠起。自漢代以來，一向推西北地區所產的馬匹最為驍騰精良，杜甫詠〈房兵曹胡馬〉道：「竹批雙耳峻，風入四蹄輕。所向無空闊，真堪託死生。」此詞以「胡馬，胡馬」的疊語起唱，讚美之意盎然，能使人想像那名馬的神情，為全詞定下豪邁的基調。「燕支山」，在今甘肅北部，綿延祁連、龍首二山之間，是水草豐美的牧場，亦是古時邊防要地。詞中地名雖屬想像，初非實指，但「燕支山下」，天似穹廬，四野茫茫，寫入詞中實有壯美之感。加上「遠放」二字，更覺景象遼遠而又真切。「遠放燕支山下」的應是成群的馬。時值春來，雖然殘雪未消，卻是「牧馬群嘶邊草綠」（唐李益〈塞下曲四首〉其一），這情景真有無限的壯麗。

草原是那樣闊大，馬兒可以盡情馳騁，偶爾失群者不免有之。三四句由仄韻轉換為平韻，集中刻畫一匹日暮失群的駿馬的情態。牠抖鬃引頸而獨嘶，大約是呼喚遠去的夥伴；牠焦灼地踱來踱去，四蹄刨起沙和雪（「跑」讀作刨，唐劉商〈胡笳十八拍〉「馬飢跑雪啣草根」），顯得彷徨不安；牠東張西望，一時卻又辨不清來路。這動態的描寫極為傳神，可謂狀難寫之景如在目前。僅僅這樣說還不足盡此二語之妙，本來馬是極具靈性的動物，善跑路亦善識路，不當迷失方向，但作者卻將此反常情事透過具體景象寫得極為可信：沙雪無垠，邊草連天，空曠而迷茫，即使是馬也不免「東望西望路迷」。這就透過駿馬的困惑，寫盡了草地風光的奇特，堪稱神來之筆。從來都說「老馬識途」，不道良馬也有迷途的時候，這構思既獨到而又完全得於無意之中，故尤覺雋永入妙。

「迷路，迷路」，是「路迷」二字倒轉重疊，轉應詠嘆，本調定格如此，頗得頓挫之妙。不僅是說馬，而且滿足對大草原的驚嘆讚美，正是在這樣充分醞釀之後，推出最後壯闊的景語：「邊草無窮日暮。」此句點出時間，與前面的寫景融成一片：遠山、落照、沙雪、邊草……其間迴盪著獨馬的嘶鳴，境界闃寂而蒼涼，豪邁而壯麗。

現存〈調笑令〉，以此詞較早。二言與六言相間，凡三換韻，筆意迴環，音調宛轉。從意境說，此詞與一般詠馬之作不同，它不拘於馬的描寫，而意在草原風光；表面只詠物寫景，卻處處含蘊著飽滿的激情。其語言清新，氣象曠大，風格質樸，大有〈敕勒歌〉的氣勢與韻味。（周嘯天）

王建

【作者小傳】（七六六?～?）字仲初，關輔（今陝西）人，郡望潁川（今河南許昌）。唐德宗貞元中，歷佐淄青、幽州、嶺南軍幕。唐穆宗長慶初，由太府丞轉祕書郎。唐文宗大和中，出為陝州司馬，從軍塞上，歸居咸陽原。擅長樂府詩和宮詞。有《王司馬集》。詞存十首，以〈調笑令〉流傳最廣。

宮中三臺（二首）　王建

魚藻池邊射鴨，芙蓉苑裡看花。日色柘袍①相似，不著紅鸞扇遮。
池北池南草綠，殿前殿後花紅。天子千秋萬歲，未央明月清風。

〔註〕①一作「赭袍」。

「三臺」，原是古樂府「雜曲歌詞」，為三十拍促曲。唐「三臺」則為教坊曲名，屬諸「羽調曲」，後用作詞調名。平仄不拘，字數不定（有七言、五言、六言之別，但均為四句），單調令詞。因題材不同，故有〈上皇三臺〉〈江南三臺〉〈突厥三臺〉〈怨陵三臺〉〈伊州三臺〉等名稱。王建存詞十首，其中〈三臺〉詞占六首。這兩首詞寫宮闈情事，故名曰「宮中三臺」。

第一首起句寫「射鴨」遊戲，次句寫「看花」娛目。「魚藻池」、「芙蓉苑」，點明遊樂地點。畋獵不在郊野山林，而在「池邊」；獵物不是走獸飛禽，而是戲水家鴨；以及在花團錦簇的園苑中優游自若地「看花」，作者透過這一特定的環境、典型的事例和不尋常的舉止的描摹，為介紹人物預為伏筆。三四句從服色、儀仗的點撥中，顯示出人物的身分和地位。紅彤彤的旭日和金粲粲的袞衣交相輝映，益增聖顏的光彩和愉悅。這裡詞人運用「以偏概全」即以部分代全體的修辭手法，如以所穿的服飾「柘（黃）袍」，所用的儀仗「紅鸞扇」，指代帝王；同時，又用比喻兼象徵的手法，如以「日色」映「柘袍」，非但取其色彩近似，更寓有以日喻君之意。「夫日者，人君之德，帝王之象也。」這也是古典詩人所慣用的藝術手法，如晉傅玄〈日昇歌〉「旭日照萬方，皇德配天地」，李嶠〈詠日〉「傾心比葵藿，朝夕奉光曦」，杜甫〈自京赴奉先縣詠懷五百字〉「葵藿傾太陽，物性固難奪」等等，均以日喻君。「不著」二字，意在讚頌聖上簡約禮儀，平易近人。杜甫「雲移雉尾開宮扇，日繞龍鱗識聖顏」（〈秋興八首〉其五）寫天子臨朝時的尊貴、威嚴和肅敬，此詞則寫君王平居時的隨和，二者各有其趣。

第一首寫白天遊樂，第二首寫晚上觀賞。首先作者以賦的手法來寫春景。「池北池南」、「殿前殿後」，就是遍地、到處的意思。碧水清池，綠草如茵；巍峨寶殿，紅花似錦。兩句互文見義，無論是宮殿還是池塘的周圍，綠草遍生，鮮花盛開，呈現出一派春意盎然的欣欣向榮景象。它是天子千秋永駐、萬年為樂的吉祥徵兆。後兩句當用古樂府〈上之迴曲〉「千秋萬歲樂無極」句的意思。

王建這兩首〈宮中三臺〉是一種宮廷詞，透過對帝王遊樂生活的描寫，頌揚昇平，極盡恭維之能事。此詞的體式雍容典雅工麗，渾成一體。「魚藻池邊射鴨，芙蓉苑裡看花」、「池北池南草綠，殿前殿後花紅」，辭藻華美，對偶工整，句式複疊（如「池北池南」、「殿前殿後」）。這種修飾方式，前人也曾用過，如劉長卿〈發越州赴潤州使院留別鮑侍御〉「江南江北春草」;韋應物〈三臺二首〉其一「明日後日花開」),並注意色彩的搭配(如「草綠」之與「花紅」)。但縱觀全詞,細加體味,在典麗中卻蘊藏有一股淡雅、清新的氣息。這是此詞有別於其他宮廷詩詞之處。故近人俞陛雲說:「二詞皆臺閣體……其渾成處,想見盛唐詞格。」(《唐詞選釋》)

這是兩首六言絕句式的詞。六言絕句在唐代頗為流行,但到王建等人手中已接近了詞的體制,這是由詩到詞發展史中的一個環節。自四傑之後,詩歌從宮廷逐漸移到了市井,從臺閣逐步轉向了江山和邊塞;自李杜之後,更延伸到人生、社會各個角落。而詞自民間轉向了文人後,題材內容反趨狹隘。王建這兩首臺閣體的詞作似乎是一個信號,值得治詞史者注意。(陳耀東)

宮中調笑 王建

團扇，團扇，美人病來遮面。玉顏憔悴三年，誰復商量管弦！弦管，弦管，春草昭陽路斷。

此調亦即〈調笑令〉（又稱〈轉應曲〉）。宋黃昇云：「王仲初（王建字仲初）以〈宮詞〉百首著名，〈三臺令〉〈轉應曲〉，其餘技也。」（清沈辰垣編《御選歷代詩餘》引《花菴詞客》）此詞即屬〈宮詞〉之餘。詞調本以「轉應」為特點，凡三換韻，仄平仄間換；而此詞內容上亦多轉折照應，大體一韻為一層次。

「團扇，團扇，美人病來遮面。」以詠扇起興，同時繪出一幅妍妙的宮中仕女圖。「新裂齊紈素，鮮潔如霜雪。裁為合歡扇，團團似明月。出入君懷袖，動搖微風發。常恐秋節至，涼飆奪炎熱。棄捐篋笥中，恩情中道絕。」（漢班婕妤〈怨歌行〉）美的團扇，是美人的襯托。人的外表美當與健康分不開，但古代士大夫的審美觀念卻是：西子捧心則更添妍姿。詞起首寫美人病來，自慚色減，以扇遮面，而紈扇與玉顏掩映，反有「因病致妍」之妙。如此寫人，方為傳神；如此詠物，方覺生動。倘如說「病態美」於今天的讀者已經隔膜，那也無關緊要，因為全詞的旨趣並不在此。作者最多不過是借此表明一種「紅顏未老恩先斷」（白居易〈後宮詞〉）的感慨罷了。

「玉顏憔悴三年，誰復商量管弦！」「玉顏憔悴」上應「美人病來」，卻從詠物及人的外部動態過渡到寫人物的命運和內心活動，轉折中詞意便深入一層。從下句的「復」字可會出，「三年」前美人曾有人與同「商量管弦」，以歌笑管領春風，而這一切已一去不復返。可見美人的「病」非常病，乃是命運打擊所致，是由承恩到失寵的結果。「玉顏憔悴三年」，其中包含多少痛苦與辛酸。「誰復商量管弦！」將一腔幽怨透過感嘆句表出。誰，有誰，也即「沒有誰」。冷落三年之久，其為無人顧問，言下自明，語意中狀出一種黯然神傷、獨自嘆息的情態。

「弦管，弦管，春草昭陽路斷。」點明宮怨之意。「昭陽」，漢殿名，為漢成帝時趙昭儀所居，用來指得寵的所在。「昭陽路斷」即「君恩」已斷，不直言這是因為君王喜新厭故所致，而託言是春草萋萋遮斷通往昭陽之路，含怨於不怨，尤婉曲有味。「弦管，弦管」的疊語用在這裡，則大有「月明歌吹在昭陽」（唐李益〈宮怨〉）的意味。這從昭陽殿那邊隱約傳來的歌吹之聲，會勾起久已不復有人「商量管弦」的宮人多深的惆悵，是不言而喻的。於是，「團扇」的興義立見，它顯然暗用了班婕妤著名的〈怨歌行〉的全部詩意，即以「秋扇見棄」暗示「恩情中道絕」。則所謂「美人病來遮面」亦不僅是自慚形穢而已，其中頗含「且將團扇共裴回」（唐王昌齡〈長信秋詞〉）的感慨，見物我同情。這又是首尾轉應了。

本來「弦管」的疊語按律只為上句末二字「管弦」倒文重疊詠嘆，不必具實義。此詞用來卻能化虛為實，使二疊語大有助於意境的深化和詞意的豐富。全詞之所以能曲盡「轉應」之妙，與此大有關係。這樣的句子，方稱得上「活句」。（周嘯天）

宮中調笑　王建

楊柳，楊柳，日暮白沙渡口。船頭江水茫茫，商人少婦斷腸。腸斷，腸斷，鷓鴣夜飛失伴。

王建的〈宮中調笑〉，過去以「團扇」最出名，清陳廷焯《白雨齋詞話》曾說它「結語悽怨，勝似〈宮詞〉百首」。而於「楊柳」一首，評論家則多未注意。其實，「楊柳」這首詞，在刻畫商人少婦盼望丈夫而不見歸來的那種悵惘、悲涼、孤獨心情方面，倒頗見特色。

詞以「楊柳」起句，寓別離之意。折柳贈別，為古代習俗，故在詩詞中遂以楊柳為別離的象徵。劉禹錫〈楊柳枝〉「長安陌上無窮樹，唯有垂楊管別離」，柳氏〈章臺柳〉「楊柳枝，芳菲節，所恨年年贈離別」，皆其意也。「楊柳」用疊句，以加強語意、感情的抒發，等於現代詩歌中的「楊柳啊，楊柳！」這類重疊，是早期詞的共同特點，這正是詞脫胎於民歌的一種標誌——民歌語言表達上的顯著特點就是重疊複沓，反覆歌詠，以盡其情。「腸斷」兩句亦同此例。「日暮」以下，是寫商人少婦對久別不歸的丈夫的盼望。詞中由「渡口」而「船頭」，由「日暮」而至於「夜」，以場景、時間的推移，表現這位少婦盼望之殷切，等待之良苦。「江水茫茫」、「鷓鴣夜飛」，寫盼而不見，當歸未歸，唯有江水滿眼、鷓鴣夜飛而已，則少婦心情之悵惘、悲涼與孤獨由此可知。「失伴」句，以鳥喻人，進一步點明題旨。且「失伴」本來就夠孤獨了，何況又是在「夜」中失伴呢！這裡的「鷓鴣」是義兼比興，以鳥喻人，又不失鳥的特點。失伴而仍夜飛，意在尋伴，其孤獨之感，悽苦之情，就更甚一層。宋人賀鑄的〈半死桐〉即〈鷓鴣天〉有「頭白鴛鴦失伴飛」，意境彷彿。

此詞寓情於景，情景交融。心事茫茫，皆在諸般景物之中，而諸般景物又無一虛設，皆在言情。所以少婦的心事，雖終無一言道破，但卻歷歷如見，掬之可出。

唐代的城市經濟比較發達，商人活動頻繁。而商人是「重利輕別離」的，他們往往長年不歸，遂使他們的妻子翹盼悲傷，造成一些家庭悲劇，成為唐代文學作品的一個重要內容。王建能用詞這種形式攝取這樣的題材，反映當時社會生活的一個側面，是可貴的。（丘鳴皋）

釋德誠

【作者小傳】號船子和尚。蜀東武信（今四川遂寧西北）人。約生活於唐憲宗元和至唐武宗會昌年間（八〇六～八四六）。禪宗南宗青原系藥山惟儼法嗣。住秀州華亭（今上海市松江區），泛小舟渡人。有〈撥棹歌〉三十九首，借詠漁父生活寄寓佛機禪理。後人稱其詞曰：「屬詞寄意，脫然迴出塵網之外，篇篇可觀。」（宋呂益柔《機緣集》跋）

撥棹歌　釋德誠

千尺絲綸直下垂，一波纔動萬波隨。
夜靜水寒魚不食，滿船空載月明歸。

釋德誠，號船子和尚。唐元和會昌間人，為禪宗南宗青原系藥山惟儼禪師法嗣，南宋居簡《西亭蘭若記》說他是「蜀東武信（今四川遂寧西北）人」。南唐《祖堂集》卷五、宋釋道原《景德傳燈錄》卷十四、宋釋普濟《五燈會元》卷五皆有其小傳，稱他在吳江朱涇（今屬上海市金山區）、秀州華亭（今上海市松江區）一帶，泛一小舟，垂綸舉棹，接應四方往來者，並作有〈撥棹歌〉三十九首。本首是其中之一。

詞的前二句，描寫的是垂釣的景象。千尺絲綸說釣絲之長，頗有些誇張，但也比喻人們在世上貪欲無已，為沽名釣譽趨炎逐利而下窮黃泉。據《五燈會元》記載，有人問船子和尚：「如何是和尚日用事？」他回答：「棹撥清波，金鱗罕遇。」比喻皈依佛法之人，出世隨緣優游不涉榮利虛名。可見，魚在這裡象徵功名利祿之類的欲求。而「一波纔動萬波隨」，看是平常自然景象，但也暗含佛理：佛教認為人間之權謀紛擾，皆因為人有所欲後而產生，而世上一切，又因緣相生，環環相扣，就像水波一般。

如果說，前二句是借垂釣表現人間貪婪紛擾的世相，那麼後二句是透過垂釣的結果暗喻頓悟的禪境。夜深無聲，萬籟俱寂，水寒江冷，魚兒沒有食欲，不會來上鉤了，也就是說，各種垂釣的條件（或者說因緣）都不具備了，那麼，漁父該何去何從？是執迷不悟還是幡然醒悟，就在這時候，全首詞的境界豁然開朗：「滿船空載月明歸」，漁船雖然空空如也，但卻滿載皎潔月光，漁父心懷欲求百般追尋而來，但收穫的是空靈和澄澈，從千尺垂綸到滿船月色揚帆而歸，詞的意境在這裡陡然昇華了，黃檗希運禪師有偈曰「心外無法，滿目青山，虛空世界皎皎地」（《古尊宿語錄》卷三《黃檗斷際禪師宛陵錄》）似可參證。這滿船明月，就是我們自己因為貪欲而失去的本性，漁父要回歸的此岸世界，也同樣是自己固有的識心見性的本旨。佛教認為人先天的本性如日月，只是後天的欲求將之障蔽了，如果要回歸自己的本性，首先要擯棄沽名釣利的貪欲。那麼怎樣才能達到這個境界呢？禪宗南宗要求徒弟信眾在日常的隨緣任運中透過頓悟超凡入聖，反對死讀佛經漸悟入道。船子和尚的師傅藥山惟儼禪師不要求弟子看佛經，怕弟子無休止地讀下去而忘記乃至違背識心見性的本旨，說偈「雲在青天水在瓶」（《五燈會元》），表明萬物自有規律，各有自己的安身處。那麼，詞中的垂絲千尺的漁父，在垂釣失敗之際，也是他幡然醒悟，參透入道之時，這種情景的陡然轉換和意境的鮮明對比，正宣揚了禪宗的頓悟思想。這首詞沒有具體的主人公和垂釣的細節，而是借漁父詞的形式，透過船子和尚特有的身分，用象徵和對比表明禪理禪境。這和柳宗元〈江雪〉「千山鳥飛絕，萬徑人蹤滅。孤舟蓑笠翁，獨釣寒江雪」中充滿對現實社會的不滿和抗爭的漁父形象是大異其趣的。

禪宗講求不落言筌，不為理障，故其說法傳道皆用比喻暗示，因此禪宗機鋒或公案往往借用詩詞形式。但由於這些布道詩詞形象鮮明，語言清新，也反過來開拓了詞在產生初期的內容和意境，對後人產生相當影響。北宋大詩人大書法家兼詞人黃庭堅在被貶戎州時，曾寫過一首〈訴衷情〉詞，詞云：「一波纔動萬波隨，蓑笠一鉤絲。金鱗正在深處，千尺也須垂。吞又吐，信還疑，上鉤遲。水寒江靜，滿目青山，載月明歸。」分明從此首「奪胎換骨」而出。不僅如此，他還手書船子和尚的〈撥棹歌〉，並跋云：「船子和尚歌漁父，語意清新，道人家風處處出現。」（《山谷別集》卷十二《書船子和尚歌後》）足見黃山谷對他的稱賞。（祝振玉）

劉禹錫

【作者小傳】（七七二～八四二）字夢得，洛陽（今屬河南）人。唐德宗貞元九年（七九三）進士，登博學鴻詞科。授監察御史。因參加永貞革新被貶連州刺史，未至，斥朗州司馬，晚遷太子賓客。世稱劉賓客。有《劉賓客文集》。存詞三十九首。劉禹錫在朗州時，仿民歌作詞，其〈竹枝〉〈楊柳枝〉〈浪淘沙〉等富有民歌特色。又與白居易唱和，依曲拍為句，作〈憶江南〉詞。

憶江南

劉禹錫

春去也，多謝洛城人。弱柳從風疑舉袂，叢蘭裛露似霑巾。獨坐亦含嚬。

此詞調名下有作者自註：「和樂天春詞，依〈憶江南〉曲拍為句。」時為唐文宗開成三年（八三八），白居易為太子少傅分司東都，劉禹錫為太子賓客分司東都，二人均在洛陽，時相唱和。白詞共三首，劉的和詞共兩首。這是其中的第一首。白詞是說江南之春如何令人心馳神往，劉詞是說洛陽之春如何繾綣多情；白詞以「憶」字標目，直抒胸臆，劉詞卻託喻女子惜春，曲折達意；白詞採取重章複沓的形式，以唱嘆出之，劉詞則運用擬人化的手法，寫女子感傷春光易逝，卻偏從春的惜別一邊著筆，「正面不寫寫反面，本面不寫寫對面、旁面」（見劉熙載《藝概．詩概》），使物我兩方相摩相蕩、相間相融，由此生出無限的情思和妙境。因此，本詞雖然是白詞的和作，但在取徑、構思方面，明顯地表現出與白詞不同的特色。

「春去也，多謝洛城人。」匆匆欲歸的春天正向愛春、惜春的洛城人殷勤致意，戀戀不捨地道別。「去也」兩字感情色彩極濃，不可輕輕放過。在臨別之際說一聲「去也」，抵得上千言萬語，其中當然也包含著不忍去、不願去、又不得不去的衷曲。後來柳永〈雨霖鈴〉詞「念去去、千里煙波」，連用兩個「去」字，也是為了凸出他心頭不忍去、不願去而又不得不去的複雜感情。這是從春的一方即客觀的一方言之。再從愛春、惜春的一方即主觀的一方言之，則「去也」兩字更為關情。《西廂記．長亭送別》有句云：「聽得道一聲『去也』，鬆了金釧；遙望見十里長亭，減了玉肌。此恨誰知！」如果借來作為「去也」兩字的注解，就不難想像那種愛春、惜春而又無計留春的惆悵之情。

從唐人的詩詞看來，唐代洛城的春天是非常美麗的。白居易〈洛城東花下作〉：「花多數洛陽。」韋莊〈菩薩蠻五首〉其五：「洛陽城裡春光好。」可見洛城的春天確實是花團錦簇、奼紫嫣紅，景色十分迷人。洛陽人對春天的愛賞，使得春天臨當歸去的時候，也不勝其依依惜別之情了：「弱柳從風疑舉袂，叢蘭裛露似霑巾。」瞧，春天是多麼富於人情味！柳絲輕風，上下飄揚，這是她在向人們揮袖作別；香蘭沾露，晶瑩閃光，這是她在垂淚傷別。曰「疑」曰「似」，說明「舉袂」、「霑巾」都是想像之辭。所以能生此想像，緣詞中有人。於是就自然而然地過渡到結句：「獨坐亦含嚬。」如果說，前面四句都是從春的惜別一邊著筆的話，那麼這最後一句寫到了惜春之人。從句中的「獨」字可以領悟到，這位抒情主人公的心情非常寂寞惆悵。旖旎的春光曾給她以歡樂與安慰，或者說，曾激勵她滿懷憧憬地追求美好的理想，但是，曾幾何時，春闌花謝，歡樂成為過去，安慰被失望所代替，理想也終於落空。愁緒煎熬使她坐臥不安。從句中的「亦」字可以想像到除「獨坐」以外的獨眠、獨酌、獨吟都已一一行之而終於無法排遣愁緒。在百無聊賴之中，唯有借「獨坐」以自持性情，但「獨坐」既久，仍不免嚬眉蹙額，為愁緒所包圍，由此總見得愁緒纏綿深長而避之無由了。

劉禹錫筆下的春光有時是有寄託的。在〈洛中春末送杜錄事赴蘄州〉詩中，他寫道：「君過午橋回首望，洛城猶自有殘春。」午橋是中唐著名宰相裴度的別墅所在地。裴度曾對唐代的元和中興作出過重要貢獻，所以前人曾說：「時唐祚日衰，裴公為國柱石，故以殘春擬之，言為時所屬望也。不然到處皆春，何獨望午橋哉！」（明李攀龍《唐詩訓解》卷七）劉禹錫曾希望透過裴度的力量在政治上有所作為，但裴度被李宗閔等人排擠出朝，調任東都留守，後又移鎮太原，為北都留守。劉禹錫的政治抱負無法實現，內心十分苦悶。本詞寫於唐文宗開成三年，其時裴度尚在太原。詞中流露的孤獨的心情和對春逝的傷感，同劉禹錫當時的心境不無關係。由自然界美好春天的消逝，引起自己對盛年難再、政治良機喪失的感嘆。這就是本詞的大旨所在。從藝術上說，全詞以「獨坐」運思，憑虛構象，賦予無情的春天以豐富的感情，把抒情主人公的主觀與客觀，心聲與天籟，融成一片，境界妍麗而又渾成，構思新巧而又合乎自然，所以清況周頤說：「唐賢為詞，往往麗而不流，與其詩不甚相遠。劉夢得〈憶江南〉云……流麗之筆，下開北宋子野（張先）、少游（秦觀）一派。唯其出自唐音，故能流而不靡，所謂『風流高格調』，其在斯乎？」（《蕙風詞話》卷二）

另外，還應該指出，這首詞調名下的自註，明言按照〈憶江南〉的曲調來填詞。這是文學史上開始出現依曲填詞的記錄。因而它在詞史上的地位是不容忽視的。（吳汝煜）

瀟湘神　劉禹錫

斑竹枝，斑竹枝，淚痕點點寄相思。
楚客欲聽瑤瑟怨，瀟湘深夜月明時。

〈瀟湘神〉，一名〈瀟湘曲〉。單調二十七字，五句四平韻，詞首三字例用疊句。此調創始於劉禹錫，且在唐、五代詞人中，僅劉禹錫留下兩首。這裡選錄的是其中的第二首。詞詠湘妃故事，正是調名本意。湘妃是指帝舜的兩個妃子娥皇、女英。據《列女傳》《博物志》等書中的傳說，帝舜巡遊南方，死於蒼梧。她們兩人趕至湘江邊，哭泣甚哀，以淚揮竹，染竹成斑，後投水而死，成為湘水女神，俗稱湘靈。這是本詞調名的由來。清陳廷焯《白雨齋詞話》卷七云「古人詞大率無題者多，唐五代人，多以調為詞」，這就是一例。

詞的開頭兩句「斑竹枝，斑竹枝」，以重疊的形式寫出了心中無限低迴曲折的嘆息。自然界的竹枝，本屬雅品，其姿娟秀，其質清麗，而瀟湘之竹，自從一染娥皇、女英之淚，便增添了一層長存永在的哀傷色彩，從而成為與眾竹不同的特殊景物了。由於作者深深地因斑竹的特徵和傳說而激動，所以他感到竹上的每一個斑痕都包含著深意：「淚痕點點寄相思。」「點點」兩字極寫淚痕之多與淚痕之深。唯其多，故幽篁翠篠，無不盡染，湘妃之情多可知；唯其深，故千齡百代，雖久不滅，湘妃之怨深可見。情多，故相思綿綿不絕；怨深，故悲韻世世相傳。至此，作者筆下的株株斑竹，已不是單純的景物，而儼然成為一種永生不死的多情精靈的象喻了。

「楚客欲聽瑤瑟怨，瀟湘深夜月明時。」這兩句主要寫湘妃透過鼓瑟以抒發千古哀怨之情。楚客，本指屈原。《楚辭．遠遊》：「使湘靈鼓瑟兮，令海若舞馮夷。」〈遠遊〉這篇作品，王逸以為是屈原所作，所以錢起〈省試湘靈鼓瑟〉詩有「馮夷空自舞，楚客不堪聽」之句。這裡是作者以屈原自比。作者寫作此詞時，正值貶官朗州（治所在今湖南常德）。他的遭遇與屈原極為相似，且又在屈原貶謫之區，難以排遣的哀怨與對帝京的強烈思念，使他希望成為善於鼓悲瑟的湘靈的知音。「瑤瑟」是瑟的美稱。「瑤瑟怨」是說湘靈演奏的瑟曲韻悲調苦，特別動人。在這靜謐的湘江月夜，作者那種因忠信而見棄的怨憤和在極度苦悶中所產生的無窮的惆悵，同傳說中的湘靈的瑟聲夢幻般地交織在一起，構成了一種迷離惝怳、亦真亦幻的藝術境界。說它幻，是因為湘靈的瑟聲在現實世界中是聽不到的；說它真，是因為只要湘竹上的淚痕猶在，只要人間還有哀傷的情事，這古老的傳說將會永遠牽惹人們的情思。詞的結句「瀟湘深夜月明時」，具體描繪了瑤瑟的哀怨動人：湘流之清冷如斯，夜深之孤寂若彼，更兼明月如霜，給夜景平添了幾分淒清的情韻。此時此境，湘靈那如怨如慕、如泣如訴的瑟聲，從幽密的竹林或靜謐的江面輕輕飄出，無處不在，卻又若有若無。是天籟自鳴，還是作者心靈的悲嘆，抑或兩者兼而有之？於作者無從分說，於欣賞者也無須辨析。是之謂寓真於幻，愈幻愈真。（吳汝煜）

白居易

【作者小傳】（七七二～八四六）字樂天，晚年號香山居士，又號醉吟先生。祖籍太原（今屬山西）人，徙居下邽（今陝西渭南東北）。唐德宗貞元十六年（八〇〇）進士。唐憲宗元和中，任左拾遺、左贊善大夫，因上書忤執政，貶江州司馬，移忠州刺史。唐穆宗長慶時，出刺杭州、蘇州。後以太子少傅分司東都，終刑部尚書。晚居洛陽。早歲與元稹友善，詩亦齊名。晚年與劉禹錫唱酬甚密，時稱「劉白」。有《白氏長慶集》，存詞二十八首。白居易是早期文人詞中寫得較多較好的一位，影響較大。其〈長相思〉平易流暢，〈憶江南〉清新明麗，皆為人傳誦。

憶江南（三首） 白居易

江南好，風景舊曾諳。日出江花紅勝火，春來江水綠如藍。能不憶江南？

江南憶，最憶是杭州。山寺月中尋桂子，郡亭枕上看潮頭。何日更重遊？

江南憶，其次憶吳宮。吳酒一杯春竹葉，吳娃雙舞醉芙蓉。早晚復相逢？

這個詞牌原名〈望江南〉，見於唐崔令欽《教坊記》及敦煌曲子詞。其後又有〈謝秋娘〉〈夢江南〉〈望江梅〉

等許多異名。白居易則即事名篇，題為〈憶江南〉，凸出一個「憶」字，抒發他對江南的憶戀之情。

白居易早在青年時期就曾漫遊江南，行旅蘇、杭。其後又在蘇、杭作官：唐穆宗長慶二年（八二二）七月除杭州刺史，十月到任，長慶四年五月任滿離杭；唐敬宗寶曆元年（八二五）三月除蘇州刺史，五月初到任，次年秋天因目疾免郡事，回到洛陽。這時候，他五十五歲。蘇、杭是江南名郡，風景秀麗，人物風流，給白居易留下了美好的記憶；回到洛陽之後，寫了不少懷念舊遊的詩作。如〈見殷堯藩侍御憶江南三十首，詩中多敘蘇杭勝事，余嘗典二郡，因繼和之〉云：「江南名郡數蘇杭，寫在殷家三十章。君是旅人猶苦憶，我為刺史更難忘。境牽吟詠真詩國，興入笙歌好醉鄉。為念舊遊終一去，扁舟直擬到滄浪。」直到唐文宗開成三年（八三八）六十七歲的時候，還寫了這三首〈憶江南〉。

第一首泛憶江南，兼包蘇、杭，寫春景。全詞五句。一開口即讚頌「江南好」，正因為「好」，才不能不「憶」。「風景舊曾諳」一句，說明那江南風景之「好」，不是聽人說的，而是當年親身感受到、體驗過的，因而在自己的審美意識裡留下了難忘的記憶。既落實了「好」字，又點明了「憶」字。接下去，即用兩句詞寫他「舊曾諳」的江南風景：「日出江花紅勝火，春來江水綠如藍。」「日出」、「春來」，互文見義。春來百花盛開，已極紅豔；紅日普照，更紅得耀眼。在這裡，因同色相烘染而提高了色彩的明亮度。春江水綠，紅豔豔的陽光灑滿了江岸，更顯得綠波粼粼。在這裡，因異色相映襯而加強了色彩的鮮明性。作者把「花」和「日」聯繫起來，為的是同色相烘染；又把「花」和「江」聯繫起來，為的是異色相映襯。江花紅，江水綠，二者互為背景。於是紅者更紅，「紅勝火」；綠者更綠，「綠如藍」。

杜甫寫景，善於著色。如「江碧鳥逾白，山青花欲燃」（〈絕句二首〉其二）、「兩箇黃鸝鳴翠柳，一行白鷺上青天」（〈絕句四首〉其三）諸句，都明麗如畫。而異色相映襯的手法，顯然起了重要作用。白居易似乎有意學習，如「夕照紅於燒，晴空碧勝藍」（〈秋思〉）、「春草綠時連夢澤，夕波紅處近長安」（〈題岳陽樓〉）、「綠浪東西南北水，紅欄三百九十橋」（〈正月三日閒行〉）諸聯，都因映襯手法的運用而獲得了色彩鮮明的效果。至於「日出」、「春來」兩句，更在師承前人的基礎上有所創新：在明媚的春光裡，從初日、江花、江水、火焰、藍葉那裡吸取顏料，兼用烘染、映襯手法而交替綜錯，又濟之以貼切的比喻，從而構成了闊大的圖景。不僅色彩絢麗，耀人眼目；而且層次豐富，耐人聯想。

讀者如果抓住題中的「憶」字和詞中的「舊曾諳」三字馳騁想像，就會發現還有一個更重要的層次；以北方春景映襯江南春景。全詞以追憶的情懷，寫「舊曾諳」的江南春景。而此時，作者卻在洛陽。比起江南來，洛陽的春天來得晚。請看作者寫於洛陽的〈魏王堤〉七絕：「花寒懶發鳥慵啼，信馬閒行到日西。何處未春先有思，柳條無力魏王堤。」在江南「日出江花紅勝火」的季節，洛陽卻「花寒懶發」，只有魏王堤上的柳絲，才透出一點兒春意。

花發得比江南晚，水怎麼樣呢？洛陽有洛水、伊水，離黃河也不遠。但即使春天已經來臨，這些水也不可能像江南春水那樣碧綠。不難設想，當作者信馬尋春，看見的水都是黃的，花呢，還因春寒料峭而懶得開，至少還未盛開；他觸景生情，怎能不追憶江南春景？怎能不從內心深處讚嘆「江南好」？而在用生花妙筆寫出他「舊曾諳」的江南好景之後，又怎能不以「能不憶江南」的眷戀之情，收束全詞？詞雖收束，而餘情搖漾，凌空遠去，自然引出第二首和第三首。

第二首緊承前首結句「能不憶江南」，以「江南憶，最憶是杭州」開頭，將記憶的鏡頭移向杭州。偌大一個杭州，可憶的情境當然很多，而按照這種小令的結構，卻只能納入兩句，這就需要選擇和集中最有代表性、也是他感受最深的東西。杭州最有代表性的景物是什麼呢？且看宋之問的名作〈靈隱寺〉：「鷲嶺鬱岧嶢，龍宮鎖寂寥。樓觀滄海日，門對浙江潮。桂子月中落，天香雲外飄……」浙江潮和月中桂子，就是杭州景物中最有代表性的東西，而作者對此也感受最深。

何謂「月中桂子」？宋錢易《南部新書》裡說：「杭州靈隱寺多桂。寺僧曰：『此月中種也。』至今中秋望夜，往往子墜，寺僧亦嘗拾得。」既然寺僧可以拾得，別人也可能拾得。白居易做杭州刺史的時候，也很想拾它幾顆。〈留題天竺、靈隱兩寺〉詩云：「在郡六百日，入山十二回。宿因月桂落，醉為海榴開……」自註云：「天竺嘗有月中桂子落，靈隱多海石榴花也。」看起來，他在杭州之時多次往尋月中桂子，欣賞三秋月夜的桂花。因而當他把記憶的鏡頭移向杭州的時候，首先再現了「山寺月中尋桂子」這樣一個動人的畫面。

天竺寺裡，秋月朗照，桂花飄香，一位詩人，徘徊月下，留連桂叢，時而舉頭望月，時而俯身看地，看看是否真的有桂子從月中落下，散在桂花影裡。這和宋之問的「桂子月中落」相比，境界迥乎不同，其關鍵在於著一「尋」字，使得詩中有人，景中有情。碧空裡的團圞明月，月光裡的巍峨山寺和寺中的三秋桂子、婆娑月影，都很美。然而如果不透過人的審美感受，就缺乏詩意。著一「尋」字，則這一切客觀景物都以抒情主人公的行動為焦點而組合、而移動，都透過他的視覺、觸覺、嗅覺乃至整個心靈而變成有情之物。於是乎，情與景合，意與境會，詩意盎然，引人入勝。

如果說天竺寺有月中桂子飄落不過是神話傳說，那麼，浙江潮卻是實有的奇觀。所以，上句說的「尋」桂子，不一定能尋見；下句所說「看」潮頭，那是實實在在看見了。

浙江流到杭州城東南，稱錢塘江；又東北流入海。自海上湧入的潮水，十分壯觀。清翟均廉《海塘錄》云：「錢塘江有海門潮，所起處，望之有三山。」這潮水，奔騰前進，直到杭州城外的錢塘江。宋祝穆《方輿勝覽》云：「江濤每日晝夜再上，每年八月十八日，數百里士女共觀。」就是說，每天都有早潮、晚潮，而以農曆中秋前後潮勢最大。請看《海塘錄》中錢塘候潮圖的描寫：「常潮遠觀數百里，若素練橫江；稍近，見潮頭高數丈，捲雲擁雪，混混庉庉，聲如雷鼓，猶不足以形容之。」正因為「潮頭高數丈」，所以作者當年做杭州刺史的時候，躺在郡衙裡的亭子上，就能看見那「捲雲擁雪」的壯麗景色。

這兩句詞，都有人有景，以人觀景，人是主體。所不同的是：上句以動觀靜，下句以靜觀動。「山寺」、「月」、「桂」，本來是靜的，主人公「尋桂子」，則是動的。以動觀靜，靜者亦動，眼前景物，都跟著他的「尋」而移步換形。然而這裡最吸引人的還不是客觀景物，而是主人公「山寺月中尋桂子」的精神境界。他有感於山寺裡香飄雲外的桂花乃「月中種」的神話傳說，特來「尋桂子」，究竟為了什麼？是想尋到月中落下的桂子親手種植，給人間以更多的幽香呢，還是神往月中仙境，感慨人世滄桑、探索宇宙的奧祕呢？

海潮湧入錢塘江，潮頭高數丈，捲雲擁雪，瞬息萬變，這是動的。主人公「郡亭枕上看潮頭」，其形體當然是靜的；但他的內心世界，是否也是靜的呢？作者有一首〈潮〉詩：「早潮纔落晚潮來，一月周流六十回。不獨光陰朝復暮，杭州老去被潮催。」不用說，這是他在「郡亭枕上看潮頭」時出現過的內心活動。但難道只此而已，別無其他嗎？何況，僅就這些內心活動而言，已蘊含著人生有限而宇宙無窮的哲理，值得人們深思啊！

第三首，照應第一首的結尾和第二首的開頭，從「江南憶，其次憶吳宮」冠下，追憶蘇州往事：「吳酒一杯春竹葉，吳娃雙舞醉芙蓉。」即一面品嘗美酒，一面欣賞美女雙雙起舞。「春竹葉」，是對「吳酒一杯」的補充說明。西晉張華〈輕薄篇〉詩云：「蒼梧竹葉清，宜城九醞醝。」可見「竹葉」本非「吳酒」。這裡用「竹葉」，主要為了與下句的「芙蓉」在字面上對偶，正像杜甫的「竹葉於人既無分，菊花從此不須開」（〈九日五首其二〉）借「竹葉」對「菊花」一樣。「春」，在這裡是個形容詞。所謂「春竹葉」，可以解釋成春天釀熟的酒，作者在另一篇詩裡就有「甕頭竹葉經春熟」（〈薔薇正開，春酒初熟，因招劉十九張大夫崔二十四同飲〉）的說法。也可以解釋成能給飲者帶來春意的酒，作者生活的中唐時代，就有不少名酒以「春」字命名，如「土窟春」、「石凍春」之類（見唐李肇《唐國史補》）。從「春」與「醉」對偶來看，後一種解釋也許更符合原意。「醉芙蓉」是對「吳娃雙舞」的形象描繪。以「醉」字形容「芙蓉」，極言那花兒像美人喝醉酒似的紅豔。「娃」，美女也。西施被稱為「娃」，吳王夫差為她修建的住宅，叫「館娃宮」。開頭不說憶蘇州而說「憶吳宮」，既為了與下文協韻，更為了喚起讀者對於西施這位絕代美人的聯想。讀到「吳娃雙舞醉芙蓉」，這種聯想就更加活躍了。

「吳酒」兩句，前賓後主，喝酒，是為觀舞助興，著眼點落在「醉芙蓉」似的「吳娃」身上，因而以「早晚復相逢」收尾。「早晚」，當時口語，其意與「何時」相同。

白居易在〈與元九書〉中說：「感人心者，莫先乎情，莫始乎言，莫切乎聲，莫深乎義。詩者：根情，苗言，華聲，實義。……未有聲入而不應，情交而不感者。」又在〈問楊瓊〉詩裡慨嘆道：「古人唱歌兼唱情，今人唱歌唯唱聲！」詩歌，需要有音樂性和圖畫性。但它感動人心的藝術魅力，卻不獨在於聲韻悠揚，更在於以聲傳情；不獨在於寫景如畫，更在於借景抒情。白居易把情看作詩歌的「根」，作詩譜歌，力圖以濃郁的實感真情動人心魄。這是他留給後人的最寶貴的藝術經驗。這三首〈憶江南〉，也正是他的藝術經驗的結晶。正如題目所昭示，洋溢於整組詩的，是對於江南的讚美之情和憶戀之情。「日出江花紅勝火，春來江水綠如藍」，真是寫景如畫！但這不是純客觀的景，而是以無限深情創造出來的情中景，又抒發了熱愛江南的景中情。讀這兩句詞，不僅看見了江南春景，還彷彿看見他讚美江南春景、憶戀江南春景的體態神情，從而想像他的精神活動，進入了作者所謂「情交」的境界。讀「山寺」、「吳酒」兩聯，情況也與此相似。

這三首詞，從今時憶往日，從洛陽憶蘇杭。今、昔，南、北，時間、空間的跨度都很大。每一首的頭兩句，都撫今追昔，身在洛陽，神馳江南。每一首的中間兩句，都以無限深情，追憶最難忘的江南往事。結句呢？則又回到今天，希冀那些美好的記憶有一天能夠變成活生生的現實。整組詞從許多層次上吸引讀者進入角色，想像主人公今昔南北所經歷的各種情境，體驗主人公今昔南北所展現的各種精神活動，從而獲得尋味無窮的審美感受。

這三首詞，每首自具首尾，有一定的獨立性；而各首之間，又前後照應，脈絡貫通，構成有機的整體。在「聯章」詩詞中，其謀篇布局的藝術技巧，也值得借鑑。（霍松林）

長相思

白居易

汴水流，泗水流，流到瓜洲古渡頭。吳山點點愁。

思悠悠，恨悠悠，恨到歸時方始休。月明人倚樓。

這首詞是抒發「閨怨」的名篇，構思比較新穎奇巧。它寫一個閨中少婦，月夜倚樓眺望，思念久別未歸的丈夫，充滿無限深情。詞作採用畫龍點睛之筆，最後才點出主人公的身分，凸出作品的主題思想，因而給讀者留下強烈的懸念。

上片全是寫景，暗寓戀情。前三句以流水比人，寫少婦丈夫外出，隨著汴水、泗水向東南行，到了遙遠的地方；同時也暗喻少婦的心亦隨著流水而追隨丈夫的行蹤飄然遠去。第四句「吳山點點愁」才用擬人化的手法，婉轉地表現少婦思念丈夫的愁苦。前三句是陳述句，寫得比較隱晦，含而不露，如若不細細體會，只能看到汴水、泗水遠遠流去的表面意思，而看不到更深的詩意，這就辜負了作者的苦心。汴水發源於河南，古汴水一支自開封東流至今徐州，匯入泗水，與運河相通，經江蘇揚州南面的瓜洲渡口而流入長江，向更遠的地方流去。這三句是借景抒情，寓有情於無情之中，使用的是暗喻和象徵的手法。「吳山點點愁」一句，承「瓜洲古渡」而入吳地，而及吳山，寫得清雅而沉重，是上片中的佳句。「吳山點點」是寫景，在這裡，作者只輕輕一帶，著力於下面的「愁」字。著此「愁」字，就陡然使詞意發生了巨大的變化，吳山之秀色不復存在，只見人之愁如山之多且重，這是一；山亦因人之愁而愁，這是二；山是愁山，則上文之水也是恨水了，這是三。一個字點醒全片，是何等之筆力！

下片直抒胸臆，表達少婦對丈夫長期不歸的怨恨。前三句寫她思隨流水，身在妝樓，念遠人而不得見，思無窮，恨亦無窮。「悠悠」二字，意接流水，筆入人情。「恨到歸時方始休」一句，與〈長恨歌〉之「天長地久有時盡，此恨綿綿無絕期」，各擅勝場。〈長恨歌〉寫死別，故恨無絕期；此詞寫生離，故歸即無恨。「恨到歸時方始休」，句意拙直，不假藻飾，然而深刻有味，情真意真。末句「月明人倚樓」，是畫景也是情語。五字包攏全詞，從而知道以上的想水想山，含思含恨，都是人於明月下、倚樓時的心事；剪影式的畫幅，又見出她茫茫然遠望馳思，人仍未歸，恨亦難休，幾幾乎要化為山頭望夫石也。（陸永品）

長相思

白居易

深畫眉，淺畫眉。蟬鬢鬅鬙①雲滿衣。陽臺行雨回。

巫山高，巫山低。暮雨瀟瀟②郎不歸。空房獨守時。

〔註〕①蟬鬢鬅鬙：婦女的一種髮式。其特點是輕而薄，望之縹緲如蟬翼。鬅鬙（音同朋僧）：髮亂貌。②瀟瀟：形容風雨急驟。

閨怨詞要寫得一往情深，很重要的一著是要把閨婦生活中最能表現其閨怨情懷的片斷吸取入文。這首詞，頗得力於此。

先從時間上說。作者把閨婦置於「暮雨瀟瀟」的傍晚時分，很見匠心。一天之中，傍晚時分無疑是最易惹動離愁的。飛鳥投林，牛羊下括，農夫收工回家，都在傍晚時分。當此之時，如果丈夫行役異鄉，久久未歸，閨婦自然會加倍地感到空虛寂寞。李白的詞作早已注意到了這一點，在〈菩薩蠻〉中寫道：「暝色入高樓，有人樓上愁。」白居易則突進一層。他不是截取一般的傍晚時分，而是截取了一個「雨瀟瀟」的傍晚時分。這就使這一敏感的時間在展示離人愁懷方面更恰到好處了。不難想見，詞中的閨婦處此時刻之中，於空虛寂寞之外，必然會平添心煩意亂之感。那感觸，較之一般的暝色起愁更為強烈。清陳廷焯說：「好在『暮雨瀟瀟』四字。妙在絕不著力。」（《詞則．閒情集》卷一評）道理即在於此。

次從心態的刻畫上說。作者把閨婦內心的潛意識以夢幻的方式出之，愈感真切。上片所寫的境界頗為恍惚。

「深畫眉，淺畫眉」兩句，顯然不是「現在時」，而是「過去時」。為了逗丈夫喜歡，她精心地畫過眉。究竟是畫得深好，還是畫得淺好，頗費思量。在夫妻生活中，畫眉這件事儘管很小，卻幸福而甜蜜，因而在這相思的時刻，最先從記憶中跳出來。回憶過去，不僅僅是為了填補當前的不足，更重要的是追求，對曾經獲得過的幸福的追求。「蟬鬢鬅鬙雲滿衣。陽臺行雨回」，則是由熱烈的追求和纏綿的相思所引起的一種極為豔麗的夢幻。由於不便直說，便借用巫山神女這個熟典來曲說。相傳為宋玉所撰的〈高唐賦〉中的神女曾說過「旦為朝雲，暮為行雨。朝朝暮暮，陽臺之下」的話，且曾自薦枕席於楚王，因此「陽臺行雨」往往是男女歡會的代稱。眾所周知，夢幻是潛意識的活躍狀態。而潛意識的活躍狀態，正是思之深、念之切的必然結果。閨婦在現實生活中無法得到的幸福終於在夢幻中暫時地得到了。但是她必須付出代價。這就是下片所寫的從夢幻中醒來以後的加倍的痛苦。

換頭「巫山高，巫山低」，緊扣上片中的「陽臺」一詞，「高」、「低」兩字又與上片「回」字相關，句法細密無間。由於與丈夫分別太久，相思之苦太深，因而當她悠悠醒來以後，仍然惦念著那高高低低的巫山。這時，她發現作為夢幻中的歡會之地的巫山離自己是那樣的遙遠，簡直是虛無縹緲，而留在自己心頭的卻是一大堆迷惘、雜亂、剪不斷、數不清的離愁。聽著窗外瀟瀟的暮雨聲，她比先前更為痛楚地嘆息自己的可悲處境：「空房獨守時。」「空」、「獨」兩字以其怵目驚心的敏銳感覺，與夢幻中的朦朧恍惚適成對照。它說明，夢幻過去以後，閨婦陷入了更為難堪的空虛和無比深切的悵恨的煎熬之中。大凡相思徹骨而導致潛意識的活躍，希冀在夢幻中獲得暫時的慰藉，這就不同於一般的相思之情而應該稱之為痴情了。作者抓住了閨婦最有痴情的片刻來展示其纏綿悱惻的相思之苦，所以宋黃昇《花菴詞選》評為「非後世作者所及」。

本詞在聲律上也有特色。全詞八句，除第五句外，句句用韻，而且用細微級的之、微、齊韻通押，使詞的聲情與閨婦的哀情融成一片，自然淒響，宛轉諧美。故近人俞陛雲說：「此首音節，饒有樂府之神。」（《唐詞選釋》）另據清葉申薌《本事詞》說：「吳二娘，江南名姬也，善歌。白香山守蘇（州）時，嘗制〈長相思〉詞云……吳善歌之，故香山有『吳娘暮雨瀟瀟曲，自別江南久不聞』之詠。蓋指此也。」可見本詞的音樂美也是不可多得的。（吳汝煜）

竇弘餘

【作者小傳】扶風平陵（今陝西咸陽西）人。竇常之子。唐武宗會昌元年（八四一）為黃州刺史。唐宣宗大中五年（八五一）為台州刺史。存詞一首。

廣謫仙怨　竇弘餘

胡塵犯闕衝關，金輅提攜玉顏。雲雨此時蕭散，君王何日歸還？
傷心朝恨暮恨，回首千山萬山。獨望天邊初月，蛾眉猶自彎彎。

這首詞原來有一篇很長的序，序中寫到本詞的緣起。天寶十五載（七五六），安祿山叛軍陷潼關，進逼長安。唐玄宗西逃，至馬嵬驛，六軍不發，賜楊貴妃自盡。至駱谷，玄宗對高力士說：「吾取九齡之言，不到於此。」因在馬上索長笛吹曲，曲成，潸然流涕。後名此曲為〈謫仙怨〉，其音怨切，諸曲莫比。此曲後來流傳，已無人知其本事，稱之為「劍南神曲」。竇弘餘有感於此，聊因暇日撰其辭，復命樂工唱之，「用廣不知者」，故名〈廣謫仙怨〉。

首句寫安祿山反，進犯長安。猶白居易〈長恨歌〉「九重城闕煙塵生」意。次句寫玄宗攜同貴妃，車駕幸蜀，猶〈長恨歌〉「千乘萬騎西南行」意。「金輅」指玄宗的車輦。「玉顏」指楊貴妃。起兩句用賦體，敘事簡練。「雲雨」二句，分寫貴妃和玄宗的命運。雲雨蕭散，喻貴妃之死。「雲雨」，用宋玉〈高唐賦〉言楚王夢與神女相會事。神女自謂「旦為朝雲，暮為行雨」，因稱男女歡合為「雲雨」。雲散雨收，玄宗和貴妃的愛情生活也就結束了。語意比〈長恨歌〉「宛轉蛾眉馬前死」來得含蓄蘊藉，具有抒情色彩。「君王」句，故意設問，中有寓意。玄宗晚年昏庸，不接受張九齡等有遠見的大臣勸諫，把軍事大權交到野心勃勃的胡將安祿山手裡，終於導致了安史之亂。玄宗逃到西蜀，命太子李亨監國。李亨擅自登基為帝，遙尊玄宗為太上皇。玄宗從此失去權力，受制於肅宗、張后。「何日歸還」四字，微諷纖悲，既不滿玄宗所為，復致惋傷之意。

過片二句，「傷心朝恨暮恨，回首千山萬山」，寫玄宗在蜀中的怨恨，可比之〈長恨歌〉的「蜀山水碧蜀山青，聖主朝朝暮暮情」，回首長安，山河阻隔，朝思暮憶，長恨無期。無論是在入蜀途中，在蜀地的行宮，還是在回京時候，經歷千山萬山，總是觸景傷心，對已逝的妃子無限思念。兩句語言精練流暢，重複「恨」字「山」字，具有特殊的音樂美，展現出感人的詩的境界。試與曼聲吟哦，自覺心魄搖曳。後來康駢復填此調云：「晴山凝目橫天，綠疊君王馬前。鑾輅西巡蜀國，龍顏東望秦川。」花了許多筆墨描寫，轉覺才情淺拙，不及此二語的簡樸動人了。收二句「獨望天邊初月，蛾眉猶自彎彎」，是詞人想像之辭，唐玄宗淒然念舊的神情畢現。〈長恨歌〉云：「芙蓉如面柳如眉，對此如何不淚垂。」而本詞說看到天邊的初月彎彎便想起妃子的蛾眉了。兩句融情入景，增添了哀怨的氣氛。俞陛雲《唐詞選釋》曰：「後人或言楊妃未死，為之辨證，豈弘餘亦知其潛遁，故言蛾眉猶似，隱約其詞耶？」則純屬臆測，恐作者初無此意。（陳永正）

杜牧

【作者小傳】（八〇三～八五三）字牧之，京兆萬年（今陝西西安）人。祖父杜佑曾任宰相。唐文宗大和二年（八二八）進士。又中賢良方正直言極諫科，任弘文館校書郎，試左武衛兵曹參軍。曾為江西觀察使沈傳師、宣歙觀察使崔鄲和淮南節度使牛僧孺之幕僚。後任司勛員外郎，官終中書舍人。為晚唐著名詩人，後人稱杜甫為「老杜」，稱其為「小杜」，又與李商隱並稱「小李杜」。有《樊川文集》。《尊前集》輯其詞一首。

八六子 杜牧

洞房深。畫屏燈照，山色凝翠沉沉。聽夜雨冷滴芭蕉，驚斷紅窗好夢，龍煙細飄繡衾。辭恩久歸長信，鳳帳蕭疏，椒殿閒扃。

輦路苔侵。繡簾垂、遲遲漏傳丹禁。蕣華偷悴，翠鬟羞整，愁坐、望處金輿漸遠，何時綵杖重臨。正銷魂，梧桐又移翠陰。

這是一首描寫宮怨的詞，是代失寵的後宮嬪妃的立言之作。表現後宮女子不得見御而產生怨恨的抒情文學作品，有久遠的歷史，《詩經》、《楚辭》中就有類似之作，舊題西漢司馬相如的〈長門賦〉更是一篇專寫宮怨的名作。南朝徐陵選編的《玉臺新詠》中有大量描寫這個題材的作品。男歡女愛和離情別恨之作，一向被認為是詞之正宗，而宮怨正與此相應，因此進入傳統的詞域和詞境中，是再正常不過的事情。

五代之前，詞作多屬小令，杜牧這首〈八六子〉，可以算是長調了。詞分上下兩片。

上片以記事為主，兼有寫景抒情，專寫一宮內女子日暮至入夜時分獨處深宮，無人相伴的孤寂。起拍三句，明是寫景。筆觸由室內移向室外。以「洞房深，畫屏燈照」起句，看似直寫所居之室的幽深和孤燈如豆的暗昧，但細細品讀，則有言外之意在。一是用「洞」與「深」呼應，寫居室之深曠，更體現出人的不勝冷寞；二是在視覺上以燈為中心，造成一種漸遠漸暗的空間效果，形成陰森之氣氛，更體現出人心理上的寒怖之感；三是用室內的華麗陳設、與人心理上的淒清，構成反襯關係，更見人情之難堪。室內已然如此，放眼室外，正是黃昏時分，薄暮中，山色仍不失蒼翠，卻越來越暗。「沉沉」二字，構成了光線在時間上的變化，很值得品味。三句渲染了一種深秋時分特有的氛圍，既不像春天那樣光彩，也不像盛夏時那樣盛旺，更不似冬天那樣酷寒，而是一種秋季特有的遲暮。「聽夜雨」三句切入寫事。「夜雨」照應上句「凝翠」言時間暗逝，已由暮至夜。本來慵懶困倦，已經入眠，但是秋雨的聲音，擾醒了自己。秋雨打芭蕉，是文學中的傳統意象，與男女相思之情相關。「紅窗」與上邊的「畫屏」呼應，寫居室的豪華，暗寓住在這裡的不是等閒女子。「驚斷紅窗好夢」與下句「龍煙細飄繡衾」構成點染關係，用景語染情語。「龍」字往往專指帝王，而「繡衾」則是指繡有鳳凰鴛鴦之類圖案的緞被，這又喻指男女之事。暗示了這位女子是曾受過皇上恩寵者。果真接下來「辭恩」三句，點明自己辭恩失寵，已經年累月。「久」、「蕭疏」和「間」這些與時間流逝關聯的詞的重複使用，使這種長期受冷遇之感形成巨大而持久的壓力，以至難以忍受！還是用點染手法，只不過這次是前一句是點，表情之語，後兩句是渲染之語，很有意味，謂鳳帳為「蕭疏」可見其塵蔽之狀，表明主人對生活的失望乃至絕望，而謂殿門為「閒扃」，則是明扃而暗留，難道還指望夜半人來？

下片以抒發孤怨之情為主，兼有寫景敘事。換頭之句，詞家頗重雖換象而意脈相續，這裡果真是承前啟後。殿門虛掩，指望人來，相思愈重，無法入睡，故展眼望去：專走車駕的道路，已是斑斑蒼苔，可見久已無人過往。「繡簾垂」從意思上看，應置於上句之前，即寫隔著閒扃之門的簾幕所見之輦路，倒裝後以「輦路苔侵」始，更凸出了與上片的呼應作用。「繡簾」以下七句，言人，寫景，記事和心理描寫相融相交，但中心卻是抒發閒愁滿腹，度日如年，殷切盼望帝駕重新臨幸的迫切心情。「漏傳」從時間上照應上片「夜雨」，表明時間已至凌晨。從蕣（音同舜，木槿花）的轉瞬即謝想到自己韶華易逝，不禁心灰意懶，不思梳妝。女為悅己者容，無悅己者，則不容，當是順理成章之舉。花容與人貌，其間由聯想而對接，自然而然。「愁坐」兩句又是倒裝，車駕儀仗開行，但並不是前來，而是遠去。如同以前一樣，期望今日再次落空。但是，孰料明天之事？誰敢說明日後日「綵杖」不會「重臨」。有著三宮六院七十二妃三千佳麗的萬乘之主，會如這位失寵者之願嗎？但是舊時入了宮門深似海的女子，又還能有什麼理想嗎？想來讓人心酸。結拍二句，言正在想得銷魂奪魄之時，曙光初照，梧桐樹陰又一次在窗上移動。但願在新的一天中，她的好夢成真。「移翠陰」近應「漏傳」，遠接「凝翠」，表示從薄暮到清晨時間的流度。「正銷魂」與「梧桐又移翠陰」還是點染關係，將正銷魂中欲說還休的複雜感情，借助於時間和空間中樹影的移動，巧妙而含蓄地表達出來，需要讀者細細體會。

自屈原以後，文學中借香草美人以喻君臣之交，成為重要傳統。晚唐詩人這一點又特別突出，以至於在談到與杜牧齊名的詩人李商隱之作時，有「詩家總愛西昆好，獨恨無人作鄭箋」（金元好問〈論詩三十首〉其十二）之說。

如果說杜牧此作也有將自己比作失寵的嬪妃，以表達懷才不遇的君臣之慨，恐怕還不能算是失之毫厘，謬以千里吧。（李向菲）

皇甫松

【作者小傳】松，一作嵩。字子奇，號檀欒子。睦州新安（今浙江淳安）人。皇甫湜之子，牛僧孺之甥。工詩善詞。《花間集》稱「皇甫先輩」。存詞二十二首，在《花間集》《尊前集》中。今有王國維輯《檀欒子詞》一卷。

天仙子　皇甫松

晴野鷺鷥飛一隻，水葓花發秋江碧。劉郎此日別天仙，登綺席，淚珠滴。十二晚峰青歷歷①。

〔註〕①元劉壎《隱居通議》卷二十九：「巫山十二峰，口習耳聞熟矣，終未悉其何名，今因〈蜀江圖〉所載，始得其詳。」據載為筆峰、獨秀、集仙、起雲、登龍、望霞、盤龍、翠屏、聚鶴、棲鳳、松巒、仙人等十二峰。

南朝宋劉義慶《幽明錄》記有劉、阮故事。東漢剡縣人劉晨、阮肇同入天台山採藥，迷不得返，饑食桃實，渴飲溪水。在山溪邊遇二美貌女子，待他們如舊相識，並邀至家款待，當晚成親。十日後劉、阮求歸，二女苦留，又過了半年。山中氣候草木常是春時，百鳥啼鳴，更使二人懷鄉念家，歸思甚苦，女遂相送，指示還路。既還，親舊零落，邑屋改異，子孫已歷七代。這個故事，為後世詩詞小說戲曲取作題材，或寄寓世人對仙境奇遇的嚮往，或藉以抒發聚散相思的苦情。皇甫松此詞，就是擷取臨別時的一幕，寫得情景交融，篇幅雖短，思致卻深。

「晴野鷺鷥飛一隻，水葓花發秋江碧」，敘寫秋景，切半年後還家的時令；已非復「氣候草木是春時」的山中景致，是為別後獨行野望所見，兼以襯托人物此時的心境。鷺鷥為水鳥，棲於水邊，高下飛翔。王維詩：「漠漠水田飛白鷺。」（〈積雨輞川莊作〉）李紳詩：「碧峰斜見鷺鷥飛。」（〈姑蘇臺雜句〉）此句特寫「飛一隻」，寓意顯然。「一隻」二字置於句末，唐高駢〈步虛詞〉已有「青溪道士人不識，上天下天鶴一隻」的先例，都是為了強調這兩個字，不只是為了押韻。水葓（音同洪）是叢生於江邊洲渚間的水草，又稱水葒，夏秋開花，花白色或粉紅色。「水葓花發秋江碧」，境界未嘗不闊遠清疏，色彩亦甚鮮妍諧美，然而不能吸引此時劉郎的心目，他的心還留在適才分別的場景之中，於目前佳景自似視若無睹。於是接轉「劉郎此日別天仙，登綺席，淚珠滴」三句，回敘別時情景。對「天仙」、臨「綺席」而「淚珠滴」，是一「別」字使然。思歸之心至切，離別之情又難，當此際，自應有許多心事、言辭、態度，而作者只用「淚珠滴」三字了之。蓋寫情人相別情景，最富概括性、表現力的，莫如寫流淚了。格律上此處只許寫三個字，就寫這三個字，一切都可盡包其中；至如「和淚出門相送」（李存勗〈憶仙姿〉）之「相送」，「執手相看淚眼」（柳永〈雨霖鈴〉）之「執手」，在這三個字面前，反覺辭費了。蓋寫也寫不盡，寫一二點反顯其少，不如不寫反覺其多。

末句「十二晚峰青歷歷」，又轉頭寫別後獨行所見。此亦寫景，但與開頭寫景又有不同。開頭之景，作者所設之景也，非必主人公目中之景；入目而不入心，與無景同。結句之景，誠主人公目中之景也，入目而又動心。情人已別，眼前只有青峰歷歷可數；山色可認，山中人更可思。清陳廷焯評云：「結有遠韻，是從『江上數峰青』（按：錢起〈省試湘靈鼓瑟〉）化出。」（《詞則·別調集》）此言甚是。必曰「十二峰」者，又用宋玉〈高唐賦〉中巫山神女事。南宋范成大曾兩遊巫山，作有前後〈巫山高〉詩，後詩云：「凝真宮前十二峰，兩峰娟妙翠插空；

餘峰競秀尚多有，白壁蒼崖無數重。」可以為詞中的「峰青」作註。此句以景結情，兼用兩典，融合無痕。

詞詠調名本意。唐五代此題並多用劉、阮事，託意仙緣，實寫人情。丁壽田等評韋莊〈天仙子〉「劉阮不歸春日曛」云：「此詞蓋借用劉阮事詠美人窩耳。」（《唐五代四大名家詞》乙篇）於皇甫松此詞固亦可作如是觀。但皇甫松詞句麗而意清，語真而情摯，不涉綺思，誠為此調中上駟。（陳長明）

浪淘沙　皇甫松

灘頭細草接疏林，浪惡罾船半欲沉。
宿鷺眠鷗飛舊浦，去年沙嘴是江心。

〈浪淘沙〉是較早的詞調之一，形式與七言絕句同，內容則多借江水流沙以抒發人生感慨，屬於「本意」（調名等於詞題）一類。皇甫松此詞抒寫人世滄桑之感，表現得相當蘊藉。

首句寫沙灘遠景：灘頭細草茸茸，遙接岸上一派疏林。細草初生，可見是春天，也約略暗示那是一帶新沙。次句寫灘邊近景：春潮帶雨，挾泥沙而俱下，水昏流急，是扳罾（音同增，有支架的方形漁網）捕魚的好時節。但由於波浪險惡，罾船時時有被弄翻的危險。兩句一遠一近，一靜一動，透過細草、疏林、荒灘、罾船、浪濤等景物，展現出一幅生動的荒沙野水的圖畫，雖然沒有一字點出時間，卻能表達一種暮色蒼茫之景。正因為如此，三句寫到「宿鷺眠鷗」就顯得非常自然。大江有小口別通為「浦」。浦口沙頭，乃水鳥棲息之所。三句初似客觀寫景，而聯繫末句讀來，「舊浦」二字則大有意味。今之「沙嘴」乃「去年」之「江心」，可見「舊浦」實為新沙。沙嘴雖新，轉瞬已目之為舊，言外便有餘意。按散文語法，末句應為「沙嘴去年是江心」。這裡語序倒置，不僅音韻和婉協律，而「沙嘴是江心」的造語也更有奇警，言外之意更顯。恰如明湯顯祖所評：「桑田滄海，一語破盡。紅顏變為白髮，美少年化為雞皮老翁，感慨係之矣。」（湯本《花間集》）

偌大感慨，詞中並未直接道出，而是繫之於詠風浪之惡，沙沉之快。而寫沙沉之快也未直說，卻透過飛鳥歸宿，認新沙為舊浦來表現。手法紆曲，讀來頗有情致。前三句均為形象畫面，末句略就桑田滄海之意一點，但點而未破，讀者卻不難參悟其中遙深的感慨，也就覺得那人世滄桑的大道理被它「一語破盡」。（周嘯天）

夢江南　皇甫松

蘭燼落①，屏上暗紅蕉。閒夢江南梅熟日，夜船吹笛雨瀟瀟，人語驛邊橋。

〔註〕①古時以蘭草油為燈油或製作蠟燭。《楚辭·招魂》：「蘭膏明燭，華容備些。」

《夢江南》又名《憶江南》，唐人用此調而詠本題的作品，今僅傳白居易三首、皇甫松二首。王國維輯《檀欒子詞》（檀欒子為皇甫松自號）後記中稱皇甫松二首「情味深長」，在白居易之上。平心而論，其「樓上寢」一首未必能超過白樂天，但這闋則的確做到了不讓白氏專美於前。「日出江花紅勝火，春來江水綠如藍」，此白香山詞之警策也，景色是何等的鮮明，情調是何等的亢爽！借用蘇東坡的一句詩來評價它，正所謂「水光瀲灩晴方好」（〈飲湖上初晴後雨二首〉其二）。相比之下，本篇顯得淒迷、柔婉，又是一種境界——蘇東坡同詩的「山色空濛雨亦奇」，換句話說，也就是「語語帶六朝煙水氣」（俞陛雲《唐詞選釋》評語）。煙水氤氳，山色空濛，美就美在「朦朧」。能賞「朦朧」之美，然後可以讀此詞。

「蘭燼落，屏上暗紅蕉。」夜，已經很深了。蘭燭燒殘，燒焦的燭無人為剪，自拳自垂自落，餘光搖曳不定。屏風上猩紅色的美人蕉花，也隨之黯然，模糊不清了。這光景自然是一片朦朧。詞人就在這一片朦朧中進入了夢鄉。以下三句，便轉寫夢境。

「閒夢江南梅熟日，夜船吹笛雨瀟瀟，人語驛邊橋。」「梅子黃時雨如霧」（宋寇準〈句〉），雨簾掩蔽下的江船是朦朧的，雨簾掩蔽下的驛、橋乃至橋上之人也是朦朧的。而這一切連同雨簾，又籠罩在夜幕之中。而這一切連同雨簾，連同夜幕，又隱沒在夢雲縹緲之中。雨朦朧，夜朦朧，夢朦朧，朦朧而至於三重，真可謂極迷離惝怳之致了。還有那笛聲，那人語。笛聲如在明月靜夜高樓，當然清越、瀏亮，但在瀟瀟夜雨江船，卻不免嗚嗚然，悶悶然。人語如於萬籟俱寂中側耳諦聽，雖則細細焉，絮絮焉，也還清晰可聞，但一經與雨聲、笛聲相混，便隱隱約約、斷斷續續，若有而若無了。詞中訴諸讀者的這些聽覺印象倘若轉換為視覺形象，仍然不外乎那兩個字——「朦朧」。

皇甫松這首詞之美在「朦朧」，它的氣象「朦朧」，境界「朦朧」。就語句而言，字字如在目前，一點也不流於「晦澀」。披文見情，一讀便知詞人曾經在風光旖旎的江南水鄉生活和漫遊過，江南水鄉的旖旎風情給他留下了永遠也不能忘懷的美好記憶，使他朝思暮想，使他魂牽夢縈，終至滿懷深情地飛動彩筆，寫出了風流千古的清辭麗句。但「一讀便知」卻並不等於「一覽無餘」，細細吟味，全詞還是很蘊藉、很耐咀嚼的。具體地說，上兩句只寫燭殘屏暗，而詞人在入夢前有一長段時間的展轉反側，居然可知；下三句只寫夢中之愉悅，而詞人醒時之惆悵又可於言外得之。凡此都是藏鋒未露的含蓄之筆，不應草草看過。除此之外，更有一樁費人思量之事，那就是本篇的主旨究為懷念江南之地呢，還是懷念江南之人？或者，懷地、懷人，兼而有之？筆者以為，此作既懷其地、又懷其人，而以懷人為主理解，可能更接近事實。如果孤立地看這一篇，也許大多數讀者都會傾向於「懷地」說。但是詞人寫了章法大致相同的兩首〈夢江南〉，她們當是一對姊妹篇。據第二首中「夢見秣陵惆悵事，……雙髻坐吹笙」推斷，則本篇所寫，似乎也是當年「秣陵」（今江蘇南京）之事；「人語驛邊橋」之「人」，或者就是詞人自己和他所鍾情的那位梳著「雙髻」的姑娘（「雙髻」，表明她還是待嫁的少女，當是一名雛妓）吧？按照兩首詞中交代的節令，本篇所夢為「梅熟日」，亦即農曆四、五月間；而下篇所夢則為「桃花柳絮滿江城」時，亦即暮春三月。若依時間順序編排，那麼下篇應前而本篇應後，互相調換一下位置。果然如此，則下篇「樓上寢」闋既已明白點出具體之地「秣陵」與具體之人「雙髻」少女，本篇就不必重出了，其所以泛稱「江南」而泛言「人語」的緣故，豈在此乎？（鍾振振）

夢江南　皇甫松

樓上寢，殘月下簾旌。夢見秣陵惆悵事，桃花柳絮滿江城，雙髻坐吹笙。

皇甫松〈夢江南〉共有兩首，這是其二。詞所寫是夢境中的情事。

「樓上寢，殘月下簾旌」。詞的一開頭，寫夢醒後的深夜景象，是做夢人身處的客觀環境。主人公寢息於高樓上，夜很深很深了，西沉的殘月收盡了樓頭簾子上的餘暉，夜色又歸於黯淡。這一描寫將此時此刻高樓上的人孤獨淒清的心情渲染了出來。「殘月」的「殘」同「缺」義近。月的圓缺常常用來比喻人的離合聚散。「殘月」實際上暗示樓上的人孤單無偶，引逗出下邊所寫的夢境。

「夢見」句純為敘述之語，是聯結全詞前後的紐帶。前兩句，是夢者身處的實境，後兩句，則是夢中情景。「枕上片時春夢中，行盡江南數千里」（岑參〈春夢〉），夢是飄忽無定的，可以瞬息千里，這是夢的一般特點。此詞卻不同，主人公所夢見的只是江南一隅——秣陵（即金陵，今江蘇南京），這是他深情憶戀的所在。夢中情景，本是夢者對過去一段美好生活的追憶，何來「惆悵」呢？這點明詞是從夢醒後的角度來寫的。舊日的歡情除了見之於夢，再也無法得以重溫，面對的又是殘月收輝、萬籟俱寂的深夜，怨懷無託，怎能不迷惘惆悵呢？「桃花柳絮滿江城」，是夢中秣陵的迷人春景；「雙髻坐吹笙」，是夢中相遇的女子。這是一幅景如畫、人姣美的春景圖。景物和人物互相映照，將人物襯托得十分嬌豔，而且，她還吹奏著悠揚的笙樂。貌美藝高，更足動人。但這一切只不過是夢境中的「一晌貪歡」（李煜〈浪淘沙令〉）而已。這兩句有虛實結合的妙處。虛，即所謂「夢見」，它是夢中景色，夢中歡情；實，指夢中情景，本是昔日的真境遇。舊歡不可再遇，積思成夢，夢境如蜃樓，醒後愈覺淒清。虛中有實，實事早虛，婉轉曲折地表達了夢者往事成空的悵恨。

全詞共五句，中間一句，點夢與所夢之地、入夢之事，其餘四句，分置首尾，均為景語，卻又是情語，夢者的感情融注在畫面中，表達得極為婉轉含蓄。清劉熙載說：「（唐）五代小詞，雖小卻好，雖好卻小，蓋所謂『兒女情多，風雲氣少』也。」（《藝概．詞曲概》）此詞體制固小，而以婉約為宗，情味深長，耐人咀嚼，所以為好。至於「兒女情多」，則本是「花間」特色，氣類所聚，無怪其然。故清陳廷焯《詞則．大雅集》稱讚這首詞：「夢境畫境，婉轉淒清，亦飛卿之流亞也。」（王錫九）

採蓮子（二首） 皇甫松

菡萏香連十頃陂（舉棹）。小姑貪戲採蓮遲（年少）。
晚來弄水船頭濕（舉棹），更脫紅裙裹鴨兒（年少）。

船動湖光灩灩秋（舉棹）。貪看年少信船流（年少）。
無端隔水抛蓮子（舉棹），遙被人知半日羞（年少）。

古代詩史上反映江南採蓮優美風俗的第一首作品，是漢樂府〈江南可採蓮〉。後來梁武帝製〈採蓮曲〉，梁、陳、隋三代相沿之作不少，但多浮泛輕靡。皇甫松是唐代人，生於江南，他的這組〈採蓮子〉，則是清水出芙蓉，充滿健康活潑的生活氣息。

〈採蓮子〉是唐代教坊曲，七言四句，句尾帶有和聲。此組歌詞，若去掉「舉棹」、「年少」的和聲，則無異七言絕句，呈示的是一位少女採蓮的情景，這是其第一境界。包括和聲在內則不同，展現的是採蓮眾少女一唱眾和的情景，這是其第二境界。此詞和聲既傳，則應欣賞其作為有和聲之歌詞而不是無和聲之絕句的全幅境界。

兩詞的主角為同一位少女，兩詞迴環映照，實不可分。先看前一首。「菡萏香連十頃陂（舉棹）。」菡萏（音同漢淡）即荷花。採蓮是採蓮蓬，但此時不妨還有遲開的荷花，如此則意境更美，荷花與紅裙少女相映成趣。陂（音同皮）是池沼，即荷塘。「香連」二字，以荷花的清香把迴塘十頃連了起來，並把採蓮女曲曲引入荷塘深處，這樣寫法，有空靈之妙。句尾和聲「舉棹」，與現境相關，分明唱出眾少女打槳盪舟的情景。誦之則彷彿一女歌聲方餘音嫋嫋，眾少女已齊聲相和。「小姑貪戲採蓮遲（年少）。」小姑是歌中人，其實不妨就是唱歌的少女，如此則有戲劇性，意味更妙。小姑平時藏深閨，今日入荷塘，林立的荷葉似乎隔開了人世的拘束，清清的水波更蕩開了她的心扉。小姑不禁貪玩戲水，留連忘返。「晚來弄水船頭濕（舉棹）。」「晚來」承上句「採蓮遲」，「弄水」點上句「貪戲」。小姑弄水，大概是赤著雙腳打水吧，到了興頭上，採蓮船也給澆得水濕淋淋。可是她的嬌憨之態還不止於此呢。「更脫紅裙裹鴨兒（年少）。」小姑的無拘無束，憨態可掬，活脫脫就在眼前。句尾和聲一起，伴隨著眾少女的一片笑聲，那不消說了。

再看第二首。「船動湖光灩灩秋（舉棹）。」採蓮船，蕩漾在一片湖光閃動之中。湖光豁亮了小姑的心眼，她的心靈也暗暗波動。心動為何？「貪看年少信船流（年少）。」原來，為的是有一位「陌上誰家年少，足風流」（韋莊〈思帝鄉〉）。小姑久藏深閨，採蓮無異為身心的一次解放，一旦遇見渴望的意中人，就什麼禮法也不大顧了，何況這小姑忒大膽。她只顧痴痴地看，不覺蓮舟輕輕的漂。「貪看」二字，充分刻畫出小姑的情竇初開，大膽無羈。英俊少年迷住了她的心，愛情之火燃起，鼓舞她去勇敢追求。「無端隔水拋蓮子（舉棹）。」她抓起一顆蓮子（那是她初戀的一顆心），扔過水面，扔向那少年。無端，點少女之衝動。蓮子，諧音為憐子（愛你），這是南朝民歌的傳統手法。這一拋蓮子，實在是太大膽，不僅是人世間的禮法，連少女自己的矜持也置之於不顧了。「遙被人知半日羞（年少）。」拋了蓮子後，才猛然感到遠處有人看見吶！也許是岸上的旁人，也許是鄰舟的女伴吧。別人看見如何姑且不論，小姑可害羞了好半天呢。當眾少女和聲再起時，可以想見，那是伴隨著一片會心的歡笑的。

此組歌詞藝術特色有三。一是人物刻畫之妙。小姑形象，又嬌憨又大膽。刻畫其嬌憨，前首著力於小姑貪戲弄水之貪，後首著力於貪看少年之貪。刻畫其大膽，則前首凸出於更脫紅裙裹鴨兒，後首凸出於無端隔水拋蓮子。清況周頤《餐櫻廡詞話》說得好：「寫出閨娃稚憨情態，匪夷所思，是何筆妙乃爾！」二是和聲作用之妙。和聲帶出眾少女，採蓮場面就熱鬧了，也更富於戲劇性。正如劉永濟《唐五代兩宋詞簡析》所說：「採蓮時，女伴甚多，一人唱『菡萏香蓮十頃陂』一句，餘人齊唱『舉棹』和之。第二、三、四句亦同。此二首寫採蓮女子之生活片段，非常生動，讀之如見電影鏡頭，將當日採蓮情景攝入，有非畫筆所能描繪者。」第三，這組〈採蓮子〉兼容了南北朝民歌之風神。取材江南採蓮，便有南朝民歌之清美。而描寫初戀少女之大膽，則接近北朝民歌之潑辣。同寫少女初戀，南歌說「感郎千金意，慚無傾城色」（〈碧玉歌〉），北歌卻說「女兒自言好，故入郎君懷」（〈幽州馬客吟歌辭〉）。唐歌詞兼熔南北朝民歌之風神，這並非偶然。唐代是空前大統一的時代，融合了南北朝的文化，讀此詞，於此背景不可不知。（鄧小軍）

溫庭筠

【作者小傳】（八一二？～八六六）原名岐，字飛卿，太原祁（今山西祁縣）人。才思敏捷，相傳每入試，押官韻，八叉手而成八韻，時號溫八叉。仕途不得意。徐商鎮襄陽，署為巡官，商知政事，用為國子助教，商罷相，貶為方城尉。《花間集》稱溫助教。《新唐書》本傳說他「能逐弦吹之音，為側豔之詞」。詞風穠豔，詞藻華麗，為花間詞人之鼻祖，開五代、宋詞之盛。著有《握蘭集》三卷、《金荃集》十卷，均已散佚。後人輯有《溫庭筠詩集》。詞存六十九首，主要見於《花間集》《金奩集》中。今有王國維輯《金荃詞》一卷。

菩薩蠻　溫庭筠

小山重疊金明滅①，鬢雲欲度香腮雪。懶起畫蛾眉，弄妝梳洗遲。

照花前後鏡，花面交相映。新帖繡羅襦，雙雙金鷓鴣。

〔註〕①舊解多以小山為「屏」，其實未允。此由（一）不知全詞脈絡，誤以首句與下無內在聯繫；（二）不知「小山」為眉樣專詞，誤以為此乃「小山屏」之簡化。又不知「疊」乃眉蹙之義，遂將「重疊」解為重重疊疊。然「小山屏」者，譯為今言，謂「小小的山樣屏風」也，故「山屏」即「屏山」，為連詞，而「小」為狀詞；「小」可省減而「山屏」不可割裂而只用「山」字。既以「小山」為屏，又以「金明滅」為日光照映不定之狀，不但「屏」「日」全無著落，章法脈絡亦不可尋矣。

飛卿為晚唐詩人，而〈菩薩蠻〉十四首乃是詞史上的一段豐碑，雍容綺繡，罕見同儔，影響後來，至為深遠，蓋曲子詞本是民間俗唱與樂工俚曲，士大夫偶一拈弄，不過花間酒畔，信手消閒，不以正宗文學視之。至飛卿此等精撰，始有意與刻意為之，詞之為體方得升格，文人精意，遂兼入填詞，詞與詩篇分庭抗禮，爭華並秀。

本篇通體一氣，精整無隻字雜言，所寫只是一件事，若為之擬一題目增入，便是「梳妝」二字。領會此二字，一切迎刃而解。而妝者，以眉為始；梳者，以鬢為主；故首句即寫眉，次句即寫鬢。

小山，眉妝之名目，晚唐五代，此樣盛行，見於明楊慎《丹鉛餘錄．續錄卷六》，為「十眉」之一式，又名遠山眉。大約「眉山」一詞，亦因此起。眉曰小山，也時時見於當時詞中，如五代後蜀祕書監毛熙震〈女冠子〉云：「修蛾慢臉（臉，古義，專指眼部），不語檀心一點（檀心，眉間額妝，雙關語），小山妝。」正指小山眉而言。又如同時孫光憲〈酒泉子〉云：「玉纖（手也）淡拂眉山小，鏡中嗔共照。翠連娟，紅縹緲，早妝時。」亦正寫晨妝對鏡畫眉之情景。可知小山本謂淡掃蛾眉，實與韋莊〈荷葉杯〉所謂「一雙愁黛遠山眉」同義。

重，在詩詞韻語中，往往讀平聲而義為去聲，或者反是，全以音律上的得宜為定。此處聲平而義去，方為識音。疊，相當於蹙眉之蹙字義，李賀詩有「濃蛾疊柳」（〈洛姝真珠〉）之語，正此之謂。金，指唐時婦女眉際妝飾之「額黃」，故李商隱詩又有「八字宮眉捧額黃」（〈蝶〉三首其三）之句，其良證也。

已將眉喻為山，再將鬢喻為雲，再將腮喻為雪，是謂文心脈絡。蓋晨間閨中待起，其眉蹙鎖，而鬢已散亂，其披拂之髮縷，掩於面際，故上則微掩眉端額黃，在隱現明滅之間；下則欲度腮香，——「度」實亦微掩之意。如此，山也，金也，雲也，雪也，構為一幅春曉圖畫，十分別致。

上來兩句所寫，待起未起之情景也，故第三句緊接懶起，起字一逗——雖曰懶起，並非不起，是嬌懶遲遲而起也。閨中曉起，必先梳妝，故「畫蛾眉」三字一點題——正承「小山」而來。「弄妝」再點題，而「梳洗」

二字又正承鬢之腮雪而來。其雙管並下，脈絡最清。然而中間又著一「遲」字，遠與「懶」相為呼應，近與「弄」字互為註解。「弄」字最奇，因而是一篇眼目。一「遲」字，多少層次，多少時光，多少心緒，多少神情，俱被此一字包盡矣。

梳妝雖遲，終究須有完畢之日，故過片重開，即寫梳妝已罷，最後以兩鏡前後對映而審看梳妝是否合乎標準。其前鏡，妝臺奩內之座鏡也；其後鏡，手中所持之柄鏡也——俗呼「把兒鏡」。所以照者，為看兩鬢簪花是否妥恰，而兩鏡之交，「套景」重疊，花光之與人面，亦交互重疊，至於無數層次！以十個字寫此難狀之妙景，盡得神理，實為奇絕之筆。

詞筆至此，寫梳妝題目已盡其能事了，後面又忽有兩句，又不知為何而設？新帖，新鮮之「花樣子」也，剪紙為之，貼於綢帛之上，以為刺繡之「藍本」者也。蓋言梳妝既妥，遂開始一日之女紅：刺繡羅襦，而此新樣花帖，偏偏是一雙一雙的鷓鴣圖紋。閨中之人，見此圖紋，不禁有所感觸。

講詞至此，本已完畢。若有人必定詰問：所感所觸，與全篇何涉？豈非贅疣，而成蛇足乎？答曰：假使不有所感所觸，則開頭之山眉深蹙，夢起遲妝者，又與下文何涉？飛卿詞極工於組織聯絡，回互呼應，此一例，足以見之。（周汝昌）

菩薩蠻　溫庭筠

水精簾裡頗黎枕，暖香惹夢鴛鴦錦。江上柳如煙，雁飛殘月天。
藕絲秋色淺，人勝參差剪。雙鬢隔香紅，玉釵頭上風。

這首詞寫一位年輕女子，上闋寫她居處的環境，借助景物的烘托委婉地透露出人物的心理狀態；下闋描述她的穿戴打扮，透過幾個細節勾勒了人物的形貌，合起來是一幅玲瓏明麗的女子懷春圖。

水精，就是水晶。頗黎，此為梵語音譯，亦作玻璃，為水晶的一類，與現在所謂玻璃異。門窗上掛著水晶製成或者晶瑩透明賽似水晶的簾子，床上放著玻璃製成或滑潤細膩如玻璃般的枕頭。第一句雖僅舉出兩件器物，但女子房中其他陳設的精緻講究由此便可想見。更重要的是，房主人情操的高雅美潔，也就可以借此窺見端倪。此刻，她正恬然入睡於她那繡有鴛鴦圖案的錦被之中，做著一個個旖旎的夢。《古詩十九首》：「客從遠方來，遺我一端綺。……文彩雙鴛鴦，裁為合歡被。」被子用香爐熏過，既暖且香，故能「惹夢」——帶有溫柔綺麗色彩的春夢。開篇兩句，僅十四個字，並列地寫了水精簾、頗黎枕、鴛鴦錦三件器物，卻並不給人平板呆滯之感，因為其中著意點染了輕輕浮動於室內的香氣和主人公幽遠縹緲的夢思，就使這本來靜止的畫面有了生氣，甚至充滿了幻想的意味。

「江上柳如煙，雁飛殘月天」，緊承「暖香惹夢」而來，因此清人張惠言認為這兩句寫的就是她的夢境（見張惠言《詞選》）。這自然不無道理。可是，儘管日常生活中的夢有許多確是不可思議、無從解釋的，在文學作品中所寫的夢卻大抵能找到某種現實的原因或契機。因此，即使「江上」兩句寫的是夢境，這夢境也必然與她的生活實境有些關係。如果我們記得溫庭筠的另一首詞〈望江南〉「梳洗罷，獨倚望江樓。過盡千帆皆不是，斜暉脈脈水悠悠，腸斷白蘋洲」，那麼我們可以想像，這位夢見「江上柳如煙」的女子，恐怕也是住在臨江的樓閣裡，每日對著江水在思念著什麼人吧？她的夢，很可能便是她平日習見景致的幻化表現。在夢境裡，江岸邊的柳樹迷濛似煙，暈成朦朧的一片。侵曉時分，月亮殘了。在熹微的晨光中，大雁已經開始一天的旅程，牠們正結隊飛回北方。寂靜的天空中，也許還偶爾傳來牠們的長唳。這是一幅多麼淒清迷離而又有聲有色的畫面。這幅圖畫的含義是什麼，與她又有什麼關係？原來這幅春江曉雁圖的意義是在畫面之外：冬天過去了，春天已經歸來，因避寒而飛往南方的大雁，如今正連夜飛返家鄉，唯獨樓上那女子所思念的人卻仍然沒有音耗。眼前的景致既是她平時倚樓眺望所常見，也就難免化作她今日在鴛鴦錦被裡所做之夢——錦被上繡鴛鴦也是作者有意的安排。成雙成對的鴛鴦，恰恰反襯了她的孤單寂寞。

上闋的妙處全在借景物烘托，以極其含蓄委婉的筆法暗示她的生活情狀和心理活動。「水精簾裡」二句是近景，「江上柳如煙」二句則是遠景，不管近景遠景，都緊緊圍繞著她的生活和情緒落筆。在前二句與後二句看似鬆散的結構中，實際上貫穿著內在的有機聯繫。

詞的後半正面刻畫這位女主人公，同樣有著含蓄深婉之妙。「藕絲秋色淺」寫衣著。藕成熟於秋季，故將淡紫近白的藕合色稱作「秋色」，又轉而用這色彩來代指藕合色絲綢做成的衣裳，這是古代詩文常用的一種修辭手法。

「人勝參差剪」，人勝又叫花勝、春勝，是用彩紙或金箔剪刻而成的一種飾品，可以貼在屏風上，也可以戴在髮鬟上。唐時風俗在正月七日（又稱人日）這一天，要剪戴花勝以迎接春天到來，尤以婦女喜愛此項活動。從這句看，她參參差差地剪出花勝準備佩戴，似乎興致不淺。

「雙鬟隔香紅」，以描寫氣味和顏色的「香紅」代指好的面容，正如以「藕絲秋色淺」代指衣裳，手法相同。這裡的「隔」字用得頗講究，因為雙鬟正是隔開在臉龐兩邊，形象鮮明如見，而且彷彿「雙鬟」有了某種主動性，還似有若無地流露出一絲遺憾不足的意味。

「玉釵頭上風」，承上雙鬟連寫她的頭飾。她頭上插著的玉釵在春風中輕輕搖曳擺動。「風」在這裡是名詞作動詞用，形容女子的頭飾在微微顫動的樣子。

這四句刻畫人物用的也是借物襯托之法。寫女子的衣著、頭飾，寫她剪製春勝的活動，並沒有一句直接寫她的形貌，卻使人可以想見她的外形與心靈之美好可愛。最奇妙的是整個下闋根本不提她的滿腹心事，只是一味渲染她的美麗和她剪春勝的動作，而這就使她的孤單處境和悠悠夢思更加令人覺得可嘆。詞人對她的同情，也就盡在不言之中。

溫庭筠是唐詩人中較早致力於詞的創作的一位，是花間派的代表作家之一。他的詞多寫女子日常生活，顯然受到南朝宮體詩的一定影響。但溫詞常著重表現人物心理活動，而且是借助寫景寫物等手法來表現，因此在藝術境界上又與宮體詩有所不同。這些從這首〈菩薩蠻〉詞都可以看得很清楚。（董乃斌）

菩薩蠻

溫庭筠

蕊黃無限當山額，宿妝隱笑紗窗隔。相見牡丹時，暫來還別離。
翠釵金作股，釵上蝶雙舞。心事竟誰知？月明花滿枝。

溫庭筠詞題材狹窄，多寫男女思慕或離愁別緒。溫詞造語精工，風格濃豔香軟，被稱為花間鼻祖。此詞即是一首抒寫離情別緒之詞，透過與戀人相聚離別之短暫瞬間的鋪敘，敘寫了「心事竟誰知，月明花滿枝」的無限怨恨與愁緒，具有典型花間詞作的特徵。

詞從一誕生開始，就是寫心的藝術，在創作過程中也一直有偏重風月豔情的傾向，只不過溫庭筠將此種傾向更向前推進一步而已。

上片以女主人公梳妝情態發端，追憶在暮春時分與戀人短暫相聚，旋即分別的情境。「蕊黃無限當山額」，開篇將筆力集中在女主人的容顏裝飾「蕊黃」。「蕊黃」即額黃。古代婦女的化妝主要是施朱傅粉，六朝至唐，女妝常用黃點額，形似花蕊，故稱「蕊黃」。梁簡文帝蕭綱〈戲贈麗人〉有「同安鬟裡撥，異作額間黃」之句。「宿妝隱笑紗窗隔」，接著，詞人沒有高讚她妝扮的美麗，而是注意到離別之情帶給主人妝飾的影響。隔夜妝扮的額黃僅留下一些依稀的印象，而迷濛的窗紗又將你淺淺的笑容隱去，所有關於浪漫的回憶，一切都變得非常模糊，當你在牡丹盛開的暮春時分和我相聚時，匆匆相見，又匆匆別離，怎不讓人無比惆悵與傷心。

下片著重抒發女主人公內心的孤寂和無人理解的惆悵心緒。「翠釵金作股，釵上蝶雙舞」，為強化內心的孤獨寂寞，詞人採用比興手法，用玉釵上裝飾的雙宿雙飛之彩蝶來反襯她的孤獨與怨恨。融情於景，深化了詩歌的意境。「心事竟誰知？月明花滿枝」，面對此情此景，她欲問明月和繁花，你可瞭解我的心事？詞人以問情於景的方式來宣洩內心情感的孤寂。可是花月無語，唯有抬眼張望，但見窗外明月灑下了迷濛的遍地銀光，照耀在庭院裡繁花滿枝的樹上。詞作末尾以景結情，用淡語作收束，將她沉重的心事消解在對景物的描繪之中，就像電影中的空鏡頭一般，將內在的情感物化為可見的意象，使離別情緒濃而不膩，清新淡雅。

從具體操作來看，該詞在藝術上亦頗有創獲。首先，景物描述與心理刻畫的交錯展現。上、下兩闋均採用「寫景——敘事（抒情）」的方式來具體構建詞作。該詞上、下闋均為四句，頭兩句都是寫景，以寫景來隱喻情感。後二句或敘事，如追敘相聚時的短暫與離別的突然；或抒情，直接抒發內在的心事。當然，此種具體操作方式，也曾遭到後人的非議。近人李冰若《花間集評注．栩莊漫記》稱：「以一句或二句描寫一簡單之妝飾，而其下突接別意，使詞意不貫，浪費麗字，轉成贅疣，為溫詞之通病。如此詞『翠釵』二句是也。」

其次，筆法轉換，生動靈活。或敘事、或描繪、或抒情，不拘一格。浦江清稱此詞「有描繪語，有敘述語，有託物起興語，有抒情語，隨韻轉折，絕不呆滯。」（近人浦江清《詞的講解》）「蕊黃」二句是描繪她的妝飾，「相見」二句是敘述相聚離別之事，「翠釵」二句則借釵上雙蝶託物起興，「心事」二句乃直抒胸臆之語。

其三，結尾以景結情，以淡語收濃情，意蘊獨具。實際上，在唐詩宋詞中，用寫景來收束全文不乏其例，且大多起到了良好的效果。不管是張若虛〈春江花月夜〉結尾之「不知乘月幾人歸？落月搖情滿江樹」，抑或是岑參〈白雪歌送武判官歸京〉末句的「山迴路轉不見君，雪上空留馬行處」，無不達到「無聲勝有聲」的獨特效果。此詞亦不例外，用「月明花滿枝」來消解自己的離情。這一點，清李漁在《窺詞管見》第十五則中就強調了此種具體操作的獨特效果：「有以淡語收濃詞者，別是一法。……大約此種結法，用之憂怨處居多，如懷人、送客、寫憂、寄慨之詞，自首至終，皆訴淒怨。其結句獨不言情，而反述眼前所見者，皆自狀無可奈何之情，謂思之無益，留之不得，不若且顧目前。而目前無人，止有此物，如『心事竟誰知，月明花滿枝』，『曲終人不見，江上數峰青』之類是也。」李漁之論，可為確論。（曾紹皇）

菩薩蠻 溫庭筠

翠翹金縷雙鸂鶒，水紋細起春池碧。池上海棠梨，雨晴紅滿枝。

繡衫遮笑靨，煙草粘飛蝶。青瑣對芳菲，玉關音信稀。

這是一個春色滿園、生意盎然而又充滿著無限幽情的環境。一對鸂鶒（音同溪翅）鳥兒，身上披拂著燦爛的金色花紋，翹起那雙翠綠的尾巴，在春水溶溶、碧綠瀅瀅的池面上，掀起了層層的水紋。鸂鶒又名紫鴛鴦，是如鴛鴦一樣成雙成對兒的象徵愛情的鳥。有說：「此以之成雙，喻閨人之獨處。」從全詞看，並非如此。這兩句寫景極其鮮豔，而暗含著歡情，是人眼中之所見。景物本身是令人賞心悅目的。下兩句將滿園春色的描寫由動物轉到植物，由水面移向池上。岸邊海棠花開，一陣瀟瀟春雨過後，天放晴了，紅花滿枝，滴著清亮的水珠兒，更加豔麗。「海棠梨」，一說就是海棠花，一說即棠梨。這兩句的關鍵在「雨晴紅滿枝」。如絲的春雨飄灑之後，天色初晴，不僅沒有落紅滿地，而是「紅滿枝」。「春色滿園關不住」（宋葉紹翁〈遊園不值〉）呵！蘇東坡說「能道得眼前真景，便是佳句」（清錢泳《履園譚詩》），上闋的四句正是這樣。它由美麗成雙、金縷其身、翠綠其尾的鳥，而到牠們在春池中掀起粼粼水紋，兩情歡洽；再由池及岸，樹上棠梨花開，雨後新晴，紅花滿枝；景色幽美，氣象清新。布局有動（前二句）有靜（後二句），設色有濃（一、四句）有淡（二、三句）。近人陳匪石稱溫詞〈菩薩蠻〉「語語是景，語語即是情」（《舊時月色齋詞譚》）。從這四句看，正是用此明媚春光、佳景良辰，來襯托人情的歡愉。因為「言情之詞，必借景色映托，乃具深宛流美之致」（清吳衡照《蓮子居詞話》）。讀至下闋，倍覺意味濃醇，卻是得力於此處的著力寫景。

「繡衫遮笑靨，煙草粘飛蝶。」至此，才出現了人物。一位美麗的少女，乍出現在一個心有所悅但卻陌生的男人面前，不由自主地抿嘴一笑，卻露出了那一對可愛的酒窩兒，於是她趕緊用繡衫遮住了。寫一個少女的嬌羞，既有形，又有神；既有動作，又有對動作的掩飾；既有乍見時的內心歡悅，又有猛然引起的內心慌亂，這五個字形神兼備地寫出了少女那顆歡悅卻又不平靜的心。清沈祥龍《論詞隨筆》提出：「詞有三要，曰情，曰韻，曰氣。情欲其纏綿，其失也靡。韻欲其飄逸，其失也輕。氣欲其動宕，其失也放。」這句表現情，確很「纏綿」，但是不「靡」；表現韻（味），確很飄逸，但是不「輕」（浮）；表現氣（聲氣），確很「動宕」，但是不「放」（蕩）。從詞的結構說，這句是全首的關鍵。

接下來的一句又很警策：「煙草粘飛蝶。」「煙草」是蒸騰著水氣的芳草。在「煙草」與「飛蝶」之間，用了一個「粘」字，可見「飛蝶」之於「煙草」有多麼迷戀！五、六句連起來看，上句深情無限，下句景色如畫。但下句是比托襯映上句的，這「繡衫遮笑靨」的人的深情遠韻，不恰如飛蝶戀戀於煙草嗎？正是「情以景幽」，「景以情妍」（清沈雄《古今詞話》引宋徵碧語）。

俞平伯釋首句為少女的妝飾，因而說「繡衫」句「乃承上『翠翹』句」（見《讀詞偶得》）。也有人認為「繡衫」兩句不過寫女人的衣飾精緻華麗而已。我卻覺得「繡衫」兩句仍緊承上闋，繼續寫人情之歡愉，所不同的是：上闋情隱景中，下闋首二句，人則從後臺走到了前臺來，詞人以真實的描繪直寫她的歡愉之情。上下闋之間，「意脈不斷」，六句全是寫她昔時兩情初遇那令人難忘的良辰美景和自己的情意綿綿。可是如今都如過眼煙雲，雖可追懷卻不可復得了。

「青瑣對芳菲，玉關音信稀。」「青瑣」，借指華貴之家。「芳菲」，謂美好時節。明周祈《名義考》云：「青瑣，即今門之有亮隔者」，「刻為連瑣文青塗也。」這句是說，富貴之家，芳菲時節，景物依舊，可是，「玉關音信稀」，當日春遊之人，今已遠戍邊塞（玉門關，在今甘肅敦煌西北），而且連個信兒都沒有！誠如近人劉永濟所說：「後二句則以今日孤寂之情，與上六句作對比，以見芳菲之景物依然，而人則音信亦稀，故思之而怨也。」（《唐五代兩宋詞簡析》）

這首閨情詞，藝術手法頗有獨到之處，而且「神理超越，不復可以跡象求矣，然細繹之，正字字有脈絡」（清周濟《介存齋論詞雜著》評溫庭筠詞）。針縷細密，間不容髮，其「昔歡今悲」之感，如「杳靄流玉，悠悠花香」（司空圖《二十四詩品·委曲》），透人心脾。（艾治平）

菩薩蠻 溫庭筠

杏花含露團香雪，綠楊陌上多離別。燈在月朧明，覺來聞曉鶯。
玉鉤褰翠幕，妝淺舊眉薄。春夢正關情，鏡中蟬鬢輕。

這首詞描寫的是一位思婦夢醒後的情態。首句以杏花之芳美點明時節，也暗逗思婦致夢之因。春物這樣芳美，獨處閨中的少婦，怎能不思緒牽縈而夢魂顛倒！這句寫物色極為清麗。「香」和「雪」形容杏花的氣色，著一「團」字，則花朵叢集的繁密景象宛然。再於前面著上「含露」二字，賦予「香雪」以更清鮮的生氣，使人感到春物的芳妍。這句也表明時間是夜晚，如果說「含露」也可說是早晨景象，杏花如雪則定是夜間。韓愈〈杏花〉詩「杏花兩株能白紅」方世舉註：「杏花初放，紅後漸白。」其紅者入夜暗不可見，白者得月色照映而愈顯。證以楊萬里〈讀退之李花詩〉「近紅暮看失燕支，遠白宵明雪色奇。『花不見桃唯見李』，一生不曉退之詩」，確是如此。次句寫她的夢中情節。「綠楊陌」是綠楊夾立兩旁的大道，這是夢中的離別之地。「燈在」二句寫夢初醒時的感覺。簾內殘燈尚明，簾外殘月朦朧，而又聞曉鶯惱人，其境既迷離惝悅，而其情尤可哀。「覺來」句既點明「綠楊」句為夢境，又與首句相映，增濃春的美感。這句收束上闋，啟開下闋，上闋前三句所寫皆為覺前之事，下半則為覺後起來的活動情態。

「玉鉤」二句寫她晨起後的活動情態，與上闋末二句在時間上有一段距離。從「月朧明」看，她被曉鶯驚醒時天還未大明，而「褰（音同牽）翠幕」當在既明之後，這期間當是醒後縈思夢境，長久懨臥床榻而慵於起身之故。「褰翠幕」即掛起翠色窗幕。「妝淺」意謂淡淡梳妝。「舊眉薄」意謂舊來畫的眉已經黛色淡薄了，表明未重新畫眉，活現出她的慵惰心情。這種情態的表現，正是由上闋描寫夢別醒來的心情滋生的。「春夢」句是對上句情態表現的申釋，更點明「綠楊」句所寫之為夢境。「關情」意謂夢中之事牽繫情懷，中間連一「正」字，可想見弄妝時的凝思之狀。末句凸出人物形象。「蟬鬢」形容女子鬢髮梳得勻薄如蟬翼。晉崔豹《古今註》載：魏宮人莫瓊樹「制蟬鬢，縹緲如蟬，故曰蟬鬢」。蟬鬢已極薄，而更曰「輕」，用以形容鬢髮之枯槁，即以見其人之面容憔悴。鬢槁容悴，絕非一夕夢思而致，當為已忍受長期相思折磨的徵驗，春夢離別，不過是這種生活中的一折而已。對鏡而覺蟬鬢輕，正當春夢關情之際，其中心當如何難堪，然並未明言，只從人的觀感略點一句，則其中蘊蓄的人情，極為微婉易感。

這首詞和作者同調其他諸作一樣，通體只作客觀的描寫，從她的生活環境及行動中體現其深刻隱微的情緒，即在景物動作上亦只作扼要的勾點，使讀者從所勾點的事物中想像豐富的境象及其中隱含的深微的人情，初讀稍苦難入，既入則覺包蘊層深，體味無盡，這就是溫詞的「深美閎約」（清張惠言《詞選·序》）所在。（胡國瑞）

菩薩蠻　溫庭筠

玉樓明月長相憶，柳絲嫋娜春無力。門外草萋萋，送君聞馬嘶。

畫羅金翡翠，香燭銷成淚。花落子規啼，綠窗殘夢迷。

詞的抒情主人公是一位年輕的女子。在暮春的黎明時分，她送走情人，懶懶地踱回玉樓，陷入沉思之中。昨宵的相會，今晨的送別，柳絲，春草，馬嘶，鳥啼，種種印象紛至沓來，一片迷惘。詞人截取她意識活動中的幾個片斷，寫成這首精絕動人的作品。

古典詩詞多是篇幅短小的抒情詩，所以特別注重語言的精練含蓄，一句詩往往可以讓人體會出多方面的含義。有的詩雖不免帶一點朦朧，但這朦朧卻正可以啟發人的想像。如這首詞開頭一句「玉樓明月長相憶」，可以說是女子送走情人之後，自己在玉樓曉月之中久久地思念著他；也可以說是女子在叮嚀她的情人，請他永遠記住這玉樓明月的相會，記住這樓中人。或許兩方面的意思都有，她想著他，他想著她，而這玉樓明月就是喚起他們記憶的標誌和象徵。

「柳絲嫋娜春無力」，這一句也可以喚起讀者多種多樣的聯想。首先，柳絲是春的象徵。在各種樹木中，柳樹大概是對春的來臨最敏感了，而柳絲到了嫋娜無力地下垂著、搖擺著的時候，已經是暮春時節了。其次，柳絲又是離別的象徵。折柳送別，本是古代的習俗。隋無名氏詩：「楊柳青青著地垂，楊花漫漫攪天飛。柳條折盡花飛盡，借問行人歸不歸？」傳為李白的〈憶秦娥〉詞：「年年柳色，灞陵傷別。」都是借柳來渲染離情，而給人留下深刻的印象。溫庭筠在這首詞裡寫柳絲也有暗示離別的意思。復次，那婀娜無力的，你說是柳絲嗎？確是柳絲。但那剛剛送走了情人的沒情沒緒的女子，又何嘗不是這樣呢？詞人將「春」字放在「無力」的前面，是有意讓「無力」的主語模糊一點，讓讀者從更廣泛的事物上產生聯想。在暖烘烘的春天裡，那女子覺得自己是無力的，所以一切也都是無力的。近人浦江清說：「『春』字見字法，若云『風無力』則質直無味。柳絲的婀娜，東風的柔軟，人的懶洋洋地失情失緒，諸般無力的情景，都是春的表現。」（《國文月刊》第三十六期《溫庭筠菩薩蠻箋釋》）

「門外草萋萋，送君聞馬嘶。」這兩句有聲有色。眼中所見，耳中所聞，無不加重了離別的愁緒。在古詩裡，春草萋萋的意象本來就和離別結了緣，《楚辭．招隱士》：「王孫遊兮不歸，春草生兮萋萋。」白居易〈賦得古原草送別〉：「又送王孫去，萋萋滿別情。」而馬嘶更能震動離人的心弦，提醒人離別的難免。元王實甫《西廂記》長亭送別一折：「柳絲長，玉驄難繫」，用柳絲、玉驄點染離情，與溫詞有異曲同工之妙。

下片寫那女子回到樓中之所見所思。昨宵的歡聚頓成過去，再看那些引起歡樂回憶的東西，反而感到淒涼。「畫羅金翡翠，香燭銷成淚。」畫羅，大概指幃帳之屬。溫詞中如〈定西番〉「羅幕翠簾初捲」，〈南歌子〉「羅帳罷爐熏」、〈遐方怨〉「憑繡檻，解羅幃」，皆是。羅幃上繡畫金翡翠，猶之〈訴衷情〉中的「鳳凰幃」。這女子送走情人之後，轉回內室，首先映入眼中的便是那繡著金翡翠的羅幃。可以想見，那翡翠鳥一定是成雙成對的，這熱鬧的圖畫反襯出她的孤單。等她進入幃內，在晨曦微明之中，最引她注目的自然要數那即將燃盡的香燭了。「香燭銷成淚」，是因為她的心緒不好，所以燭油在她看來竟似淚水一般。這是所謂移情作用。杜牧的〈贈別二首〉其二說：「蠟燭有心還惜別，替人垂淚到天明」，也是這樣的寫法。這裡雖然沒有寫那女子流淚，但她的流淚已是不言而喻了。

「花落子規啼」這一句轉而寫窗外。似乎那女子回到樓中便守著窗兒遠眺，想再目送情人一程。此時，窗外是花落鳥啼，一片暮春景象。她觸景傷情，也許想到自己的青春難駐，而越發悲傷了。子規鳥又叫思歸、催歸，啼聲淒厲，如言「不如歸去」。子規的聲聲啼喚，彷彿是這女子的代言，喚出了她的心思，也加重了她的哀傷。詞的最後以「綠窗殘夢迷」作結，綠窗給人以安謐寧靜的感覺。劉方平〈月夜〉：「今夜偏知春氣暖，蟲聲新透綠窗紗。」韋莊〈菩薩蠻〉：「勸我早歸家，綠窗人似花。」都以綠窗渲染家庭氣氛。此處舉綠窗以見窗下的女子。關於「殘夢迷」，如浦江清《詞的講解》所說：「往日情事至人去而斷，僅有片斷的回憶，故曰殘夢。迷字寫痴迷的神情，人既遠去，思隨之遠，夢繞天涯，迷不知蹤跡矣。」

溫詞長於抒情，能把握感情的每一絲細微的波瀾，以豔詞秀句出之，兼有幽深、精絕之美。溫詞之抒情，往往只是截取感情的幾個片斷，意象之間若斷若續，幾乎看不見縫綴的針線，中間的環節全靠讀者發揮自己的想像加以補充，因此特別耐人尋味。人的情緒作為一種心理活動，本來就不很容易把握，它往往是模糊的，浮動的，若隱若現的，喜怒哀樂之間的界限有時也不一定那麼分明。情緒的轉換往往在轉瞬之間，它們隨著外界景物的變換不斷地跳躍著。像溫庭筠筆下常常出現的那類多愁善感的女子，她們的感情尤其是如此。溫庭筠善於掌握她們的心理特點，細緻、準確而又不著痕跡地將她們的情緒表現出來，真是恰到好處。清周濟說：「針縷之密，南宋人始露痕跡，《花間》極有渾厚氣象。如飛卿則神理超越，不復可以跡象求矣，然細繹之，正字字有脈絡。」（《介存齋論詞雜著》）也可以說是溫庭筠的知音了。（袁行霈）

菩薩蠻　溫庭筠

寶函鈿雀金鸂鶒，沉香閣上吳山碧。楊柳又如絲，驛橋春雨時。
畫樓音信斷，芳草江南岸。鸞鏡與花枝，此情誰得知？

《花間集》收溫庭筠的〈菩薩蠻〉十四首，都是寫女子相思離別之情，這是第十首。

寶函，指華美的梳妝盒；鈿雀，釵頭上用金銀裝飾的雀；鸂鶒（音同溪翅），水鳥名，又稱紫鴛鴦。第一句暗示了人物以及與此有關的生活情景，起著象徵的作用。可以想像一幅美人晨妝圖：一位女子坐在妝臺前，打開妝盒，首先映入眼簾的是金釵上那一對相向的紫鴛鴦，不由得牽動情懷，她不敢、也不願多看，便移目向外望去——「沉香閣上吳山碧」。「沉香閣」，敘出女子居處。「碧」字不見著力，卻領起了詞中的春光，吳山青翠碧綠，觸景生情，視線難收，於是再放眼一望——「楊柳又如絲」，一個「又」字，透露了她內心的躍動，那時光的推移，年華的流逝，往事的回憶，都隱藏在這一「又」字之中，不僅如此，還使得下一句「驛橋春雨時」，這個本非眼前之景，也能勾黏得緊密無間。筆觸纖巧自然，輕靈流走，意不淺露，詞中虛字的妙用，於此可見。這兩句寫柳絲撥動女子心弦，使她回到當年一個春雨瀟瀟的時刻，和情人在驛橋邊，依依惜別的情景如在眼前，而今，楊柳又如絲，離人卻在何處？它利用了時空的交替，前後的映襯，創造出耐人尋味的意境，這是溫詞凝練、深密的典型筆法。

上片的結句回憶驛橋送別，下片接寫別後，似斷非斷，血脈相連。「畫樓音信斷」，是說遠去的人久無音信到畫樓。「芳草江南岸」，既是上承「吳山碧」、「柳如絲」，進一步渲染春色之濃，又化用了「王孫遊兮不歸，春草生兮萋萋」（《楚辭．招隱士》）的意思，抒發了春歸人不歸的隱痛。這兩句用眼前之景把人物的思想活動引回到現實中來，芳草萋萋，春色惱人，畫樓空守，更襯出孤寂難耐之情，「為君憔悴盡，百花時」（溫庭筠〈南歌子〉），無限自傷自憐之情使她不由得窺鏡自照。「鸞鏡與花枝」，鸞鏡即梳妝用的銅鏡，花枝喻人，意思說鏡中映出了自己如花的容顏。然而這花容玉貌又有誰來憐愛？「尋春須是陽春早，看花莫待花枝老」（李煜〈菩薩蠻〉）。而自己的青春年華卻將在無邊的企盼中逐漸逝去，這種種心事，有誰能瞭解？結尾「此情誰得知」是全詞感情分量最重的一句，也是全詞的高潮。這高潮來得千迴百轉，去得也迷離渺茫，似盡未盡，所以清陳廷焯《白雨齋詞話》說「鸞鏡與花枝，此情誰得知」二句，含有深意。

溫庭筠的詞，往往以穠豔的詞藻，鋪寫服飾、器物以及自然景色，乍看似是物象的羅列、雜置，有時雖也插進一些人物動作或情態的描寫，卻也難以一眼看出它們之間的關聯。但是，如能透過物象，看出作者用以暗示的「人」，再以那「人」的眼睛、心靈去體察、去感受詞中所寫的「物」，就會發現「羅列」之中自有章法。比如這首詞就是由物到景，由景到情，自今憶昔，又由昔至今，看似散亂不連，實則脈絡暗通，婉轉綿密，情韻悠然，這些，正是溫詞在藝術表現上的一個顯著的特色。（趙其鈞）

菩薩蠻　溫庭筠

南園滿地堆輕絮，愁聞一霎清明雨。雨後卻斜陽，杏花零落香。

無言勻睡臉，枕上屏山掩。時節欲黃昏，無憀獨倚門。

本詞所寫為一獨處閨中的女子春晝睡起後的生活情態。

上闋純寫時節景物，展現出一幅典型的晚春圖畫，而於其中略露人情。「愁聞」句是上闋的關鍵，說「聞」即有人在，而且是「愁聞」，更透露出人情。前後三句的景物，都是「愁聞」的人感受到的。從下闋首句看，其人聞雨是在床榻上，並是被雨驚醒的，聞雨而愁，是下意識的惜春之情的流露，正如李煜之乍聞「簾外雨潺潺」即感到「春意闌珊」一樣，因為上下三句的一片晚春濃麗景象是已存在她的意識中的。首句先從景物表明時節。柳絮飛於春暮時。「輕絮」前用一「堆」字形容柳絮落積之厚，在楊柳樹多的地方即有這種景象。輕絮堆滿地是春光將盡的季節。次句明言節候，「清明時節雨紛紛」（杜牧〈清明〉），這是連綿陰雨，這裡「一霎」的雨是陣雨，下面兩句即是陣雨後的景象。「雨後」二句寫暮春陣雨後的光景：雨餘氣清，斜陽照射，落花猶香，一切作用於人的各種感官，總的給人以淒豔的感覺。「卻」為倒轉之意，雨與陽光乃是相反的氣象，而「雨後」即出現「斜陽」，故用一「卻」字表示感覺的特異，亦有助於對整個境象的新鮮之感。杏花零落猶香，麗質雖殘亦豔，然終堪惜，聞雨興愁正因此。這兩句緊承第二句：「雨後」句從上句翻出異境，「杏花」句則證實愁因，意脈至為完密。

下闋轉到對主人公情態的描寫。「無言」二句為午睡初起的表情。「無言」二字可見她冷寂的心情，也可看出她是獨處閨中的。「匀睡臉」則是由冷寂心情產生的懶散容態，只是略匀面脂而未著意梳妝。「枕上」句是「匀睡臉」時對睡處的回顧，只淡淡地把屏、枕物象略提一下，暗露她從起身後的屏枕感到的空虛心情，也是產生「無言」句那種表情的環境氣氛，因為在這樣的處境中，人自然地要懶洋洋的了。「屏山」是床畔的掩蔽物，即屏風。這裡只提「枕上屏山掩」，因起身後枕上空虛，最是關情。末二句以主人公之黃昏無聊作結，覺光景人情，一片黯然。「無憀」同無聊，無可倚托而感到莫可如何的樣子。「倚門」為傍著門外望，這裡並無目的，乃是無聊時藉以自遣的活動。對於一個孤獨悲愁的人，黃昏是最難堪的，一天結束，人和鳥獸都各有歸宿，唯獨旅人思婦，身心無托，如傳為李白作的〈菩薩蠻〉「平林漠漠煙如織」，劉方平的〈春怨〉「紗窗日落漸黃昏」，韋莊的〈小重山〉「凝情立，宮殿欲黃昏」，這類還很多，都是從這一時間對人們的心情作用來著筆的。本詞上闋所布設的時節景物，如堆絮、落花、愁雨、斜陽，與下闋描寫人的活動如無言匀臉，無憀倚門，情境同此索寞，互為表裡，可見匠心。（胡國瑞）

菩薩蠻　溫庭筠

夜來皓月纔當午，重簾悄悄無人語。深處麝煙長，臥時留薄妝。當年還自惜，往事那堪憶。花落月明殘，錦衾知曉寒。

溫庭筠為花間鼻祖，其詞鏤金錯彩，雕繢滿眼，而這首詞卻清新淡雅，自然可愛。詞中寫的是女子的生活、女子的感情。然而詞人並沒有一開頭就讓這位女子出場，而是先鋪敘環境，渲染氛圍。「夜來皓月纔當午」，說的是時值午夜。而著一「纔」字，便寫出夜來已久，明月才漸漸升到中天的情味。此為臥床之人所見，亦為臥床之人所感。只此一纔字，夜之漫長、人之無寐，可想矣。午夜之月，也有不同的寫法。樊鑄〈明光殿粉壁賦〉云：「月桂低簷，失蟾輝於午夜。」午夜的月亮被高高的粉壁遮擋了光輝。此詞同樣寫午夜，卻呈現了月到中天、清光萬里的景象。在此烘托之下，重簾複幕，不聞人語，境極靜矣。復以「悄悄」二字形容，更使人感到這裡的夜晚靜悄悄，一種寂寞淒涼之感已於境界摹寫中自然流露。詞人費如許筆墨渲染環境之幽靜，目的在於寫人。原來在洞房深處，有一位女子正擁衾而臥。究竟是熟睡還是半睡、未睡，詞人並未寫明。但細審畫面，卻沒有入睡。簾幕低垂，簾外一輪皓月，簾內光影暗淡，只見一爐香麝，升起長長的煙靄，而臥在床上的女郎，面部尚留有薄薄的粉黛，一動也不動。葉嘉瑩曾把此詞「深處麝煙長」中的「長」字，與王維詩「墟里上孤煙」（〈輞川閒居贈裴秀才迪〉）之「上」字及「大漠孤煙直」（〈使至塞上〉）之「直」字相比美，認為「飛卿詞與摩詰詩，雖一濃一淡，一綺豔一閒逸，然而其為近於繪畫式之客觀藝術之一點則頗為相似，以『上』字、『直』字、『長』字，形容靜定之空氣中之煙氣，皆極繪畫式之客觀藝術之妙」（《迦陵談詞．溫庭筠詞概說》）。所云極是。但詞中並非完全客觀的描寫。畫中主體是人，只以一縷長煙作為陪襯，其所以令人感到靜者，亦滲透人之感情也。近人王國維有云：「有我之境，以我觀物，故物皆著我之色彩。」（《人間詞話》）便是此意。其實這裡所寫的靜，不是絕對的靜，在靜的紗幕下還掩蓋著女子內心的矛盾，「臥時留薄妝」之「留」字，透出個中消息。李清照〈訴衷情〉詞云：「夜來沉醉卸妝遲，梅萼插殘枝。」古代女子晨起梳妝，臨寢卸妝，只因心緒不寧，才遲遲卸妝，卸時又漫不經心，故髻上仍留有殘梅。這首詞中的女子臨寢時也是馬馬虎虎地卸了一下妝，因此臉上尚留有薄薄的脂痕。《詩經．伯兮》云：「自伯之東，首如飛蓬；豈無膏沐，誰適為容？」是寫女子因丈夫外出而無心梳理，是從「梳妝」著筆；此詞與易安詞卻從另一角度，以無心卸妝寫女子之愁苦，脫盡畦畛，不主故常，可謂各極其妙。

過片逐漸透過氛圍的描寫，接觸到女主人公的內心感情。月到中天，夜深人靜，獨處深閨，耿耿難寐。想到當年美妙的年華、甜蜜的生活，她不由得感到安慰和留戀，所謂「當年還自惜」也；但是其中還有不少煩惱，不少辛酸苦辣，想到這些，她不敢再想下去，因為越想越感到痛苦，於是發出「往事那堪憶」的嘆息。這兩句中的「還自」、「那堪」，俱為虛字，起到了化質實為流暢、化濃豔為清麗的作用。宋張炎《詞源》卷下說：詞中「若堆疊實字，讀且不通，況付之雪兒（唐李密之愛姬，此指歌女）乎？合用虛字呼喚，單字如『正』、『但』、『甚』、『任』之類，兩字如『莫是』、『還又』、『那堪』之類……此等虛字，卻要用之得其所。」這兩句中的虛字正是用得其所，讀起來語音流轉，自然真切，如同聽到人物的嘆息聲。比起溫庭筠同調其他幾首，不再有濃得化不開的毛病。這是此詞的特色。

詞的結尾較為綺麗，然寓情於景，情景相生，承上意脈，有有餘不盡之味。「花落」二字，汲古閣本作「花露」。葉嘉瑩以為「花露」二字寫花上露濃，正是破曉前情事，與「月明殘」三字密合無間（《迦陵談詞．溫庭筠詞概說》），可備一說。然愚意以為「花落」之「落」字與「月明殘」之「殘」字恰恰相對，在語法上為複合詞組，符合邏輯。就塑造人物性格而言，花落花飛，亦有助於凸出傷春之感。花好月圓，總是愛情幸福的象徵；月殘花落，則具有相反的意義。詞筆至此，女子內心之痛苦，便進一步刻畫出來。又詞人在另一首〈菩薩蠻〉中說：「花落子規啼，綠窗殘夢迷。」由此看來，作「花落」之可能性較大，其義亦勝。「月明殘」與前片「皓月當午」相呼應。從皓月當午到殘月西沉，表現了時間的推移。在這迢迢長夜中，獨宿的女子，自覺枕冷衾寒。然而詞人不說「佳人知曉寒」，而說「錦衾知曉寒」，用語極為工巧。衾本無生命之物，焉知寒冷？語似無理，卻能更深刻地揭示人物的感情。一句「錦衾知曉寒」，概括多層意思：一是天寒，二是衾寒，三是人寒，四是天曉。總的說來，則是女主人因相思而失眠；因不眠而知天曉，於是覺得一夜之間，花已落了，月已殘了。傷春之感，離別之情，隱然流於言外。所有這些，若非一「知」字，則散如珍珠，不能成串。由此可見，這「知」字實乃句中之眼，也是篇中之眼，著此一字，便通體皆活，透徹玲瓏，成為一個藝術珍品了。

清張惠言《詞選》評此詞云「此自臥時至曉，所謂『相憶夢難成』也」，頗能切中肯綮。這首詞寫女子的相思和失眠，自晚至曉，脈絡清晰可尋，主旨亦分明可按。就風格而言，它幽閒淡遠，自然渾成，亦有別於同調的其他作品。（徐培均）

更漏子

溫庭筠

柳絲長，春雨細，花外漏聲迢遞。驚塞雁，起城烏，畫屏金鷓鴣。

香霧薄，透簾幕，惆悵謝家池閣。紅燭背，繡簾垂，夢長君不知。

〈更漏子〉，即所謂夜曲。本篇所寫的也正是一位女子長夜聞更漏聲而觸發的相思與惆悵。

上片全都圍繞「漏聲」來寫。起首三句看似平列寫景，實際上是以柳絲之長、春雨之細烘托漏聲。春夜，霏霏細雨，悄然飄灑，細雨輕風中，柳絲悠悠飄拂，花外傳來點點更漏。夜深人靜，漏聲似乎變得特別悠長而遙遠。文學作品中的景物描寫，往往不大拘泥於客觀的真實，而多訴諸人的主觀感覺。暗夜兼雨，似不可能目接「柳絲長」的景象。但雨絲之於柳絲，形狀意態本有相似之處，她夜聞雨絲聲細之際，不妨因日間所見的景象和經驗，自然聯想起夜雨中的柳絲。因此「柳絲長」的視覺形象即因「春雨細」的聽覺形象觸類而生。靜夜聞更漏，往往感到其聲悠永，彷彿傳自花外某一遙遠的地方，故有「花外漏聲迢遞」的感覺。詞人這樣寫，無非是要借細長婀娜的柳絲、迷濛霏微的雨絲，烘托漏聲的悠長、深遠和輕細，造成一種輕柔、纖細、深永而又帶有迷惘情調的氛圍，以表現她所處的環境和她長夜不寐、愁聽漏聲時深長柔細的情思。在情景相互滲透交融中，柳絲、雨絲之於情思，漏聲之於心聲，也就渾然莫辨了。或以為柳絲長、春雨細都是比擬漏聲之長之細，不免將豐富的客觀景象與感覺印象簡單化；或以為「漏聲」實指雨聲，則不但與題意不合（此調在唐、五代多詠本意），而且與下兩句也顯然脫節。

「驚塞雁，起城烏，畫屏金鷓鴣。」雨夜漏聲之中，傳來塞雁、城烏的鳴叫聲，從長夜懷人的不寐者聽來，彷彿是這「漏聲」所驚起的。這和實際生活的情形可說相差很遠，但就特定情境中的人來說，卻是感覺的真實。靜夜懷人，相思無寐，本來隱約細微的更漏聲幾乎吸引她的全部注意力，感覺印象中遂不覺將漏聲放大了許多倍。這真切地表達了她靜夜聞漏聲過程中間，聞烏啼、雁鳴所引起的寂寥、淒清和騷屑不寧的心理狀態。兩句之下，陡接「畫屏金鷓鴣」一句，乍讀很覺費解。清張惠言《詞選》說：「三句言歡戚不同。」實則不然。對於這一句，讀者可以根據全詞所寫的相思惆悵之情來理解。它表明，在屏中人的眼裡，畫屏上的金鷓鴣雖深居華屋，卻未必不感到孤寂，和自己有同樣的苦悶。這裡所採用的是一種暗示手法。

上片圍繞漏聲寫相思中的女子對外界的種種感受和印象，過片轉筆正面描寫她的居處環境。「謝家」，即謝娘家，借指女子所居。霏微輕淡的香霧，籠罩著這座華美的池閣，透入層層簾幕。環境是美好的，但身披香霧的女主人公卻因寂寥中的相思而感到分外悵惘。「惆悵」二字，雖只略作點染，卻是點睛之筆，上片結句的意蘊固借此可約略想見，上下片之間也借此勾連暗渡。

「紅燭背，繡簾垂，夢長君不知。」結尾三句似續寫她在惆悵索寞中黯然入夢，但也可以理解為她的心理獨白。長夜相思，寂寥惆悵，在意緒索寞中不得不背對紅燭，低垂繡簾，想借尋夢來暫解惆悵，稍慰相思（夢中或許能與對方相會）。但轉而又想，所思者是否也像自己一樣，在異地夜雨聞漏，耿耿不眠呢？恐怕自己的相思乃至長夢，對方根本就不知情呢。韋莊〈浣溪沙〉說：「夜夜相思更漏殘……想君思我錦衾寒。」溫詞這幾句正是它的反面，怨悵中含無限低徊之意，顯得特別蘊藉深厚。

溫庭筠另一首〈更漏子〉（玉爐香），抒寫女子秋夜離愁，題材與這一首相近，但風格卻比較清疏明快，與此首之綺豔含蓄者頗不相同。王國維於《人間詞話》拈出此首中「畫屏金鷓鴣」一句，來形容溫詞的詞品和風格，看來是有見地的。（劉學鍇）

更漏子 溫庭筠

星斗稀，鐘鼓歇，簾外曉鶯殘月。蘭露重，柳風斜，滿庭堆落花。

虛閣上，倚闌望，還似去年惆悵。春欲暮，思無窮，舊歡如夢中。

這首詞寫的是一個思婦晨起悵望之情。上闋純寫清曉時的景象。「星斗稀」三句從視聽的感覺點明時間。「星斗」即星星。天剛曉時許多星都隱沒了，故覺「星斗稀」。「鐘鼓」指城上報時的鐘鼓聲。「鐘鼓歇」即清曉報時的鐘鼓聲已經停歇。首二句從高遠處寫起，「簾外」句落到近處。星斗、鐘鼓、曉鶯、殘月，一片清曉景象，俱是從人的耳目感受到的，這種純客觀的景物描寫中，隱然有個人在。「蘭露重」三句繼續描寫景物，不僅感到其中有人，而且隱約似見其活動，從室內到了庭院。這三句庭院景物的描寫，使人於寂靜中還感到消沉的意味。「蘭露重」恰是清曉的物狀，稍晚露當減輕了。「柳風斜」即柳在風中被吹得枝葉傾斜著。「柳風斜」在這裡以動顯靜，如歐陽脩的〈采桑子〉「垂柳闌干盡日風」，同樣有布設靜境的作用。「滿庭堆落花」除了進一步表明春已晚暮，也微逗出人的意緒闌珊，落花委積，春事已了，一年好景又成虛度，怎能不興美人遲暮之感！

下闋著重寫主人公的活動心情。「虛閣上」三句寫閣上眺望引起的感觸。「虛」字既表物象，也表人情。虛的感覺因空空無人產生，從實境的空虛導致心情的空虛。「倚闌望」是下闋的關節，一切內心活動俱由此句的「望」引出。「還似」句是「望」的最初感觸，「去年惆悵」包蘊情事無限。「去年惆悵」的內容為何？當是良人未歸、芳時虛度之類的情節。「還似」二字表情有力，「去年惆悵」的已是去年以前許多時日的種種，而今年「還似」，則其孤處時間更倍加漫長，這期間又含茹多少酸辛！此二字既有對過去的回顧，還有對當前的失望，是其複雜心情的自然流露。「春欲暮」三句是惆悵之際的深入思索。「春欲暮」與上闋末句「落花」相應，是「思無窮」的因由。「欲暮」即將暮。「思」為所思之事，作名詞用，讀去聲。「思無窮」蘊含內容極為豐富，既有「唯草木之零落兮，恐美人之遲暮」（屈原〈離騷〉）的憂懼，也有「悔教夫婿覓封侯」（王昌齡〈閨怨〉）的失計，還有「悔當初、不把雕鞍鎖」（柳永〈定風波〉）的懊惱，更有「低幃昵枕」（柳永〈浪淘沙慢〉）的歡樂，這一切都是讀者可以想像體會的。末句語調似甚輕淡，而表情極為深刻。「舊歡」是「思」的中心，兩性歡愛是深閉閨中婦女的至願，尤其是芳春花前月下的親昵，多麼歡樂！而今芳時一再虛度，舊日歡樂益令人追思不止。然過往之事，真恍如夢逝，可思而不可即，而繫念之情亦何可開釋，其思極而迷惘之狀，於此句的內心表白中宛然如在讀者目前。（胡國瑞）

更漏子 溫庭筠

玉爐香，紅蠟淚，偏照畫堂秋思。眉翠薄，鬢雲殘，夜長衾枕寒。
梧桐樹，三更雨，不道離情正苦。一葉葉，一聲聲，空階滴到明。

〈更漏子〉，借「更漏」夜景詠婦女相思情事，詞從夜晚寫到天明。開頭三個字，表面看是景語，不像後來李清照〈醉花陰〉的「薄霧濃雲愁永晝，瑞腦消金獸」含有以爐煙裊裊來表示愁思無限的意思。次句「紅蠟淚」就不同了：夜間燃燭，用以照明，但多了一個「淚」字，便含有了人的感情。說「玉爐」，既見其精美，又見其色潔；「紅蠟」則透出色澤的豔麗而撩人情思，而閨中的寂寞也隱隱流露出來了。「畫堂」，寫居室之美，與「玉爐」、「紅蠟」相映襯。這句緊承上句，說紅蠟所映照是畫堂中人的秋思。「秋思」，是一種看不見、摸不著、深藏於人心中的情愫，紅蠟如何能「照」到？可是作者卻執拗地強調「偏照」！「偏照」者，非照不可也。這一來，將室內的華美陳設與人的感情，巧妙地聯繫起來了。此刻，在這美麗的畫堂中，冷清寂靜，只有玉爐之香，紅蠟之淚，與女主人相伴，不管它們是有意，無意，但在她看來，卻是「偏照」。至此，是蠟在流淚，抑或人在流淚，渾融一體，更反襯女主人公的「秋思」之深。概言之，第一句主要是襯景，二句景中含情，三句感情色彩強烈，她的愁腸百結，已躍然紙上。近人陳匪石云：「詞固言情之作，然但以情言，薄矣。必須融情入景，由景見情。」（《舊時月色齋詞譚》）這裡「融情入景」是逐步深入的，至「偏照」始噴湧而出了。

「眉翠薄，鬢雲殘」，兩句寫人。以翠黛描眉，見其眉之美。鬢雲，是形容美髮如雲，可知其人之美。但緊接著用了一個「薄」字，一個「殘」字，景況便完全不同了。「薄」字形容眉黛褪色，「殘」字描繪鬢髮不整。這兩個字反映出她輾轉反側、無法入睡的情態，不僅寫外貌，也同時寫出了她內心難言的苦悶。「夜長衾枕寒」，繼續寫思婦獨處無眠的感受，不僅點明了時間——長夜漫漫，還寫出了人的感覺——衾枕生寒。由此可知上面的一切景物，都是夜長不寐之人目之所見，身之所感。這些景物如粒粒珍珠，透過「秋思」這條線串了起來。

上闋寫畫堂中人所見，下闋從室內轉到室外，寫人的所聞。秋夜三更冷雨，點點滴在梧桐樹上，這離情之苦又有誰可以理解呢？它與「偏照畫堂秋思」呼應，可見「秋思」即是離情。下面再作具體描述：「一葉葉，一聲聲，空階滴到明。」瀟瀟秋雨不理會閨中少婦深夜懷人的苦情，只管讓雨珠灑在一張張梧桐葉上，滴落在窗外的臺階上，一直滴到天明，還沒有休止。秋雨連綿不停，正如她的離情連綿無盡。李清照〈聲聲慢〉：「梧桐更兼細雨，到黃昏、點點滴滴，這次第，怎一個愁字了得。」由玉爐生香、紅蠟滴淚的傍晚，到聞「三更雨」，再到「滴到明」，女主人公的徹夜不眠，當然更非「一個愁字了得」了。

整首詞寫畫堂人的「秋思」、「離情」，上闋的意境，在《花間集》中頗常見，下闋的寫法則獨闢蹊徑。清陳廷焯說：「『梧桐樹』數語，用筆較快，而意味無上二章之厚。」（《白雨齋詞話》）其實，「用筆快」如果一瀉千里，言盡意止，固然不好；但這裡並非如此。清譚獻稱：「『梧桐樹』以下似直下語，正從『夜長』逗出，亦書家『無垂不縮』之法。」（《譚評詞辨》）書法中的所謂「垂」，指豎筆；在作豎筆時，最後須注上逆縮一下，使字體不失其氣勢。比之於詞，即是看似直率，縱筆而下，但須頓挫深厚，跌宕而有情致，似直而實紆也。〈更漏子〉下闋，寫梧桐夜雨，正有此特色。這裡直接寫雨聲，間接寫思婦，亦是「夜長衾枕寒」的進一步說明；

但整夜不眠卻仍用暗示，始終未曾點破，這就是直致中有含蓄之處。所以說此詞深得書家「無垂不縮」之法，即是指它「直說」中仍適當地配合以「含蓄」，否則便會使人有一覽無餘、索然寡味之感了。宋人聶勝瓊〈鷓鴣天〉詞有句云：「枕前淚共簾前雨，隔個窗兒滴到明。」當是從本詞脫胎而來，寫得語淺情深；但全詞並不像本詞上下片濃淡相間，又缺乏轉折變化，相較之下，韻味亦是略遜一籌。（艾治平）

酒泉子　溫庭筠

楚女不歸。樓枕小河春水。月孤明，風又起。杏花稀。

玉釵斜篸①雲鬟重，裙上金縷鳳。八行書，千里夢。雁南飛。

〔註〕①篸：參差不齊。

溫庭筠〈酒泉子〉共四首，此其三。有人據〈荷葉杯〉「楚女欲歸南浦，朝雨」，認為此詞「楚女」指所懷者言（華鍾彥《花間集注》），是不確的。通觀〈酒泉子〉四首，均以女性為抒情主人公，此詞亦莫能外。「楚女不歸」與「楚女欲歸」互證，恰恰說明詞中寫的是一個身世飄零的歌舞女伎的離情別緒。「樓枕小河春水」的「樓」，即楚女暫棲之所，可推測為一歌樓舞館，臨水構築，「枕」字下得別致。

「月孤明」三句寫暮春月夜之景而隱含傷春離別之情。月本無所謂孤不孤，但對於欲歸不歸的楚女來說，它卻顯得孤獨淒清，物象染上了人的主觀情感色彩。加之「風又起。杏花稀」，其景象就更淒清，不眠的人兒，心情可想而知。這裡既寫暮春之景，又寓有自傷身世飄零，自傷老大，自傷離別的情緒。

過片寫女子服飾，以見不寐宵立之意。一句寫她的頭飾和美髮，一句寫她用金縷盤繡成鳳鳥圖紋的舞裙。金玉錦繡的字面，適反襯出內心的空虛索寞。於是最後三句說要借「八行書」，訴千里相隔魂夢縈牽之情，恰值月夜聞雁，便欲憑雁足傳書，以達思念之意。此數句與李商隱「玉璫緘札何由達？萬里雲羅一雁飛」（〈春雨〉）

異曲同工，雖然明說著欲憑鴻雁寄相思之意，其實隱含的意味卻是鴻雁長飛，錦書難託，這一結實有含蓄不盡之情。（張捣之）

酒泉子　溫庭筠

羅帶惹香，猶繫別時紅豆。淚痕新，金縷舊。斷離腸。
一雙嬌燕語雕梁。還是去年時節。綠陰濃，芳草歇。柳花狂。

這是一首傷春懷人之詞。

上片開頭兩句寫睹物思人。「羅帶」是一種輕軟織物，可結同心，象徵定情，故又是情人贈別的物件，如秦觀〈滿庭芳〉云：「銷魂，當此際，香囊暗解，羅帶輕分。」「紅豆」一名相思子，亦是象徵愛情的信物。「羅帶惹香，猶繫別時紅豆」，分明暗示著一對戀人的離別和相思，來得直截了當而又含蓄有味。「淚痕新，金縷（衣）舊」，這一「新」一「舊」，則又暗示離別之久，相憶之深。再下「斷離腸」三字，更有分量。

此詞一反先寫景後抒情的通例，上片可以說是直賦別情，下片卻轉入景語，但景語中實含有情事。「一雙嬌燕語雕梁。還是去年時節」，去年的燕子歸來了，成雙作對，依戀如舊；大約去年人也不似而今那樣孤單，「還是」二字，暗含了物是而人非之意。於是引起詞中人更深的回憶：「綠陰濃，芳草歇。柳花狂。」這是一派暮春景象，其中的情緒似乎更加迷茫了。但讀者若深入詞境，會覺得其意悠然可會，這大約不僅是描寫眼前景色，而且也喚起了對去年此景此情的回憶。那時節綠暗紅稀，草盛（「歇」是指草長大而香氣消盡）花飛，柳絮撲面，離別在即，情人們分贈了羅帶、紅豆，各自東西……儘管這裡並不直接賦寫離別之事，但由景物興發的憶別情味卻是甚濃的，言有盡而意無窮。

此詞與前詞皆有詞旨哀怨，色澤朦朧，語言精妙，意境深沉的特點。「綠陰濃，芳草歇。柳花狂」，與「月孤明，風又起。杏花稀」，都是含有複雜情事的景語，分別用在下片或上片的結尾，尤覺雋永。

〈酒泉子〉用韻特別，所用為平仄韻錯叶的形式，即以一平聲韻為主，中間插入別的仄聲韻，把平聲韻隔開，極為錯綜起伏。用這樣的調式來寫綺怨之思，那真有「弦弦掩抑聲聲思，似訴平生不得志」（白居易〈琵琶行〉）的奇效了。（張撝之）

楊柳枝　溫庭筠

館娃宮外鄴城西，遠映征帆近拂堤。
繫得王孫歸意切，不同芳草綠萋萋。

「館娃宮外鄴城西，遠映征帆近拂堤。」館娃宮相傳是吳王夫差為西施建築的宮殿。鄴城是曹操作魏王時的都城，為建安文人活動中心，城西北有著名的銅雀臺。後來，後趙、前燕、東魏、北齊皆定都於此，所謂「鄴下風流」是常常為古人所稱羨的。鄴城跨漳河，館娃宮（故址在蘇州）靠近運河，都是船隻往來之地。兩句雖未交代究竟是什麼遠映征帆、近拂河堤，但讀者卻自然會聯繫到楊柳。〈楊柳枝〉調皆詠柳，調名即是題目，從唐代劉禹錫、白居易起就是如此。讀者根據〈楊柳枝〉這個詞調，再結合詞中所描寫的情態而得到意會，比直接點出楊柳，在藝術效果上要含蓄有味得多。館娃宮和鄴城，一南一北，構成跨度很大的空間，配合著流水征帆、大堤楊柳，構成一幅廣闊渺遠的離別圖。而「館娃宮外」與「鄴城西」、「遠映征帆」與「近拂堤」，句中自對，則又構成一種迴旋蕩漾的語調，渲染了一種別情依依的氣氛。

「繫得王孫歸意切，不同芳草綠萋萋。」柳枝緊緊地繫住遊子，使他思歸心切，這種意境是很新穎的。但上文既然說楊柳拂堤，枝條無疑是既柔且長，用它來繫住遊子的心意，又是一種很合理的推想。古代有折柳送行的習俗，「柳」與「留」諧音，折柳相贈，正是為了加強對方對於己方的繫念。有這種習俗，又加上柳枝形態在人心理上所喚起的感受，就讓人覺得柳枝似乎真有此神通，能繫住歸心了。由此再趁勢推進一層：「王孫遊兮不歸，春草生兮萋萋」（《楚辭．招隱士》），作者巧妙地借此說芳草沒有能耐，反襯出柳枝神通之廣大。

唐人之詞，多緣題生詠。這首詞不僅扣住〈楊柳枝〉這個詞調詠楊柳，而且加以生發，絕不沾滯在題上。詞中的楊柳，實際上是繫住遊子歸意的女子的化身。當初伊人臨歧低迴，折柳贈別，給遊子留下極深的印象，楊柳和所愛的女子在遊子心理上遂彷彿融合為一，無論行至何方，那映帆拂堤的楊柳都使他想起伊人，覺得伊人的精神似乎就附著在楊柳上，她的目光彷彿一直沒有離開自己的帆影，她的柔情又正像柳絲，一絲絲都牽繫自己的心。詞中處處有伊人的倩影，但筆筆都只寫楊柳；寫楊柳亦只從空際盤旋，傳其神韻，這是詞寫得很成功的地方。

〈楊柳枝〉全詞四句，每句七字，從形式看，與七絕沒有不同，可以說唐人的〈楊柳枝〉本來就是介乎詩詞之間的，不過，在意境上，它與一般的七絕詩仍然或多或少有所區別。劉禹錫、白居易等人寫的〈楊柳枝〉，民歌味道較濃，內容以寫男女戀情為主，不像一般絕句那樣雅正。而溫庭筠的〈楊柳枝〉較之劉、白等人的作品，民歌風味減少了，內容更純屬男女相思。從劉、白到溫庭筠，又明顯表現出由模仿民歌進行創作，到有意為歌妓填詞的發展趨向。（余恕誠）

楊柳枝

溫庭筠

織錦機邊鶯語頻，停梭垂淚憶征人。

塞門三月猶蕭索，縱有垂楊未覺春。

詞寫閨思。首二句隱括李白名篇〈烏夜啼〉①的詩意，謂女子在機上織錦，機邊傳來黃鶯叫聲，著一「頻」字，足見鳴聲此伏彼起，春光穠麗，句中雖未提楊柳，但「鶯語頻」三字，已可以想見此地楊柳千條萬縷、藏鶯飛絮的景象。織錦雖是敘事，同時暗用了前秦蘇蕙織錦為迴文璇璣圖的典故，點出女子相思。思婦織錦，本欲寄遠，由於鶯語頻傳，春光撩撥，只得停梭而流淚憶遠。

三、四句和首二句之間跳躍很大，由思婦轉到征人，由柳密鶯啼的內地轉到邊塞，說塞上到了三月仍然是一片蕭索，即使有楊柳而新葉未生，征人也無從覺察到春天的降臨。這裡用王之渙〈涼州詞〉「羌笛何須怨楊柳，春風不度玉門關」而又更翻進一層。思婦之可憐，不僅在於極度相思而不得與征人團聚，還在於征人連春天到來都無從覺察，更不可能遙知妻子的春思。這樣比單從思婦一方著筆多了一個側面，使意境深化了。

詞主要運用比襯手法，在同一時間內展開空間的對比。它的畫面組合，猶如電影蒙太奇，先是柳密鶯啼、思婦停梭垂淚的特寫，一晃間響起畫外音，隨著詞的末二句，推出一幅絕塞征成圖，征人面對著蕭索的原野，對春天的到來茫然無知。兩個鏡頭前後銜接所造成的對比，給人留下深刻而鮮明的印象。相思本身已堪腸斷，何況由於空間的阻隔、對方環境的艱苦，相思的眼淚只不過是空灑，連讓征人知道都不可得呢？這首詞或許會使人想到陳陶〈隴西行〉中的詩句：「可憐無定河邊骨，猶是春閨夢裡人。」也是用兩個方面進行對照，但陳陶的詩刺激性強烈，並且用「可憐」、「猶是」把問題更明確地告訴讀者，作者的情緒顯得激切。本篇則是冷靜客觀地展開兩幅畫面，讓讀者自己慢慢地領會、思考，顯得比較含蓄，這是溫詞風格的一種體現。

這首詞口氣和神情非常宛轉，不像一般七言詩，但如與宋代一些詞相比，卻又顯得渾樸。陸游〈跋花間集〉說：「歷唐季五代，詩愈卑，而倚聲者輒簡古可愛。」看來，由於詩莊而詞媚，詩疏而詞密，兩者之間距離比較大，處在從詩到詞過渡狀態的某些作品，作為詩看，格調或許纖弱一些，而作為詞則又算簡古的了。（余恕誠）

〔註〕①李白〈烏夜啼〉：「黃雲城邊烏欲棲，歸飛啞啞枝上啼。機中織錦秦川女，碧紗如煙隔窗語。停梭悵然憶遠人，獨宿空房淚如雨。」

南歌子

溫庭筠

手裡金鸚鵡，胸前繡鳳凰。偷眼暗形相。不如從嫁與，作鴛鴦。

〈南歌子〉本為唐教坊曲名，有單、雙調二體，其中單調由溫庭筠首創。溫庭筠〈南歌子〉組詞共七首，多借對深閨女子精緻生活的描寫發攄相思情愫及孤寂心理。近人李冰若曾對組詞給予極高評價，認為可與溫詞中素負盛譽的〈菩薩蠻〉相媲美，稱之「有〈菩薩蠻〉之綺豔而無其堆砌，天機雲錦，同其工麗」（《栩莊漫記》）。此處所選為組詞第一首。作為花間詞人之渠帥，溫庭筠的詞作一向以含蓄婉借、「深美閎約」（清張惠言《詞選．序》）見稱，這首詞則因率真的情感表露而別具韻味，歷來為人所激賞。

溫庭筠的詞嫻熟運用了以物寫情的表達手法。精美的名物描寫不僅隱含著細膩的情思，更使詞作平添了旖旎香豔的美感。這首詞開頭兩句，便是擷取手中物象和胸前繡飾來描繪形象。從目前所見註本來看，對這兩句的理解尚有分歧。原因在於「金鸚鵡」一詞所指不明，故句意解釋莫衷一是。歸結起來，不外兩種解讀：一、金鸚鵡指女子繡件上的花樣，此句描寫女子正在刺繡的情景①；二、指活的鸚鵡，描寫貴介公子手裡提著或托著鸚鵡。然細研其意，此二說恐都有值得商榷之處。若前兩句寫女子刺繡情景，則男子並未出現，而第三句接以「偷眼」便顯突兀；若依第二種解釋，理解為「真鳥與假鳥對舉」（「鸚鵡」對「鳳凰」），也不免牽強。我以為，「金鸚鵡」解釋為以金鑄成的鸚鵡狀酒杯更為妥帖，句意也顯得更加自然。這一解釋並非懸揣，時人有詩可證。如梁簡文帝蕭綱：「車渠屢酌，鸚鵡驟傾。」（〈答張纘謝示集書〉）「鸚鵡」即指酒杯。李商隱詩：「願泛金鸂鶒，升君白玉堂。」（〈菊〉）「金鸂鶒」也是指以黃金仿鸂鶒螺形鑄造的酒杯言，詩句大意是：菊花願浸泡在鸂鶒杯中，為白玉堂中的明君所飲。宋人鄭剛中〈辛丑正月十三飲南廳〉詩亦有「玉壺注入金鸂鶒」之句。因此，我們可以認為，這首詞的首句描寫了一位手持金色鸂鶒杯的貴族青年形象。雖只描寫酒杯，但令人聯想到宮廷酒宴的場面以及男子尊前談笑的雍容閒雅神態。次句「胸前繡鳳凰」則寫男子服飾的華麗，鳳凰乃華服、窗枕上常見圖案，唐代詞作中多出現，僅溫詞中就有「鳳凰相對盤金縷」（〈菩薩蠻〉）、「綠檀金鳳凰」（〈菩薩蠻〉）、「鳳凰窗映繡芙蓉」（〈楊柳枝〉）等多處描寫。舉止的優雅、服飾的精緻、色彩的鮮明，使一位生活裕如、地位尊貴的男子形象宛然在目、呼之欲出。前兩句一如繼往地延續著溫詞擅長標舉精美名物、語言富麗的特點。作者寫物傳情，物事的描寫巧妙細膩地暗示了人物的地位、身分、生活環境、情趣，亦暗示了女子對男子外表儀態的細心觀察。

後三句一轉，把詞筆宕開，出現了女子的形象。寥寥數筆，勾勒出女子偷窺的動作和內心活動。「偷眼暗形相」五字生動捕捉住了女子情不自禁地於暗中偷偷打量、細細觀看時眉目送情的神態。描寫的畫面因其視角的延伸切換得以將畫卷鋪展開來，成為一幅鮮活完整的宮廷酒宴偷覷圖。明湯顯祖評價這首詞：「短調中能尖新而轉換，自覺雋永。」（湯本《花間集》卷一）由這種情境宕深的手法觀之，湯氏如是說確是獨具慧眼。煞尾一句，女子因偷視引起心情的波動，內心的欣喜逾常，使她自然發出了「不如從嫁與，作鴛鴦」的心聲。她對愛情的熱烈呼喚和大膽暢想，頗能打動人心，正如胡國瑞云：「辭藻仍極豔麗，但仍使讀者感到新鮮活潑，乃是其中表現的男女感情非常坦率鮮明。」（〈論溫庭筠詞的藝術風格〉）如此真率的情感表白，與唐代詞作中諸如「陌上誰家年少，足風流。妾擬將身嫁與，一生休」（韋莊〈思帝鄉〉）等直率的愛情宣言一起，在詞的百花園中迴響不絕。

從語言上來講，這首詞不重藻飾，如璞玉渾金，但卻依然體現著溫詞語言深密曲折的特點。首先，語言極具暗示性。在詞中，鸚鵡、鳳凰等圖畫物象與鴛鴦這一想像物象相互映照，暗示著女主人公遐想出的成雙成對情景，這一構思的新巧已被前人點出，清陳廷焯即發現詞中「『鴛鴦』二字與上『鸚鵡』『鳳凰』，映射成趣」（《詞則・閒情集》卷二）的巧妙安排。其次，詞作篇幅雖小，而情感表現卻頗為曲折。作者在短短五句內，選擇從細處落筆，以側筆寫男子形象，又以女子內心非分之想烘托形象，既切合女性觀察縝細的特點，也展露了女性浪漫的情思。進而至於動作神態，最後寫到心理活動，更是把女性內心情思的流動形象洗練地表現了出來，並使情境由寫實漸至虛想遐思的幻境。詞作描寫妥帖、辭淺意豐、語短情長，不愧為名家手筆。正是因為以上原因，這首以直快見長的作品，仍然給人以餘韻嫋嫋之感。（劉燕歌）

〔註〕①俞平伯認為「金鸚鵡」、「繡鳳凰」皆指刺繡花樣言。此處歸入第一種解釋。《唐宋詞選釋》云：「一指小針線，一指大針線。小件拿在手裡，所以說『手裡金鸚鵡』。大件繃在架子上，俗稱『繃子』，古言『繡床』，人坐在前，約齊胸，所以說『胸前繡鳳凰』。」

南歌子　溫庭筠

懶拂鴛鴦枕，休縫翡翠裙。羅帳罷爐熏。近來心更切，為思君。

《花間集》所收溫庭筠的七首〈南歌子〉均具有綺麗濃郁、辭藻華豔的特點，言情處卻以率直見長，以拙重之筆寫閨閣之情，所以前人稱它是溫詞中以「重筆」寫閨情的代表作（見清譚獻《複堂詞話》）。

這一首全詞五句都是寫一個「思」字。「懶拂鴛鴦枕，休縫翡翠裙。羅帳罷爐熏」三句，是寫昔思之苦。「近來心更切」一句，是寫近思之切。「為思君」一句，是寫為誰而思。在寫昔思之苦時，作者描繪了三種具有典型意義的事物：鴛鴦枕因久置未用而積滿灰塵；積塵而又「懶拂」，一是說明「鴛鴦枕」仍無用處，二是暗示所思之「君」尚未歸來，三是表現了思君不至時頹喪的精神狀態。翡翠裙而「休縫」，也曲折地表現了她的心理活動。女為悅己者容，悅己之人不在，也就無須用翡翠裙來裝扮自己了。羅帳熏香，表現了昔日柔情蜜意的幸福生活情趣，「罷爐熏」說明戀人去後，這種情趣已不復存在了。這三句詞，是使用睹物思人、化虛為實的表現手法。寫的是抽象的感情，但給讀者以具體的感受。「懶」、「休」、「罷」這三個動詞，在這三句詞中所表達的詞意是一層進一層。「懶」，疏懶之意，含義較輕；「休」，表示停止的意願，比「懶」義稍重，意思進了一層；「罷」是表示終止的一種決斷、果敢語氣，比「休」的語義又重了一層。透過這種化虛為實的表現手法，把閨婦對久客不歸之「君」的悵望之情，表現得十分真切具體。

「懶拂」、「休縫」、「罷爐熏」這些都是昔日思念之「切」的心理表現在行為上。「近來」之思如何呢？

只用一個「更」字，說明近思之切遠遠過於昔日。這種藝術表現手法，其妙有三：第一，在意脈上使詞意曲折層深；第二，在文意上做到言簡意賅；第三，在結構上層層相扣。由此可見，這個「更」字的內涵是較為豐富的。

末句「為思君」一語，一是點明了所思之人。一個「君」字既有愛又有恨；既有親昵之情，又有怨憤之意。二是總括了昔思之苦與近思之切的種種痛苦感受。三是交代了全詞的主旨。「思」字是全詞的抒情線索，而在篇末出現，成為點睛之筆，頗具匠心。（秦惠民）

夢江南 溫庭筠

千萬恨，恨極在天涯。山月不知心裡事，水風空落眼前花。搖曳碧雲斜。

舊稱溫詞香軟，以綺靡勝。《花間集》中所載，亦確多穠麗之作。這首〈夢江南〉，在風格上卻迥然不同。非但開門見山，直抒胸臆，而且不假堆砌，純用白描，全無「裁花剪葉，鏤玉雕瓊」（歐陽炯〈花間集序〉語）的藻繪習氣。在溫詞中雖為別調，卻屬精品。一開口便作恨極之語，全沒些子溫柔敦厚。比起其他溫詞特別是那若干首〈菩薩蠻〉來，這簡直不像是同一作家的筆墨。夫「恨」而有「千萬」，足見恨之多與無窮，而且顯得反覆零亂，大有不勝枚舉之慨。但第二句卻緊接著說「恨極在天涯」，則是恨雖千頭萬緒而所恨之事僅有一樁，即遠在天涯的人久不歸來是也。就詞的主旨說，這已經是一語喝破，再無剩義，彷彿下文沒有什麼可說了。

然而從全詞的比重看，後面三句才是主要部分。特別是中間七言句一聯，更須出色點染，全力以赴。否則縱使開頭兩句筆重千鈞，終為抽象概念，不能予人以渾厚完整之感。這就要看作者的匠心和功力了。

「山月不知心裡事，水風空落眼前花」二句，初讀感受亦自泛泛；幾經推敲玩味，才覺得文章本天成，而妙手得之卻並非偶然。上文正面意思既已說盡，故這兩句只能側寫。詞中抒情主人公既有「千萬恨」，說她「心裡」有「事」當然不成問題；但更使她難過的，卻在於「有恨無人省」。她一天到晚，煢煢孑立，形影相弔，卻無人能理解她的心事，只有山月不時臨照閨中而已。不說「人不知」，而說「山月不知」，則孤寂無聊之情可以想見。這是一層。夫山月既頻來相照，似乎有情矣；其實卻是根本無情的。心裡有恨事，當然想對人傾訴一下才好，但平時可以傾訴的對象亦無之。好容易盼到月亮來了，似乎可以向它傾訴一下，而向月亮傾訴實等於不傾訴，甚至比根本不傾訴時心情還更壞些！於是「山月不知心裡事」也成為這個主人公「恨」的內容之一了。這是又一層。至於說「不知心裡事」的是「山月」而不是其他，這也是經過作者精心選擇的。李白〈靜夜思〉：「舉頭望山月，低頭思故鄉。」（今本通作「望明月」）望山月能使客子思鄉，當然也能使閨人懷遠。況且山高則月小，當月逾山尖而照入人家時必在夜深。這就點明詞中她是經常難以入眠的。這是第三層。《詩經．邶風．柏舟》：「日居月諸，胡迭而微。」以日月喻丈夫，原是傳統比興手法。然則這一句蓋謂水闊山長，遠在天涯的丈夫並不能體諒自己這做妻子的一片苦心也。這是第四層。

「水風」句與上聯角度雖異，意匠實同。夜裡看月有恨，晝間看花也還是有恨。看花原為了遣悶，及至看了，反倒給自己添了煩惱。況上句以月喻夫，則此句顯然以花自喻。惜花落，正是惜自己年華之易謝。花開花落正如人之有青年老年，本是自然現象；但眼前的花卻是被風吹落的。「空落」者，白白地吹落，無緣無故地吹落之謂；這正是《詩經．小雅．小弁》中所謂的「維憂用老」一語（〈古詩十九首．行行重行行〉則云「思君令人老」）的形象化，而不僅是「恐年歲之不吾與」（屈原〈離騷〉）這一層意思了。

至於所謂「水風」，指水上之風。這也不僅為了求與「山月」工整相對而已。水面風來，風吹花落，落到哪裡？自然落在水中，這不正是稍後於溫庭筠的李煜的名句「流水落花春去也」（〈浪淘沙令〉）的另一種寫法麼？溫的這句寫得比較蘊藉，但並不顯得吞吐扭捏，依然是清新駿快的風格，可是造意卻深曲多了。

夜對山月，晝惜落花，在晝夜交替的黃昏又是怎樣呢？作者寫道：「搖曳碧雲斜。」南朝梁江淹〈雜體．休上人怨別〉詩云：「日暮碧雲合，佳人殊未來。」這裡反用其意。「搖曳」，猶言動盪。但動的程度卻不怎麼明顯，只是似動非動地緩緩移斜了角度。看似單純景語，卻寫出凝望碧雲的人百無聊賴，說明一天的光陰又在不知不覺中消逝了，不著「恨」字而「恨極」之意已和盤托出。因此後三句與前二句正是互為補充呼應的。沒有前兩句，不見感情之激切；沒有後三句，不見詞旨之遙深。此之謂膽大而心細。（吳小如）

望江南 溫庭筠

梳洗罷，獨倚望江樓。過盡千帆皆不是，斜暉脈脈水悠悠。腸斷白蘋洲。

這是一首閨怨詞。寫的是思婦樓頭，望人不歸。古代這一類詩詞很多，本詞以淡筆寫思婦不見歸舟的惆悵之情，寥寥二十七字，卻寫得情韻兼勝，因而傳誦人口，歷久不衰。

這首詞在藝術技巧方面，有兩點值得提出：

一是精練。首兩句八個字，勾勒出思婦的形象和動態。首句僅三個字，就概括了她在倚樓眺望之前用心梳妝修飾的經過和切盼重逢的心情。南朝〈西洲曲〉寫道：「鴻飛滿西洲，望郎上青樓。樓高望不見，盡日欄杆頭。」「獨倚」句與之意思相近，但僅只五個字，還能用「獨」字來凸出她的孤寂之感。

「過盡」句前四字形容江上船隻之多，「皆不是」陡然一轉，句意亦變，前面船隻之多適足以反映失望之深，這裡並未多費筆墨就使人領會思婦的心情。

「斜暉」兩句，描繪自然景物，景中透情。「腸斷」兩字，表現出在思婦眼中，夕陽餘暉似脈脈含情；綠水悠悠而去，又像含恨無窮；倚樓久望不見遠客歸來，只有水邊一片白蘋洲，其上芳草離離，蘋花搖曳，令人愁思滿懷。兩句即景抒情，顯得含意深長。

二是用擬人手法寫夕暉、流水，是藉以暗示思婦因失望而凝愁含恨。而「白蘋洲」之所以成為她腸斷之處，其原因作者亦未明說，參之唐趙徵明〈思歸〉詩「猶疑望可見，日日上高樓。唯見分手處，白蘋滿芳洲」，則「白蘋洲」自是當日分攜之處，思婦的悠悠相思之意即由於這樣的描繪而顯示出來，使人同情，並又留下充分的想像餘地，讓讀者進一步去猜度、懸想個中情事，極婉曲之致。（潘君昭）

河傳 溫庭筠

湖上，閒望。雨瀟瀟，煙浦花橋路遙。謝娘翠蛾愁不銷。終朝，夢魂迷晚潮。蕩子天涯歸棹遠。春已晚，鶯語空腸斷。若耶溪，溪水西。柳堤，不聞郎馬嘶。

宋胡仔說：「庭筠工於造語，極為綺靡，《花間集》可見矣。」（《苕溪漁隱叢話後集》卷十七）溫庭筠的許多豔詞都是蹙金結繡，密麗繁縟，用實字寫實景、實物；但另外他也善於運用疏宕的文字寫景抒情，如本詞就是以淡墨化染而出，兩者都可說是「工於造語」。

本詞以湖上迷離雨景為背景，寫蕩子春晚不歸、思婦惆悵之情。〈古詩十九首．青青河畔草〉云：「青青河畔草，鬱鬱園中柳。盈盈樓上女，皎皎當窗牖。娥娥紅粉妝，纖纖出素手。昔為倡家女，今為蕩子婦，蕩子行不歸，空床難獨守。」倡家女，即歌伎。本詞女主角也是歌伎而為蕩子婦。詞中「謝娘」為「謝秋娘」之簡稱，本來是唐代一歌伎的名字，後來成為歌伎的泛稱。蕩子，指長期遠遊不歸的人，並不是後世所說的浪蕩子。可以看出本詞就是從這首古詩脫胎而來。

上片一開始就指明地點，是在湖上；「閒望」，是一篇之主。關於「閒望」的內容，預先並未說破，而是逐步透露。她極目遠眺，但見春雨瀟瀟，煙浦花橋隱約可見，那兒曾是兩人遊宴之處。周邦彥〈蘭陵王．柳〉

詞亦有句云：「念月榭攜手，露橋聞笛。」如今遠遠望去，卻是濛濛一片，什麼都望不見，看不清；這些就是「閒望」時所見的景色。「翠蛾」句描繪思婦愁眉不展，相思難解，這是她「閒望」時所懷的愁情；這種愁情使她從早到晚心事重重，夢魂猶牽繫於水上，盼行人客舟歸來。一「迷」字很形象地繪出了這種心情。潮聲本易使人聯想起客舟和舟中之人，由潮及人，又直接勾起下片首句。

下片敘述思婦閨怨。蕩子飄泊天涯，歸棹杳無音訊，思婦在湖上望斷雲水，也盼不到歸舟遠客，這裡方始點出「閒望」的用意所在。春意闌珊，鶯語如簧，只令人愁腸欲斷，此是念及客舟去遠時的失望之情。「若耶溪」本是西施浣紗之處，用來借指思婦住所；那兒長堤垂柳，依依拂水，昔日郎曾騎馬來訪，如今柳色依舊，佇立長堤，卻聽不到舊侶重來的馬嘶之聲。雖然內容已從湖上轉到柳堤，但仍然歸結到蕩子遲遲未回，而且又與上面的「閒望」相互關聯。湖、堤兩處都無蹤影，其失望為何如！

〈青青河畔草〉以直抒胸臆為主，和《詩經．鄘風．柏舟》「汎彼柏舟，在彼中河。髧彼兩髦，實維我儀。之死矢靡它。母也天只，不諒人只」以及漢樂府〈上邪〉「上邪！我欲與君相知，長命無絕衰。山無陵，江水為竭，冬雷震震，夏雨雪，天地合，乃敢與君絕」手法相同，都是直率大膽，感情強烈而一瀉無遺，不加掩飾。相較之下，本詞顯得情致纏綿，含意宛轉，極盡低徊留連之致，思婦的身分、所處的環境以及盼望之心、失望之情，融合在景物描繪之中，透過逐步透露，間接道出，亦即以「含蓄」、「暗示」的方式來反映。這就是說，在寫作手法上，本詞與〈青青河畔草〉是完全不同的。

在音律方面，本詞也很有特色，可說是促節繁音，變化多端。內容起伏，句法也隨之長短不齊，二、三、五、六、七字句錯雜使用，並且換韻頻繁，曲折盡情，顯得結構複雜而富於變化，想來演奏時悲管清瑟，抑揚宛轉，必能絲絲入扣地表達出思婦內心的無限哀怨。（潘君昭）

蕃女怨（二首） 溫庭筠

萬枝香雪開已遍，細雨雙燕。鈿蟬箏，金雀扇，畫梁相見。雁門消息不歸來，又飛回。

磧南沙上驚雁起，飛雪千里。玉連環，金鏃箭，年年征戰。畫樓離恨錦屏空，杏花紅。

〈蕃女怨〉一調是溫庭筠的首創，不過寫來並不見一點「蕃」味，仍是一般的思婦詞。

第一首寫飛燕雙雙還巢，引發了思婦的離愁別恨。「萬枝香雪開已遍，細雨雙燕」，寫又一個春天已經來臨：千樹萬枝的杏花已經開遍（溫庭筠〈菩薩蠻〉有句云「杏花含露團香雪」，可知香雪即指杏花），微風細雨中有雙燕飛舞。這濃郁的春意，自然會反襯出思婦的寂寞。「鈿蟬箏，金雀扇，畫梁相見」，是說正當思婦難耐寂寞，一會兒撥弄鑲嵌有金蟬的箏，一會兒把玩畫有金雀的扇子的時候，舊日的燕子雙雙飛回到畫梁上的舊巢。思婦為此受到極大的觸動，於是發出深深的慨嘆：「雁門消息不歸來，又飛回。」這對燕子去年還在梁上時我就盼著丈夫回來，如今燕子去了又回，可丈夫仍在邊疆要塞雁門戍守，心緒哪能安寧。如此，詞中的杏花鬧春與空閨寂守，燕燕雙飛與人影獨立，燕子還巢與人不歸家等就形成強烈的對比，這思婦之怨也就是從這幾重對比中體現出來的。

第二首著重寫邊塞的寒冷與艱苦，使思婦倍增思念。「磧南沙上驚雁起，飛雪千里」，寫邊塞環境與氣候的惡劣：地處沙磧荒漠，氣候變化無常，一夜之間千里飛雪，驚起大雁南翔。「玉連環，金鏃箭，年年征戰」，寫戰士的艱苦：再寒冷，再荒涼，戰士們也要身佩玉連環，肩挎金鏃箭，年復一年地拚殺疆場。丈夫如此長期在邊關服役，能不使妻子思念和怨恨嗎？結二句於是點明題旨：「畫樓離恨錦屏空，杏花紅。」戰爭使天下無數的妻子獨守空閨，她們的寂寞與空虛無以慰藉。尤其是在杏花開遍、春滿人間的時候，更是令人腸斷，魂斷，唯有恨不斷，淚不斷。

就內容說，此詞並無新意，唐人詩中屢見不鮮。溫庭筠在這裡也不是為了宣揚什麼反戰情緒，只是覺得思婦的愁恨是一種純真的感情，值得珍重與同情，於是就收入筆底。然而在藝術上卻頗具匠心：首先是此二詞之間具有明顯的互補互襯的作用，說明二詞當寫於同時，在構思上作了某種通盤考慮。我們可以發現第一首所寫的主要內容即是第二首結二句「畫樓離恨錦屏空，杏花紅」的具體化，而第二首所寫的主要內容又是第一首結二句「雁門消息不歸來，又飛回」的具體化。二詞互為補充，互作註腳，相互包孕，讀任何一首都可以聯想到另一首，從而形成一個更為豐滿和鮮明的總體形象。這有點類似園林建築的「借景」，本是園外景物，透過某種布置，可以使它與園內景物融為一體，以增觀覽之勝。其次是二詞在結構上也有某種有意的安排。第一首以杏花開遍起，第二首又以「杏花紅」作結；第一首以魂飛雁門作結，第二首接著以磧南驚雁開頭，如此首尾相顧、相銜，連環生姿，能說僅僅是巧合嗎？

在溫詞中，此二首自然屬於較為淺直的作品，辭藻不算豔麗，含義也還顯豁。但是仍然具有其某些深曲之作的特點：只客觀地提供精美的物象情態，而隱去它們之間的表面聯繫，讓讀者憑著自己的想像去領悟。像「鈿蟬箏」、「金雀扇」、「畫梁相見」三者之間就省略了很多話；「畫樓離恨錦屏空」與「杏花紅」之間也未點明其關係。而這些物象情態的關係，讀者是完全可以領悟的，所以反而顯得淺而不露，短而味永。（謝楚發）

韋莊

【作者小傳】（約八三六～九一〇）字端己，京兆杜陵（今陝西西安東南）人。唐昭宗乾寧元年（八九四）進士，任校書郎。後仕蜀，官吏部侍郎兼平章事。在成都時，曾居杜甫草堂故址，故名其集曰《浣花集》。詞與溫庭筠齊名，稱溫、韋。然風格有別。韋能運密入疏，寓濃於淡，多用白描手法寫閨情離愁和遊樂生活，語言清麗。詞存五十四首，在《花間集》《尊前集》《金奩集》中，今有王國維輯《浣花詞》一卷。

浣溪沙

韋莊

清曉妝成寒食天，柳毬斜裊間花鈿。捲簾直出畫堂前。

指點牡丹初綻朵，日高猶自憑朱欄。含顰不語恨春殘。

此詞在過去多家評釋中都被理解為春愁或者傷春。然細細揣摩文本，則恐怕是別有深意。

「清曉」是指天濛濛亮的破曉時分，此時太陽尚未升起，前夜的寒氣還籠罩在大地上沒有完全散去。然而，就在這光線並不充足、寒意頗濃之時，她竟然已經梳妝完畢。古代女子的梳妝乃是一件十分繁瑣的事，我們完全可以推想她的起床時間一定是在夜闌人靜的半夜。如此違背情理的舉動表明她根本無心入眠。那究竟是什麼事情讓她如此激動呢？答案立刻給出——原來天一亮便是寒食節了。因此第二句關於她頭飾的描寫中會特別提到一件特殊的飾品——柳毬。這種以柳枝彎曲而成的小球是寒食節時婦女們的必備妝飾。此刻，它正十分有風致地斜插在鬢髮的珠翠之間。「裊」字形象地勾繪出柳毬隨著主人身形的擺動而左搖右曳的活潑形態，似乎正暗示著主人的心情也如俏皮的柳毬一般正躍躍欲出。女子對鏡自照，滿心歡喜，便迤邐走出閨房。「直」字表現出她的興高采烈。顯然，自信和興奮正洋溢在她的心間。帶著這種愉快的心境，她來到堂前，發現牡丹在清晨露珠的滋潤中悄悄綻開了新的花朵，那欲放還收的情態是那麼嬌羞。這使她不由得駐足花前，品評賞玩。大概這花兒正與她的情形相似，都在以自己生命中最美麗的一刻迎接曙光，希望能在陽光普照大地時盡情展示自己的美。那麼她到底在渴盼什麼呢？這當然要從寒食節的民俗方面去找尋答案。唐詩之中多有對寒食習俗的記載，比如「自從關路入秦川，爭道何人不戲鞭。公子途中妨蹴踘，佳人馬上廢鞦韆」（李隆基〈初入秦川路逢寒食〉）；「晴明寒食好，春園百卉開。綵繩拂花去，輕毬度閣來」（韋應物〈寒食〉）；「今年寒食好風流，此日一家同出遊」（元稹〈寒食日〉）。可見逢此節令，人們都要外出遊春嬉戲，嬉戲活動多為男子蹴鞠，女子盪鞦韆。韋莊自己在其組詩〈丙辰年鄜州遇寒食城外醉飲五首〉中也曾用「馬驕風疾玉鞭長，過去唯留一陣香。閒客不須燒破眼，好花皆屬富家郎」（其四）和「淡紅香白一群群」（其二）來描述寒食時女子出遊的盛景，勾繪其「撩亂送鞦韆」（其一）的歡快，並以「可惜數株紅豔好，不知今夜落誰家」（其三）暗示寒食節時女子出遊似還帶有尋覓意中人的意圖。由此，我們完全可以明白詞作之中女主人公半夜梳妝，清晨下堂，歡愉賞花的緣故，因為她正興高采烈地渴盼著即將到來的出遊嬉戲，乃至她根本就已經和意中人約好，要盡情度過這愉快的一天。所以她駐足堂前賞花，大概也是在等待那個出遊約會的暗號。然而，隨著太陽漸漸升起，時候已經很晚了，女子卻還待在原地，獨自憑欄。「猶自」暗示女子等待的長久和其心中越發濃重的失望。至末句時，女子的激動與興奮已經完全消逝。「恨春殘」表明在她的心目中，自己的美麗就如春光一般，絢麗而短暫。意中人的失約讓她在這美好的節日裡只能獨守空堂，青春與美只能白白拋卻，所以，她的心境終於從高峰跌入低谷。悵恨之情溢於言表。

縱觀全詞，看似敘事，實則繪情，女子的情感隨著時間推移和地點轉換由高昂漸趨低迷。而筆觸之細膩，更讓全詞在意脈流暢的同時兼具深邈綿密之美。詞作純用白描，雖也使用了花鈿、畫堂、牡丹、朱欄等花間常用意象，卻能將其融入整首詞的清樸風格，熔鑄成清麗的美學特徵，毫無脂濃粉豔之感。（韋樂）

浣溪沙

韋莊

惆悵夢餘山月斜，孤燈照壁背窗紗。小樓高閣謝娘家。

暗想玉容何所似：一枝春雪凍梅花，滿身香霧簇朝霞。

這是一首「寄興深微」的豔詞。上片寫眼中所見的景象，是在夢醒後睡眼惺忪時見到的。下片寫心中想像的美人，是在「暗想」中幻化出來的。它給人一種迷離恍惚、依稀隱約的審美感受。是現實中的生活，也是幻想中的追求；像是別有寄託，又像是純粹抒情。詞的上片，情景交融，浮現在人們眼前的畫面是：一座高高的小樓，有個蒙著碧紗的小窗，反射出照在壁上的一線燈光，籠罩在朦朧的月色中。一個惆悵自憐的青年，正凝望著那反射出燈光的窗口，原來這就是絕代佳人「謝娘」的住房。「謝娘」是唐代有名的妓女，後人因以作為眉目娟好、體態嫵媚的美女的代稱。在韋莊的詩詞中常用來指意中人。不過這首詞中的「謝娘」，完全是詞人心造的幻影，並不是現實生活中的某個佳人。只是詞中抒情主人公看到那碧紗窗下，孤燈熒熒，便馳騁著豐富的想像，幻想出一個背燈斜坐、含情脈脈的深閨麗人來，反映了詞人一種朦朧的理想和追求。寄託在若有若無之間，情趣在若隱若顯之際。乍看起來，似乎只是尋常的豔語；細味之後，又覺得語言之外，還有一些值得咀嚼的東西。與詞人同時的張泌也有一首〈浣溪沙〉，跟這首詞的意境很相似。詞云：「獨立寒階望月華，露濃香泛小庭花，繡屏愁背一燈斜。雲雨自從分散後，人間無路到仙家，但憑魂夢訪天涯。」畫面同樣出現了樓和月，人和燈，夢和花，皆景中含情，深得風人之旨。然而一個是對往事的回憶，一個是對未來的追求；一個是寫曾經熱戀過的對象，一個是寫從未謀面的佳人；一個把重溫舊好，寄託在夢魂的訪問，一個是把朦朧的追求，付諸馳騁的想像。兩相對照，張詞寫的只是愛情的糾葛，別離的愁緒；而韋詞卻在男女之外，別有興寄。這種興寄，作者雖未必有此意，而讀者未嘗不可以作如是觀，因而它比張詞更加耐人尋味，更加富有深意，這大概就是鄭振鐸所說的「端己詞，明白如話，而蘊藉至深」吧。

下片抒情主人公繼續展開想像的翅膀，對背燈坐在碧紗窗下的美人進行浪漫主義的描繪。把花的精神賦予美人，把美人的「玉容」寫成花，使花成為美人的倩影，美人成為花的化身。一支生花的妙筆，出神入化，為花錫寵，為人爭春，在豔語之中，寓比興之意，確是大家筆墨。「一枝春雪凍梅花，滿身香霧簇朝霞」，可見他理想中的美人，容貌像雪一樣的潔白，梅一樣的疏淡。衣裳像霧一般的飄逸，霞一般的鮮豔。詞人把自己朦朧中的追求，寫得如此高潔，如此淡雅，使人自然聯想到「製芰荷以為衣兮，集芙蓉以為裳」（屈原〈離騷〉）的屈原的自畫像，其言外自有寄託，自有高致，絕不同於尋常的豔詞。宋張炎說得好：「簸弄風月，陶寫性情，詞婉於詩」（《詞源》）。我們試拿韋莊這首詞的下片，跟李白的「雲想衣裳花想容」、「一枝紅豔露凝香」（〈清平調詞〉），白居易的「芙蓉如面柳如眉」、「梨花一枝春帶雨」（〈長恨歌〉），對照來看，既可以發現它們之間的繼承關係，又可以尋繹出它們之間的「新變」軌跡。太白和樂天是以花柳來喻其貌，用「朝露凝香」和「梨花帶雨」傳其神，自然是千秋妙筆。然其意止於「以形寫神」，「以景傳情」，把楊妃的「天生麗質」形容得形神俱肖而已。至於韋詞所描寫的那個美人，則是雪裡梅花，具有冰清玉潔的高尚情操；霞中仙子，具有超凡絕俗的瀟灑風韻，象外有象，景外有景，作為物化於作品中的藝術形象，具有極大的啟發性和誘發力，既能給讀者以真實的感知，又能給讀者以豐富的聯想。以朦朧的美，含無窮的趣，正是它的藝術生命和靈魂之所在。

月下觀景，雨中看山，霧裡賞花，隔簾望美人，往往能夠引起人們更好的審美情趣，其奧祕就在於它以有限表無限，以實境帶虛境，以朦朧代顯露，能使人以豐富的想像補充具體的情景，從而取得了「韻外之致」、「味外之旨」的藝術效果。這也就是韋莊這首詞所追求的審美趣味，所發出的藝術光輝。（羊春秋）

浣溪沙　韋莊

夜夜相思更漏殘，傷心明月憑欄杆。想君思我錦衾寒。
咫尺畫堂深似海，憶來唯把舊書看。幾時攜手入長安。

這是一首傷離惜別的詞。從「咫尺畫堂深似海」等句的詞意來看，我以為韋莊是思念被蜀主王建奪去的愛姬的。詞中反映出真實的生活，洋溢著火熱的感情。正是這種感情的潮水從肺腑深處自然地流到筆端，才能以如此哀感頑豔的情調，創造出如此真切動人的意境。

詞的上片從自己寢不安席的思念之情落墨，轉到對方也正在關心自己的冷暖。緣情布景，因景生情，在沒有轉折詞處，不著痕跡地完成三句兩折的意脈變換，一氣流貫，極盡委曲宛轉之致。首句寫相思而曰「夜夜」，是相思沒有已時，即魚玄機「憶君心似西江水，日夜東流無歇時」（〈江陵愁望寄子安〉）的詩意。漏盡而未成眠，是相思無法自解，亦即李端「月落星稀天欲明，孤燈未滅夢難成」（〈閨情〉）的詩意。一句話，把鬱積在心頭的離愁別恨，充分而蘊藉地表現出來，是很不容易的。肖像和景物，是形，是外在的，易於描繪；而心靈的變化，是神，是內在的，難以刻畫。而詞人舉重若輕，視難如易，一下擒住題旨，把起句之前的許多情語和景語，既刪削淨盡，又包孕無餘，故能籠罩全篇，帶出下文。「傷心」句，豐富和擴大了「相思」的內涵，深化和完善了「相思」的感情。他想起了過去曾經在花前月下，與她並肩攜手，共訴衷情，共訂鴛盟；如今呢，風景依舊，人事全非，怎能不發出「同來望月人何處，風景依稀似去年」（趙嘏〈江樓感舊〉）的浩嘆呢？他想起這輪明月，曾經照見他們在無可奈何之時，作忍淚割愛之別，他們的綢繆之情，繾綣之意，是「除卻天邊月，沒人知」（韋莊〈女冠子〉）的。如今呢，夜是一樣的深沉，月是一樣的淒清，而人卻音塵久絕，蹤跡全杳，又怎能不產生「明月自來還自去，更無人倚玉欄杆」（崔櫓〈華清宮〉）的惆悵呢？但抒情的主人公並沒有完全沉浸其中，而是設身處地，推己及人，想到對方正在惦念自己的形單影隻，枕冷衾寒。「想君思我錦衾寒」，是更進一層的愛的表現。《詩經．豳風．東山》中的「灑掃穹窒，我征聿至」，便是征夫設想妻子如何打掃庭院，等待他歸來團聚的情景。杜甫〈月夜〉中的「香霧雲鬟濕，清輝玉臂寒」，也是他設想妻子為其安全和生存而憂心如焚，中夜不寐的心境。韋莊這句詞，正與之手法相似。

上片的結句從對方落墨，把相思的感情推向一個新的高潮。下片的起句，採取暗轉、暗接的手法，繼續把自己的「傷心」情懷加以深化。「咫尺畫堂深似海」，正是「夜夜相思」的內容，對月憑欄的原因。宋張炎說「過片不要斷了曲意，須要承上接下」（《詞源》），這首詞的過片，正是意脈貫串，承上文又帶起下意的。它以極短的距離（咫尺）和不可逾越的鴻溝（深似海）形成鮮明的對比。這裡暗用唐代詩人崔郊的典故。據范攄《雲溪友議．襄陽傑》的記載：崔郊的姑媽有一個美麗的婢女，與郊有眷戀之意。不意其姑將此婢賣與顯貴于頔，郊思慕不已，在一個寒食節中，偶然相遇。郊情不自禁，贈以詩云：「侯門一入深如海，從此蕭郎是路人。」韋莊在這裡正是暗寓他的愛姬被鎖禁在蜀主王建的後宮裡，「從此隔音塵」（韋莊〈荷葉杯〉）的悲憤，真是水中著鹽，毫無痕跡。他處在這種「可望而不可即」的境地，便「憶來唯把舊書看」了。韋莊的愛姬「兼善詞翰」（宋楊湜《古今詞話》），詞人想從她的手書中喚起一些美好的回憶。這是大家所共有的生活經驗，詞人的高明之處，就因為他善於從尋常的生活中，從司空見慣的事物中，發現和捕捉那些人們所共有的感情，而又沒有被人說出過的生活體驗。這句詞語淡而意深，事常而情新，所感者深，所言者真，故能沁人心脾，豁人耳目。尤妙在他愛而不見、思而不得之後，不是執著地繼續沿著上述的感情線索發展下去，而是在結句中有意宕開，別出新意，把一線希望寄託在茫然不可知的「幾時」。「幾時」者，何時也；「長安」者，唐之故都也。可見詞人始終沒有忘記「如今俱是異鄉人，相見更無因」（韋莊〈荷葉杯〉）的苦惱，始終沒有解開「洛陽城裡春光好，洛陽才子他鄉老」（〈菩薩蠻〉）的思想疙瘩。這樣以情結尾，更有餘音不盡、餘味無窮的審美情趣。（羊春秋）

菩薩蠻（五首）　韋莊

韋莊之〈菩薩蠻〉詞，共有五首，前後呼應，一氣流轉，是在章法結構方面極有次第的一組作品。與其他詞人隨意為某一曲調填寫許多首歌詞的情形，頗有不同，所以一併選錄。韋莊曾流寓江南多年，其《浣花集》中敘及「江南」者，大多指江浙一帶。此〈菩薩蠻〉五首，蓋為韋莊晚年寓蜀回憶舊遊之作。（葉嘉瑩）

其一

紅樓別夜堪惆悵，香燈半捲流蘇帳。殘月出門時，美人和淚辭。

琵琶金翠羽，絃上黃鶯語。勸我早歸家，綠窗人似花。

這首詞一起便寫出滿紙離情。如果只就這一首詞來看，則此詞所寫似乎就正是當前的別夜離情；但如果就五首詞全體來看的話，則此章所寫便當是回憶中當年別夜的離情了。然而卻寫得如在目前，則自然是因為詩人對當日離情之難以忘懷之故。「紅樓」本該是何等旖旎多情之地，而卻承之以「別夜」，此所以「堪惆悵」者也。這一句只是總寫，次句遂對此「別夜」之「堪惆悵」者，更加以細緻的描摹曰「香燈半捲流蘇帳」。「流蘇」

是帳上之裝飾，大多緝絲線為之，下垂如禾稻之穗。北方俗稱之為穗子。「帳」而飾以「流蘇」，其精美可知，「燈」上更著以「香」字，則香閨蘭麝，掩映宵燈，情事亦復可想，而「帳」既「半捲」，且更與上一句之「別夜」相承，於是所有的春宵繾綣之情，遂都化而為離別的惆悵之感了。這兩句敘述的口氣都很率直，然而處處反襯，千迴百轉。昔清陳廷焯之《白雨齋詞話》曾謂「韋端己詞，似直而紆，似達而鬱，最為詞中勝境」，僅此二句，便已可見其此種特色之一斑了。繼之以「殘月出門時，美人和淚辭」，則別宵苦短，行者難留，月既將殘，離人欲去，遂將不得不與美人和淚而辭矣。景真，情真，寫出一片依依惜別之意。

下半闋「琵琶金翠羽，絃上黃鶯語」二句，「金翠羽」者，據鄭騫編《詞選》註云：「金翠羽，琵琶之飾也，在桿撥上，今日本藏古樂器可證。」如果但觀此一句，則不過寫琵琶之精美而已，而卻繼之以「絃上黃鶯語」，於是遂產生了兩種可能的含意。一則可以意指「和淚辭」之「美人」，於離別之際，果然曾親手彈奏過一曲琵琶，而且琵琶之美既上有金翠羽之裝飾，絃上之音更有似宛轉之鶯啼。然後接以下面之「勸我早歸家」五字，則是絃上所奏之曲與美人話別之辭，在行人之心耳中互相結合，其聲聲傾訴者，唯有「勸我早歸家」之一語而已；再則此琵琶一句亦可不實指當時曾彈奏琵琶而言，不過美人在平日既常奏翠羽之琵琶，美人之音聲亦常似絃間之鶯語，今日聞美人叮嚀之語，亦猶似平日絃上之宛轉鶯啼，遂直用絃上鶯啼為美人音聲之象喻，所以乃徑接以下一句「勸我早歸家」的叮嚀之語。這兩種含意皆有可能，在欣賞時也大可使之兼容並存，以喚發多方面之感動，而不必定為一解也。至於末一句以「綠窗人似花」五字承接在「勸我早歸家」之後，遂使前一句的情意更加深重了一層。何以言之？一則，綠窗下相待之人既有如花之美，則遠行之遊子如何能不因懷思戀念而早作歸家之計？此所以用「人似花」為叮嚀之語者一也；再則，花之美麗又是人世間最短暫、最不久長的事物，偶一蹉跎，則縱使他日歸來，也早已春歸花落，無復當年之盛美矣。近人王國維曾寫有一首〈蝶戀花〉詞，其中有句云「閱盡天涯離別苦，不道歸來，零落花如許」，在天涯歷盡了離別的悲苦，所盼望的原不過僅是再相見時的一點慰安而已。如果歷盡悲苦之後，所得的竟是花落春歸的全然落空的悲哀，這豈不是人間最大的憾恨？然則彼綠窗下之美人既有如花之美麗，足以繫遊子之相思，更有如花之易於凋落，足以增遊子之警惕，那麼，只為珍惜這一朵易落的花容，遊子自必當早作歸家之計矣。這是何等深切的叮嚀囑咐之辭。這一章所寫的別情之深摯，一直貫注到末一章遊子終然未得還鄉的終生的憾恨，這是要讀到最後一章結尾，才能夠更深切地體會出來的。

其二

人人盡說江南好，遊人只合江南老。春水碧於天，畫船聽雨眠。壚邊人似月，皓腕凝雙雪。未老莫還鄉，還鄉須斷腸。

這首詞承上首而來，所寫者已經是離別以後遊子遠適江南的生活情況了。首二句「人人盡說江南好，遊人只合江南老」，仍不過是從別人口中道出江南之好而已。觀其口吻有向遊子勸留之意，而遊子之本意仍在還鄉。是以次句乃用一「合」字，「合」者乃「合該」、「合應」之意。蓋勸遊子合應在江南終老也。夫人情同於懷土，遊子莫不思鄉。「江南」既是異鄉，「遊人」原為客旅，而勸者乃謂遊子合應終老江南，觀其所用「盡說」、「只合」等字樣，若非遊子之故鄉已經有不能歸返的苦衷，則異鄉之人又何敢盡皆以如此斷然之口吻來相勸留。彼勸留口吻之勁直激切，蓋正足以反映其不得還鄉之情意的百轉千迴。端己詞之「似直而紆，似達而鬱」，於此二句又得一證。以下二句接言「春水碧於天」是江南景色之美，「畫船聽雨眠」是江南生活之美。承以下半闋之「壚邊人似月，皓腕凝雙雪」，則是寫江南人物之美。按「壚」一作「罏」，又作「鑪」，賣酒者置酒甕之處也。《後漢書．孔融傳》註云「鑪，累土為之，以居酒甕，四邊隆起，一面高如鍛鑪，故名。字或作『壚』」，可以為證。《史記．司馬相如傳》云「買一酒舍酤酒，而令文君當鑪」，蓋指卓文君當壚賣酒之事。然則壚邊之人，蓋賣酒之女郎也。「似月」者，女郎面貌之光彩皎皎照人也；「皓腕凝雙雪」者，言其雙腕之皓白如雪也。（按「雙」字一本作「霜」，則直言皓腕之白如霜雪，不必指名「雙腕」，而「雙」字之意，自在其中，亦佳。）昔曹植有句云「攘袖見素手，皓腕約金環」（〈美女篇〉），則當此女郎賣酒之際，攘袖舉手之間，其皓如霜雪之雙腕的姿致撩人可以想見。江南既有如此之美女，則豈不令遊子生愛賞留戀之意。

自「人人盡說江南好」以下，全寫江南之好，有「碧於天」的春水，有畫船聽雨之生活，有壚邊如月之佳人。一氣貫注，全力促成「遊人」之「只合江南老」的多種理由。然而下一句卻忽然跌出來「未老莫還鄉」五個字，表面上是順承，而實際上卻是反撲。蓋以此一句雖然著一「莫」字，卻已明明道出「還鄉」之字樣，然則前面雖極寫江南之好，都不過為他人勸留之語，而遊子的故鄉之思，則未嘗或忘也。至於「還鄉」二字上之「莫」字，則正是極端無可奈何之語，即如陸放翁〈釵頭鳳〉詞結尾所寫的「山盟雖在，錦書難託。莫，莫，莫」，也正表現了一種無可奈何之情。夫端己豈不欲還鄉，放翁又豈不欲與唐氏證彼山盟，託以錦書？然而盟有不可證，書有不可託，而鄉亦有不可還者，所以曰「莫」也。僅此一「莫」字，已有多少輾轉思量之意，而況上面還更用了「未老」兩個字，其意蓋謂年華幸尚未老，則今日雖暫莫還鄉，然而狐死首丘，則終老之日仍誓必還故鄉也。所以此句表面雖然說的是「莫還鄉」，而實際所蘊含的卻是一片思鄉的感情。至於下一句「還鄉須斷腸」，則是極痛心地補敘出今日之所以「莫還鄉」的緣故。這一句看來說得極簡單，而用意卻極深婉，「須斷腸」之「須」字，說得斬釘截鐵，是還鄉之必定要斷腸也；然而「還鄉」二字，卻又說得如此概括，而並未指明「還鄉」後究竟是哪些事物使人竟至於必須斷腸呢？於是隱約中遂使人感到必是故鄉今日之事事物物皆有足以使人斷腸者矣。我們雖不願如清張惠言之比附史實來強作解說，然而韋莊一生飽經亂離之痛，值中原鼎革之變，為異鄉飄泊之人，則此句之「還鄉須斷腸」五字，也可以說是寫得情真意苦之極了。

其三

如今卻憶江南樂，當時年少春衫薄。騎馬倚斜橋，滿樓紅袖招。翠屏金屈曲，醉入花叢宿。此度見花枝，白頭誓不歸。

此章開端即云「如今卻憶江南樂，當時年少春衫薄」，既曰「卻憶」，又曰「當時」，則自然該是回憶之言，而並非身在江南之語了。我們若於此向前二章作一回顧，如果說首章所寫乃是回憶離別之當日，次章所寫乃是回憶江南之羈旅，則此章所寫便該是回憶離開江南以後的又一段飄泊的時期了。所以我以為這五首詞中的所謂「江南」，都該是確指江南之地，而並非指蜀。至於寫作的時間，則當是晚年追想平生之作，而寫作之地點則很可能是其晚年羈身之蜀地了。先看首句「如今卻憶江南樂」，此蓋緊承前一章之「人人盡說江南好」而來，於此可知凡前一章所寫之江南種種好處，原來都出自他人之口，而詩人自己當時並未真正感到江南之好。蓋其一心所繫者原在故鄉，所以乃於結尾道出「還鄉」之語。是則雖暫莫還鄉，而終始之願則仍在還鄉也。至於此章所寫，則是連當日的江南之遊，也已成了一段回憶，詩人的還鄉之想也早已望斷念絕。在此種心情下再回憶當日江南之羈旅，於是便反而覺其較之今日仍有可樂之處了。而今日之所以感到當年之可樂，乃正因今日之更為可悲。韋莊此詞開端即以堅決之反語道出江南之可樂，其間的「卻憶」二字，就正可反襯出今日之更為可悲，與還鄉之更不可望。此等處也正可見出韋詞之「似直而紆，似達而鬱」的特色。

夫詩人既謂江南為可樂，於是下句乃承以「當時年少春衫薄」七字，正寫江南之樂。本來，即使僅此「當時年少」四字，便已自有可樂者在矣。下面更綴以「春衫薄」三字，則春衫飄舉，風度翩翩，少年之樂事乃真可想見矣。而此句中之「當時」正與上句中之「卻憶」相映襯，極寫回憶中當時之樂事，正以反襯今日之堪悲。然後承以「騎馬倚斜橋，滿樓紅袖招」，更一直貫串至下半闋之「翠屏金屈曲，醉入花叢宿」，一共四句，全寫當年之樂事。有滿樓紅袖之相招，此自為少年時之一大樂事；而必曰「騎馬倚斜橋」者，蓋「騎馬」始更見年少之英姿，而「倚斜橋」乃益增其風流浪漫之致。昔白居易〈新樂府．井底引銀瓶〉詩曾有「妾弄青梅倚短牆，君騎白馬傍垂楊。牆頭馬上遙相顧，一見知君即斷腸」之句，則「騎馬倚斜橋」而得滿樓紅袖之相招，其目成心許之情事固可想見矣。故繼之乃云「翠屏金屈曲，醉入花叢宿」，「翠屏」者，翡翠之屏風也。「屈曲」

一作「屈戌」，元陶宗儀《南村輟耕錄》「屈戌」條云：「今人家窗戶設鉸具，或鐵或銅，名曰環紐……北方謂之屈戌，其稱甚古。」此詞之「屈曲」自當指屏風摺疊處之環紐。曰「翠」、曰「金」，足以見其華麗。此一句五字可以想見閨房屏障之曲折迴護，掩映深幽，在此一句描寫閨房景物的句子下，接以下句之「醉入花叢宿」，則此所謂「花叢」，自然並不僅指園庭之花叢，乃暗指如花眾女之居所也。酒醉而入宿花叢，此自是少年時之樂事，然而從首句「而今卻憶江南樂」一句來看，則是詩人當日在江南時並未以之為可樂之事也，而其不以為樂之故，則豈不以其當時仍念念在於故鄉乎。然後接以下句之「此度見花枝」五字，曰「此度」，則自非前度之在江南矣，至於「見花枝」，則自然乃是承接前句之「花叢」而來，姑不論其為好花或美人，總之，「花叢」與「花枝」都當指一段美好的遇合而言，「此度見花枝」，自當指此時的又一段遇合，然後接以「白頭誓不歸」，「歸」字承上章而來，仍當指「還鄉」之意，「白頭」則承上章「未老」而來，蓋當時念念唯在故鄉，故不知江南之可樂，且思終老之必還故鄉；「此度」則憂患老大之後，既已知還鄉之終不可期，故更有「見花枝」之遇合，則真將白頭終老於此，不復作還鄉之想矣。人在悲苦至極之時，乃往往故作決絕無情之語，如杜甫之關愛朝廷而終不得用也，乃曰「唐堯真自聖，野老復何知」（〈秦州雜詩二十首〉其二十）矣；服膺儒術而終不得志也，乃曰「儒術於我何有哉，孔丘盜跖俱塵埃」（〈醉時歌〉）矣。韋莊此句亦正因其有不能得歸之痛，故乃曰「白頭誓不歸」矣。著一「誓」字，何等堅決，以斬盡殺絕之語，寫無窮無盡之悲，韋莊詞之勁直而非淺率亦可見矣。

其四

勸君今夜須沉醉，樽前莫話明朝事。珍重主人心，酒深情亦深。
須愁春漏短，莫訴金杯滿。遇酒且呵呵，人生能幾何。

此章緊承第三章而來。前面既已說出「白頭誓不歸」的失望決絕之語，是已自知故鄉之終老難返，少年之一去無回，則詩人今日所可為者，亦唯有以沉醉忘憂而已，故此章乃於開端即曰「勸君今夜須沉醉，樽前莫話明朝事」。在這首詞中可注意的是，韋莊在如此短的一首小令中，竟然用了兩個「須」字，兩個「莫」字。第一次用在前半闋開端，即前所舉之二句詞內；第二次用在後半闋開端，即「須愁春漏短，莫訴金杯滿」二句詞內。「須」字者，是定要如何之意；「莫」字者，是千萬不要如何之意。說了一次「定要如此，千萬不要如彼」，再說一次「定要如此，千萬不要如彼」，這種重疊反覆的口吻，表現了多少無可奈何的心情，表現了多少強自掙扎的痛苦。有些人以為此篇大都為曠達之辭，且不免有率易之語，因此，從清代的張惠言開始，一般選本就往往把此章刪去不選，這都是未能體會出這一首詞真正好處的緣故。先看首句「今夜須沉醉」五字，「須」字乃「直須」、「定要」之意，謂今夜之飲定非至沉醉不止也。以必醉之心情來飲酒，原可能有二種情形：其一是因為快樂到極點了，所以要飲到不醉無休；其次則是因為悲哀到極點了，所以也定要飲到不醉無休。韋莊之心情，自然是屬於後者，這從第二句「樽前莫話明朝事」七字就可以體會得出來。關於「莫」字所表現的無可奈何之情，則在說第二章「未老莫還鄉」一句時已曾談到。曰「莫話」，則明日之事之不忍言、不可言之種種苦處，可以想見矣。「樽前」則正指飲酒之地，對此樽前唯思痛飲沉醉，而不欲話及明朝之事，則其對未來一切之心斷望絕，可想而知矣。然後接以「珍重主人心」，曰「主人」者，異地之主人也，則韋莊之為遊子而身不在故鄉可知。昔李白曾有詩云：「蘭陵美酒鬱金香，玉碗盛來琥珀光。但使主人能醉客，不知何處是他鄉。」（李白〈客中作〉）有蘭陵之美酒，飄散著鬱金的香氣，盛在玉質的碗中，泛著琥珀的光彩，倘果有能以如此盛意招待客子盡醉之主人，則此深深之美酒，豈不就正如同主人深深之情意。而且愈是思鄉而不能返的遊子，對此一番盛意也就愈加容易感動，於是客子思鄉之苦，在如此殷勤之情意中，乃真若可忘矣。此李白之所以說「但使主人能醉客，不知何處是他鄉」，而韋莊之所以說「珍重主人心，酒深情亦深」也。

下半闋之「須愁春漏短，莫訴金杯滿」二句，再用一「須」字與一「莫」字相呼應，與開端二句之「須」字、「莫」字同屬於殷勤相勸之口吻，可是我卻對開端的「勸君」二字，一直未加解說。也許有人以為這二字極淺顯明白，原不需解說；也許有人以為乃是行文之時偶爾忽略，所以未加解說。其實我原來就正是要留到這裡，與這兩句一同加以解說的。因為此詞前後既有二處都用相勸之口吻，那麼究竟是出於何人之口呢？自本詞通首觀之，則「勸君」二字，實可以有數種不同之看法：第一，可視為主人勸客之語；第二，可視為客勸主人之語；第三，可視為詩人自勸之意；第四，可視為二人互勸之意；第五，前後二處相勸之口吻可出於不同之人物，即如一為客勸主，一為主勸客；或者一為勸人，一為自勸，可有多種不同之配合變化。在此多種可能之異說中，私意以為前二句之「勸君今夜須沉醉，樽前莫話明朝事」，似當為主人勸客之辭，故其後即承以「珍重主人心，酒深情亦深」二句，便正是客子對主人感激之表現；而後半闋之「須愁春漏短，莫訴金杯滿」二句，則似乎當是客子既深感主人之相勸，於是乃自我亦作慰解之語的自勸之辭。「春漏」者，春夜之更漏也。「春漏短」也就是「春夜短」之意。良宵既值得珍惜，主人更復殷勤相勸，自然不應更以「金杯」過「滿」為推辭。於是此詞乃自首二句之主人勸客，到次二句之客感主人，更到此二句之客之自勸，宛轉曲折，寫出詩人多少由思鄉之苦中強欲求歡自解的低迴往復的情意。於是最後乃以「遇酒且呵呵，人生能幾何」的強為歡笑的口吻，為苦短的人生作了最後的結論。這種結論是下得極為絕望也極為痛苦的。多年以前讀此詞時，對其「呵呵」二字頗為不喜，以為此二字無論就聲音或意義而言，都會予人一種直覺的空虛浮泛之感，因此以之為韋詞的一處敗筆。而細讀之後，乃愈來愈體會到此二字的好處。因為韋莊所要表現的，原來就正是一種中心寂寞空虛而外表強顏歡笑的心情，然則此充滿空虛之感的「呵呵」二字所表現的空洞的笑聲，豈不竟然真切到有使人戰慄的力量。韋莊詞之於淺直之中見深切的特色，真是無人能及的。

其五

洛陽城裡春光好，洛陽才子他鄉老。柳暗魏王堤，此時心轉迷。

桃花春水淥，水上鴛鴦浴。凝恨對殘暉，憶君君不知。

此章開端「洛陽城裡春光好，洛陽才子他鄉老」二句，一開口就重複地道出了「洛陽」二字，而且接連二句都把「洛陽」二字放在開端，不但充滿了一片眷念的情意，而且在口吻中也流露出了一片呼喚的心聲，則「洛陽」之足以使人懷想可知。其所以然者，一則，在黃巢亂後韋莊曾一度寓居洛陽，在此期間，他曾寫過不少感懷時事的詩篇，其平生之傑作〈秦婦吟〉也就是此一時期的作品。而且據夏承燾〈韋端己年譜〉，韋莊之離長安赴洛陽是在唐僖宗中和二年（八八二）之春日，其寫〈秦婦吟〉則在中和三年之春日，是韋莊蓋曾兩見洛陽之春光。從其在〈秦婦吟〉中所寫的「中和癸卯春三月，洛陽城外花如雪」的描述，可見韋莊對洛陽之春光必留有極深之印象。何況韋莊之居洛陽正是他從長安逃出以後，則洛陽當日之美景，一定曾經使他產生過許多可賞愛也可悲慨的感情。此洛陽之所以值得眷念懷想之一因也。再則，如果以時代之背景或詞中之本事言之，洛陽既然一方面是朱溫脅遷唐昭宗而加以篡殺的所在；另一方面也可能果然就是韋莊當日與紅樓美人離別之所在，這自然更是使得韋莊對於洛陽之所以難於忘懷之又一原因。

至於下面的「洛陽才子」一句，則私意以為「洛陽才子」蓋為韋莊之自謂。因為韋莊之詞，大多為主觀有我之作，其詞中所寫之情事也大多為切身之情事。何況韋莊既果然曾居洛陽，更曾因為在洛陽所寫的〈秦婦吟〉而贏得過「〈秦婦吟〉秀才」之美稱，則「洛陽才子」非韋莊之自謂而何。而且與上句合看，是當年既曾親見「洛陽城外花如雪」的春光之好，而今日則賦此「洛陽城外花如雪」的才子，卻已經流落而終老他鄉了，這豈不是一種極自然的承接？

至於下面「柳暗魏王堤，此時心轉迷」二句，則上句之「柳暗魏王堤」正為對「洛陽城裡」的「春光好」之具體的描寫。《大明一統志．河南府志》云：「魏王池在洛陽縣，洛水溢而為池，為都城之勝，唐貞觀中以賜魏王泰，故名。」魏王堤即在池上，白居易有〈魏王堤〉詩云：「花寒懶發鳥慵啼，信馬閒行到日西。何處未春先有思？柳條無力魏王堤。」魏王堤既為洛陽之名勝，又以多柳著稱，而「柳暗」二字則可以使人想見堤上楊柳之濃陰茂密，此正所謂洛陽之「春光好」者也。至於下一句之「此時心轉迷」五字，則寫此日在他鄉老去的「洛陽才子」，在回憶當年之洛城春色時，所懷抱的滿心的淒迷悵惘，正與次句相承應。是今日他鄉遊子對當日洛陽回憶之心情。

下半闋之「桃花春水淥，水上鴛鴦浴」二句，初看起來，雖然好像與前半闋之「柳暗」一句同為寫「春光好」之辭，然而仔細吟味，卻當分別觀之。蓋以此五章〈菩薩蠻〉詞，其敘寫口吻，自開始便係以回憶出之。自首章之「紅樓別夜」，繼之以飄泊「江南」，再繼之以對江南之「卻憶」，直至第四章之「勸君今夜須沉醉」，似乎才回到現在來。而第五章的「洛陽城裡春光好」則是另一回憶高潮之再起，只是第四章既然已經寫到現在，所以第五章在「洛陽」一句突起的回憶後，當下便以「他鄉老」再轉接到現在，然後再以「柳暗」一句足成回憶中之洛陽，又當下以「此時」一句再轉回到現在的悵惘淒迷。而下半闋的「桃花春水淥」所寫，便已是現在眼前的春光，而不是回憶中江南或洛陽之春光了，至於眼前春光之所在，則似乎該是韋莊所羈身的西蜀，而不再是江南了。據夏承燾〈韋端己年譜〉，韋莊在蜀曾於浣花溪上尋得杜甫草堂舊址，芟夷結茅而居之。而杜甫在草堂所寫的詩中，就有不少寫到桃花和春水的。如其〈春水〉一首的「三月桃花浪」，〈江畔獨步尋花七絕句〉其五的「桃花一簇開無主，可愛深紅愛淺紅」，〈絕句漫興九首〉其五的「輕薄桃花逐水流」，以及〈漫成二首〉其一之「春流泯泯清」，〈田舍〉一首之「田舍清江曲」，〈江村〉一首之「清江一曲抱村流」，〈卜居〉一首之「更有澄江銷客愁」，從這些詩句都可見到蜀地桃花之盛與江水之清，而韋莊的「桃花春水淥」一句，「淥」字便正是清澄之意；然則此五字所寫，豈不正是眼前所見的蜀地風光？至於下一句「水上鴛鴦浴」，則證之於杜甫在蜀所作的〈絕句二首〉其一之「沙暖睡鴛鴦」，其所寫也應該正是蜀地的風光。只不過此句所寫，似乎還不僅是從對過去之回憶跌入現在的眼前之春光而已，另外可能還更有以鴛鴦之偶居以反襯人事之自紅樓一別竟至他鄉終老的悲慨。鴛鴦之相守相依，正是以反襯離人之常睽永隔，運轉呼應之妙，乃直喚起首章別夜時「早歸家」之叮嚀深囑。這種呼應，正足以見到詩人對當日紅樓美人的不能或忘，對不能或忘的人竟至落到不能重聚而必須要終老他鄉的下場，則人間恨事孰過於此，所以結尾乃以萬分悲苦的心情寫下了「凝恨對殘暉，憶君君不知」二句深情苦憶的呢喃。「凝恨」二字，據張相《詩詞曲語辭匯釋》云：「凝，為一往情深專注不已之義。」又云：「凝恨，恨之不已，猶云積恨也。」從韋莊所寫的這五首詞中的情事看來，自紅樓別夜的叮嚀，到江南的飄泊，再轉為離開江南以後的終老他鄉，華年已逝，重見無期，而竟然不得不落到白頭誓不歸的決絕哀傷，再轉為莫話明朝，唯求沉醉的頹放，以迄最後之重憶洛陽的高潮之再起，百轉千迴，層層深入，則其中心所凝積之幽恨可知，故曰「凝恨」也。至於下面的「對殘暉」三字，則可以有幾種解說：一則，可使人想見暮色之蒼茫，倍增幽怨淒迷之感；再則，可使人想見凝望之久，直至落日西沉斜暉黯淡之晚；三則，如果以舊詩傳統一貫所習用的託喻之想來看，則「日」之為物，一向乃是朝廷君主之象喻，而今韋莊乃用了「殘暉」二字，則清代張惠言《詞選》之以此五首〈菩薩蠻〉詞為「留蜀後寄意之作」便也並非絕不可能了。而且如果以史實牽附立說，則昭宗之被脅遷洛陽，唐朝國祚之已瀕於落日殘暉可知。我們雖不欲為過分拘狹的比附，僅只從字面來看，則「凝恨對殘暉」五字，也可以說是寫得幽怨至極了。

至於最後一句「憶君君不知」，則是歷盡飄泊相思終至心灰望絕以後所餘留的一點最後申訴的心聲。以如彼之深情相憶，而竟至落到了如此負心不返的下場，其間該有多少不得已的難言的情事，然則，縱有相憶之深情，誰更知之，誰更信之，所以結尾乃說出了「君不知」三個字，這豈不是衷心極深沉之怨苦的一個總結？韋莊用情極深摯曲折，用語則明白勁切，評者所謂「似直而紆，似達而鬱」者，在這五章〈菩薩蠻〉中，可以說是得到了充分的證明。至於「憶君」之「君」字也可以使人想到「君主」之託意，則其隱喻故國之思，因亦極有可能。過去說詞之人，往往以為如果所寫為託喻之意，便當全篇皆屬託喻；如果所寫乃男女之情，便當全篇皆為男女之情。私意以為，二者固不必如水火之不相容若此。韋莊即使憶念洛陽之「美人」而同時兼有故國之思，亦復有何不可乎。（葉嘉瑩）

歸國遙

韋莊

春欲暮，滿地落花紅帶雨。惆悵玉籠鸚鵡，單棲無伴侶。

南望去程何許？問花花不語。早晚得同歸去，恨無雙翠羽。

這是一首懷人詞，所懷之人似與主人公別離已久，正天各一方。懷念在一幅暮春圖中拉開序幕。春天乃是萬物復蘇的季節，姹紫嫣紅的春色常常被作為人生美好階段的象徵。然而本詞的開篇就用了「春欲暮」三字簡潔明瞭地指出，此刻美好即將成為歷史，明媚鮮妍立刻便要煙消雲散。緊接著，一幅雨後落花圖便作為典型場景登場。它採用速寫的筆法，給讀者一種關於暮春的直觀印象：在濕漉漉的地面上，滿地都是被風雨吹颳下的落花。曾經光豔枝頭的紅蕊如今卻裹纏著雨水，無力地陷在泥土中。「帶」字令這一幅景致速寫染上了幾分擬人色彩，似乎那落花便是一位憔悴的美人，而雨水恰好似她滿臉的淚水。作為開篇，這樣一幅圖畫顯然將本詞帶入了一種哀傷的情感氛圍中。而起句中的「欲」字，顯然又傳達著主人公焦灼和不甘的情愫，他（她）是那麼留戀正在消逝的春光，是那麼害怕青春與美的流失。

大概是希望擺脫這苦澀的情緒吧，主人公將視線從一地落花移開。然而當他（她）仰頭望去時，映入眼簾的卻是一隻關在華麗籠子中的鸚鵡。鸚鵡的形單影隻剎那間又引發了他（她）對自己孤寂處境的聯想。他（她）不自覺地將自己的情感位移到鸚鵡身上：那籠子固然精美華麗，但卻禁錮了鸚鵡的自由。牠那麼上下跳躍著，是否也和我一般孤寂？是否也焦急渴盼著牠的伴侶？

上片在一派孤寂淒傷的情緒中結束。下片開篇以「南望」起頭，將視線從具體的物象上挪開，滲入遙無邊際的遠方。這深沉的一問已經是對孤寂根由的直接吐露，而不再是借助物象的含蓄傳達。詞作至此，似乎要著力衝破那壓抑低迷的氛圍，開一番新的氣象。但是這樣的疑問顯然是難以獲得答案的。明湯顯祖本《花間集》曾評「問花」一句曰：「還不是解語花，不問也得。」便是點出主人公那惱花不解心事卻又無可奈何的孤寂心境。再次被孤寂所縈繞，但主人公似乎不願再回到低迴悱惻的狀態中。那股壓抑在心間的強烈情感已經讓他（她）不堪重負，因此他（她）發出響亮的誓願——遲早自己一定要去追尋心中思念的那個對象。然而這樣的響亮並沒有完整持續到詞作的收尾，「恨無雙翠羽」一句，讓視線又收束回上片的玉籠鸚鵡意象。那個「恨」字暗示出了心中誓願與客觀現實環境的強烈衝突，也充分流露出主人公深深的怨懟之情。清陳廷焯所云「韋端己詞，似直而紆，似達而鬱」（《白雨齋詞話》卷一）指的便是這種情形。

總的看來，全詞在以景起情後，便將人物情愫與客觀景致時時融匯，使人物的心境始終附著在一定的景致之上。這些景致諸如落花、玉籠、鸚鵡、翠羽等，既清新又不失明麗，它們和惆悵柔寂的情感相結合，充分體現出韋莊詞的特色。（韋樂）

歸國遙

韋莊

金翡翠，為我南飛傳我意：「罨畫橋邊春水，幾年花下醉。」
別後只知相愧，淚珠難遠寄。羅幕繡幃鴛被，舊歡如夢裡。

這首詞是借男女的歡情，抒發詞人對故國的眷戀。因為詞人曾經奉唐昭宗之命，宣諭西川節度使王建。建愛其才，遂被羈留於蜀，由掌書記遞升起居舍人，進擢左散騎常侍，判中書省門下事，成為前蜀政權的重臣。然南朝梁國庾信入周，非為擇木而棲；雖居高位，不無故國之思。所以吳梅在《詞學通論》中說：「端己（韋莊）〈菩薩蠻〉四章，惓惓故國之思，最耐尋味。而此詞『南飛傳意』、『別後知愧』，其意更為明顯。」就是說這首詞是明顯地抒發詞人眷戀故國的感情的。以男女帷幄之私，寫故國喬木之感，原是詩詞創作的傳統手法。但詞人把它寫得這麼意婉詞直，蘊藉風流，透過往日的歡笑，看到今朝的淚痕，曲折地表達自己的悔恨之情，好像非如此就無法使他心理上失去的平衡暫時趨向穩定。這種鬱積已久、抑制不住的感情，正是以詞人心理結構最深層次的無意識為基礎的，因而使人獲得情真語摯、意深味永的美感。

詞的上片，是詞人委託南飛的青鳥訴說舊日的歡娛，代致相思的深意。「金翡翠」，就是神話中的「青鳥」。《山海經．大荒西經》言西王母有三青鳥。郭璞註云：「皆王母所使也。」後世因稱傳信的使者為「青鳥」。孟浩然〈清明日宴梅道士房〉詩「忽逢青鳥使，邀我赤松家」，李商隱〈無題〉詩「蓬山此去無多路，青鳥殷勤為探看」，都運用了「青鳥傳信」這個富有浪漫主義色彩的故事。這首詞一開始，也在畫面上塗上了一層神祕的色彩，把讀者帶到那遙遠的、渺茫的神話世界中去。以此來暗示讀者，這個「青鳥」使者在現實世界中是沒有的，「南飛傳意」當然也就是一種空想了。正好說明故國已亡，宗社已墟，詞人只好把那埋藏在心底深處的眷戀祖國之情，叮囑心靈上的使者替他表白。「罨（音同掩）畫」二句，就是詞人要求「青鳥」傳達信息的全部內容。他沒有向對方訴說，自從離別以來，「腸一日而九迴」（晉潘岳〈登虎牢山賦〉），「魂一夕而九逝」（戰國楚屈原〈九章〉）的眷戀之情，而只是拿過去的生活情趣，來喚起對方美好的回憶。「罨畫」，本為雜色的彩畫。明楊慎《丹鉛總錄》說：「畫家有罨畫，雜彩色畫也。」這裡是說在那風景如畫的橋邊，春水是那樣的碧綠，春花是那樣的爛漫，我曾經陶醉在那大自然的美好景色中，過了多年的幸福生活，今天回想起來，只剩下一串美好的記憶，而那歡樂幸福的日子卻是一去不復返了。詞人在這裡是用昔日的歡樂，襯托出今日的苦悶；用過去的大好春光，襯托出現實的淒涼歲月。不言眷戀，而眷戀之情溢於言表。清陳廷焯說「韋端己詞，似直而紆，似達而鬱」（《白雨齋詞話》卷二），正是因為詞人善於把心中的意象，透過男女之間的豔情，變為讀者感知的具體形象，所以取得了意在言外的效果。

下片是詞人進一步傾吐自己相憶之苦，相思之深。語言是那樣的直率坦白，感情是那樣的真摯熱烈，一下就觸引起讀者感情上的共鳴。「相愧」，表面上是愧自己「枕前發盡千般願」（敦煌曲子詞〈菩薩蠻〉），骨子裡是愧自己去而不歸，也就是詞人離唐入蜀後情不自禁地產生的那種微妙感情。在這裡詞人一則要表白自己的心跡，不是薄情，不是負心，而是一想到舊日的恩情就感到內疚；不是沒有離恨，不是沒有別淚，而是兩行珠淚，一腔離愁，無法寄到遠方的伊人。再則要傾訴別後的生活和情懷，在這裡詞人列舉了三種繫人愁思的事物：羅幕、繡幃和鴛被。這些都曾經是他們雙棲雙宿的地方；而今卻是室邇人遠，物是人非。睹物思人，歡情如昨；而別易會難，前塵如夢。想當年鴛衾同臥，誓不分離；愧今日勞燕分飛，各自東西；想別後青鳥無憑，珠淚難寄；愧當年畫橋春色，花下陶醉。所謂情不知所起，一往而深，故能動人心脾，感人肺腑。我們可以從他的語淡而悲、意深而婉中，意識到詞人是強作歡愉之後，流露出悲苦之情的。真是「含蓄者意不淺露，語不窮盡，句中有餘味，篇中有餘意」（清沈祥龍〈論詞隨筆〉）。雖無刻骨入肌之言，而有惆悵自憐之致；雖有綺羅香澤之態，而無纖麗浮華之習。所以詞人的詞有「骨秀」（王國維《人間詞話》）之譽，有「淡妝」（清周濟《介存齋論詞雜著》）之稱。（羊春秋）

應天長 韋莊

綠槐陰裡黃鶯語，深院無人春晝午。畫簾垂，金鳳舞，寂寞繡屏香一炷。

碧天雲，無定處，空有夢魂來去。夜夜綠窗風雨，斷腸君信否？

韋莊是花間派代表作家。他的這首詞表現一個女子對行人的思念，屬於花間詞常見的內容。詞的上片著力表現女子所處環境的寧謐冷寂，成功地渲染出一種靜逸的氣氛；下片則集中揭示女主人公內心世界的苦悶焦躁，由於前片的烘托反襯，後片的效果顯得格外強烈突出。

上片寫室外景。「綠槐陰裡黃鶯語」，槐樹已經成蔭，說明時令已屆春深。黃鶯啼囀於槐蔭之中，顯見天氣晴朗暖和。下一句「深院無人春晝午」，這是一個極其清幽靜寂的庭院，因為它「深」，更因為它「無人」。人到哪裡去了？從詞中可以看出，庭院的主人並沒有趁著大好春光外出郊遊踏青，也沒有在庭院裡賞玩春花。

鏡頭漸漸移向她的居室。首先是居室門口低垂的畫簾——就是這一道薄薄的簾幕，把她和明媚的春天，和生機勃勃的大自然隔開了。可是那繡著金色鳳凰圖案的簾子，卻在春風中輕輕擺動，使人覺得那一對鳳凰似乎在隨風飛舞。然後鏡頭透入室內。作者並不急於把她介紹給讀者。他要讓人們先仔細看看她居室的布置，以便把氣氛營造得更濃。因此，這裡出現的是寂寞無聲地佇立一旁的繡花屏風和一炷散發著裊裊煙氣的爐香。

整個上片，全都是具體描寫，只有「寂寞」二字流露了作者的傾向，但這卻正是前片全部描寫的靈魂。有了這樣的鋪墊，下片對於人物內心活動的揭示，就有了充分的根據。

前片從室外茂密的綠槐樹蔭漸次寫到閨房中的繡屏和香炷，只差一步，筆觸就要點到她了。因此下片集中力量刻畫她的形象，已成必然之勢。寫人物有種種方法，在這裡詞人並未描述女子的外形，而是直探其心靈深處，寫她的憂愁苦悶。

「碧天雲，無定處，空有夢魂來去」三句，是女主人公在傾吐衷腸。「碧天雲，無定處」，是以浮動飄盪、沒有定止的雲彩比喻使女子牽腸掛肚的行人，既準確生動，又含情脈脈，同時還暗示了在百無聊賴的生活中，她終日仰望蒼天、苦思默禱的情景。在寂寞孤居的生活中，徬徨無主的心情下，那天上的浮雲，竟也成了她的一種精神寄託。雲朵飄來，她欣慰；雲朵飄去，她惆悵。跟雲朵一樣飄忽不定的，是她的夢。由於極其殷切的想念，她和她所思念的人，也許在夢中倒常常相會。可是夢總是要醒的，夢醒之後是更加難以排解的愁悶悵惘。所以在「夢魂來去」前面加上「空有」二字，藉以抒洩哀怨和不滿足之感。下邊「夜夜綠窗風雨，斷腸君信否」兩句，標誌著她的感情發展到了高潮，以風雨敲打窗戶比喻心中苦悶的層層波瀾。冠以「夜夜」二字，則說明一貫如此。「君信否」，也就是君知否。獨居孤處的女主人公在極端的苦悶中無法可想，只能對著遠方如此傾訴。這樣，她對行人的深厚情意以及思而不見的抑鬱心情，就充分地表現出來。（董乃斌）

應天長

韋莊

別來半歲音書絕，一寸離腸千萬結。難相見，易相別，又是玉樓花似雪。

暗相思，無處說，惆悵夜來煙月。想得此時情切，淚沾紅袖黦。

我以為這首詞乃情人別後相憶之詞，不必過於求深。上闋是寫行者半歲離別、離腸百結的相思之情。詩重在發端，詞也是起結最難。發端處要開門見山，一下擒住題旨，才不致流於浮泛。所以清況周頤說：「起處不宜泛寫景，宜實不宜虛，便當籠罩全闋，它題便挪動不得。」（《蕙風詞話》卷二）「別來半歲音書絕」，正是實寫，是全詞抒情線索的起點，也是籠罩全篇的冠冕。它既點明了別後的時間是「半歲」，又傾訴了別後的情況是「音書絕」。以下的詞意全從此語生發出來。南朝江淹在〈別賦〉中說：「黯然銷魂者，唯別而已矣。」詞人迫於無法遏制的情感，真實地反映了別後的心境是「一寸離腸千萬結」。離腸，就有離情的意思。而離情是無形的、抽象的，離腸是有形的、具體的，便於用數字來表現離愁的程度。在極短的「一寸離腸」繫上「千萬愁結」，透過兩個大小懸殊的對比，更能收到強烈的效果。所以韋莊不但喜用「離腸」，而且喜用數字。「滿樓絃管，一曲離聲腸寸斷」（〈上行杯〉），就是同一構思。

「別易會難」，古人所嘆。而李商隱翻之為「相見時難別亦難」（〈無題〉），用兩個「難」字，說明「別」也是很難為懷的。柳永不是有「執手相看淚眼，竟無語凝咽」（〈雨霖鈴〉）的描繪麼?元王實甫不是為崔鶯鶯寫過「柳絲長，玉驄難繫，恨不倩疏林掛住斜暉」（《西廂記．長亭送別》）的痴話麼？而詞人卻把這個成語，化為極其平淡的兩句話，並沒有創造出什麼新的意境，而且似乎有些執著地堅持這個傳統的看法。但若把「難相見，易相別」放在這個具體的環境中加以仔細體會，就會發現它既是「一寸離腸千萬結」的原因，也是「又是玉樓花似雪」的過脈。大概半年前在長亭送別的時候，正是「飛雪似楊花」（蘇軾〈少年遊．潤州作，代人寄遠〉）；而在兩地暌違的今天，又是「楊花似雪」了。飛花如雪，「玉樓」中人此時所見光景當亦同之。由此轉入所憶之人，及彼此相對憶念之情。張砥中說：「凡詞前後兩結，最為緊要。前結如奔馬收韁，須勒得住，尚存後面地步，有住而不住之勢。」（清王又華《古今詞論》引）這一結既是有效地照應了起句的「別來半歲」，又為下闋的詞意開拓了廣闊的境界，大有「水窮雲起」、有餘不盡的趣味。

下闋即從居者著想，寫她面對明媚的春光，無日無夜不在懷念遠方的行人。「暗相思」三句，語淡而悲，情深而婉，恰到好處地道出了天下少婦的嬌羞心情，她暗自咽下「別是一般滋味」（李煜〈相見歡〉）的苦酒，而不敢在別人面前傾訴那滿腔哀怨，萬種閒愁。她在朦朧的夜色中，看到天上團圞的月，想起人間離別的人；想到自己見月思人，不知對方是否也望月思鄉？這月曾經是照過他們離別的，那「忍淚佯低面，含羞半斂眉」的容態，是「除卻天邊月，沒人知」（韋莊〈女冠子〉）的。這月也是他們夜半私語時的見證，那「說盡人間天上，兩心知」（韋莊〈思帝鄉〉）的綺語，也只有「月」才知道。可如今是「美人邁兮音塵闕，隔千里兮共明月」（南朝宋謝莊〈月賦〉），叫人如何不惆悵呢？於是她越想越覺得「人寂寂」、「恨重重」，「玉郎薄倖去無蹤」（韋莊〈天仙子〉），越想越埋怨自己「空相憶，無計得傳消息」（韋莊〈謁金門〉），真是「含恨暗傷情」（韋莊〈望遠行〉），「萬般惆悵向誰論」（韋莊〈小重山〉），於是情不自禁地「淚沾紅袖黦」了。「黦（音同玉）」，是斑斑點點的黃黑色汙點，只有在「新啼痕間舊啼痕」（舊題秦觀〈鷓鴣天〉）時，才會在紅袖上浸漬著這樣的汙跡。所以它不但與「紅袖」、「清淚」相映成趣，而且表達了她一次又一次地流下了相思的清淚。清王士禛在《花草蒙拾》中特別拈出這一句話說：「著意設色，異紋細豔，非後人纂組所及……山谷所謂古蕃錦者，其殆是耶？」就是對韋莊遣詞造句功夫的最高評價。「富於萬篇，貧於一字」（南朝梁劉勰《文心雕龍．練字》），可見遣詞造句，是藝術傳達的重要手段。如果沒有熟練地掌握這種技巧，就不能使藝術構思得到符合美的規律的表現。劉勰說「意翻空而易奇，言徵實而難巧」（《文心雕龍．神思》），正是指出作者在構思時，展出想像的翅膀，容易在腦子裡浮現一幅奇特的景象，等到把它變成語言寫在紙上，就覺得平淡無奇了。此語很好地說明了藝術構思與藝術傳達的辯證關係。還須特別指出的是：這個結句，不但表現了作者善於遣詞造句的才能，而且是採用「情結」的方式，環顧起句，有「盡而不盡之意」（清王又華《古今詞論》引）。下闋以「想得」二字領後兩句，「此時」二字包前三句，懸想對方相思情景，得杜甫〈月夜〉詩的思致。「此時」之「暗相思，無處說，惆悵夜來煙月」，又體現出兩地同時，兩人同心，亦彼事，亦己情，一齊攝入，映照玲瓏，構想深微，筆致錯落。（羊春秋）

荷葉杯

韋莊

記得那年花下，深夜。初識謝娘時。水堂西面畫簾垂，攜手暗相期。

惆悵曉鶯殘月，相別。從此隔音塵。如今俱是異鄉人，相見更無因。

這首詞是何時何地所作，無從確考。就詞的內容看，大概是韋莊曾經相愛過的一個女子，離別之後，海角天涯，久無音信，在晚唐戰亂時期，韋莊又遊走各地，這種情況自然是會有的。韋莊追念前情，故作此詞。詞中所謂「謝娘」，即指所懷念的女子，但是這並不一定說此人即姓謝。韋莊〈浣溪沙〉詞又有「小樓高閣謝娘家」之語。這裡所謂「謝娘」，也是借用，而且與〈荷葉杯〉詞中的謝娘未必是同一個人。

此詞上半闋追憶前歡，在一個深夜的花下與「謝娘」初識，水堂西面，畫簾低垂，彼此傾訴衷懷，相期永好（「相期」是互相期許愛慕之意，不是約訂後期），寫得環境幽美，情致纏綿。詞中雖然並未對「謝娘」本人作任何描繪，但是在敘寫相聚的環境與相處的情誼中，已經襯托出「謝娘」是一位明麗多情的女子。這是韋莊詞藝高妙之處。下半闋寫別後相念。在一個「曉鶯殘月」的清晨彼此相別了（古人出門起程多在早晨）。離別亦人生之常，本來可以希望重會的，哪知道從此天各一方，許多年中，聲問渺然，打聽不出對方的下落，而當初相聚的歡情在心中更留有深刻的印象，使人追念，益增淒感。這種情事，在人生中也是常有的，但是韋莊能感之而又能寫之，感受既深，寫得又好，故特別淒愴動人。

韋莊與溫庭筠都是晚唐詩人中善於填詞者，後人並稱溫、韋，但二人詞的風格不同。溫詞多是寫精美的物象，而韋詞則是多寫真淳的情思，溫詞華豔，韋詞清淡。葉嘉瑩〈靈谿詞說．論溫、韋詞〉文中謂：「溫詞穠麗，韋詞清簡；溫詞對情事常不作直接之敘寫，韋詞則多作直接而且分明之敘述……於是所謂『詞』者，始自歌筵酒席間不具個性之豔歌變而為抒寫一己真情實感之詩篇。此不僅為韋詞一大特色，亦為詞之內容之一大轉變。」（《四川大學學報》叢刊《古典文學論叢》，一九八二年一〇月）可謂知言。

有的論者推測，這首〈荷葉杯〉詞可能是韋莊「思舊姬」之作（清沈辰垣《御選歷代詩餘》）。這種看法不妥。從詞中所謂「異鄉人」、「相見更無因」等詞句看來，這個女子尚在人世，並未死去；而且從唐宋詩人、詞人用詞的慣例看來，也不會用「謝娘」一詞稱自己的夫人。（繆鉞）

清平樂　韋莊

春愁南陌，故國音書隔。細雨霏霏梨花白，燕拂畫簾金額。
盡日相望王孫，塵滿衣上淚痕。誰向橋邊吹笛，駐馬西望銷魂。

詞以「春愁」開篇，乃是開門見山地吐露胸中的情愫，告訴讀者自己值當明媚鮮妍的春季，心中卻充滿了哀愁和憂傷。春愁的情緒在文學中並不罕見。當春即將逝去時，總是不乏將春光與青春聯繫在一起並因此產生傷感情緒的人。但是下面「梨花」二句對春景的勾繪，顯然表明此時並非暮春，而是春意正濃的時分。因此，詞人之愁絕非一般春愁，而是源於心中正強烈牽掛的事。

「南陌」與「故國」兩個地理意象正揭示了這個事件。「南陌」本意為南邊的道路，此處所指乃是故國之南。作為一統天下的唐王朝子民，韋莊本不該有「故國」之語。然而唐僖宗廣明元年，黃巢軍隊攻入唐都長安，僖宗西奔入蜀，長安陷入兵火之中。此事對於韋莊這位家本杜陵，幼居長安的唐之子民而言，無疑會帶來故國淪陷之感。僖宗中和三年，韋莊下江南。本詞便應作於此後。相對於長安而言，此時韋莊所處之地當然是南陌。由於出奔南陌，乃是被迫之舉，故而心中鬱結難解，即便江南春意正勝，也無法讓詞人釋懷。「音書隔」反映出詞人對故鄉親朋的深切罣念。至此，沉重的憂思已經彌漫在詞作之中，所以即便濛濛春雨正滋潤著潔白的梨花，即便燕子輕捷的翅膀掠過精美的簾額，嬉戲在春風之中，也不能引發詞人歡快的情愫，反而更加襯托出他心中的悲涼。恰恰燕子又是傳書信使的象徵。據《開元天寶遺事》卷三〈傳書燕〉載，燕子曾替人傳書給漂泊在外的丈夫。此刻，春燕輕翔身畔，這讓正苦苦思戀故國與親人卻音信難通的詞人情何以堪！

詞人的視線似乎凝望著輕燕的身影，痴痴渴盼著故國的音訊。所以這才有「盡日」二句的悲愴。「王孫」在古典文學中常被作為遊子的代稱，如「王孫遊兮不歸，春草生兮萋萋」（《楚辭·招隱士》）；「又送王孫去，萋萋滿別情」（白居易〈賦得古原草送別〉）。此處顯然是將「王孫盡日相望」進行了語序倒置，表示自己這位客居江南的遊子對故國的無比罣念。而「塵滿衣上淚痕」與岑參那句著名的「雙袖龍鍾淚不乾」（〈逢入京使〉）相比，不僅同樣表達出盡日痴望卻不得見故國的悲痛，更以「塵滿」渲染出漂泊中的落寞。詞作至此已相當凝重。而收尾的「橋邊吹笛」二句更有畫龍點睛之妙。它既有可能是實寫詞人正自悲痛時聽見清冷笛聲的不勝其情，更應是對前面情感的提煉和昇華。因為故都長安東郊之灞陵有橋，據《開元天寶遺事》，「來迎去送，皆至此橋，為離別之地，故人呼之為『銷魂橋』」。名橋為「銷魂」，顯然正與離別有關，正如南朝江淹〈別賦〉所謂之「黯然銷魂者，唯別而已矣」。於韋莊而言，此別固然是指與故國故親的離別，但卻更是與君王的離別，因為「西望」一詞正是指向那位入蜀的僖宗。由此，經過此二句的巧妙點化，詞作的情感便由普通的懷思故土昇華為對君王忠貞的「黍離之悲」。這便是李冰若在《栩莊漫記》中指出的「筆極靈婉」之所在，亦是此詞終被評為「士大夫之詞」的主要緣故。（韋樂）

清平樂 韋莊

野花芳草，寂寞關山道。柳吐金絲鶯語早，惆悵香閨暗老。
羅帶悔結同心，獨憑朱欄思深。夢覺半床斜月，小窗風觸鳴琴。

這是首傷春懷人之作。寫閨中人觸景傷懷，自怨自艾。它代思婦立言，而不同於我們常見的韋莊自我抒發情性之作。

發端二句，寫閨中人想像中行人在廣漠的原野上踽踽獨行的情景。後面「柳吐」二句則是思婦抒發年華虛擲的鬱悶。「野花芳草」、「柳吐金絲鶯語早」，都是寫春天的景色。但筆調不同，給人的感受也就大不一樣。「野花」縱然有「芳草」做陪襯，仍無法沖淡其荒涼冷落的色彩。而況「芳草」很容易使人聯想到《楚辭．招隱士》中的名句：「王孫遊兮不歸，春草生兮萋萋。」懷人之意油然而生。下面「寂寞」二字，既是「關山道」客觀環境的真實寫照，又隱寓著行人難堪的情懷。虛實相生，情景交鍊，伊人羈旅行役的苦況自已包孕於字裡行間。「柳吐金絲」，那是初春的物候。一個「吐」字，活畫出青春的活力，潛藏著無限生機。黃鶯，又是初春才鳴叫的可愛小鳥，一名「告春鳥」。「柳吐金絲鶯語早」，分別從視覺、聽覺兩個方面有聲有色地展現出早春迷人的景象，反映了春意盎然的一個側面。春色宜人，但也會惱人。蒲柳早衰，青春易逝，往往會引起多愁善感的思婦、少女無盡的煩惱，因而傷春成了古典詩詞常見的題材。這首詞裡把香閨周圍的環境寫得如此清幽雅致，也正是為「惆悵香閨暗老」作有力的反襯。透過「關山道」與「香閨」鏡頭的轉接、對比，成功地凸現了思婦黯然銷魂的心緒以及產生這種心緒的因由。

過片直承上句結語而來，再從「惆悵」說起，揭示閨中人的心曲。「羅帶悔結同心，獨憑朱欄思深。」「獨憑朱欄」這一舉動表明思婦盼夫之心切，又是她心神不定、煩躁已極的一種表現。焦急失望之餘，悔恨隨之而生。「羅帶悔結同心」，乃是「思深」的內涵，前後兩句是倒裝的句式。「同心」，就是同心結，又名同心方勝。用錦帶打成菱形連環迴文樣式的結子，用作男女相愛的象徵。梁武帝蕭衍〈有所思〉云：「腰中雙綺帶，夢為同心結。」「悔結同心」，意謂追悔自己錯愛伊人。早知今日，何必當初。愛之深，恨之切。當然，這僅僅是一時的憤激之詞而非真心決絕之語。煞尾「夢覺半床斜月，小窗風觸鳴琴」，寫空閨長夜的孤寂無聊。中宵夢醒，明月半床，可見睡眠不穩。風吹弦鳴，聲極低微，而思婦居然聞聲「夢覺」，其環境之闃寂可知。此情此景，每每都烘托出閨中人的情真意苦，激起讀者的共鳴。近人李冰若《花間集評注》說：「昔愛玉谿生（李商隱〈夜半〉）『三更三點萬家眠，露欲為霜月墮煙，鬥鼠上堂蝙蝠出，玉琴時動倚窗絃』一詩，以為清婉超絕。韋相此詞以『惆悵香閨暗老』為骨，亦盛年自惜之意，而以『夢覺半床斜月，小窗風觸鳴琴』為點醒，其聲情綿邈，設色雋美，抑又過之。」這一評語是切合實際的。

通篇不假雕飾，全用白描，於淺直中見深切，很可以看到韋詞的基本特色。（黃進德）

清平樂 韋莊

鶯啼殘月，繡閣香燈滅。門外馬嘶郎欲別，正是落花時節。

妝成不畫蛾眉，含愁獨倚金扉。去路香塵莫掃，掃即郎去歸遲。

宋張炎云：「詞之難於令曲，如詩之難於絕句。不過十數句，一句一字閒不得。末句最當留意，有有餘不盡之意始佳。當以唐《花間集》中韋莊、溫飛卿為則。」（《詞源》卷下）韋莊這首寫別情的小詞，就頗擅令曲之妙。

離別在一個暮春落花時節。明湯顯祖評「門外馬嘶」二句道：「情與時會，倍覺其慘。」說明詞人對離別時間的安排是深具匠心的。其實這種匠心，可以說從開篇就已運用，不待這兩句開始。「殘月」即下弦月，在黎明前出現，為時極短，月出驚鳥，遂有「鶯啼」。不過，寫作「鶯啼殘月」，便不止月出驚鳥之意，更有一重意味：那月兒一現即逝，「鶯啼」似有留戀的哀苦。「殘月」的意象似意味著好景不長，與燈滅、花落、郎去等，能構成一種象喻關係。「鶯啼」與女子對情郎的留戀，也含這樣的關係，恰與催人離別的「馬嘶」，形成一種對照，故讀來倍覺有味。整個上片，寫出殘月落花、良宵已盡，這樣一種典型的傷春傷別情景，又點出「欲別」之事，筆墨極為凝練。比之他在〈荷葉杯〉中寫的「惆悵曉鶯殘月，相別」又更曲折豐富些。

下片寫女子在情人別後的情態。為郎送別，她曾濃飾曉妝，然而「妝成不畫蛾眉」，是耐人尋思的。這含有雙重意味，一重與杜甫〈新婚別〉詩「羅襦不復施，對君洗紅妝」意近，表明「豈無膏沐，誰適為容？」（《詩經・

衞風．伯兮》）這不完全的化妝，正是一種無言的表白。另一重則暗寓漢時張敞畫眉的故事，「不畫蛾眉」乃因畫眉人去，留此殘妝，等於示以盼歸之意。這一細節描寫豈但字句不閒，而且事半功倍。下句說「獨倚金屏」，則郎既去矣，空餘行處。女子凝望路塵之神，已在句外傳之。末二句更是「留意」而精彩的一筆：「去路香塵莫掃，掃即郎去歸遲。」乍看這話是極無理的，路塵之掃與不掃與情郎的早歸遲歸有什麼必然聯繫？然而，處在失望而終不能斷念的境遇中的情痴者，總能從一般人不在意的現象中發現預兆，或設置希望。在他們看來，鵲的鳴叫，燈的結花，衣帶的鬆弛，蜘蛛的結網，諸如此類小小事體，往往具有重大意義。無理語正是情至語，故湯顯祖評此二句說：「如此想頭，幾轉《法華》。」這兩句概括了唐時民間一種流行說法①。詞人運用這種生活氣息很濃的說法，出以口語，明快而雋永，就「有有餘不盡之意」。（周嘯天）

〔註〕①《詞學》第一輯施蟄存《讀韋莊詞札記》云：「『去路香塵莫掃，掃即郎去歸遲。』此民間習俗也。凡家中有人出門，是日忌掃除門戶，否則行人將無歸期，今吳、越間猶有此習俗。」可供參考。

謁金門

韋莊

春雨足，染就一溪新綠。柳外飛來雙羽玉，弄晴相對浴。
樓外翠簾高軸，倚遍闌干幾曲。雲淡水平煙樹簇，寸心千里目。

詞的上闋寫春日雨霽之後的景象。一場春雨之後，到處顯得生機勃勃，春意盎然。詞人不寫其他景物，獨獨抓住最典型的幾點：一是一溪春水，二是溪邊新柳，三是雙雙白鷗，四是晴和的天氣。好比畫家在素絹上作畫，先是大筆濡染，塗上幾筆，然後再加勾勒，便成一幅絕妙的春日雨霽圖。整個上闋也有三個特點：一是善於著色，如給溪水畫上綠色，給鷗鳥畫上白色（「雙羽玉」語本杜甫〈鷗〉詩「卻思翻玉羽，隨意點春苗」。羽如玉，喻白色也），這是明寫。至於柳樹、晴天，毫無疑問那是嫩黃和藍色的了，這是暗示。二是環環緊扣，宛轉相生。由於剛剛下的春雨，所以溪水的顏色是「新綠」；由於雨水下得很足，所以用「一溪」二字以示水滿；由於春水滿溪，因而引來雙雙白鷗。天氣晴和，白鷗來了，自然就在日光下對浴。三是巧妙地運用動詞，如「染就」一詞，不僅凸出了春雨的功能，也強化了「新綠」給予人們的印象。以「飛來」、「弄晴」、「對浴」等詞形容鷗鳥，使畫面顯得鮮靈活潑，富於動態美，這又是絹上的畫所不及的了。明楊慎說「景真如畫」（《懺花本草堂詩餘》卷一），明沈際飛說「雙羽有情」（《草堂詩餘正集》卷一），可以說抓住了此詞上闋的主要特色。

如果說上闋著重寫景，下闋則轉入抒情。這不是以詞人自己作為抒情的主人公，而是寫一位閨閣佳人對景抒懷。在韋莊那個時代，詞是供花間酒邊演唱的歌曲，而演唱者都是女性。因此詞的內容必須切合歌伶的身分，以寫春愁閨怨為主。此詞下闋即寫一閨中女子盼望遠出的丈夫。她所住的地方是一座高樓，春雨潺潺，不知下了多久；翠簾低垂，也不知悶了多久。此刻雨霽天晴，她趕快捲起珠簾，倚欄遠望。「翠簾高軸」四字，緊承上闋歡快的意脈，給人以軒敞開豁之感。「軸」字本為名詞，此處作動詞，應理解為「捲」的完成。就是說翠簾已經高高地捲在軸上了。著此一字，境界全然不同，可見詞人用字之精審與準確。此句與下「倚遍闌干幾曲」句，暗用南朝樂府〈西洲曲〉詩意，原詞云：「憶郎郎不至，仰首望飛鴻。鴻飛滿西洲，望郎上青樓。樓高望不見，盡日闌干頭。闌干十二曲，垂手明如玉。卷簾天自高，海水搖空綠。」十二曲，係虛指，亦「幾曲」之意。此處形容女子從欄杆這一曲，倚到那一曲，一曲一曲都倚遍了，仍不見征人的蹤影。可見盼望之殷切，心情之不定。其中「倚遍」二字，實為傳神之筆。結尾二句，工緻精警，景中寓情，餘味無窮。「雲淡水平煙樹簇」，蒼茫渺遠，皆倚樓人眼中景象。李白〈菩薩蠻〉「平林漠漠煙如織，寒山一帶傷心碧」句，寫作者驛樓所見，與此頗相似。此時佳人妝樓顒望，唯見天空有輕雲一抹，地面上湖水平堤，而叢叢樹木，籠罩著層層煙靄。這都是春日雨霽後的景象，正與起首二句相映射，亦用以襯托愁情，它的言外之意是說：女子所盼望的行人依然未見。於是迸出最後一句：「寸心千里目。」沈際飛評此末句云：「〈魚遊春水〉詞：『雲山萬重，寸心千里』亦自妙。此以上文布景，找一『目』字，意思完全，韻腳警策。」（《草堂詩餘正集》）所謂「上文布景」，是指「雲淡」一句，也就是說這一句為「寸心千里目」作了鋪墊。然比之無名氏的〈魚遊春水〉詞（見宋吳曾《能改齋漫錄》卷十六），在「寸心千里」下加一「目」字，更顯得精彩動人。也就是說女子的望眼不僅穿透了雲淡水平煙樹等景物，而且與她的心一起，飛馳到千里之外。這是非常富有想像力的寫法。（徐培均）

謁金門

韋莊

空相憶，無計得傳消息。天上嫦娥人不識，寄書何處覓？

新睡覺來無力，不忍把伊書跡。滿院落花春寂寂，斷腸芳草碧。

韋莊《浣花集》詩十卷，大抵取法白居易，詩風平易曉暢。敦煌發現的韋莊名篇〈秦婦吟〉，格調也不脫長慶歌行體。他的詞風也基本如此，疏朗秀美，清空善轉。以溫庭筠為代表的「花間派」詞作大都剪紅刻翠，濃妝豔抹，韋莊詞卻能別樹一幟。他的詞以白描見長，清淡素雅如月下美人，有綽約風姿。其詞易懂易誦，看似淺近，但細加品賞，就覺得蘊藉雋永，有迴腸蕩氣的藝術魅力。其主要原因在於韋莊詞有較強烈和較真實的抒情成分，詞中織入了他自己的年華、眼淚、笑容，有相當的個性。清況周頤評他「尤能運密入疏，寓濃於淡，花間群賢，殆鮮其匹」（《唐五代詞人考略》），實為精核之論。這首〈謁金門〉熔紀實、寫景、抒情於一爐，疏中見密，而又富有生活氣息，正可窺見韋莊詞風之一斑。

生活中不時碰到這種情況：一些有某種紀念意義的小物品，比如夾在書中一片枯萎的紅葉，一盆清香四溢的茉莉花，一件縫補過的舊衣裳，一旦撲入眼簾，就會像一顆小石子投入池塘那樣，激起層層感情的漣漪。這首詞裡的小石子便是一封情人的舊書信。上片寫讀信後勾起的無數回憶，由此產生渴望與意中人再傳消息、寄書信的痴情。下片寫思極而睡，醒來不忍再讀伊人舊情書的愁緒，並用景色作陪襯。全詞雖未脫唐五代詞「男女相思」的總基調，但寫得脈絡分明，情意真摯，頗堪諷詠。

上片著重勾畫主人公的心理活動，首句「空相憶」便是這種活動的基礎。韋莊〈悔恨〉詩云：「六七年來春又秋，也同歡笑也同愁。」悠悠歲月，心心相印，他與那位女子的往事實是不勝回憶，不堪回憶。一個「空」字不僅表現了「相憶」數量上的以簡馭繁，而且寫出了這種「相憶」之深和苦，空落無依的心情，人去樓空的悲感，都在「空」字中曲曲透出。從結構上來說，在本詞主幹「讀情書——憶往事——欲寄信」的三部曲中，「相憶」作為維繫前後兩「書」的中間媒介，沒有必要展開，因而首句點到即止，手法相當精練高明。

由回憶而動情，由動情而遐想，接著三句寫欲向那位「天上嫦娥」傳達殷切思念的痴情。「天上嫦娥」，形容姬人體貌之美，這是一層；暗示彼美仙去，這是另一層。這有韋莊〈悼亡姬〉「若無少女花應老，為有姮娥月易沉」兩句可作佐證。「無計傳消息」、「寄書何處覓」，意思略同，重言以顯出要通款曲的執著和真切。向亡人通消息、寄書信，看似無理，實是深情的折光，這在古典詩詞中並不罕見。白居易〈長恨歌〉裡那位孤苦的唐明皇，不也是痴痴地要與魂歸離恨天的楊貴妃通音訊嗎？虧得有「臨邛道士鴻都客」替他上天入地，終於在虛無縹緲的海上仙山尋覓到了貴妃的蹤跡。其情節貌似荒唐，但蘊含著藝術真實。韋莊千方百計要與「天上嫦娥」寄書，但苦於無門，而有「人不識」、「何處覓」的苦衷，怕也想到了那位神通廣大而無從招致的「鴻都客」了吧！這首詞與〈長恨歌〉在某些構思上當是有相通之處的。

下片側重於人物形態和景物描寫。換頭兩句「新睡覺來無力，不忍把（宋黃昇《花菴詞選》作「看」）伊書跡」，以形傳神，把上下片銜接得非常緊密。明沈際飛《草堂詩餘正集》說：「『把伊書跡』，四字頗秀。」確實如此，一個「伊」字，口吻異常親切，不禁使人想到《詩經．蒹葭》「所謂伊人，在水一方」那種對意中人迷戀和神往的情景。那位女郎情意纏綿，要讀她的情書而不動感情是不可能的，不然又何必「不忍」？「不忍」正寫出「伊書」的感人至深。「不忍」看是實情，但不可能不看，也在意料之中。從下面兩句景色來看，時間是白天。白天而「新睡」，可見是一次困倦已極而不由自主的小睡，其中必有原因；一覺醒來本當精神恢復，而此卻云「無力」；覺來首先想到這封縈心繞懷的伊人「書跡」，也絕非偶然。這些情態描寫所布下的種種疑陣，只有把它理解為是讀過情書後的系列反應，才能疑團冰釋，迎刃而解，便是上片的「寄書」情由也可悟出並非憑空陡然而起。所以「把伊書跡」不僅「頗秀」而已，它稱得上是使這首詞通體皆活的詞眼。

「滿院落花春寂寂，斷腸芳草碧。」二句宕開一筆，以景作結。「紅杏枝頭春意鬧」（宋祁〈玉樓春〉），是繁華歡愉的熱鬧景象；「滿院落花春寂寂」，是花落人亡的孤寂境界：兩者都是作者感情的投影。一碧如茵的芳草地，本是麗景，但傷心人別有懷抱，常有用作寫哀情者。如《楚辭．招隱士》：「王孫遊兮不歸，春草生兮萋萋。」南朝江淹〈別賦〉：「春草碧色，春水淥波。送君南浦，傷如之何！」均是其例。此詞反映的是比生離更為痛苦的死別，因而用程度更甚的「斷腸」形容之。這兩句把「剪不斷，理還亂」的愁思和對伊人的深情懷念表達得餘韻悠然，讀後使人低迴不已。

關於這首〈謁金門〉的本事背景，宋楊湜《古今詞話》首倡此詞係為前蜀主王建奪韋莊寵姬而作（詳見後〈女冠子〉第二首賞析），宋胡仔則云：「《古今詞話》以古人好詞，世所共知者，易甲為乙，稱其所作，仍隨其詞牽合為說：殊無根蒂，皆不足信也。」（《苕溪漁隱叢話後集》卷三十九《長短句》）「皆不足信」，把其書一概抹倒，固然有失偏頗，以宋人時世較切近，記載傳聞或得其實，披沙揀金，未必皆不足以資參考。但輕信盲從，執此以膠柱鼓瑟，也絕非上策。就此詞而言，《古今詞話》明顯有因詞造文的痕跡，「端己詞云『不忍把伊書跡』，遂云姬『善詞翰』；詞云『一閉昭陽春又春』（〈小重山〉），遂云『為王建強奪去』；詞云『絕代佳人難得』（〈荷葉杯〉），遂云『姿質豔麗』：此其牽合為說之跡也。」（施蟄存《讀韋莊詞札記》）韋莊詩集補遺中除〈悼亡姬〉一首外，另有〈獨吟〉〈悔恨〉〈虛席〉〈舊居〉四首，俱註云「悼亡姬作」。這些悼亡詩均寫於入蜀前，王建奪姬說自很難成立。夏承燾先生推斷此詞「疑亦悼亡姬作」（《唐宋詞人年譜》），應當說是較為可信的。（曹光甫）

天仙子 韋莊

蟾彩霜華夜不分。天外鴻聲枕上聞。繡衾香冷懶重薰。人寂寂，葉紛紛。纔睡依前夢見君。

花間詞人的詞作，多以女性為主人公，而描寫似睡似醒、半夢半醒之間的貴族女性，更是他們中許多人的通好。韋莊的這首〈天仙子〉，便是這類作品的一個代表。

「蟾彩霜華夜不分。」蟾，指月亮，因傳說月中有蟾蜍，故以名之。蟾彩，即月光。霜華，可單指霜，這裡也可以理解成是霜反射出的光。在傳統詩歌裡，月光和霜華常常成對出現，形成互喻或互代。像唐李世民的〈秋暮言志〉詩：「朝光浮燒野，霜華淨碧空。」這裡的霜華指的就是月光。再比如白居易的詩句「九月西風興，月冷霜華凝」（〈長相思〉），陸龜蒙的詩句「寥寥缺月看將落，簷外霜華染羅幕」（〈齊梁怨別〉），月光和霜華都是相互承接著出現的。至於李白著名的詩句「床前明月光，疑是地上霜」（〈靜夜思〉）所表達的，更是幾乎和本句相同的意思了。月光是皎潔的，霜華同樣是皎潔的，故二者常常難以分辨。只可惜，二者雖然是同樣的皎潔，但卻是冷的。

在一片皎潔的清冷當中，主人公醒了。「天外鴻聲枕上聞」，征鴻的啼叫遠遠地傳來，倒越發襯托出室內的孤寂。征鴻，在古典文學中，既可以是傳遞遠方消息的信使，也可以是遠行遊子的比喻和象徵。但無論意義為哪一種，她此刻聽到的卻只有鴻聲。此刻的她，承受的該是雙重的失望吧！人在睡夢中醒來，感受到的不是溫暖，而是雙重的寒冷。「繡衾香冷懶重薰」變冷的不僅是心境，同樣還有現實。薰香的繡衾慢慢變冷，她卻懶得再去重薰。在這裡，可以隱約看出她的身分。

「人寂寂，葉紛紛」，兩個三字句，使得全詞的韻律節奏到此一轉。鴻聲方渺，卻又傳來落葉的聲音。落下的葉子，青春已經消逝，然而見證其生命終結的，除了在這冷夜中獨醒的女主人公，竟然並無他人。現實寒冷，倒催人入夢了。這失意的女子，終於重又沉沉睡去。「纔睡依前夢見君」，正由於此人乃魂牽夢繞，故剛剛入夢便已夢到。而一個「依前」，更見出了原來是夜夜如此，非止一次。她做的是一個溫暖的團圓的夢，還是一個傷心的別離的夢，我們已經無從得知。我們所清楚知道的，是每個夢都會有醒來之時。於是，無論夢中如何，她注定每日都要遭受這夢醒之時的折磨了。而更讓人難過的是，這心靈上的周而復始的折磨，竟然似乎無法看到它的終止之時。

韋莊的這首詞，以清麗之語，寫淒絕之情，真正做到了「似直而紆，似達而鬱」（清陳廷焯《白雨齋詞話》），語意自然，而無刻畫之痕。清況周頤在《餐櫻廡詞話》中說：「韋詞運密入疏，寓濃於淡。如〈天仙子〉『蟾彩霜華』、『夢覺雲屏』二首，及〈浣溪沙〉〈謁金門〉〈清平樂〉諸詞，非徒以麗句見長也。」韋詞之所以能做到如此，乃在於其能在全篇貫以一個「情」字。霜華蟾彩，鴻聲香枕，皆人所常見，若非「以我觀物」（語出王國維《人間詞話》），又安可動人？

人言韋詞多有「思君」之意。如此解釋，倒是符合了傳統的儒學傳統。但透過對韋莊一系列的寫夢裡夢外的詞進行分析，我們看出，他所書寫的其實多半還是自己的私人感受。比如他寫人從夢中醒來時感受到的那種寒冷，和我們普通的日常感受是非常接近的。如果他作詞的目的乃在於抒發自己對君王的道義上的愛戴和思念，他又何必將這些細節刻畫得如此入微呢？所謂「詞為豔科」，「豔科」的含義，豈不是意味著它可以暫時地躲避開傳統道德的約束麼？（劉競飛）

天仙子　韋莊

夢覺雲屏依舊空，杜鵑聲咽隔簾櫳，玉郎薄倖去無蹤。一日日，恨重重，淚界蓮腮兩線紅。

這是寫一個女性的離愁別恨。它在鍊意鍊字上，都顯示出詞人卓越的藝術才能。

鍊意，是詞章家較高層次的修養，也是文藝理論中一個古老的命題。唐杜牧說：「凡為文以意為主，氣為輔，以辭彩章句為之兵衛。未有主強盛而輔不飄逸者，兵衛不華赫而莊整者。」（《答莊充書》）金王若虛說：「文章以意為之主，字語為之役。主強而役弱，則無使不從。」（《滹南詩話》上）清王夫之說：「無論詩歌與長行文字，俱以意為主。意，猶帥也。無帥之兵，謂之烏合。」（《薑齋詩話》卷下）清袁枚也說：「意似主人，辭如奴婢。主弱奴強，呼之不至。」（《續詩品．崇意》）這些古代的文論家把「意」與「辭」在創作上的地位，比作君主與輔弼、主人與僕役、元帥與士兵的關係，說明鍊意在文學創作上的重要意義。作詞也是難於立意的，詞之工拙，境之高下，都以此為關鍵。所以宋張炎強調地指出：「詞以意為主，不要蹈襲前人語意。」（《詞源》）韋莊的這首詞，把一個婦女對人生的渴望和追求，安排在她的團圓之夢破滅以後。並以具有那個時代的普遍意義的男方薄倖，襯托出燃燒著愛情之火的女方的痴情，從而在哀婉柔媚中展現出一個美的心靈，使之成為牽動情感、觸及社會的深刻的審美過程。這樣的鍊意，使這首詞具有非凡的魅力。

「夢覺雲屏依舊空」，有著極其豐富的意蘊，概括了夢中的多少歡娛，多少溫存，多少美妙的人生理想；然而夢境中的團圓，畢竟是虛幻的，是不可捉摸的，一旦清醒過來，什麼歡娛、溫存、理想，都化為烏有了。剩下來的依舊是那晶瑩的礦石——雲母裝飾而成的屏風，屏障著空蕩蕩的香閨，一種寂寞得令人窒息的空氣，使人感到更加難以為懷。而那杜鵑嘶啞著喉嚨，隔著稀疏的窗簾，叫著：「不如歸去！不如歸去！」於是她想起那遠去不歸、音信久絕的「玉郎」，產生了又恨又愛的感情。「玉郎」是婦女對心上人的愛稱。她恨他當年是「枕前發盡千般願」（敦煌曲子詞〈菩薩蠻〉），來欺騙她的感情；如今是「玉勒雕鞍何處」（韋莊〈清平樂〉），連遊蹤也對她保起密來了。但她仍然對他抱有幻想，懷有痴情，睡了夢著他，醒來想著他，嘴裡親昵地稱他為「玉郎」。這種愛和恨交織在一起的感情，最能牽動人的情絲，引起人的共鳴，也更令人同情。「一日日」以下三句，繼續揭示這個婦女的哀怨內心，並讓她的這種哀怨感情發展到新的高潮。隨著時間的推移，她那美好的人生追求越來越暗淡了，她那被欺騙、被遺棄的創傷也越來越深了，然而在那樣一個婦女被封建倫理的繩索束縛得喘不過氣來的社會裡，她沒有辦法保衛自己的幸福，實現她人生的追求，於是那美麗得像蓮花一樣的臉龐，流下了兩行帶著紅粉的傷心淚，傾訴著自己心中的苦悶和哀怨。

談到鍊字的問題，詞人的〈應天長〉（別來半歲音書絕）跟這首〈天仙子〉，素來以善於鍊字見稱。〈應天長〉「淚沾紅袖黦」的「黦」字，跟李清照〈聲聲慢〉「守著窗兒，獨自怎生得黑」的「黑」字一樣，鍊俗使雅，巧奪天工，不許第二人再押這個韻。宋張炎說：「詞中一個生硬字用不得，須是深加鍛鍊，字字敲打得響。」（《詞源》）清蔣兆蘭說：「鍊字，字生而鍊之使熟，字俗而鍊之使雅。」（《詞說》）清沈祥龍也說：「鍊字貴堅凝，又貴妥溜。」「腐者、啞者、笨者、弱者、粗俗者、生硬者、詞中所未經見者，皆不可用。」（《論詞隨筆》）韋莊這首詞是變生為熟，化俗為雅，字字敲打得響的楷模。特別是「杜鵑聲咽」的「咽」字，「淚界蓮腮」的「界」

字，都是經過千錘百鍊的。這「咽」字注入了抒情主人公的主觀感情。它把無情的杜鵑變為有情的知音，牠那斷斷續續、嗚嗚咽咽的叫喚，不正是她此時此地的心境麼？牠那「不如歸去，不如歸去」的鳴聲，不正是她此時此地要說的話麼？如果把「咽」字換成「斷」字、「滑」字、「澀」字、「遠」字，或者別的什麼字，都無法充分地表達她的感情色彩。只有「咽」字才能收到「情生文、文生情」的效果。「界」，是劃分的意思。較早在詩中用「界」字是徐凝〈廬山瀑布〉的「今古長如白練飛，一條界破青山色」，曾經壓倒張祜，一直膾炙人口（見宋尤袤《全唐詩話》卷三），在詞中最早用「界」字的就是韋莊這首詞的「淚界蓮腮兩線紅」，寫得非常形象，非常恰切。後來北宋的宋祁在〈蝶戀花．情景〉中模仿他的語意寫了「淚落胭脂，界破蜂黃淺」，遂成為流傳千古的名句（見清李調元《雨村詞話》）。其所以能夠取得這樣的藝術效果，就是達到了鍊生使熟、鍊俗為雅的鍊字要求，從而使全篇發出異樣的光輝。（羊春秋）

思帝鄉　韋莊

春日遊，杏花吹滿頭。陌上誰家年少，足風流？妾擬將身嫁與，一生休。縱被無情棄，不能羞。

〈思帝鄉〉詞是正面抒寫女子在婚姻生活上要求自由選擇對象的強烈願望的情歌，充分體現了女子追求愛情的狂熱而大膽的精神。在舊禮教的鉗制下，女子若是表示要自己選擇婚姻對象，人們是會投以輕蔑的目光的。詞中的主人公，卻是乾脆地說要嫁與風流的年少，這在古代文人詞作裡，是很少出現的。就衝決禮教樊籬這方面說，有其時代意義。

作者用極短的篇幅，作了生動的形象描繪和心理刻畫。前三句寫在她心眼裡活動著的「風流年少」，人物從陌上春遊的鏡頭中出現。「杏花吹滿頭」一句在中間，「杏花」勾住了上句的春，「吹滿頭」逗起了下句的人，同時襯出了遊春者的風流。用筆既緊湊，又經濟；但它不是敘述，而是一幅駘蕩美麗的畫面渲染。後三句一往傾吐了她的心裡話，話是說得那麼咬釘嚼鐵式的堅決。「妾擬將身嫁與，一生休」，一句話就已把情瀾直湧向高峰。但還不夠，作者用拗折生鐵的筆鋒，突然一轉，「縱被無情棄，不能羞」。為了婚姻生活的自由，一切可能產生的不幸遭遇，也決心由自己承擔而無後悔，絕不羞羞答答、瞻前顧後地向吃人的禮教屈服。這轉筆很重要，否則就像溫庭筠在〈南歌子〉裡也曾寫過的「不如從嫁與，作鴛鴦」那類話了。詞中思想性的深度，正是透過了作者高度的藝術顯示出來。

詞的意境，與白居易〈井底引銀瓶〉所寫「妾弄青梅倚短牆，君騎白馬傍垂楊，牆頭馬上遙相顧，一見知君即斷腸」相近似。但白詩寫主人公被拋棄後的心情是「今日悲羞歸不得」。白詩在同情的基礎上，還作了這樣的說教：「寄言痴小人家女，慎勿將身輕許人！」顯然，韋詞所表現的堅強意志，與白詩大不相同。

韋莊是《花間》詞派的重要作者，與溫庭筠齊名。但溫詞穠麗，而韋詞比較俊爽。這詞正如清賀裳《皺水軒詞筌》所指出的，是「作決絕語而妙者」。（錢仲聯）

女冠子　韋莊

四月十七，正是去年今日。別君時。忍淚佯低面，含羞半斂眉。

不知魂已斷，空有夢相隨。除卻天邊月，沒人知。

這首詞《草堂詩餘別集》題作「閨情」，吟詠閨中少女的痴情。上片回憶與郎君相別，下片抒發別後的眷念。全詞真摯動人，是向來傳頌的名篇。

「四月十七，正是去年今日」，連用記載日期的二句開頭，是這首詞的創格，在整個詞史上也屬罕見。詩歌中倒偶有這樣的先例，特別是長篇敘事詩，如杜甫名作〈北征〉的發端二句「皇帝二載秋，閏八月初吉」，就頗被人讚為深得史家筆法。但在一首抒情小令中能大膽地運用這種寫法，而且在藝術上博得了詞論家的青睞，這是不能不推韋莊為首屈一指的。清陳廷焯稱它「起得灑落」（《雲韶集》），徐士俊評為「衝口而出，不假妝砌」（明卓人月《古今詞統》引），都寓有讚許之意。

二句乍看似漫不經意，太顯太直，其實不然。這個日子，對於這位閨中少女來說是神聖難忘的，她朝思暮想，魂牽夢縈，引為精神寄託。因而在一週年的時候，她會情不自禁脫口而出地驚呼，所以這二句不啻是這位少女心聲的結晶。尤其是「正是」二字非常傳神，令人如聞其聲。這個發端不是純客觀的記錄，而是帶有強烈感情色彩的主觀抒情，因而賦予了日期以生命，爆發出閃亮的藝術光彩。不僅如此，這個日期的出現，除了特指當日事件外，還凝聚著少女一整年的綿綿情思，內涵相當豐富，很耐品味咀嚼。因此，辯證地看，這二句既直又曲，既顯又深，是極具匠心的精彩之筆，也正體現了韋莊詞「似直而紆，似達而鬱」（清陳廷焯《白雨齋詞話》）的本色。

「別君時」，是過渡句。從時間過渡到事件，點明所寫是離情別緒；詞的主人公也由隱而顯，身分是與郎君敘別的少女。在此際點出這兩層意思，真是恰到好處。它既不妨礙首二句驀然推出時間所取得的引人注目的藝術效果，又順理成章地為後二句的精心描述作了鋪墊，安排巧妙。

「忍淚佯低面，含羞半斂眉」，二句純用白描，摹寫細節，是刻畫少女別情的妙品。唐圭璋先生評此十字「寫別時狀態極真切」（《唐宋詞簡釋》），可謂的論。「佯」是掩飾，但並非出於感情上的做作，而是基於感情上的真摯，她雖強忍淚卻仍擔心被郎君察覺出傷感，因而低下臉來。此時此刻要一個純真的少女強顏歡笑也難，半隱半現的「半斂眉」情態造型無疑最維妙維肖。「含羞」則是有萬千知心話要叮囑，但欲說還羞，難以啟齒。舉凡少女細膩真切的心理活動，剔透玲瓏的面部表情，在這兩句中無不寫得委曲有致，層次分明。作者能敏感地捕捉到如此幽隱細微的鏡頭，並予以藝術地再現，除了很高的文學修養外，更重要的是他不是旁觀者，而是織入了自己的一片深情，因而使這一聯成為詞苑奇葩。

過片「不知魂已斷」，寫得惝怳悽惋，是當時魂已斷，還是今宵魂已斷，抑或整年魂已斷？事實上三者已打成一片，今昔界限俱泯，文情便自然由去年的離別寫到目下的相思。「魂斷」意即「魂銷」，南朝江淹〈別賦〉云：「黯然銷魂者，唯別而已矣！」此句正從江淹賦中化出，緊扣住上片的「別君時」，接榫無縫，相當高明。「不知」二字準確地寫出了一個涉世未深的痴情少女的口吻，虛中寓實，蘊藉含蓄，比用「知」更深更悲。「空有夢相隨」，是說人難隨，只能夢相隨，寫得淒楚低迴。何處尋郎君？正如韋莊〈木蘭花〉詞所寫：「千山萬水不曾行，魂夢欲教何處覓。」或如馮延巳〈鵲踏枝〉所寫：「撩亂春愁如柳絮，悠悠夢裡無尋處。」夢相隨亦何濟於事，所以前面冠以「空有」二字，語意甚悲。

既然魂斷夢隨都無法排遣相思之苦，那就只能「我寄愁心與明月」（李白〈聞王昌齡左遷龍標，遙有此寄〉）了，詞的結穴用「除卻天邊月，沒人知」作收束。月是知道我一年相思之苦的，月是知道郎君在何方的，月是知道我倆當時依依惜別的情景的，在少女心目中，月竟成了她在人間的唯一知音，因而痴痴地向月傾吐情愫。把明月引為知己，這倒更顯出在人間的孤獨，李白的〈月下獨酌〉詩如此，蘇軾的〈水調歌頭．丙辰中秋〉詞如此，這位少女何嘗不是如此。何況「明月不諳離恨苦，斜光到曉穿朱戶」（晏殊〈蝶戀花〉），月的「知」本屬子虛烏有，而「沒人知」的苦惱便得到了凸顯。這二句從結構上來說，「結句以『天邊月』和上『四月十七』時光相應，以『沒人知』的重疊來加強上文的『不知』，思路亦細」（俞平伯《唐宋詞選釋》）。從內容上來看，它有許多「如怨如慕如泣如訴」的潛臺詞，有嫋嫋餘音。宋張炎說：「末句最當留意，有有餘不盡之意始佳，當以唐《花間集》中韋莊、溫飛卿為則」（《詞源》卷下）。這首〈女冠子〉的結尾即是一例。（曹光甫）

女冠子 韋莊

昨夜夜半，枕上分明夢見。語多時。依舊桃花面，頻低柳葉眉。

半羞還半喜，欲去又依依。覺來知是夢，不勝悲。

韋莊在五十九歲中進士以前，生活貧困，飽嘗流離漂泊之苦。這樣的生活經歷使他較能接觸民間，向民間詞學習。他的詞明白如話，詞直意婉，較少雕琢刻削之痕，與「花間派」的溫庭筠等文人詞有較大差異。敦煌曲子詞裡有幾首同詠一事的聯章體，韋莊的這兩首〈女冠子〉就是學習民間詞風格和體裁的聯章體，前後相關，一題兩作。值得注意的是，這兩首詞的主人公身分不同，「前一首說『別君時』，是從女的方面寫；後一首說『依舊桃花面』，是從男的方面寫」（夏承燾、盛青《唐宋詞選》），這在聯章體詩詞中是很少見的。

詞的上下片一般都自成段落，如另一首上片寫相別，下片寫相思。這一首在結構上卻較別致，一氣呵成，沒有過片痕跡。它的前七句寫夢中之歡，後兩句寫夢後之悲。不像另一首「空有夢相隨」那樣的迷茫惆悵，這首的夢境是清晰實在、溫馨甜蜜的。虛實相間，相反相成，藝術的訣竅在此；倘若兩首雷同，讓那位少女也夢入佳境，那就味同嚼蠟。

頭一句點明入夢的時間是「昨夜夜半」，至於「昨夜」是否為「四月十七」，無從揣測，不過就兩情相通兩意濃而言，說它碰巧是那個前別的周年紀念日，也在情理之中。夢境一般虛無縹緲，此夢卻很「分明」。「分明」雖貫穿於夢中，卻使人想到其源來自實境。正由於主人公日思夜想，意中人才會音容常新，活在腦海裡，出現在夢中。可見他也是一位與少女同樣痴情的有情郎。這二句交代入夢，僅僅拉開帷幕，已露出明朗的色調。

這是一個旖旎的夢。從綿綿情話開始，到依依欲別為止，恩愛纏綿，充滿柔情蜜意。夢中那位少女形象，尤其顯得楚楚動人。「語多時」，明寫千言萬語相思話，暗扣山高水長闊別久。「桃花面」、「柳葉眉」是舊時對美女容貌的形容，白居易〈長恨歌〉就有「芙蓉如面柳如眉」的描寫。那位少女習慣於低面斂眉，在前首的現實中和這首的夢中是一致的。前面「忍淚」十字重在刻畫情態，這裡「依舊」十字重在反映容貌，兩者互為補充，使少女形象形神俱備。從「依舊桃花面」和前首的「去年今日」，很容易使人聯想起唐人孟棨在《本事詩·情感》裡所記載的一則豔情故事：詩人崔護於清明日獨遊都城南，渴而過一村居求飲，有少女倚盛開桃樹佇立，屬意良厚。來歲清明崔又思之而往尋之，但見門扃無人，因題詩於扉曰：「去年今日此門中，人面桃花相映紅。人面不知何處去，桃花依舊笑春風。」後來「人面桃花」就成了對所愛慕女子再難見到的著名典故。這二首〈女冠子〉的藝術構思可說部分脫胎於此。事實上這兩位男女主角除了在夢裡歡會外，恐怕也很難再在現實中重續舊夢了，不然是不會在夢醒之後覺得「不勝悲」的。「半羞半喜」，少女的嬌羞情態如繪。「欲去依依」，看來單寫少女，其實也包括男主人公。兩人難分難解，多麼希望留住這美好的時光！整個夢境寫得一往情深。

「覺來知是夢，不勝悲。」正當兩情繾綣之際，夢醒了，跌回到嚴酷的現實中，依舊是形單影隻，孤棲獨宿。一個「知」字品出萬般淒涼況味，原來當時並不知是在夢中！夢境作如是觀，而從前他倆花前月下的美境也未嘗不可作如是觀。《莊子·齊物論》：「方其夢也，不知其夢也。夢之中又占其夢焉，覺而後知其夢也。」這個「知」字大有頓悟之感，所以不免悲從中來，感慨萬千。煞尾兩句濃重的悲與前七句甜美的樂形成極其鮮明的對照，有強烈的感染力。

韋莊與溫庭筠齊名，世稱「溫韋」，但二人的詞風有區別，溫詞穠豔，韋詞清麗。清周濟用美女作喻，說「飛卿，嚴妝也；端己，淡妝也」（《介存齋論詞雜著》），這是不錯的。然而兩人詞風的主要區別還不在此。就這二首〈女冠子〉來看，韋詞所描寫的男女之情顯然更融入了自己的身世之感，因此情真意切，有很濃厚的主觀抒情成分。溫詞在描摹婦女的嬌情慵態上，有時雖也逼真精緻，但給人的感覺只是客觀的錄像式的描述，缺少真情實感，其原因在於溫詞的創作主要為應歌以娛賓遣興。韋詞重在抒情，溫詞重在應歌，這才是二人詞風的根本分野。從這一點上說，韋莊詞開了李煜、蘇軾等抒情詞的先河，在詞史上的影響是不容忽視的。

關於這兩首詞的本事背景，學術界意見很分歧。宋楊湜《古今詞話》說：「（韋）莊有寵人，姿質豔麗，兼善詞翰，（王）建聞之，托以教內人為辭，強奪之。莊追念悒怏，作〈謁金門〉（空相憶）〈小重山〉（一閉昭陽春又春）。」因而有人認為〈女冠子〉二首也是「思姬」之作。撇開其他情事不談，單從這二首詞的實際內容看，其中很難找到「侯門一入深如海，從此蕭郎是路人」（崔郊〈贈婢〉）的那種怨憤之情，因此「思姬」說恐怕是難以成立的。（曹光甫）

更漏子　韋莊

鐘鼓寒，樓閣暝，月照古桐金井。深院閉，小庭空，落花香露紅。

煙柳重，春霧薄，燈背水窗高閣。閒倚戶，暗沾衣，待郎郎不歸。

這是一首寫思婦懷人的詞。小詞要篇幅小而變化多，語言平淡而意味深長；要在豔語中有雅致，淺語中有含蓄，才能在較深的情感層次中引起讀者的共鳴。韋莊這首詞正是淡而豔、淺而深，有如庭院一角，略加點綴，便生佳致，使人留連忘返，嘆賞不置。詞的上片寫景，在景中烘托出思婦的孤獨、寂寞和哀怨，此王國維所謂「一切景語皆情語也」。下片主要寫情，在情的後面，又襯托著與思婦感情色彩相一致的景物，使思婦的萬種離愁、一腔哀怨，躍然紙上，呼之欲出，此清王夫之《薑齋詩話》所謂「情、景名為二，而實不可離」。上、下兩片，殊途同歸，兩相拍合，於是隱然有一含情脈脈之思婦，浮現在讀者的心頭眼底。

詞的開始，詞人就借助於豐富的想像，給這位思婦造成一種孤獨的氛圍，一個寂寞的環境，在「鐘鼓」之後著一「寒」字，而冷清之意全見；在「樓閣」之後綴一「暝」字，而昏暗之色如繪。加上那輪淡淡的冷月，照在井邊的老桐樹上。多情的思婦獨立小庭，無語凝思。這是從她的視覺來寫客觀的景物。深深的院落關得緊緊的，小小的庭除顯得空蕩蕩的，她佇立閒階，逐漸看到露兒滴了，紅色的花瓣帶著濃郁的香氣悄悄地落了下來，從而把自己的寂寞生活跟落花的飄零命運聯繫起來，怎麼能不「一寸離腸千萬結」（韋莊〈應天長〉）呢？這是從她的感覺來寫客觀景物的。客觀景物都帶有思婦主觀的感情色彩，即景即情，亦人亦物，不知何者為人，何者為物，何者為景，何者為情，渾然一體，妙合無垠。這個意境，跟李白〈菩薩蠻〉的「暝色入高樓，有人樓上愁」極其相似，不過李詞在畫面上出現了那個「玉階空佇立」的、被失望和痛苦折磨了一整天的思婦，而韋詞則讓那個脈脈含情的思婦隱藏在畫面之外；李詞用速寫的方法，凸出了思婦的玉容寂寞，韋詞用烘托的手法，揭示了思婦的內心世界，讀來均覺韻味無窮。真可謂異曲同工，各極其妙。

下片是從時間的推移上，繼續用景語來烘托思婦的愁緒。露重霧稀，楊柳低垂，已是黎明的景象，而那個思婦仍然背著燈兒，守著窗兒，渴望著她的心上人。這「燈背水窗高閣」，恰到好處地表現思婦幽居獨處而產生的孤獨黯傷的心理。不少詞人都用「背」字來有效地表現這種感情。溫庭筠〈更漏子〉的「紅燭背，繡簾垂，夢長君不知」；韋莊〈浣溪沙〉的「孤燈照壁背窗紗」，都是用「背」來表現這種無可奈何的心理。「閒倚戶」三句，「倚戶」為了「待郎」，淚下「沾衣」，是因「郎不歸」。「閒」是無事可做，但這裡的「閒」又不是無事可做，「倚戶待郎」便是極要緊的事，不過表面看上去似乎確是無事可做。黃庭堅有句云：「身閒心苦一春鋤。」（〈池口風雨留三日〉）寫貌似閒暇，其實心中有所欲焉，可以作為這「閒」字的最好註腳。「暗沾衣」的「暗」，乃是所望不遂，悲從中來，淚下沾衣而不自知。可謂無一字不加意著力。如果說「鐘鼓寒」三句，是「月上柳梢頭」（歐陽脩〈生查子〉）的薄暮，那麼「深院閉」三句，就是燈火已三更的深夜，而「煙柳重」三句，則是「曙色東方纔動」（韋莊〈酒泉子〉）的黎明了。從時間的推移上，表明思婦凝望之久，痴情之重，在滿懷希望的期待中，逐步走向失望的過程。「待郎郎不歸」是作者點睛之筆，又是思婦傷心之語。執此句以回讀上文，更感覺其中步步置景設色之妙。用疏鐘、淡月、墜露、昏燈等景物，造成一種淒涼寂寞的氛圍，又用舒緩、低沉、嗚咽、斷續的旋律，加深思婦的無可奈何的愁思。形式上雖然沒有出現愁苦的字眼，骨子裡卻充滿著哀怨的感情。（羊春秋）

木蘭花

韋莊

獨上小樓春欲暮。愁望玉關芳草路。消息斷，不逢人，卻斂細眉歸繡戶。

坐看落花空嘆息。羅袂濕斑紅淚滴。千山萬水不曾行，魂夢欲教何處覓。

這是一首望遠懷人的閨怨詞。詞中的女主角是一位遠征之人的妻子，抒寫的是她獨處閨中、日思夜想的怨情。

起句「獨上小樓春欲暮」，在詞的一開頭就既推出了人物，也點明了季節。上半句寫人在樓頭，用一個「獨」字顯示其人之孤寂；下半句寫時當春季，用一個「暮」字表明春事已闌珊。這一個「獨」字、一個「暮」字，就已為這首詞定了基調，使整首詞染上了一層淒涼暗淡的色彩，從而引出詞的第二句：「愁望玉關芳草路。」這第二句把詞思推到樓外，把詞境推向遠方。透過無遠弗屆的相思，女主角所在的「小樓」與遠在萬里外的「玉關」一線相連。句中「愁望」二字與首句的「獨上小樓」相承接，「獨」正是「愁」的伏筆，而上樓的目的正在遠望；「芳草路」三字，則既與首句的「春欲暮」相綰合，展示芳草遍地的暮春之景，又暗用漢淮南小山〈招隱士〉「王孫遊兮不歸，春草生兮萋萋」句意，悵恨其人之一去不返；「玉關」二字，作為邊塞的泛指，暗中點出所望的是遠在邊塞征戍之人。這一、二兩句合起來，使人看到的是一幅「有人樓上愁」（李白〈菩薩蠻〉）的畫面；下面三、四兩句「消息斷，不逢人」，再進一步、深一層寫詞中人的愁思。所望之人在千山萬水之外，已經夠使她愁了，何況又消息斷絕，問訊無人，就更愁上加愁。以上四句寫登樓望遠而實無可望，在失望、絕望之餘，當然只有「卻斂細眉歸繡戶」了。

下片「坐看落花空嘆息。羅袂濕斑紅淚滴」兩句，寫詞中人歸繡戶後的愁思。句中「落花」二字遙應上片首句的「春欲暮」，「紅淚」一詞則用晉王嘉《拾遺記》所述薛靈芸「以玉唾壺承淚，壺則紅色……及至京師，壺中淚凝如血」的故事，以見其悲痛之深。聯繫上片，詞中人由「獨上」到「愁望」，到「斂細眉」，到「空嘆息」，到「紅淚滴」，她的痛苦是步步加重、層層加深的。寫到這裡，她的愁思和怨情已經從正面寫足，似乎無以復加了。不料詞的收尾處以「千山萬水不曾行，魂夢欲教何處覓」兩句，別出新意，另開新境，使詞意由實到虛，使詞境由真到幻，把詞中人的愁怨延伸到虛幻的夢鄉，懸想到夜間入睡以後。這樣，看似寫到了頭的愁怨就又似還沒有到頭；而事實上，愁人之感、怨婦之思本是無邊無際、沒有盡頭的。這結拍兩句，如俞陛雲在《五代詞選釋》中所解說：「言水複山重，夢魂難覓，與沈休文詩『夢中不識路，何以慰相思』（沈約〈別范安成詩〉），皆情至之語。」其所以為「情至之語」，因為對詞中女主角來說，既在現實生活中已經不可能與遠在邊塞、消息斷絕的人相見，那就只有化日間的相思為夜來的幽夢，寄希望於夢裡重逢，而想到平生從未出過遠門，從未跋山涉水，又怕縱然入夢，也將如唐張仲素〈秋閨思〉所說的「不知何路向金微」，其相思懷遠之情是悱惻纏綿，百轉千迴的。

就通篇寫法而言，韋莊的這首詞從時間看是順敘，在結構上，層次分明，脈絡井然。它的上片從「上小樓」寫到「歸繡戶」，所寫是日間的事；下片從「坐對落花」寫到魂夢難覓，則是寫日暮後、入睡前的情思。上、下兩片合起來，正是詞中人整整一天的生活寫照；而以一概萬，她是天天如此，度日如年的。（陳邦炎）

江城子　韋莊

髻鬟狼藉黛眉長，出蘭房，別檀郎。角聲嗚咽，星斗漸微茫。露冷月殘人未起，留不住，淚千行。

此〈江城子〉本有兩首，為聯章體。本詞是其中的第二首。其前一首有云：「恩重嬌多情易傷，漏更長，解鴛鴦。朱脣未動，先覺口脂香。緩揭繡衾抽皓腕，移鳳枕，枕潘郎。」乃是在著力描繪男女的歡會情形。而本詞則顯然是要描繪歡會結束後的別離。起句「髻鬟狼藉黛眉長」是對女主人公外貌的速寫。詞人並未顧及衣飾身形，而聚焦於女子的頭部進行細節刻繪。用一頭散亂的頭髮暗示她與情人的歡會剛剛結束，而「黛眉長」則暗示女子面容的愁苦狀態。《後漢書》載漢桓帝元嘉中京都婦女將眉毛畫得細長曲折，是為愁眉妝。晚唐李義山即有〈無題〉詩曰「眉長唯是愁」。由此，懊惱愁苦的情緒在詞一開篇便被直接點明。接下來兩個句子則進一步明確了情緒的由來——原來女子正從閨房中偷偷送出情人，她將要與情人分別。「檀郎」化自受婦人追捧的美男子潘岳之小名「檀奴」，正可表明她對情人的深深愛慕。正因為愛得深沉，故而離別尤其難堪，更何況離別時分是在「角聲嗚咽，星斗漸微茫。露冷月殘人未起」之際。既然她那麼愛戀情人，何以要趕在這尚未破曉的凌晨時分就要送走情人呢？詞作並未給出答案。然而清寒的角聲吹響在夜空中，這顯然暗示眼下並非治世，而是有戰亂發生。情人趁黑而去，或者其身分正是軍士，或者其有要務在身，或者正在躲避著什麼。諸種猜測，難以定論，但可知者，則是她對這位情人相當難捨。「留不住」表明她曾試圖阻止情人離去，但顯然情人的離去是必然之事，故而有「淚千行」這般深切難忍的悲痛。

本詞的內容是描寫香豔的男情女愛，屬於典型的花間題材。對此，李冰若曾猜測曰：「韋相〈江城子〉二首描寫頑豔，情事如繪，其殆作於江南客遊時乎？」（《栩莊漫記》）然而詞作並未倚紅偎翠，而是全用白描手法，細膩地從女子的角度刻繪了她對情人的送別以及在此過程中的心境。同時，詞作還十分善於運用外界景物意象來烘托人物的情緒，諸如淒涼的角聲、清冷的夜露和殘月等等，都營造了悲涼的氛圍，為刻繪女主人公的無助和痛苦起到了良好的輔助作用。（韋樂）

河傳

韋莊

何處，煙雨，隋堤春暮，柳色蔥蘢。畫橈金縷，翠旗高颭①香風，水光融。青娥殿腳春妝媚，輕雲裡，綽約司花妓。江都宮闕，清淮月映迷樓，古今愁。

〔註〕①颭（音同展），吹動。

本詞為花間詞中少有的懷古詞。詞牌〈河傳〉乃是隋煬帝幸江都時所制（據宋王灼《碧雞漫志》卷四引《脞說》），韋莊此詞正與調名本意相關，以煬帝幸江都史事為題材，在時空穿梭中寄寓興亡之感。

詞之開篇以「何處」領起，深沉凝重，擲地有聲。似乎此問答案中那即將登場的地點將承載詞人心中無限感慨。這是怎樣的一個處所呢？煙雨、春柳等景物意象陸續登場，一幅隋堤春暮圖便浮現出來。後蜀何光遠《鑑戒錄．亡國音》載：「煬帝將幸江都，開汴河，種柳，至今號曰『隋堤』。」由此，這個處所原是隋代的歷史遺跡。隋朝是一個燦爛卻短命的王朝，它留下的眾多風光盛事與其製造的苦難罪惡難分伯仲，引得後人遐思萬千。如白居易有〈新樂府．隋堤柳〉詩云：「（憫亡國也）隋堤柳，歲久年深盡衰朽。風飄飄兮雨蕭蕭，三株兩株汴河口。」劉禹錫〈柳絮〉亦云：「何處好風偏似雪，隋河堤上古江津。」

韋莊筆下的隋堤，那蔥蘢青翠的柳色已被迷濛的煙雨籠罩，帶有一種如夢似幻的飄忽美。這種飄忽很能給人一種悵惘迷幻的感覺，人的思緒好似就要隨著這份迷幻漸漸蕩離現實，穿越時空的隧道回到那已經消逝的古代。詞作由此順暢地過渡到對煬帝幸江都歷史盛事的勾繪。「畫橈」「金縷」「翠旗」是從顏色上著力渲染煬帝遊船的金碧輝煌。華豔的旗幟在香暖的熏風中翻飛飄揚，明燦耀眼的船身和亮晃晃的水波相互映襯，神光離合，形成一片如夢境般瑰麗的境界。夢境之中，歷史人物穿梭往來。據《隋遺錄》及《開河記》所載，煬帝曾強徵民間少女作殿腳女，為其牽挽龍舟彩纜；又令宮女袁寶兒等持花，稱司花女。兩件豔事在煬帝身後膾炙人口。韋莊將其化入詞作，詞的下片勾勒出一幅奇異妖冶的圖畫：龍舟之下的江岸上，眾多嬌媚的挽舟少女正匍匐前行；龍舟之上，志得意滿的君王正醉眼矇矓地欣賞著身側司花宮妓的翩然風姿。圖畫表面有多少香豔與風流，圖畫底下就有多少黑暗與罪惡。歷史中的人物也許就是沉醉在那喧天的鼎沸中，不知不覺地滑向覆滅。煬帝的龍舟最終抵達江都，這裡的「迷樓」是煬帝投入數萬人力，耗費巨資，經數年方才建成的宮殿。它「千門萬牖，上下金碧」，煬帝曾自詡曰：「使真仙遊其中，亦當自迷也。」（《迷樓記》）它儼然是隋王朝強盛國力的一種象徵，當然也是煬帝惡跡的罪證。在這裡，他和他的嬪妃大臣們不知留下多少醉生夢死的故事。正是這些醉生夢死，將隋王朝拖入了滅亡的命運。如今，一切繁華、一切風雲變幻都已煙消雲散，陪伴迷樓故跡的，只有那靜靜流淌的淮水和夜空的圓月。淮水與夜月，皆是清冷之意象，它們和詞作中盛景喧天的歷史畫卷顯然形成了強烈的對比，詞作由此發出「古今愁」的深沉慨嘆，三個字中蘊含著欲說還休的濃濃悵恨。明湯顯祖曾評之曰：「感慨一時，涕淚千古。」

全詞跌宕起伏，始而凝重，繼而迷離，中間富麗，收尾空幻，歷史興亡之慨在盛衰對比和虛實映襯中油然而生。身處唐王朝覆滅時代的韋莊作下此詞，顯然和其詩〈臺城〉一般，皆有借詠史傷悼時事之意。詞中追懷隋事一段，雖仍有花間刻金鏤翠之特徵，但由於完全被統攝在今昔盛衰對照之中，不僅無浮泛之嫌，反而更見筆力之深沉，故清陳廷焯《雲韶集》稱此詞為《浣花集》中「最有骨」者。（韋樂）

司空圖

【作者小傳】（八三七～九〇八）字表聖，河中（今山西永濟西）人。唐懿宗咸通十年（八六九）進士，官禮部郎中、中書舍人。後隱居中條山王官谷，自號知非子、耐辱居士。著有《司空表聖文集》。存詞一首。

酒泉子

司空圖

買得杏花，十載歸來方始坼。假山西畔藥闌東，滿枝紅。

旋開旋落旋成空，白髮多情人更惜。黃昏把酒祝東風，且從容。

這首詞約作於唐僖宗廣明二年（八八一）春。上年冬，黃巢攻佔長安，僖宗奔蜀。司空圖扈駕不及，只好避居故鄉河中（今山西永濟）。其時司空圖入世之心未泯，遽遭「風波一搖蕩，天地幾翻覆」（〈秋思〉）的大變故，十分錯愕。詞中雖是抒寫欣賞杏花而產生的審美直覺，而深長的憂國之思即寄寓其中，亦其〈杏花〉詩中所謂「詩家偏為此傷情」者也。

上片敘事寫景。首兩句敘栽種杏花的經過：自買杏栽種到自己親眼看到杏花開放，竟已隔了十年的時間。司空圖自唐懿宗咸通十年（八六九）登進士第以後，便宦遊在外，到唐僖宗廣明元年（八八〇）返鄉，其間共隔十一年時間。「十年」當是舉其成數而言。「方始坼（音同撤，開花）」是說方始看到它開放。言外之意是說：花亦多情，竟知待我歸而始放。司空圖寫作詩詞每每超越經驗世界而注重眼前直覺，因此此杏去年開花與否，完全可以丟開不管。反正是眼前開了，便可以盡情吟賞。「假山」兩句，一是說杏花在園中的位置適中，東邊是假山，西邊是芍藥闌，景物配置合宜，使人感到它在主人的心目中占有特殊的地位。二是說盛開的杏花噴紅溢豔，令人感到賞心悅目。上片四句雖然沒有直接描寫作者對杏花的態度，但愛杏之心已經不言而喻了。

下片主要抒發感慨。「旋開旋落旋成空」一句疊用三個「旋」字，把昨天的花開、眼前的花落和若干天以後的枝上花空三個階段飛快掃過，極言好景不長，韶華易逝。司空圖有詩云：「從來留振滯，只待濟臨危。」（〈即事二首〉其二）「春風漫折一枝桂，煙閣英雄笑殺人！」（〈榜下〉）可見在政治上相當自負。僖宗奔蜀，唐王朝走向沒落，他的這些抱負落空了。從創作上看，他是一個很善於把自己的心曲外物化的詞人。十載功名，霎那間成為過眼雲煙。這與杏花「旋開旋落旋成空」的現象可謂「妙契同塵」（司空圖《二十四詩品．形容》）。悲物，正所以悲己，因而讀者不難從中聽到作者悵惘、失意、痛楚的心聲。「白髮多情人更惜」是上五下二句式。多情人易生華髮，緣於善感。值此花開花落的時節，當然更是如此。而對落花的「更惜」，又寓有惜時之意。由於司空圖入世之心未泯，惜時，表明他尚有所待。在〈寓居有感三首〉其一詩中，他說：「亦知世路薄忠貞，不忍殘年負聖明。只待東封沾慶賜，碑陰別刻老臣名。」認清了他的這種心願，詞的最後兩句也就不難理解了。俞陛雲說：「明知花落成空，而酹酒東風，乞駐春光於俄頃，其志可哀。表聖有絕句云：『故國春歸未有涯，小欄高檻別人家。五更惆悵回孤枕，猶自殘燈照落花。』與此詞同慨，隱然有〈黍離〉之懷也。」（《唐詞選釋》）司空圖的政治前途與唐王朝是緊緊聯繫在一起的。唐王朝的命運「旋成空」的話，他還能指望什麼碑陰刻名呢？「且從容」三字看似漫不經心，實則字字為焦慮、憂思所浸漬，因而可以說是「味無窮而炙愈出」（劉禹錫〈猶子蔚適越誡〉）的。

全詞由種花、賞花、惜花，寫到祝告東風，乞駐春光護花，始終未離杏花一步，而憂國之思儼若可捫。這就巧妙地體現了他在《二十四詩品·含蓄》中提出來的「不著一字，盡得風流，語不涉己，若不堪憂」的藝術要求，因而是耐人尋味的。（吳汝煜）

韓偓

【作者小傳】（八四二？～九二三？）字致堯，一作致光。小名冬郎，號玉山樵人。京兆萬年（今陝西西安）人。唐昭宗龍紀元年（八八九）進士。官翰林學士、中書舍人。遷兵部侍郎，翰林承旨。參預機密，甚得唐昭宗信任。後因不附朱溫遭貶斥。唐亡，南依閩王王審知而卒。著有《韓內翰別集》《香奩集》。詩多寫豔情，詞藻華麗，有香奩體之稱。詞存二首，王國維輯《香奩詞》一卷，不盡可信。

生查子　韓偓

侍女動妝奩，故故驚人睡。那知本未眠，背面偷垂淚。

懶卸鳳凰釵，羞入鴛鴦被。時復見殘燈，和煙墜金穗。

本篇一般作為〈生查子〉詞，也作為五言詩收入韓偓《香奩集》，題為〈懶卸頭〉。這首詞塑造了一位思念情人的閨中少婦的形象，以生動的細節描寫和細膩的心理刻畫見長。

一般小詞多借景抒情，幾乎無情節可言。然而韓偓的這首〈生查子〉卻很注意動作和細節的描寫，很有點戲劇性。映入讀者腦海的，不是靜止的畫面，而是有動作的連續性。清晨，侍女早起準備為主人梳妝，翻動梳妝匣，故意不斷地發出響聲，似乎是想驚醒女主人。其實，女主人已經一夜未合眼，還在背著臉暗自流淚。她頭上的首飾沒卸掉，也不曾蓋上鴛鴦被，就這樣熬了一夜。那一盞燈，油也快乾了，回頭只見燈花的穗兒掉了下來，還冒著一縷輕煙。兩個人物在繡房中的這一系列活動，描寫得十分生動；女主人背面垂淚的動作和燈花掉落的動態，描寫得十分細緻。

動作和細節的描寫，都是為了表現女主人的心思。她有什麼心思呢？她的心情經歷了由喜而悲，由愛而恨的複雜過程。

她的心情原先充滿著喜和愛。從詞的下片的描寫可以分析出來：第一，她昨天曾著意梳妝打扮過，頭上戴著鳳凰釵。「女為悅己者容」，溫庭筠〈望江南〉「梳洗罷，獨倚望江樓」，就是因為聽說情人將歸而梳妝等待的。這首詞寫她昨日盛裝，也是表現她知道情人將歸的喜悅心情。第二，她戴的是鳳凰釵，並備好了鴛鴦被，也表現了將與情人相會的喜悅心情。第三，殘燈墜金穗的描寫。韓愈〈詠燈花同侯十一〉詩云：「更煩將喜事，來報主人公。」范成大〈道中〉詩云：「客愁無錦字，鄉信有燈花。」燈花成了行人歸鄉的預兆。這裡寫昨夜的燈花，女主人公自然相信情人會回來的，所以抱著喜和愛的心情期待著。

然而，一天過去了，一夜又過去了。好不容易熬到了次日的清晨。鳳凰釵還沒卸下來，鴛鴦被依然擱在一邊，燈花和煙掉落。原先因喜而飾、因喜而設、因喜而現的一切，都轉化了。她懶於卸掉鳳凰釵，不是因為她還抱有希望，而是出於失望，乃至絕望；她羞入鴛鴦被，不，應當說她移恨於鴛鴦被，因為成雙的鴛鴦和她孤獨的心情的對比，會使她更加難堪，更感到孤獨寂寞；她看了燈花和煙墜落，就意識到她的希望和燈花一樣墜落破滅，和輕煙一樣飄揚消失。她的心情就是這樣由喜而變為悲，由愛而變為恨。對於侍女之不能理解她，她心中一定暗暗埋怨，甚至帶點瞋怒。這時節，她那悲酸怨恨的心情是無法形容的，也是無法表達的，一切都融化在她背面暗自掉落的淚水之中。背面，讀者看到的，只是一個身影，只是這一抽搐的身影。只有如此寫，才能含蓄地表現出她心中的悲酸怨恨，才能給讀者留下難忘的印象和無窮的回味。

這首詞是一齣沒有對話，只有動作，而且帶有喜劇色彩的小小悲劇，卻只有四十個字，真是化工之筆！（林東海）

李曄

【作者小傳】（八六七～九〇四）即唐昭宗。懿宗第七子，初封壽王。公元八八八～九〇四年在位。天祐元年（九〇四）遷都洛陽，被朱全忠殺害。存詞五首。

菩薩蠻　李曄

登樓遙望秦宮殿，茫茫只見雙飛燕。渭水一條流，千山與萬丘。

遠煙籠碧樹，陌上行人去。安得有英雄①，迎歸大內中②？

〔註〕①一作「何處是英雄」。②大內：皇宮。此句一作「迎儂歸故宮」。

這首詞是晚唐皇帝李曄（廟號昭宗）所作。據《舊唐書．昭宗紀》說，乾寧三年（八九六），鳳翔節度使李茂貞攻長安，李曄逃奔華州（治所在今陝西華縣），受制於華州節度使韓建，心緒煩亂鬱悶。「七月甲戌，帝與學士、親王登齊雲樓，西望長安。令樂工唱御製〈菩薩蠻〉詞，奏畢，皆泣下霑襟。」

首句「登樓遙望秦宮殿」，直筆陡起，如開門見山。古人登樓，一自漢王粲寫作〈登樓賦〉之後，往往與無窮的憂愁聯繫在一起。李曄貴為天子，卻被叛臣凌逼，倉皇避難華州，其內心的憂憤，不難想見，何況華州節度使韓建早有不臣之心，更使李曄於憂憤之外，還有危懼之感，亟盼返回京師。但其時京師尚在叛臣控制之下，欲歸不得，只能以「遙望」暫慰渴想之勞。「秦宮殿」實指唐宮殿。華州與長安相距百餘里，齊雲樓雖高，長安也為目力所不可及，故次句但云「茫茫只見雙飛燕」而已。「茫茫」，為遼闊曠遠的樣子。在這遼闊曠遠的秦川上，只見燕子雙飛。燕子微物，本非日理萬機的天子所當措意，但今日的情形與往昔不同。長安宮殿既不可望見，則能見到似曾在宮殿的畫梁上構巢停息的燕子，也是慰情聊勝於無了。寫景至此，其對長安宮室日夜思念而形成的一種糾結不解之情，已盡此一言之中。以下兩句「渭水一條流，千山與萬丘」，繼寫入目的大景遠景。渭水連結著長安與華州兩地。居高臨下，只見一條濁流從西向東奔瀉。這種景象，在一般人看來，原屬平常，而今日的李曄正當愁腸百結之時，便覺得自己的滿腔愁思，恰如流瀉的渭水，激盪不平，無有窮已。更有甚者，從華州西望，在廣袤的原野上，還有著高低起伏、壘壘塊塊的「千山萬丘」。且不說長安宮殿無由得見，正緣這些山丘的蔽掩阻擋；就說此等零亂錯雜的物象，在作者本已紛亂如麻的心理上平白增添無數煩躁與抑塞，亦已經夠難忍受的了。

過片兩句「遠煙籠碧樹，陌上行人去」，雖然也是寫遙望所見，但感情內容已經深化一步。作者力圖從無可奈何的憂憤中掙脫出來，以求改變這種類似拘囚的境遇。他的目光已由遙望宮殿，轉向探尋出路。這種探尋是徒勞的。遠望天際，唯見「煙籠碧樹」而已。這淒迷的景象，猶如團裹於心頭的愁雲慘霧，驅之不散。其時唐祚日衰，無土不藩，無藩不叛，有誰乃心王室，興師勤王？四海之內，俱無唐帝託足之地。近看樓下，雖有行人往來，怎奈各自匆匆而去，更無一個半個可親可用之人，徒增空漠無依之感。李曄處此困境，雖有切盼救助之心，而終無可盼可助之人。於是一種透肌徹骨的淒楚、空虛、冰冷之意，與夫深苦極痛的繞天之愁，一齊襲向心頭，層樓雖高，天地雖寬，而無一寸可供安身之地，亦無片刻可使定神之時，因而結尾處終於從內心深處發出痛心疾首、悲愴欲絕的呼聲：「安得有英雄，迎歸大內中？」前人曾將這兩句與唐太宗李世民「昔乘匹馬去，今驅萬乘來」（〈題河中府逍遙樓〉）相比較，以見其「志意不侔」（宋尤袤《全唐詩話》）。其實，以天子之尊，而不得不作此孱弱的哀鳴，亦足見唐室已經到了日薄西山、氣息奄奄之時了，豈止「志意不侔」而已！

本詞以「望」字統攝全篇。上片寫登臨極目的所見所感，由景生情，又融情於景；下片從「望」字生出切盼之心，景為情設，情由景生。通篇結撰出一種極為真切自然的有我之境，而無矯揉造作之態，故詞的思想內容雖無足論，而藝術上卻有可取：言情處動人心志，寫景處豁人耳目。古人云：「為情者要約而寫真。」（南朝梁劉勰《文心雕龍．情采》）本詞情真語真，渾樸蒼涼。持平而論，其藝術價值不減唐詞名家之作。（吳汝煜）

巫山一段雲 李曄

蝶舞梨園雪，鶯啼柳帶煙。小池殘日豔陽天，苧蘿山又山①。
青鳥②不來愁絕，忍看鴛鴦雙結。春風一等少年心，閒情恨不禁。

〔註〕①苧蘿山：在今浙江諸暨市南。《吳越春秋．句踐陰謀外傳》：「（句踐）得苧蘿山鬻薪之女曰西施。」②青鳥：西王母的信使。見《漢武故事》。

李曄即位時，年僅二十二歲。史稱他「意在恢張舊業，號令天下」（《舊唐書．昭宗紀》），但從這首詞看，卻不免有「兒女情長，英雄氣短」之嫌。

上片寫景。開頭兩句描繪了宮苑中濃郁的春意。「梨園」是唐玄宗時教練宮廷歌舞藝人的地方，一在光化門北禁苑中，一在蓬萊宮側宜春院。這裡泛指栽有梨樹的宮苑。梨花色白。「梨園雪」反用岑參〈白雪歌送武判官歸京〉詩「忽如一夜春風來，千樹萬樹梨花開」句意，藉以形容梨花盛開、猶如雪湧的奇異景象。但這畢竟只訴諸視覺形象，而且色彩不免單調。句首冠以「蝶舞」二字，就不同了。蓋蝶戀花香，梨花能把飛蝶引來，說明香氣馥郁，因此「蝶舞」二字又賦予首句以香氣襲人的嗅覺形象。再說飛蝶色彩斑斕，舞姿輕盈，翻飛於梨花之間，使視覺形象也更為多姿多彩了。「鶯啼」二字訴諸聽覺形象。鶯啼之聲原是極為宛轉動聽的，而從如煙的柳條叢中發出的鶯啼聲則更為賞心悅耳。「小池殘日豔陽天」雖然也是景語，但主要是表現心緒。「小池」、「殘日」皆為作者移目注視之處。池水蕩漾，恰與作者感情的波動相諧合。注目於西斜的「殘日」，則又暗暗透出作者內心有所等待。「豔陽天」暖風如熏，春光明媚，極易引起一種莫可名狀的春天的感奮。那麼他究竟在等待什麼呢？「苧蘿山又山」一句透露了消息。「苧蘿山」是歷史上大名鼎鼎的美女西施的生長之地。唐崔道融〈西施〉詩云：「苧蘿山下如花女，占得姑蘇臺上春。」唐人筆下的苧蘿山實在太豔了，以至連方外之人都強烈地感受到它的誘惑力：「此去若逢花柳月，棲禪莫向苧蘿山。」（施肩吾〈送僧遊越〉）對於李曄來說，苧蘿山顯然寄託著他理想的愛情。全句是說，他鍾情的美女不在身邊。帝王的愛情生活向來是個謎，而這些謎又是很難解開的。李曄曾從僖宗逃往蜀中，是否在蜀地遇到過鍾情的少女，而登基以後又未能召之入宮？這不便懸猜，但有一點是可以肯定的，即宮中的佳麗都未可其意。

換頭「青鳥不來愁絕，忍看鴛鴦雙結」，把上片蘊含的春日懷人的心緒點明了。青鳥是神話傳說中傳遞愛情信息的使者。青鳥不來，說明意中人或已另有所屬，或身不由己。無奈李曄頗有點乃祖唐明皇重色輕國的痴情。後宮佳麗雖多，他卻一心一意地愛著宮外的另一女子。此女未至，愁悶欲絕，連「鴛鴦雙結」都不忍相看。結末兩句「春風一等少年心，閒情恨不禁」，其主觀意圖是在傾訴自己愛情生活中的深深不幸和綿綿長恨，但由於藝術概括力之強不同凡響，故其客觀意義已不止此。「春風」在古樂府中是多情的意象。「春風復多情，吹我羅裳開。」（晉〈子夜四時歌・春歌〉）「黃瓜被山側，春風感郎情。」（〈前溪歌〉）都是著名的詩句。文人樂府也愛用這一意象。李白的「春風不相識，何事入羅幃」（〈春思〉）即是顯例。詞與樂府在意象上的繼承關係值得注意。「一等」即一樣之意。「少年心」是一顆對愛情的感受力最為敏銳，既勇於追求又不善自制的心。唯其如此，故歡樂與痛苦的轉換有時只在須臾之間。古樂府〈翳樂〉云：「人生歡愛時，少年新得意。一旦不相見，輒作煩冤思。」可為「少年心」作一注解。這兩句作者避免在一般意義上使用比喻，而是把自己內心既深且廣的「閒情」融合到吹不盡的「春風」中去，使多情的春風也如同「少年心」一樣，有著不可遏抑的「閒情」。於是，凡有春風之處，凡有春風之時，此閒情即愛情，皆隨之而至而終不可息了。這樣寫，不僅比喻更為新穎，思致更為渾厚，而且使詩歌意象與作者具體的愛情遭遇拉開了距離，從而使之超越了時空，超越了個別，而獲得了永久的普遍性的美學價值。近人俞陛雲說：「人生最樂光陰，莫若少年時，而淹忽易過，少焉矚之，已化為古。宋人謝懋詞『老年常憶少年狂』（〈風入松〉），章良能詞『舊遊無處不堪尋。無尋處，唯有少年心』（〈小重山〉），與昭宗『少年心』句，有同感也。」（《唐詞選釋》）可見結末兩句在後世引起的共鳴是不小的。

李曄後來是否找到了他的可意人，已無從知道，但據《舊唐書．昭宗紀》記載，在他遇害的晚上，昭儀李漸榮對兇徒說：「莫傷官家（古時亦稱皇帝為官家、大家），寧殺我輩。」兇徒不聽，她便「以身護帝」，與李曄同時被殺。看來，這位在政治上一籌莫展的晦氣天子，在愛情上還是最終得到了一個知己。（吳汝煜）

張曙

【作者小傳】小字阿灰，一作阿咸，南陽（今屬河南）人。唐兵部尚書張禕之子（一說侄）。唐昭宗大順二年（八九一）進士。官右補闕。詞傳一首，或疑張泌作。

浣溪沙　張曙

枕障薰爐隔繡幃，二年終日兩相思。杏花明月始應知。
天上人間何處去，舊歡新夢覺來時。黃昏微雨畫簾垂。

在晚唐，張曙的名氣並不大，但他「文章秀麗，精神敏俊」，宋孫光憲認為他的成就遠在杜荀鶴之上，「區區之荀鶴，不足擬倫」（見孫光憲《北夢瑣言》）。

張曙存詞僅此一首。關於這首詞，《北夢瑣言》有一段說明：「唐張禕侍郎，朝望甚高，有愛姬早逝，悼念不已。因入朝未回，其猶子（即侄子）右補闕曙，才俊風流，因增大阮（叔父的代稱）之悲，乃製〈浣溪沙〉，其詞……置於几上。大阮朝退，憑几無聊，忽睹此詩，不覺哀慟，乃曰：『必是阿灰所作。』阿灰，即中諫小字也。然於風教，似亦不可，以其叔侄年顏相似，恕之可耳。諺曰『小舅小叔，相追相逐』，謔戲固不免也。」

由此可見，這首詞原是「謔戲」之作，本無足道，但它在藝術表現上，卻也不無動人之處。

詞的上闋看似平淡，然而有些地方也頗見精巧。如首句著「隔」字，既交代了室內枕屏、薰爐與繡幃間的位置，更使人生出一種人去樓空、遠隔天涯的聯想。第三句，杏花明月用來作為春秋季節的特徵，並且用擬人的手法賦予它們人的感知，意謂只有杏花明月深知我的相思之苦。這樣寫，的確為詞的意境增添了一分落寞與惆悵。

詞的下闋寫得極佳。代為設想愛姬已逝，卻不願信其逝，故著一問句，愈見其恍惚哀慟之態。下面兩句更妙，舊日的歡情只有在新夢中重現，正當纏綿悱惻之際，忽然醒來，唯有「枕障薰爐隔繡幃」，此時的悲哀之情可想而知。但作者到此意猶未足，再著力添上一筆，醒來之時，正值黃昏，畫簾低垂，雨聲瀝瀝，真是到了「此恨綿綿無絕期」（白居易〈長恨歌〉）的境界。古人曾說，詞起結最難，而結尤難於起，如這首詞的結句，不僅為全詞增添了畫意詩情，並且給人留下了極為豐富的想像餘地，真是所謂詞家本色，故能打動悼亡者之心。張禕侍郎「忽睹此詩，不覺哀慟」，信其然也。（陳允吉、胡中行）

李存勗

【作者小傳】（八八五～九二六）即後唐莊宗。小字亞子，李克用之長子。本姓朱耶，沙陀部人。公元九二三年滅梁稱帝，建都洛陽，國號唐，史稱後唐。同光四年（九二六）以伶人郭從謙之變中流矢而死。好俳優，洞曉音律，能度曲。存詞四首，在《尊前集》中。

一葉落　李存勗

一葉落，搴珠箔①。此時景物正蕭索。畫樓月影寒，西風吹羅幕。吹羅幕，往事思量著。

〔註〕①搴（音同牽），掀開、撩起，晉陶淵明〈閑情賦〉：「褰朱幃而正坐。」「珠」一作「朱」。

這首詞的作年、本事均無考。從詞中所寫的景物來看，當屬悲秋懷舊之作。

首句「一葉落」被用作調名，可見在全詞中地位之重要。《淮南子．說山訓》「見一葉落而知歲之將暮」，原是見微知著、以近論遠之意。由此而來的「一葉知秋」的成語，則包含著人們對於時序變換的特殊敏感。李存勗是武人，對哲理未必有興趣，但對時序的變換是有感觸的。透過珠簾，他看到一葉飄零，立即引起了關注，以至要掀起珠簾，看看簾外的蕭索景象。戎昱〈宿桂州江亭呈康端公〉詩「露滴千家靜，年流一葉催」，也許可以借來概括此句的第一層意思。一年的好光景即將逝去，怎能不感惜時光易逝呢？

不過，「一葉落」的意象在唐代的詩詞中也時常與離情別緒聯繫在一起。韋應物〈送榆次林明府〉：「別思方蕭索，新秋一葉飛。」韓翃妻柳氏〈楊柳枝〉：「一葉隨風忽報秋，縱使君來豈堪折！」都是顯例。尤其是韋詩，本詞的前三句可能是從它化出來的，「蕭索」、「一葉」等詞不像是偶然的巧合。因而有理由認為，李存勗由「一葉落」所引起的感懷，與離情別緒的關係更密切。儘管他意中的離人是誰，已無從考索，但從「此時景物正蕭索」的感慨中，可以窺見他的心境是相當蒼涼落寞的；又從「畫樓月影寒，西風吹羅幕」兩句，可以看出他確有所思。對月懷人，臨風思遠，原是人之常情。雖然史稱李存勗「其心豁如也」（《舊五代史》），但置身於此境，也不能無動於衷。古樂府云：「秋風入窗裡，羅帳起飄颺。仰頭看明月，寄情千里光。」（〈子夜四時歌．秋歌〉）相比較而言，「畫樓」兩句思致稍顯深沉，而託物興懷則同，因此兩者有異曲同工之妙。

結末兩句：「吹羅幕，往事思量著。」隱約點到了全詞的主旨，而「往事」究竟指什麼，則始終不肯說破。作者故意留下的這點模糊性，不僅有助於詞境的渾成，而且還使全詞增添了幾分朦朧的美，讀來愈覺悠然神遠。難怪俞陛雲激賞地說：「『往事思量』句，直抒己意，用賦體也。因悲愁而懷舊，情耶怨耶？在『思量』兩字中索之。」（《唐詞選釋》）李存勗的詞作大都寫於做公子時期。其後用兵，「前後隊伍皆以所撰詞授之，使揭聲而唱，謂之御製。至於入陣，不論勝負，馬頭才轉，則眾歌齊作。故凡所鬥戰，人忘其死，斯亦用軍之一奇也。」（《五代史補》）應該說，像李存勗這樣的詞家，在詞史上恐怕也數得上是「一奇」罷？（吳汝煜）

憶仙姿　李存勗

曾宴桃源深洞，一曲清歌舞鳳。長記欲別時，和淚出門相送。如夢！如夢！殘月落花煙重。

這是一闋憶舊抒感的小令詞。曾宴，點明往事。桃源深洞，用劉晨、阮肇入天台山遇二女仙事（見南朝宋劉義慶《幽明錄》），喻作者與伊人相遇，此指代伊人居處。舞鳳，即鳳舞，見《山海經．大荒西經》：「有西王母之山……鸞鳥自歌，鳳鳥自舞。」為叶韻，乃倒用，言伊人如鳳之舞。清歌鳳舞，風光何等旖旎！這些，作者已陷入沉思而為之陶醉了。更使他念念不忘的，是伊人含著眼淚出門送別的眷戀情景。可是這一切，已如夢幻，永無再現之期，而當前目接的，只是一彎殘月，滿地落花，濃濃煙靄，一派淒涼光景。

這闋僅三十三字的小詞，前後章法，較然可按。昔年的歌舞盛況在前，今日的蕭索離情在後，承前啟後，中間轉折的則是兩個「如夢」。詩有詩眼，詞亦有詞眼，這四個字實為本詞之眼。如夢者，昔年之事如一場無憑的春夢；昔年之景，只能在夢裡再現；昔年之侶，除非在夢裡相逢。疊用兩個「如夢」，顯得更為惆悵，更為感傷。用對比的手法，凸出今昔情景的懸殊，「如夢」兩字才有著落；如果今昔環境無甚差異，變化不大，怎會有「如夢！如夢！」之感呢？殘月乃夜闌之景，落花煙重乃暮春之景。傷心人別有懷抱，才會有淒涼的感覺；這樣寫，才能烘托蕭瑟的氣氛，且言盡而意不盡。

按宋蘇軾〈如夢令〉詞序：「元豐七年十二月八日，浴泗州雍熙塔下，戲作〈如夢令〉兩闋。此曲本唐莊宗製，名〈憶仙姿〉。嫌其名不雅，故改為〈如夢令〉。莊宗作此詞，卒章云：『如夢，如夢，和淚出門相送。』因取以為名云。」初期的詞，調名往往與內容相應，如〈女冠子〉詠女道士，〈漁歌子〉詠漁父、隱士，〈憶江南〉懷江南景物等。《全唐詩》亦收此詞，但「欲別時」作「別伊時」；誠如是，則〈憶仙姿〉確有所指所憶。唐人每以遇仙指遊冶之事，此中有人，呼之欲出矣。昔年鸞歌鳳舞，惜別依依；而今鳳去鸞飄，玉人杳然；夜闌不寐，足見情深愁重。

作者李存勗，即後唐莊宗。新舊兩《五代史》都說莊宗習《春秋》，通大義，洞曉音律，《五代史補》還說：作戰時，士卒齊唱他自撰的曲子詞，「人忘其死」（《五代史補》）。可惜那些鼓舞士氣的壯詞，都沒有留傳下來，今天所存的四闋詞，顯然都不能用於戰場上。一個「善騎射，膽勇過人」的桓桓武夫，能寫出這樣纏綿悱惻的小詞，確是不可多得的。（黃清士）

歐陽炯

【作者小傳】（八九六～九七一）益州華陽（今四川成都）人。少事前蜀後主王衍，為中書舍人。又事後蜀，累遷門下侍郎，兼戶部尚書同平章事。後從孟昶歸宋，為左散騎常侍。《花間集》稱歐陽舍人。善吹長笛，多作豔詞，詞風婉約輕和。曾為趙崇祚所編《花間集》作序。詞存四十七首，在《花間集》《尊前集》《金奩集》中。今有王國維輯《歐陽平章詞》一卷。

三字令　歐陽炯

春欲盡，日遲遲，牡丹時。羅幌捲，翠簾垂。彩箋書，紅粉淚，兩心知。

人不在，燕空歸，負佳期。香燼落，枕函欹①。月分明，花澹薄，惹相思。

〔註〕①枕函，即枕套。欹（音同依），傾斜。這裡是倚枕之意。

舊體詩、詞大體上有齊言與長短句之別，但詞中也有少數齊言者，〈三字令〉即一體。此調十六句皆三言句。或三句一組（韻），或二句一組（韻）。這首詞基本上一句一意，句子間不免省略敘寫與過渡的詞語，出現若干空白。這就需要讀者比勘揣摩，發揮聯想，方能對詞意有充分的體味。詞的內容題材乃最習見的暮春思婦之閨怨。但運用〈三字令〉這一特殊詞調，在表現上顯得格外別致。

「春欲盡，日遲遲，牡丹時」三句，是說暮春的白晝一日長似一日，正是牡丹花開的時候。遣詞上易使讀者聯想到《詩經．豳風．七月》「春日遲遲」，和白居易「共道牡丹時，相隨買花去」（〈秦中吟十首．買花〉）等詩句。然而此詞的女主人公在這樣綿長的春日，卻無心參加賞花士女之行列，獨自悶悶在家。「羅幌捲，翠簾垂」就表現出這樣的意態，同時詞意自然由外景描寫轉入閨房之內。一「捲」一「垂」，又正好暗示她內心的矛盾。她何以深鎖春光而犯愁？原來她正看著一封信（「彩箋書」），流著淚呢。從「兩心知」一句看，這信是遠方寄來的尺素，否則，便應是「憶君君不知」（韋莊〈菩薩蠻〉其五）了。然而，書來正意味著人不來。那人一去或許經年，須知「紅粉」樓中正計日呢！

過片緊承此意，「人不在」三字，形出女子的孤單；「燕空歸」，似乎暗示來信徒增幽怨，又有以雙飛燕反襯孤獨處境之意。想必來信中有許多託詞，但不能改變一個鐵的事實：「負佳期。」想當初離別，必有盟誓「兩心知」。為什麼到今日，又苦留後約將人誤呢？這裡詞語雖簡淡，怨思卻甚深。「香燼落」，極見境之清寥；「枕函欹」，又極見人之無聊。此時心情，知之者其唯「枕函」乎！以下寫景，又由室內推移室外，時間已由上片的白晝推移到夜晚。「月分明，花澹薄」，這是花好月圓之夜呢。花的「澹薄」是沐浴月光之故。但這花好月圓，卻不能慰藉孤棲者的愁懷，反而徒增感傷。以樂景寫哀，倍增其哀。同一美好之花、月，分形以「澹薄」、「分明」的對比詞語，撥換字面，頗增情致。

讀者還應想像，這詞在歌筵演唱該是何等情味。它出句短促而整齊，斷而不亂，真有明珠走盤之清脆感、節奏感。俞陛雲謂其詞「如以線貫珠，粒粒分明，仍一絲縈曳」（《五代詞選釋》），乃深具會心之談。（周嘯天）

南鄉子　歐陽炯

畫舸停橈，槿花籬外竹横橋。水上遊人沙上女，回顧，笑指芭蕉林裡住。

歐陽炯為《花間集》作序，首句云：「鏤玉雕瓊，擬化工而迥巧；裁花剪葉，奪春豔以爭鮮。」如果說溫庭筠的詞體現的常常是「鏤玉雕瓊」之富美，那麼，歐陽炯的這首〈南鄉子〉，體現的便是「裁花剪葉」之巧豔。

「畫舸停橈」，畫舸，即畫船，在多水的南方，這本是常見的交通工具。「舸」前添一「畫」字，起首便在作者眼前塗出一片靚麗的色彩。橈，船槳，停橈，意即停船。船停在什麼地方呢？「槿花籬外竹橫橋」，原來船是停在一座小橋附近。「槿花籬」，即木槿花圍成的籬障。清顧棟高《毛詩類釋》引李時珍曰：「槿花小而豔，或白或粉紅，有單葉、千葉者。皮及花並滑如葵花。……又有朱槿，號佛桑，光豔照日，疑若焰生，一叢之上，日開數百朵，朝開暮落，自五月初至仲冬乃歇。」作者雖然未說出此地的是何種槿花，但其花色之明豔，透過上文的引述，我們已經可以想見。槿花、流水、畫船、小橋，數句之間，描繪出一幅動人的圖景。

下面的幾句則涉及到了人的活動。「水上遊人」，當即指船上的遊客，也或即指作者自己。「沙上女」，應該便是住在附近的女子。作者沒有詳細記述遊客與岸上女子的談話，只是記述了岸上女子對遊客的回答：「回顧，笑指芭蕉林裡住。」岸上的女子回眸一笑，笑著指向芭蕉林的深處，說道：「那就是我的家。」這裡既有動作，又有言語。「回顧」，這使我們想到女子很可能已經走了過去，只是由於遊客的一句問話才猛然回頭。而就在這一頓、一回眸之間，女子已經決定告訴遊客自己家的位置。女子的話到底是在回答遊客的詢問，還是因和遊客談熟了，熱情地邀請其前去做客，我們不得而知，但女子的嬌情痴態以及她的真率大膽，卻已經躍然於紙上。

和《花間集》中其他許多描寫貴族生活的詞作不同，歐陽炯的這首詞，擷取的只是南方百姓日常生活中的一個簡小片段，描寫的只是他旅途中的普通見聞，但他透過精巧的設色，巧妙的剪裁，使得一首記述普通生活的小詞具有了「奪春豔以爭鮮」之功。同樣的「畫舸停橈」，白居易有詩云：「銀泥裙映錦障泥，畫舸停橈馬簇蹄。清管曲終鸚鵡語，紅旗影動駮騮嘶。」（〈武丘寺路宴留別諸妓〉，此詩或曰張籍作，題〈蘇州江岸留白樂天〉）畫舸配上銀泥裙、錦障泥、鸚鵡、紅旗，其色彩固然分明，然而卻不免多了些世俗氣。歐陽炯的這首詞，寫的是真正的民間的「俗」生活，色彩也同樣豔麗，但其中卻並無俗情。兩相對照，又是孰工孰巧呢？（劉競飛）

南鄉子　歐陽炯

岸遠沙平，日斜歸路晚霞明。孔雀自憐金翠尾，臨水，認得行人驚不起。

歐陽炯詠南國風光的〈南鄉子〉共八首，全載於《花間集》。這是第三首，詠南方原野的暮色。朝與暮作為特定內容可以有昂揚向上和頹廢沒落的寓意，但作為自然景色卻都很美，旭日和夕陽，朝霞和晚霞，絢麗而富於變化，都能激起人們的美感。在古典詩文中寫暮色的名句、名作是不少的，歐陽炯能寓奇於變，寫景抒情，與前人不相因襲，具有藝術魅力，正如俞陛雲指出的，他寫南國「新異景物，以妍雅之筆出之」（《五代詞選釋》）。〈南鄉子〉第一首已寫到暮景，不過那是旅人在江亭的留連忘返，所謂「嫩草如煙，石榴花發海南天。日暮江亭春影淥，鴛鴦浴，水遠山長看不足。」這一首與之不同，像一幅旅人暮歸圖。

「岸遠沙平，日斜歸路晚霞明。」詞一開始雖無一字直接寫河，而河已凸現在畫面。從遠岸、沙灘，人們不難意識到附近有一條與歸路曲折並行的河流。岸之「遠」，沙之「平」，都是人的感覺，所以詞雖未直接寫人，而旅人也自然凸現在畫面上了。然後詞人著一「歸」字，使他的活動內容更為具體，而且能引起人的豐富聯想。至於「日斜」、「晚霞明」，既點明了歸途的時間，又渲染了景物的色彩。這兩句已把旅人暮歸的背景表現得頗有畫意了。下面三句則是畫面的中心，是近景，是特寫，它使暮景帶上了鮮明的個性特徵：「孔雀自憐金翠尾，臨水，認得行人驚不起。」這景象只有南國才有，而且孔雀只產於雲南。〈南鄉子〉八首中提到「南中」、「海南」，所詠或不專指一地。

孔雀的珍奇美麗，自古為人稱道。屈原《九歌》描寫少司命華麗的車蓋，已提到以孔雀羽為飾。綠孔雀雄鳥體態修長，絢爛的毛羽主要以翠綠、亮綠、青藍、紫褐等色組成，帶有金屬光澤。牠的尾羽可長達四尺餘，上有五色金翠錢紋，開展時尤為豔麗。古代作家詠它總要誇其羽色。如唐李郢〈孔雀〉詩說：「越鳥青春好顏色，晴軒入戶看咕衣。一身金翠畫不得，萬里山川來者稀。絲竹慣聽時獨舞，樓臺初上欲孤飛。刺桐花謝芳草歇，南國同巢應望歸。」歐陽炯寫的不是這種人工飼養之禽，而是野生孔雀。他寫旅人忽見水邊孔雀開屏，牠那徘徊四顧的神氣，儼然自憐其尾。孔雀長期未受人們的侵擾，與人相狎，所以儘管起初被行人的足步聲嚇了一跳，但看看行人又馬上鎮靜下來了，並沒有拖著長尾飛去。俞平伯說：「讀『驚』字略斷，句法曲折，寫孔雀姿態如生。譚獻評《詞辨》：『頓挫語似直下。驚字倒裝。』」（《唐宋詞選釋》）

〈南鄉子〉歌曲產生於唐代，唐崔令欽《教坊記》已錄其曲名。敦煌卷子內存有舞譜。宋、元、明南曲還能用越調唱〈南鄉子〉。清萬樹《詞律》記載了二十七字、二十八字、三十字和五十六字四體，歐陽炯這首詞用的是字數最少的一種。從押韻看，它先用平韻，後用仄韻，給人以音律變化之美。明湯顯祖本《花間集》評：「諸起句無一重複，而結語又有餘思」，十分難得。整首詞由於重視創造意境，景中有人，所以有以少勝多之妙。

（吳庚舜）

南鄉子　歐陽炯

路入南中，桄榔葉暗蓼花紅。兩岸人家微雨後，收紅豆，樹底纖纖抬素手。

花間詞人中，歐陽炯和李珣都有若干首吟詠南方風物的〈南鄉子〉詞，在題材、風格方面都給以描寫豔情為主的花間詞帶來一股清新的氣息。

「路入南中，桄榔葉暗蓼花紅」，頭兩句寫初入南中所見。桄榔（音同光郎）是南方特有的一種常綠喬木，形狀像棕櫚，葉子長在枝頭，為羽狀複葉。樹身很高大，所以一眼就能看到。蓼花雖非南國特有，但也以南方水鄉澤國為多，所謂「紅蓼花疏水國秋」（唐杜荀鶴〈題新雁〉）可證。桄榔樹葉深綠，故說「暗」。「桄榔葉暗蓼花紅」，一高一低，一綠一紅，一是葉一是花，一岸上一水邊，互相映襯，勾畫出了南中特有的風光，和它給予旅人的第一個鮮明印象。

「兩岸人家微雨後，收紅豆」，上兩句所寫的，還是靜物，這裡進一步寫到人物的活動。紅豆是相思樹的果實，這種樹是一種高大的常綠喬木。嶺南天熱，微雨過後，業已成熟的紅豆莢正待採摘，故有「兩岸人家微雨後，收紅豆」的描寫。這兩句將南中特有的物產和風習、人物活動糅合在一起，組成一幅典型的南中風情畫，透出濃郁的地域色彩和生活氣息。

「樹底纖纖抬素手」，採摘紅豆的，多是婦女，所以遠遠望去，但見兩岸人家近旁的相思樹下，時時隱現著紅妝女子的倩麗身影和她們的纖纖皓腕。這是南中風物的寫實。但這幅畫圖卻因為有了這一筆，整個兒地靈動起來了，顯現出了一種動人的風韻。紅豆又稱相思子。王維〈相思〉詩說：「紅豆生南國，春來發幾枝。願君多採擷，此物最相思。」這流傳眾口的詩篇無形中賦予這素手收紅豆的日常勞動以一種使人遐想的詩意美。面對這幅鮮麗而富於溫馨氣息的畫圖，呼吸著南國雨後的清新空氣，詞人的身心都有些陶醉了。〈南鄉子〉單調字數不到三十，格調比較輕快，結句的含蘊耐味顯得格外重要。歐陽炯的這首就是既形象鮮明如畫，又富於餘思的。（劉學鍇）

獻衷心　歐陽炯

見好花顏色，爭笑東風。雙臉上，晚妝同。閉小樓深閣，春景重重。三五夜，偏有恨，月明中！

情未已，信曾通。滿衣猶自染檀紅。恨不如雙燕，飛舞簾櫳。春欲暮，殘絮盡，柳條空。

歐陽炯詞自以詠南國風光的〈南鄉子〉為第一，其次便要數寫戀情的了。前人曾說在這方面他上承溫庭筠，下啟柳永（見李冰若《花間集評注》）。

歐陽炯是花間派詞人，他又為《花間集》寫過序，因而很自然地被目為花間派的代表作家之一。古人對花間詞褒貶不一，貶之者多，一言蔽之曰：寫了豔情。「豔情」二字本極籠統，它抹煞了健康和淫靡之分，這是一種誤解。對歐陽炯的〈花間集序〉也有誤解，把他描述前代歌筵之狀看作他在提倡靡靡之音，而忽略了他的批評之語，即「自南朝之宮體，扇北里之倡風。何止言之不文，所謂秀而不實」。歐詞四十餘首寫男女之情的占了大半部分，其中也有「言之不文，秀而不實」的詞，如〈浣溪沙〉「蘭麝細香」一首，但也有寫得真摯可人的，如這一首〈獻衷心〉。

詞寫深深之戀，頗有李商隱〈無題〉（相見時難別亦難）的韻味。李詩寫別後相思，希望有人傳書遞簡：「蓬山此去無多路，青鳥殷勤為探看。」歐詞則寫雖有青鳥傳信，卻仍不能相晤之苦。

作者表現這種纏綿悱惻之情，出以含蓄之筆，構思跳躍性較大，是其特徵。清鄭文焯說：「起首超忽而來，毫端神妙，不可思議。」（《花間集評注》引）「見好花顏色，爭笑東風。雙臉上，晚妝同。」這四句句無難字，字無僻義，寫的是女子貌美如花，其超忽處在忽見春花，忽生聯想，輕靈自然，比喻而兼有起興作用。需要思考的是誰在見？誰在想？如係女子，跡近自誇，讀來不免減色，所以突兀而起一句的主語是身為男子的抒情詩主人公。他在無邊的春色中看見在東風裡搖曳而色澤豔麗的花，就好像又一次目睹了自己所愛那位女子晚妝後的容顏。可惜一見之後，她孤處深閨，連春光（春景）也難以照射進去。他想像她和自己一樣別後不能重逢，一定十分痛苦。「三五夜，偏有恨，月明中。」農曆十五日夜，月亮圓了，清輝在地，按常情正是令人賞心悅目之際，可她卻偏有幽恨呵。這樣連用三個三字句便把女子月圓人不團圓的悲感和夜不成眠的苦況含蓄地寫出來了，堪稱神妙之筆。《花間集評注》說：「『三五夜』，『月明中』，忽加入『偏有恨』三字，奇絕。」

如果說上片是寫詞人眼中、心中的女子，那麼下片則是寫詞人自己的「偏有恨」和熱望獲得幸福生活之情了。從上片的描寫看，詞人確實是綿綿相思，不能自已。他雖然「信曾通」，但仍無緣相見，一個「曾」字寫出了時間之久，失望之大。「滿衣猶自染檀紅」是睹物傷懷，回憶往事。唐五代婦女塗口脣或暈眉喜用檀。韓偓〈余作探使以繚綾手帛子寄賀因而有詩〉說「檀口消來薄薄紅」。明湯顯祖評此詞專論檀紅說：「畫家七十二色中有檀色，淺赭所合，婦女暈眉色似之。唐人詩詞慣喜用此。」（湯評《花間集》）歐陽炯這句是說當日相晤，女子啼哭時檀紅染上了自己的衣服，而今卻只能空對啼痕了。想到這裡，他羨慕起自由自在任意飛翔的雙飛燕子：「恨不如雙燕，飛舞簾櫳。」歐陽炯〈賀明朝〉下片也說：「碧梧桐鎖深深院。誰料得兩情，何日教繾綣?羨春來雙燕，飛到玉樓，朝暮相見。」它可以移作「恨不如」二句的注釋。

最後三句「春欲暮，殘絮盡，柳條空」，以景語作結，把時光的流逝寫得愈具體，愈生動，愈能強化相思之情，也能給人以更多的回味。（吳庚舜）

江城子　歐陽炯

晚日金陵岸草平，落霞明，水無情。六代繁華，暗逐逝波聲。空有姑蘇臺上月，如西子鏡，照江城。

在詩歌中，懷古題材屢形篇詠，名篇佳作，層見迭出。但在詞裡，尤其是前期的小令裡，卻是屈指可數。這大概是因為，感慨興亡、俯仰今古的曲子詞不大適宜在「繡幌佳人……舉纖纖之玉指，拍按香檀」（歐陽炯〈花間集序〉）的場合演唱的緣故。正因為這樣，花間詞中歐陽炯等人的少量懷古詞，便顯得特別引人注目。

這是一首金陵懷古詞。憑弔的是六代繁華的消逝，寄寓的則是現實感慨。開頭三句點出憑弔之地六朝故都金陵和當地的物色。「晚日金陵岸草平，落霞明，水無情」，大處落墨，展現出日暮時分在浩蕩東去的大江、鮮豔明麗的落霞映襯下，金陵古城的全景。「岸草平」，顯出江面的空闊，也暗示時節正值江南草長的暮春；「落霞明」，襯出天宇的寥廓，也渲染出暮景的絢麗。整個境界，空闊而略帶寂寥，絢麗而略顯蒼茫，很容易引動人們今昔興衰之感。所以第三句就由眼前滔滔東去的江水興感，直接導入懷古。「水無情」三字，是全篇的樞紐，也是全篇的主句。它不但直啟「繁華暗逐逝波」，而且對上文的「岸草平」、「落霞明」和下文的「姑蘇臺上月」等景物描寫中所暗寓的歷史滄桑之感起著點醒的作用。這裡的「水」成為滾滾而去的歷史長河的一種象徵。「岸草平」、「落霞明」、「水無情」，三字一頓，句句用韻，顯得感慨深沉，聲情頓挫。

接下來「六代繁華，暗逐逝波聲」兩句，是對「水無情」的具體發揮。六代繁華，指的是建都在金陵（六朝時叫建業、建鄴或建康）的六個王朝的全部物質文明，和君臣們荒淫豪奢的生活。這一切，都已隨著歷史長河的滔滔逝波，一去不復返了。「暗逐」二字，自然超妙。它把眼前逐漸溶入暮色、伸向煙靄的長江逝波和意念中悄然流逝的歷史長河融為一體，用一個「暗」字綰結起來，並具有流逝於不知不覺間的意思。詞人在面對逝波，慨嘆六朝繁華的消逝時，似乎多少領悟到有某種不以人的主觀意志為轉移的力量在暗暗起作用的事實。這就把「水無情」的「無情」二字進一步具體化了。

「空有姑蘇臺上月，如西子鏡，照江城」，在詞人面對長江逝波沉思默想的過程中，絢麗的晚霞已經收斂隱沒，由東方升起的一輪圓月，正照臨著這座經歷了多次興衰的江城。姑蘇臺在蘇州西南，是吳王夫差和寵妃西施長夜作樂之地，是春秋時期豪華的建築之一。蘇州與金陵，兩地相隔；春秋與六朝，時代相懸。作者特意將月亮和姑蘇、西子聯繫起來，看來是要表達更深一層的意蘊。六代繁華消逝之前，歷史早已演出過吳宮荒淫、麋鹿遊於姑蘇臺的一幕。前車之覆，後車可鑑。但六代君臣卻依然重蹈亡吳的歷史悲劇。如今，那輪曾照姑蘇臺上歌舞的圓月，依然像西子當年的妝鏡一樣，照臨著這座歷盡滄桑的江城，但吳宮歌舞、江左繁華均逐逝波去盡，眼前的金陵古城，是否再要演出相似的一幕呢？「空有」二字，寓慨很深。這個結尾，跳出六代的範圍，放眼更悠遠的歷史，將全詞的意境拓廣加深了。

懷古詩詞一般只就眼前物色發抒今昔盛衰之慨。這首詞的內容意境尤為空靈，純從虛處唱嘆傳神。但由於關鍵處用「無情」、「暗逐」、「空有」等感情色彩很濃的詞語重筆勾勒，意蘊卻相當明朗。（劉學鍇）

春光好

歐陽炯

天初暖，日初長。好春光。萬匯此時皆得意，競芬芳。
筍迸苔錢嫩綠，花偎雪塢濃香。誰把金絲裁剪卻，掛斜陽？

歐陽炯的〈春光好〉，《唐五代詞》共輯九首，與《全唐詩》所錄相同。其中第九首（「蘋葉嫩，杏花明」）為和凝的作品，已見《花間集》，《全唐詩》誤收，《唐五代詞》又承其誤。不過除此之外，倒全是歐詞。這組歌詞寫於後蜀孟昶廣政三年（九四〇）《花間》結集、歐陽炯作序以後，所以不見於《花間集》。從第五首寫到「開宴錦江遊爛漫」來看，作品反映的是成都的風光和生活。

錦江之春很美，許多到過成都的唐代詩人都留下了頌揚它的篇章，如李白春遊這座名城說：「今來一登望，如上九天遊。」（〈登錦城散花樓〉）杜甫寫得更多，如「黃四娘家花滿蹊，千朵萬朵壓枝低。留連戲蝶時時舞，自在嬌鶯恰恰啼」（〈江畔獨步尋花七絕句〉其六），「曉看紅濕處，花重錦官城」（〈春夜喜雨〉）。「錦江春色來天地」（〈登樓〉）等，寫景如畫，膾炙人口。蜀中作者歐陽炯，生於斯，長於斯，對錦江之春，怎能不歌唱呢。此詞上下片皆寫錦城春光，詠調名本意，所不同的是上片寫總的印象，下片寫特定環境的春景。

發端以淡淡的筆墨點明時令：「天初暖，日初長。」成都四季分明，冬盡春始，景象不同。兩句寫春天來了，用兩「初」字，而且都是就感受著筆的。天初暖，寫氣候特徵；日初長，寫晝夜特徵。兩句看似平易，卻是詠早春的不可移易之語。大地經過沉睡的冬季之後蘇醒了。無邊的春色使詞人情不自禁地叫出一聲「好春光」。緊接著以「萬匯此時皆得意，競芬芳」來補充「好」字的內容。「萬匯」就是萬物，包括各種竹木花樹。它們新葉不同，顏色不同，花兒不同，在春風的吹拂下爭奇鬥豔，處處給人以競相比美之感。詞人先用一個「得意」，再用一個「競」字，像以濃墨重彩在表現熱鬧的春意。

下片寫園林春色，是特寫，是近景。一場春雨，竹林中新筍從點點如錢的綠苔地中迸發出來。第二句「花偎雪塢濃香」和首句「筍迸苔錢嫩綠」對仗，景致互相映襯，香色紛呈，更為突出。繁花，如綽約少女依偎著雪塢，濃香四溢。詞人在迷人春色中留連忘返，不覺到了黃昏。天空泛出彩霞，他舉目望去，柳絲夕陽，構成了天然畫圖，於是忽發奇想問道：「誰把金絲裁剪卻，掛斜陽？」「金絲」指柳條。春柳嫩葉初萌，色如金線，故白居易〈楊柳枝詞〉說：「一樹春風千萬枝，嫩於金色軟於絲。」均勻的柳絲，兩兩相對的柳葉，像天工剪裁而成。賀知章〈詠柳〉說：「碧玉妝成一樹高，萬條垂下綠絲絛。不知細葉誰裁出？二月春風似剪刀。」末二句人稱神來之筆，歐陽炯化用其意以寫早春園林夕照，創造了新的意境，餘味無窮。讀罷全詞，錦城春色已呈現在讀者眼前了。（吳庚舜）

清平樂 歐陽炯

春來階砌，春雨如絲細。春地滿飄紅杏蒂，春燕舞隨風勢。

春幡細縷春繒，春閨一點春燈。自是春心撩亂，非干春夢無憑。

這首〈清平樂〉八句竟用了十個「春」字，卻不使人感到彆扭，真可謂之奇文。

詩歌句句用同一個字，五代之前已有此體，如南朝名篇〈西洲曲〉中間十句連用七個「蓮」字，增添了全詩的韻味：「開門郎不至，出門採紅蓮。採蓮南塘秋，蓮花過人頭。低頭弄蓮子，蓮子青如水。置蓮懷袖中，蓮心徹底紅。憶郎郎不至，仰首望飛鴻。」作家對此手法自然樂於借鑑，從陶淵明的〈止酒〉到張若虛的〈春江花月夜〉，它們的重複給了人多少美感。歐陽炯正是接受了這一傳統來寫〈清平樂〉的。

這首〈清平樂〉的「春」字看似重複，實則頗富變化。詞中的「春」、「春雨」、「春地」、「春燕」、「春幡」、「春繒」、「春閨」、「春燈」、「春心」、「春夢」，可以說是小同而大異的事物了。文學是語言的藝術，作家用它們為表現閨思渲染了春的氣息。

上片寫深閨外的春色。「春來階砌，春雨如絲細」，第一個「春」字，指春天。階砌，為屋基的階沿，蜀中一般用青磚或青石、紅沙石砌成，下為陽溝以承屋簷上的雨水。階砌本身是反映不出季節變化的，但磚石縫隙間生的草春綠秋黃，能使人產生換季之感，所以杜甫〈蜀相〉詩說：「映階碧草自春色。」這第一句寫的春天來了就是由物候變化給人的印象。春天多小雨，杜甫在成都寫的〈春夜喜雨〉不是也說「好雨知時節，當春乃發生。隨風潛入夜，潤物細無聲」麼？歐陽炯寫的不是夜雨，所以能夠看到雨細如絲。這座庭院還種有花木，從閨中往外望，透過雨簾只見滿地是飄落的杏花。「春地滿飄紅杏蒂」雖未寫樹而庭樹自見，雖未寫風而春風搖動青枝綠葉的情景已攝入畫面，而且從杏花開落又點出了春深。緊接下去寫春燕在雨中忙碌：「春燕舞隨風勢。」這一筆把閨外春光烘托得更熱鬧了，從而也反襯出閨中的寂寞。燕歸人未歸，能不引起思婦內心深處感情的波濤？

下片轉入表現閨婦的生活和春愁。「春幡細縷春繒，春閨一點春燈」，寫的是閨中夜景。春幡，春旗。古代風俗於立春日懸掛春幡作為春天來了的象徵。也有用絲織品做成小旗插在頭上或樹上以示迎春。繒（音同增），絲織品的總稱。春繒等於說春紗，指做春旗的薄而細的絲織品。這兩句是說在閨中的燈下放著為迎接立春日而精心製作的小春旗，它原是等待丈夫歸家後插在鬢邊出外遊春的，誰知丈夫沒有歸來，至今已是杏花飄的時節還閒置在那裡，無心收拾。兩句仍似寫景，可它是閨婦眼中之景，是她獨坐所伴之物。最後兩句描寫了她在等待中的矛盾心情：「自是春心繚亂，非干春夢無憑。」原來她做了個好夢，夢見她心愛的人回來了，卻是毫無憑準。類此者已不止一次了，於是她悟到，不是「春夢無憑」，而是自己「春心繚亂」，想得太多太好了。歐陽炯就是這樣以不結為結，給人們留下了想像的餘地。他雖用了一連串的「春」字，卻不是遊戲文字。詩裡有此體，詞裡也欠此體不得。（吳庚舜）

定風波　歐陽炯

暖日閒窗映碧紗，小池春水浸晴霞。數樹海棠紅欲盡，爭忍，玉閨深掩過年華。獨憑繡床方寸亂，腸斷，淚珠穿破臉邊花。鄰舍女郎相借問，音信，教人羞道未還家。

這首詞，寫的是一位被遺棄的女子的悲哀，由於狀物抒情頗具特點，使一個傳統的主題變得那樣扣人心弦，充分體現了藝術的力量。

詞的前二句，我們即可體會到詞人雕字琢詞的功力。「暖日閒窗映碧紗」，「閒」字用得十分傳神。窗外沒有鳥鳴蟲吟，窗內沒有笑語歡聲，所以說「閒」；如用「晴窗」、「明窗」等語，便是俗筆。這兩句寫的是美景，也是靜景，而詞人於此想要凸出的乃是一種靜極無聊的氛圍，因為對一個愁腸百結的人來說，靜就是最大的折磨。第三句仍是寫景，但已經帶上了象徵意義。晚春時節，海棠花即將凋謝，預示著女主人的青春將逝。由於有這一句的過渡，就使下面的抒情變得十分自然。面對著豔麗動人而又即將凋謝的海棠花，怎麼還能忍受空守閨房、虛擲年華的痛苦呢？情感表露得十分真切率直，這就是所謂的質樸。清況周頤評價歐陽炯詞為「豔而質」（《歷代詞人考略》），於此可見。這種「質」，實是吸取了民歌的養料。

詞的下闋可分為兩個層次，前三句描摹了她極度哀痛的形象。孤單單地靠在繡床邊，心亂如麻，愁腸欲斷。

「淚珠穿破臉邊花」，臉邊花確指何物，無從細考。但指古代婦女的臉部化妝，則是大體不差的。自南朝以降，婦女臉部化妝花樣繁多，有的臉上敷燕支（胭脂），如梁簡文帝蕭綱所云「分妝間淺靨，繞臉傳斜紅」（〈豔歌篇十八韻〉）；有的臉上塗抹點點黃色，稱「黃星靨」，如南北朝庾信所云「靨上星稀，黃中月落」（〈鏡賦〉）。臉邊花蓋亦不外此類。後三句刻畫了她渴望丈夫歸來的心理。鄰家女伴問起丈夫的音信，要說他還未回家，實在是有些難堪的。這種心情非常真實，也是最讓人同情的。詞人能夠抓住女主人公這樣的一種心理特徵，可說是寫出了人物的神韻。

與歐陽炯的其他詞的濃豔風格不同，這首詞顯得淡雅淒婉，清況周頤評價此詞，用了「淡妝西子，肌骨傾城」等語（《歷代詞人考略》），自是中肯之論。（胡中行）

女冠子 歐陽炯

薄妝桃臉。滿面縱橫花靨。豔情多。綬帶盤金縷，輕裙透碧羅。含羞眉乍斂，微語笑相和。「不會頻偷眼，意如何。」

歐陽炯是一位比較典型的花間詞人，而他的這首〈女冠子〉，雖未收入《花間集》中，卻是一首典型的花間詞。

「薄妝桃臉」，全詞不作任何鋪墊，主人公直接躍入場中。桃臉，意指女子如花般的容顏。所謂「桃花臉薄難藏淚，柳葉眉長易覺愁」（韓偓〈復偶見三絕〉其二），用桃花形容人面，乃是古人慣常的做法。桃面而施淡妝，愈見人之美，而同時亦見出她對自己容顏之自信。「滿面縱橫花靨」，這裡的花靨指的乃是臉上的一種裝飾。段成式《酉陽雜俎》卷八：「近代妝尚靨，如射月，曰黃星靨。靨鈿之名，蓋自吳孫和鄧夫人也。和寵夫人，嘗醉舞如意，誤傷鄧頰，血流，嬌婉彌苦。命太醫合藥，醫言得白獺髓，雜玉與琥珀屑，當滅痕。和以百金購得白獺，乃合膏。琥珀太多，及愈，痕不滅，左頰有赤點如誌。視之，更益甚妍也。諸婢欲要寵者，皆以丹青點頰，而進幸焉。」又云：「今婦人面飾用花子，起自昭容上官氏所製，以掩黥跡。大曆以前，士大夫妻多妒悍者，婢妾小不如意，輒印面，故有月黥、錢黥。」可知貼靨飾不僅是當時一種流行的做法，而且在某種意義上還具有一種邀寵的味道。滿面縱橫花靨，只怕不是什麼溫婉一類的女子了。所以下文作者索性直言：「豔情多。」這女子不但貌美如花，而且本來就是多情之人啊！一句「豔情多」，不僅不覺諷刺，反而為她添上了幾分真誠和率直。熱烈多情的人哪有不好美的呢？知道了這一點，前面的「滿面縱橫花靨」也就不覺其過分了。

下面的一句從容顏寫到衣裝。「綬帶盤金縷」，綬帶，即衣帶。金縷，這裡當指金色的絲線。衣帶上盤以金線，明豔之餘，愈顯華美。不大好理解的是下一句，「輕裙透碧羅」，「碧羅」到底是指何物呢？它和「輕裙」到底是兩物還是一物呢？如按上文，「金縷」盤於「綬帶」之上，二物則似兩物而實一物。按此推理，下面的「輕裙」和「碧羅」很可能也是一回事，即「輕裙」本身便是由「碧羅」構成，「輕裙」即是「碧羅裙」。如按此理解，這句話的意思就變成了：「碧羅輕裙的顏色，從裡面透出來了。」筆者的意見，比較傾向於將「碧羅」和「輕裙」理解成兩物。「輕裙」乃是淺色的外裙，而「碧羅」製成的，當是裡面的襯裙一類衣物。晉馬縞《中華古今注》「襯裙」條下：「古之前制，衣裳相連。至周文王，令女人服裙。裙上加翟衣，皆以絹為之。始皇元年，宮人令服五色花羅裙，至今禮席有短裙焉。襯裙，隋大業中，煬帝制五色夾纈花羅裙，以賜宮人及百僚母妻。又制單絲羅，以為花籠裙，常侍宴供奉宮人所服。後又於裙上剪絲鳳綴於縫上，取象古之褕翟。至開元中猶有制焉。」唐人本有穿多重裙子的習慣，故透出來的，應該是裡面的碧羅襯裙。所謂的「輕裙」，是指很輕的裙子。王建〈鞦韆詞〉有云：「身輕裙薄易生力，雙手向空如鳥翼。」可見，輕裙的特點是利於行動。身著輕裙，這很符合女主人公活潑好動的本性。而金、碧之設色，又寫出了女郎的青春豔冶。

「含羞眉乍斂，微語笑相和」，下面又寫到了女郎的動作。無論怎樣「豔情多」，害羞畢竟是女兒家的天性。由於受到了別人的注視，女郎不禁有些害羞起來。「眉乍斂」，她似乎由羞而氣了，一下子皺起了眉頭。但這種不快一閃即逝，女郎隨即就笑了起來，開始和看她的人對起話來了。唐人作詞，最會透過對眉目進行描寫，來傳達人物的情緒。如韋莊幾首〈女冠子〉中的句子，「忍淚佯低面，含羞半斂眉」；「依舊桃花面，頻低柳葉眉」等等，都是透過描寫人物的眉目來表達人物的內心，可謂「傳神寫照，正在阿堵之中」（語出《晉書．顧愷之傳》）。而歐陽炯對這種技巧運用的高明之處，乃在於他不僅透過一次眉收眉放寫出了內心的活動，更借此體現出了她的性格。一個「乍」字，寫出了女主人公情緒的來去之快，更見出了她的胸無城府和真率。

細微的動作固然能反映人物的性格，但最能體現女郎性格的，卻還是她的語言：「不會頻偷眼，意如何。」這句話承上面的「微語笑相和」而來，是姑娘向她的注視者所說的話：「我可不會暗地裡眉目傳情。你有何想法？何不直說？」一切簡單直接，姑娘的熱情大膽，一下子躍然紙上。

按〈女冠子〉的本題，它本該是吟詠女道士。但透過閱讀分析，我們卻無論如何不能將這樣一位主人公和一般純粹的女道士畫上等號。歐陽炯所寫的，乃是比較純粹的豔情，但他卻透過賦予主人公一種坦白真率的性格，讓我們覺得這首詞雖豔而不俗。詞中所描寫的姑娘對於美麗和愛情的直接而熱烈的追求，使得我們即使在千載之下，依然可以想見唐人的精神風貌。而在藝術形式上，歐陽炯的這種在詞中引用主人公話語作結的創作方式，在當時亦不多見。這樣的一首詞，即使是今天的讀者讀起來，大概也會稱奇不止吧！（劉競飛）

孫光憲

【作者小傳】（八九六？～九六八）字孟文，自號葆光子，陵州貴平（今四川仁壽）人。曾為陵州判官。後唐明宗天成初（九二六）避地江陵，事荊南三世。累官檢校祕書少監兼御史中丞。歸宋後，授黃州刺史。《花間集》稱孫少監。性嗜經籍，聚書凡數千卷，校勘鈔寫，老而不輟。著有筆記《北夢瑣言》。詞存八十四首，風格與「花間」的浮豔、綺靡有所不同。劉毓盤輯入《唐五代宋遼金元名家詞集六十種》中。又有王國維輯《孫中丞詞》一卷。

浣溪沙　孫光憲

蓼岸風多橘柚香，江邊一望楚天長。片帆煙際閃孤光。
目送征鴻飛杳杳，思隨流水去茫茫。蘭紅波碧憶瀟湘。

孫光憲的詞作，《花間集》和《尊前集》存錄凡八十四首，是唐五代詞人中存詞最多者。他寫了十九首〈浣溪沙〉，這首是其中較好的抒情詞。此作的抒情特點，不是直抒胸臆，而是借寫景之筆，來抒發熾熱的惜別留戀之情。從詞中描寫的景象看，此是作者在荊南做官時所寫，描繪的是長江兩岸深秋時節的景色，一種特定的典型環境。

首句是寫主人公送別親人時，在江岸上看到的喜人景象。蓼花盛開，清風徐徐，傳來陣陣橘柚撲鼻的芳馨。在這蓼花爭妍、橘柚成熟的季節，與親人團聚，品嚐蜜橘甜柚，該是多麼美好！然而，此時此刻，親人卻突然離別而去，這實在令人感到惋惜。令人喜悅的景象，只寫一句，在剎那之間，便轉入抒發惜別之情，這種構思，恰到好處。否則，過多地描寫喜悅景色，便會沖淡惜別之情，改變詞作的基調。

第二句「一望」二字，頗能傳神，表現了主人公頃刻之間由喜悅變為憂愁的神態。第三句在構思上，緊承第二句。在寫景上，與第二句構成不可或缺的完整畫圖。第二句描寫的是高遠清廓的「楚天」。第三句描寫客人乘坐小船，孤身隻影，在煙水迷漫的江流中飄盪。天上地面，景色淒清一片。江邊船上，感情密切相連。柳永說「多情自古傷離別」（〈雨霖鈴〉），的確道出了天下有情人共同的心理。僅看「片帆煙際」四字，可以說是一幅優美的風景畫。配上「閃孤光」三字，就突然改變了詞句的感情色彩，給人一種孤寂淒涼之感，寫景與抒情結合得相當完美，有渾然一體之妙。李白「孤帆遠影碧空盡，唯見長江天際流」（〈黃鶴樓送孟浩然之廣陵〉）的詩句，洋溢著對友人深厚的惜別情誼，千百年來膾炙人口。孫詞與之有異曲同工之妙。

此詞在抒情上，採用的是遞增法，層層深化，愈轉愈深。過片兩句惜別留戀之情達到高潮。上句是寫目送，下句是寫心隨，構思新穎巧妙，對仗工整，意境深遠，確是風流千古的名詞。這兩句採用象徵手法，以「目送征鴻」遠去，象徵依依不捨地送別親人；以「思隨流水」，象徵心跟著親人遠去。藝術表現上相當成功。結句似深情目送遠帆時的默默祝願：遠去的人啊，翌年紅蘭盛開、江水碧波如染時，您當思念這美麗的地方而重來會晤。遙與「蓼岸風多橘柚香」首尾呼應，寫出了瀟湘美景，筆觸又飽含深情。整首詞句句寫景，又句句含情，充滿詩情畫意，堪稱佳作。（陸永品）

浣溪沙 孫光憲

半踏長裾宛約行，晚簾疏處見分明。此時堪恨昧平生。

早是銷魂殘燭影，更愁聞著品絃聲。杳無消息若為情！

好一幅疏簾仕女圖！風度婀娜，儀態優雅，猶如出自周昉手筆。晚妝初過，姍姍而行，長裙曳地，步履盈盈，從竹簾稀處現出窈窕身姿。這模樣，當是詞人親眼所見，故印象極深。

「晚簾疏處見分明」者，是說起先在竹簾掩映下隱約可見，不無遺憾；直到行至竹簾疏處，才見個分明，活脫脫地表現出簾外人神情的專注，內心的嚮往和勃發的喜悅。雖說是「見分明」，終因這一簾之隔而產生一種距離感。這美好的形象，卻是可望而不可即，終隔一層，所謂「盈盈一水間，脈脈不得語」（〈古詩十九首．迢迢牽牛星〉）！又正因為終隔一層，愈覺其美好，隔簾花影，愈見出朦朧迷離之致。這便是「隔」在美感上的作用。

詞人處於此情此境，難免有咫尺天涯之恨，不禁從心中呼出：「此時堪恨昧平生！」在那時候啊，真控制不住自己的感情，真想去親近她啊，只恨素昧平生，欲識無緣！在一、二句歷歷如繪的形象描寫之後，「此時」二字，濃縮了多少一見鍾情的複雜感受，真是不如休見，不見也罷，見了又怎奈何這一腔柔情。從「此時」二字也可看出，一、二句所寫是事後的追憶。這短暫的一幕，已經深深地印在心中，無法忘懷了。

過片仍在玩味著對昔日的回憶。身影搖曳，那是她在閃爍的燭光下深夜獨坐，見了已經叫人黯然神傷；樂聲錚錚，那是她在撥軸調絃，漫不經心地品琴，聽了更令人無端惆悵。這裡寫偷窺身影，暗聽琴聲，可以想見迷戀之情。用「殘燭」「品絃」四字，寫坐至夜深，琴心淒楚，細膩地刻畫了對方心事重重的苦悶和自己體貼入微的憐惜。「早是……更……」的遞進句式，又加重了語氣，增添了當時無限傾慕和回憶時百般嘆惋的感情濃度。李義山詩云「對影聞聲已可憐」（〈碧城三首〉其二），又云「已聞珮響知腰細，更辨絃聲覺指纖」（〈楚宮二首〉其二），可與孫詞參讀。

最後一句折回，寫眼前的嘆恨：「杳無消息若為情！」昔日情事，早已風流雲散，別後更蹤跡難尋。怎奈往事歷歷可思，又如何忍受這縈懷繞夢、欲罷不能的綿綿情思呢！

〈浣溪沙〉是小令中比較簡單樸素的形式，最宜於以清淡之筆作素描式的抒寫。「掃除膩粉呈風骨，褪卻紅衣學淡妝」（魯迅〈蓮蓬人〉），這首抒情小詞，正有此淡妝之美。在工筆重彩、姹紫嫣紅的花間詞中，像一枝香遠益清的亭亭玉蓮，別具風姿。

「三隻腳」的〈浣溪沙〉，不易寫好。俞平伯在《清真詞釋》中說：「兩腳一組，一腳一組，兩腳易穩故易工，一腳難穩故難工，不用氣力似收煞不住，用大氣力便軼出題外。或通體停勻，或輕重相參，要之欹側之調以停勻為歸耳。」這自是甘苦之言，指迷之論。孫光憲的這一首，上、下片都是用前兩句描繪當時情景，後一句以唱嘆法抒情。正可謂輕重相參，通體勻稱，堪為模楷。其寫情細膩，造語自然，更值得翫索。（孫映逵）

風流子　孫光憲

茅舍槿籬溪曲，雞犬自南自北。菰葉長，水葓開，門外春波漲淥。聽織，聲促，軋軋鳴梭穿屋。

孫光憲這首小令，是描寫田園、村舍風光的佳作，生活氣息頗濃，能給人耳目一新之感。它不是以警句取勝，而是以新穎的題材和巧妙的構思顯示出它整體的美。

這首詞的結構，可以分成三個層次。開頭兩句是第一個層次。村民居住的茅舍坐落在一條潺潺溪流的彎曲處，周圍栽著槿樹，形成了嚴密的屏障。雞犬之聲，時斷時續，從茅舍的南邊和北邊傳來。作者用槿籬與溪曲，裝點了茅舍的優美環境，並捕捉了農村的特徵——雞犬之聲，使人感到一種和平生活的氣氛。

「菰葉長，水葓開，門外春波漲淥」三句，是第二個層次，描繪了茅舍周圍使人留戀的景色。菰，俗稱茭白，嫩莖可作美味的菜。菰米可以煮食。水葓即葒草，花呈白色或粉紅色，可供觀賞。這三句構成了絢麗多彩的景象：水邊的茭白葉子，長得又嫩又大；水花兒爭媚鬥豔，滿塘盛開；池塘裡碧波蕩漾，春意盎然。其中「漲」字用得極妙，表明剛下過一場大雨，積蓄了滿滿蕩蕩的一池春水。

「聽織，聲促，軋軋鳴梭穿屋。」這三句是最後一個層次，也是作者比較用心的構思。茅舍之外，儘管看不見那忙於織布的農家婦女的形象，可是「軋軋鳴梭」的急促的織布聲，卻從房屋裡傳到了外邊。「聲促」的

「促」字，用得恰到好處，說明了那織布的婦女，在辛勤地緊張地勞動著。

這首詞緊緊地圍繞著茅舍，展開了構思和布局。整首詞嚴謹完整，質樸自然，色彩鮮明。讀完此作，好像使人真切地看到了一幅有聲有色的美麗的農村圖畫。那茅舍所在的秀麗環境，農家婦女急促的織布聲，都能給人留下深刻的印象。這是作者對田園、村舍風光的真實反映。

作者作為花間派詞人，能夠突破豔麗柔靡的詞風的束縛，純粹採用白描的手法，寫出這樣樸素明暢、輕快活潑、通俗易懂、別具一格的詞作，這是非常可貴的。誠如李冰若《花間集評注》所言：「《花間集》中忽有此淡樸詠田家耕織之詞，誠為異采。蓋詞境至此，已擴放多矣。」（陸永品）

竹枝

孫光憲

門前春水（竹枝）白蘋花（女兒），岸上無人（竹枝）小艇斜（女兒）。
商女經過（竹枝）江欲暮（女兒），散抛殘食（竹枝）飼神鴉（女兒）。

唐時〈竹枝〉乃民歌，流行於今川東及兩湖的長江流域，聲情優美。文人受其感染，相繼仿作的，中唐有顧況、劉禹錫、白居易，五代有孫光憲等。唐時民間〈竹枝〉不傳，從文人仿作，可推測其內容主要有二，一是愛情（尤其女性），二是風土。又可推測其體制有二，一為七言二句，一為七言四句。還可推測其聲調特徵，一是拗格，二是和聲。拗格聲情激越，乃民歌天籟。和聲本是助諧和之聲，後演為唱和之聲，或在句中，或在句尾，有聲有義。此皆讀〈竹枝詞〉不可不知。孫光憲仕荊南（五代時十國之一，建都荊州），地處〈竹枝〉流風布韻之中心，其所作此詞，雖無取拗格，但保存和聲，已不失民歌之體。而意境幽美，既深得民歌之神理，又獨具自己之特色，確為佳作。

「門前春水（竹枝）白蘋花（女兒）」，門前春水，一頓。和聲「竹枝」繼之。春水指長江，並點春季。歌唱者之家門既在江上，則歌者為江上之人。這樣，此詞便有道地民歌之妙，而且可付民間傳唱（如劉禹錫那樣）。這又是此詞得體處之一。儘管此詞樂譜已佚，但和聲辭在，吟誦之際，猶可體會悠揚其聲之美，悠長其辭之妙。白蘋花，不但春色如畫，而且暗逗一股幽美淒約之騷韻，使人聯想到《楚辭．湘夫人》：「登白蘋兮騁望。」

句尾和聲「女兒」，與句中和聲「竹枝」押韻，同正文之韻相輔相成，吟誦和聲，便愈發增添此詞風情搖曳之美。

「岸上無人（竹枝）小艇斜（女兒）」，岸上無人，可見荒江寂寂。春水白而荒寂無人，美好的境象再次透出淒迷的意味。下半歌句，小艇斜繫江畔，加倍點染荒江之寂寞。

「商女經過（竹枝）江欲暮（女兒）」。此時，一位商女乘著江舟過來了。商女就是商人女眷，其先或是歌妓出身，嫁作商人婦，隨商船經過。此時江天遍佈蒼茫暮色。

「散拋殘食（竹枝）飼神鴉（女兒）」，寂寂江上，商女把吃剩的食物，拋向空中。這是為啥？有下半歌句作答，原來是飼神鴉。神鴉是什麼？杜甫〈過洞庭湖〉詩，有「迎櫂舞神鴉」之句，宋范致明《岳陽風土記》載：「巴陵鴉甚多，土人謂之神，無敢弋者。」清仇兆鰲《杜詩詳註》並謂神鴉飛舞舟上，船上人投之以食，神鴉接之空中，「無不巧中」。荒江，暮色，商女，神鴉，詞境以此收束，極幽眇淒迷之致。仔細玩味，還是可以體會其意。神鴉的求食於人，商女的生計依人，實在並無二致。因此，商女飼食神鴉，似乎是入鄉隨俗、若不經意。可是試設身處地體會之，商女此時未必不生起一份憐神鴉亦即自憐的含情。因之，結尾和聲「女兒」，其聲情幽怨不盡亦可知。

此詞獨到之處，在於把詞體之特美與民歌之神理融為一體。詞中以春江遲暮的荒寂背景，描寫商女神鴉的偶然小事，從而隱隱透露商女身世不諧的難言苦衷，意境確乎極詞體要眇宜修之致，甚而不無幽渺荒誕的色彩。明徐士俊語評此詞：「偶然小事，寫得幽誕。」（明卓人月《古今詞統》卷二引）是個準確的評論。同時，此詞背景為長江，主角為女性，體裁為〈竹枝〉，又深得民歌之神理。民歌之神理與詞體之特美融為一體，這就是孫光憲此詞的戛戛獨造之妙。（鄧小軍）

思帝鄉

孫光憲

如何？遣情情更多！永日水堂簾下，斂羞蛾。六幅羅裙窣地，微行曳碧波。看盡滿池疏雨，打團荷。

人們在生活中，總不免會遇到悲痛傷心的事。有時愈是企圖甩掉它，忘記它，卻愈是不可能，情思縈繞，不能自已。此時此刻，耳聞目睹，觸處生愁，令人更增悲傷。這首〈思帝鄉〉詞就是寫一位女子在這種情形之下的百結愁腸。

詞的開頭突兀而起：為什麼啊，想排遣心中的怨情，但怨情反而更多更濃了！「永日水堂簾下，斂羞蛾」，深沉悲傷的情緒，長時間地折磨著她。她徘徊於水堂簾下，整日眉峰顰蹙，滿面愁容。怎樣排遣愁苦之情呢？於是她走出水堂，到外面去散散心。她的六褶綠色羅裙，一直拖到地面上（「窣」音同「素」。窣地：拂地），隨著她的款款而行，裙褶飄動，好像碧波蕩漾。然而，呈現在她面前的卻是滿池清圓的荷葉，被稀疏的雨點拍打著，其狀顫搖，其聲零亂，似乎象徵著她此時的心境，越想排遣就越招煩惱。「看盡」二字寫歷時之久，「滿池」二字寫無處不然，愁悶之纏人，可謂「無計相迴避」（范仲淹〈御街行〉）。

此詞緊緊圍繞「遣情」二字展開。遣情，遣不了，反而「情更多」了。「永日」（整日）沉浸在痛苦中，不能擺脫。但她想竭力擺脫它，於是出外散步。結果觸景傷情，在心中引起更大的傷感。一首小詞一波三折，跌宕生姿，將女子感情的起伏變化，曲曲傳出。清陳廷焯評孫光憲詞「氣骨甚遒」，然「少閒婉之致」（《白雨齋詞話》），而此詞運其清健之筆，表現深婉之情，顯豁而又含蓄，直快而又婉曲，在孫詞中別開生面。（王錫九）

上行杯　孫光憲

離棹逡巡欲動。臨極浦，故人相送。去住心情知不共。

金船滿捧。綺羅愁，絲管咽。迴別，帆影滅。江浪如雪。

這首詞是寫與故人相別的情景，純用白描的手法，從「極浦送別」寫到帆影消失在「浪如雪」的碧江中，把去者和住者依依惜別的真摯感情，十分細膩地表現了出來。清王闓運說孫詞寫「常語常景，自然風采」（《湘綺樓評詞》），這首詞正也體現了這一藝術特色。

詞先是概括地寫「故人相送」的地點和心情。「離棹」，指載著人離別的那艘船；「逡巡」，形容欲行又止的情狀；「極浦」，指遙遠的水邊。原來「離棹逡巡欲動」的原因，是故人趕來相送，那無窮的離愁，不盡的祝願，依依難捨的心情，都在這裡得到了生動的表現。「去住心情知不共」一語，在結構上說，既是上半部分的結句，又是下半部分的過渡。從傳達手法來說，它是語常而意新，語淺而意深，一下鼓起了欣賞者想像的翅膀，飛入更為廣闊、更為深邃的境界。去者此時此刻不免有「此地一為別，孤蓬萬里征」（李白〈送友人〉）之感；而住者則自然而然地要在內心裡發出「春草明年綠，王孫歸不歸」（王維〈山中送別〉）的疑問。這句話寫的是常景常情，但它所包含的意義和韻味，大大地超出了它的語言框架，值得我們去思索和玩味。

下面三句是鋪敘宴別時的情景，是「故人相送」的具體描繪。後三句是寫住者佇立凝望的神情，是依依惜別的形象刻畫。「金船」，是盛酒的器皿。宋葉廷珪《海錄碎事》云：「金舡（船），酒器中之大者。」「綺羅」，是指穿著綺羅的美人，詞人〈酒泉子〉的「綺羅心，魂夢隔」，就是指美人的心。「絲管」，是弦樂器和管樂器的合稱，這裡是指音樂或演奏音樂的歌妓。這三句話概括起來的意思是：故人舉行豐盛的惜別宴會，捧著滿斟的大杯的酒，向去者表示美好的祝願。然而別易會難，聚少離多，在這「連理分枝鸞失伴，又是一場離散」（〈清平樂〉）的時候，那穿著綺羅的美人，怎麼不「歌袖半遮眉黛慘，淚珠旋滴衣襟」（〈何滿子〉）呢？那奏著絲管的美人，又怎麼不發出「輕別離，甘拋擲，江上滿帆風疾」（〈謁金門〉。以上所引，皆為孫光憲詞）的感嘆呢？這一個「愁」字，一個「咽」字，把「住者」黯然魂銷的心情形象地表現了出來。

「迴別，帆影滅。江浪如雪」，是以景語總結全詞。一句一韻，一韻一頓，如此讀來，就將她那佇立極浦，目送征帆，一直看到帆影消失在浩渺的煙波之中，但見江上的浪濤捲起千堆雪，而她還在佇立凝思時的種種神情心事，婉曲傳出。這情景很容易聯想起李白〈金鄉送韋八之西京〉的「望望不見君，連山起煙霧」和〈黃鶴樓送孟浩然之廣陵〉的「孤帆遠影碧空盡，唯見長江天際流」。他們都是用同一機杼，構造出一個餘味無窮的意境，不言情而情自見，不言愁而愁自深。不過李白寫的是當時當地的真實生活，是實寫；而孫光憲在這裡所寫的是想像，是想到「揮手自茲去」（李白〈送友人〉）以後，故人的一往情深，不忍遽別，佇立極浦，如痴如醉的情狀，是虛寫。以實寫虛，或者以虛寫實，都是含蓄美最常見、最一般的表現手法。它寫的現象是具體的，是有限的；但它輻射出來的內涵卻是抽象的、無限的，耐人深思、耐人咀嚼的。近人吳梅《詞學通論》認為「孟文（孫光憲）之沉鬱處，可與李後主並美。」這首詞下片的沉鬱，上片的俊逸，確實是不容易達到的藝術境界。

（羊春秋）

謁金門 孫光憲

留不得！留得也應無益。白紵春衫如雪色，揚州初去日。

輕別離，甘拋擲，江上滿帆風疾。卻羨彩鴛三十六，孤鸞還一隻。

這首詞通首作獨白語氣，有說是寫遊子漂泊之感的，有說是代閨人抒寫怨情的。細玩詞意，當以後說為是。這類表現相思別恨的閨怨題材，在詞裡已屬習見，而這首詞在藝術手法上卻頗有特色。

詞一開頭就是突如其來的兩句話：「留不得！留得也應無益。」令人摸不著頭腦。然而這話中卻分明暗示著一個富於情節性的離別場景：一方挽留無效，戀戀不捨；一方去意已定，沒有多少迴旋餘地。恰如南朝樂府〈那呵灘〉其四、其五所寫的，這一個雖「願得篙櫓折，交郎到頭還」，那一個卻「篙折當更覓，櫓折當更安」，怎樣也留不得的。這兩句語意似重複而實有微妙區別，「留不得」是說對方不可留，「留得也應無益」是說自己也不願強留，這樣退一步、分兩層說來，就把當時離別的情事烘托得更加細緻入微。同時活畫出回味那一段不是滋味的往事時，女主人公無奈而惱亂的情態。清劉熙載論詞說：「大抵起句非漸引即頓入，其妙在筆未到而氣已吞。」（《藝概》卷四）這裡即屬頓入手法，一開始就以豐富的情節性吸引住讀者。

這兩句怨意極深，語氣堅決，像要與對方一刀兩斷似的。然而在反覆其言中，已暗自流露出「休即未能休」（敦煌曲子詞〈菩薩蠻〉）的意態。所以，以下兩句從情事說是承上兩句敘寫那人去日的情況，感情色彩卻大不同，來了個一百八十度的大轉彎，語氣變得十分溫柔了。她不但把那人初去揚州的日子記得清楚，連他的穿著打扮也記得如此分明。「春衫」是輕巧稱身的，既言「白紵」又譬之「雪色」，乃極形其光澤奪目。三、四句是倒裝。「白紵」句來得很突兀，要讀到「揚州初去日」，聯繫前文「留不得」，方知寫的是何人。這樣倒置卻使那「春衫」給人的印象更為鮮明深刻，增強了表達效果。不直接寫人而寫衣，是選取富有特徵的局部代指全體。這樣做，不但能啟發讀者積極的聯想，在簡短的篇幅內顯示高度濃縮的內容；而且也符合人物心理的真實。因為經過時間的篩選，人們記憶中往往只殘存著一些最為鮮明生動的細節印象，而他們也往往透過那不可磨滅的細節印象回憶過去的一切。「白紵春衫如雪色」這個特寫鏡頭的形象語言極其豐富，不僅一個翩翩少年儼在，而且還顯示出這樣的內容：那是個柳暗花明的春天，這少年的去處又是繁華的揚州。則被他拋撇的人兒的心情便可想而知。

過片三句緊承上意，寫那人掛帆東下，忍心拋下自己而去了。「江上滿帆風疾」雖是個客觀描寫的句子，卻含「怨歸去得疾」（元王實甫《西廂記．長亭送別》）的主觀色彩。展現的正是「去年下揚州，相送黃鶴樓。眼看帆去遠，心逐江水流」（李白〈江夏行〉）同樣的情景，而更為含蓄。所以明湯顯祖評道：「滿帆風，吹不上離人小舡，今南調中最膾炙人口。只此數語，已足該括之矣。」（湯評《花間集》）「輕別離，甘拋擲」，則照應「留不得」二句，指責那人薄情狠心，語氣又峻急起來。而結尾兩句又有所緩解：「卻羨彩鴛三十六，孤鸞還一隻。」羨鴛鴦成雙成對，嘆自己如孤鸞一隻，則愛他之情還是很深的。說彩鴛成雙不夠，還要說「三十六」，脫胎於古樂府《相和曲．雞鳴》「鴛鴦七十二，羅列自成行」，乃極言美滿姻緣之多。說孤鸞不夠，還要強調「一隻」，乃極言自己之不幸。不明寫「悲悽」而寫「羨」，怨意卻透過「還」字含蓄表出，言有盡而意無窮。

王國維說：「詩之境闊，詞之言長。」（《人間詞話》）這首詞與李白〈江夏行〉情事相近，又同屬代言體，但詩的篇幅較長，敘事具體，許多生活情景都直接展現；而詞體短小，運用了頓入、突接、比興等手段，由簡短的獨白顯示出豐富的情事，是它的一個特點。這首詞有許多過情語，如「留不得」二句，「輕別離」二句，把話說到了盡頭。但「辭愈說盡而情愈無窮」，「正因為愛他的情太深，所以怨他的情就更切，於是說出的話即使是冤枉他，也顧不得了，就把怨他的情盡量地傾吐出來。這種寫法可謂體貼入微，又極其自然」（劉永濟〈略談詞家抒情的幾種方式〉），是這首詞的又一個特點。（周嘯天）

漁歌子 孫光憲

泛流螢，明又滅，夜涼水冷東灣闊。風浩浩，笛寥寥，萬頃金波澄澈。
杜若洲，香郁烈，一聲宿雁霜時節。經霅水，過松江，盡屬儂家風月。

這首詞寫湖州（浙江吳興）秋夜裡的太湖景色，是作者歸宋以後的作品。

湖州瀕臨太湖南端，有東、西二苕水匯成的水經過，注入太湖，以風光秀麗、盛產魚米而馳名。唐肅宗時高士張志和，在這裡寫出了著名的〈漁歌子〉五首（見《尊前集》），對這裡的自然風物的描寫，為後人廣泛傳誦。孫光憲這首詞對太湖的風光作了更廣闊的描繪。開頭兩句先從所看到的湖邊夜景寫起：「泛流螢，明又滅」，「泛」字表明了流螢之多，螢火點點，忽明忽滅，顯出了湖邊的幽靜。「夜涼水冷」承首句而來，暗示出已經到了深秋。「東灣闊」，是指水入湖處的遼闊水面。接下去從聽到的、看到的兩方面，對湖上夜景加以摹寫：「風浩浩，笛寥寥，萬頃金波澄澈。」在蕭蕭的秋風裡，從遠處傳來了淒清的笛聲，浩瀚清澄的湖水，在月下翻動著金色的波浪。蕭蕭的風聲，淒清的笛聲，聲聲入耳，越顯出湖邊的寂靜，眼前展現的是一望無垠的湖光，構成了氣象萬千的畫面。這時候的詞人在想些什麼呢？他也許什麼也不想，他忘卻了人間的一切榮辱是非，神情蕭散，沉醉在這種如畫的境地裡。

下闋再從聞到的、聽到的兩方面描寫湖上的景物：「杜若洲，香郁烈」，這兩句是從屈原《九歌．湘君》「採芳洲兮杜若，將以遺兮下女」化來。洲上的杜若草散發出濃烈的香氣，透過夜風的陣陣傳送，格外沁人心脾。他寫的是實景，也許還有懷念故人的情意。他正在凝想之際，長空裡傳來了宿雁的叫聲。「霜時節」點明了時令已到深秋。他從多方面領略了湖上風光之後，不由得產生了一種豪興，在歇拍裡抒發出來：「經霅（音同札）水，過松江，盡屬儂家風月。」經過霅水，穿過松江，圍繞太湖的大片美好風光，都是屬於自家的了。蘇軾《東坡志林．臨皋閒題》云：「江山風月，本無常主，閒者便是主人。」歇拍是對湖上風光的高度讚賞，同時也表現出他的開闊而閒適的情懷。

孫光憲在花間詞中脂粉氣是比較澹薄的，這首〈漁歌子〉是以寫景為主，景中透情，而且寫的是夜景。他從目所能見、耳所能聽、鼻所能嗅的幾個方面，寫出了湖上秋夜的優美風光，有動景、靜景，有色、有聲、有味，構成了氣象宏偉包含萬有的畫面，造語雄勁，氣韻深厚，詞人的思想感情透過景物的描寫，隨處閃現。在歇拍裡，直抒胸懷，頗有豪氣。讀了這首詞，很容易聯想起蘇東坡的〈念奴嬌．赤壁懷古〉、張孝祥的〈念奴嬌．過洞庭〉。當然，由於時代和個人遭遇的不同，孫詞沒有達到蘇、張的高度，但從詞風上看，是一脈相承的。明湯顯祖對本首詞的評語是：「竟奪了張志和、張季鷹坐位，忒覺狠些。」（湯評《花間集》）他參透了其中的意境。

（李廷先）

清平樂　孫光憲

愁腸欲斷，正是青春半。連理分枝鸞失伴，又是一場離散。
掩鏡無語眉低，思隨芳草萋萋。憑仗東風吹夢，與郎終日東西。

詞相對於詩的一大優勢，乃在於其可以更加靈活地運用各種不同的句式，這不僅使得詞具有更多變的韻律形式，同時也更便於作者對讀者的閱讀節奏進行掌控。

「愁腸欲斷，正是青春半。連理分枝鸞失伴，又是一場離散。」憂愁之深，乃使人柔腸欲斷。而又當早春已逝，仲春之時。愁緣何而起？皆因連理分枝，鸞鳥失伴，在有限的生命當中，又遭遇了一次無奈的離散。上片的幾句，極寫一個「愁」字，既寫明了憂愁之深，又交代了憂愁的緣起，在句意上一句承一句，一句接一句，上句每設一事，下句即緊跟著對其進行回應或修飾，所用雖都是平常之語，既無四六對仗之精，又無律詩頓挫之力，但讀來卻使人感受到一種流動之美。這種流動之美產生的根源，從心理上來說，乃是由於文學作品的構製和讀者的心理預期高度一致而造成的。正由於讀者的閱讀可以不受阻礙地沿著自己預期的方向順利進行，故而可以獲得一種類似於直抒胸臆的快感。

正因憂愁深重，故在詞的上片裡，孫光憲採用了一種流水式的抒情方式，一覽無餘地展現了這種分離之苦。而到了下片，這種抒情方式卻有所節制。

「掩鏡無語眉低」，具有實體性的主人公的出現，使得上文的浩嘆式的傷感稍稍受到了阻滯。上文對於分別的感慨和無奈到這裡演變成了具體的動作。所謂「女為悅己者容」，相悅者既已分別，我還「有什麼心情花兒、靨兒，打扮得嬌嬌滴滴的媚」（元王實甫《西廂記．長亭送別》）呢？「掩鏡無語」，活脫寫出女子的愁容倦態，而「眉低」二字，卻又使人不由自主地猜想起女子那「才下眉頭，卻上心頭」（李清照〈一剪梅〉）的心中事了。

「思隨芳草萋萋」，所謂「王孫遊兮不歸，春草生兮萋萋」（《楚辭．招隱士》），她現在的思緒，早已經隨著那離去的人兒，遠至於萬里之外了。「無論君不歸，君歸芳已歇。」（南朝謝朓〈王孫遊〉）如今春天已經過完了一半。季節的輪轉如此迅速，人的生命豈不更是如此？不要說你現在還未歸來，就算是歸來，你看到的，還會是青春年華的我麼？

可是現實的殘酷之處，便在於它不會因人的意志而改變。縱使是千種相思，縱使是萬般不捨，縱使是肝腸寸裂，縱使是骨銷身殘，分別也還是分別，離去的人兒也不會回到你的身邊。萬般無奈之中，只好寄託於夢境了。「憑仗東風吹夢，與郎終日東西。」希望東風相助，將我這一縷夢魂，吹到我那思念的郎君身旁，伴隨著他東西奔走，到那時，我們便真的是「只有相隨無別離」（呂本中〈采桑子〉）了！「南風知我意，吹夢到西洲」（南朝〈西洲曲〉），「願為西南風，長逝入君懷」（曹植〈七哀詩〉），只因為這同樣無法實現的深深一願，作者讓我們看到了人生的無盡悲哀。（劉競飛）

思越人 孫光憲

古臺平，芳草遠，館娃宮外春深。翠黛空留千載恨，教人何處相尋？
綺羅無復當時事，露花點滴香淚。惆悵遙天橫淥水，鴛鴦對對飛起。

這是一首詠史懷古詞。孫光憲詞作見《花間集》六十一首，稍次於溫庭筠的六十六首，另見《尊前集》二十三首，在唐五代詞人中數量僅亞於馮延巳的百二十六首，是唐五代一位重要的詞人。詹安泰《讀詞偶記》言：「花間詞派，孫孟文是一大家，與溫、韋可鼎足而立，《花間集》錄孫作特多，不為無故。」

《思越人》是詞牌名，清《欽定詞譜》卷九介紹說：「調見《花間集》。孫光憲詞『館娃宮外春深』，又『魂銷目斷西子』，張泌詞『越波堤下長橋』，俱詠西子事，故名《思越人》，與《鷓鴣天》詞別名《思越人》者不同。」可見是詠嘆西施往事，抒發懷古幽情之作。

詞的上片即景生情，透過今日姑蘇臺、館娃宮的蕭冷荒落，生起圍繞今昔興廢的空茫渺遠和悵怨無奈的悲慨之情。

古臺即姑蘇臺，因在蘇州姑蘇山上得名，言為吳王夫差築成，宋范成大《吳郡志》卷十五：「姑蘇山，一名姑胥，一名姑餘，連橫山之北，古臺在其上。」館娃宮是吳王夫差為西施所造宮名，在蘇州靈岩山，吳人呼美女為娃，館有寓居、止息義，館娃宮即允陳美女之宮。揆以《越絕書》與《吳越春秋》記載的吳越爭霸故事，兩處並為豪奢華麗之地，窮歡極樂之所，興衰鼎替，時過境遷，遂為牽惹騷人墨客感今悼昔、嗟嘆憑弔之場。從來多有吟誦。例如李白名篇〈蘇臺覽古〉云：「舊苑荒臺楊柳新，菱歌清唱不勝春。只今唯有西江月，曾照吳王宮裡人。」。

開頭三句是說，古臺傾頹圮廢，芳草披離蔓遠，古舊的遺址湮沒在無情的荒落裡，曾經無限風光、惹人無限遐想的姑蘇臺、館娃宮盡是蕭疏冷寂——這是一個被拋卻的世界，在這個世界之外，偏趁著繁複盎然的濃郁春光。「芳草」意象經常在古典詩詞裡興託愁思，青青香草，固然生意盎然，但是榮枯萎謝，循環往復，連同那個燦爛鬱勃的春光，逗引起的卻是人生的無常，人世的滄桑，和人心的落寞。「芳草」和「春深」在此處是一種欣慰又無情的感觸，何止無情，分明有恨，君不見「斷腸芳草遠」（朱淑真〈謁金門〉），君不見「城春草木深」（杜甫〈春望〉），當「芳草」和「春深」自顧自的永恆自足逼出人事的凋敝衰敗，悲慨也借觸目而升騰彌漫起來。值得注意的是「平」、「遠」、「深」都是開張平闊的狀態，很有力地推助著把悲慨愁思延展開來。

翠黛本是女子用青黑色的顏料畫眉，常用來借代美女，這裡指西施。這兩句由西施舊事感發茫渺恨怨之情。之前三句渲染氛圍，此兩句意由象起，情感事發，生出深切的感慨。西施更多的時候在唐人的筆下被這樣詠嘆：既不是指為紅顏禍水譴責撻伐，也不是當作至美姣娃觀賞褻玩，而是混合了她身上引發的家國興亡之思和個體託寄之慨。前者著眼西施身上「復國」又「亡國」的矛盾張力，探求個人在無法把控的歷史運動中透露出的無常、無奈、無情、迷惘、脆弱、感傷以及古今興替的滄桑感慨，同時西施作為一個美麗又悲劇的生命，寄託了人們對美的痴迷和悲悼，這樣一個混合了「暴力」和「柔美」的符號每每在詠史懷古中登場，饒人思量，引人共鳴。正如詞中說到，綿延千載的恨怨，徒然讓人深思，卻又無從追索，但是這裡邊的無常、無奈、無情、迷惘、脆弱、感傷以及種種滄桑感慨的況味卻是清晰而濃重的。

詞的下片感慨往事成空，結尾歸於以雙襯單，以適意圓滿反襯恨怨缺憾，更把惆悵哀傷推向深永。

綺羅是華貴的絲織品，也常指穿著綺羅的名姝美女，還借指繁華的生活，總之帶著華靡浮豔的調子，「綺羅無復當時事」是說往事成空，繁華消歇，曾經的風流和熱鬧，都如夢似幻地流去了，再不能回復。這一句深渺的感慨之後，詞人的視點落在一個細部：沾淋露水的鮮花和香豔的清淚。「露花」和「香淚」其實是並置的兩個意象，由「點滴」綰連，在讀者的意緒裡生成一種唯美而淒婉的曖昧聯想：花瓣上的清露一滴一滴的好似哀豔的眼淚，或者那個如花的美人滴下香淚，畢竟花和人交融起來，只是讓我們感到美而哀傷的意味。「露花」在古典詩詞裡還有露水義，喻短暫，這裡不見得有這個意思，但也不妨帶給我們更豐富的心理暗示。

最後兩句是一個闊大的視域，「遙天」猶長空，「淥水」是清澈的水。兩者皆空闊清朗，明淨疏冷，面對這樣的境物，雖云惆悵，卻帶著一點爽利明快，而「鴛鴦對對飛起」更是健舉清麗的畫面，「鴛鴦」古稱「匹鳥」，寓意成雙合配而適意圓滿，經常反襯一種孤寂、殘缺、憾恨，但是透出此景此境的「惆悵」不再是百轉千迴的糾結，也不是沉鬱頓挫的矛盾，反倒是一個乾淨利落的告慰。前人論孫光憲詞，清陳廷焯《白雨齋詞話》說「孫孟文詞，氣骨甚遒，措語亦多警鍊」，陳弘治更是形象地說「溫詞煙水迷離，韋詞風光蕩漾，而孫詞乃涼秋晴月」（《唐五代詞研究》），我想在這結尾句可以略窺出消息。

全詞由景起，終於情，兼及議論，景致如前所云，多取開朗平闊之景，議論抒情也就相應的清晰明快。開端用「平」「遠」「深」這種帶給我們開張廣闊的情態語，把蘊藉和反襯在這裡邊的冷寂落寞的情緒延展、彌漫開來，「千載恨」「何處相尋」，湧起了濃厚的悲慨；「綺羅」「露花」「香淚」一般印象的「當時事」一去不返，又在悲慨的同時帶給人一絲迷醉，在興亡的冷硬中散發出些許柔媚旖旎，最後在「遙天」「淥水」的參照中，深化了惆悵的容量和幅度，深沉而長久。我們能夠想見，詞人置身蔓草荒臺，身後是有恨的繁華，眼前是無情的風物，心頭是對古今人事的喟嘆傷慨，情景合融，怨杳思深。

另外從這首小詞也可以略微縮影出孫光憲詞作的一般特色，例如題材不局囿於「花間派」裁紅剪翠、歌兒舞女的藩籬；詞作的結構多是由景開始由情感發抒作結；景境的取擷多選廣闊的視野；情感的表達多是明快流利等等。這確實是一首給人留下深刻印象的優秀詞作。（張旭）

和凝

【作者小傳】（八九八～九五五）字成績，鄆州須昌（今山東東平）人。年十七，舉明經，十九歲登進士第。歷事梁、唐、晉、漢、周五代，累官中書侍郎同中書門下平章事、太子太傅。好為短歌豔曲，布於汴、洛，契丹號為曲子相公。著有《紅葉稿》，不傳。詞存二十八首。今有王國維輯《紅葉稿詞》一卷。

天仙子　和凝

洞口春紅飛簌簌，仙子含愁眉黛綠。阮郎何事不歸來？懶燒金，慵篆玉，流水桃花空斷續。

宋人黃昇在《唐宋諸賢絕妙詞選》中指出：「唐詞多緣題所賦，〈臨江仙〉則言仙事，〈女冠子〉則述道情，〈河瀆神〉則詠祠廟，大概不失本題之意。」這首詞也是依調名本意而寫，詞中的女主角正是一位「天仙」，也就是傳說劉晨、阮肇在浙江天台山所遇之仙女。據南朝宋劉義慶《幽明錄》所述：東漢明帝時，浙江剡縣人劉晨、阮肇共入天台山取穀皮，迷路，經十餘日，饑餒殆死，遙望山上有一桃樹，登山啖桃，饑止體充。下山，在一大溪邊遇二女子，姿質妙絕。隨至其家，留半年。還鄉後，邑屋改異，無復相識，子孫已歷七世。這是一個極富幻想色彩的美好的故事，而這首詞又可視作這一故事的餘韻，是想像劉、阮別去後山中仙子的纏綿繾綣的相思之情。

和凝的〈天仙子〉詞有兩首，這是第二首。第一首是：「柳色披衫金縷鳳，纖手輕拈紅豆弄。翠蛾雙斂正含情，桃花洞，瑤臺夢，一片春愁誰與共？」這第二首詞即緊承第一首的末句，進一步寫這位仙子的無人與共的「春愁」，而她的春愁是與離恨交織在一起的。

這首詞共六句，點睛之筆是第三句：「阮郎何事不歸來？」這是一句懷人情切而又明知仙凡路隔、郎君歸來無望的獨白，也是一句無可奈何的詰問之辭。上一句「仙子含愁眉黛綠」和下兩句「懶燒金，慵篆玉」，都歸因於這一句，圍繞這一句而寫。眉黛含愁句推出詞中主角，並與第一首的翠蛾含情句遙相呼應；「燒金」、「篆玉」指道家的煉丹、書符，司空圖〈送道者二首〉其二有「殷勤不為學燒金，道侶唯應識此心」句。只因阮郎不歸來，這位身披金縷衣、手拈相思豆的仙子，始而「含情」，繼而「含愁」，終而連修煉也無心了。其春愁和離恨是步步深化的。劉、阮上天台的傳說與牛郎遇織女之類的神話一樣，無非寄美好的幻想於另一世界，希冀透過仙、凡的結合，實現在塵世永遠實現不了的願望。這首詞則從對面著筆，揭示在非復人間的洞天福地中卻原來也得不到這種愛情和幸福。詞中仙子所為之魂牽夢縈的正是人間的戀情。這一戀情的得而復失，竟使她身在仙境而如坐愁城，深深為相思所苦。劉、阮故事本身是從凡人對仙遇的嚮往運思，這一首詞是從天仙對塵緣的眷戀落想，兩者的會合點則是人間天上對愛情與幸福的永恆追求。

在寫法上，這首詞是以景語起調，以景語結拍。起句「洞口春紅飛簌簌」與結句「流水桃花空斷續」，首尾相應，都是借落花之景來烘染氛圍、襯映詞情，並以之象喻這一仙、凡相戀的不幸結局。這首尾兩句托出了一個特定的境界，對全詞來說兼有因景見情、融情入景及以景烘情之妙，是與中間四句合為一體的。起句以「洞口」二字點明這是洞天仙境，以「春紅」二字顯示這是陽春季節。這上半句四個字描繪的正是第一首詞中的「桃花洞」，而句末的「飛簌簌」三字則把這一桃花洞染上一層淒迷色彩，既與第一首末句的「一片春愁」暗相拍合，也為本首次句所寫的「仙子含愁」安排了一個合適的背景。結句以「流水桃花」四字寫劉、阮所見的桃樹和溪流，這正是仙子最難忘的與劉、阮相遇之地，而全句的意境則與南唐李煜〈浪淘沙令〉詞「流水落花春去也，天上人間」兩句相似。作為一個以景結情的句子，它不脫不粘，宕出遠神。句中的一個「空」字，與杜甫〈蜀相〉詩「隔葉黃鸝空好音」句中的「空」字異曲同工；這一個字，說明落紅飄流，春事已空，也說明這場仙、凡間的戀愛如第一首詞所說，只是瑤臺一夢，而今回首成空了。

劉、阮上天台的故事是詩詞中常見的題材。韋莊的〈天仙子〉「金似衣裳玉似身，眼如秋水鬢如雲，霞裙月帔一群群。來洞口，望煙分，劉阮不歸春日曛」，與和凝的這首詞所寫情事相似；皇甫松的〈天仙子〉「晴野鷺鷥飛一隻，水葓花發秋江碧。劉郎此日別天仙，登綺席，淚珠滴。十二晚峰青歷歷」寫的是這首詞的上一幕場景。晚唐的曹唐更曾以〈劉晨阮肇遊天台〉〈劉阮洞中遇仙子〉〈仙子送劉阮出洞〉〈仙子洞中有懷劉阮〉〈劉阮再到天台不復見仙子〉為題，寫了五首遊仙詩；其最後一首則是這首詞的下一幕場景。從這些詩詞，可看到作家們各憑想像對這一傳說故事的補充發展。（陳邦炎）

春光好 和凝

蘋葉軟，杏花明，畫船輕。雙浴鴛鴦出綠汀，棹歌聲。

春水無風無浪，春天半雨半晴。紅粉相隨南浦晚，幾含情。

這首〈春光好〉是寫景的小令，詠調名本意。

詞中以輕快的筆觸，鮮明的色澤，描繪了一幅充滿江南情調的春水泛舟圖。上片勾畫具體景物，從不同的角度來點染畫面。開頭三句，寫蘋葉，寫杏花，寫畫船，是從景物給人的感受這個角度下筆的。水面上的蘋草，長出了翠嫩的新葉，給人以柔軟的感覺；岸邊的杏花，一簇簇，一樹樹，在陽光下格外炫眼奪目，給人以明亮的感覺；春潮水漲，畫船在碧波上微微蕩漾，給人以輕盈的感覺。一個「軟」字，一個「明」字，一個「輕」字，看似信筆拈來，毫不著力，但十分準確地寫出了當時的實景實感。接下來兩句，寫從綠水中出浴的鴛鴦，成雙結對地戲遊，是目之所見——從視覺感受的角度下筆；寫畫船上划槳的人兒，唱起了悠揚的歌聲，是耳之所聞——從聽覺感受的角度下筆。它們給明媚的春光平添了盎然的生意和活躍的氣氛。

上片猶如一組近鏡頭，作景物特寫，用的是實筆；下片猶如一組遠鏡頭，對畫面進行擴展，用的是虛寫。「春水無風無浪」，一眼望去，水面上風平浪靜，微波不興，這就為上面描繪的景物延伸出更為寬廣的背景，開闊了讀者的視野。「春天半雨半晴」，進一步從平靜的水面寫到多變的天空，一會兒「水光瀲灩」，一會兒

「雨絲風片」，這又給上面展現出的畫面抹上了變幻不定的色彩，從而引起讀者的聯想。這兩句，總寫江南春季的特點，具有濃厚的水鄉風味。最後，作者又給這幅美不勝收的風景畫特地添上了人物：傍晚時分，一對男女戀人正在水邊送別，雖然聽不見他們纏綿的話語，但卻能感覺到那個女子脈脈含情的神態。這裡的「紅粉」借指女子，「南浦」借指送別的水邊。南朝江淹〈別賦〉的名句「送君南浦，傷如之何」，寫的是送別時的感傷。這裡的送別場面，則是作為整個畫面的一部分出現的，它賦予自然景物以愉悅的生活氣息，使人讀來油然產生一種「人在畫圖中」的藝術感受。

王國維說過：「一切景語，皆情語也。」（《人間詞話》）這首詞透過充滿活力的自然景物描繪，讚美了江南的大好春光，表現了作者對生活的熱愛，感情的基調是明快的，健康的。作者善於把握自然景物的特徵，從不同角度準確地表達自己的感受，寥寥數筆便勾勒出一幅賞心悅目的風景畫面，在藝術上是相當成功的。俞陛雲《五代詞選釋》評價它說：「前半寫煙波畫船，見春光之好；後言浪靜風微，乍晴乍雨，確是江南風景，絕好惠崇之圖畫也。」對這首詞的藝術特色作了很好的概括。（劉德重）

江城子（其二）　和凝

初夜含嬌入洞房，理殘妝，柳眉長。翡翠屏中，親爇玉爐香。

整頓金鈿呼小玉，排紅燭，待潘郎。

和凝〈江城子〉組詞共五首，這是第一首。就敘事而言，組詞常被視為一個連續敘事的故事，清人陳廷焯便標舉這組詞的「章法清晰」，稱之為「後人聯章之祖」（《詞則．閒情集》卷一）。就情感的表達而言，組詞因其寫情之細膩繾綣而被近人吳梅譽為「言情者之祖」（《詞學通論》）。

這首詞中描繪的是一位新婚之夜嬌羞等待的女子形象。作者並沒有透過對女子容貌、裝束、服飾等細節刻畫呈現女子鳳冠霞帔、姿容婉麗的鮮妍形象，而是避開了靜態描摹，換為以動態來展現新娘的心理。詞的起始三句「初夜含嬌入洞房，理殘妝，柳眉長」，刻畫女子神情意態。女子嬌態動人進入洞房，忽看到妝容不整，故急忙重理殘妝，細細描眉。所謂女為悅己者容，這一描寫將女子在情郎到來前的緊張心理生動刻劃了出來，她希望郎君看到自己最美麗的姿態，於是精心妝扮，不容有失。「翡翠屏中，親爇（音同弱）玉爐香」二句，描寫補妝後，女子又來到翡翠圍屏後，親自點燃玉爐中的香料，為洞房增添了一層溫馨的氣息。翡翠屏、玉爐香等名物亦象徵著她華貴閒雅的生活。閨房物事的點綴烘托出溫馨甜蜜的氛圍，暗示男女間的濃情蜜意，渲染出新婚夜柔情繾綣的綿綿情思。結尾三句「整頓金鈿呼小玉，排紅燭，待潘郎」，寫女子整理金鈿頭飾，並喚來侍女，點燃一排紅燭，靜待俊美情郎到來的情景。

相較前代，唐人詩詞中女性描寫手法漸趨多樣化，作家尤其在描寫女性日常生活中鮮活的動態、隱微的情思等方面各逞其技，驅遣語詞，使女性描寫大放光彩。我們可以看到女性在蓮塘中拍水嬉戲、在春野中戴花踏青，或是在春日下刺繡鴛鴦，其動態的美被定格於唐代詩詞中。還可看到女子們向月私語、對花嘆息、含笑不語、對鏡自賞等描寫，體現了作家展露女性內心世界的藝術表現力。以上述人物描寫特點來衡量，這首詞就是一個極好的例子。動態的細緻描摹使這首詞生色不少。作者在短短的八句中採擷了「入」「理」「爇」「整頓」「呼」「排」「待」等動詞嵌入其中，用詞熨帖、纖細無遺、流暢明快，把一位舉止嫻雅、儀態萬方、性情婉順的女性形象寫得神情畢肖、栩栩欲活。不僅如此，動詞的運用更形象暗示了女子在新婚初夜的心理狀態。其嬌羞理妝、精心描眉、整頓金鈿、焚香爇燭的行為，無不是她在郎君到來前竊自期盼、喜悅難掩之心理的真實流露。

這首詞在描寫手法上，以細針密縷的動態描寫來表現人物的情感世界，含蓄表露了女性在兩性情愛中不自覺的主動意識，這對古典詩詞女性描寫的技巧無疑是一種豐富。這是詞作最大的藝術亮點。（劉燕歌）

江城子（其二、其三）　和凝

竹裡風生月上門。理秦箏，對雲屏。輕撥朱絃，恐亂馬嘶聲。含恨含嬌獨自語：今夜約，太遲生！

斗轉星移玉漏頻。已三更，對棲鶯。歷歷花間，似有馬蹄聲。含笑整衣開繡戶，斜斂手，下階迎。

以長於寫短歌豔詞而被稱為「曲子相公」的和凝，共寫有〈江城子〉五首。五首詞，內容相連續，以一位女性為主角，敘述她與情人約會在夜間相見的整個過程，從第一首的「排紅燭，待潘郎」，直寫到第五首的「天已明」，「期後會」。上面是這一組詞的第二、第三首，攝取的是這次約會的中間一段，也是情節有轉折、感情有起伏的一段。所寫時間是從月上中天到夜已三更，所寫情事是所約之人起初遲遲未來，最後終於到來。

前一首由寫景入手。起句的上半「竹裡風生」，寫從竹叢中傳來的風聲，是所聞；下半「月上門」，寫門戶上映射的月光，是所見。而風聲之由戶外進入耳中，暗示人已靜；寫月亮升高照到門上，點明夜已深。這樣，詞的一開頭就給人以夜深人靜之感。接下來的四句則從戶外寫到戶內，從景色寫到人物，從人物的動作展現其期待之狀、煩悶之情。「理秦箏，對雲屏」兩句，寫詞中的女主角在傾聽風聲、凝望月色之際，一心等待情人到來而遲遲不見其來，既焦急，又無聊，只有面對雲屏、試調秦箏來打發時間，排遣愁悶。宋趙師秀在〈約客〉詩中所寫的「有約不來過夜半，閒敲棋子落燈花」，與此情事相似。但趙詩寫的只是一般朋友的約會；這兩句詞寫男女間的約會，等待的一方又是多情善感的女性，其心理當然更加複雜，更加微妙。下面「輕撥朱絃，恐亂馬嘶聲」兩句，就進而揭示詞中人的內心活動。清況周頤《餐櫻廡詞話》稱讚這兩句「熨帖入微，似乎人人意中所有，卻未經前人道過，寫出柔情蜜意，真質而不涉尖纖」。在整首詞中，這兩句確是值得著重拈出的傳神入妙之筆，確是細膩而真切地寫出了一位少女的「柔情蜜意」。結拍「含恨含嬌獨自語：今夜約，太遲生」三句，則以獨白方式表達了其人的怨情，使人如聞其喃喃自語之聲，如見其怨恨嬌憨之態。

後一首緊承前一首。起兩句從時間的推移下筆，寫斗轉星移，玉漏頻催，已由「月上門」到三更天了。第三句「對棲鶯」，則把詞筆再轉向這位詞中的女主角。這一句與前首「對雲屏」一句遙相呼應，說明詞中人的視線已由一面雲母屏風移到業已棲息的黃鶯。當她獨對雲屏時，其孤寂無聊之狀是可以想見的；這時，她已獨坐到三更，其對棲鶯而觸發的情思也是可以推知的。她會由夜鶯都已棲息聯想到自己還不能與所期待的「潘郎」相會，而有感於人不如鳥。她的遐思可以是無邊無際的，她的怨情也看似無窮無盡。但下面「歷歷花間，似有馬蹄聲」兩句，卻一下子打破了靜夜的沉悶空氣，掃去了她心頭的重重愁雲，成為全詞的起伏、轉折之點。這兩句與前首「輕撥朱絃，恐亂馬嘶聲」兩句遙相扣合，說明她在「理秦箏，對雲屏」之際固然在傾聽著馬聲，到夜已三更、愁對棲鶯時還是在傾聽著馬聲。此刻，從花間小路上似乎分明傳來了她一直盼望的聲音。最後「含笑整衣開繡戶，斜斂手，下階迎」三句就急轉直下，以欣喜開戶，下階相迎結束了大半夜的盼望和等待。這結拍三句與前首結拍三句形成對比，把詞中人感情的變化，把詞中人忽恨忽笑、先愁後喜的神態寫活了。

這兩首詞不僅所寫內容緊相銜接，在謀篇上也有意識地在同一位置用同樣字眼，使其前後照應，兩相綰合。前首的「對雲屏」與後首的「對棲鴛」同是第三句，同用一個「對」字起句。前首的「恐亂馬嘶聲」與後首的「似有馬蹄聲」同是第五句，同用「聲」字作韻腳。前首的「含恨」與後首的「含笑」同用在歇拍三句之首，一恨一笑成對照，卻同用一個「含」字。這些安排，俱見作者匠心，使前、後首所述情事銜接更緊密，對照更鮮明。

（陳邦炎）

江城子（其五） 和凝

帳裡鴛鴦交頸情，恨雞聲，天已明。愁見街前，還是說歸程。臨上馬時期後會，待梅綻，月初生。

這首詞是一幅栩栩如生的清晨別夫圖。首句「帳裡鴛鴦交頸情」概括夫妻如膠似漆、琴瑟甚篤的纏綿深情，略去了喁喁私語、互傾衷曲等細節描寫，而以「恨雞聲，天已明」襯托一對鴛侶熱戀不捨的心情。聞雞聲而生恨，怎奈天已微明，無力阻攔，字句中隱含無限依戀。接著鏡頭轉向街前，「愁見街前，還是說歸程」，著一「愁」字，概括離思縈懷，簡練而有力度。執手相對、絮絮私語、萬般叮嚀的儷影，未別先說歸程，人未分開，相思已起，顯得離愁愈重。真是新鮮的寫法。末尾三句，設想下次相約的情景：「臨上馬時期後會，待梅綻，月初生。」男子臨上馬時，女子與其相約下次見面的時間，是那梅花開放，桂魄初升之時。這三句清新婉麗、境界幽夐，細品起來，餘味無窮。「梅綻」「月生」的意象，象徵著女子內心對廝守的美好嚮往純潔如月下梅花般粉潔無纖、晶瑩剔透，堅貞如梅花般傲寒而開。對聚首的浪漫暢想，使綿綿的情思延宕開來，令人心馳神往。

這首詞最能體現作者創造性想像力的地方便是構思穎異。敘事手法可謂戛戛獨造。作者巧妙地以鏡頭的組合推進敘事，時而帳中，時而街前，時而月下梅開，造成如同影像中「蒙太奇」般的效果。抒情亦新奇，描寫分別，但詞中未曾言別，而只「說歸程」「期後會」，更想像相會情景，使濃郁的離愁化為美好相會的期待，以此種特別的方式渲染男女深情。在同類題材的作品中，這首詞不落窠臼，自出機杼，堪稱上乘之作。

和凝擅長短歌豔曲，在當世享有「曲子相公」之美譽。這組詞作描寫男女纏綿情感，細膩入微，情境鮮活。作者並未使作品墮入俗豔狎褻一格，而是以別致的構思、精細的描摹，恰切尖新、熨帖入微地傳達男女情感，給人以清新之感，體現出其對此類題材的嫻熟把握。由此觀之，「曲子相公」之號他當之無愧。李冰若《栩莊漫記》稱和凝詞「有清秀處，有富豔處」，〈江城子〉其一「初夜含嬌入洞房」富豔，這首清秀，實乃代表和凝詞風的佳作。（劉燕歌）

薄命女 和凝

天欲曉，宮漏穿花聲繚繞，窗裡星光少。
冷霧寒侵帳額，殘月光沉樹杪。夢斷錦幃空悄悄。強起愁眉小。

〈薄命女〉，按《花間集》及《御選歷代詩餘》等書標注，又名〈長命女〉，或又稱〈西河長命女〉〈長命西河女〉〈長命女令〉等。宋王灼《碧雞漫志》引《脞說》云：「張紅紅者，大曆初隨父丐食，過將軍韋青所居，青納為姬，自傳其藝，穎悟絕倫。有樂工取〈西河長命女〉加減節奏，頗有新聲。未進間，先歌於青。青令紅紅潛聽，以小豆數合記其拍。給云：『女弟子久歌此，非新曲也。』隔屏奏之，一聲不失。樂工大驚，請與相見，嘆伏不已。兼云：『有一聲不穩，今已正矣。』尋達上聽，召入宜春院，寵澤隆異，宮中號『記曲小娘子』。」又云：「按此曲起開元以前，大曆間，樂工加減節奏，紅紅又正一聲而已。《花間集》和凝有〈長命女〉曲，偽蜀李珣《瓊瑤集》亦有之，句讀各異，然皆今曲子，不知孰為古製林鐘羽並大曆加減者。近世有〈長命女令〉，前七拍，後九拍，屬仙呂調。宮調、句讀並非舊曲。又別出大石調〈西河〉，慢聲犯正平，極奇古。蓋〈西河長命女〉本林鐘羽，而近世所分二曲，在仙呂、正平兩調，亦羽調也。」可知此曲至少在所謂的「盛唐」之前便已產生。而在此後的流傳過程中，此曲又不斷地被加工改編，產生了諸多的變體，以至於到了王灼的時代，人們已經無法說清該曲的原有面目了。

和凝所作的這首詞，王灼稱之為「今曲子」，相對於最初的原曲，它也該算是一種「變體」了。《樂府解題》稱：「〈長命西河女〉，羽調曲，亦名〈薄命女〉。唐五言體云：『雲送關西雨，風傳渭北秋。孤燈燃客夢，寒杵擣鄉愁。』和凝有長短句云：『天欲曉（所引本詞略）。』力崇詞格者當不取詩體也。」《御選歷代詩餘》稱〈薄命女〉「一名〈長命女〉，或加『令』字，在唐樂府直是五言詩。」可見和凝的詞作，不僅是「古曲子」變為「今曲子」，其實在某種意義上，也體現著「詩」向「詞」的轉變。

那麼，和凝這首詞的「詞格」或是「詞味」首先體現在哪裡呢？這種「詞味」，首先體現在開首幾句的節奏上。

「天欲曉，宮漏穿花聲繚繞，窗裡星光少。」三句當中，包含了三種句式。三字句、七字句、五字句，在交待了時間、渲染了氛圍、描畫了景物的同時，更造成了一種音律節奏上的迴環跳宕。這種音律上的效果，顯然是刻板的五言詩難以達到的。「天欲曉」，一個「欲」字，不僅交代了具體的時間是天將亮未亮之時，更製造出一種心理上的效果，使得讀者的審美期待同時向著黑夜與黎明兩個時間點產生張力。在這天光剛剛放亮之時，我們似乎既能感受到對黎明的期待，又能感受到對夜的留戀，情感也不由得因此變得模糊起來。然而，作者接下來的安排，卻遠在讀者對於時間的期待之外。那條時間的線索並沒有繼續走向黎明，作者選取的，僅是一個時光的片段而已。「宮漏穿花聲繚繞」，宮漏，交待了主人公所處的地點，同時也說明了她的身分——她很可能是宮中的一位嬪妃或侍女。正因為周遭之靜，那宮漏的滴水之聲，倒似乎成了巨響。那聲音繞過花枝，穿過花叢，繚繞在宮宇榱桷之間，在製造出一種廣大的寂寞之餘，也為這不盡的時間之流畫上了刻度，讓人察覺出它的流逝。天光既要放亮，星光自然便要隱去，殘存的幾點星光，透過窗戶，映帶出一片清冷。上片的這幾句，依次展開，描述的卻基本是同一時間片段內的同一場景，和岑參五言體「雲送關西雨，風傳渭北秋」（〈宿關西客舍寄東山嚴許二山人時天寶初七月初三日在內學見有高道舉徵〉）的對句比起來，這種寫作方式顯得更有流動感和立體感。

「冷霧寒侵帳額，殘月光沉樹杪。」「帳額」即床帳上端所懸之條狀橫幅。冷霧帶著寒氣侵入室內，爬上了帳額，這由前文的所見、所聽寫到了所感。冷霧的入侵，既寫出了寂寞的無處可逃，也寫出了這位宮人的孤獨。這兩句使用了和前文引用的「五言體」相似的對仗的句式，但將其變成了六言，在節奏上多了一種變化。「夢斷錦幃空悄悄。」她從夢中醒來，既無關愛，又無溫暖，只有錦帳空搖，漏聲為伴。「強起愁眉小。」「強起」，既可以理解成是不得不起，也可以理解成是強撐著起身，總之，描摹的乃是她的一種無助、無奈的姿態。「愁眉小」，指她因憂愁深重，蹙斂眉頭，故使眉毛都變小了。她的形容樣貌在此稍現即逝，說其愁而不說其何以愁，這也符合宮怨詞的一般寫法。

和凝的這首〈薄命女〉，上片主要是構境，下片則以情景交融的方式寫情，層層鋪墊，層層渲染，而到結尾以一「愁」字點明主題，深得頰上添毫、目中點睛之趣。其題材上繼承了南朝以來的宮體詩，體制上則保留著一些詩的特點，寫法上卻又引入了一些詞的創作手段，在詞體已經產生，但還未完全達到成熟的五代時期，這樣的詞作無疑具有典型意義。（劉競飛）

馮延巳

【作者小傳】（九〇三～九六〇）一名延嗣，字正中，廣陵（今江蘇揚州）人。南唐烈祖（李昪）時為祕書郎，與李璟遊處。保大中，累官至宰相，深得元宗李璟信任。善作新詞，思深辭麗，律均調新，多寫男女離情別恨和士大夫的傷感落寞情懷。在五代詞中，堪與溫、韋分鼎三足。對北宋晏殊、歐陽脩的詞頗有影響。有《陽春集》傳世。存詞一百一十二首。

鵲踏枝 馮延巳

誰道閒情拋棄久？每到春來，惆悵還依舊。日日花前常病酒，不辭鏡裡朱顏瘦。

河畔青蕪堤上柳，為問新愁，何事年年有？獨立小橋風滿袖，平林新月人歸後。

馮延巳實在應該是五代詞人中一位極為重要的作者，他的作品在五代北宋之間，對於詞之發展曾經產生過非常值得重視的影響。然而歷代評詞和選詞的人，對於他的成就都似乎未曾予以應有的重視。因為他的詞從表面看來，似乎也並未曾脫除五代一般小令的風格，其所敘寫者，也不過僅是一些閨閣園亭之景，傷春怨別之情而已。然而若就其意境言之，則馮詞卻實在已形成了一種重要的開拓。蓋詞之初起原為歌筵酒席間之豔詞，本無鮮明之個性及深刻之意境可言。溫庭筠詞意象之精美雖足以引起讀者美感之聯想，然而缺乏主觀抒情的直接感發之力；韋莊詞雖具有主觀抒情的直接感發之力，然而卻又過於被個別之情事時地所拘限；至馮詞之出現，則一方面既富有主觀抒情的直接感發之力，另一方面卻又能不被個別之人物事情所拘限，而傳達出了一種個性鮮明的感情之意境，遂使讀者能因之引發一種豐美的感發和聯想。這種特色曾經影響了北宋初年的晏殊、歐陽脩諸人，使令詞之發展進入了一個意蘊深美、感發幽微的境界，是詞之發展史中一項極為可貴的成就。現在我們就以這首小詞為例證，對馮詞此種特色與成就略加介紹。

此詞開端之「誰道閒情拋棄久」一句，雖然僅七個字，卻寫得千迴百轉，表現了在感情方面欲拋不能的一種盤旋鬱結的掙扎的痛苦。而對此種感情之所由來，卻又並沒有明白指說，而只用了「閒情」兩個字。昔曹丕之〈善哉行〉曾有句云：「高山有崖，林木有枝，憂來無方，人莫之知。」這種莫知其所自來的「閒情」才是最苦的，而這種無端的「閒情」對於某些多情善感的詩人而言，卻正如同山之有崖、木之有枝一樣與生俱來而無法擺脫。所以詩人才說「誰道閒情拋棄久」，「拋棄」正是為擺脫「閒情」所作的掙扎。而且馮氏還在後面用了一個「久」字，更加強了這種掙扎努力的感覺。可是馮氏卻在此一句詞的開端先用了「誰道」兩個字。「誰道」者，原以為可以做到，而誰知竟未能做到，故以反問之語氣出之，有此二字，於是下面的「閒情拋棄久」五字所表現的掙扎努力就全屬於徒然落空了。於是下面乃繼之以「每到春來，惆悵還依舊」，上面著一「每」字，下面著一「還」字，再加上後面的「依舊」兩個字，已足可見此「惆悵」之永在常存。而必曰「每到春來」者，春季乃萬物萌生之候，正是生命與感情醒覺的季節，而馮氏於春心覺醒之時，所寫的卻並非如一般人之屬於現實的相思離別之情，而只是含蓄地用了「惆悵」二字。「惆悵」乃內心恍如有所失落又恍如有所追尋的一種迷惘的情意，不像相思離別之拘於某人某事，而是較之相思離別更為寂寞、更為無奈的一種情緒。既然有此無奈的惆悵，而且經過試圖拋棄的掙扎努力之後而依然永在常存，於是下面二句馮氏遂逕以殉身無悔的口氣，說出了「日日花前常病酒，不辭鏡裡朱顏瘦」兩句決心一意承擔負荷的話來。「花前」之所以「常病酒」者，杜甫在〈曲江二首〉其一中，曾經說過「且看欲盡花經眼，莫厭傷多酒入脣」的話，對於如此易落的花，何能忍而不更飲傷多之酒，此「花前」之所以「常病酒」也。上面更著以「日日」兩字，更可見出此惆悵之對花難遣，故唯有「日日」飲酒而已。曰「日日」，蓋彌見其除飲酒外之無以度日也。至於下句之「鏡裡朱顏瘦」，則正是「日日病酒」之生活的必然的結果。曰「鏡裡」，自有一份反省驚心之意，而上面卻依然用了「不辭」二字，昔戰國楚屈原〈離騷〉有句云「雖九死其猶未悔」，「不辭」二字所表現的，就正是一種雖殉身而無悔的情意。前面說過，馮詞所表現的往往不是現實的個別的情事，而是一種個性鮮明的感情之意境，這首詞上半闋所寫的這種曾經過「拋棄」的掙扎，曾經過「鏡裡」的反省，而依然殉身無悔的情意，便正是馮詞中所經常表現的意境之一。而此種頓挫沉鬱的筆法，此種惝怳幽咽的情致，也正是馮詞中所常見的筆法和情致。

下半闋承以「河畔青蕪堤上柳」一句為開端，在這首詞中實在只有這七個字是完全寫景的句子，但此七字卻又並不是真正只寫景物的句子，不過只是以景物為感情之襯托而已。所以雖寫春來之景色，卻並不寫繁枝嫩蕊的萬紫千紅，而只說「青蕪」，只說「柳」。「蕪」者，叢茂之草也。「蕪」的青青草色既然遍接天涯，「柳」的縷縷柔條，更是萬絲飄拂，這種綠遍天涯的無窮的草色，這種隨風飄拂的無盡的柔條，它們所喚起的，或者所象喻的，該是一種何等綿遠纖柔的情意？而這種草色又不自今日方始，年年河畔草青，年年堤邊柳綠，則此一份綿遠纖柔的情意，豈不也就年年與之無盡無窮！所以接下去就說了「為問新愁，何事年年有」二句，正式從年年的蕪青柳綠，寫到「年年有」的「新愁」。但既然是「年年有」的「愁」，何以又說是「新」？一則此詞開端已說過「閒情拋棄久」的話，經過一段「拋棄」的掙扎，而重新復蘇起來的「愁」，所以說「新」，此其一；再則此愁雖舊，而其令人惆悵的感受，則敏銳深切，歲歲常新，故曰「新」，此其二。至於上面用了「為問」二字，下面又用了「何事」二字，造成了一種強烈的疑問語氣，若將之與此詞首句開端之「誰道閒情拋棄久」七字合看，從其嘗試拋棄之徒勞的掙扎，到現在再問其新愁之何以年年常有，有如此之掙扎與反省而依然不能自解，這正是馮延巳一貫用情的態度與寫情的筆法。而在此強烈的追問之後，馮氏卻忽然蕩開筆墨，更不作任何回答，而只寫下了「獨立小橋風滿袖，平林新月人歸後」兩句身外的景物情事。而仔細玩味，則這十四個字卻實在是把惆悵之情寫得極深的兩句詞。試觀其「獨立」二字，已是寂寞可想；再觀其「風滿袖」三字，更是淒寒可知；又用了「小橋」二字，則其立身之地的孤零無所蔭蔽亦復如在目前；而且「風滿袖」一句之「滿」字，寫風寒襲人，也寫得極飽滿有力。在如此寂寞孤零無所蔭蔽的淒寒侵襲下，其心情之寂寞悽苦已可想見，何況又加上了下面的「平林新月人歸後」七個字。曰「平林新月」，則林梢月上，夜色漸起；又曰「人歸後」，則路斷行人，已是寂寥人定之後了。從前面所寫的「河畔青蕪」之顏色鮮明來看，應該乃是白日之景象，而此一句則直寫到月升人定，則詩人承受著滿袖風寒在小橋上獨立的時間之長久也可以想見了。清朝的詩人黃仲則（景仁）曾有詩句云「似此星辰非昨夜，為誰風露立中宵」（〈綺懷十六首〉其十五），又曰「悄立市橋人不識，一星如月看多時」（〈癸巳除夕偶成〉其一），如果不是內心中有一份難以安排、解脫的情緒，有誰會在寒風冷露的小橋上直立到中宵呢？從這首詞我們已可見出：馮延巳所表現的一種孤寂惆悵之感，既絕不同於溫庭筠詞之冷靜客觀，也絕不同於韋莊詞之拘限於現實之情事，馮詞所寫的乃是心中一種常存永在的惆悵哀愁，而且充滿了獨自擔荷著的孤寂之感，不僅傳達了一種感情的意境，而且表現出強烈而鮮明的個性，這正是馮詞最可注意的特色和成就。（葉嘉瑩）

鵲踏枝　馮延巳

梅落繁枝千萬片，猶自多情，學雪隨風轉。昨夜笙歌容易散，酒醒添得愁無限。

樓上春山寒四面，過盡征鴻，暮景煙深淺。一晌憑欄人不見，鮫綃掩淚思量遍。

此詞開端「梅落繁枝千萬片，猶自多情，學雪隨風轉」，僅只三句，便寫出了所有有情之生命面臨無常之際的纏綿哀傷，這正是人世千古共同的悲哀。首句「梅落繁枝千萬片」，頗似杜甫〈曲江二首〉其一詩之「風飄萬點正愁人」。然而杜甫在此七字之後所寫的乃是「且看欲盡花經眼」，是則在杜甫詩中的萬點落花不過仍為看花之詩人所見的景物而已；可是正中在「梅落繁枝」七字之後，所寫的則是「猶自多情，學雪隨風轉」，是正中筆下的千萬片落花已不僅是詩人所見的景物，而儼然成為一種殞落的多情生命之象喻了。而且以「千萬片」來寫此一生命之殞落，其意象是何等繽紛又何等淒哀，既足可見殞落之無情，又足可見臨終之繾綣，所以下面乃徑承以「猶自多情」四字，直把千萬片落花視為有情矣。至於下面的「學雪隨風轉」，則又頗似李後主〈清平樂〉詞之「落梅如雪亂」。然而後主的「落梅如雪」，也不過只是詩人眼前所見的景物而已，是詩人所見落花之如雪也；可是正中之「學雪隨風轉」二句，則是落花本身有意去學白雪隨風之飄轉，是其本身就表現著一種多情繾綣的意象，而不僅是寫實的景物了。這正是我在前一首之所以說正中所寫的不是感情之事跡而是感情之境界的緣故。所以上三句雖是寫景，卻構成了一個完整而動人的多情之生命殞落的意象。

下面的「昨夜笙歌容易散，酒醒添得愁無限」二句，才開始正面敘寫人事，而又與前三句景物所表現之意象遙遙相應，笙歌之易散正如繁花之易落。花之零落與人之分散，正是無常之人世必然的下場，所以加上「容易」兩個字，正如晏小山〈蝶戀花〉詞所說的「春夢秋雲，聚散真容易」也。面對此易落易散的短暫無常之人世，則有情生命之哀傷愁苦當然乃是必然的了，所以落花既隨風飄轉表現得如此繾綣多情，而詩人也在歌散酒醒之際添得無限哀愁矣。「昨夜笙歌」二句，雖是寫的現實之人事，可是在前面「梅落繁枝」三句景物所表現之意象的襯托下，這二句便儼然也於現實人事外有著更深、更廣的意蘊了。

下半闋開端之「樓上春山寒四面」，正如前一首〈鵲踏枝〉之「河畔青蕪」，也是於下半闋開端時突然蕩開作景語。正中詞往往忽然以閒筆點綴一二寫景之句，極富俊逸高遠之致，這正是王國維《人間詞話》之所以從他的一貫之「和淚試嚴妝」（〈菩薩蠻〉）的風格中，居然看出了有韋蘇州（應物）、孟襄陽（浩然）之高致的緣故。可是正中又畢竟不同於韋、孟，正中的景語，於風致高俊以外，其背後往往依然還是含蘊著許多難以言說的情意。即如前一首之「河畔青蕪堤上柳」，表面原是寫景，然而讀到下面的「為問新愁，何事年年有」二句，才知道年年的蕪青、柳綠原來就正暗示著年年在滋長著的新愁。這一句的「樓上春山寒四面」，也是要等到讀了下面的「過盡征鴻，暮景煙深淺」二句，才體會出詩人在樓上凝望之久與悵惘之深。而且「樓上」已是高寒之所，何況更加以四面春山之寒峭，則詩人之孤寂淒寒可想，而「寒」字下更加上了「四面」二字，則詩人的全部身心便都在寒意的包圍侵襲之下了。以外表的風露體膚之寒，寫內心的淒寒孤寂之感，這也正是正中一貫所常用的一種表現方式，即如前一首之「獨立小橋風滿袖」、此一首之「樓上春山寒四面」及〈拋球樂〉之「風入羅衣貼體寒」，便都能予讀者此種感受和聯想。

接著說「過盡征鴻」，不僅寫出了凝望之久與瞻望之遠，而且征鴻之春來秋去，也最容易引人想起蹤跡的無定與節序的無常。而詩人竟在「寒四面」的「樓上」，凝望這些飄泊的「征鴻」直到「過盡」的時候，則其中心之悵惘哀傷，不言可知矣。然後承之以「暮景煙深淺」五個字，暮景者，日暮之景色也，然日暮之景色究竟何有？則遠近之暮煙耳。「深淺」二字，正寫出暮煙因遠近而有濃淡之不同，既曰「深淺」，於是而遠近乃同在此一片暮煙中矣。這五個字不僅寫出了一片蒼然的暮色，更寫出了高樓上對此蒼然暮色之人的一片悵惘的哀愁。於此，再反顧前半闋的「梅落繁枝」三句，因知「梅落」三句，固當是歌散酒醒以後之所見，而此「樓上春山」三句，實在也當是歌散酒醒以後之所見；不過，「梅落」三句所寫花落之情景極為明白清晰，故當是白日之所見，至後半闋則自「過盡征鴻」這表現著時間消逝之感的四個字以後，便已完全是日暮的景色了。

從白晝到日暮，詩人何以竟在樓上凝望至如此之久呢？於是結二句之「一晌憑欄人不見，鮫綃掩淚思量遍」，便完全歸結到感情的答案上來了。「一晌」二字，據張相《詩詞曲語辭匯釋》解釋為「指示時間之辭，有指多時者，有指暫時者」，引秦少游〈促拍滿路花〉詞之「未知安否，一晌無消息」，以為乃「許久」之義，又引正中此句之「一晌憑欄」，以為乃「霎時」之義。私意以為「一晌」有久、暫二解是不錯的，但正中此句當為「久」意，並非「暫」意，張相蓋未仔細尋味此詞，故有此誤解也。綜觀此詞，如上所述，既自白晝景物直寫到暮色蒼然，則詩人憑欄的時間之久當可想見，故曰「一晌憑欄」也。至於何以憑倚在欄杆畔如此之久，那當然乃是因為內心中有一種期待懷思的感情的緣故，故緣之曰「人不見」，是所思終然未見也。如果是韋端己寫人之不見，如其〈荷葉杯〉之「花下見無期」、「相見更無因」等句，其所寫的便該是確實有他所懷念的某一具體的人，而正中所寫的「人不見」，則大可不必確指，其所寫的乃是內心寂寞之中常如有所期待懷思的某種感情之境界，這種感情可以是為某人而發的，但又並不使讀者受任何現實人物的拘限。我之所以敢作如是說者，只因為端己在寫人不見時，同時所寫的乃是「記得那年花下」及「絕代佳人難得」等極現實的情事；而正中在寫「人不見」時，同時所寫的則是春山四面之淒寒與暮煙遠近之冥漠。端己所寫的，乃是現實之情事；而正中所表現的，則是一片全屬於心靈上的悵惘孤寂之感。所以我說正中詞中「人不見」之「人」是並不必確指的。可是，人雖不必確指，而其期待懷思之情則是確有的，故結尾一句乃曰「鮫綃掩淚思量遍」也。「思量」而曰「遍」，可見其懷思之情的始終不解，又曰「掩淚」，可見其懷思之情的悲苦哀傷。至於「鮫綃（音同交消）」，則用以掩淚之巾也。據《述異記》云，鮫綃乃南海鮫人所織之綃，而鮫人則眼中可以泣淚成珠者也。曰「鮫綃」，一則可見其用以拭淚之巾帕之珍美，再則用泣淚之人所織之綃巾來拭淚，乃愈可見其泣淚之堪悲，故曰「鮫綃掩淚思量遍」也。

全詞至此，原已解說完畢，只是我在前面一直都以主觀自我敘寫之口吻來解說此詞，假如此詞果為正中之自敘，則正中乃是一位男士，而末句「鮫綃掩淚」之動作，乃大似女郎矣。其實正中此詞，如我在前面所說，它所寫的乃是一種感情之境界，而並未實寫感情之事跡，全詞都充滿了象喻之意味，因此末句之為男子口吻抑為女子口吻，實在無關緊要，何況美人、香草之託意，自古而然，「鮫綃掩淚」一句，主要的乃在於這幾個字所表現的一種幽微珍美的悲苦情意，這才是讀者所當用心去體味的。這種一方面寫自己主觀之情意，而一方面又表現為託喻之筆法，與端己之直以男子口吻來寫所歡的完全寫實之筆法，當然是不同的。（葉嘉瑩）

鵲踏枝　馮延巳

煩惱韶光能幾許？腸斷魂銷，看卻春還去。只喜牆頭靈鵲語，不知青鳥全相誤。心若垂楊千萬縷，水闊花飛，夢斷巫山路。開眼新愁無問處，珠簾錦帳相思否？

馮延巳作詞一般都是為了「俾歌者倚絲竹而歌之，所以娛賓而遣興也」（宋陳世修《陽春集．序》），以寫女人、相思的居多。不過，馮詞不像溫庭筠那樣偏重於對婦女容貌、服飾的描繪，而是致力於探索、抒寫人物的內心世界，顯得清新流麗、委婉情深。

這首詞以反問發端：「煩惱韶光能幾許？」起調不凡，先聲奪人。韶光，猶韶景、韶華，指春光，並指一切美好的時光。唐太宗〈春日玄武門宴群臣〉：「韶光開令序，淑氣動芳年。」但在這裡，韶光給詞裡思婦帶來的不是歡愉而是因它「能幾許」所產生的「煩惱」。明退暗進，造成懸念。然後再把正意逐步推開。但又不急於作出正面回答，而用「腸斷魂銷」，隱隱道出悵恨之深。「看卻春還去」，表明她的「煩惱」、悵恨來自眼巴巴地看著春光又悄然而逝。「只喜牆頭靈鵲語，不知青鳥全相誤」。曲筆渲染，跌宕起伏，在饒有變化的抒寫之中，令人漸漸領悟到思婦「腸斷魂銷」的苦衷所在。古代，鵲噪被認為是吉兆。《西京雜記》已有「乾鵲噪而行人至」，至唐猶然。五代王仁裕《開元天寶遺事》載：「時人之家，聞鵲聲者，皆為喜兆，故謂靈鵲報喜。」所謂靈鵲報喜，當然是沒有科學根據的，往往不能應驗。而思婦竟把全部希望寄託在靈鵲報喜的可靠性上，可見其盼夫之心切。一旦發覺靈鵲失靈，轉而又歸咎於「青鳥全相誤」，彷彿是上了青鳥的當。青鳥，是神話中的仙鳥，西王母的信使。殊不知仙鳥非「仙」，思婦寄予希望，等待她的只能是虛妄。這兩句透過思婦對靈鵲、青鳥的期待和怨艾，逼真入微地勾畫了主人公悵惘、淒絕，近乎絕望的痛苦。

過片「心若垂楊千萬縷」，上應發端，下啟夢境，是上下片銜接的樞紐。「垂楊千萬縷」是寫柳條，又不限於寫柳條，情景相生，極寫思婦之心煩意亂，比喻貼切、生動。緊接著，「水闊花飛」，是寫夢境。垂楊臨水，故云「水闊」，柳絮飛墮，逐水而流，情思綿邈，而「花飛」指楊花飛舞，又與上文「看卻春還去」上下呼應。它昭示暮春三月，正是春柳盛極之時。繁盛已極，離衰謝之日亦漸近了。韶華易逝，求會心切，形於夢寐。花飛水闊，杳不可及，連做夢也見不到伊人，只落得個「夢斷巫山路」。巫山路，暗用宋玉〈高唐賦〉楚懷王夢中與巫山神女相會的故事，指男女幽會。夢裡相尋，亦不可得，睜開眼來，更何處問津？「開眼新愁無問處」，獨處深閨，新愁誰訴。「珠簾錦帳相思否？」不知伊人一方此時此刻是否像自己一樣相思？詞以疑問而帶慨嘆的語氣作結，既照應了篇首，又使思婦難以名狀的憂思、怊悵得以深入一層地展示，情致纏綿，餘味不盡。

馮延巳長於以景託情，即物起興；寫情曲折、含蓄而富於層次。這首詞以韶光、花飛、垂楊千縷引發思婦獨處深閨，惋惜青春流逝的哀怨心情和紛亂、綿邈的情思。又以靈鵲、青鳥起興，寫出思婦盼夫歸來由期望到絕望的心理變化。這種側面用筆的寫法，顯得委婉含蓄。其間又巧妙地插入巫山雲雨一典，將思婦思極入夢的悵然心情，昭然而揭。最後又想像對方的相思，由己及人，更顯得深情委婉。整首詞，思婦的心理，隨景和物的展開、變化而層層深入。這種含而不露、重於刻畫心理的寫法，該是馮詞的一個特色吧。（黃進德）

鵲踏枝　馮延巳

幾度鳳樓同飲宴。此夕相逢，卻勝當時見。低語前歡頻轉面，雙眉斂恨春山遠。
蠟燭淚流羌笛怨。偷整羅衣，欲唱情猶懶。醉裡不辭金盞滿，陽關一曲腸千斷！

李商隱〈無題〉云：「相見時難別亦難。」謂相見固難，而離別之痛更難以堪，寫出了人人可感而難言之心聲。馮延巳此詞正由此開拓，將玉谿在詩中不宜明白抒寫的意態情思，在詞中作了細緻的刻畫。詞中的女主人公當為一歌妓。上闋著重寫「相見」，下闋著重寫「別」，而「恨」之一字貫穿其中。

詞從回顧昔時歡聚起筆。「幾度」者，聚而又別，別而又逢，她早已多次品嘗了離別的苦酒。唯其如此，故「此夕相逢」，其歡愛遂「卻勝當時見」。人們常說新歡不如久別，這裡用「幾度」、「此夕」、「卻勝」三詞組前後勾連，委婉曲折地表現出離人所共有的感情心理。重逢則必憶訴前時的歡愛，「前歡」照應前文「鳳樓同飲宴」，這本應充滿著柔情蜜意，為何她在切切低語中，卻又頻頻轉面，春山般淡遠的眉峰間流露出怨恨之情呢？這是因為她正處在乍逢而又將別的情境之中，既有舊夢重溫的喜悅，又有長期暌隔的怨嗔，而更多的，則是對即將再度到來的別離的悵恨，延巳細緻入微地把握住人物感情流動的脈絡，把無形的感覺化為具體可感的形象，刻畫出複雜難言的心理。

過片換頭，「蠟燭淚流」，化用杜牧「蠟燭有心還惜別，替人垂淚到天明」（〈贈別二首〉其二）詩意，以燭形人，應上闋末句「斂恨」字，過渡處天衣無縫，而這句又暗示出長夜將盡，重別的時分又迫在眼前。此時此地，更哪堪一曲「羌笛」怨〈楊柳〉？或許，往日多次折柳贈別的情景一時都來眼前，而今日竟又將重演！一夕歡愛，又當分離，千言萬語，從何說起！她只索將一曲離歌，再次為情人歌唱。近人丁壽田、丁亦飛評末四句云：「『醉裡不辭金盞滿』，及其前『偷整』二句，試想像其神態如何，不可等閒讀過也。」（《唐五代四大名家詞》），確實，這四句又一次顯出了馮氏以動作表現人物曲折心理的高超技巧，「偷整羅衣」有二層含意：也許她出於愛美的天性，不願在臨別之際給情人留下衣衫不整的印象；也許她更怕自己的失態增加情人心頭的哀傷。因此強作精神，整頓衣衫；又怕情人覺察她強顏歡笑，故而只能「偷整」。然而心中如濤的哀愁又何能抑遏？她整衣欲歌，猶未啟唇，又覺腸斷，欲唱還休。沒奈何，只得以酒澆愁，將金盞頻頻引滿。「醉裡不辭金盞滿」，看似豪語，實為悲語，將酒和淚，一起強咽下去，至此一曲〈陽關〉終於從肺腑間迸出，「勸君更盡一杯酒，西出陽關無故人」（王維〈送元二使安西〉），哀哀離歌，句句都是女主人公斷腸的心聲。

近人陳秋帆《陽春集箋》評此詞云：「宛轉綢繆，與溫庭筠〈菩薩蠻〉、〈更漏子〉同一情致。」其實此詞「宛轉綢繆」雖近溫，卻又不同於溫詞之穠麗淒迷，其善用白描處，倒頗近韋莊詞，較之韋詞又顯得風調更深雋，格局較博大。全詞在鍊意、遣句、布局上凝而能遠，以外在的動作揭示內心的情思，從而表現出豐滿的藝術形象。（趙昌平）

鵲踏枝　馮延巳

幾日行雲何處去？忘卻歸來，不道春將暮。百草千花寒食路，香車繫在誰家樹？

淚眼倚樓頻獨語。雙燕來時，陌上相逢否？撩亂春愁如柳絮，悠悠夢裡無尋處。

這是一首閨情詞，寫一位痴情的女子對冶遊不歸的男子既懷怨望又難割捨的纏綿感情。一說此詞為歐陽脩作。

一開頭用問語提起。「行雲」原出宋玉〈高唐賦〉：「旦為朝雲，暮為行雨。」通常用於喻指女性，這裡卻借指男子——那位像行雲一樣在外尋歡覓愛的薄情人。幾日不見他的蹤跡，不知道又飄浮到什麼地方去了。問語中有疑惑，更有嘆息和怨嗟。「忘卻歸來，不道春將暮。」「不道」，這裡含有不想一想的意思。春將暮，既指春天的消逝，又暗寓青春年華的消逝。對方是樂而忘返，浪遊不歸，自己卻是憂愁春暮、年華暗銷，「不道」二字，正將女主人公的無限感傷怨悵之情曲曲傳出。

「百草千花寒食路，香車繫在誰家樹？」兩句分承「春將暮」、「何處去」，進一步想像對方的行蹤。古代在寒食、清明節期間外出掃墓和遊春。香車，這裡指冶遊的男子所乘的華美的車。兩句好像是她的心理獨白：在這百草千花競美鬥妍的遊春路上，冶遊郎的香車究竟繫在哪一家的樹上？「百草千花」，既關合春暮，又比喻花街柳巷的妓女。白居易〈贈長安妓人阿軟〉：「淥水紅蓮一朵開，千花百草無顏色。」（一見詩題〈微之到通州日，授館未安，見塵壁間有數行字，讀之，即僕舊詩，其落句云：「淥水紅蓮一朵開，千花百草無顏色」。然，不知題者何人也。微之吟歎不足，因綴一章，兼錄僕詩本同寄。省其詩，乃十五年前初及第時，贈長安妓人阿軟絕句。緬思往事，杳若夢中，懷舊感今，因酬長句〉）《東京夢華錄》卷七「清明節」：「四野如市，往往就芳樹之下，或園囿之間，羅列杯盤，互相勸酬。都城之歌兒舞女，遍滿園亭，抵暮而歸。」五代、北宋風習相承，《夢華錄》此文，可作為這兩句所寫事實的最好註腳。詞中女子的這兩句心理獨白中含有怨嗟不滿，但同時又含有對所思男子的罣念關切和期盼歸來等多種感情，內涵頗廣。究竟「繫在誰家樹」？是沒有答案的，這就隱逗出下片的結尾句。

過片「淚眼倚樓頻獨語」是一個獨立的單句。空閨獨守的孤孑苦悶，青春將逝的憂傷惆悵，以及對冶遊不歸的蕩子愛恨交迸的感情，都凝聚為一雙盈盈的淚眼。這盈盈淚眼的女子正倚樓而望，等待對方的歸來。「頻獨語」三字，更將她在倚樓而望的過程中那種神思恍惚、若有所思、自言自語的情景寫得逼真生動。

「雙燕來時，陌上相逢否？」這是她「獨語」的內容，緊承上句。雙燕相親相伴，軟語呢喃，即目生情，更加深了獨居孑處的淒清況味。但這後一層意蘊，卻並不直接說出。俞平伯說：「想得極痴，卻未必真有這話。」（《唐宋詞選釋》）這是很精到的見解。到這裡，她對於冶遊男子的怨意已經逐漸被繫念想望之情所代替了。

「撩亂春愁如柳絮，悠悠夢裡無尋處。」結拍觸景傷情，即景取譬：暮春時節漫天飛舞的柳絮，更加觸動身世飄零和青春易逝之慨，本就鬱積於心的春愁變得更加撩亂，恍惚中感到這撩亂的柳絮就像是自己撩亂的春愁。懷著無邊的春愁，想去尋覓對方的蹤跡，但只恐在悠悠長夢中也難尋到對方的蹤影。濛濛柳絮，本身就易引起如夢似幻的聯想，由撩亂的柳絮想到春愁，又進而想到夢尋，就顯得非常自然。

從一開頭的「行雲何處去」到最後的「夢裡無尋處」，她的感情始終在怨嗟與期待、苦悶與尋覓的交織中徘徊。隨著倚樓而望的時間進程，怨恨的感情漸次消減，想望的感情漸次增長。外物不斷作用於心靈的歷程，充分顯示了她的一片痴情。作為一首閨情詞，這種怨而不怒的纏綿感情不免帶有舊時代婦女的某些思想烙印。但正如馮延巳的其他一些優秀詞作由於抒情的深刻與典型常易喚起人們更廣泛的聯想一樣，這首詞中所抒寫的「纏綿忠厚」（清陳廷焯《白雨齋詞話》評馮延巳詞）之情似乎也概括了更廣泛的人生體驗，儘管詞人未必有明確的寄託意圖。（劉學鍇）

鵲踏枝 馮延巳

六曲闌干偎碧樹。楊柳風輕，展盡黃金縷。誰把鈿箏移玉柱？穿簾海燕雙飛去①。

滿眼遊絲兼落絮。紅杏開時，一霎清明雨。濃睡覺來鶯亂語②，驚殘好夢無尋處。

〔註〕①一作「驚飛去」。②一作「慵不語」。

春日，某家閨閣中傳出了哀怨的彈箏聲，引起了詞人的想像。馮延巳的這首詞，大概就是這樣寫出來的，是擬寫閨情之作。

上片從春光寫起。「六曲闌干偎碧樹。楊柳風輕，展盡黃金縷。」春天來到了這幽靜的小庭深院。曲曲紅欄，綠蔭環繞；院中的楊柳，鵝黃嫩綠，如絲如縷，一齊在春風中輕盈地飛舞。寫風輕，其實是寫柳條的輕柔，藉以表現其搖曳多姿。再進一層，寫這楊柳在春風的撫弄下，怡然地擺動腰肢，又何嘗不是反襯閨中人無所慰藉的孤單呢？可見其中自有一種隱情。「展盡黃金縷」，下一「盡」字，可見枝條都長足了，茂盛得很。反覲首句，覺「六曲闌干」使人聯想到曲曲柔腸；又用一個狀親昵之態的「偎」字，傳出「當此春日，物皆互憐，我獨何依」

的惱恨，用筆皆極巧。詞的情致，就這樣從寫景中若隱若現地顯示出來。

「閨中風暖，陌上草薰」（南朝江淹〈別賦〉），詞中的女性在這樣的環境中，幽思難託，於是輕舒素指，彈箏寄怨：「誰把鈿箏移玉柱，穿簾海燕雙飛去。」鈿箏，嵌金為飾之箏；玉柱，美玉做成的承弦物。這一句寫彈箏著一「誰」字，見出聽箏者揣測的口氣。這是誰在彈箏呢？琮琮的箏聲驟響，打破了寂靜，驚起雙燕，穿簾飛去。海燕安棲，可想見閨中的冷清；箏聲而致驚飛燕子，可想知其聲音激越，亦可知彈箏者心情鬱悶，借此一洩；海燕雙飛，更反襯出閨中人獨處的難堪。至此，從春景寫到彈箏，暫時頓住。

過片仍從景中寫情。「滿眼遊絲兼落絮。紅杏開時，一霎清明雨。」遊絲，指樹蟲所吐的絲縷，常在晴空中飄動。滿眼晴光明媚，遊絲裊裊；更兼柳絮飄飛，紛紛揚颺。大好春色，就這樣輕易地拋擲了！「遊絲」、「落絮」，也象徵著幽思綿綿，抽之不盡，春愁撩亂，難以收拾。連用「滿」字與「兼」字，加重語氣，與上片「盡」字同，皆從虛處摹寫，增強了春深的感觸，讀來如聞喟嘆。正當豔陽朗照、紅杏燒林之時，灑下一陣清明時節的冷雨。雨打花落，試想閨中獨對，是何情緒？這杏花，究竟「為誰零落為誰開」（唐嚴惲〈落花〉）呢？這三句進一步渲染了青春難駐的愁悶。

最後，從春光繚亂歸結到春困幽情：「濃睡覺來鶯亂語，驚殘好夢無尋處。」春色如許，深閨獨守，自憐自惜，情懷難遣。「生生燕語明如翦，嚦嚦鶯歌溜的圓」（明湯顯祖《牡丹亭．驚夢》），本來是很悅耳的，這裡卻用一個「亂」字形容，是說那鶯聲細碎，叫個沒完，叫得人心煩意亂。「驚殘好夢」，叫人不能不埋怨黃鶯！唐人有詩云：「打起黃鶯兒，莫教枝上啼；啼時驚妾夢，不得到遼西。」（金昌緒〈春怨〉）正可與此並讀。

此詞大量寫景，清譚獻讚為「金碧山水，一片空濛」（《複堂詞話》）。而在這垂柳欄杆、杏花春雨的圖畫中，處處飽浸著感情。故清況周頤云：「善言情者，但寫景，而情在其中。」（《蕙風詞話》卷二）僅在篇末，點明人物的情感。經這一點，前面的景又皆成為情中之景，帶上了感情色彩，景語皆成情語。宋沈義父《樂府指迷》云：「以景結尾最好」；「或以情結尾亦好，往往輕而露。」本篇正是以情結尾，卻無輕露之弊，厚重而蘊藉，且有還顧全篇之妙。可見詞家並無定法。

譚獻說此詞「正周氏（周濟）所謂有寄託入，無寄託出也」（《複堂詞話》），意思是說馮延巳寫此詞是有所感慨、有所寄託的，落筆卻不著痕跡，只寫閨情，似乎並無寄託。此說有一定道理。馮延巳作為偏處一隅、國運危殆的南唐小朝廷的宰相，「不能有所匡救，危苦煩亂之中，鬱不自達者，一於詞發之」（清末馮煦〈四印齋刻陽春集序〉）。這種情緒，從青春難駐、好夢難尋的嘆息中微露端倪，人們是不難覺察的。（孫映逵）

鵲踏枝

馮延巳

花外①寒雞天欲曙。香印成灰，起坐渾無緒。簷際②高桐凝宿霧，捲簾雙鵲驚飛去。

屏上羅衣閒繡縷。一晌關情，憶遍江南路。夜夜夢魂休謾語，已知前事無尋處。

〔註〕①一作「窗外」。②一作「庭際」。

馮延巳是唐五代著名詞人，他「學問淵博，文章穎發，辨說縱橫」（宋無名氏《釣磯立談》），有詞集《陽春集》。其詞多寫閒情逸致，文人氣息濃郁，對北宋初期的詞人有較大影響。王國維在《人間詞話》中認為馮詞之意境最能當得起「深美閎約」四字，同時高度評價《鵲踏枝》和《菩薩蠻》十數闋的藝術成就，認為它們是《陽春集》中「最煊赫」之詞作。《鵲踏枝》「花外寒雞天欲曙」即是王國維所認為的「最煊赫」的詞作之一。

該詞描述的是一位思婦晨起梳妝、百無聊賴的生活片段，透過其所見、所聞、所感、所想的精細刻畫，展示了女主人公浸潤著悲歡離合的孤寂情感歷程。

上片透過典型情境的渲染來展示她的孤寂無緒。一個深秋的清晨，窗外零星的幾聲雞鳴劃破了黎明的寧靜，天空泛起了魚肚白。她擦了擦惺忪的睡眼，展眼四望，閨房內昨夜熏起的篆字香業已燃燒殆盡。在這清寂無聊的早晨，起來抑或坐臥都顯得那麼的無緒。窗外，屋簷側畔挺拔的梧桐樹還凝結著昨夜殘留的霧氣，她隨手將窗簾捲將起來，而捲簾發出的聲音卻將昨夜雙宿在梧桐枝頭的喜鵲驚飛。上闋中，詞人既以白描的方式展現了她「起坐渾無緒」的百無聊賴和空虛寂寞，同時用「香印成灰」、「高桐凝宿霧」等典型景象來凸顯其寂寥無賴的心境；又透過主人捲簾、驚飛雙鵲的動態描述來映襯她內心的孤寂。以雙鵲雙棲來形容她獨宿閨房，觸到了心靈痛處，也更顯出她當時心境的寂寥。

過片「屏上羅衣閒繡縷」，以「閒繡縷」這一特定的動作轉入到對她心理活動的展示。相對於日日女紅的其他婦女來說，詞中女主人公則因沒有心緒刺繡而「閒」置了繡縷，也更勾起了她對往事的回憶。下片側重於透過對往事的回憶來凸顯她的心理和情緒。哪怕是「一晌」之間的回念，也足夠讓她憶遍曾經在江南地區和心愛的人經歷過的美好片段，那如夢幻般的浪漫生活時時浮現於她的眼際，來到她的夢鄉，這如影相隨的思念是任何欺騙與謊話也難以掩抑的內心訴求。而回到眼前，又不能不面對如此殘酷的現實：前塵往事就如時光流逝，一去不返。一切均已渺茫，不可追尋。在這裡，她的思緒出入於現實與回憶之間，往事的美好和現實的冷寂交融，在夢想與現實之間品味著自己曾經的浪漫和目前的孤寂。

該詞雖以思婦為主要表現題材，但一直以來，都認為此詞頗有寄託在其中。作為南唐大臣，對國內君臣逸樂，邊疆強鄰如虎，自然憂慮重重。故馮煦在〈四印齋刻陽春集序〉中說：「若〈三臺令〉〈歸國謠〉〈蝶戀花〉（〈鵲踏枝〉的另稱）諸作，其旨隱，其詞微。」甚至認為馮延巳「負其才略，不能有所匡救，危苦煩亂之中，鬱不自達者，一於詞發之」。俞陛雲更是從詞以言情的角度來剖析：「凡詞家言情之作，如韋端己（莊）之憶寵姬，吳夢窗（文英）之懷遣妾，周清真（邦彥）之賦柳枝娘，皆有其人。馮詞未能證實，殆寄託之辭。南唐末造，馮蒿目時艱，姑以愁羅恨綺之詞，寓憂盛危明之意耳。」（《五代詞選釋》）（曾紹皇）

采桑子　馮延巳

小堂深靜無人到，滿院春風。惆悵牆東。一樹櫻桃帶雨紅。

愁心似醉兼如病，欲語還慵。日暮疏鐘。雙燕歸棲畫閣中。

這是一首描寫閨中少婦孤寂苦悶的閨怨詞，在思想內容和藝術風格上秉承了馮詞的一貫特點。

全詞以景物描寫開篇。「小堂深靜無人到」，將我們的視野聚焦到了「深閨」——一個帶有典型象徵意義的空間範圍。「小」是窄小、逼仄，「深」是幽深、沉重，透過空間的深邃感傳遞出情感上的寂寞。「靜」有安靜、靜謐之義，但靜到「無人到」卻變成了百無聊賴的落寞。所以開篇一句看似平常，卻筆力雄渾，彷彿把人帶入了一個情感的漩渦，那濃濃的孤獨與寂寞撲面而來，無法排遣。同時也奠定了整首詞的情感基調。然而下一句「滿院春風」，卻將筆鋒一宕，從狹小幽深的空間轉入一片開闊躍動的情境。再幽深的地方也不能阻止春風的腳步，它不但將外面的世界吹得桃紅柳綠、鳥語花香，還自顧自地吹進了這無人到的小天地，吹進了閨中人寂寞的心裡。於是靜景變成了動景，堂內和堂外有了連接，內心和自然界產生了互動。下一句「惆悵牆東」和「一樹櫻桃帶雨紅」就顯得水到渠成般的自然而然。馮延巳曾有名句「風乍起，吹皺一池春水」（〈謁金門〉）因為構思精妙含蓄雋永為後人讚賞。這句「滿院春風」雖在韻味上稍遜，但在情境渲染上卻有異曲同工的效果。

「惆悵牆東」由寫景轉為寫人。昔日戰國楚才子宋玉在〈登徒子好色賦〉中描寫了一位美麗的東家之子，後來「東鄰」「東牆」等便成了一個典型的意象符號，代表美麗、純真、渴望愛情的女子形象，經常出現在文人詩詞中。整首詞中並沒有對女子容貌進行正面的描寫，只是透過「牆東」這樣一個典型意象，傳遞給人們一種朦朧而又美好的印象。較之《花間》詞雕琢堆砌的容貌描寫，確實顯得清麗端莊卓犖不群。上片最後，又轉為寫景，主人公躊躇徘徊之際，映入眼簾的是一樹嬌美異常的櫻桃。一方面，燦爛春光中紅透的櫻桃，是滿院春色的最好證明，也象徵著女子明麗的青春和美好的生命。另一方面，這豔麗的色彩卻和幽深寂寥的閨閣形成了強烈的對比，更加凸出了內心深深的寂寞和無奈。正所謂：「以樂景寫哀、以哀景寫樂，一倍增其哀樂。」（清王夫之《薑齋詩話》）上闋至此，沒有直接寫人，也鮮少正面寫情，而是透過對景物的構思、調度烘托氛圍，因情設景，以景傳情，將情感渲染得幽怨動人又低迴婉轉。

過片直接刻畫人物心理，在此處馮延巳用了一個極為精妙的比喻，令人叫絕。詩句中描寫愁緒比喻甚多，但多是用自然之物比喻烘托人物內心的愁緒，如李白曾說：「白髮三千丈，緣愁似箇長。」（〈秋浦歌十七首〉其十五）李後主之詞：「問君能有幾多愁，恰似一江春水向東流。」（〈虞美人〉）秦少游詞「飛紅萬點愁如海」（〈千秋歲〉）。但馮延巳這首詞卻獨闢蹊徑，用人的身體狀態來比喻心頭的愁緒。「愁心似醉兼如病」，心中的憂愁苦悶像喝醉酒又像生病。醉酒何如？千頭萬緒，剪不斷理還亂，亟欲傾吐發洩。生病怎樣？慵懶疲憊，百無聊賴，話到口邊卻又興致全無。如此的心態，如此的思緒，真真是欲語還慵。將獨坐深閨的百轉愁腸萬千思緒刻畫得淋漓盡致。

在點到為止的心理描寫之後，又轉為對景物的刻畫。那欲說還休的愁緒，從白日裡的春風蕩漾，櫻桃帶雨一直延續到日暮疏鐘，燕子歸巢，幽深寂寥的情感從空間延伸到了時間。末句以物比興，感物傷懷，以燕子的雙宿雙飛反襯人物的形單影隻，透過「燕子」這個典型的意象符號也使瀰漫於整首詞的無端的愁緒有了依託。

這首描寫閨中少婦傷春悲秋，思遠懷人的閨怨詞，形似於《花間》。小堂、春風、雙燕、畫閣，也都是這類詞中最常見的意象。然而全詞構思精妙，融情於景，以尋常之景，將尋常之情寫得幽深曲折，含蓄深遠，而且詞句清麗，意態高華，是馮詞典型的藝術特徵。用王國維《人間詞話》的評價即是：「雖不失五代風格，而堂廡特大，開北宋一代風氣。與中後二主詞皆在《花間》範圍之外。」也正是這種藝術風格，奠定了馮延巳在詞壇上承《花間》、下啟北宋的獨特地位。（于飛）

采桑子　馮延巳

花前失卻遊春侶，獨自尋芳。滿目悲涼。縱有笙歌亦斷腸。

林間戲蝶簾間燕，各自雙雙。忍更思量。綠樹青苔半夕陽。

上片寫失去情侶以後的心情。「花前月下」，原為遊春男女的聚會之地；而偏偏在這遊樂之處，失卻了遊春之侶；花前誠然可樂，但獨自一人，徘徊覓侶，則觸景生情，適足添愁，甚而至於舉目四顧，一片淒涼，大好春光，亦黯然失色。「縱有」句，是說笙歌在遊樂時最受歡迎，但無人相伴，則笙歌之聲，適足令人生悲。「縱有」兩字，從反面襯托失侶之痛：笙歌散盡，固然使人因孤寂而斷腸，但他卻感到即使笙歌滿耳，也仍然是愁腸欲斷。

下片寫自己失卻遊春之侶而影單形隻，但閒步四望，只見彩蝶雙雙，飛舞林間；燕兒對對，出入簾幕。「忍更」句是說彩蝶、燕兒都成雙做對，使他怎能再耐得住自己的孤獨之感！「綠樹」句以景結情，夕陽斜照在綠樹青苔之上的靜景，正與上片的「滿目悲涼」之句相拍合。

馮延巳詞具有民歌格調者亦不少，且善於運用比喻、起興，如〈鵲踏枝〉詞：「幾日行雲何處去？」是以「行雲」暗喻浪子，浪子行蹤如浮雲飄盪，竟然「忘卻歸來」。由此興起思婦春怨：「淚眼倚樓頻獨語。雙燕來時，陌上相逢否？」在本詞，則是以蝶燕雙飛之樂興起自身孑然無侶的孤獨之感，這種寫法是民歌中經常使用的。

（潘君昭）

酒泉子　馮延巳

芳草長川，柳映危橋橋下路。歸鴻飛，行人去，碧山邊。風微煙淡雨蕭然。隔岸馬嘶何處。九迴腸，雙臉淚，夕陽天。

這是一首傷離惜別之詞，描寫了送別之人在「行人去」後的傷感和情態。此詞起筆二句極其凝練含蓄，它一是交代了離別季節——在芳草萋萋、綠柳成蔭的春季。二是交代了離別的地點——在綠草如茵的郊野，一座橋下極為幽靜的柳蔭之中。寫別境之幽，正是為了凸出別情之苦。這兩句詞共十一個字，卻羅列了「芳草」、「長川」、「柳」、「危橋」、「橋下路」五種風物，其間「芳草長川」是大畫面，「柳映危橋」和「橋下路」是其中的局部特寫，從而創造了一種廣與深交融的藝術境界。這兩句詞所描寫之景，是芳辰美景，所抒寫之情，卻是傷離惜別的愁情。作者就是透過這種「情景不融」的映襯手法，給人以「良辰美景奈何天」（明湯顯祖《牡丹亭》）的深刻感受，真可謂起筆不凡。

下面三句，是寫送別之人在「行人去」後的惆悵情懷。「鴻」，是候鳥，牠的生活習性是適時而來，適時而去。作者在這裡用「歸鴻」這一形象，以比喻屆時而去的「行人」，含義深婉。「行人」之「去」，正如「歸鴻」之「飛」，忽來忽往，擇地而居，暗示了他們之間的情侶關係。一個「去」字，一個「飛」字，既表現送別之人無可奈何的惆悵，又表現了在「行人去」後的空虛、寂寞的哀愁。「碧山邊」一句，透過送別之人的遙望，不見如見，把已飛遠的「歸鴻」與已去遠的「行人」融為一體，收到了人、物相化的藝術效果。

過片，作者用「風微煙淡雨蕭然」這一抒情性的語句，來描寫送別之人的心境。那輕柔無力的微風，那疏淡的薄霧，那瀟瀟而下的陣雨，渲染出一種柔弱、朦朧、淒冷的氣氛，襯托出送別之人惆悵不堪的內心世界。這是人化的自然，也是自然的人化。亦情亦景，情景交融。這一句把上片末句人物相化的意脈，極其自然巧妙地承轉到下片的詞意之中，若斷若續，以空靈之筆，寫拙重之情。「隔岸馬嘶何處」一句，有疑問，有猜測。從雖去甚遠尚能遙望的「碧山邊」，至想像「馬嘶」而不見其人的「何處」，寫出了「行人」越去越遠的進程。「隔岸」從上片的「橋」字引出，「馬嘶」則隱含了行人。——如果真還能聽到馬嘶，就沒有「何處」這一問了。此句與溫庭筠〈河傳〉的「若耶溪，溪水西。柳堤，不聞郎馬嘶」用意略同。

結尾三句，集中地描寫了送別之人的傷感和情態。「九迴腸」是內心極度傷感的形象化。司馬遷在〈報任少卿書〉中說過，「是以腸一日而九迴，居則忽忽若有所亡，出則不知其所往」。作者正是用這個成語的固有含義，以表現送別之人由於內心極度傷感而在精神上所呈現出的迷離恍惚狀態。而「雙臉淚」則是這種內心感受在外部的表現。它體現了送別之人對「行人」一往情深、留戀不捨的情意。末尾以「夕陽天」一語作結，那逐漸陰暗的天空，何嘗不似送別之人越來越暗淡的心境？這心境和天境一樣，將慢慢地無聲無息地融入更為厚重的黑暗境地，給讀者留下了不盡之思。

這首詞在構思上頗具匠心。從「柳映」的晴天到「蕭然」的陣雨，再到雨後的「夕陽」，寫出了天氣即時間的變化。從離別之地的「橋下路」到「行人去」的「碧山邊」，再到「芳草長川」的「隔岸馬嘶何處」，寫出了行人由近而遠的位移。從首二句所寫離別時刻的感受，到次三句寫分別後的寂寞情懷，再到過片所寫的惆悵不堪的內心世界，以及最後所寫的極度感傷的情態，寫出了送別之人感情逐步深化的過程。這首詞用細密的意脈以表現深婉的感情，在藝術手法上是極為成功的。（秦惠民）

臨江仙　馮延巳

秣陵江上多離別，雨晴芳草煙深。路遙人去馬嘶沉。青簾斜掛，新柳萬枝金。
隔江何處吹橫笛，沙頭驚起雙禽。徘徊一晌幾般心。天長煙遠，凝恨獨沾襟。

這首詞所描寫的離索之情、惜別之意，乃詩詞中的常見題材。但把送別之人的思想感情，寫得如此曲折多變，極盡低迴宛轉之妙，卻不多見。

開頭兩句，寫送別的時間和地點。「秣陵江上」點明離別之地，秣陵，今南京；「雨晴」點明離別時的天氣；「芳草煙深」，為春天景象，點明離別的季節。這兩句含蓄地告訴我們：一對青年男女（或為夫婦，或為情侶）於春雨過後的清晨，依依不捨地離別在煙霧迷濛的秣陵江上，惆悵難禁。這是詞意的曲折層深之一。「路遙人去馬嘶沉」，是寫分手之後眷戀徘徊的情意。離人去遠，不僅望不見人影，而且還聽不到馬嘶聲。這是從視覺和聽覺兩個方面來表現空間距離之遠的。然而這句詞的重要含義，還在於從時間上描寫送別之人的繾綣情懷。人影不見，馬聲不聞，還呆呆地站在江邊凝望，正是以離人空間距離之遠來表現送別之人凝望時間之長。這是詞意曲折層深之二。「青簾斜掛，新柳萬枝金」二句，一是指出別離之地是在江邊柳樹之下的客舍，這使我們想起了古人以酒餞別和折柳送行的禮俗。二是指出送別之人已從別境的迷惘之中清醒過來，驀地看到沐浴在春陽中的「新柳」和飄盪在春風中的「青簾」，才意識到他們是離別在芳辰麗景之中。感情上這一難以名狀的深婉、隱微的變化，可以用王昌齡的〈閨怨〉「忽見陌頭楊柳色，悔教夫婿覓封侯」兩句詩來作註腳。這位送別之人在「新柳萬枝金」面前恐怕也有「悔教夫婿覓封侯」的懊惱吧。這是詞意的曲折層深之三。王國維在《人間詞話》中說：「正中詞品，若欲於其詞句中求之，則『和淚試嚴妝』殆近之歟？」這裡的「青簾斜掛，新柳萬枝金」二句，在芳辰麗景的背後，隱藏著離索惜別的哀愁，正是馮延巳「和淚試嚴妝」詞風的體現。這首詞的上片，寫到「朝雨」，寫到「客舍」，寫到「柳色」，使人想起有名的離歌「渭城朝雨浥輕塵，客舍青青柳色新」（王維〈送元二使安西〉），這首詞上片的意境有此詩的影響痕跡。

過片兩句，「何處吹橫笛」是所聞之聲；「驚起雙禽」是所見之景。一個「驚」字，一個「雙」字，寄託了無限情懷。「禽」驚飛尚能聚在一起；人離散則天各一方，是人不如鳥啊！這種表現手法與溫庭筠〈菩薩蠻〉的「新帖繡羅襦，雙雙金鷓鴣」有異曲同工之妙。這兩句詞的內容也是借景物以寄離情，是承接「青簾」二句意脈的。這是詞意的曲折層深之四。「徘徊一晌幾般心」，是對上文所抒之情的複雜變化而言的。「一晌」在這裡猶如一霎，指時間之短暫；「幾般心」，指感情變化之劇烈。在「一晌」的短暫時間之內而「幾般心」，充分表現了送別之人極不平靜的內心世界。這種不平靜的內心還表現在「徘徊」的行動上，使我們彷彿見到了一個在「青簾」、「新柳」之下徘徊往復內心極度不安的身影。她妒忌「雙禽」在驚散之後又能聚在一起，而嘆惜自己在芳辰麗景之際與親人離散，天各一方。這或許就是「幾般心」的內涵了。這是詞意曲折層深之五。結末兩句，以「天長煙遠」一語結景，以「凝恨獨沾襟」一語結情。「天長煙遠」寫眼前景物的空闊，但描寫自然境界之闊，正是為了展示離人的相距之遙，末句所「凝」之「恨」當然是在內心痛苦掙扎而不得解脫的「幾般心」了。「獨沾襟」三字點明了離索之情，惜別之意。這是詞意的曲折層深之六。這首詞語疏意密，唯出自能手，故有高渾之度。（秦惠民）

清平樂 馮延巳

雨晴煙晚。綠水新池滿。雙燕飛來垂柳院。小閣畫簾高捲。

黃昏獨倚朱闌。西南新月眉彎。砌下落花風起，羅衣特地①春寒。

〔註〕①特地：特別的、格外的。

這首詞中寫有「雙燕」、「垂柳」、「落花」，這些都是暮春時節的特有風物。還寫有「雨晴煙晚」，「新月眉彎」，這些都是傍晚景象。舊以農曆三月為暮春，並稱每月初三左右的新月為「蛾眉月」。據此則詞中所寫之景應是三月初三左右的暮春晚景。但此詞絕對不是單純寫景之作，它透過暮春晚景的描寫，以表現閨中人的淡恨輕愁。這類內容為詞中的傳統題材，在唐五代詞人的作品中比比皆是。但我們在誦讀此詞時頗覺清麗可喜，韻味無窮，不得不嘆服作者在構思上的獨具匠心和遣詞造句上的功力了。

春天傍晚，雨後轉晴，夕陽返照，煙靄升騰，園林中綠水漲池，波光瀲灩。這些都是閨中人在「小閣」中所見到的遠景，寫來層次清楚，色彩鮮明。這兩句詞所表現的思想感情，是人人都有的對生意盎然的春天景象的熱愛，還看不出具有閨中少婦個性特徵的主觀感受。但下面兩句就不同了，「雙燕飛來垂柳院。小閣畫簾高捲」，把少婦的感情色彩表現得十分強烈。雙燕歸巢是傍晚時刻的常見景象，而「小閣畫簾高捲」一語，卻含蓄地表現出主人公對雙燕歸來的過分殷勤。這一動作的心理暗示在於：讓燕子快快歸巢，雙棲畫棟吧。閨中少婦把自己在暮春傍晚所特有的感受和情懷，都融化到這無聲的高捲畫簾的行動裡。這兩句所寫的景物是由遠而近，透過「雙燕飛來」的進程，與「畫簾高捲」的行動以表現她的看不見、摸不著的心理活動，是虛則實之的藝術手法。

過片「黃昏獨倚朱闌」一句，是承接「小閣畫簾高捲」意脈的。從情懷寄託上明白地寫出了閨中少婦的「獨倚」，表現了黃昏後的寂寞空虛的心境。這與上闋「雙燕飛來垂柳院」形成鮮明對照，揭示了此詞的「燕歸人不歸」的懷人主旨。這比溫庭筠〈菩薩蠻〉中用「時節欲黃昏，無憀獨倚門」兩句描寫閨中少婦空虛寂寞的心理狀態更為含蓄。「西南新月眉彎」，是少婦淒涼冷落地「獨倚朱闌」時所見到的夜空景象，它和傍晚時所見到的「雨晴煙晚，綠水新池滿」那種生機勃勃的熱烈場面前後異趣。在碧海青天之下「獨倚朱闌」的少婦，那高掛在西南夜空的一彎新月，給予她的是一種什麼樣的感受呢？她或許會想到，月到十五是可以團圓的，人到什麼時候才能相聚在一起呢？這種望月懷人的心理，是閨中少婦面對此景極可能有的思想感情。結尾兩句更透露了閨中人敏感複雜的心緒。「落花風」，是暮春季節所特有的，閨中人對此十分敏感。當「落花風」吹動她的「羅衣」時，立刻引起了她「特地春寒」的感覺，這不能簡單地看作是客觀風寒刺激的反應，而是她主觀意念的真實流露。時至暮春，春事將盡，綠肥紅瘦。她意識到「落花風」吹落了大地的春華，也將「吹落」她的年華，不免產生紅顏易老的感慨。但這種感慨寫得極為含蓄，用風振羅衣而芳心自警的細節表現出來，言有盡而意無窮，手法是極為高超的。（秦惠民）

醉花間 馮延巳

晴雪小園春未到，池邊梅自早。高樹鵲銜巢，斜月明寒草。

山川風景好，自古金陵道。少年看卻老。相逢莫厭醉金杯，別離多，歡會少。

這首詞所表現的雖是「歡會」之情，但被譽為馮詞中具有俊朗高遠風格的代表作。開頭兩句，用「春未到」、「梅自早」的映襯手法，寫出了早春時候「小園」中的勃勃生機。在陽光的照耀下，雪在融化，冰在消解。池水也泛起了碧波，而作為春歸訊息的梅花，已冒寒先發了。大地開始蘇醒，萬物都充滿活力，而「梅自早」一語，更將梅花描繪成為富於進取精神的有情之物，俏立「池邊」，頗有一種清奇脫俗的風致，為全詞的抒情定下了基調。一、二兩句是寫小園中的白天，三、四兩句則是寫傍晚前後的景象了。「高樹鵲銜巢」，是傍晚之前所見。透過動詞「銜」，把「高樹」、「鵲」、「巢」三種事物組合起來，創造出一種動的境界，給生機勃勃的小園增添了動態美。「斜月明寒草」，是黃昏之後所見，透過動詞「明」，把「斜月」、「寒草」組合起來，創造出一種靜的境界，給月夜中的小園增添了靜態美。「高樹」句所描繪的是春事漸繁的高遠境界，「斜月」句所描繪的則是新月生輝的俊朗境界。透過這些描寫，我們窺見了作者對生活的執著熱情。這兩句詞意既是「梅自早」物情的承接，又是下文「醉金杯」歡情的鋪墊，體現了馮詞以輕靈筆致表現深婉感情的特點。

過片兩句，含義有三：一是正面讚美「晴雪小園」的「風景好」；二是點明小園坐落在「金陵道」上；三是指出「金陵道」「自古」以來就是風景勝地，不應辜負此遊，為此下三句張本。「少年看卻老」一語，雖然可以作「人生幾何」的消極理解，但也不能忽視有珍惜時光的積極意義，它與「池邊梅自早」一語所體現的進取精神是一脈相通的，是對生活執著之情的表現。最後三句是「少年看卻老」一句意脈的發揮，抒發了別易會難的感情，揭示了「就中言不醉，紅袖捧金杯」（南北朝庾信〈春日極飲詩〉）的主旨。至此，我們才清晰地看出這些「相逢」在一起的年輕人，從「晴雪」的白天開始飲酒，到「斜月」的夜晚還「莫厭醉金杯」，他們的「歡會」之情是極為濃烈的。

王國維在《人間詞話》中說：「正中詞除〈鵲踏枝〉〈菩薩蠻〉十數闋最煊赫外，如〈醉花間〉之『高樹鵲銜巢，斜月明寒草』，余謂韋蘇州之『流螢度高閣』，孟襄陽之『疏雨滴梧桐』不能過也。」王國維所舉韋應物〈寺居獨夜寄崔主簿〉句與孟浩然聯句詩的「微雲淡河漢，疏雨滴梧桐」，均是這兩位詩人作品中具有俊朗高遠風格的顯例。馮詞的主要風格是在濃麗之中見悲涼之慨；但有時也在濃麗哀傷的詞作中出現一兩句格調俊朗高遠的詞句，這正是馮詞深美閎約的具體表現。（秦惠民）

謁金門 馮延巳

楊柳陌，寶馬嘶空無跡。新著荷衣人未識，年年江海客。
夢覺巫山春色，醉眼飛花狼籍。起舞不辭無氣力，愛君吹玉笛。

這裡，我們看到了一位浪跡江湖、風流倜儻的美少年。這樣的形象，在詞裡倒是很少遇到。先見他在楊柳道上躍馬如飛，十分矯健（嘶空無跡，意為一聲馬嘶，早已跑得不見蹤影）；又見他身著荷衣，非常瀟灑。這是誰呢？這個人以前沒有見過啊，大概是位年年客遊、四海為家的俠士吧？「寶馬」句借用李賀〈金銅仙人辭漢歌〉「茂陵劉郎秋風客，夜聞馬嘶曉無跡」的字面與人物形象。荷衣，指芳潔的服飾。《楚辭．九歌．少司命》有「荷衣兮蕙帶，儵而來兮忽而逝」之句。本篇化用《楚辭》意境，有信手拈來、出人意表之妙。

看到下片，才知道上片所寫的少年英姿，分明是從一個女子的目光中打量出來的，已經帶上了幾許愛慕之情了。那神情，那心中的潛臺詞，正如溫庭筠所寫：「手裡金鸚鵡，胸前繡鳳凰。偷眼暗形相。不如從嫁與，作鴛鴦！」（〈南歌子〉）只是馮詞含蓄，溫詞更坦露一些。

果然，她傾慕的少年進入了她的夢中。由相見到入夢，從上片到下片，一跳而過，但並沒有斷線。夢見什麼，先不寫，只用「巫山春色」四字略略暗示那是一個愛情之夢，卻著力摹寫夢醒時的情態；這情態又不直接寫，卻用景物代情思，烘托出一個「飛花狼籍」的迷人境界。試想，醒來後猶自醉眼朦朧，猶在朦朧醉眼中看那萬點飛花，那是怎樣一個美妙的夢就可想而知了。直到最後，才點出夢境中的事：「起舞不辭無氣力，愛君吹玉笛。」卻是作為醒後的回味來寫的。「無氣力」與「醉眼」呼應，是一種沉醉、迷醉的情態：只因為喜歡聽你的清脆的玉笛聲，即使嬌慵無力，我也要為君起舞啊。這真是一個美麗的、無邪的少女之夢。

這首詞上片寫人，像神馬一樣來去無跡；下片寫情，像春夢一樣縹緲濃酣。寫人，筆調俊爽，清新飄逸；寫情，則迴旋吞吐，欲露還藏。分明是兩副筆墨，互相映襯。「寶馬嘶空無跡」，是雄姿英發的男子氣概；「起舞不辭無氣力」，是纏綿柔媚的女性情態。詞人用感情的催化劑，將二者交融在一起，使詞在濃摯纏綿的抒情中，別有一種雅健挺拔的趣味。以馬嘶無跡起，以笛聲穿雲結，一起一結，尤能以健語振起全篇，使此詞兼具陽剛與陰柔之美。（孫映逵）

謁金門 馮延巳

風乍起，吹皺一池春水。閒引鴛鴦香徑裡，手挼①紅杏蕊。

鬥鴨闌干獨倚，碧玉搔頭斜墜。終日望君君不至，舉頭聞鵲喜。

〔註〕①挼（音同挪）：搓揉。

宋馬令《南唐書．馮延巳傳》有一段涉及此詞的記載：「元宗嘗戲延巳曰：『吹皺一池春水，干卿何事？』延巳曰：『未如陛下「小樓吹徹玉笙寒」。』元宗悅。」元宗即南唐中主李璟，他自己就是一位有相當藝術修養、才情橫溢的著名詞人。在這一段詼諧的對話中，雖然李璟對此詞未作正面的評價，但讚嘆之情卻溢於言表。

那麼，這首詞在藝術表現方法上有哪些可取之處？我們不妨試加以分析。

「風乍起，吹皺一池春水」，詞一開頭，作者就以生花妙筆把特定環境中的春天景色用特寫的鏡頭推到讀者的面前，一下子就緊緊抓住人們的視線，給人以別開生面的感覺。但它的妙處不僅僅在於寫景，而在於以象徵的手法，把她不平靜的內心世界巧妙地揭示出來。春風攪動了池水，春風更攪亂了思婦的心。她，一位富貴人家的少婦（從環境的描寫中可以作出判斷），因為丈夫遠出，遲遲未歸，心中的罣念自不必說。隨著光陰的流逝，季節的更迭交替，春天又悄悄地來到她的身旁。春風乍起，春色迷人，這一切怎能叫她無動於衷而不勾起思春的愁緒呢！這種由景入情、以景寓情的手法，把情和景如膠似漆地糅合在一起，交織成一幅完整而鮮明的畫面，確有獨到之處。

從寫景的角度來看，小小的「一池春水」，春風吹拂而過，水面上蕩漾著細紋微波，如此景色我們在生活中是很常見的，但作者用一個「皺」字來形容水的波紋，無疑十分貼切，而且把景寫活了，靜景化成了動景，一點不落俗套，這大概就是「詞眼」吧。而從抒情的角度看，一位身居深閨中的上層婦女長期受「溫柔敦厚」之類禮教的熏陶和束縛，一般說來，在涉及男女愛情這類的內心活動時，其感情的起伏，不大可能是洶湧澎湃式的，詞中所描繪的那種微波細浪，更符合她貴婦人的身分。文藝作品要描寫典型環境中的典型性格，在這裡不是可以得到一點啟迪嗎？

如果說，像蘇軾的「大江東去，浪淘盡、千古風流人物」那樣的詞，以雄渾奔放的風格成為千古絕唱的話，那麼，「風乍起，吹皺一池春水」，卻以纖細委婉的筆觸使它永世流傳。

這一短短的抒情小詞，卻成功塑造了一位上層社會的思婦形象。整首詞寫得絲絲入扣，層次分明。開頭由景入情，給人們引出個思春的少婦來，接著一個「閒」字，把她眼下過著那種無所事事、閒得發愁的生活揭示無遺。她無精打彩地逗著鴛鴦玩，漫不經心地將杏花放在手心上揉著，這種似是無意卻有情的動作，一舉一動都反映出她內心的惆悵和空虛。那成雙成對的鴛鴦，那迎著春天開放的紅杏，此時此景，怎不引起這位思婦對自己孤獨生活的深刻感觸呢？

如果說詞的上半闋主要是借景抒情，它並沒有告訴讀者她內心的不平靜究竟為了什麼的話，那麼，在讀完全詞後，我們就會瞭解，那是因為「終日望君君不至」的緣故。但是在點明主題之前，為了使形象塑造得更臻完美，作者便進一步透過外表的刻畫以襯托出她的精神狀態。「鬥鴨闌干獨倚，碧玉搔頭斜墜」，她孤身隻影靠在鬥鴨闌干旁，無情無緒低著頭觀看鴨子相鬥，也許她只是站在那兒呆呆地出神，以致插在鬆散的髮髻上的碧玉簪彷佛要墜落下來似的。這種由表入裡的刻畫，揭示了她內心懶散愁悶的情緒。清劉熙載說：「詞之妙，莫妙於以不言言之，非不言也，寄言也。」（《藝概．詞概》）這種含蓄的寫法，收到了「意在言外」的效果。

有一種說法，以為「鬥鴨闌干獨倚」與「碧玉搔頭斜墜」是對偶句。「碧玉」修飾「搔頭」，「鬥鴨」則是修飾「闌干」，因此，「鬥鴨闌干」是指繪有鬥鴨圖案的闌干。其實，這種理解未必妥當。關於鬥鴨闌干，《三國志．吳志．陸遜傳》記載：「時建昌侯慮於堂前作鬥鴨欄，頗施小巧。遜正色曰：『君侯宜勤覽經典以自新益，用此何為？』慮即時毀徹之。」可見古代富貴人家修建鬥鴨欄，是為了便於觀看鴨子相鬥以作樂消遣。如果「鬥鴨」僅僅是闌干的塗飾而非玩物喪志，則陸遜又何必如此認真。詞中女主人公在百無聊賴之際，獨自站在鬥鴨欄邊觀看鴨子相鬥以消磨時日，排悶遣愁，這不但符合她當時的心情，而且和整首詞的意境也完全吻合。關於「鬥鴨欄」的描繪，在古典詩詞中並不少見。在馮延巳之前，唐代韓翃即有「池畔花深鬥鴨欄，橋邊雨洗藏鴉柳」（〈送客還江東〉）的詩句；在馮延巳之後，宋代范成大有「綠水橋邊鬥鴨欄」（〈聖集誇說少年俊遊用韻記其語戲之〉）的描寫，從唐宋詩詞中這些描寫來看，鬥鴨欄即觀看鬥鴨之闌干，大概是不會錯的。

結句「舉頭聞鵲喜」，可謂傳神之筆。舊時以為喜鵲叫是報喜訊來的，《西京雜記》卷三即有「乾鵲噪而行人至」的說法。正當她思念心切之時，忽聽到一陣喜鵲的叫聲，她頓時興奮起來，猜想一定是丈夫快要回家了，心中充滿了希望。這樣，一個「喜」字便把這位少婦頃刻之間情緒的微妙變化非常生動地刻畫了出來。詞的結尾，感情突然來個轉折，頗耐人尋味。（高章采）

虞美人 馮延巳

玉鉤鸞柱調鸚鵡，宛轉留春語。雲屏冷落畫堂空，薄晚春寒、無奈落花風。
搴簾燕子低飛去，拂鏡塵鸞舞。不知今夜月眉彎，誰佩同心雙結、倚闌干。

這首詞為閨中少婦懷人之作，寫得感情深婉而又筆致輕靈，典型地體現了馮詞的風格。

上闋寫閨婦寂寞淒涼的處境。首先透過室內精美的陳設以表現其高貴的身分。「玉鉤鸞柱」，總指形製十分精緻的鸚鵡架；「雲屏」，是用雲母石製成的屏風。這些都是精美的器物。但這種精美的物質享受，掩蓋不了女主人精神上的空虛。開頭兩句，大白天裡以「調鸚鵡」來消磨時間，是百無聊賴的表現。外表似乎悠閒自在，內心卻隱含不安。且時值暮春，是易於引起閨婦傷感的節候，惜春之意與懷人之情在這裡互為因果地表現出來。作者在詞中沒有正面去描寫閨婦的惜春情緒，而是透過鸚鵡的「宛轉留春語」曲折地表現她的情懷。鸚鵡是學舌的，牠那「宛轉」的鳴聲，是對主人語言的模仿，這是以鳥語代人言的藝術手法，獨具匠心。下面兩句詞就把閨婦的懷人之思含蓄地表現了出來。傍晚時刻，天色逐漸暗淡下來，「雲屏」之冷落，「畫堂」之空寂，是閨婦此刻的主觀感受。室內屏風，古人作為床前的隔離物，作者的〈喜遷鶯〉就有「人語隔屏風」的描寫。閨婦睹物思人，自然會產生「雲屏冷落」之感了。人已離去，昔日畫堂中的熱烈景象不復存在，一個「空」字具體描寫了今日的寂寞淒涼。「冷落」與「空」是寫室內的淒涼氣氛，而「薄晚春寒、無奈落花風」，則是寫室外花落春殘的衰敗景象。暮春季節，春事將盡，晚風吹過，落紅滿地。「無奈」二字，不言惜花而惜花之情自見。這室內的「留春語」與室外的「落花風」，真正達到了物我相化、情景交融的境界。

過片兩句詞是寫行人去後的孤寂心情。傍晚應是雙燕歸棲畫棟的時刻。然而卻是「燕子低飛去」，其象徵意味十分濃烈。「鸞鏡」被灰塵所掩，棄置不用，曲折地表現了閨婦在行人去後的慵懶心情。這兩句更具體地寫出了「雲屏冷落畫堂空」的寂寞景象。結末兩句，含義曲折深婉：一是懷念佩戴「同心雙結」賞月的舊事；二是嘆惜今夜不能共同賞月的淒涼；此外還可能猜疑「百草千花寒食路，香車繫在誰家樹」（馮延巳〈鵲踏枝〉）。而這猜疑語氣，體現了閨婦的微妙心理。有人認為這是一首「妒詞」，不無幾分道理。（秦惠民）

虞美人　馮延巳

春風拂拂橫秋水，掩映遙相對。祇知長作碧窗期，誰信東風、吹散彩雲飛。
銀屏夢與飛鸞遠，祇有珠簾捲。楊花零落月溶溶，塵掩玉箏弦柱、畫堂空。

這首〈虞美人〉以男性的口吻抒情，將他失去情侶的悲哀娓娓道出，悽惋動人。詞中抒情主人公的悲哀，來自於他那甜美的愛情生活的毀滅。毀滅前的愛情生活越是幸福美滿，便越是顯示出毀滅的悲哀。因此，上片的開頭便「蓄勢於前」，極寫男歡女愛的熱烈場景：「春風拂拂橫秋水，掩映遙相對。」「拂拂」，風吹動貌。「橫秋水」，這裡指男女之間頻送秋波。風和日麗的春天，微風吹拂，綠樹叢中掩映著鮮紅的花朵，一男一女遙遙相對，頻送秋波，傳遞著相互愛慕的信息。接著，詞意順流而下，將男女之間的愛情化作一條奔流不息的溪水：「祇知長作碧窗期。」「碧窗」，碧綠色的紗窗。在唐宋詩詞中，「碧窗」二字往往指代男女歡會之處。李白〈寄遠十一首〉其八云：「碧窗紛紛下落花，青樓寂寂空明月。兩不見，但相思，空留錦字表心素，至今緘愁不忍窺。」李詩是寫對「碧窗期」的懷念，馮詞是寫對「碧窗期」的憧憬。這憧憬中的「長作碧窗期」，或許是他們的山盟海誓，頗有「在天願作比翼鳥，在地願為連理枝」（白居易〈長恨歌〉）的情味。以上是「蓄勢於前」，接著便是「急轉於後」，以「誰信」二字標誌出峰迴路轉：「誰信東風、吹散彩雲飛。」陸游〈釵頭鳳〉中有「東風惡，歡情薄」句，馮延巳這首〈虞美人〉詞中的「東風」似亦是此意，以「東風」無情比喻破壞男女愛情的惡勢力。「彩雲」，指代抒情男主人公所鍾情者。這是古典詩詞中時常呈現的一個意象，李白〈宮中行樂詞八首〉其一中有云：「只愁歌舞散，化作彩雲飛。」馮詞中的「東風吹散彩雲飛」，是說無情的東風吹來，彩雲般的戀情也消散無蹤了。由此可見，上片的妙處在於巧用了「蓄勢於前，急轉於後」的結構方法，這就使詞意在峰迴路轉中激起了悲哀之情的浪花。

過片是虛實轉捩處。由上片寫實事實景轉為寫夢境：「銀屏夢與飛鸞遠。」現實生活中是人去樓空，情侶遠去。但這位男主人公卻在碧窗下、銀屏旁相思成夢，在夢境中重溫那種鸞鳳和鳴式的愛情。這寫夢境的虛筆一晃，使過片如異軍突起，搖曳生姿。接著，詞中又出現了筆鋒陡轉，以「祇有」二字點破美夢，再轉回到現實的環境之中：「祇有珠簾捲。楊花零落月溶溶，塵掩玉箏弦柱、畫堂空。」「溶溶」，形容月光蕩漾。在這月光溶溶的美好時刻，很容易使人從月圓聯想到人團圓。但此時此刻卻是簾捲堂空，其失去情侶的悲哀不言而喻。對此，詞人用「楊花零落」、「塵掩玉箏弦柱」、「畫堂空」等多種意象疊加的手法，極力加以渲染。無論是以「楊花零落」寫景而兼及時令，還是以「塵掩玉箏弦柱、畫堂空」寫物而兼指情侶，都凝聚著沉重的失落感，寫人去堂空，悵恨不已。「畫堂空」，是反用崔顥〈王家少婦〉的詩意：「十五嫁王昌，盈盈入畫堂。自矜年最少，復倚婿為郎。舞愛前溪綠，歌憐子夜長。閒來鬥百草，度日不成妝。」崔詩寫少婦「入畫堂」，馮詞反寫「畫堂空」，以「空」字換「入」字，便將崔詩中所描寫的那種鸞交鳳友的男女情愛化為泡影。由此可見，一個「空」字，更加開拓了詞中的情感空間，注入了無限的悲涼之情。

如果說，「蓄勢於前，急轉於後」的結構方式，有利於創造「深美閎約」的藝術境界，那麼，濃麗中見悲涼的風格，則在唐五代詞中別具一格。這就是王國維《人間詞話》中所指出的，馮延巳的詞品殆近於「和淚試嚴妝」。這首〈虞美人〉寫男主人公失去情侶的「和淚」之悲，但偏偏如同女子那樣作「嚴妝」之麗。無論是上片中的「碧窗」、「彩雲」，還是下片中的「銀屏」、「珠簾」、「玉箏弦柱」和「畫堂」等等，都是色彩濃麗之物，透過它們來表現悲哀，將「嚴妝」之麗與「和淚」之悲交織成別具一格的悲劇。（陳書錄）

歸自謠　馮延巳

春豔豔，江上晚山三四點，柳絲如剪花如染。

香閨寂寂門半掩，愁眉斂，淚珠滴破胭脂臉。

這首詞寫閨中女子的寂寞相思之情，上片卻從景物著筆。一起先點明節令：「春豔豔」。一個「豔豔」，便將讀者帶進明媚鮮豔的春天的圖畫裡。「江上晚山三四點，柳絲如剪花如染」，悠悠春江，點點春山，纖細的柳絲，嬌豔的花朵，相映成趣。而這一切又都沐浴在金色的晚照之中，格外富有詩情畫意。作者運筆簡潔，用詞精當。一個「剪」字，自會使人聯想起唐代詩人賀知章〈詠柳〉的名句：「不知細葉誰裁出，二月春風似剪刀。」一個「染」字，極易喚起讀者對萬紫千紅、爛漫春光的無邊遐想。同時，這兩個動詞的使用，也是以擬人的手法寫出造物主創造自然的神奇力量，從而更加傳神地描繪出春天的蓬勃生意。

下片陡轉筆意，寫閨中女子的寂寞和愁怨：「香閨寂寂門半掩，愁眉斂，淚珠滴破胭脂臉。」「寂寂」適與上片的「豔豔」形成鮮明的對照。由此可知，上片所寫景物既非客觀之景，也不是詞中可有可無的點綴，而是閨中女子之所見。正是眼前這惱人的春色撩動了她的情懷，勾起了她的一腔幽怨。但究竟是女子在倚門或憑窗等待所思念的人時，於不經意中瞥見春色，從而引起滿腹愁緒呢，還是在獨居的孤寂中本以為賞春可以解憂舒懷，不料卻又平添了幾分新愁？作者沒有明說。而女子的愁怨是因為眼前雖有「春豔豔」之良辰美景，無奈

「香閨寂寂」，「便縱有千種風情，更與何人說」（柳永〈雨霖鈴〉）的青春的怨曠，還是因為她由春光難駐聯想到自己青春易逝、紅顏易老而生出的傷春的嗟嘆，這些，作者也沒有明說。但讀者正可以從詞人所留下的大段空白和上下片之間既不作一字過渡也沒有明顯承轉的跳躍中，馳騁想像，去探求其中的言外之意。唐代詩人王昌齡的〈閨怨〉寫閨中少婦由「不知愁」轉而生「悔」的心理變化，極其含蓄蘊藉，但其中畢竟有「忽見陌頭楊柳色」一句透露個中的消息，這裡卻無一字說破，正可見其頓挫空靈。

「香閨寂寂門半掩」，寫女子因春色觸動愁腸而回到閨中，「寂寂」二字襯托出她難耐的孤寂和淒涼。但她似乎還沒有完全絕望，失望與希望交織在她的心頭，這從「門半掩」中是不難窺見一點消息的。但希望畢竟是那麼渺茫，而滿懷愁緒又如此難遣，環顧四周，空閨寂寂，無人可語，傍晚的孤寂已令人難堪，這漫漫的春夜又如何挨得過去？想到此，不禁潸然淚下。「愁眉斂，淚珠滴破胭脂臉」，寫她蛾眉緊蹙，淚珠止不住地打濕了她那為「悅己者」而著意修飾過的嬌豔的臉兒。至此，詞中的主人公——一個嫵媚多情、惹人愛憐而又黯然神傷的女子形象，便栩栩如生、躍然紙上，她內心世界的孤寂、怨悱、痛苦也清晰地展現在讀者面前。詞到此戛然而止，只覺餘韻嫋嫋，令人回味無盡。

這首詞上片寫景，下片言情，以豔豔春色反襯女子的淒涼孤獨，是以麗景寫哀情，其效果正如王夫之所說：「以樂喜寫哀，以哀景寫樂，一倍增其哀樂。」（《薑齋詩話》）此篇語麗思深，韻逸調新，正是馮延巳詞的一貫風格。至於它的主旨究竟是代閨中女子立言呢，還是托閨情以抒己意，未便妄言。但是馮詞中頗多「旨隱詞微」（清末馮煦〈陽春集序〉語）之作，在不同題材的作品中又每每流露出淒涼愁苦、憂傷寂寞的感情，一望而知是他所處的時代和自身的經歷給作品打上的烙印。（張明非）

歸自謠　馮延巳

寒水碧①，江上何人吹玉笛，扁舟遠送瀟湘客。

蘆花千里霜月白，傷行色，來朝便是關山隔。

〔註〕①「寒水」一作「寒山」、「江水」。

全詞寫的是秋日江邊送別。上闋從送者角度落墨，下闋則懸擬行者的旅途境況，末句以喟嘆總收。

「寒水碧，江上何人吹玉笛」，詞作開頭，就以泬寥蕭索的情韻籠罩全詞。試看，寒江空闊，秋水凝碧。「碧」，在古詩詞中常作為一種傷心色。南朝江淹〈別賦〉云：「春草碧色，春水淥波，送君南浦，傷如之何！」此刻，江水依然是一派「傷心綠」，更兼金氣蕭瑟，薄寒初透，此時此景，人何以堪？而偏偏寒江碧波上又傳來陣陣清怨的笛聲，就在這時，一葉扁舟載送著友人，遠向瀟湘駛去。這裡，「何人」下應「瀟湘」，使人想起中唐詩人錢起的名句「流水傳湘浦，悲風過洞庭。曲終人不見，江上數峰青」（〈省試湘靈鼓瑟〉）。行人去處，青山無言而壁立，唯有不見其形的湘水女神哀怨的鼓瑟聲在山谷間縈迴；而詞人送行處，則是寒江冽冽，玉笛嗚咽聲又不知從何處飄來。這樣「何人」下透「瀟湘」字，將送處與去處，現實的傷感與神話的哀婉融成一體，遂產生凄迷如幻的藝術境界。晚唐詩人鄭谷有一首流播人口的絕句〈淮上與友人別〉：「揚子江頭楊柳春，楊花愁殺渡江人。數聲風笛離亭晚，君向瀟湘我向秦。」馮詞上闋，顯然是化用此詩的後二句，詞人以「何人」

輕輕設問為眼，啟人幽思，雖不明寫「愁」字，而哀愁之意卻躍然紙上。

下闋換頭，以「千里」字，照應前結「遠送」字，空際運思，自然地由上闋對送者悵觸的抒寫，轉入了下闋對行人旅況的懸想。「蘆花千里霜月白」寫的乃是秋夜遠行，這裡化用了《詩經．秦風．蒹葭》的詩意：「蒹葭蒼蒼，白露為霜，所謂伊人，在水一方。溯洄從之，道阻且長；溯游從之，宛在水中央。」這首懷人詩，抒寫了尋訪伊人而不可得的感傷。「蘆花千里霜月白」，既將「蒹葭」首兩句的意象濃縮於一句之中，創造性地融入了千里長途，皛皛秋月，從而構成蘆花濛濛，月色如霜，千里江天，慘白一片的空惘境況；又暗用「溯游從之」之意，以示詞人的思念也隨著行人的一葉扁舟遠去。「傷行色」繼寫舟中人也對這慘淡景色，黯然神傷，落到結句「來朝便是關山隔」，則將前五句曲曲折折的反覆抒寫收攏，點出哀怨之因：今夜之後，友人之間便將阻隔著重重關山，未知何日更能相見了。同時又由今夜而及「來朝」，翻出又一層意。至於明朝以及嗣後兩地相念之情景，又都在不言之中，真所謂「盡而不盡」。唐女詩人薛濤的名作〈送友人〉云：「水國蒹葭夜有霜，月寒山色共蒼蒼。誰言千里自今夕，離夢杳如關塞長。」詞的下闋，意境與薛詩又頗相似，然而造語更凝練，意境更寥廓。

這首詞在寥寥三十四字中熔鑄前作，如鹽著水，創造出內涵特深的意境。它一字一句都緊切江頭送別，而神思卻度越時空，迴旋於即目與往古、現實與神話之間，從而構成了近而能遠、迷離惝怳的優美境界。王國維《人間詞話》以「深美閎約」四字稱許馮詞，是很有見地的。（趙昌平）

南鄉子 馮延巳

細雨濕流光，芳草年年與恨長。煙鎖鳳樓無限事，茫茫。鸞鏡鴛衾兩斷腸。

魂夢任悠揚，睡起楊花滿繡床。薄倖不來門半掩，斜陽。負你殘春淚幾行！

此詞寫少女懷春之情。宋陳世修〈陽春集序〉評馮延巳詞云：「觀其思深辭麗，均律調新，真清奇飄逸之才也。」本篇擺脫花間詞人對婦女容貌與服飾的描繪，而轉向人物內心感情的刻畫，思深辭麗，在詞史上有一定影響。

首句以詠草起興。宋人周文璞云：「《花間集》只有五字絕佳：『細雨濕流光』。景意俱微妙。」（見宋張端義《貴耳集》。按稱《花間集》係誤記，詞乃見於《陽春集》）近人王國維則以為此五字「能攝春草之魂」（《人間詞話》）。二說確實道出了這五個字的妙處。絲絲細雨，灑在芳草地上，微風吹過，草上閃出陣陣白光，好似在流動一般。說它景色如畫，但圖畫不能顯其動；說它聲韻如樂，但音樂不能狀其形。下面再益以「芳草年年與恨長」一句，則將少女的愁恨化為具體可感的藝術形象，構成悠遠的意境。以草喻恨，唐宋詞中常用之。如李煜〈清平樂〉云：「離恨恰如春草，更行更遠還生。」秦觀〈八六子〉云：「倚危亭，恨如芳草，萋萋剗盡還生。」所不同的是：李、秦之詞首言離恨，後言芳草，是融情入景；此詞則先寫芳草，後寫離愁，是因景生情。因景生情能於不知不覺中將讀者帶入詞的意境，使讀者不知不覺地受到感染。

「煙鎖」以下幾句，漸次引出少女的住處，描寫少女的離恨。細雨如煙，籠罩妝樓，係緊承起首二句，描寫雨中實境；然亦象徵女子心情，她妝樓獨處，好似被重重煙霧所封鎖，無限心事，難以傾吐。「煙鎖」二字，用得極其恰切。「茫茫」一個短語，復與「煙鎖」相應，將雨意、心情融為一境，讀之令人淒然。「鸞鏡鴛衾兩斷腸」，既寫室內陳設，也寫女子坐臥不寧的神情。她對鏡梳妝，唯見愁眉不展，徒興「誰適為容」之嘆；擁衾獨臥，亦復淒涼難耐，更生伶仃寂寞之思。詞至此處，女子鳳樓獨居的愁緒，可算是形容盡致。

過片轉寫夢境。從寫法上說，此乃宕開一筆，是「離」；然而在內容上仍是寫愁恨，是「合」。因為有離有合，所以使全詞疏落有致，不膩不滯，引人入勝。「魂夢任悠揚」，是對「煙鎖鳳樓」的激射。在現實生活中，她被困守妝樓，與世隔絕；可是到了夢境裡，她卻無拘無束，自由馳騁。「睡起楊花滿繡床」，未言其夢實如何，情實如何。從所提供的境界尋味，蘇軾〈水龍吟．次韻章質夫楊花詞〉「夢隨風萬里，尋郎去處，又還被、鶯呼起」，可作此句的注解。楊花飄動，有如夢魂悠揚，上下二句互文見義，亦可見修辭之巧。

然而夢醒以後的美好情緒是短暫的，當女子回到現實中時，痛苦又纏繞著她的心靈。「薄倖不來門半掩，斜陽。負你殘春淚幾行！」「薄倖」是「薄倖郎」的省稱。夢既難逢，人又不至，覺後從半掩的門縫間透進一抹斜陽，亦寫景，亦寓情。「斜陽」，點出這睡與夢是午睡、午夢。夢會無憑，一日又過，一春可知也是如此。直到春殘，總在無限相思事中辜負了春光，「淚幾行」者，不知幾行也，回應篇首之年年長恨。至此便知詞人筆下的離恨也像細雨中的芳草一樣，一點點在增長，幾乎是草長一分，恨長一寸。周文璞所說「景意俱微妙」，不僅是評起句五字，也可算是在評全篇。細細品味，不正是如此麼？（徐培均）

長命女 馮延巳

春日宴，綠酒一杯歌一遍，再拜陳三願：

一願郎君千歲，二願妾身長健；三願如同梁上燕，歲歲長相見。

此詞民歌風味很濃，是馮詞中別具一格的作品。或謂其似本於白居易詩〈贈夢得〉。白詩云：「為我盡一杯，與君發三願：一願世清平，二願身強健，三願臨老頭，數與君相見。」馮作語言及用韻確與白詩相近。但比較起來，馮作卻不啻後來居上了。

首先，對飲雙杯指天發誓的場面用於寫愛情，比用於寫友誼似更為合宜。馮詞三願對於人間恩愛夫婦而言則相當典型。在具體描寫上，尤以馮作為工。這裡不但透過人物語言來抒情，而且透過相應的具體環境描寫來烘托人物的思想感情。明媚和煦的春日，不但是一派良辰美景，也象徵著寶貴的青春時光。豐盛的酒宴，悅耳的清歌，不但是賞心樂事，也象徵著人生的美滿。「綠蟻新醅酒」（白居易〈問劉十九〉），一個「綠」字（古時所謂「綠」，有時微近黃色），寫出了新酒可愛的顏色，使人如嗅到那醉人的芳香，更增加了生活美好的感覺。凡寫景無不含情。結尾的「梁上燕」雖是比喻，卻也是春日畫堂的眼前景物，此比中亦有賦義。這樣，春日、綠酒、清歌、呢喃燕語，構成極美的境界，對於愛情的抒寫，是極有力的烘托。馮詞與白詩篇幅差不多，但內容格外豐富充實，與此大有關係。

其次，二作都多用數目字，而馮作運用更有特色。全詞有「一」、「再」、「三」，「一」、「二」、「三」的重複，前一組表數目，後一組表次序，重複中有變化。「綠酒一杯歌一遍」的兩個「一」，孤立地看是兩個「一」，結合起來卻又會增出新意。蓋在此春宴上，豈只飲一杯酒？每進一杯酒，即歌一遍，則文字上是「一」，事理上又會變成「三」或者更多，這與「陳三願」的「三」之為固定不變的，又自不同。「三願」表現主人公願望之強烈。她不求富貴，唯願夫婦相守長久，意願雖強而所求不奢。較之白詩，去掉了「世清平」一語，而改為「一願郎君千歲」，與「二願妾身長健」意思相同，分兩句重言之，更見意願集中而單純。詩歌形象也更突出。

其三，詩為齊言，詞為長短句，形式更活潑，與內容相宜。〈長命女〉以三五七言句錯綜為調，安排頗具匠心。此詞重在「三願」，故以最短的句子「春日宴」寫環境，頗簡妙；而末兩句一氣貫注作一長句：「三願如同梁上燕，歲歲長相見」，寫的是她情意最為深長的一願，便覺聲情合一。詩隔句用韻，詞則除了「一願郎君千歲」句外，句句入韻。形成始輕快，漸徐緩，復入輕快的旋律。不押韻的句子突然出現，即節奏減慢處，恰恰是內容由環境描寫轉為祝願之詞的地方。這使詞的語調具有良好的速度感，明快而不單調，很好地表達了主題。句的長短與韻的多變結合，使此詞音情俱美，且給人以新鮮活跳的感覺。

綜上三方面，此詞可謂做到單純與豐富、平易與雅致高度統一，深得民歌神髓，化平凡為神奇，「雖置在古樂府，可以無愧」（宋吳曾《能改齋漫錄》）。（周嘯天）

拋球樂 馮延巳

酒罷歌餘興未闌，小橋秋水共盤桓。波搖梅蕊當心白，風入羅衣貼體寒。且莫思歸去，須盡笙歌此夕歡。

這首詞就其內容而言，無非是寫士大夫酒罷歌餘個人感情上的一種追求，而其用筆含蓄婉約，有一種深厚豐美的意蘊。

「酒罷歌餘」，自是宴散人歸之時，而詞人意興猶未盡也。酒未盡興乎?歌未盡興乎?抑或那侑酒獻歌之人引起了詞人感情上的波瀾?「興未闌」三字，給人以懸念，引出下面一段文章來:「小橋秋水共盤桓」，宴散而人未歸，詞人離開熱鬧的歌筵後，來到幽靜的「小橋秋水」觀風景來了。一個「共」字，隱隱透露出盤桓於小橋秋水之上的，並非作者孤單一人，他身邊彷彿還有人在。所謂「共盤桓」，正是共伊人留連於「小橋秋水」間，不忍去也，這也就是「酒罷歌餘興未闌」的真正原因與結果吧。

然則「共盤桓」者，是什麼樣的人呢?下句便從倒映在橋下秋水中的倩影來寫伊人。「波搖梅蕊當心白」，粗粗讀來，或誤以為是寫梅花倒映波心搖蕩出的一片白色光影。細細體味，未必實寫梅花倒影，而是寫水中映出的如花人面。相傳南朝宋武帝女壽陽公主人日臥於含章殿簷下，梅花落於額上，拂之不去。自後女子便競作梅花妝（見唐韓鄂《歲華紀麗．人日梅花妝》）。本篇中的「波搖梅蕊」句，實是寫美人額上梅妝在水波中搖曳生姿的美景。詞不正面寫人，而是寫倒映水中之人影；又不直接寫人影，而是以局部梅妝代美人芳容，用筆曲折含蓄，而又富有韻味，給人以惝恍迷離之美感，可謂匠心獨運。

「風入羅衣貼體寒」，則是用直筆寫橋上人。詩詞中的「羅衣」，多指女子所服。〈古詩十九首．東城高且長〉即有「燕趙多佳人，美者顏如玉。被服羅裳衣，當戶理清曲」之句；作者〈鵲踏枝〉詞寫歌女又云「偷整羅衣，欲唱情猶懶」。結合首句「歌餘」，此美人身分可知。清風明月之夜，與美人「小橋秋水共盤桓」，是何等美好的境界。風兒透入薄薄羅衣，而至於「貼體」，更加生動地顯示出佳人美好的體形，而一個「寒」字，實寫夜已深沉。這一句字裡行間含蓄著詞人對伊人的愛憐關切之情。

時間已經很遲，應該回去了，而又戀戀不去者，仍然是「興未闌」也。結末二句又用兼有勸說與感嘆的口氣，申足「興未闌」三字之意。「且莫思歸去，須盡笙歌此夕歡」，回應首句「酒罷歌餘」，透露出「小橋秋水共盤桓」之人，正是樽前獻歌的女子，如此良宵，就更值得留戀了。

馮延巳在南唐中主李璟時代，仕宦通顯，位至臺輔，政治上卻碌碌無為，日與朋僚宴集，耽於佚樂，上面這首詞大概就是寫他自己佚樂生活的一個片斷吧。但其寫作手法隱約含蓄，使人感到撲朔迷離，如此詞中「共盤桓」之女子，看去如為層層雲霧遮掩的月裡嫦娥，恍惚使人感覺到她，而又看不到她。她開始引起讀者的注意，是「共盤桓」的「共」字，然後詞人又用閃爍其辭的「梅蕊」「羅衣」暗示其性別，最後才用「須盡笙歌此夕歡」，點出歌女身分。如此一步一步地暗示，可見運思何等細密。雖然，這首詞不過寫男女之情，而詞人著重寫自己內心的真實感受，並摻雜著某種對人生意義的體驗，加之寫法的含蓄婉約，遂使讀者感到它意蘊深美，就此詞意境而言，大有「遇美人於月下」之概。（高原）

拋球樂　馮延巳

逐勝歸來雨未晴，樓前風重草煙輕。谷鶯語軟花邊過，水調聲長醉裡聽。款舉金觥勸，誰是當筵最有情。

早在南朝鍾嶸《詩品·序》中就曾說過「氣之動物，物之感人，故搖盪性情，形諸舞詠」的話。大自然中四時景物之變化之足以感動人心，本來是千古以來詩歌創作中之一項重要質素。而一般說來則外界物象之所以能感動人心者，大約主要有二種情形：其一是由於有生之物對於生命之榮謝生死的一種共感，所以見到草木之零落，便可以想到美人遲暮之悲，如同晉陸機在〈文賦〉中所說的「悲落葉於勁秋，喜柔條於芳春」，這是最為常見的一種情況；其二則有時也由於大自然之永恆不變的運轉，往往與人世之短暫無常，形成一種強烈的對比，即如李煜在其〈虞美人〉詞中之由「春花秋月何時了」與「小樓昨夜又東風」，而感慨「往事知多少」與「故國不堪回首月明中」，這也是一種常見的情況。在這二種情況中，其物與心之互相感發的關係，可以說都是較為明白可見，而且在評賞時，也都是較為容易解說的。然而卻也有些作品，其物與心之間相互感發的關係，則並不如此明白易見，而其中卻又確實具有一種深微幽隱的感發，這一類詩歌是最難加以評析解說的，而馮延巳的這一首詞，就正是屬於這一類的作品，其所傳達的並不是什麼強烈明顯的情意，而是以銳敏細微的感受，傳達了一種深微幽隱的情緒之萌發。

開端第一句「逐勝歸來雨未晴」，先由時節和天氣寫起，而在時節與天氣之間，則表現了一種矛盾的情況。時節是美好的遊春逐勝的日子，而天氣則是陰雨未晴的天氣。所謂「逐勝」者，蓋指春日之爭逐於遊春賞花等勝遊勝賞之事，意興原該是高揚的，而陰雨的天氣則使人有一種掃興之感。可是「雨」而曰「未晴」，則似乎也透露有一種將晴而未晴之意。更何況詞人之「逐勝」也已經「歸來」，是則雖在陰雨之中，而詞人卻未曾放棄「逐勝」之春遊，而在此種種矛盾的結合之間，便已顯示了一種繁複幽微的感受，既有興奮，也有悵惘。既有春光之美好，也有細雨之迷濛。所以僅此開端一句看似非常平淡的敘寫，卻實在早已具含了足以引發人心之觸動的多種因素。像這種幽微婉曲的情境，是只有最為敏銳善感的心靈才能感受得到的，也是只有最具藝術修養的詞人才能表現得出來的。

接下去的「樓前風重草煙輕」一句，所寫的就正是此一敏銳善感之詞人在「逐勝歸來雨未晴」的情緒觸引中的眼前所見。「樓前」二字，表面不過只寫詞人之倚立樓頭，為以下所寫樓前所見之景物做準備。但詞人既已是「逐勝」「歸來」，則何以竟未曾入室憩息，而依然倚立樓頭，此豈不因其內心中正有一種觸引感發之故乎。而接下來所寫的「風重草煙輕」五個字，則使得其心中原已觸引起的一種感發，有了更為滋長和擴大的趨勢。「風重」者，是說風力之強勁，「草煙輕」者，是說草上之煙靄正因風之吹散而逐漸消失。表面所寫固是眼前雨中將晴未晴之景色，然而「物色之動，心亦搖焉」（南朝梁劉勰《文心雕龍．物色》），這種看似與人無干的景色，卻也正是引起人心微妙之觸發的重要因素。北宋詞人柳永就曾寫過兩句詞，說「草色煙光殘照裡，無言誰會憑欄意」（〈蝶戀花〉），可見「草色煙光」的景色，是確實可以引起人內心中之一種感發的。而且一個人如能夠觀察到風力之「重」與草煙之「輕」，則此人必是已在樓頭佇立了相當長久的時間了。於是詞人對四周的景物情事也就有了更為清楚的認知與更為深刻的感受。

因此下面乃又繼之以「谷鶯語軟花邊過，水調聲長醉裡聽」的敘寫。「谷鶯」鳴聲最為嬌軟，這種鳴聲正代表了春天所滋育出來的最新鮮的生命。何況這種嬌軟的鶯啼，又是從繁枝密葉的花樹邊傳遞過來的，有聲、有色，這種情景和聲音所給予詞人的感發，當然就較之第二句的「風重草煙輕」更為明顯和動人了。如此逐漸寫下來，大自然之景象便與詞人之情意逐漸加強了密切的關聯。於是下一句的「水調聲長醉裡聽」便正式寫到了人的情事。所謂「水調」者，據宋郭茂倩《樂府詩集》卷七十九《近代曲辭》所載〈水調〉之記敘，引《樂苑》曰「水調，商調曲也」，又稱其「聲韻怨切」，可見「水調」必是一種哀怨動人的曲子。而詞人又於「水調」之下加了「聲長」二字，便更可想見其聲調之綿遠動人了。何況詞人還在後面又加了「醉裡聽」三個字，如此就不僅寫出了飲酒之醉，而且因為酒之醉也更增加了詞人對歌曲的沉醉。

這首詞從開端的時節與天氣一直寫下來，感受愈來愈深切，寫到這裡，真可以說是引起了千迴百轉的無限情思。既有了如此幽微深切的感發，於是便不由人不想到要尋找一個足以將這些情思加以投注的對象，於是詞人遂在最後寫出了「款舉金觥勸，誰是當筵最有情」兩句深情專注的詞句。這二句真是表現得珍重纏綿。試看「款舉」是何等珍重尊敬的態度，「金觥（音同宮）」是何等珍貴美好的器皿，而金觥之中又該是何等芳醇的酒漿，最後更加一「勸」字，當然是勸飲之意，如此珍重地想要將芳醇的美酒呈獻給一個值得呈獻的人，則詞人心中所引發洋溢著的又該是何等深摯芳醇的情意。可是呈獻給什麼人呢？所以最後乃結之以「誰是當筵最有情」，在今日的筵席之間，哪一個才是真正能夠體會這種深醲的情意，值得呈獻這一杯美酒的有情人呢？這首詞從開端看來，原也只似一首泛泛的敘寫春天景物的留連光景之作，但卻於平淡的敘寫中逐漸加深了情意的感發，表現出內心中深微幽隱的一種投注和奉獻的追尋與嚮往之情，這種對於深一層之意境的引發，正是馮延巳詞的一貫的特色。只不過如他的〈鵲踏枝〉的「誰道閒情拋棄久」和「梅落繁枝千萬片」諸詞寫得較為盤鬱沉重，而這一首詞則寫得較為疏朗輕柔，劉熙載在《藝概．詞概》中，曾經說「馮延巳詞，晏同叔（殊）得其俊，歐陽永叔（脩）得其深」。大抵歐詞所得之於馮詞者，近於其盤鬱沉重的一類作品，而大晏詞所得之於馮詞者，則近於其疏朗輕柔的一類作品，當然在相似之中也仍有各人不同的風格。（葉嘉瑩）

菩薩蠻　馮延巳

嬌鬟堆枕釵橫鳳，溶溶春水楊花夢。紅燭淚闌干，翠屏煙浪寒。
錦壺催畫箭，玉佩天涯遠。和淚試嚴妝，落梅飛曉霜。

這首詞乃思婦懷人之作。「嬌鬟」，指柔美的髮髻。「釵橫鳳」，即鳳釵橫。首句是寫思婦頭髮蓬鬆、鳳釵橫墜的濃睡中姿態。她之所以睡濃，是因為夢好。透過夢境以表現情思，是詩詞中常用的手法，但馮延巳在這首詞中卻運用得更為高明。「溶溶春水楊花夢」這句詞，把意和境、情和韻融合到了渾化的境地，令人嘆為觀止。「溶溶春水」所描繪的幽美境界，包含著無限的蜜意柔情，這就是思婦之所以睡濃夢好的原由了。這一幽美境界的中心內容就是「楊花夢」。以楊花的悠揚飄盪，比擬她夢魂的自由飛逐。所夢為何？後來蘇軾〈水龍吟·次韻章質夫楊花詞〉詠楊花的「夢隨風萬里，尋郎去處」，可為註腳。一、二兩句寫夢境，三、四兩句則寫實境。夢境彌佳則實境彌苦。她夢境中美好的一切，在實境中都化作縱橫的燭淚與過眼的煙雲；夢境中的實變成實境中的虛。「紅燭淚闌干」，是蠟炬燒殘的景象；「翠屏煙浪寒」是爐煙將燼的感受。這是一種孤寂淒涼的情景，它和「溶溶春水楊花夢」構成強烈的對照，表現出思婦的悲涼感情，並且以景語出之，所以能給人以具體親切的感受。過片「錦壺催畫箭」一語，在時間上是承接「紅燭」二句意脈的。「玉佩天涯遠」一語，是承接「楊花夢」意脈的。一個「催」字，飽含著青春不駐、蒲柳先衰的感慨；而感慨之生則因「玉佩天涯遠」

了。「玉佩」指佩玉之人，亦即思婦所懷之人，與「楊花夢」所暗示的是同一情事。結末兩句，是寫思婦晨起梳妝時的情態與室外所見。「和淚」是悲哀的情態；「嚴妝」是濃麗的打扮。含著淚水來妝扮自己，無可奈何的委屈心情，是顯而易見的。「嚴妝」以後，遊目窗外，只見梅花在晨風中紛紛飄落了，既寫出了梅花顏色又寫出梅花的生動形象。面對此景，怎麼不使思婦產生韶華易逝、美人遲暮之感呢？

王國維在《人間詞話》中說：「正中詞品，若欲於其詞句中求之，則『和淚試嚴妝』殆近之歟？」在馮詞中，透過濃麗的色彩以表現哀傷感情的詞例是很多的。王國維的這一評論，恰切地道出了馮詞的主要藝術風格。（秦惠民）

三臺令（三首）　馮延巳

春色，春色，依舊青門紫陌。日斜柳暗花嫣，醉臥誰家少年？年少，年少，行樂直須及早。

明月，明月，照得離人愁絕。更深影入空床，不道幃屏夜長。長夜，長夜，夢到庭花陰下。

南浦，南浦，翠鬢離人何處？當時攜手高樓，依舊樓前水流。流水，流水，中有傷心雙淚！

清末馮煦〈陽春集序〉說：「翁（馮延巳）俯仰身世，所懷萬端，繆悠其辭，若顯若晦，揆之六義，比興為多。若〈三臺令〉〈歸國謠〉〈蝶戀花〉諸作，其旨隱，其詞微。」指出馮詞頗多「旨隱詞微」之作，〈三臺令〉也是其中之一。這三首小令，內容若不連屬，但都以清麗的辭采和委婉的手法，或觸景生情，睹物感興，或抒寫男女離情別意，以表達詞人的某種寄託，具有比較濃厚的感傷情調，體現了馮詞的基本風格。

第一首借對春天的讚美，表達了強烈的惜春感情，從而寄託了作者的人生感慨。詞一起頭便連用兩個「春色」，既是寫景，也是抒情。〈三臺令〉又名〈調笑令〉，開首用二字疊句，是依唐詞定格，重複言之，便有詠嘆意味，一下子便喚起了讀者記憶中對春天的美好鮮明的印象。接著，作者用濃墨重彩在千匯萬狀的春景中只捕捉了「青門紫陌」這樣一個富有表現力的場景，便生動描繪出萬物爭榮、奼紫嫣紅的駘蕩春光以及其中所蘊含的無限春意。筆墨洗練，形象鮮明，使讀者如身臨其境。青門，本是長安東門之一，這裡借指南唐都城金陵。紫陌，指京城裡的道路。這裡所寫顯然是金陵的春日風光。繼而作者又攝取了一幅饒有詩意的小景：在斜陽淡淡的金輝中，暗柳嬌花相互映襯，更見風致。一位少年陶然醉臥於其中，不僅成為景物的有機組成部分，而且使畫面更加活潑而富有生氣。這位少年的「醉臥」，究竟是因為與朋友狂歡痛飲呢，還是為這嫵媚動人的春色而如醉如痴？詞裡沒有明說。但透過「誰家」二字所流露出來的驚嘆不止的語氣，不難想見少年瀟灑的醉態、俊美的丰姿。這如詩如畫的明媚春光和少年豪放不羈的形象，深深地觸發了作者的情思，所以在接連嘆了兩聲「年少」之後（「年少」二字取上句尾「少年」二字顛倒而疊言之，也是此調定格），作者便直抒其意：「行樂直須及早。」這一感慨看似突兀，實則從第二句中「依舊」二字已透露出消息。這裡的所謂「依舊」正是「年年歲歲花相似，歲歲年年人不同」（劉希夷〈代悲白頭翁〉）之意，是對自然永恆而人生短促、青春難駐的慨嘆。正因為如此，對結末的抒情便不能簡單地理解為「及時行樂」的消極喟嘆，而應該看到其中不只包含了作者對青春的無限留戀，同時寄託了他自身的深沉感慨。語約意豐，含蘊無盡。

這首詞幾乎通體寫景，表面看來似乎淺顯易懂，了無餘韻，細細體味卻是景中含情，寓意深沉。這是由於作者看似毫不經意的信手攝入筆底的景物，實際上都是經過選擇和精心安排的，含蓄而巧妙地表達了作者的情思。詞中，不僅像「依舊青門紫陌」這樣夾敘夾議的句子有情有景，其他貌似客觀的寫景詞句也都景中有情，這就既使得末尾的抒情順理成章，水到渠成；也使得全詞渾然一體，情景交融。

第二首詞寫閨情，先從明月著筆：「明月，明月，照得離人愁絕。」滿月之夜，清輝照人，本是良宵美景，但對離人來說卻最容易觸景生情，勾起相思的痛苦，離別的愁情，獨居的孤淒。因此，在古典詩詞中明月似乎與離人、尤其是與思婦結下了不解之緣，寫明月牽愁惹恨的俯拾皆是。如曹植的〈七哀詩〉：「明月照高樓，流光正徘徊。上有愁思婦，悲嘆有餘哀」，張若虛的〈春江花月夜〉：「可憐樓上月徘徊，應照離人妝鏡臺。玉戶簾中卷不去，擣衣砧上拂還來」，都是用明月烘托思婦的離愁別恨。像那兩首詩中所使用的含蓄委婉的手法固然可以啟人深思，發人聯想，但有時直接強烈的抒情也會打動讀者的心弦，引起共鳴。這首詞的前兩句即是如此，它不假雕琢，也不用藻飾，似脫口而出，卻吐露了離人深深的怨情，從中彷彿可以聽到主人公因「愁絕」而對明月的抱怨和無可奈何的深沉的嘆息聲。

在總寫離人愁怨之後，作者追隨月光把鏡頭移到閨中，具體刻畫思婦的「愁絕」：「更深影入空床，不道幃屏夜長。」上句點明時間和環境。「空床」一詞語本〈古詩十九首．青青河畔草〉：「蕩子行不歸，空床難獨守。」暗示出思婦的身分，與上句的「離人」相照應，同時烘托出愁苦悲涼的氣氛。下句描寫思婦的孤寂難眠。思婦因對月相思不能入寐而倍感夜長，萬籟俱寂的漫漫長夜又更牽動了她的愁思，使她輾轉反側，難以為懷。這裡寫長夜雖不像唐人那樣使用誇張的手法：「似將海水添宮漏，共滴長門一夜長。」（李益〈宮怨〉）但透過反覆詠嘆也收到了同樣的效果。這兩句與晏殊〈蝶戀花〉：「明月不諳離恨苦，斜光到曉穿朱戶」寓意相同，都是怨明月相照的無情，雖似無理，卻真切地表達了閨中女子的愁思。

結末寫因久不能寐而結想成夢，進一步刻畫思婦的一片痴情。人隔兩地，會合難期，只有將希望託於夢寐，在虛無縹緲的夢境中得到暫時的安慰。然而這裡卻沒有寫她「枕上片時春夢中，行盡江南數千里」（岑參〈春夢〉）去千里迢迢尋夫，而只是「夢到庭花陰下」，頗耐人尋味。詞中雖未點明「庭花陰下」與遠人的關係，但從這優美的意境中不難想見她和他曾經在這裡留連徜徉，共度了許多美好的時光，給她留下了許多甜蜜的回憶，故此久縈於心，形諸夢寐。思婦醒來以後究竟是得到滿足還是反而更添惆悵，詞到此戛然而止，只覺餘韻嫋嫋，情味無極。這首詞起寫離人愁怨，次寫因愁絕而無寐，末寫求之夢寐以自慰，層層深入，將思婦的心理活動刻畫得極為真實細膩，委婉動人。

第三首是懷人詞。一起便傾吐了作者對所思強烈的懷念之情：「南浦，南浦，翠鬟不知何處？」「南浦」，是當初兩人分手的地點；「翠鬟」，形容美人的鬟髮，這裡用以指代美人，由此可知被懷念的乃是一位女子。南浦一別，音容渺茫，如今空見舊地，而「人面不知何處去」（崔護〈題都城南莊〉），觸景傷情，一時間生出多少感慨。在這懷人傷別的時刻，最容易勾起對往事的回憶，特別是相聚時的種種歡樂情景，更難使人忘懷。所以作者接著用逆挽法寫，由眼前淒涼和感傷所引起的對往昔歡樂的追思。「當時攜手高樓」一句，便是以極其凝練的語言和生動鮮明的形象，對往昔兩人共度的美好時光和彼此之間的綿綿情意作了高度的概括。接下去再從回憶跌入現實，只見景物宛在，流水依舊，而物是人非，人去樓空。相聚的歡樂與分離的痛苦形成強烈的對比，於是昔日的快樂反而增加了今日的痛苦。撫昔思今，情何以堪，只得寄情流水：「流水，流水，中有傷心雙淚！」將愁情與流水連在一起，用水流的滔滔不絕象徵愁思的深廣和綿綿無盡，這是唐、宋詞人常用的一種手法，如李煜的「問君能有幾多愁，恰似一江春水向東流」（〈虞美人〉）、歐陽脩的「離愁漸遠漸無窮，迢迢不斷如春水」（〈踏莎行〉），都是這類以水襯愁的名句。但這首詞裡寫流水的用意卻不止於此，也不僅是即景抒情，移情於景，還因為「樓前水流」是「當時攜手高樓」的見證。在此基礎上，作者抓住淚水與流水的共同特徵，進一步展開豐富的聯想，想像流水之所以如此綿長，是因為其中容納了無數傷心人的眼淚，這就把深沉強烈的離愁別恨表達得格外真摯動人。其後晏幾道〈留春令〉中說：「樓下分流水聲中，有當日、憑高淚」，顯然是從這裡受到了啟發。此詞將相思、離愁和眼前景物水乳般交融在一起，纏綿悱惻，淒涼幽怨，讀之使人黯然銷魂。

〈三臺令〉體制短小，這三首詞卻以有限的篇幅分別從不同的角度反映了豐富動人的內容。其中既有文人之作的凝練含蓄、音調諧婉，又有民歌的清新樸素、自然圓轉。三首詞雖非馮延巳的代表作，馮詞的藝術造詣也於此可見一斑。（張明非）

長相思　馮延巳

紅滿枝，綠滿枝。宿雨厭厭睡起遲，閒庭花影移。憶歸期，數歸期。夢見雖多相見稀，相逢知幾時？

這一首詞寫閨情。起句點明時令正當芳春：「紅滿枝，綠滿枝」，正是最富有春天氣息的兩種色彩，顯露出一派生機。然而，作者在用重彩勾勒了這樣一幅賞心悅目的圖畫之後，卻沒有順理成章地接著描寫如何賞春，而是出人意料地一轉，把焦點由戶外移入室內，由寫景轉為寫人：「宿雨厭厭睡起遲。」這一句筆調很平淡，看去若不經意，只是敘事，說因夜來有雨（宿雨）而致精神不振（厭厭），故而遲起，細心的讀者卻不難從中揣摩出一點消息。人物的心情因何絲毫沒有受到室外大好春光的感染，而是顯得無精打采，鬱鬱寡歡？接下去，本應交代「厭厭」、「睡起遲」的原因了，作者卻又不急於說破，而是再次將筆鋒一轉，由室內移向庭院，由寫人而及景。「閒庭花影移」一句，描寫了庭院幽寂、時光漸移的自然景象，卻與開頭的寫景不同，它不止於寫景，而是景中有人。作者正是透過人物在悄無聲息的「閒庭」注目「花影移」的外在活動，表現她寂寞孤獨、百無聊賴的內心情緒。與同類題材相比，此處用筆十分空靈。它與李清照「薄霧濃雲愁永晝，瑞腦消金獸」（〈醉花陰〉），有異曲同工之妙，卻更加含而不露，不著「愁」字痕跡。同時，與開頭「紅滿枝，綠滿枝」的熱鬧紅火形成鮮明的對照，傳達出人物淒涼的況味，是對上句人物描寫的深化，形象地揭示了她愁緒難遣的內心世界。

這樣，幾經轉折，上闋雖無一字言愁說恨，但一位在大好春光中愁苦寂寞的女子形象便鮮明地浮現在讀者眼前了。

下片明白點出女子愁悶的原因，在於對久別不歸的遠人的思念。「憶歸期，數歸期」，兩句話包含了女子對遠人的多少相思和柔情蜜意。「憶歸期」之「憶」，是回想他臨行時曾說定的歸來的日子；「數歸期」的「數」，是屈指計算離他的「歸期」還有多少天。時間愈靠近他所說的歸期，這「憶」和「數」的衝動就愈頻繁。辛棄疾〈祝英臺近〉所云「試把花卜歸期」，是他歸期未定，所以「卜」之；此詞卻是歸期有定而未至，所以「數」之，同一深情痴態。「夢見雖多相見稀」之句，寫作上雖列在「憶歸期，數歸期」之後，生活中卻是同步穿插的。常言道「日有所思，夜有所夢」。歸期頻數，所夢遂多，一「多」字，可見長年間念茲在茲，日間思之不足，繼之以夜夢。夢見的當然是他這個人了。夢見之日多，相比之下，相見之日就為少。「會少離多」，人情所不堪，何況於愛侶，於是盼歸之意益切。可是所約的「歸期」，到底準不準呢？在夢醒後頻頻失望的情況下，女子的信心也不足了，於是有「相逢知幾時」之嘆。詞至此結束，留有餘不盡之意讓讀者自去體味。

這首詞上片寫景，下片抒情。上片手法細膩，含蓄婉曲；下片明白曉暢，直抒胸臆。兩片語言風格不盡相同，卻和諧地構成一個整體。這不僅是因為兩者都以疊字句起，遙相呼應，也不僅是因為兩者都層層轉折，不一洩無餘，更主要的是上下兩片以相反相成的手法，分別展示了人物的外在表現和內心世界，生動刻畫出一個外表柔弱、內心深處卻激盪著極為熱烈奔放的感情的女子形象，讀之使人久久不忘。（張明非）

李璟

【作者小傳】（九一六～九六一）南唐中主。本名景通，改名瑤，後名璟。字伯玉，徐州（今屬江蘇）人。公元九四三～九六一年在位。詞存四首，意境較高，風格悽怨深遠。後人將他和李煜的詞合刻為《南唐二主詞》。

應天長　李璟

一鉤初月臨妝鏡，蟬鬢鳳釵慵不整。重簾靜，層樓迥，惆悵落花風不定。

柳堤芳草徑，夢斷轆轤金井。昨夜更闌酒醒，春愁過卻病。

這首詞描寫一個女子傷春傷別的情懷。上片敘眼前情事。首言其早起對鏡，無心梳洗；次言其幽閨獨處，寂寞淒惶；三言其因風惜花，暗傷零落。下片用回憶手法，寫她的昨宵好夢，寫她的更闌酒醒，最後以「春愁過卻病」的頓悟作結。「過卻」即超過之意。

愁是一種心理活動，是一種有時連自己也說不清楚的情緒。要把愁寫得具體、飽滿，使讀之者恍如身受親歷，歌哭隨之，並由此生發為一種審美感受，對人生產生深刻的體認，實為藝術家孜孜以求而並不容易達到的境界。李璟這首〈應天長〉之所以為人稱道，就在於達到了這種境界。詞人成功之處，在於運用了多種手法，從多個側面對這種情緒展開描寫，才把春愁寫得如此濃郁，如此動人。

入手兩句，先勾畫女主人公的肖像。但這幅肖像並非訴之直觀，而是見諸鏡中折射，起筆有睹影知竿之妙。你看她鏡中形象：眉如初月，鬢髮蓬鬆，鳳釵斜，顧影凝愁，卻又懶於梳整。這幅肖像，把她的千重心事，萬種情懷，展示得多麼鮮明、飽滿，不必更多著一字，已夠使讀者感受到她愁苦難禁的內心活動了。這一層，借折光手法，從鏡中形象展示她給我們的第一個印象。接下去「重簾靜，層樓迥」是第二層，換用烘托手法，從居處環境展示她的情懷，語言簡練而造境愈遠。她獨處於層樓深迥的幽閨之中，簾幕重重，闃無人語，這是一個與外界隔絕、與春天隔絕的死一般靜寂的環境。但平靜的環境裡，跳動著她極不平靜的春心，她一個人在這裡咀嚼著寂寞。漾漾春愁，味之可掬。清況周頤論詞境時說：「詞境以深靜為至。韓持國〈胡擣練令〉過拍云：『燕子漸歸春悄。簾幕垂清曉。』境至靜矣，而此中有人，如隔蓬山；思之思之，遂由淺而見深。」（《蕙風詞話》卷二）這裡的「重簾靜，層樓迥」正有「由淺而見深」的效果。接下去第三層「惆悵落花風不定」，改用虛筆，從她敏銳、豐富的聯想以揭示其心理狀態。高樓之上，重簾之中，但聞風聲不斷，但見帷幕飄蕭。她由風不定而想到花落，由花落而想到春盡，由春盡花落而想到自己的青春暗逝，紅顏易老，心事如一池春水，因風蕩漾，淪漪層層。這樣就把她滿腹春愁推進到一個更深刻、更濃郁的境界。

過片以「落花」透下，下片緊承以「柳堤芳草」，辭意斷而仍續，合而仍分。且過片「落花」，是由聞見而推擬之詞；換頭「柳堤芳草」，乃昨夜夢中曾歷之境，兩者都是虛筆，更顯得針線綿密。同時這換頭五字，字面上只寫陽春淑景，卻蘊藏著許多暗示，彷彿柳絲之下，芳草小徑之中，有她與所思者的蹀躞倩影，不寫人而人影雙雙如見。北宋韓縝〈鳳簫吟〉詞寫此境，曾有「恁時攜素手，亂花飛絮裡，緩步香茵」的名句。但韓詞用了十四字，李璟僅以五字盡之；韓明言「攜手」，李璟則僅用暗筆，卻能生發更豐富的聯想。手段之高，於此可見。然而，春夢片時，井邊轆轤之聲，將她驚醒。這「柳堤芳草徑，夢斷轆轤金井」是全詞的第四層。這一層換用反襯手法，以夢中片時聚首襯出現實中的無盡幽獨，手法再變。且改從夢境寫她的春愁，又換了一個側面。夢醒之後，忽忽如失，於是進一步回憶昨夜景況，補足「更闌酒醒」一節。昨夜對影傾杯，原為驅愁而買醉；不意夜深酒醒，四顧淒然，更引起她春愁泛濫，灩灩隨波，一發而不可收拾，最終逼出「春愁過卻病」一聲淒切的長吁，挽住全篇。這是全詞的第五層。這一層換用節節逆敘手法，從對酒、沉醉、酒醒這個側面，進一步醞釀她的春愁，越顯得愁濃於酒，愁之苦人，且甚於病。這結句看似徑言直道，但由於有前面層層感情積累，五字便有迴旋傾瀉之力，有一種讀之使人戰慄、起坐徬徨的感發力量。《柳塘詞話》所謂「詞如深巖曲徑，叢篠幽花，源幾折而始流」（見清沈雄《古今詞話》引），殆即此境。

多手法、多側面渲染醞釀春愁，是這首詞的基本藝術特色。另外，從結構上看，上片順敘，從早起對鏡入手；下片逆挽，以回憶昨夜作結。正由於昨夜的酒醒愁濃，才導致今晨的懶於梳妝。首尾迴環，互相映射。且上片所言，限於深閨一隅；下片把詞境推開，有夢裡雙雙春遊，有燈下一人對酒，把春愁烘托得更加鮮明突出。因此，上下兩片，復有層層推進的妙用。

李璟是南唐中主，因受後周脅迫，處境艱難，語多諱忌，詞中常以男女情事來曲折地表露其對人生深刻痛苦的體認。即以這首〈應天長〉而論，如果跳過字面提供的蟬鬢、鳳釵、柳堤、芳草的具體內容，讀者便會感受到這種傷春傷別之情所喚起的一種空虛、寂寞的意緒，便會觸到詞人孤苦無依、徬徨不安的痛苦心靈。（賴漢屏）

望遠行 李璟

碧砌花光錦繡明，朱扉長日鎮長扃。餘寒不去夢難成，爐香煙冷自亭亭。
遼陽月，秣陵砧，不傳消息但傳情。黃金窗下忽然驚：征人歸日二毛生！

此詞託居人念遠寄意。觀其所居碧砌、朱扉，主人公自然是一位貴婦。她在懷念遠行的心上人。從白天到深夜，從深夜到拂曉，從拂曉到朝日臨窗，柔腸百結。歇拍翻出一個「驚」字，悠悠思服中，忽感流年偷換，益深蕙蘭不采、秋草萎凋之痛，一往情深中，極翻騰跳蕩之致。

起首兩句寫白日之思。在陽光照臨下，碧砌花光，何等明麗溫馨，朱扉又何等堂皇富豔，乃接以「鎮長扃」，則前此之明麗溫馨，堂皇富豔，頓成淒涼冷落。清劉熙載《藝概．詞概》說：「詞之妙，全在襯跌。」此章一起，便用襯跌手法，構成一種幽淒悄悄的意境。次句疊二「長」字，更加深了這種意境。這位思婦在朱扉長閉中，索居幽獨，以如花似玉之華年，對此碧砌花光之淑景，心情如何，不言可喻。白晝已難消永日，漫漫長夜更添心頭淒寒，三、四句便寫靜夜之思。她轉側床第，遙夜岑岑，室中之寒氣至夜深而益厲，心頭之淒冷也隨夜深而彌冽。可見，「餘寒不去夢難成」者，非徒言氣候，乃著意心情。「爐香」句接寫她在靜夜中的無聊情境。幽悄淒寒，人影惸獨，一任香燼燭昏，她哪裡還有心思重添重剪！「爐香煙冷」四字，極寫其夜深難寢、百無聊賴的情懷。「亭亭」本爐煙裊裊上升景象，「自」即「猶自」之自。但既說「煙冷」，又安得復見爐香之裊裊婷婷?揆之常理，似不可解。其實這是一種幻覺，這幻覺更深一層地顯示出她惝怳的情懷。因為，她此時方欹枕未曾合眼，而心有專注，不覺爐香已燼，乃依稀似仍見一縷微煙，亭亭不盡；一如伊一縷情絲，縈迴而縷縷不絕。這一句寫得迷離惝怳，虛幻中有至情在。

過片「遼陽月，秣陵砧」，「遼陽月」映射上片「夜寒」，承上而意脈不斷；「秣陵砧」暗逗下片「征人」。「遼陽月」較之「夜寒」，空間更推進一步；「聞砧」以聲逗情，籠罩下片，又轉出了新境，深得「不脫不粘」、層層推進的妙諦。這是從詞的結構章法看。再從情境看，換頭六字，形成一種縹緲而又纏綿的意境，起著渲染氣氛的作用。在此對景難堪之際，復有疏砧斷續，與月俱來；則目既不堪接，耳復不堪聞矣。因為，那擣衣之聲，極自然地引起她的玉關之情，則「征人」宛然在意念之中了。現在，這位征人不但沒有歸期，連消息也杳不可得，這時緩時急的砧聲，不傳他的遠信以慰人，但傳離情別恨以惱我，實可懟怨。「不傳消息但傳情」句，以轉折為遞進，語氣中隱然有無可奈何的怨悵情緒。怨及疏砧，未免毫無道理。但這種毫無道理之處，正是她痴絕苦絕而又無可告語的心理狀態的絕妙寫照。此即詞家所謂「無理而妙」（清賀裳《皺水軒詞筌》）。

全詞自朱扉長扃一路迤邐寫來，愈轉愈深，結處「黃金窗下」，進一步寫出她的晨間之思。這首詞最出色的地方，也就在這最後一結，翻起了新的波瀾。「忽然驚」三字極超妙，記錄了她心底陡然發生的強烈震動。前此殘月疏砧，逗引她神馳萬里。沉思結想之際，她不悟身在何處，夜已如何；現在突見晨曦如黃金照臨窗下，始知東方既白，一番思量，便成旦暮。因此她頓感日月不居，流年似水，即使與所思重聚，到那時只怕彼此也都老了。白髮偷上鬢邊，青春已經消逝，豈不仍然是良辰美景虛設嗎?有此一結，將前此朝朝暮暮的相思情意，全部推開，進入了一個更深邃迷惘的哲理境界。思君不見固然是人間痛苦，思而最終得見又何嘗一定不是痛苦?全詞在這樣一種要眇迷惘的心理狀態中作結。清沈謙《填詞雜說》云：「填詞結句，或以動蕩見奇，或以迷離稱雋。」清王又華《古今詞論》引張砥中說：「後結如眾流歸海，要收得盡，迴環通首源流，有盡而不盡之意。」李璟這首〈望遠行〉的結尾，則又不只是「眾流歸海」，而是在歸海之際激起波瀾，結出一層動蕩不安的情意。它在纏綿繾綣中振起，在振起中轉入更深一層的纏綿繾綣。（賴漢屏）

攤破浣溪沙

李璟

手捲真珠上玉鉤，依前春恨鎖重樓。風裡落花誰是主，思悠悠。

青鳥不傳雲外信，丁香空結雨中愁。回首綠波三峽暮，接天流。

南唐中主李璟〈攤破浣溪沙〉（一名〈山花子〉）兩首，一首詠春恨，另一首詠秋悲，都寫得深婉清麗，富於情致。這首詠春恨的，雖不像另一首有名句可摘，但意境氣象卻更為渾融闊遠。

首句寫捲簾上鉤。「真珠」，即真珠簾的省稱。它和玉鉤這兩種華美的物象一方面透露了主人公的身分，另一方面又從反面襯托了「春恨」。捲簾上鉤這個動作，不論是為了遣愁消恨，還是為了望遠寄情，都使下句的抒情由於有了鋪墊而顯得富於包蘊。

「依前春恨鎖重樓」，這是捲簾之後因外物與內心的感應而引起的棖觸。春恨是抽象的感情活動，無形無跡，似乎不能說「鎖重樓」。但在懷有重重春恨的愁人眼裡和感覺中，那風裡落花、雨中丁香，以至包圍著重樓的整個氣氛，似乎都透出一層鬱悶的愁緒和無名的惆悵。「鎖」字不但把無形的春恨形象化了，而且傳出重樓中人那種為重重春恨所包圍的抑鬱窒悶的感受。說「依前」，則這種感受早已體驗多次，言外自含一種無可奈何和不堪忍受的強烈苦悶。以上兩句一開一合，一襯一跌，構成了感情的一個總迴旋，為全詞定下了基調，以下就圍繞「春恨」展開抒寫。

「風裡落花誰是主，思悠悠」，看到樓前簾外的落花，在風中飄搖散落，狼藉殘紅，不禁聯想起自己的命運，也和它一樣，面臨飄零凋殘的厄運而無法自主，無人護持。從這方面說，是觸景興感。但反過來也不排斥這種情況：由於詞人懷著飄零無主的感情去觀察、感受外物，遂使外物也帶上詞人自己的感情色彩，進而成為詞人身世的一種象徵。從這方面說，又是移情於物。實際上，在這裡情與景、物與我已經融為一體，很難截然分開了。「思悠悠」三字，將眼前景所引發的聯想推向更廣遠的領域。

過片續寫「春恨」。青鳥是神話傳說中為西王母傳遞信息的使者，這裡即借指信使。這句實際上仍從重樓遠望發興：看到天外飛來的青鳥，不禁聯想起青鳥傳書的傳說，但飛鳥卻並未帶來遠人的書信，故說「青鳥不傳雲外信」。樓前雨中的丁香，花蕾緘結不解，含苞未吐，像人的愁懷鬱結，故說「丁香空結雨中愁」。李商隱〈代贈二首〉其一說：「芭蕉不展丁香結，同向春風各自愁。」「丁香」句即從李詩化出。所不同的是，李詩用和煦的春風反襯丁香的「愁」，此詞則用迷濛的細雨正襯丁香的「愁」，機杼不同，而各極其妙。兩句一寫重樓遠望，一寫樓前近景，一虛中有實，一實中寓虛，構成工整而內容上存在因果關係的對句：正因為遠書不至，重樓中人便不免脈脈含愁，憂思鬱結。說「空結」，則又隱含徒懷愁思、無人憐惜的意蘊。這就把「春恨」進一步具體化了。

「回首綠波三峽暮，接天流」，結尾又從樓前宕開，縱目回望。但見浩浩江流，從遠方的三峽一帶迤邐而下，蒼然暮色，籠罩著西接天際的綠波。這境界，蒼茫闊遠，而又蘊含著黯然的愁思。南唐建都金陵，地處長江邊，由回望江水而遙接三峽，取景即在目前，抒情亦多借鑑。李商隱〈楚吟〉：「山上離宮宮上樓，樓前宮畔暮江流。楚天長短黃昏雨，宋玉無愁亦自愁。」中主詞這兩句，意境與李詩有相似處，只是因前面已說破「愁」，故沒有也不須再直接點出「愁」字而已。這個結尾，將前面反覆抒寫的「春恨」引向更加渺遠的境域，使讀者在吟味的同時不能不聯想到，詞人所抒寫的「春恨」恐怕已經很難用一般的閨中傷離懷遠之恨來拘限了。

南唐馮延巳和中主、後主的詞，純粹抒情色彩顯著，而且所抒之情往往比較虛涵概括，不局限於具體情事。他們一些抒寫傳統的離別相思、春恨秋悲的詞作，由於抒情的概括性和濃郁的悲涼傷感色彩，往往容易喚起讀者更廣泛的聯想。像本篇的「風裡落花誰是主」的感慨，就有可能融入對南唐風雨飄搖國運的憂慮與感傷，而結拍兩句所展示的境界也隱然含有無限江山都籠罩在蒼茫暮色中的意蘊。作者很巧妙地利用〈攤破浣溪沙〉這一詞調上下片結尾較〈浣溪沙〉添加的三字句，將引發聯想的重點放在「思悠悠」、「接天流」上面，詞的境界便顯得悠遠浩闊，令人玩味不盡。（劉學鍇）

山花子 李璟

菡萏香銷翠葉殘，西風愁起綠波間。還與韶光共憔悴，不堪看。
細雨夢回雞塞遠，小樓吹徹玉笙寒。多少淚珠何限恨，倚欄杆。

王國維《人間詞話》論及五代詞時，曾經有一段話說：「馮正中詞雖不失五代風格，而堂廡特大，開北宋一代風氣，與中、後二主詞皆在《花間》範圍之外。」關於南唐詞風之特色以及馮延巳詞對於意境的開拓，我以前在〈從《人間詞話》看溫韋馮李四家詞的風格〉（《迦陵談詞》）及〈論南唐中主李璟詞〉（《四川大學學報》一九八三年第三期）二文中，都已討論過。私意以為南唐詞之特色，蓋在其特別富於感發之意趣，也就是說在其詞中表面所敘寫的景物情事以外，更往往能觸引起讀者心靈中許多豐美的感動和聯想。所以我在論馮延巳詞時，就曾提出來說，馮詞所敘寫的似乎已經並不僅是現實之事件，而是一種感情之意境。現在我們所要討論的李璟的詞，也同樣可以在其所寫的表面情景以外，更引起讀者一種心靈中的觸發，只不過李璟與馮延巳所引起的觸發之意境則又各有不同。馮詞的感發是以其沉摯頓挫伊鬱惝怳之特質為主的；而李璟詞的感發則是以其自然風發的一種懷思嚮往之情致為主的。這一首〈山花子〉，就是最能表現李璟詞之此種特色的一首代表作。

談到詩歌之評賞，我一向以為主要當以詩歌中所具含之二種要素為衡量之依據：其一是能感之的要素，其二是能寫之的要素。而李璟此詞便是既有深刻精微之感受，復能為完美適當之敘寫的一篇佳作。開端「菡萏香銷翠葉殘」一句，所用的名詞及述語，便已經傳達出了一種深微的感受。本來「菡萏（音同漢淡）」就是「荷花」，也稱「蓮花」，後二者較為淺近通俗，而「菡萏」則別有一種莊嚴珍貴之感。「翠葉」也即是「荷葉」，而「翠葉」之「翠」字則既有翠色之意，且又可使人聯想及於翡翠及翠玉等珍貴之名物，也同樣傳達了一種珍美之感。然後於「菡萏」之下，綴以「香銷」二字，又於「翠葉」之下，綴以一「殘」字，則詩人雖未明白敘寫自己的任何感情，而其對如此珍貴芬芳之生命的消逝摧傷的哀感，便已經盡在不言中了。試想如果我們將此一句改為「荷瓣香銷荷葉殘」，則縱然意義相近，音律盡合，卻必將感受全非矣。所以僅此開端一句看似平淡的敘寫，卻實在早已具備了既能感之又能寫之的詩歌之二種重要的質素。這正是李璟之詞之特別富於感發之力的主要原因。

次句繼之以「西風愁起綠波間」，則是寫此一珍美之生命其所處身的充滿蕭瑟摧傷的環境。「西風」二字原已代表了秋季的肅殺淒清之感，其下又接以「愁起綠波間」五字，此五字之敘寫足以造成多種不同的聯想和效果：一則就人而言，則滿眼風波，固足以使人想見其一片動蕩淒涼的景象；再則就花而言，「綠波」原為其託身之所在，而今則綠波風起，當然便更有一種驚心的悲感和惶懼，故曰「愁起」。「愁起」者，既是愁隨風起，也是風起之堪愁。本來此詞從「菡萏香銷翠葉殘」寫下來，開端七字雖然在遣辭用字之間已經足以造成一種感發的力量，使人引起對珍美之生命的零落凋傷的一種悼惜之情，但事實上其所敘寫的，卻畢竟只是大自然的一種景象而已。「西風」之「起綠波間」，也不過仍是自然界之景象，直到「起」字上加了此一「愁」字，然後花與人始驀然結合於此一「愁」字之中。所以下面的「還與韶光共憔悴，不堪看」，乃正式寫入了人的哀感。而吳梅之《詞學通論》述及此詞時，則曾云：「菡萏香銷、愁起西風，與韶光無涉也。」此蓋由於「韶光」二字一般多解作春光之意，此詞所寫之「菡萏香銷」明明是夏末秋初景象，自然便該與春光無涉。所以吳梅在下文才又加以解釋，說「夏景繁盛，亦易摧殘，與春光同此憔悴耳」。以為此句之用「韶光」，是將夏景之摧殘比之於春光之憔悴。這種解說，雖然也可以講得通，但卻嫌過於迂迴曲折；所以有的版本便寫作「容光」，「容光」者，人之容光也，是則花之凋傷亦同於人之憔悴，如此當然明白易解，但卻又嫌其過於直率淺露，了無餘味。夫中主李璟之詞雖以風致自然見長，但卻絕無淺薄率意之病。故私意以為此句仍當以作「韶光」為是，但卻又不必將之拘指為「春光」。本來「韶」字有美好之意，春光是美好的，這正是何以一般都稱春光為「韶光」之故。年輕的生命也是美好的，所以一般也稱青春之歲月為「韶光」或「韶華」。此句之「韶光」二字，便正是這種多義泛指之妙用。

「韶光」之憔悴，既是美好的景物之憔悴，也是美好的人的年華容色的憔悴。承接著前二句「菡萏香銷」「西風愁起」的敘寫，此句之「還與韶光共憔悴」，正是對一切美好的景物和生命之同此憔悴的一個哀傷的總結。既有了這種悲感的認知，所以下面所下的「不堪看」三個字的結語，才有無限深重的悲慨。此詞前半闋從「菡萏香銷」的眼前景物敘寫下來，層層引發，直寫到所有的景物時光與年華生命之同此凋傷憔悴的下場，這種悲感其實與李煜詞〈相見歡〉一首之自「林花謝了春紅」直寫到「人生長恨水長東」的感發之進行，原來頗有相似之處。不過李煜之筆力奔放，所以乃一直寫到人生長恨之無窮；李璟則筆致蘊藉，所以不僅未曾用什麼「人生長恨」的字樣，而且只以「韶光」之「不堪看」作結，如此便隱然又呼應了開端的「菡萏香銷」「西風愁起」的景色之「不堪看」。所以就另有一種含蘊深厚之美，這與李煜之往而不返的筆法是有著明顯的不同的。

現在我們再接下來看此詞之下半闋。過片二句「細雨夢回雞塞遠，小樓吹徹玉笙寒」，對前半闋之呼應蓋正在若斷若續不即不離之間。前半闋景中雖也有人，但基本上卻是以景物之感發為主的；下半闋則是寫已被景物所感發以後的人之情意。我們先看「雞塞」二字，「雞塞」者，雞鹿塞之簡稱也。《漢書．匈奴傳下》云：「又發邊郡士馬以千數，送單于出朔方雞鹿塞。」顏師古註云：「在朔方窳渾縣西北。」因此後之詩人多用「雞塞」

以代指邊塞遠戍之地。這一點原是沒有疑問的。但是此一句卻可以引起幾種不同的理解：有人以為此二句詞乃是一句寫征夫，一句寫思婦。前一句所寫是征夫雨中夢回而恍然於其自身原處於雞塞之遠，至次句之「小樓」才轉回筆來寫思婦之情，此一說也；又有人以為此二句雖同是寫思婦之情，而前一句乃是思婦代征夫設想之辭，至次句方為思婦自敘之情，此又一說也；更有人以為此二句全是思婦之情，也全是思婦之辭，前句中之雞塞並非實寫，而是思婦夢中所到之地。「細雨夢回」者便正是思婦而並非征夫，此再一說也。

私意以為此諸說中實以第三說為較勝。蓋此詞就通篇觀之，自開端所寫之「菡萏香銷翠葉殘」而言，其並非邊塞之景物，所顯然可見者也。所以此詞所寫之應全以思婦之情意為主，原該是並無疑問的。開端二句「菡萏香銷翠葉殘，西風愁起綠波間」，寫思婦眼中所見之景色；下二句「還與韶光共憔悴，不堪看」，寫思婦由眼中之景所引起的心中之情，正如〈古詩十九首．行行重行行〉之所謂「思君令人老，歲月忽已晚」之意，所以乃彌覺此香銷葉殘之景不堪看也。至於下半闋之此二句，則是更進一步來深寫和細寫此思婦的念遠之情。「細雨夢回雞塞遠」者，是思婦在夢中夢見征人，及至夢回之際，則落到長離久別的現實的悲慼之中，而征人則遠在雞塞之外。至於夢中之相見，是夢中之思婦遠到雞塞去晤見征人，抑或是雞塞之征人返回家中來晤見思婦，則夢境迷茫，原不可確指也不必確指者也。至於「細雨」二字，則雨聲既足以驚夢，而夢回獨處則雨聲之點滴又更足以增人之孤寒淒寂之情，然則思婦又將何以自遣乎？所以其下乃繼之以「小樓吹徹玉笙寒」也。夫以「小樓」之高迥，「玉笙」之珍美，「吹徹」之深情，而同在一片孤寒寂寞之中，所以必須將此上下兩句合看，然後方能體會到此「細雨夢回」「玉笙吹徹」之苦想與深悲也。然而此二句之情意雖極悲苦，其文字與形象卻又極為優美，只是一種意境的渲染。要直等到下一句之「多少淚珠何限恨」，方將前二句所渲染的悲苦之情以極為質直的敘述一瀉而出，正如引滿而發，一箭中的。而一發之後，卻又戛然而止，把文筆一推，不復再作情語，而只以「倚欄杆」三字作了結尾。遂使得前一句之「淚」與「恨」也都更有了一種悠遠含蘊的餘味。何況「倚欄杆」三字又正可以與前半闋開端數句寫景之辭遙相呼應，「菡萏香銷翠葉殘，西風愁起綠波間」者，不正是此倚欄人之所見乎？像這種搖盪迴環的敘寫，景語與情語既足以相生，遠筆與近筆又互為映襯，而在其間又沒有絲毫安排造作之意，而只是如同風行水流的一任自然，這正是中主李璟詞之特別富於風發之遠韻的一個主要原因。（葉嘉瑩）

魏承班

【作者小傳】（?～九二五）前蜀王建養子魏弘夫之子。弘夫賜姓王，易名宗弼，封齊王。承班為駙馬都尉，官至太尉，《花間集》稱魏太尉。詞存二十一首。今有王國維輯《魏太尉詞》一卷。

訴衷情

魏承班

銀漢雲晴玉漏長，蛩聲悄畫堂。筠簟冷，碧窗涼，紅蠟淚飄香。皓月瀉寒光，割人腸。那堪獨自步池塘，對鴛鴦！

此詞就其言情的主題而言，可說是典型的花間詞；但就格調而言，比起那些倚紅偎翠的作品來卻要略勝一籌。魏承班是前蜀大官僚，詞作多綺靡，格調低下，但這首詞卻高雅得多。

詞的上片，透過對一系列事物的描寫，創造了一種寂寞淒涼的氣氛。這是一個晴朗的夜晚，銀河橫亙天空，長夜漫漫，使滿懷愁緒的人更加無法入睡。詞的第一句，就把人帶到了一個漫長而又難以排遣的秋夜。第二句「蛩聲悄畫堂」，蟋蟀的鳴叫，使畫堂更顯得寧靜。它體現了中國詩歌「以動寫靜」的特點，與「蟬噪林逾靜，鳥鳴山更幽」（南北朝王籍〈入若耶溪〉）之類的句子有異曲同工之妙。緊接著，作者又把竹席、紗窗、紅燭組合在一起，用靜物來進一步深化寂寞清冷的意境。同時，又連用「冷」、「涼」、「淚」三個詞，凸出了人的感受，「物皆著我之色彩」（王國維《人間詞話》），因此整個上片雖然沒有直接寫人，卻使讀者分明感到人的存在。這就是王國維所謂的「有我之境」。

詞的下片重在抒情。蒼白的月亮發出寒冷的光芒，就像一把利劍，令人腸斷。本來，秋月與春花一樣，是最迷人的。月下花前，是情侶傾訴衷腸的美景良辰。然而，對一個滿懷愁緒的人來說，這也是最難堪之時。詞讀到這裡，我們彷彿已經看到了一個坐臥不寧、痛苦不堪的人物形象，但他究竟為誰而痛苦，為何事而愁絕，尚不得而知。詞的最後二句，才為我們解了謎。在這樣的環境中，怎麼能夠忍受孤身一人去面對成雙作對的鴛鴦呢？鴛鴦雌雄相伴，歷來是男歡女愛的象徵。因此，這二句在揭開人物情感之謎的同時，也就揭示了這首詞的主題。

這首詞的主題無非是寫相思之苦，但由於作者著意於對環境氛圍的側面烘托，避免了花間詞人常用的對歡戀場面的直接描寫，因而顯得比較高雅，不失為一首頗可玩味之作。（陳允吉、胡中行）

生查子 魏承班

煙雨晚晴天，零落花無語。難話此時心，梁燕雙來去。
琴韻對薰風，有恨和情撫。腸斷斷弦頻，淚滴黃金縷。

清代萬樹在《詞律》中討論魏承班的這首〈生查子〉：「五言八句四韻，作者平仄多有參差。此詞八句第二字俱用仄者。」又稱：「按韓偓詞前第三句『那知本未眠』，後第四句『和煙墜金穗』，此乃初創之體，故只如五言古詩。至五代而宋，漸加紀律，故或亦依此魏體，而前後首句第二字用平者為多。雖間有一二拗句者，然名流則如出一軌也。」由萬氏所述可知，〈生查子〉詞牌其實亦是源出於五言詩。

既是源出於詩，通常便會保留下一些詩的特點。比較突出的一個表現，就是這個詞牌，常常以一對句子作為一個意義單元——如果一個詞牌的每片恰好是奇數句，這種特點幾乎是不可想像的，而句數呈偶數，則是詩的一個特徵。

魏承班的這首〈生查子〉，亦保持著這種特點。「煙雨晚晴天」，細雨稍停，晚晴方至，這樣的光景，本來可悲可喜，並不一定要有什麼固定的心情。但下一句「零落花無語」，隨即便為此時的心境定了調。飄零的落花默默無語，面對生命的凋落，這樣的情景，誰又能高興得起來呢？「難話此時心，梁燕雙來去」，說是此時的心境難以說明，但透過下面的梁間燕子雙雙來去的描寫，我們已經可以猜出個十之八九。一個「雙」字，早已寫出了主人公的孤獨。面對雙宿雙飛的燕子，她所感到的，其實便是那所謂的失侶之痛吧。上片的這四句，在邏輯上恰如一問一答，上句提起，下句托出，每兩句構成一個相對完整的意義單元，而各個意義單元又被置於一個大的抒情框架之內，顯現出一種層層遞進的關係。

下片的四句，依然延續這種寫法。「琴韻對薰風，有恨和情撫」，既然無人來作伴侶，能陪伴她的，便也只有這鳴琴了。琴韻隨著暖風飄蕩，彎彎曲曲，道盡無窮心事。只因胸中有難消之恨，故這琴聲中有不盡之情。前句但寫彈琴，後句又補充道乃是含情而奏，同樣的一提起一說明，構成了一個相對完整的意義單元。「欲將心事付瑤琴」，只可惜，「弦斷有誰聽？」（岳飛〈小重山〉）「腸斷斷弦頻，淚滴黃金縷」，暖風輕拂，並沒有撫息心中的悲愴；銀箏輕響，卻反叫人痛斷肝腸。彈琴的人兒似乎還想演奏下去，但琴弦卻屢屢崩絕。琴聲戛然而止，只有飄落的淚，打濕了繡金的衣襟。至此，悲痛已到達頂點，她終於控制不住自己，任由淚水縱情奔湧了。

魏承班的這首〈生查子〉，層層鋪墊，層層遞進，各層次間，錯落有致，極富變化。通篇貫穿一個「情」字，卻自始至終不肯說破。寫主人公之柔婉性格、狀主人公之深情繾綣，讀來使人覺得但在目前，而毫不覺其做作。全詞含蓄蘊藉，正所謂不著一字，而得不盡之意，無論當時現在，均可稱佳作。（劉競飛）

李煜

【作者小傳】（九三七～九七八）南唐後主。初名從嘉。字重光，號鐘隱。李璟第六子，公元九六一～九七五年在位，世稱李後主。降宋後，封違命侯，被毒死。能詩善文，愛好音樂，亦工書畫，尤以詞名。其詞以九七五年降宋為界，可分前後兩期。前期詞大都描寫宮廷享樂生活，風格柔靡，亦有清麗之作；後期多抒發亡國被俘的痛苦以及對往昔帝王生活的懷念，表現出濃重的感傷情緒。藝術上善於運用白描手法，生動而形象地抒寫真情實感，在題材和意境方面突破了晚唐以來以豔情為主的窠臼，使詞從音樂的附庸漸變為抒情述懷的工具，提高了詞的文學表現功能。後人將他的詞與李璟的詞合刻為《南唐二主詞》。其詞可靠者有三十八首。

虞美人 李煜

春花秋月何時了，往事知多少？小樓昨夜又東風，故國不堪回首月明中。
雕欄玉砌應猶在，只是朱顏改。問君能有幾多愁，恰似一江春水向東流。

前人弔李後主詩云：「作個才人真絕代，可憐薄命作君王」（清袁枚《隨園詩話·補遺》引郭麐《南唐雜詠》）。的確，作為一個「好聲色，不恤政事」（宋歐陽脩《新五代史》語）的亡國之君，沒有什麼好說的，可是作為一代詞人，他給後代留下許多驚天地泣鬼神的血淚文字，千古傳誦不衰。這首〈虞美人〉就是其中最為人所熟知的一篇。相傳後主於生日（農曆七月七日）晚，在寓所命故妓作樂，唱〈虞美人〉詞，聲聞於外，宋太宗聞之大怒，命秦王趙廷美賜牽機藥，將他毒死（見宋王銍《默記》）。所以，這首〈虞美人〉，可說是後主的絕命詞了。

這首詞通篇採用問答，以問起，以答結，以高亢快速的調子，刻繪詞人悲恨相續的心理。「春花秋月」，人多以為美好，可是，過著囚徒般生活的後主李煜，見了反而心煩，他劈頭怨問蒼天：春花秋月，年年花開，歲歲月圓，要到什麼時候才能完了呢？奇語劈空而下，問得好奇！然而，從後主處境設想，他對人生已經絕望，遂不覺厭春花秋月之無盡無休，其感情之極端悲苦可見。後主面對春花秋月之無盡時，不由感嘆人的生命卻隨著每一度花謝月缺而長逝不返。於是轉而向人發問：「往事知多少？」一下轉到社會現實中來了，「往事」，自然是指他在江南南唐國當皇帝的時候，可是，以往的一切都沒有了，都消逝了，都化為虛幻了。他深深嘆惋人生之短暫無常。「小樓昨夜又東風」，縮筆吞咽。「又東風」點明他歸宋後又過一年。時光在不斷消逝，引起他無限感慨。感慨什麼呢？「故國不堪回首月明中」，放筆呼號，是一聲深沉的浩嘆。夜闌人靜，幽囚在小樓中的人，倚闌遠望，對著那一片沉浸在銀光中的大地，多少故國之思，淒楚之情，湧上了心頭，不忍回首，也不堪回首。「故國不堪回首月明中」，他完全以一個失國之君的口吻，直抒亡國之恨，表現出後主任情縱性、無所顧忌的個性，和他那種純真而深摯的感情。「雕欄玉砌應猶在，只是朱顏改」，他遙望南國慨嘆，「雕欄」「玉砌」也許還在吧；只是當年曾在欄邊砌下留連歡樂的有情之人，已不復當年的神韻風采了。「只是」二字的嘆惋口氣，傳出物是人非的無限悵恨之感。

「亡國之音哀以思」（〈詩大序〉），由於亡國，李煜由一國之主，跌落為階下之囚，他失去了歡樂，失去了尊嚴，失去了自由，甚至失去了生存的安全感，這就不能不引起他的悔恨，他的追思，他對家國和自己一生變化的痛苦的嘗味。以上六句的章法是三度對比，隔句相承，反覆對比宇宙之永恆不變與人生短暫無常，富有哲理意味，感慨深沉。如頭二句以春花秋月之無休無盡與人世間多少「往事」的短暫無常相對比。第三句「小樓昨夜又東風」，「又東風」三字翻回頭與首句「春花」「何時了」相呼應，而與第四句「故國不堪回首」的變化無常相對比。第四句「不堪回首」又呼應第二句「往事知多少」。下面五、六兩句，又以「雕欄玉砌應猶在」與「朱顏改」兩相對比。在這六句中，「何時了」「又東風」「應猶在」一脈相承，專說宇宙永恆不變；而「往事知多少」「不堪回首」「朱顏改」也一脈相承，專說人生之短暫無常。如此迴環往復，一唱三嘆，將詞人心靈上的波濤起伏和憂思難平曲曲傳出。

最後，悲慨之情如衝出峽谷、奔向大海的滔滔江水，一發而不可收。詞人滿腔幽憤，對人生發出徹底的究詰：「問君能有幾多愁？恰似一江春水向東流」。人生啊人生，不就意味著無窮無盡的悲愁麼？「一江春水向東流」是以水喻愁的名句，顯示出愁思如春水的汪洋恣肆，奔放傾瀉；又如春水之不捨晝夜，長流不斷，無窮無盡。這九個字，確實把感情在升騰流動中的深度和力度表達出來了。九字句，五字仄聲，四字平聲，平仄交替，最後以兩個平聲字作結，讀來亦如春江波濤時起時伏，連綿不盡，真是聲情並茂。這最後兩句也是以問答出之，加倍凸出一個「愁」字，從而又使全詞在語氣上達到前後呼應、流走自如的地步。顯然，這首詞是經過精心結構的，通篇一氣盤旋，波濤起伏，又圍繞著一個中心思想，結合成諧和協調的整體。在李煜之前，還沒有任何詞人能在結構藝術方面達到這樣高的成就。所以王國維說：「唐五代之詞，有句而無篇。南宋名家之詞，有篇而無句。有篇有句，唯李後主降宋後諸作及永叔、子瞻、少游、美成、稼軒數人而已。」（《人間詞話刪稿》）可見李煜的藝術成就有超越時代的意義。當然，更主要的還是因為他感之深，故能發之深，是感情本身起著決定性的作用。也是王國維說得好：「後主之詞，真所謂以血書者也。」一個處於刀俎之上的亡國之君，竟敢如此大膽地抒發亡國之恨，是史所罕見的。李煜詞這種純真深摯感情的全心傾注，大概就是王國維說的出於「赤子之心」的「天真之詞」吧，這個特色在這首〈虞美人〉中表現得最為突出，以致李煜為此付出了生命。法國作家繆塞（Alfred de Musset）說：「最美麗的詩歌是最絕望的詩歌，有些不朽的篇章是純粹的眼淚。」（〈La Nuit de Mai 五月之夜〉）李煜〈虞美人〉不正是這樣的不朽之作嗎！（高原）

虞美人　李煜

風回小院庭蕪綠，柳眼春相續。憑欄半日獨無言，依舊竹聲新月似當年。
笙歌未散尊罍在，池面冰初解。燭明香暗畫樓深，滿鬢清霜殘雪思難任。

南唐後主詞，選者甚多，最為傳誦的名作如〈相見歡〉〈浪淘沙〉等，幾乎人人盡能上口。詞人的另一首〈虞美人〉，即「春花秋月何時了」，那膾炙人口，更不待言。至於此篇，則在次一等，或選或遺，正在重視與忽視之間。我覺這一首同調之作，應當比並而觀，方為真賞。大家喜誦那一首春花秋月，不過因它引吭高歌，流暢奔放，甚且有痛快淋漓之致，自易為所感染；像本篇這樣的，便覺「遜色」。實則暢達而含蓄自淺，痛快而沉著少欠，淵醇嚴肅，還讓斯文。

風回小院者何風？即「小樓昨夜」的東風是也，所以風一還歸，庭蕪轉綠。蕪者又何？草類植物也，有時自可包括叢生灌木，要是野生自茂之品，叢叢雜雜，而不可盡辨，故轉有荒蕪一義。春已歸來，原是可喜之辰矣，而心頭倍形寂寞，情見乎詞，正此之謂。庭草回芳，是一層春光；柳眼繼明，是進一層春光，故曰相續。當此之際，深院自鎖芳春，西樓無言獨上，憑欄而觀，而思——久之，久之，乃覺竹之因風，龍吟細細；月之破暝，鉤色纖纖：這一切一切，俱與當年無異。而有有異者在焉！

此所以為異者又究為何物耶？難言，難言。不易言，不肯言，不必言，皆言之難也。故曰無言。無言者，非謂無人共語也。

若自表面而察之，有笙歌侍宴，有尊罍美酒，池塘漾碧，春水乍溶，為歡正多，胡不排遣？然而心境不同，淒然不樂，笙歌杯杓，皆無所為用。夜色已深，回望所在之小樓，一片寶炬流輝，名香蘊馥，而攬鏡自照，已是鬢點清霜、頭生殘雪了，境隨年換，心與時遷，——倚闌久久而思者，至此倍難自勝矣。

此詞沉痛而味厚，殊耐咀含。學文者細玩之，可以識多途，體深意，而不徒為叫囂浮華之詞所動，則有進於文藝之道。

思，必讀「四」；任，必讀「仁」。倘昧此理，音樂之美盡壞，責將誰負乎？（周汝昌）

烏夜啼　李煜

昨夜風兼雨，簾幃颯颯秋聲。燭殘漏斷頻欹枕，起坐不能平。

世事漫隨流水，算來夢裡浮生。醉鄉路穩宜頻到，此外不堪行。

這首秋夜抒懷之作，具有李後主詞的一般風格。它沒有用典，沒有精美的名物，也沒有具體的情事，有的只是一種顧影自憐、空諸一切的觀念。一切都是那麼素樸，那麼明白，卻又令人低迴與困惑。大約是詞人後期之作吧。讀這類詞，最要玩味其中環境氛圍的創造，和抒情主人公淺貌下的深衷。

首二句寫秋夜風雨，完全是白描化的。它使人聯想到「簾外雨潺潺，春意闌珊」（〈浪淘沙令〉）那個境界。表面看來，風雨大作，怪嘈雜的，其實除了「颯颯秋聲」之外，此時更無別的聲音，反而見出夜的寂靜。令讀者覺得其境過清，幾乎要倒抽一口冷氣。此種詞句，最見後主本色。次二句出現了抒情主人公。這人物給讀者的第一個印象便是他過於清醒。他熬到「燭殘」，聽得「漏斷」（更鼓歇），可見是一夜未曾入眠了。這清醒狀態的描寫，正好逼出下片「醉鄉路穩」的感慨。另一個印象便是他方寸煩亂，「頻欹（音同依）枕」的「頻」字，表明他在床上是輾轉反側，五內俱熱。後來乾脆不睡了，但內心仍不平靜，表現在動作上便是「起坐不能平」。他到底為什麼，這恰恰是詞人不喜道破的了。

過片之後，全屬抒情。「世事漫隨流水，算來夢裡浮生」，這也許是最一般最普遍的人生感慨了。比如唐時李白也就有過「世間行樂亦如此，古來萬事東流水」（〈夢遊天姥吟留別〉），「浮生若夢，為歡幾何」（〈春夜宴從弟桃李園序〉）的詩文句。雖然是同一種感慨，但對於不同的人，其中包含的人生體驗之具體內容，則可以是各各不同的。此即《維摩詰所說經》所謂「佛以一音演說法，眾生各各隨所解」。後主詞所以能引起後世眾多讀者的共鳴，原因也在於此。這兩句中的「漫」字（作「空」解）、「算來」字，表現出一種空虛、疑惑、迷惘感，是很傳神的。他無法擺脫人生的煩惱，確實因為他太清醒，太執著。所以最後二句排遣道：「醉鄉路穩宜頻到，此外不堪行。」說穿了便是一醉解千愁，可詞人換了個比喻性說法——「醉鄉路穩」，則其反面便是醒者行路之難，故云「此外不堪行」。

詞中情調在今天看來，不免過於低沉，但在表現上卻有特色。作者將一己之現實悲痛納入普遍之人生感慨，透過一般來表現特殊，著重渲染了在人生道路上迷航者的那一份失落感，白描手法相當有力。這對北宋前期詞人有不小的影響。（周嘯天）

相見歡　李煜

林花謝了春紅，太匆匆。無奈朝來寒雨晚來風。
胭脂淚，留人醉①，幾時重？自是人生長恨水長東！

〔註〕①一作「相留醉」。

南唐後主的這種詞，都是短幅的小令，況且明白如話，不待講析，自然易曉。他所「依靠」的，不是粉飾裝做，扭捏以為態，雕琢以為工，這些在他都無意為之；所憑的只是一片強烈直爽的情性。其筆亦天然流麗，如不用力，只是隨手抒寫。這些自屬有目共見。但如以為他這「隨手」就是任意「胡來」，文學創作都是以此為「擅場」，那自然也是一個笑話。即如首句，先出「林花」，全不曉畢竟何林何花；繼而說是「謝了春紅」，乃知是春林之紅花，——而此春林紅花事，已經凋謝！可見這所謂「隨手」「直寫」，正不啻書家之「一波三過折」（晉王羲之〈題衛夫人筆陣圖後〉語），全任「天然」，「不加修飾」，就能成「文」嗎？誠夢囈之言也。

且說以春紅二字代花，即是修飾，即是藝術，天巧人工，總須「兩賦而來」方可。此春紅者，無待更言，乃是極美好可愛之名花無疑，可惜竟已凋謝！凋零倘是時序推遷，自然衰謝，雖是可惜，畢竟理所當然，尚可開解；如今卻是朝雨暮風，不斷摧殘之所致。名花之凋零，如美人之殀逝，其為可憐可痛，何止倍蓰！以此可知，「太匆匆」一句，嘆息中著一「太」字；「風雨」一句，憤慨中著一「無奈」字，皆非普通字眼，質具千鈞，情同一慟矣！若明此義，則上片三句，亦千迴百轉之情懷，又匪特一筆三過折也。講說文學之事，切宜細心尋玩，方不致誤認古人皆荒率淺薄之妄人，方能於人於己兩有所益。

過片三字句三疊句，前二句換暗韻仄韻，後一句歸原韻，別有風致。但「胭脂淚」三字，異樣哀豔，尤宜著眼。於是我想到老杜的名句「林花著雨胭脂濕」（〈曲江對雨〉），後主此處分明從杜少陵的「林花」而來，而且因朝來寒「雨」竟使「胭脂」盡「濕」，其思路十分清楚，但是假若後主在過片竟也寫下「胭脂濕」三個大字，便成了老大一個笨伯，鸚鵡學舌，有何意味？他畢竟是藝苑才人，他將杜句加以消化，提煉，只運化了三字而換了一個「淚」字來代「濕」，於是便青出於藍，而大勝於藍，便覺全幅因此一字而生色無限。

「淚」字已是神奇，但「醉」也非趁韻諧音的妄下之字。此醉，非一般飲醉、陶醉之俗義，蓋指悲傷淒惜之甚，心如迷醉也。

末句略如上片歇拍長句，也是運用疊字銜聯法：「朝來」「晚來」，「長恨」「長東」，前後呼應更增其異曲而同工之妙，即加倍具有強烈的感染力量。先師顧隨先生論後主，以為「問君能有幾多愁，恰似一江春水向東流」（〈虞美人〉），其美中不足在「恰似」，蓋明喻不如暗喻，一語道破「如」「似」，意味便淺。如先生言，則竊以為「自是人生長恨水長東」，恰好免去此一微疵，使盡泯「比喻」之跡，而筆致轉高一層矣。學文者於此，宜自尋味，美意不留，芳華難駐，此恨無窮，而無情東逝之水，不捨晝夜，「淘盡」之悲，東坡亦云，只是表現之風格手法不同，非真有異也。（周汝昌）

相見歡 李煜

無言獨上西樓，月如鉤。寂寞梧桐深院鎖清秋。
剪不斷，理還亂，是離愁。別是一般滋味在心頭。

亡國前耽於享樂，亡國後溺於悲哀，這就是李後主的一生。宋太祖開寶八年（九七五），宋軍圍攻金陵，李煜肉袒出降，被封為「違命侯」。從此，幽居在汴京的一座深院小樓，過著日夕以淚洗面的淒涼寂寞的日子。這首〈相見歡〉就是寫這種幽囚生活的愁苦滋味。

一個被幽禁的人有著一般人難以體會的孤獨與寂寞，後主真切地寫出了這種感受。「無言獨上西樓」，既是「獨上」，自然無人共語。這裡的「無言」更表現了後主內心的情緒，他的痛苦無人與說，也不願與人說，說了何用？又有誰能理解自己？「無言」又加「獨上」，使人看到一個「斯人獨憔悴」的孤獨身影。西樓見月，夜已深沉，顧影徘徊，不能入寐，其人之濃重愁情可見。「六字之中，已攝盡悽惋之神。」（俞平伯《讀詞偶得》）

他舉頭望月，月如鉤，在傷心人眼裡，這缺月不也象徵著人事的缺憾嗎？再向深院望去，冷月的清光照著梧桐的疏影，寂寞庭院，重門深鎖，多麼清冷的環境啊！「寂寞梧桐深院鎖清秋」，寂寞者，實非梧桐深院，人也。「鎖清秋」，被「鎖」者，實非「清秋」，亦人也。被鎖在深院中的人，悲愁無盡，只有清冷的秋天相對，怎不感到寂寞！上闋所寫，全是後主眼中之景，眼前的一切都著上冷落淒清的色彩。「無言」「獨上」是寂寞，

「梧桐深院」是寂寞，「鎖清秋」更是寂寞。為什麼沉默「無言」？為什麼孑然一身「獨上」？一個「鎖」字暗點身世。唉，這裡的月兒都不是圓的，更不用說人了。這種寫法即王國維所說「以我觀物，故物皆著我之色彩」（《人間詞話》）。後主寫景，也是寫他的純情的感受，情和景是合二而一的。

面對如此寂寞淒清之景，人何以堪？接著，詞人直抒胸臆道：「剪不斷，理還亂，是離愁。別是一般滋味在心頭。」過去的歡樂永遠過去了，如今一個人離群索居，嘗盡了「離愁」的滋味。千絲萬縷的離愁，緊緊纏繞著人，真是苦惱。我要和它一刀兩斷，永遠不再去想；可是不成，再快的剪刀也是剪不斷的。那麼，索性就去想個透吧，把它整理出頭緒來，可是我越想越煩，越理越亂了！這種滋味很不好受，又說不清楚，說它是苦的辣的酸的甜的，似都有那麼一點兒，又都不是，只好說「別是一般滋味」了。亡國之君的滋味，實盡包人世無可倫比的悲苦之滋味。這可不便直說，苦水只有往肚裡流，「別是一般」云云，極沉痛的傷心語也，所以，宋黃昇《花菴詞選》評論此詞時說：「此詞最悽惋，所謂『亡國之音哀以思』也。」

這首詞特別為後世詞家極口稱道的，是它對「離愁」的描寫。「離愁」，是人們內心一種抽象的感情，後主把它寫得很形象，寫出其滋味，寫出一種非常深切的人生感受，確是千古妙筆。離愁自是人的一種思緒。六朝民歌中常用「絲」諧音思念的「思」。李煜此詞也是用絲縷來比譬愁思，他用「剪不斷，理還亂」的千絲萬縷，形容愁思之紛繁和難以解開，比單純從諧音取義，更進一層。彷彿使人看到離愁就像一團轉動的亂絲，緊緊盤繞糾纏著人，而無法擺脫。這實際是寫詞人此時愁情萬端，有對過去的種種回憶，有對現狀的種種傷感，有對未來的種種憂慮，千千萬萬無形的感情的絲縷，纏繞著他，理也理不清，剪也剪不斷，確實是把離愁的特點極其深刻形象地寫出來了。結末一句寫離愁的滋味，也是絕妙之筆。「別是一般滋味」也就是說不出是什麼一種滋味，它可意會，不可言傳。實際上這正是真正經歷離愁之苦的人最為真切的體驗。所以明代沈際飛特別稱賞此句說：「七情所至，淺嘗者說破，深嘗者說不破。破之淺，不破之深。『別是』句妙。」（《草堂詩餘續集》）這種領會是深得詞心的。

這首詞另一突出的特點，就是寫情極其自然，整首詞就像脫口說出一般，語言樸素得簡直如日常口語，沒有一絲刻意修飾的痕跡。正如清周濟說的，後主詞如「粗服亂頭，不掩國色」（《介存齋論詞雜著》），清周之琦更驚呼後主詞為「天籟」（《詞評》），這自是出於李煜卓越的藝術才能，更主要的是他有真切的感情，已到了不需借助雕飾的地步了。清袁枚說得好：「詩者由情生者也，有必不可解之情，而後有必不可朽之詩。」（《小倉山房文集．答蕺園論詩書》）（高原）

一斛珠　李煜

曉妝①初過，沉檀輕注些兒個。向人微露丁香顆。一曲清歌，暫引櫻桃破。羅袖裛殘殷色可，杯深旋被香醪涴②。繡床斜憑嬌無那。爛嚼紅茸③，笑向檀郎唾。

〔註〕①一作「晚妝」。②裛（音同意），通「浥」，濕潤。醪（音同牢），濁酒。涴（音同握），弄髒，通「汙」。③紅茸：「茸」一作「絨」，指紅色絲線。或解為紅色嫩草。

這首詞，寫一個歌女從化妝出場到終場赴宴的全過程，中間充滿了戲劇情趣的描寫。

詞一開頭，便把描寫對象的活動，像一幅一幅的連環畫，一個一個的平視鏡頭展現在我們的面前，凸出了對象的特點，強調了主人公的嫵媚神態，使作品中所描寫的生活情景，都成了主人公有意識的活動，以喚起人們生活經驗中一些美好的回憶，給人以新鮮、真切、活潑、自然的感受。「曉妝初過」兩句，寫那美麗活潑的歌女，剛剛梳洗完畢，在脣上輕輕地點上一層潤澤而深紅的顏色。這裡的「沉檀」，是指深紅的顏色；「些兒個」是當時的用語，猶今言「一點點」。「向人微露丁香顆」，「顆」是花蕾，「丁香顆」是一種別號「雞舌香」的花蕾，它由兩片形似雞舌的子葉抱合而成，因以作為美人舌尖的代稱。她開始對客啟脣欲唱，先微露一下舌尖，也許是一個習慣動作，也許是為了稍潤脣吻，以便開唱。把歌女出場前的神態活靈活現地刻畫出來後，對真正的演奏場面，詞人卻惜墨如金，只用了「一曲清歌，暫引櫻桃破」兩語概括。以「櫻桃」喻美人的口，是詩詞中所習用的。白居易的「櫻桃樊素口，楊柳小蠻腰」（見唐孟棨《本事詩．事感》），韓偓的「著詞但見櫻桃破，飛盞遙聞荳蔻香」（〈褭娜〉），都是很好的例證。李煜在〈菩薩蠻〉中也描寫過演奏的情景，但那是管弦音樂的演奏，所以著重在描寫美人的指尖。「銅簧韻脆鏘寒竹，新聲慢奏移纖玉」，意思是那清越的笙聲，從慢慢移動的纖細而潔白的指尖上傳送出來。寫口則用「引」，寫指則用「移」，真是「造語用字，間不容髮」（宋葉夢得《石林詩話》卷上），亦即宋張炎所謂「善於鍊字面」（《詞源》）。以上是詞的上片，寫歌女出場前化妝到演唱時表情的神態。

下片從歌女收場後的酒會到斜倚繡床、笑嚼紅茸那種邀寵取憐的媚姿嬌態，使人恍如置身其中，十分真切地看到那個女主人公。它和上片是一氣呵成的，是一系列的連續性的鏡頭，把描寫對象的個性特徵，生動而形象地刻畫了出來。「羅袖裛殘殷色可，杯深旋被香醪涴」兩句，寫歌女演唱後的酒會場景，酒喝多了，羅袖被紅色而芬芳的酒沾髒了。殷色，是深紅色；可，隱約之義。起先還沾上點隱約可見的殘酒，及至深杯大口時，卻把衣裳汙染了。這暗示她已經喝醉。下面便寫她醉後的情態。「繡床斜倚嬌無那，爛嚼紅茸，笑向檀郎唾」，「嬌無那」是不勝其嬌，嬌到無以復加的樣子。「檀郎」，因為晉代的美男子潘安小字檀奴，所以舊時的女子稱自己的心上人為檀郎。她嬌慵地斜靠在繡床上，把嚼碎的紅茸唾向心上的人兒。這種恃寵撒嬌的神態，在這以前還沒有被人從生活中把它的美挖掘出來。這就是詞人的藝術敏感，這就是詞人的靈心慧眼。

五代詞人寫這類題材的很多，如毛熙震〈南歌子〉的「深院晚堂人靜，理銀箏。鬢動行雲影，裙遮點屐聲」，〈後庭花〉的「歌聲慢發開檀點，繡衫斜掩」，牛嶠〈西溪子〉的「捍撥雙盤金鳳，蟬鬢玉釵搖動」，他們所描寫的場面未嘗不真，所刻畫的形象未嘗不美，所選擇的詞語未嘗不豔，所表現的細微末節未嘗不具體，然而我們總覺得他們所寫的歌女缺乏個性，缺乏靈魂，可以套在一般的歌女身上。而李煜所塑造的這個歌女，則是有鮮明的個性特徵的，有自己的心理活動的，是一個有血有肉的特定的人，她的形容、情態、聲音、笑貌和那喜劇性的動作，構成了她特有的典型形象，也活躍了整個畫面的氣氛，因而增強了作品的感人力度。（羊春秋）

子夜歌

李煜

人生愁恨何能免，銷魂獨我情何限！故國夢重歸，覺來雙淚垂。

高樓誰與上，長記秋晴望。往事已成空，還如一夢中。

此詞調名，《全唐詩》作〈菩薩蠻〉，與〈子夜歌〉為同調異名。宋代馬令《南唐書．後主書第五》云：「後主樂府詞云：『故國夢初歸，覺來雙淚垂。』又云：『小園昨夜又西風，故國不堪翹首月明中！』皆思故國者也。」（按：與本書所錄為同詞異文）這是李煜入宋後在汴梁（今河南開封）所作抒寫亡國哀思的作品。

後期的李後主，是經歷大苦惱、大悲痛的傷心人，所作之詞，都是用淚水寫成的。此詞寫夢歸故國和夢醒後的悲哀，字字句句都凝著血淚。

人們夢醒時，夢境猶存腦際，會自然因之而生悲喜怨怒之情。上片寫的就是這個境界。詞中從夢醒後的悲嘆寫起，然後再說昨夜的夢，這樣可以增強悲嘆的語調，加重表現作者的悲痛之情，同時又避免了平鋪直敘，使詞的結構有所變化。當然，就此詞言，作者不過實寫當時景況而已，初未計及「章法」，猶人情急時搶地呼天，絕無暇去挑選詞句。李煜後期的詞全屬此類，這也是他不同於其他詞人的最大特色。

「人生愁恨何能免」，是講一般人的情形，言外是說，如果只是一般人那種愁恨，倒也罷了。「銷魂」謂因過度刺激而神思恍惚，如魂欲離體，可用以形容極度痛苦情狀。「何限」意同無限。「銷魂獨我情何限」，是說自己的愁恨多而強烈，世上沒有誰像自己這樣痛苦：常人只是難免有時會有愁恨，自己卻時時刻刻都在痛苦之中，永無歡樂之時；常人的愁恨還可以忍受，自己的痛苦卻到了無法忍受的程度。據宋代王銍《默記》卷下記載，李煜入宋後寄給金陵（南唐國都，今江蘇南京）舊宮人的書信中，說他「此中日夕，只以眼淚洗面。」

上面還只是泛言自己平時的情形，寫此詞時，則又有異於平時的特殊境遇：「故國夢重歸，覺來雙淚垂。」夢中是一國之君，多麼尊嚴、富貴、歡樂；醒來卻變成了敵國之囚，多麼卑賤、屈辱！由最頂端一下跌到最底層，這是多麼強烈的對比，怎能不刺痛他的心，使他心碎腸裂，淚流滿面？日有所思，夜有所夢，夢境正是現實的投影，這說明作者無時無刻不在思念故國，夢裡越歡樂，醒來就越痛苦，無時無刻不處在極度悲痛之中。

表面看去，下片似與上片文意不接，實則開頭兩句就是對昨夜的夢的具體說明。這裡用的是倒敘，意思是說，昨夜夢到過去在故國秋日登樓遠眺，醒來回憶夢境，想起昔日那種美好生活，不禁悲嘆現在再也沒人同他一道登樓了。「誰與」即「與誰」，是用詰問表示否定。昨夜夢到的，並不一定只是登樓一事，但此事應當是夢中的內容之一，正因為如此，夢醒後還特別提起。自然，也是因為平時常常記起此事，它才會在夢中出現。或將此解作與夢無關，上下片詞意便不通貫。回想過去作為一國之君，晴秋登樓，儀仗前導，妃嬪簇擁，武士衛護，大臣跟隨，何等威風氣派，繁華無比。據《默記》卷上說，李煜入宋後，「有旨不得與人接」，直如身居囹圄之中，這與從前正好形成強烈的對比，昔日的富貴繁華，恰恰反襯出今日的孤獨淒涼。過去的一切已成虛幻，作者五內摧傷，無可奈何，只有悲嘆往事如夢，再也不會重來了。但明知往事不堪回首，作者卻又無法忘卻，這悲嘆就是對過去的眷戀。作者後期的詞，即全以懷念故國為內容，其中寫夢回故國的，竟有四篇之多，足見作者無時無刻不因思念故國而傷心流淚，直至最後在淚水中結束了他的生命。

李煜後期的詞，都是從心裡自然流出來的，不是「做」出來的。中心痛楚，以歌代哭，自然無事雕琢。即如此篇八句，即全是脫口而出，句句如同口語。因為情真意深，故如實寫出，自成絕唱，不能從章法句法求之。

（王思宇）

臨江仙

李煜

櫻桃落盡春歸去，蝶翻輕粉雙飛。子規啼月小樓西，玉鉤羅幕，惆悵暮煙垂。

別巷寂寥人散後，望殘煙草低迷。爐香閒裊鳳凰兒。空持羅帶，回首恨依依。

這首詞，是李煜在圍城中所作。開寶七年（九七四）十月，宋兵攻金陵，明年十一月城破。詞當作於開寶八年初夏。詞中字句，各本有出入，詞尾缺十六字，據宋陳鵠《耆舊續聞》所錄補足。全詞意境，皆從「恨」字生出：圍城危急，無力挽回，緬懷往事，觸目傷心。「櫻桃落盡春歸去」，寫初夏的典型景物以寓危亡之痛。這裡的「春」，應包含「四十年來家國，三千里地山河」（〈破陣子〉）、「晚妝初了明肌雪，春殿嬪娥魚貫列」（〈玉樓春〉）的和平豪華的帝王生活，「春」既「歸去」，悔恨何及？緊接著「蝶翻輕粉雙飛」，與上句的情境極不調和，以粉蝶無知，迴翔取樂，反襯並加深悔恨心情。「子規啼月小樓西」，子規，相傳為失國的蜀帝杜宇之魂所化，這就加深了亡國的預感。這句與「蝶翻」句，從相反的方面刻畫矛盾心境。「玉鉤羅幕」，點明詞人以上見聞所及，是從小樓窗口獲得的。倚窗銷愁，愁偏侵襲，望暮煙之低垂，對長空而惆悵。這裡「惆悵」，是明點此時此地的複雜心境：宋兵壓境，國家朝不保夕，但詞人又無能為力，徒然為國勢失望而自傷。「暮煙垂」，形象地表現這種沉重的「惆悵」。

上片寫外景，視線由內向外，時間自日至暮；下片寫內景，視線由外轉內，時間自暮入夜。「別巷寂寥人散後」，寫小巷人散初夜寂寥的景況，是順著上片的時序，著重凸出「寂寥」，以渲染環境氣氛。「煙草低迷」，是「暮煙垂」的擴展與加深，冠以「望殘」二字，刻畫出淒然欲絕的寂寥人悵對寂寥天的形象。此處是一轉折：窗外已無可望，亦不忍望，只得轉向室內。「爐香閒裊」，本是宮廷中的尋常事，而在此一瞬間卻產生特異的敏感作用：危急的心情，乍遇爐香閒裊，似乎得到一晌的平靜，然一念及「一旦歸為臣虜」（〈破陣子〉），則愈覺惶惑難安。況且爐香是閒裊著「鳳凰兒」的，更是悽惋萬分。「鳳凰兒」，應是衾褥上的文飾（施肩吾〈抛纏頭詞〉：「一抱紅羅分不足，參差裂破鳳凰兒」），同時也暗喻小周后。小周后的形象在這裡隱約一現，是符合邏輯的，能完整地顯現出詞人的內心世界。在詞人眼底，往日經常出現「繡床斜憑嬌無那」（〈一斛珠〉）的媚態，而今卻見她「空持羅帶」的愁容。江山如此危殆，美人如此憔悴，怎能不「回首恨依依」！結處明點一「恨」，倒貫全詞，「淒涼怨慕，真亡國之聲」（《耆舊續聞》引蘇軾評此詞語）。

李煜詞，無論是寫豪奢生活，或寫亡國哀怨，無不深切感人，閃耀藝術光焰。這主要是由於他博學多能，而又不失其赤子之心，故雖用賦體直抒胸臆，而皆形象鮮明，性靈炳煥。（許永璋）

望江南　李煜

多少恨，昨夜夢魂中：還似舊時遊上苑，車如流水馬如龍。花月正春風。

這是李煜亡國入宋後寫的詞。〈望江南〉這個詞調的早期作品如白居易的幾首，就是回憶江南舊遊的。李煜用這個詞調來表達對故國繁華的追戀，可能不是偶然採用。原作二首，內容相近，這一首歷來為人們所傳誦。

「多少恨，昨夜夢魂中」，開頭陡起，小詞中罕見。所「恨」的當然不是「昨夜夢魂中」的情事，而是昨夜這場夢的本身。夢中的情事固然是他時時眷戀的，但夢醒後所面對的殘酷現實卻使他倍感難堪，所以反而怨恨起昨夜的夢來了。二句似直且顯，其中卻縈紆沉鬱，有迴腸蕩氣之致。

以下三句均寫夢境。「還似」二字領起，直貫到底。「還似舊時遊上苑，車如流水馬如龍」。往日繁華生活內容紛繁，而記憶中最清晰、印象最深刻的是「遊上苑」。上苑，皇帝的園林。在無數次上苑之遊中，印象最深的熱鬧繁華景象則是「車如流水馬如龍」。後一句語本《後漢書．馬皇后紀》：「車如流水，馬如游龍。」唐詩中也有成句（蘇頲〈夜宴安樂公主新宅〉七絕首句），用在這裡，極為貼切。它出色地渲染了上苑車馬的喧闐和遊人的興會。

緊接著，又再加上一句充滿讚嘆情味的結尾——「花月正春風」。在實際生活中，上苑遊樂當然不一定都在「花月正春風」的季節，但春天遊人最盛，當是事實。這五個字，點明了遊賞的時間以及觀賞對象，渲染出熱鬧繁華的氣氛；還具有某種象徵意味——象徵著在他生活中最美好，最無憂無慮、春風得意的時刻。「花月」

與「春風」之間，以一「正」字勾連，景之穠麗、情之濃烈，一齊呈現。這一句將夢遊之樂推向最高潮，而詞卻就在這高潮中陡然結束。

從表面看（特別是單看後三句），似乎這首詞所寫的就是對往昔繁華的眷戀，實際上作者要著重表達的倒是另外一面——今日處境的無限淒涼。但作者卻只在開頭用「多少恨」三字虛點，通篇不對當前處境作正面描寫，而是透過這場繁華生活的夢境進行有力的反托。正因為「車如流水馬如龍，花月正春風」的景象在他的生活中已經不可再現，所以夢境越是繁華熱鬧，夢醒後的悲哀便越是濃重；對舊日繁華的眷戀越深，今日處境的淒涼越不難想見。由於詞人是在夢醒後回想繁華舊夢，所以夢境中「花月正春風」的淋漓興會反而更觸動「夢裡不知身是客，一晌貪歡」（〈浪淘沙令〉）的悲慨。這是一種「正面不寫，寫反面」（清劉熙載《藝概．詩概》）的藝術手法的成功運用。

唐圭璋《唐宋詞簡釋》說：「此首憶舊詞，一片神行，如駿馬馳阪，無處可停。」上面所說的反面用筆的手法之所以成功，和這首詞一氣直下，略無停頓，最後在似無可煞的情況下陡然收煞的寫法很有關係。正是由於這個結尾，留下了大段空白，這才引導讀者去吟味思索那些意興淋漓的描寫背後所隱藏的無限悲愴。如果在這下面再接上「故國夢重歸，覺來雙淚垂」、「往事已成空」（皆〈子夜歌〉）一類句子，便覺興味索然。（劉學鍇）

望江南

李煜

閒夢遠，南國正清秋：千里江山寒色暮，蘆花深處泊孤舟。笛在月明樓。

李煜入宋以後寄託他亡國哀思的詞，有不少是回憶夢中情景的。這首〈望江南〉，常被解釋作夢中遊江南之所見。不過認真尋味，似乎又不是記夢。因為從開頭的這個三字句「閒夢遠」看，也可說作者陷入深沉的愁思中，精神迷離惝怳，那如煙的往事，雖仍縈迴腦際，可是卻如夢一樣地遠不可追了。

再從「夢」的具體內容看，「生於深宮之中，長於婦人之手」（王國維《人間詞話》），過著「量珠聘伎，紉彩維艘」（李煜〈卻登高文〉）之類極度奢侈生活的李煜，他入宋以後所思念的多是他往日裡的生活情景。而這首詞所寫的並不像李煜的親身經歷。南國，指江南。宋太祖開寶四年（九七一），李煜遣弟朝貢於宋，去唐號，稱「江南國主」，改印文為「江南國印」。江南，也即是他一直念念不忘的故國。寫「故國」，在這裡他沒有像不少詞中那樣懷念它的「鳳閣龍樓」（〈破陣子〉），「雕欄玉砌」（〈虞美人〉），春花上苑，夜月秦淮，他只是說此時的「南國」正是「清秋」。可是此刻的自己呢？作者一個字也沒有寫。這種手法，在李煜的詞中頗常見，如「還似舊時遊上苑，車如流水馬如龍。花月正春風」（〈望江南〉），雖然作者寫的是「舊時」，可是「今時」呢？也一個字沒有寫。但瞭解了李煜的身世，便不難想像得到。所以把詞的前兩句連起來看，可以說此時被幽禁在小樓上的李煜，正愁腸百結，神馳千里之外了。

南國的清秋使人縈懷，這是從大處落墨。李煜於宋太祖建隆二年（九六一）從他父親中主李璟手裡接過政權，南唐已去除帝號三年，改稱國主，不過三千里地的山河還維持了近二十年。這裡說「千里」，既見出秋來江山之寥廓，更表示出對國土的思念之情。「寒色暮」是對寥廓秋景的描繪，接下來兩句所寫的是在這清秋暮色的天地裡兩件具體典型的事物。

「蘆花深處泊孤舟」。蘆花潔白如雪，叢生攏聚，而一葉孤舟就穩穩地隱藏在它的「深處」。這種超然塵世之外、放浪江湖之間的生活，李煜雖不曾親身體驗過，但從前人詩文中、圖畫裡，是見得多的，對比他此刻的身遭囚禁，這「蘆花深處泊孤舟」，畢竟是世外桃源，誰說他不會心嚮往之！

「笛在月明樓」。這更是一番清幽別致的景色。明月滿樓，笛韻悠揚，多麼令人留戀的境界！如果說上句是「旅人之秋」，這句便是「居人之秋」。但無論或旅或居，雖略染些淒清的色調，景色卻是美麗迷人的。

在這首只有二十七個字的小詞中，如果說是記夢，一、二句八個字是說夢入南國的清秋，接下來三句是夢中之所見。如果不是記夢，那是他情思恍惚，積鬱滿懷，神遊故國，追慕起那清幽自在的情境和人物。總之，在構思上它以少總多，以小見大，南國的清秋雖只寫了那簡單的兩三件，卻是纖塵不染、清雅絕俗而令人心嚮往之的。這些具有典型意義的景物，最能觸動「夢裡不知身是客」（〈浪淘沙令〉）的人的胸懷，寫來又情景交融。表面上沒有一個字觸著人的感情，但它比直接說出「多少恨，昨夜夢魂中」（〈望江南〉），「多少淚，斷臉復橫頤」（〈望江南〉）更淒絕動人。全篇樸素自然，神行紙上。

這首詞，或作為「閒夢遠，南國正芳春。船上管弦江面綠，滿城飛絮輥清塵，忙殺看花人」這首〈望江南〉的下闋。但此調在唐時為單調，至宋時始為雙調。且用韻不同，應是單調兩首，同時所作。一憶南國的芳春，一憶南國的清秋，手法是完全一致的。（艾治平）

清平樂

李煜

別來春半，觸目愁腸斷。砌下落梅如雪亂，拂了一身還滿。
雁來音信無憑，路遙歸夢難成。離恨恰如春草，更行更遠還生。

這首小令相傳是李煜亡國之前的作品。有的研究者甚而指實說，它是李煜請求宋太祖放還他的七弟從善而不可得的時候寫的。如果把作者的〈卻登高文〉等聯繫起來看，這種說法是有其可信之處的。但是，從作品本身所具有的深遠境界和美學價值出發，卻寧可理解得寬泛一些。這是一首代離人抒發愁恨的名篇，李煜純任真率之情，脫盡書卷氣與脂粉氣，而採用白描與比興相結合的手法，驅遣形象鮮明、生動流暢而又千錘百鍊的語言，準確而深刻地表現出一種最普遍最抽象的離愁別恨的情感，把這些人人心中所欲言而又不能自言的東西，寫得很具體、很形象，使人不僅心裡感受得到，眼裡似乎也看得到，而且幾乎手裡也觸摸得到。由此可見，在欣賞時大可不必過多地牽涉它的「本事」與具體歷史環境，而應著眼於它絕妙的抒情意境與精彩的表達藝術。

「別來春半，觸目愁腸斷」，詞一開頭脫口而出，直吐真情，而屬辭秀雅，天然可愛。這兩句概括性強，總攝全篇，下文具體抒情內容，皆已暗藏於此。「別來」與「愁腸」二語，交待了所抒發的情感內容——離愁別恨。「春半」點明時間。「觸目」二字警醒，更有一「斷」字誇張地形容別情之濃重，為全篇籠罩上哀婉淒絕的基調。「砌下落梅如雪亂，拂了一身還滿」。二句即承「觸目」二字而來，以眼前實景來渲染滿懷愁苦。

落梅如雪，這是寫的白梅花，因其開花較遲，故春半之時尚紛紛飄落。這兩句描摹逼真，細節生動，看似寫景，實則以景物暗喻人情。愁恨之欲去仍來，猶如落花之拂了還滿。一個情景合一的深婉境界，將離人愁腸欲斷的內心悲痛形象化地展現出來！

詞的下片，是四個六字句。按〈清平樂〉一調的格律要求，韻腳換了；抒情境界也隨之更新和深化了。這四句所寫情景，從抒寫線索上來看，是承開篇「別來春半」四字而來；從抒寫方式來看，是把情感放進更大的時空範圍裡去發展，加倍寫出浩渺的離愁。寥寥四句二十四個字，寫得極有層次。頭兩句，言淺意悲：「別來」「音信無憑」是第一層悲哀，「別來」「歸夢難成」是第二層悲哀，兩層悲哀相糾結，抒情主人公不勝翹首遠望之苦的形象已隱然現於字裡行間。「路遙歸夢難成」一句，尤為妙筆。俞平伯《唐宋詞選釋》云：「夢的成否原不在乎路的遠近，卻說路遠以致歸夢難成，語婉而意悲。」所評極為中肯。結拍二句：「離恨恰如春草，更行更遠還生。」登高望遠，情懷更惡，遂將眼中景、心中恨、意中人打併一起，以物喻情，推出了全篇最有特色的一個情景交融的妙境。春草之喻，既貼切，又生動，還具有意蘊的多層性。春草之一望無際，象徵離恨之綿綿而遠；春草之細碎濃密，象徵離恨之盤曲鬱結；春草之隨處而生，象徵離恨之浩渺無垠；如此等等。這樣的警句，啟人心智，導人遐想。能作出如此生動的比喻，寫出如此深婉的意境，當然首先在於李煜對所懷念的人有極為深摯的感情，從真性情中流露出真文字，但也與他善於體物言情的深細精練的藝術功力密切相關。這兩句警語，固然受了古詩「青青河畔草，綿綿思遠道」（〈飲馬長城窟行〉）的影響和啟發，但古詩的結構比較簡單，意蘊也比較單純。這兩句卻婉轉而層深，它以春草巧喻人情，將取喻之物與被比之物的幾層相似之處充分發掘出來，做到了準確、生動、曲折多致和充分傳情。在句子形式上也頗費經營。最末一句連用二「更」字與一「還」字，把一個六字句巧妙地造成二字一折、一句三折的特殊句式，藉以充分地傳達出內心曲折哀婉、綿綿無盡的離愁別恨，給人以一波三折和一層深似一層的真切感受。李煜這種巧妙的比喻和奇特的句式，給後世詞家開許多法門。如歐陽脩〈踏莎行〉之「離愁漸遠漸無窮，迢迢不斷如春水」，秦觀〈八六子〉之「倚危亭，恨如芳草，萋萋剗盡還生」等等，雖備受詞話家的稱讚，實則都是從此詞化出的。（劉揚忠）

采桑子　李煜

轆轤金井梧桐晚，幾樹驚秋。晝雨新愁。百尺蝦鬚在玉鉤。

瓊窗春斷雙蛾皺，回首邊頭。欲寄鱗游。九曲寒波不泝流①。

〔註〕①泝（音同訴），一作「溯」，逆流而上。

此詞別作牛希濟詞，但《南唐二主集》註云「墨跡在王季宮判院家」，當係根據李煜墨跡收入。詞屬閨怨，抒寫秋愁無限，離情難寄。

上片側重環境氣氛的創造，似從王昌齡宮怨詩「金井梧桐秋葉黃，珠簾不捲夜來霜」（〈長信秋詞五首〉其一）化出。「轆轤」是井上汲水工具，「梧桐」亦生井邊，故詞人將這三種物象鑄於一句。用梧桐樹來表明秋季，而用金井轆轤表明傍晚（古人汲水多在傍晚及清曉），同時這些物象還能體現秋天的懷感。（如李白〈贈別舍人弟臺卿之江南〉：「去國客行遠，還山秋夢長。梧桐落金井，一葉飛銀床。」）「幾樹驚秋」是說秋風驚動了幾多樹木，同時也透過「驚」字，形象化地再現了秋風掃落葉的肅殺景象。秋日多霪雨，白晝綿綿不絕的細雨，也最易引起人的愁思。「晝雨新愁」句的意味還不僅如此，它同時還是一個比喻，所謂「無邊絲雨細如愁」（秦觀〈浣溪沙〉）也。「百尺蝦鬚在玉鉤」即捲簾見雨意，珠簾的形象是透明的長條，密如蝦鬚，故以「蝦鬚」代簾，形象可感。以上透過具體景物烘托出獨處深閨的女主人公的無法排遣的秋思，為下片抒寫離情作了充分醞釀。

過片即出現她的形象，且轉入抒情。「瑣窗春斷」的「春斷」不僅僅指季節上變換（依道理春早過了），同時應暗指她和所歡者的一段「斷」了的舊情。而這段舊情，如今由於秋風秋雨的催化，已變作了「新愁」，無計迴避。纔到心間，又上了眉頭（「雙蛾皺」）。那人現在已遠在天涯（「邊頭」），但叫人不能不想他。於是她想寄封書信，詞中活用古詩雙鯉傳書的典故說「欲寄鱗游」，然而道路曲折遙遠，書信是無由寄達的。但詞人不這樣直說，卻推說黃河九曲，不能逆流，故寄書於鯉無望，尤耐咀嚼。後來晏殊〈蝶戀花〉有句云「欲寄彩箋兼尺素，山長水闊知何處」，即可作此詞末二句註腳。

總體上看，此詞上片寫景，下片抒情。但上片「新愁」二字又貫通下片情事；下片的「瑣窗」與上片「轆轤」、「金井」、「蝦鬚」、「玉鉤」也打成一片，讀來仍覺通體渾成，情景交融。這首詞雖是以閨怨為題材，但其中應寄託有作者自己的人生感喟。（周嘯天）

喜遷鶯　李煜

曉月墜，宿雲微，無語枕頻欹。夢回芳草思依依，天遠雁聲稀。
啼鶯散，餘花亂，寂寞畫堂深院。片紅休掃盡從伊，留待舞人歸。

這首詩是抒寫對一個所鍾愛的美人別後思念的情懷。李煜是「生於深宮之中，長於婦人之手」（王國維《人間詞話》）的皇帝，故於女性總不免魂牽夢縈。詞以「夢回」為結穴：通首全寫夢回後的情景，夢中多少事，不著一字，只留下「芳草思依依」的朦朧的夢影殘痕，而這殘痕，卻仍是夢回時的迷離之感，這頗與李商隱〈錦瑟〉「莊生曉夢迷蝴蝶」的意境相似。既已確定產生意境的基點，便可由此深入意境，而獲得多層次的美感。

上片，寫徹夜夢思的情狀，妙在以逆勢翻騰。多情傷別，夢寐縈懷。正惺忪睡眼，悵對遙空；嘆芳草天涯，依依別恨。遠雁幾聲，夢回孤枕。這裡的「雁聲稀」，指音信難憑；「芳草」，喻指離恨。詞人別首〈清平樂〉中「雁來音信無憑，路遙歸夢難成。離恨恰如春草，更行更遠還生」，與此相印證，意趣更加明晰。這兩句，擴大了空間，增強了離恨，見出詞人心情尤覺不寧，所以只得頻頻欹枕，默默無言。靜對窗外，卻見曉月墜沉，宿雲微漠。這兩句，寫拂曉的景象，映襯出沉重的離情與隱微的愁緒。「曉月墜，宿雲微」這一對偶句，本是表現夢回後的惆悵，而置於開頭，便從逆勢中暗示出由入夢至夢回的全部過程與心理狀態。而墜月餘暉，微雲抹岫，又與夢裡殘痕、天邊芳草暗相融洽，使人感到曲折深邃，縹緲汪洋。

下片，寫寂寞的暮春景象，表示懷人的迫切心情。這裡順勢走筆，從寂寞中生出波瀾。「啼鶯」，上接「雁聲」；「餘花」，遙映「芳草」；「畫堂深院」，便是「夢回」寄情的處所，也是以此為主體刻畫出寂寞的環境。獨處畫堂深院，孤寂難堪，而啼鶯自散，餘花亂落，更增添冷靜的氣氛，明示傷春之情，暗寓懷人之苦。「片紅休掃盡從伊，留待舞人歸」二句，從平易中拓開奇境：字疏而意密，語淡而情濃，逐步深入，擒縱生姿。「片紅」滿地，本極尋常，吩咐「休掃」，便深入了一層；「盡從伊」，又深入一層；「留待」，是把近象送到遠方；「舞人歸」，是把遠影攝入近處。此中意蘊深沉綿邈：「片紅休掃」，既是傷春，又是惜春；無限春情，既是執著，又是飄逸。「盡從伊」與「舞人歸」，是把兩種極不調和的意象融在一起，不僅深化了傷春惜春之情，而且寄寓一種美好的想像：保留著這天然地毯，總有一天，舞人歸來，重現美妙舞姿。這片起處以「啼鶯」的實景喚起春情，結尾以「舞人歸」的虛象隱約地填補夢中的空白，曲折地表達思念的深情。寫得惝怳飄忽，極饒煙水迷離之致，而其自然靈妙尤不可及。

昔人論詞，好以東坡的「大江東去」與柳永的「曉風殘月」相較，以明豪放與婉約的詞風分道而馳。後來清王士禛又標出「婉約以易安（李清照）為宗，豪放唯幼安（辛棄疾）稱首」（《花草蒙拾》）。二者截然分開，則各有偏宕：若一味婉約，則失之纖麗；若一味豪放，則失之粗獷。合而一之，不著跡相，始為大家。李煜詞正是如此，實能涵蓋蘇、柳，包容二安（李易安、辛幼安）。即以此詞而論：「曉月」是高景，用「墜」字使之下沉；「宿雲」是大景，用「微」字使之縮小；「天遠」，則用「雁聲稀」使之接近。而這些景象又都收到「無語頻欹」的孤「枕」之上，且為耳目所及。也就是說，這些意象是在孤枕與長空之間一放一約而呈現出來的。所以在大詞人筆下，無論大小遠近高低巨細的景象，一經攝取，加以點染，即成完美的藝術精品。至其運用之妙，恰如行雲流水，無跡可尋。（許永璋）

長相思 李煜

雲一緺，玉一梭。澹澹衫兒薄薄羅。輕顰雙黛螺。
秋風多，雨如和。簾外芭蕉三兩窠。夜長人奈何！

這大約是李煜前期的作品。寫女子秋雨長夜中的相思情意。

上片像是一幅用筆輕淡素雅的仕女畫。「雲一緺（音同蝸），玉一梭」兩句，分寫頭髮與頭飾，意思是說，女子的雲髮挽成盤渦狀的髮髻，上面插著梭形的玉簪。用語清新而形象。「澹澹衫兒薄薄羅」，續寫衣著。「羅」是「羅裙」之省。「澹澹」、「薄薄」，著意寫其衣裳色調的輕淡、質地之細薄，以表現女子淡雅的韻致和輕倩的身姿。雖只寫她的衫裙，而通體所呈現的一種綽約風神自可想見。「輕顰雙黛螺」。螺黛是古代用以畫眉的一種青黑色礦物顏料，又名螺子黛，這裡借指女子的雙眉。這句方寫到這位淡妝女子的表情。眉黛輕蹙，似乎蘊含著幽怨。相思懷人之意，於此隱隱傳出，並由此引出下片。「輕」字頗有分寸，它適合於表現悠長而並不十分強烈的幽怨，且與通篇輕淡的風格相諧調。

下片續寫環境和心情。「秋風多，雨如和。簾外芭蕉三兩窠。」這是一個秋天的雨夜。秋風瑟瑟，秋雨瀟瀟，雨雜風聲，風助雨勢，聽來恰似彼此相和。而這風雨之聲，又落在「簾外芭蕉三兩窠（通「棵」）」上，奏出一支蕭瑟淒清的秋窗夜雨曲，攪動得簾內的人心緒騷屑不寧，長夜難寐，增添了內心的幽淒冷寂。而這雨打芭蕉的悽惻之聲，又好像絲毫沒有停歇的趨勢，不免使人更感到暗夜的漫長。這就很自然地逗出末句：「夜長人奈何！」這彷佛是女主人公發自心底的深長嘆息。這嘆息正落在歇拍上，「奈何」之情點到即止，不作具體的刻畫渲染，反添餘蘊。聯繫上片的描繪，不禁使人聯想到，這位「澹澹衫兒薄薄羅」的深閨弱女，不僅生理上不堪這秋風秋雨的侵襲，而且在心理上更難以禁受這淒冷氣氛的包圍。到這裡，才進一步顯示出上片的人物肖像描寫對表現人物內心世界的作用。環境、人物、外形、心理的和諧統一，輕淡的筆調、明潔的語言與筆下女主人公素淡天然、玲瓏剔透的風韻的統一，使得這首抒寫常見的相思懷人題材的小令，具有一種高度和諧明朗的美。（劉學鍇）

擣練子令　李煜

深院靜，小庭空，斷續寒砧斷續風。無奈夜長人不寐，數聲和月到簾櫳。

這是一首本義詞。白練是古代一種絲織品，其製作要經過在砧石上用木棒捶擣這道工序，而這工序一般都是由婦女操作的。這首詞的詞牌即因其內容以擣練為題材而得名。作者透過對一個失眠者夜聽砧上擣練之聲的描繪，寫出了抒情主人公內心的焦躁煩惱。但作者卻為這種忐忑不寧的心情安排了一個十分幽靜寂寥、空虛冷漠的環境。頭兩句乍一看彷彿是重複的，後來湯顯祖在《牡丹亭》裡就寫出「人立小庭深院」的句子，把「深院」和「小庭」基本上看成同義詞。其實這兩句似重複而並不重複。第一句是訴諸聽覺，第二句是訴諸視覺。然而儘管耳在聽目在看，卻什麼也沒有聽到和看到。這樣，「靜」和「空」這兩個字，不僅在感受上給人以差別，而且也看出作者在斟酌用詞時是頗費了一番心思的。至於「深院」，是寫居住的人遠離塵囂；「小庭」則寫所居之地只有一個空蕩蕩的小小天井，不僅幽靜，而且空虛。頭兩句看似寫景，實際是襯托出主人公內心的寂寞無聊。只有在這絕對安靜的環境裡，遠處被斷續風聲吹來的砧上擣練之聲才有可能被這小庭深院的主人聽到。

第三句是這首詞的核心。自古以來，砧上擣衣或擣練的聲音一直成為夫婦或情人彼此相思回憶的詩料；久而久之，也就成為詩詞裡的典故。比如李白在〈子夜吳歌．秋歌〉裡寫道：「長安一片月，萬戶擣衣聲。秋風吹不盡，總是玉關情。何日平胡虜，良人罷遠征？」杜甫的一首題為〈擣衣〉的五律也說：「亦知戍不返，秋至拭清砧。已近苦寒月，況經長別心。寧辭擣衣倦，一寄塞垣深。用盡閨中力，君聽空外音。」李杜兩家所寫，是從擣衣人的角度出發的。而李煜這首詞卻是從聽砧聲的人的角度來寫的。這個聽砧的人不管是男是女，總之是會因聽到這種聲音而引起相思離別之情的。不過，第三句雖連用兩次「斷續」字樣，含義卻不盡相同。一般地說，在砧上擣衣或擣練，總是有節奏的，因此一聲與一聲之間總有短暫的間歇，而這種斷續的有節奏的擣練聲並沒有從頭至尾一聲不漏地送入小庭深院中來。這是因為風力時強時弱，風時有時無，這就使身居小庭深院中的聽砧者有時聽得到，有時聽不到。正因為「風」有斷續，才使得砧聲時有時無，若斷若續。這就把一種訴諸聽覺的板滯沉悶的靜態給寫活了。下面兩句，明明是人因擣練的砧聲攪亂了自己的萬千思緒，因而心潮起伏，無法安眠；作者卻偏偏翻轉過來倒果為因，說人由於夜長無奈而睡不著覺，這才使砧聲時斷時續地達於耳畔。而且夜深了，砧聲還在斷斷續續地響，是伴隨著月光傳入簾櫳的。這就又把聽覺和視覺相互結合起來，做到了聲色交融——秋月的清光和擣練的音響合在一起，共同觸動著這位「不寐」者的心弦。然而作者並沒有繪聲繪色，大事渲染，只是用單調的砧聲和素樸的月光喚起了讀者對一個孤獨無眠者的同情。這正是李煜寫詞真正見功力的地方。

前人評論李煜詞的特點，都說他不假雕飾，純用白描。其實李煜寫詞何嘗不雕飾？只是洗盡鉛華，擺脫了塵俗的濃妝豔抹，使人不覺其雕飾的痕跡而已。這首小詞無論結構、布局、遣辭、造句，作者都經過了嚴密的構思和細緻的安排，而給予讀者的感受，卻彷彿只是作者的自然流露。一個作家能於樸實無華之中體現匠心，才是真正的白描高手。（吳小如）

浣溪沙　李煜

紅日已高三丈透，金爐次第添香獸，紅錦地衣隨地皺。佳人舞點金釵溜，酒惡時拈花蕊嗅。別殿遙聞簫鼓奏。

這首〈浣溪沙〉是李煜早期生活的剪影。描寫精細，氣象華貴，藝術構思比較新穎。

「紅日已高三丈透」，概括了多少畫面以外的豪華生活：紅燭高燒、嬪娥魚貫的場面被省略了，「眼色暗相鉤，秋波橫欲流」（〈菩薩蠻〉）的情景被省略了。詞人沒有把著眼點放在那次「長夜之舞」的細節描寫上，而是截取那最富於表現力的生活畫面：太陽已經高高升起，給人以「歡娛嫌夜短」的感覺，從而拉長了縱情逸樂的時間跨度。它驀然而來，顯得異常突兀，而又能總攝全詞，借形於言語之外，這是李煜善於以簡約的語言概括豐富內容的具體表現。這首詞正是單起之調，不同於〈破陣子〉「四十年來家國，三千里地山河」那樣的對起之調，要求從容整鍊，紆徐宛轉；而應該起得突兀，筆勢挺拔，才符合詞的結構規律。接著用一句話描寫舞廳的豪華妝飾，一句話刻畫舞女活躍的步伐和旋轉的姿態，都是著墨不多，語短意長，逐層深入，迤邐入勝。「金爐次第添香獸」，這是寫陳設的豪華。據宋佚名《五國故事》、宋陶穀《清異錄》和宋王銍《默記》等書籍的記載，李煜宮中確實是妝飾得金碧輝煌、雍容華貴的。如以銷金紅羅罩壁，以綠鈿刷飾窗櫺，以大寶珠懸於宮中來照明。詞中「香獸」是以炭末為屑，雜以香料，做成各種獸形的燃料。在它的前面著一「次第」，則「金爐」

陳列之多，歌舞歷時之久，都在字裡行間透露出來。「紅錦地衣隨步皺」，是對舞會場面的具體描繪，說是用紅錦織成的「地衣」（猶今之地毯）隨著舞步的飛速旋轉而打起皺來。詞人用一個特寫的鏡頭，先凸出「地衣」的「皺」，再看到舞步的輕捷，而視覺的層次先後歷歷如繪。在「鏤金錯彩」、「裁花剪葉」的花間派詞風籠罩整個詞壇的時候，李煜即使寫豔情的生活，也不用濃妝重彩去塗抹，用脂香粉氣去妝飾，而是揀取明淨的語言、白描的手法來表現，說明他的審美情趣是高人一等的。

下片寫佳人舞後的神情和微醉的嬌態，與上片一氣貫串。若不經意，而運轉自如，有灰蛇蚓線之妙。「佳人舞點金釵溜」，「舞點」，就是「舞徹」，就是按著一定的節拍舞完了一個曲調。「金釵溜」，就是在舞步的旋轉中，讓金釵從髮髻上滑了下來。兩個細節，活脫出佳人舞罷嬌無力的神態。「酒惡時拈花蕊嗅」，是一個為歷代詞人所豔稱的名句。清賀裳在《皺水軒詞筌》中說：「寫景之工者，如尹鶚『盡日醉尋春，歸來月滿身』，李重光『酒惡時拈花蕊嗅』……皆入神之句。」這句話為什麼「入神」呢？一是吸收了當時生動的口語入詞，宋趙令畤《侯鯖錄》卷八說：「金陵人謂『中酒』曰『酒惡』，則知李後主詩云『酒惡時拈花蕊嗅』，用鄉人語也。」可證。二是刻畫了美妙動人的藝術形象。我們不僅可以從這句話裡想像這位佳人微醉後的情態，而且可以想像出她那富於感情的內心世界，甚至她的整個標格和豐韻都在「拈」和「嗅」兩個頗帶戲劇性的動作中表現出來。那借酒撒嬌的媚態，那欲蓋彌彰的窘態，那我見猶憐的神態，無不宛然在目。最後一結，與起句遙相呼應，從空間的跨度上擴大了詞的含蘊。它告訴讀者，不但這裡是輕歌曼舞，通宵達旦；那寢宮之側的便殿即「別殿」，也是簫鼓陣陣，笑語盈盈，紅日已高，而歌舞未歇呢！使人想到這種淫靡荒唐的生活方式已經彌漫了這個小朝廷。（羊春秋）

菩薩蠻　李煜

花明月暗籠輕霧，今宵好向郎邊去。剗襪①步香階，手提金縷鞋。
畫堂南畔見，一向偎人顫。奴為出來難，教君恣意憐。

〔註〕①剗（音同產），通「剷」。「剗襪」即只著襪、不穿鞋。

這是一首描寫男女幽會的小詞。那時李煜作為南唐小朝廷的君主，終日徵歌逐舞，倚聲填詞，寫了不少表現戀情的作品。與稍前的花間派詞人相比，他洗盡鉛華，不事雕繪，純以白描的手法刻畫感情，在詞史上是一大進步。這首小詞，便富有這樣的特色。它的文字簡練明白，自然真率，讀完之後，詞中女主人公熱烈的愛情，大膽的追求，給我們留下深刻而又鮮明的印象。在唐五代詞中，比李煜略早的牛嶠也有一首同調作品，寫得十分露骨。清人彭孫《金粟詞話》針對其中兩句評曰：「牛嶠『須作一生拚，盡君今日歡』，是盡頭語，作豔語者無以復加。」這兩首同一題材、同一詞牌的作品，不僅風格不同，內容也有所差異。牛嶠的詞，著眼點在於幽會的本身，感情較為徑直；李煜這首，著重表現女主人公在幽會之前的複雜的心理狀態，感情較為纏綿。當然，它們也有相同之點，那就是清王士禎《花草蒙拾》所說的「狎昵已極」。

李煜在這首小詞中，運用環境鋪墊，心理刻畫，行為描寫，語言表述等表現手法，塑造出一個相當生動的人物形象。首句描寫環境氣氛：月色朦朧，輕霧彌漫，嬌花吐豔。這是一個多麼美麗而又神祕的夜晚，正是情人們幽會的美好時刻。可這種美好時刻並非經常出現，「今宵好向郎邊去」一句，透露了她等了一個又一個夜晚，好不容易才等到今晚的消息，並且自然地流露了人物的心理活動，讓我們清晰地看到她興奮而又緊張的神情。接著，出現了一組特寫鏡頭：一雙僅僅穿著絲襪的金蓮小足；這雙小足輕輕地踏上畫堂前的玉階；一隻纖纖玉手提著一雙金絲繡成的鳳鞋。這女子正躡手躡腳地、神情緊張地向約會的地點畫堂南畔走去。畫堂南畔出現了她的情人；她急忙奔過去，一頭撲倒在他的懷裡。許久，許久，她依偎著他，激動得身子微微顫抖。這時她似乎在說：「奴為出來難，教君恣意憐。」這兩句理解為內心獨白更為合適。兩心相印，難道還需要如此這般地明說出來麼？一個「教」字，體現了用動作說話的神情。

作者何以能在這首僅有四十四字的小詞中，表現如許豐富的內容？奧祕在於作者所選擇的景物、細節、語言都十分精練，具有高度的概括力。例如描寫環境，他抓住花、月、霧三件典型的景物，並各冠以「明」、「暗」、「輕」等形容詞。真可謂寫景若活而又惜墨如金。整個環境是迷濛的，「花明」並非眼見，而是由於聞到了濃郁的花香，才感覺到盛開著的鮮花的明豔。「月暗」並非深黯，而是月色朦朧，迷離渺茫。唯其如此，眼前的景物才隱約可見。「輕霧」自是薄薄的像輕紗一樣飄動著的夜霧。「花明」、「月暗」、「輕霧」三者已構成一幅優美的和諧的圖畫，再在「輕霧」前著一「籠」字，全句皆活，呈現出一種迷離惝怳、令人心醉的意境。她所期待的良宵，於是形成了。再如寫人物行動，作者提煉了剗襪、提鞋、偎人顫等幾個細節，既是富於美感的，又是最能生動地表現出特定環境中人物的心理狀態的。在傳統的寫作方法上，這叫做「以少總多」。「一向（晌）」兩字，據張相《詩詞曲語辭匯釋》卷三云：「有指多時者，有指暫時者。」此處釋作多時，較為符合人物心理狀態。這句中的「顫」字也用得極工，將此女子與情人相見時的激動，以及相見前的緊張心情，並由此而造成的心有餘悸，都表露無遺。末兩句「奴為出來難，教君恣意憐」以精練之筆寫透人物心事，實是探驪得珠之筆。近人王國維《人間詞話》云：「詞家多以景寓情，其專作情語而絕妙者，如牛嶠『甘（當作「須」）作一生拚，盡君今日歡』……」李煜這裡也是專作情語，臻於絕妙。「奴為出來難」，使人想起此女子既有等待良宵的焦急，又有剗襪潛聲、屏氣悄行的提心吊膽，當然還有其他種種人事間阻、禮教束縛……千難萬難，統統包括在「出來難」三字中，何等簡練，何等生動！也正因為如此，「教君恣意憐」就深刻地體現了女主人公對真摯的愛情生活熱烈追求而終於得遂所願的滿足。

據宋馬令《南唐書·女憲傳·繼室周后》以推測，此詞似為小周后而作。小周后在她姐姐大周后抱病時，已入宮與後主李煜私通。有人因而將此詞全盤否定。其實文藝作品所描寫的並不一定就是作者的經歷，它有個提煉、概括的過程；即便以作者的生活作為素材，人們在欣賞這首詞時，並不全是著眼於他們愛情的原來情況，而大都著眼於詞中所刻畫的這個大膽的熱烈追求愛情生活的女主人公的藝術形象，以及李煜在描寫藝術上所取得的高度成就。（唐葆祥）

菩薩蠻　李煜

銅簧韻脆鏘寒竹，新聲慢奏移纖玉。眼色暗相鉤，秋波橫欲流。

雨雲深繡戶，未便諧衷素。宴罷又成空，夢迷春雨中。

這是一首戀情詞，說具體點，即抒寫一種精神戀愛（《紅樓夢》作者所謂「意淫」）的感情體驗。近人多以為為小周后作，細玩詞意，恐未必然。

從前兩句看，女方是位樂伎。她正款移玉指，吹奏笙簫，奏出的是一支新譜樂曲，樂聲清脆妙曼。首句乃「銅簧韻脆，寒竹聲鏘」之緊縮句。笙這種樂器，編竹管列置瓠中，施銅簧於管底。不說笙而代以「銅簧寒竹」，不說指而代以「纖玉」，這種寧用有美感的字面而不取較普通的名詞的做法，是繼承了溫詞的作風。這位女子嫻於笙樂，她的吹奏卻是心不在焉的，因為同一時刻，她已與相悅的男子眉目傳情了。「眼色暗相鉤，秋波橫欲流」，這種以眼風談情說愛的方式，既是由於「眾中不敢分明語」（唐于鵠〈江南曲〉）的特定環境制約的結果，又由於心有靈犀的青年男女「眉毛會說話，眼睛會唱歌」的緣故。所以片刻之間，雙方即心許目成。雖不免有些不能暢所欲言的苦痛，又別有一番「意淫」的樂趣。這是《楚辭．九歌．少司命》「滿堂兮美人，忽獨與余兮目成」的境界。

不知是雙方身分的差距太大，還是別的外在的間阻，彼此無由接近，致使男方有「雨雲深繡戶，未便諧衷素」之恨。（「未便」一作「來便」，與後文「宴罷又成空」格難通。）宴會之後，雙方更無緣私下接觸，回思「昨夜星辰昨夜風」（李商隱〈無題二首〉其一），使人有宴罷成空之嘆，憮然神傷。詞的結句「夢迷春雨中」，為主人公的企盼與神傷創造了一個抒情氣氛甚濃的環境。它顯然受到李商隱「一春夢雨常飄瓦」（〈重過聖女祠〉）名句之啟發，不僅渲染著相思氣氛，而且由於高唐神女的故事賦予「夢雨」以愛情的暗示，使詞句帶有比興象徵意味，讀者從中可以體會到主人公殷切的愛的期待，與這種期待的飄忽渺茫。

其實，整首詞境都接近李商隱〈無題〉詩的某些意境。上片所寫，近乎「身無彩鳳雙飛翼，心有靈犀一點通」（〈無題二首〉其一）；下片所寫，又近乎「劉郎已恨蓬山遠，更隔蓬山一萬重」（〈無題四首〉其一）。向來論者於李後主詞多看到其獨創的一面，至於其繼承關係則較少談到，從這首詞，我們大體可以看到晚唐李詩溫詞的某些影響。（周嘯天）

浪淘沙

李煜

往事只堪哀，對景難排。秋風庭院蘚侵階。一桁珠簾閒不捲，終日誰來！

金鎖已沉埋，壯氣蒿萊。晚涼天靜月華開。想得玉樓瑤殿影，空照秦淮。

這首詞始見於南宋無名氏輯本《南唐二主詞》。近人因這首詞的風格比較「豪放」，而認為非李煜所作。其實，從創作風格看，它同李煜後期寫的〈虞美人〉和另一首〈浪淘沙令〉等詞並無很大差異，都是直抒胸臆、一氣呵成之作。

詞的主旨一上來就開門見山地道破，即「往事堪哀」、「對景難排」這八個字。「景」指眼前景物，正對「往事」而言，而「往事」又與今日之處境兩相映照，昔日貴為天子，今日賤為俘虜，這簡直有九天九地之差。而今生今世，再也過不成當年安富尊榮的享樂生活了。「往事」除了「堪哀」之外，再無捲土重來的機會。所以第一句下了個「只」字，「只」者，獨一無二，除此再無別計之謂也。古人說「哀莫大於心死」（《莊子．田子方》），偏偏這個已經「歸為臣虜」的降皇帝心還沒有死透，相反，他對外界事物還很敏感，無論是春天的「小樓昨夜又東風」（〈虞美人〉）還是秋涼時節的「庭院蘚侵階」、「天靜月華開」，都在他的思想中有反應。這樣一來，內心的矛盾糾葛當然無法解除，只能以四字概括之——「對景難排」。作者在詞中所描寫的「景」實際只有兩句，即上片的「秋風庭院蘚侵階」和下片的「晚涼天靜月華開」。上一句晝景，下一句夜景。「蘚侵階」

即劉禹錫〈陋室銘〉中的「苔痕上階綠」，表示久無人跡來往，連階上都長滿了苔蘚，真是死一般的岑寂。作者對此既然感到「難排」，便有心加以「抵制」。「抵制」的方式是消極的，簷前那一桁（音同恆，即一長列）珠簾連捲也不捲，乾脆遮住視線，與外界隔絕。用這樣的手法逼出了下面四個字：「終日誰來！」既然連個人影都見不到，我還捲簾幹什麼呢？但讀者會問：「蘚侵階」既已寫出久無人跡，又說「終日誰來」，豈不疊床架屋？其實，也重複也不重複。李煜後期的詞大都直抒襟抱，不避重複，如〈子夜歌〉（人生愁恨何能免）只是一層意思反覆地說下去，此詞亦近之。但也不盡重複，而是用這一句配合「一桁」句來刻畫自己複雜矛盾的內心世界。作者一方面採取「一桁珠簾閒不捲」的無可奈何的辦法來消極「抵制」，另一方面卻仍存希望於萬一，或許竟然有個人來這裡以慰自己的岑寂吧。不說「不見人來」而說「終日誰來」，字面上是說終日誰也不來，骨子裡卻含有萬一有人來也說不定的希冀心理在內。這就與「蘚侵階」似重複而實不重複了，蓋一寫實際景物，一寫心理活動也。

在悲觀絕望之餘，下片轉入對「故國」的沉思。這也是李煜這個特定人物在特定環境下的邏輯必然。而沉思的結果，依然是荒涼蕭索，寂寞消沉。但這是想像中的產物，比眼前實際更虛幻，因而感情也就更淒涼哀怨。「金鎖」的「鎖」也通作「瑣」，唐王逸《楚辭章句》：「瑣，門鏤也，文如連瑣。」「金鎖」即雕鏤在宮門上的金色連鎖花紋。這裡即作為南唐宮闕的代稱。「金鎖沉埋」，指想像中殿宇荒涼，已為塵封土掩。「壯氣」猶言「王氣」，本指王者興旺的氣象或氣數。宋《太平御覽》卷一七〇引《金陵圖》云：「昔楚威王見此有王氣，因埋金以鎮之，故曰金陵。」這裡的「金鎖」兩句，正如劉禹錫詩所說的「金陵王氣黯然收」（〈西塞山懷古〉）。說明當年偏安一隅的那點氣數已盡，舊時宮苑久已蒿萊沒徑，不堪回首了。然而秋夜晴空，月華如洗，當年那種「歸時休放燭花紅，待踏馬蹄清夜月」（〈玉樓春〉）的金粉豪華的生活一去不返，面對著大好秋光，無邊月色，不禁為映照在秦淮河上的「玉樓瑤殿影」一掬酸辛之淚，這裡面有悔恨，有悵惘，百無聊賴而又眷戀無窮。末句著一「空」字，正與開篇第一句的「只」字遙相呼應，在無比空虛中投下了無比淒惶。這正是作者〈虞美人〉中「雕欄玉砌應猶在，只是朱顏改」的另一寫法。那一首說宮殿猶存，人已非昨；這裡卻說連玉樓瑤殿也該感到孤寂荒涼了吧。此詞雖無彼之激越清醇，而沉痛哀傷則過之，正當與彼詞比照而觀。（吳小如）

浪淘沙令　李煜

簾外雨潺潺，春意闌珊。羅衾不耐五更寒。夢裡不知身是客，一晌貪歡。

獨自莫憑欄，無限江山。別時容易見時難。流水落花春去也，天上人間。

宋蔡絛《西清詩話》謂本詞是作者去世前不久所寫：「南唐李後主歸朝後，每懷江國，且念嬪妾散落，鬱鬱不自聊，嘗作長短句云：『簾外雨潺潺……』含思悽惋，未幾下世。」從本詞低沉悲愴的基調中，透露出這個亡國之君綿綿不盡的故土之思，可以說這是一支宛轉悽苦的哀歌。

上片用倒敘，先寫夢醒再寫夢中。起首說五更夢回，薄薄的羅衾擋不住晨寒的侵襲。簾外，是潺潺不斷的春雨，是寂寞零落的殘春；這種境地使他倍增悽苦之感。「夢裡」兩句，回過來追憶夢中情事，睡夢裡好像忘記自己身為俘虜，似乎還在故國華美的宮殿裡，貪戀著片刻的歡娛，可是夢醒以後，「想得玉樓瑤殿影，空照秦淮」（〈浪淘沙〉），卻加倍地痛苦。

過片三句自為呼應。為什麼要說「獨自莫憑欄」呢？這是因為「憑欄」而不見「無限江山」，又將引起「無限傷感」。「別時容易見時難」，是古人常用的語言。曹丕〈燕歌行〉其二中有「別日何易會日難」之句，《顏氏家訓．風操》也說「別易會難」。然而作者所說的「別」，並不僅僅指親友之間，而主要是與故國「無限江山」分別；至於「見時難」，即指亡國以後，不可能見到故土的悲哀之感，這也就是他不敢憑欄的原因。在另一首〈虞美人〉詞中，他說：「憑欄半日獨無言，依舊竹聲新月似當年。」眼前綠竹眉月，還一似當年，但故人、故土，不可復見，「憑欄」只能引起內心無限痛楚，這和「獨自莫憑欄」意思相仿。

「流水」兩句，嘆息春歸何處。張曙〈浣溪沙〉有「天上人間何處去，舊歡新夢覺來時」之句，「天上人間」，是說相隔遙遠，不知其處。這是指春，也兼指人、故國。詞人長嘆水流花落，春去人逝，故國一去難返，無由相見。

王國維《人間詞語》評李煜詞云：「詞至李後主而眼界始大，感慨遂深，遂變伶工之詞而為士大夫之詞。」李煜後期詞反映了他亡國以後囚居生涯中的危苦心情，確實是「眼界始大，感慨遂深」。且能以白描手法訴說內心的極度痛苦，具有撼動讀者心靈的驚人藝術魅力。本詞就是一個顯著的例子。（潘君昭）

玉樓春

李煜

晚妝初了明肌雪，春殿嬪娥魚貫列。鳳簫吹斷水雲閒，重按霓裳歌遍徹。

臨風誰更飄香屑，醉拍闌干情味切。歸時休放燭花紅，待踏馬蹄清夜月。

我以前寫有〈大晏詞的欣賞〉一文（見《迦陵談詞》），曾經將詩人試分為理性之詩人與純情之詩人二類。以為理性之詩人其感情乃如「一面平湖」，「雖然受風時亦復縠縐千疊，投石下亦復盤渦百轉，然而卻無論如何總也不能使之失去其含斂靜止、盈盈脈脈的一份風度」。此一類型之詩人，應以晏殊為代表。至於南唐後主李煜，則恰好是另一類型，屬於純情之詩人的最好的代表。這一類型的詩人之感情，不像盈盈脈脈的平湖，而像滔滔滾滾的江水，只是一味地奔騰傾瀉而下，既沒有平湖的邊岸的節制，也沒有平湖的渟蓄不變的風度。這一條傾瀉的江水，其姿態乃是隨物賦形的，常因四周環境之不同而時時有著變異。經過蜿蜒的澗曲，它自會發為撩人情意的潺湲，經過陡峭的山壁，它也自會發為震人心魄的長號，以最任縱最純真的感情來反映一切的遭遇，這原是純情詩人所具有的明顯的特色。李煜亡國前與亡國後的作品，其內容與風格儘管有明顯的差異，卻同樣是這一種任縱與純真的表現，這是欣賞李煜詞所當具備的最重要的一點認識。

這首〈玉樓春〉，無疑的乃是後主在亡國以前的作品，通篇寫夜晚宮中的歌舞宴樂之盛，其間並沒有什麼高遠深刻的思致情意可求，然而其純真任縱的本質，奔放自然的筆法，所表現的俊逸神飛之致，則仍然是無人可及的。王國維《人間詞話》有一段評語說：「溫飛卿之詞，句秀也；韋端己之詞，骨秀也；李重光之詞，神秀也。」這一段評語是極為切當的。飛卿之詞精豔絕人，其美全在於辭藻字句之間，所以說是「句秀也」；端己則字句不似飛卿之濃麗照人，而其勁健深切足以移人之處，乃全在於一種潛在的骨力，所以說是「骨秀也」；至於後主則不假辭藻之美，不見著力之跡，全以奔放自然之筆寫純真任縱之情，卻自然表現有一種俊逸神飛之致，所以說是「神秀也」。這一首〈玉樓春〉，就是寫得極為俊逸神飛的一首小詞。

先看第一句「晚妝初了明肌雪」，此七字不僅寫出了晚妝初罷的宮娥之明麗，也寫出了後主面對這些明豔照人之宮娥的一片飛揚的意興。先說「晚妝」，有的本子或作「曉妝」，然而如果作「曉妝」則與下半闋踏月而歸的時間、景色不合，而且「曉妝」實在不及「晚妝」之更為動人。一則，「曉妝」乃是為了適合白晝的光線而作的化妝，雖然也染黛施朱，然而一般說來則大多是以較為淡雅的色調為主的；而「晚妝」則是為了適合燈燭的光線而作的化妝，朱唇黛眉的描繪，都不免較之「曉妝」要更為色澤濃麗，所以只用「晚妝」二字，已可令人想見其光豔之照人。再則，「曉妝」之後或者尚不免有一些人間事務有待料理，而「晚妝」則往往乃是專為飲宴、歌舞而作的化妝，所以用「晚妝」二字，還可以令人聯想到宴樂之盛況，是則僅此二字已足透露後主飛揚之意興矣。再繼之以「初了」二字，「初了」者，是化妝初罷之意，乃是女子化妝之後最為勻整明麗的時刻，所以乃更繼之以「明肌雪」三字，則是說其如雪之肌膚乃更為光彩明豔矣。看後主此七字之愈寫愈健，其意興乃一發而不可遏。

繼之以次句之「春殿嬪娥魚貫列」，則寫宮娥之眾，「春殿」二字足見時節與地點之美，「魚貫列」三字則不僅寫出了嬪娥之眾多，而且寫出了嬪娥隊伍之整齊，舞隊之行列已是儼然可想。再加之以下面「鳳簫吹斷水雲閒，重按霓裳歌遍徹」兩句，歌舞乃正式登場矣。「鳳簫」一作「笙簫」，笙、簫分別為二種樂器，鳳簫則是一種樂器，按簫有名鳳凰簫者，比竹為之，參差如鳳翼，鳳簫或當指此。總之，鳳簫二字所予人之直覺感受乃是精美而奢麗的樂器，與本詞所寫之耽溺奢靡之享樂生活，其情調恰相吻合，如作「笙簫」反不免駁雜之感。再則，如作「笙」字，則此句前三句「笙」、「簫」、「吹」皆為平聲，音調上便不免過於平直無變化，如作「鳳簫」，則「鳳」字仄，「簫」字平，「吹」字平，「斷」字仄，在本句平仄之格律中雖然第二與第四兩字必須守律，然而第一與第三兩字之平仄則不必完全守律者也，後主以平仄間用，極得抑揚之致，且「仄平平仄」乃詞曲中常用之句式。故私意以為作「鳳簫」較佳。「鳳簫」下斷言「吹斷」，「斷」字，據張相《詩詞曲語辭匯釋》云「斷，猶盡也，煞也」，是「吹斷」乃盡興吹至極致之意。再繼之以「水雲閒」，「閒」一作「閑」，又可作「間」，此字自當為「閑」字之通假，至於「間」字，如果認為乃「閒」字之同義字，亦原無不可，但「間」字多作中間之意，則「水雲間」乃指鳳簫之聲吹斷，其音飄蕩於水雲之間之義，似亦有可取者，但「閒」字有悠閒之意，作「水雲閒」則一方面寫所見之雲水閒颺之致，一方面又與前面之「鳳簫吹斷」相應，是簫聲乃直欲與水雲同其飄蕩閒颺矣。故私意以為作「閒」字更佳。

再繼之以「重按霓裳歌遍徹」，「按」者，乃按奏之意，「重按」者，乃「重奏」、「更奏」、「再奏」之意，是不僅吹斷鳳簫，且更重奏〈霓裳〉之曲也。「吹」而曰「吹斷」，「按」而曰「重按」，此等用字皆可見後主之任縱與耽溺，而且據宋馬令《南唐書》載：「唐之盛時，〈霓裳羽衣〉最為大曲，罹亂，瞽師曠職，其音遂絕。後主獨得其譜，樂工曹生亦善琵琶，按譜粗得其聲，而未盡善也。（大周）后輒變易訛謬，頗去洼淫，繁手新音，清越可聽。」後主與大周后皆精音律，情愛復篤，何況〈霓裳羽衣〉又是唐玄宗時代最著名的大曲，又經過後主與周后的發現和親自整理，則當日後主於宮中演奏此曲之時，其歡愉耽樂之情，當然更非一般尋常歌舞宴樂之比，故不僅「按」之不足而曰「重按」，且更繼之以「歌遍徹」也。遍、徹，皆為大曲名目。按大曲有所謂排遍、正遍、衮遍、延遍諸曲，其長者可有數十遍之多，至於徹，則王國維《宋元戲曲史》云「徹者，入破之末一遍也」，曲至入破則高亢而急促，晏殊（一作歐陽脩）詞〈木蘭花〉有「重頭歌韻響錚鏦，入破舞腰紅亂旋」之句，可見入破以後曲調之亢急，則後主此句所云「歌遍徹」者，其歌曲之長、之久以及其音調之高亢急促，皆在此三字表露無遺，而後主之耽享縱逸之情亦可想見矣。

下半闋首句「臨風誰更飄香屑」，據傳後主宮中設有主香宮女，掌焚香及飄香之事，「焚香」易解，至於此句所云「飄香屑」者，蓋宮女持香料之粉屑散佈各處，則宮中處處有香氣之彌漫矣。至於「臨風」二字，一作「臨春」，鄭騫《詞選》云：「臨春，南唐宮中閣名，然作『臨風』則與『飄』字有呼應，似可並存。」可是，鄭騫所選用的卻仍然是「風」字，作「臨風」實更為活潑有致，且臨風而飄香，則香氣之飄散乃更為廣遠彌漫，不見飄香之宮女，而已遙聞香氣之撲鼻，故後主乃於此句中更著以「誰更」二字，曰「誰」者，正是聞其香而不見其人的口吻，恰好把臨風飄散的意味寫出，至於「誰」字下又著以一「更」字，則乃是「更加」之意，當與上半闋合看。蓋後主於此詞之上半闋，已曾寫出其所欣賞者：有目所見之「明肌雪」與「魚貫列」的宮娥，有耳所聽之「吹斷」的「鳳簫」和「重按」的〈霓裳〉，而此處乃「更」有鼻所聞之「臨風」的「飄香」，故著一「更」字，正極力寫出耳目五官之多方面的享受，何況繼之還有下面的「醉拍闌干情味切」一句，「醉」字又寫出了口所飲之另一種受用，真所謂極色、聲、香、味之娛，其意興之飛揚，一節較之一節更為高起，遂不覺其神馳心醉，手拍欄杆，完全耽溺於如此深切的情味之中矣。

至於最後二句「歸時休放燭花紅，待踏馬蹄清夜月」，則明明乃是歌罷、酒闌之後歸去時的情景，而後主卻依然寫得如此意味盎然，餘興未已。「休放燭花紅」者，是不許從者點燃紅燭之意。以「紅燭」光焰的美好，卻不許從者點燃，只因為「待踏馬蹄清夜月」的緣故。「待」者，要也，只是為了要以馬蹄踏著滿路的月色歸去，所以連美麗的紅燭也不許點燃了。後主真是一個最懂得生活情趣的人。而且「踏馬蹄」三字寫得極為傳神，一則，「踏」字無論在聲音或意義上都可以使人聯想到馬蹄得得的聲音；再則，不日「馬蹄踏」而日「踏馬蹄」，則可以予讀者以雙重之感受，是不僅用馬蹄去踏，而且踏在馬蹄之下的乃是如此清夜的一片月色，且恍聞有得得之蹄聲入耳矣。這種純真任縱的抒寫，帶給了讀者極其真切的感受。通篇以奔放自然之筆，表現一種全無反省和節制的完全耽溺於享樂中的遄飛的意興，既沒有艱深的字面需要解說，也沒有深微的情意可供闡述，其佳處極難以話語言傳，卻是寫得極為俊逸神飛的一首小詞。這一首詞，可以作為後主亡國以前早期作品的一篇代表。（葉嘉瑩）

謝新恩　李煜

秦樓不見吹簫女，空餘上苑風光。粉英含蕊自低昂。東風惱我，才發一衿香。瓊窗夢□①留殘日，當年得恨何長！碧闌干外映垂楊。暫時相見，如夢懶思量。

〔註〕①古本皆缺一字。

從詞意判斷，這闋當是悼亡之作。後主十八歲娶司徒周宗之女娥皇，即位後冊為皇后，夫妻感情篤好。婚後十年，娥皇病逝。據馬令與陸游所撰之兩部《南唐書》記載，後主「哀苦骨立，杖而後起」；並自撰誄文，文中有「蒼蒼何辜，殲予伉儷」、「絕豔易凋，連城易脆」等語，言極酸楚。娥皇長得「纖穠挺秀，婉孌開揚」，且「通書史，善音律，尤工琵琶」，故此詞起句便說「秦樓不見吹簫女」，把她比作傳說中的秦穆公那位善於吹簫、乘鳳仙去的女兒弄玉。現在，鳳去樓空，上苑景色再好，也成虛設。因此次句便說：「空餘上苑風光。」「上苑風光」自是眼前景物，也隱然有曩昔「接輦窮歡，是宴是息」的許多賞心樂事；而「空餘」、「不見」，又自有無限惆悵淒涼。此詞一起，便見所詠之意。三句「粉英含蕊」是「上苑風光」的具體描繪。粉白的花、含蕊乍放，可見苑中春色之明媚鮮妍；乃接以「自低昂」，則春色之無人觀賞、落寞寂寥可見。顯然，詞人心中已經失去了春天，雖百花臨風作態，他何嘗有心觀賞！唯任其自開自落，自作低昂。「自低昂」三字，至為沉痛。以上三句合觀，極富點染之妙。一二兩句寫風光依舊，所歡不見，是「點」；三句「粉英含蕊自低昂」，即就上意渲染。一點一染，加深了詞境。「東風」二句，承「粉英含蕊」迤邐寫來。「一衿香」的「衿」，即衣襟之襟。「才發一衿香」是說花朵初放，剛剛發出襲人襟袖的芳香。這初放的花朵，使他聯想起早逝的妻子（妻子死時才三十歲不到）。現在，東風偏偏在我面前催花吐豔，豈非有意惱我，增我惆悵嗎？「東風惱我」之言，即由此生發。這兩句，怨及東風，造意造語，十分新穎，表現了詞人特殊的心理狀態。

上片眼前風物，感官所及，皆傷心之色，斷腸之香，故勾起下片一枕幽夢，過片換筆不換意。詞人結想成夢，夢中再現了歷歷前歡。這裡，不寫夢中如何繾綣，但以「瓊窗」（精美的窗子）作為夢中情事的襯景，語極蘊藉。可惜，好夢易醒，覺來唯見殘日臨窗，餘光似血。這便是「瓊窗夢□留殘日」的境界。下句「當年得恨何長」，乃夢後思量的許多綢繆韻事。憶及當年，理應有無窮恩愛而不應有恨，但正因為愛得愈深，一旦永訣，也就遺恨愈長。再說，十載耳鬢廝磨，生活中又安能全無恨事？這些遺恨，現在是永遠無法彌補了。唯有長埋心臆，思之餘恨無窮。故曰：「當年得恨何長！」這一句，意蘊極豐，於轉折中見出沉哀茹痛。此時詞人推枕而起，憑欄四顧，唯見碧欄杆外，垂楊掩映，一片寂寞淒涼。這碧綠的欄杆，當年也曾與伊共倚；這垂楊之下，當年也曾與伊遊憩。風景無殊，伊人永逝，乃愈感聚日之短暫，長恨之綿綿。這「碧闌干外映垂楊」，仍在申足上句「當年得恨」，是又一次點染刷色。詞人腸迴百折，但感往事如夢，相思的結果不過是引起更深的、無邊無盡的相思，於是，以「暫時相見，如夢懶思量」的決絕語結束這場相思。這是掙扎之後無可奈何而故作超脫。而愈是故作超脫，愈見其無法解脫；愈說「懶思量」，愈見出他無時不在思量。「懶思量」三字從反面著筆，結出餘恨悠悠。

這首詞睹物思人，觸處皆物是人非之痛。詞中春花春柳，瓊窗碧欄，無一非陽春淑景，初無獻愁供恨之意。但正如清趙慶熺〈花簾詞序〉所云：「不必愁而愁，斯視天下無非可愁之物。」所謂淚眼觀花，正見出傷心人別有懷抱，感情真摯，自然哀婉動人。其藝術上超妙之處，在於處處用虛字、否定字作頓挫騰挪，使詞意層層翻進。「秦樓吹簫女」，本清絕豔絕，著「不見」二字，境界突變。「上苑風光」，旖旎不盡，冠以「空餘」，頓成無限淒惶。「粉英含蕊低昂」，春光何等爛漫，中間下一「自」字，則群芳寂寞。東風催發幽香，何等馥郁溫馨，「惱我」一轉，感情色彩全異。「瓊窗」之美，映以「殘日」；碧欄垂柳，徒引舊恨。結穴處再點一「懶」字，愈見相思刻骨，心事成灰，情懷逆折，一往無既。後主當自寫其沉哀，何嘗計及章法、句法、字法，然無意中自見章法、句法、字法，此所謂「不期然而然」者，正清周之琦《詞評》云：「重光（李煜字）天籟也，恐非人力所及。」（賴漢屏）

破陣子

李煜

四十年來家國，三千里地山河。鳳閣龍樓連霄漢，玉樹瓊枝作煙蘿。幾曾識干戈？

一旦歸為臣虜，沈腰潘鬢消磨。最是倉皇辭廟日，教坊猶奏別離歌。垂淚對宮娥。

蘇軾的《東坡志林》卷七引此詞並說：「後主既為樊若水所賣，舉國與人，故當慟哭於九廟之外，謝其民而後行，顧乃揮淚宮娥，聽教坊離曲！」

李煜從他做南唐國君的第一天起，就一直在北方強大的趙宋政權的威懾下過著朝不慮夕的日子，隨時都有滅國被虜的危險，這在南唐君臣的心中投下了很深的暗影。大臣徐鍇臨終時就說：「吾今乃免為俘虜矣！」（宋陸游《南唐書》）慶幸自己逃過了作亡國之俘的下場。然而亡國的一天終於來了，宋太祖開寶八年（九七五）金陵為宋兵占領，李煜肉袒出降。作為俘虜，他與子弟四十五人被宋兵押往北方，從此開始了他忍辱含垢的生活。三年之後，宋太宗畢竟容不下這個亡國之君，將他毒死在汴京，時僅四十二歲。

此詞便寫於他生命的最後幾年中。南唐自先主李昪於公元九三八年立國，至九七五年後主亡國，計三十八年，稱四十年是舉成數言。版圖共有三十五州，方圓三千里，定都金陵，當時堪稱大國。宮中危樓高閣，棲鳳盤龍，上迫雲霄；御園內遍布名花奇樹，草木葳蕤，一派豪華穠豔的景象。據宋無名氏《五國故事》載，南唐宮中以銷金紅羅罩壁，以綠鈿刷隔眼，糊以紅羅，外種梅花；梁棟、窗壁、柱拱、階砌等都作隔，密插雜花，可見其豪奢。所以此詞的上片可視為實錄，而且寫得辭意沉雄，氣象宏大，與當時盛行於詞壇的花間派詞風格迥異，已開後來宋人豪放一路。上片結拍：「幾曾識干戈？」順著前面豪華安逸的宮廷生活而來，峰迴路轉，承上啟下，生出下片屈為臣虜的情景，轉折之妙全在於自然流走，絕無拗折痕跡。

《梁書·沈約傳》說沈約與徐勉的信中稱自己老病：「百日數旬，革帶常應移孔，以手握臂，率計月小半分。」後人因以「沈腰」指腰肢消瘦。潘岳〈秋興賦〉說：「斑鬢髮以承弁（帽）兮。」後人以「潘鬢」作鬢髮斑白的代稱。李煜用了這兩個典，極言自己被俘後精神與肉體上的苦悶和摧頹。古人說憂能傷人，誠然，亡國之痛，臣虜之辱，使得這個本來工愁善感的國君身心俱敝了。李煜被俘之後，日夕以淚洗面，過著含悲飲恨的生活。這兩句即是他被虜到汴京後的辛酸寫照。他沉痛地回首往事，想起那最不堪忍受的匆忙辭別太廟的時刻，宮中的樂工還吹奏起離別的曲子。教坊的音樂是李煜平日所鍾愛的，他前期的不少詞中都有聽樂的記載，然而此時的笙歌已不復能給人帶來歡樂，卻加深了別離的悲涼。從一國之主驟然淪為階下之囚，李煜的感受自然是深沉悲痛的，然而千愁百感不知從何說起，況且面對的是這些幽居深宮、不知世事的宮女，於是只能揮淚而別。教坊奏樂本可安慰離情別緒，然而這裡反激起了他的無限愁苦之情。李煜另有〈望江南〉詞，所謂「心事莫將和淚說，鳳笙休向淚時吹，腸斷更無疑」，正可給此詞作一註腳。

全詞的語言明白如話，而感情卻深曲鬱結。李煜詞所以有語淺情深的效果，在於他真率地披露了親身的感受。讀李煜的詞，自覺一種開誠相見的情愫與毫不掩飾、絕無拘束的勇氣。吳梅的《詞學通論》中說：「二主詞，中主能哀而不傷，後主則近於傷矣。然其用賦體不用比興，後人亦無能學者也。」所謂「用賦體不用比興」，正指出了李煜詞直抒胸臆、率真誠摯的特點。這首〈破陣子〉即堪稱「賦體」的典範。此詞另一個特點是對比的運用。上片極言太平景象，家國一統、山河廣闊、宮闕巍峨、花草豔美，卻反襯出了詞人被俘後的淒涼悲苦，從而揭示了他綿綿不盡的哀愁。這種手法廣泛地運用在李煜後期的詞中，因為他的今昔之感是太深太強了。（王鎮遠）

耿玉真

【作者小傳】南唐時人。入宋後，相傳受刑而死。事見《馬氏南唐書》。存詞一首。

菩薩蠻　耿玉真

玉京人去秋蕭索，畫簷鵲起梧桐落。欹枕悄無言，月和清夢圓①。

背燈唯暗泣，甚處砧聲急。眉黛遠山攢，芭蕉生暮寒。

〔註〕①一作「殘夢圓」。

據宋馬令《南唐書》記載：「（南唐盧絳）病痁且死，夜夢白衣婦人，頗有姿色，歌菩薩蠻勸絳鐏酒，其辭云：『玉京人去秋蕭索』（下略）。」從此，這首小詞蒙上一層迷離恍惚的神祕色彩，被看作「鬼詞」。其實，這只是一首傾訴閨情的篇章，它以筆致工巧、深婉動人，贏得了人們的喜愛，曾在北宋初年廣為流傳。從詞中可知，抒情主人公是一位溫柔多情、敏感嫻靜的女子。

玉京，本道教所謂天上宮闕，用作京城的代稱。唐盧儲〈催妝〉詩：「昔年將去玉京遊，第一仙人許狀頭。」

此「去玉京」，謂赴京應試。在一個秋日的黃昏，她憑欄凝思，沉浸在對遠方親人的懷念之中。起首兩句「玉京人去秋蕭索，畫簷鵲起梧桐落」，描繪出一幅颯颯秋景，景中有情。前一句點出秋氣而帶出「人去」之意，是情與景雙入之法。「蕭索」二字是一篇眼目，後一句便就此點染，且下文之「月圓」、「芭蕉」諸句無不由此生發。喜鵲歷來是吉祥之鳥，鵲起而不顧，暗示丈夫一去杳然無訊，閨中主人公的悵然失望亦隱然可見。細微如梧桐葉落之聲尚清晰可聞，庭院之闃寂，女子懷想之深亦可以想見了。徐士俊謂「『起』『落』字妙，類之者，唯兔起鶻落」（見明卓人月《古今詞統》）。於一句中相對舉，益見得詞筆搖曳有致。「人去」，令人記起往昔未去之時；「蕭索」，烘襯出抒情者的悲涼意緒，連帶說出便覺情景相生，這正是雙入法的妙處。有此開篇，全詞都籠罩著瑟瑟寒意了。基調亦由此確定。

接下來時間由黃昏而入夜。前面兩句側重渲染氣氛，這兩句則著重刻畫人的動作，中心落在思念二字上。夜不安寐，欹枕無言，用動作表現心理，形象而又委曲。「無言」是靜默之狀，又含「脈脈此情誰訴」（辛棄疾〈摸魚兒〉）之意。唯其默然遠想，才引出下一句的「清夢」來。不知過了多久，這位輾轉反側的女子漸漸勞倦不堪，悄然睡去。夢中她見到了久別的親人。詞人把這夢中團聚和中天月圓巧妙地交織在一句之中，「圓」字雙關。夢境沐浴著月的清輝，而一輪圓月又在夢的幻影之中，境界惝怳迷離，清幽怡人。夢境與現實、月色與人事兩相對照反襯，使主人公的情懷表現得愈婉愈深了。

換頭兩句從上片連綿而下。「背燈唯暗泣，甚處砧聲急」兩句前後倒裝。深夜裡，不知什麼地方響起陣陣擣衣聲，把她從睡夢中驚醒。「甚處」，說明砧聲是從很遠的地方傳來，是一種並不太響，而且時斷時續的聲音，也符合乍醒來時恍惚莫辨的情態。這種聲響竟把人驚醒，可知夜之靜謐了。這樣看來，句中極醒目的「急」字恐怕側重於表現人的內心感受，未必是實寫砧聲。「背燈暗泣」乃夢斷神傷之狀。眼前的冷寂，經夢中歡聚一襯照，益發加深了感傷和悵惘，她怎能不柔腸寸斷、哀泣不止呢？「暗」字兼言情、景，思婦心境之黯然具體可感。從上文的「欹枕無言」到此刻的「背燈暗泣」，層層迭進，益轉益悲了。

「眉黛遠山攢」，是隔接「背燈」句，給那攢蹙的秀眉一個特寫鏡頭，把滿懷的思念和哀怨全部凝聚在黛色如遠山的眉間了。末句輕輕宕開，以景收束：「芭蕉生暮寒。」淒冷之意又真切，又朦朧，那寒氣直沁入人的心裡，卻又不曾說破。辭婉而情切，令人哀感無端，正是所謂以景結情的妙筆。此詞前後兩片各用兩仄韻，兩平韻，平仄遞轉，情調亦由緊促轉為低沉，與詞意的轉進正相諧和。結構上一句景，一句情，間或情景雙寫。在情與景的相映、相生、相融之中，女主人公的內心世界婉曲而深切地袒露出來。故而清陳廷焯評贊道：「如怨如慕，極深款之致。」（《詞則．大雅集》）（周篤文、王玉麟）

徐昌圖

【作者小傳】莆田人。初仕閩、南唐，後歸宋，任國子博士，官至殿中丞。詞存三首，風格雋美。

臨江仙

徐昌圖

飲散離亭西去，浮生常恨飄蓬。回頭煙柳漸重重。淡雲孤雁遠，寒日暮天紅。
今夜畫船何處？潮平淮月朦朧。酒醒人靜奈愁濃。殘燈孤枕夢，輕浪五更風。

詞一開頭，便唱嘆而起，大有「數聲風笛離亭晚，君向瀟湘我向秦」（唐鄭谷〈淮上與友人別〉）之慨。「飲散離亭」，友人們終於揮手別去，從此孑然一身，浪萍難駐，作孤蓬萬里之遊！起首就把傷別之情與身世之悲打成一片，用筆厚重深沉，淒涼無限。

甫登行程，便已回首，然而如煙似霧的楊柳早已遮斷了望眼；只得放眼向前方望去，見到的是殘陽如醉，孤雁遠征。開頭以情起，到這裡已經完全融情入景。所有景語，盡成情語。「淡雲孤雁遠，寒日暮天紅」，離人的眼中之景，正反映出離人的心中之情。以此為歇拍，境界闊大，意味悲涼，不減柳永的「念去去千里煙波，暮靄沉沉楚天闊」（〈雨霖鈴〉）。雁稱「孤雁」，日稱「寒日」，孤單感加上向晚的寒意，極寫浪跡飄零之苦。

晚霞吐紅，本是麗景；然而傷心人別有懷抱，在流浪人眼中看來，卻是紅光慘淡，透出寒意，這也是移情於景。

下闋全是設想。過片「今夜畫船何處？」以一問提起，遂引出一系列愁情，舉重若輕，毫不費力。意思是：此刻愁緒猶可，只怕到了夜間，潮平水落，泊舟岸邊，月映清淮，夜色茫茫，其寂寞淒清之況，又何以堪？尤難耐者，在酒消人醒之後，萬籟俱寂之時，往事難省，前途難測，種種感觸，伴隨別意離憂，齊湧心頭，化為濃愁，更兼其時殘燈明滅，孤枕夢淺，五更風起，暗浪拍船，——此時此境，此種苦味，又當如何排解啊！

過片一氣流轉而下，筆力酣暢，直貫篇末；且層層加深，步步遞進，嗚咽不盡，稱得氣足神完。末尾說到「殘燈孤枕夢，輕浪五更風」，即此頓住，深深可味。清賀裳《皺水軒詞筌》云「凡寫迷離之況者，止須述景」，「不言愁而愁自見」，正是此意。

下片妙處全在虛境實寫，化虛為實，大做文章，寫足羈旅之情。似此傷別詞，從別時寫到別後，似乎已寫盡；卻更把思緒延長，推想到途中旅況，雖是題外之語，卻又正是題內之義。非如此便不足以盡吐飄泊者胸中鬱積之悶，非如此亦不能成此唱嘆有情之作。

柳永〈雨霖鈴〉詞深受此詞影響，卻將下闋內容，全部納入「今宵酒醒何處？楊柳岸、曉風殘月」二句中，以少許勝多許，更覺凝練。徐詞中月映清淮的朦朧夜色，浮盪著一種莫名的哀愁；到了柳永筆下化為楊柳曉風、殘月漸隱的淒清之景，其中飽含著咀嚼不盡的黯然銷魂的情味，也顯出不同。再者，柳永所寫，乃兒女握別、柔腸寸斷之情，故齧齒叮嚀，聲情激切，全用入聲韻，尤覺頓挫含悲。結尾處更是痛陳其情，一任感情的潮水奔注。徐詞卻趨於蒼涼，是天涯淪落人的浩嘆，措詞也較含蓄深沉，過片、煞尾均是以景結情。用洪聲平韻，緩緩道來，亦覺渾厚。柳詞如高峽奔波，迸珠濺玉；徐詞如河水平緩，其下卻埋伏著急流。二者格調有異。在豔詞充斥的五代詞壇上，此篇堪稱高調別彈。（孫映逵）

薛昭蘊

【作者小傳】《花間集》稱薛侍郎。或疑即薛昭緯。新、舊《唐書》有《薛昭緯傳》，言緯於乾寧中為中書舍人。唐昭宗光化二年（八九九），自戶部侍郎遷兵部侍郎。孫光憲《北夢瑣言》卷四云：「唐薛澄州昭緯，即保遜之子也。恃才傲物，亦有父風。每入朝省，弄笏而行，旁若無人，好唱〈浣溪沙〉詞。」《花間集》存詞十九首。王國維輯有《薛侍郎詞》一卷。

浣溪沙　薛昭蘊

紅蓼渡頭秋正雨，印沙鷗跡自成行。整鬟飄袖野風香。

不語含嚬深浦裡，幾回愁煞棹船郎。燕歸帆盡水茫茫。

薛昭蘊不是畫家，但他這首〈浣溪沙〉卻給我們描繪出了一幅蒼涼寂寞的秋雨渡頭待人圖。詞的上片寫秋雨中的渡頭，水邊長著紫紅色的蓼花，沙灘上鷗跡成行。描繪出了渡頭的蒼涼、寂寞。在這樣的環境中，卻孤零零地站著一個佳人。這三句給我們在聽覺上的是風雨聲，在視覺上的是暖色的紅蓼花，成行的沙鷗足跡和佳人的身影，在嗅覺上的是佳人和野花的芳香。但這些並沒有使場面熱鬧起來。秋風、秋雨、紅蓼、鷗跡、孤獨佳人，使人感覺到的是渡頭環境的蒼涼和寂寞。第三句「整鬟飄袖野風香」還給我們留下了一個懸念。當我們讀到這一句時，心裡自然而然地會問：她為什麼站在渡頭野風中？她是在觀賞景致，還是要擺渡？她是在等候同伴，還是在盼望遠行者的歸來？或者都不是。「整鬟」，在這裡不僅有整理髻鬟的意思，它實際還包含著「女為悅己者容」的意思。

在一首詞中，過片是很重要的，歷來為詞家所重視，宋張炎《詞源》說：「最是過片不要斷了曲意，須要承上接下。」薛昭蘊這首〈浣溪沙〉的過片：「不語含嚬深浦裡」，完全符合這個要求。「不語含嚬」的人就是上片「整鬟飄袖」的佳人。

這是承上。為什麼「不語含嚬」呢？「不語含嚬」的下文會是怎麼樣？這是啟下，也是詞人給我們安排的又一個懸念。緊接著「幾回愁煞棹船郎」，寫佳人心事重重地皺著眉，默默地立在渡頭，又不要擺渡、放舟，所以「愁煞」船夫。這裡並沒有注家所講的佳人要「放船自適」、「臨流往返」的意思。還有，「愁煞」的「煞」是表示極甚之辭，但「愁煞」在這裡不過是借不相干的人來烘托，指棹船郎亦受其感染，同情她，愁的分量是很輕很輕的。詞的最後一句，拓開一層講，「燕歸帆盡水茫茫」，是說在佳人默望中，燕子歸去了，江上的征帆過盡了，剩下的只有茫茫江水。至此，方始點明了懷人的主題，暗示了佳人的痴情和痛苦，也解開了上文一個又一個的懸念，結束了全詞。

最後一句，從表面看來，燕歸、帆盡、水茫茫，都是寫景，而深含著的至真至切的懷人之情，卻緊扣著讀者的心扉，一切都在「不語」中。這較之溫庭筠〈望江南〉的「過盡千帆皆不是，斜暉脈脈水悠悠。腸斷白蘋洲」之說破了更有味些，也更耐人尋思些。（馬興榮）

浣溪沙　薛昭蘊

傾國傾城恨有餘，幾多紅淚泣姑蘇。倚風凝睇雪肌膚。
吳主山河空落日，越王宮殿半平蕪。藕花菱蔓滿重湖。

古往今來，許許多多騷人墨客吟詠過西施的傳說和吳越的興亡。有的為西施鳴不平，認為「吳王事事須亡國，未必西施勝六宮。」（陸龜蒙〈吳宮懷古〉）有的歌頌越王句踐臥薪嘗膽，刻苦圖強，終成霸主。有的則感嘆「越王宮殿，蘋葉藕花中」（牛嶠〈江城子〉），霸圖消歇，遺殿無存。更多的是憑弔「館娃宮」、「響屧廊」、「採香徑」等勝地的荒蕪，發思古之幽情。而薛昭蘊這首〈浣溪沙〉卻另闢蹊徑，將西施的傳說，吳、越的興亡，自己的感慨，熔鑄於一篇之中。

詞的上片寫西施。起句「傾城傾國恨有餘」，概說西施外表的美麗和內心的痛苦。「傾國傾城」，此處指西施的美麗。第二句「幾多紅淚泣姑蘇」、第三句「倚風凝睇雪肌膚」都是承首句下半句「恨有餘」而言。因恨，故此作者發問：西施入吳後，在蘇州流了多少眼淚？「紅淚」，女子的眼淚。這個典故出自晉王嘉《拾遺記》。據說，魏文帝所愛美人薛靈芸離家赴京師途中以玉壺接淚，淚紅如血。後世因泛稱女子眼淚為「紅淚」。因恨，故此作者遙想當年有如雪肌膚的西施常常默默無語，臨風凝睇。讀至此，我們自然會問：西施到底恨什麼呢？是恨自己生得太美了以致被選獻吳王，遠離親人和鄉里，還是恨吳破越，或者是恨吳王寵愛自己而自己不能忠於吳王，或者是三者兼而有之？詩歌不同於散文或小說，短調又不同於慢詞，它不能從容敘說，它也不必詳細敘說，它讓讀者展開思索的翅膀去翱翔迴旋。

下片轉寫吳、越，表面看來似乎是另寫一件事了，而實際吳、越的興亡與西施的關係頗為密切。清代詞論家周濟在《宋四家詞選目錄序論》中說：一首能令讀者「耳目振動」的好詞，上下片之間要「藕斷絲連」。薛昭蘊這首〈浣溪沙〉就具有這樣的特點。首句「吳主山河空落日」說吳王夫差的城池宮苑等等都不存在了，只剩下曾經照過吳國的落日了，這和李白〈蘇臺覽古〉詩中的「只今唯有西江月，曾照吳王宮裡人」類似。詞人在「吳主山河」下綴一「空」字，正是表明吳主山河已成空的感慨。次句「越王宮殿半平蕪」說越王句踐滅吳以後，和當年吳王滅越以後一樣，躊躇滿志，荒淫逸樂，但是，而今越王的宮殿也大都成了草地了。「藕花菱蔓滿重湖」，在深深的湖水中長滿了藕花和菱蔓，說明現在也沒有人再遊樂其中了。在興盛的景象中實際充盈了衰敗的史實。「重湖」，指吳越地區的太湖。三句寫時移世異，吳越興亡都成陳跡。

整首詞並沒有發表議論，但是，透過西施的紅淚含恨、「吳主山河」、「越王宮殿」的今昔變化，自然而然地、清楚地表達了作者的人事滄桑之感。這正是李冰若《栩莊漫記》所謂的「伯主雄圖，美人韻事，世異時移，都成陳跡，三句寫盡無限蒼涼感喟。」（馬興榮）

謁金門 薛昭蘊

春滿院，疊損羅衣金線。睡覺水晶簾未捲，簾前雙語燕。
斜掩金鋪一扇，滿地落花千片。早是相思腸欲斷，忍教頻夢見！

紅顏少婦，傷春念遠，此類題材，《花間集》中不知凡幾。然而高明的詞人各騁才思，競出新構，表現手法，千變百端。譬諸裁縫製衣，雖然同是一處領口、兩隻袖管，古往今來，卻也翻足了花樣。薛氏此詞，就「熟」而不「落套」，頗有幾分別致。

「春滿院」——起句拙甚。同樣的意思，在湯顯祖筆下便有那「姹紫嫣紅開遍」、「朝飛暮捲，雲霞翠軒，雨絲風片，煙波畫船」、「遍春山啼紅了杜鵑，荼蘼外煙絲醉軟」、「生生燕語明如翦，嚦嚦鶯歌溜的圓」（《牡丹亭．驚夢》）等一連串的細節描寫，何等的精彩！但套曲聲繁，盡可以累唱辭如貫珠；小詞腔短，卻只能納須彌於芥子。故《牡丹亭》中一大段華章，在薛詞中僅以極抽象的三個字抵當之。此文學樣式體制使然。讀者見此三字，任意虛構一芳菲世界可也。

「疊損羅衣金線」——此六字接得極好。實只是上引《牡丹亭》同出辭中之所謂「錦屏人忒看的這韶光賤」也，卻出以深隱婉曲之筆。唐代武寧軍節度使張愔死後，寵妾盼盼念舊愛而不嫁，獨居徐州燕子樓中十餘年。白居易感其事，作〈燕子樓〉詩三首，其二云：「鈿暈羅衫色似煙，幾回欲著即潸然。自從不舞〈霓裳曲〉，疊在空箱十一年。」薛詞「疊」字，義同白詩。春色滿院，閨中佳人正宜豔服盛裝，出戶玩賞，今乃羅衣疊在空箱，則芳菲世界，佳人未賞，都付與鶯和燕矣。且羅衣不僅僅「疊」，衣上金縷，竟「疊」而至「損」，則見出不服此衣，為時已久。「蕩子行不歸，空床難獨守」（〈古詩十九首・青青河畔草〉）。少婦「誰適為容」（《詩經・衛風・伯兮》）的索寞情懷，只憑藉一件羅衣，曲曲傳出，你道這六字下得妙也不妙？

「睡覺水晶簾未捲」——如果說上句是寫夫婿遠行之後，閨婦「有什麼心情花兒、靨兒，打扮得嬌嬌滴滴的媚」；那麼此處即寫她「準備著被兒、枕兒，則索昏昏沉沉的睡」（均見元王實甫《西廂記・長亭送別》）了。春睡既覺，猶自不起，故水晶簾仍然垂地未捲。厭厭慵態，不言而盡在其中。

「簾前雙語燕」——因簾未捲，故雙燕不得而入，只好在簾前上下翻飛，軟語呢喃，似訴似怨。燕影雙雙，燕語雙雙，而簾中人之孤獨，自在言外。《花間集》中凡見雙鴛鴦、雙溪、雙鸂鶒、雙鳳、雙燕等意象，多以反襯或反跌出情侶的單棲孑立，薛詞也未能免俗，唯自睡厭厭引出「簾未捲」，由「簾未捲」引出「雙語燕」，猶不失其妥溜自然。

「斜掩金鋪一扇」——過片詞筆又宕開去寫庭院。「金鋪」，本是門扇上銜環的銅質底盤，作獸面形，飾以金，此即以局部代整體，指門。古建築門分左右兩扇，斜掩一扇，是院門半開半掩。此有意乎（留門待人歸）？無意乎？寫實乎？象喻乎（以院門喻心扉，暗示尚存希冀）？妙在並不挑明，耐人作三日想。

「滿地落花千片」——本句回扣起處三字。但前者春色滿院，此則春意闌珊，上下闋地同而時異，蓋「奈愁裡、匆匆換時節」（姜夔〈琵琶仙〉）也。當其「奼紫嫣紅開遍」之日，佳人尚無心玩賞，遑論「狂風落盡深紅色」（杜牧〈悵詩〉）的殘春時節？同一傷春恨別之情懷，因時序之演變而愈見厚重；同一恨別傷春之心境，歷物候之盛衰而愈見層深：此加倍跌宕之筆也，讀者當細加體認。

「早是相思腸欲斷，忍教頻夢見！」——前六句皆景語、客觀陳述語，情思隱隱，如泉脈潛行地中，至此則破土穿石，終以洶湧一噴，為全詞之結束，力量甚大。而「頻夢見」又逆綰上片「睡覺」，針縷亦頗嚴密。尤令人嘆服者，此二句措意極新穎。閨婦本已因相思而肝腸寸寸欲斷了，老天爺怎忍心讓她再三夢見自己的郎君！二句中未出人稱代詞，作第三人稱口氣固無不可，但反覆吟味，認作第一人稱口氣，解為思婦的內心獨白，似乎更佳。「人寂寂，葉紛紛，纔睡依前夢見君。」（韋莊〈天仙子〉）關山千里，重聚無期，現實生活中既難得團圓，轉而渴望能於夢裡廝見，這自是人之常情，前賢詩詞早已詠及，屢見不鮮。而詞人別出心裁，偏讓思婦道出「忍教頻夢見」來，言下有無限怨嗔，一似造物主不該教其「夢」，更不該教其「夢見」，尤不該教其「頻夢見」者，天公有知，真不免要發「好人難做」之嘆了。然而，這看似有悖常情的語言表達，卻蘊含著較常情更為深刻的心理內容。後來北宋賀鑄之〈菩薩蠻〉（彩舟載得離愁動）下闋云：「良宵誰與共？賴有窗間夢。可奈夢回時，一番新別離！」移用為本篇末句之解說，真是再貼切也不過的。試想，一次離別，已不能堪，豈可以再，豈可以三？夢中相逢，固然慰情聊勝於無，其奈「覺來知是夢，不勝悲」（韋莊〈女冠子〉）何？「夢見」一次，即不啻重諳一遍離別的滋味，愈是夢見頻，愈添離別苦，一顆心哪裡經得起許多次的撕裂之痛啊！「忍教」云云，正謂此也。它確是透骨的情語！詞人著意用此重拙之筆收束全篇，彌見精力飽滿，情致濃郁，意思沉深。（鍾振振）

牛嶠

【作者小傳】字松卿，一字延峰。祖籍安定鶉觚（今甘肅靈臺），後徙狄道（今甘肅臨洮）。唐相牛僧孺之孫。唐僖宗乾符五年（八七八）進士。歷官拾遺、補闕、校書郎。王建鎮蜀，辟為判官，及開國，拜為給事中。《花間集》稱牛給事。著有《歌詩集》三卷。存詞三十二首。今有王國維輯《牛給事詞》一卷。

柳枝　牛嶠

吳王宮裡色偏深，一簇纖條萬縷金。
不憤錢塘蘇小小，引郎松下結同心。

牛嶠〈柳枝〉詞共五首，這是第二首，專詠蘇州宮柳。

「吳王宮」，指吳王夫差在姑蘇（今江蘇蘇州）為西施建築的館娃宮。「蘇小小」，乃南朝齊代錢塘（今浙江杭州）名妓。蘇杭地處江南水鄉，乃楊柳天然滋生的場所，無論宮中民間均多種植。白居易〈楊柳枝〉詞有云：「蘇州楊柳任君誇，更有錢塘勝館娃；若解多情尋小小，綠楊深處是蘇家。」乃是說杭州之柳勝於蘇州。牛嶠此詞也提到館娃宮及蘇小小，但似乎與白居易唱著反調，偏說蘇州故宮之柳勝於錢塘。你看，「吳王宮裡色偏深，一簇纖條萬縷金」，該有多麼繁富。要是錢塘的柳色更好，那為什麼蘇小小還要約郎到松柏之下而非柳下去談情說愛（「結同心」）呢？詞人根據古樂府〈蘇小小歌〉「我乘油壁車，郎乘青驄馬。何處結同心，西陵松柏下」，機智地對白詞作了反諷。「不憤」即不服的意思。明楊慎說，此詞是「詠柳而貶松，唐人所謂『尊題格』也。後人改『松下』作『枝下』，語意索然矣。」（《升庵詩話》卷六）說「尊題」，極是。說「詠柳貶松」，還未能中肯。詞意實是說蘇州宮柳勝於杭州耳。

不過，這首詞的意味還不止於此。它可以引起讀者更多的聯想。楊柳枝柔，本來是可以綰作同心結的，但蘇小小和她的情人為何不來柳下結同心呢？劉禹錫〈楊柳枝〉詞有云：「御陌青門拂地垂，千條金縷萬條絲。如今綰作同心結，將贈行人知不知？」原來柳下結同心，乃有與情人分別的寓意。而松柏歲寒後凋，是堅貞不渝的象徵，自然情人們願來其下結同心而作山盟海誓了。如果作者有將宮柳暗喻宮人之意的話，那麼「不憤錢塘蘇小小，引郎松下結同心」就不但不是貶抑，反倒是羨慕乃至妒忌了。詞之有「味外味」也若此。（周嘯天）

更漏子

牛嶠

星漸稀，漏頻轉，何處〈輪臺〉①聲怨？香閣掩，杏花紅，月明楊柳風。挑錦字，記情事，唯願兩心相似。收淚語，背燈眠，玉釵橫枕邊。

〔註〕①輪臺：唐時西北邊地舞曲名。唐輪臺在今新疆米泉縣境。任中敏《唐聲詩》下編第八：「天寶間封常清西征時，輪臺為重鎮，輪臺歌舞或即於此時傳至內地，精製為舞曲，流入晚唐、五代不廢。」李商隱〈漢南書事〉詩：「將軍猶自舞〈輪臺〉。」

這是一首寫思婦的詞，筆觸細膩，可見花間詞人傳情入微的本領。

星稀漏轉，夜已深沉。這時，不知從何處傳來〈輪臺曲〉的歌聲，情調哀怨。〈輪臺〉為邊地樂曲，入耳自喚起對戍邊的親人的相思和惦念之情。詩詞中對邊疆，每有隨意拈出一個地名用以代指或泛指，如陸游詩：「僵臥孤村不自哀，尚思為國戍輪臺。」（〈十一月四日風雨大作二首〉其二）泛指守邊，未必定要特地到輪臺去。歌曲名也是如此：蘇軾〈浣溪沙．重九〉「哀弦危柱作〈伊〉〈涼〉」，辛棄疾〈賀新郎．賦琵琶〉「一抹〈梁州〉哀徹」，無非也以之代指西北地區音樂。對此詞中的〈輪臺〉也可作如是觀。又甚至於連真實的〈輪臺曲〉也未必聽到過，只是由於懷人苦切，於心神勞瘁之夜，便彷彿若有所聞，按之詞情，這似乎更近真實些。南朝〈子夜歌〉云「夜長不得眠，明月何灼灼，想聞歡喚聲，虛應空中諾」，便有此例了。

這偶爾一現的幻聽、幻覺，一時間更給思婦帶來似乎身臨塞外，即將見到親人的驚喜。在迷茫中開門看塞外風光，撲入眼簾的卻仍然是朝夕相對的江南春色，方知自己依然獨處深閨。「香閣掩」三字，從中傳出失望的嘆息，於此也不難想像她無可奈何地掩門而臥的情態。總之，還是關門睡覺吧，任它杏花明月柳風。一切良辰美景，對她還有什麼意義呢？徒增惆悵而已。「香閣掩」三句以樂景寫哀，大有唐人所云「寂寞空庭春欲晚，梨花滿地不開門」（劉方平〈春怨〉）的情味。

可是她再也睡不著了。她起來給對方寫信以寄相思（這裡用前秦蘇蕙織錦為迴文〈璇璣圖〉寄丈夫事，代指寫信），同時回憶著兩人歡聚時種種快樂的往事，只願像往日一樣兩心相印，便可聊以自慰了。「唯願」二字，可見不敢抱太高的希望，透露出淒咽的悲音。有沒有重新團聚的一天呢？不敢想像。

睡不著，起來寫信；可是又寫不下去，只好再去睡覺。她擦了擦眼淚，懶得滅燈，背著燈光，和衣而臥，一條玉釵從她頭上悄悄地滑下，落在枕邊。「背燈眠」三字，描摹百般無奈的慵懶情狀，如在目前。「玉釵橫枕邊」，從虛處傳寫釵墜鬟亂、首如飛蓬的睡態，微妙地烘托出女主人公厭厭不樂的心理。歐陽脩有句云「水精雙枕，傍有墮釵橫」（〈臨江仙〉），向以新穎秀美為讀者擊節讚賞，殊不知是從牛嶠詞化出。

這首詞詞體雖小，卻能一波三折，夜深幻聽的驚喜，覺來的孤獨惆悵，錦字難織，玉釵橫枕，思婦心理的波瀾迭出，層層演進，曲盡其情。全詞文筆清淡，上片僅用「杏花紅」略作點染，以反襯寂寞心情。「月明楊柳風」，尤是天然好語，可以想見夜風輕拂，柳條參差，月下弄影的清絕之景。雖從北齊蕭愨名句「楊柳月中疏」（〈秋思〉）化出，但是絲毫不著痕跡。結句更是出奇制勝，抓住落在枕邊的一根小小玉釵作為道具，純用側筆摹態，竟如此傳神。（孫映逵）

望江怨

牛嶠

東風急，惜別花時手頻執，羅幃愁獨入。馬嘶殘雨春蕪濕，倚門立。寄語薄情郎，粉香和淚泣。

這是一首閨中曲，詠女子盼望情郎歸來而不得的怨恨。閨怨本是唐、五代、兩宋詩詞中習見的題材。牛嶠此詞在諸多同類作品中，自呈面目，別具風味。從體式看，這是一首令詞，單調不分片。從情節結構看，它包含三層意思：一憶昔別，二敘等待，三寄情思。每層之間，既有內在聯繫，又留下大塊空白，讓讀者綴合、聯想和補充。詞的發端運用追憶手法，以突兀而來的「東風急」領起，似乎給人一種緊迫感。東風勁吹，百花爭豔，這是一個春意盎然的季節。在此良辰美景，一對情人雙手緊握，離別在即。那依依惜別、難捨難分、萬語千言之情，全從這個富有動作性的「頻」字中傳達出來。兩情是何等的深摯、熱切！「東風」、「花時」，點明了「惜別」時的物候和時令。作品以美好的景致和環境，反襯離愁悽惻之情，收到相反相成之效。第三句補上一筆，正面點出「愁」來。這個「愁」字，把女主人悶悶不樂、鬱鬱寡歡的情態和心境寫出來了，而「獨入」，更點出她從此孤居寂寞的處境。正當她沉浸在痛苦的回憶時，突然遠處傳來了馬嘶聲。「倚門立」應「馬嘶」，為有所盼的動作。不言而喻，以為「郎乘青驄馬」（古樂府〈蘇小小歌〉）歸來了。但竟不如所願，門外只見「殘雨春蕪濕」。此句當從杜甫詩「雨露洗春蕪」（〈大曆三年春白帝城放船出瞿塘峽久居夔府將適江陵漂泊有詩凡四十韻〉）化出。牛詞用此，語意雙關。既點明此時此際的實景：淅淅瀝瀝、時斷時續的雨水，春草都沾濕了；又隱喻這位女子暗暗抽泣，淚痕斑斑，如同殘雨。明湯顯祖《花間集》評語說此句是牛嶠集中的「秀句」，「濕」字「下得天然」。「馬嘶」聲沒有給她帶來希望，反而倍增其悲楚之情。難怪她要責罵那個無情無義的「薄情郎」了。

牛嶠此詞在布景造情、章法安排、選調用韻等方面，頗具特色。它以女主人公「倚門立」為軸心，思路朝兩個方向延伸：一是對往昔分別情景的追憶，勾畫出一幅情深似海的「惜別圖」，這也是今朝「倚門立」，切望情人歸來的思想基礎。一是對未來的思考，遙寄相思的深沉，傾訴別後的情懷，哀怨、惆悵、失望、期待各種複雜思緒錯綜交織，彈出一曲「訴衷情」。今朝與昔日溝通，景物是個觸媒。此時眼前所見的「春蕪」，觸發往日彼時的「花時」；由「殘雨濕」引出「和淚泣」，又從昔時的「手頻執」，反照今日的「薄情郎」。而「薄情」卻從「馬嘶殘雨春蕪濕」的寫景中透露出消息。所以清鄭文焯說：「文情往復，雜寫景中，致足諷味。」（李冰若《花間集評注》引）

近人說此詞「情調悽惻」（俞陛雲《五代詞選釋》）。其實不盡然。「馬嘶」聲雖然沒有給她帶來喜訊，但她不灰心，不氣餒，不從此罷休，相反，她仍然充滿信心，寄予希望，託人捎信，一吐衷情為快。「粉香和淚泣」，與李煜〈望江南〉詞中所說「多少淚，斷臉復橫頤」有類似之處，但李詞寫得切直顯露，牛詞則柔中藏剛，絕望之中隱含著希望，纖弱之中帶有一股勁氣。有怨憤，有離恨，但更表現了她的痴頑、執著和追求。清況周頤在《餐櫻廡詞話》中說：「昔人情語豔語，大都靡曼為工。牛松卿〈西溪子〉云（詞略）〈望江怨〉云（詞略），繁弦促柱間，有勁氣暗轉，愈轉愈深。此等佳處，南宋名作中，間一見之。」可謂中的之評。故陸游以為此詞乃「盛唐遺音」（《御選歷代詩餘》卷一一三引），饒有古意。

用入聲韻是此詞的又一個特點。〈望江怨〉，原屬唐教坊曲調。唐代無人作此詞，宮調亦失傳。《花間集》

中僅此一例。此詞單調三十五字，七句六韻：急、執、入、濕、立、泣。入聲韻氣急而短促，它與離婦等待情郎歸來的急切之情、失望之怨和厚篤痴頑之性甚相吻合。所以許昂霄在《詞綜偶評》裡說此詞「有急弦促柱之妙」。（陳耀東）

菩薩蠻 牛嶠

舞裙香暖金泥鳳，畫梁語燕驚殘夢。門外柳花飛，玉郎猶未歸。
愁匀紅粉淚，眉剪春山翠。何處是遼陽？錦屏春晝長。

春閨懷人之詞，作者已多。此詞語言俊麗，形象鮮明，曲折傳情，仍很值得一讀。

開頭兩句「舞裙香暖金泥鳳，畫梁語燕驚殘夢」，寫女主人公獨守空閨，當春光穠麗之時，渴望征人能從遠方歸來，由於懷思之殷，午睡時夢見和親人聚會。「舞裙」句借夢境寫重聚的歡愉。在夢中，她穿著飾有金鳳的舞裙，翩翩起舞，迎接親人。「香暖」不僅寫衣服經過香熏，也顯示心境的歡欣。次句點夢境無端被梁間的燕語驚醒。不解事的燕子，絮語呢喃，更增添她的悵惘。這兩句一起一落，一開一合，一幻一真，從實處著筆，而有空靈之妙。三、四兩句「門外柳花飛，玉郎猶未歸」，寫夢醒後的凝望。門外柳花飛雪，已是暮春，而遠人還未歸來，不能不使她縈情牽恨。「猶」字示怨而不怒的纏綿悱惻之情。在這兩句中，詞人以淒婉的筆調，點出她的心思所在。

下片頭兩句「愁匀紅粉淚，眉剪春山翠」，寫夢雖驚醒，而懷人之情，不僅未斷，且倍感殷切，所以勉強梳洗。前句寫她含淚試妝，不覺淚珠與紅粉同匀；後句寫淡掃秀眉，整齊如剪的眉黛，似欲與春山爭翠，而翠黛凝愁，愈增相思。結尾兩句，更憶及遠人所在的地方：「何處是遼陽，錦屏春晝長。」遼陽在今遼寧遼河一帶，唐代為東北邊境，經常駐有重兵。唐沈佺期〈獨不見〉詩有「十年征戍憶遼陽」之句，以後在詩詞中就作為征戍地的代稱。這裡透過寫女主人公憶念征戍的場所，把她內心悵惘纏綿的感情，含蓄地展現出來。她抱著無限的相思，錦屏獨坐，春思撩人，如絲如縷的愁緒，難以排除，故愈覺春晝之長，語意深永。

這首詞在藝術上的特色是欲抑先揚，聲情頓挫。詞的意旨，原在於刻畫女主人公思念征人的情懷。開篇卻用高華曼麗的筆墨，先構成一個美妙的夢境，把她放在特定的夢境歡會當中，使她在好夢驚醒以後，益增離別之苦，詞意亦陡轉沉鬱。「驚殘夢」以下轉入正文，又用低迴詠嘆的方式，先寫門外是春光駘蕩，而人「猶未歸」，於極度失望中，再展望歸之情，詞筆亦再作頓挫。換頭處又以整妝期待的筆墨，使淒清的內心世界，於紙上徘徊重現，不言其懷人而自見幽怨。詞境由委婉轉向深沉。結尾更從她的內心深處，迸發出「何處是遼陽」的感嘆，征人不歸，閨中少婦卻是在痴心等待。此婦所憶之人遭遇如何，不得而知。但一邊是霜戈壁立、鐵騎騰踏的邊塞，一邊是春意濃郁、錦屏寂寞的深閨，縱使重逢有望，也不知道在何年何月。因此「錦屏春晝長」一句，更深沉地揭示了主人公的怨思。詠嘆至此，對主題發抒已達言有盡而意不盡的境界，在情節上也作出第三次的頓挫。至此，則不僅主人公在深思，讀者也有「此恨綿綿」之感。（馬祖熙）

菩薩蠻　牛嶠

玉爐冰簟鴛鴦錦，粉融香汗流山枕。簾外轆轤聲，斂眉含笑驚。

柳陰煙漠漠，低鬢蟬釵落。須作一生拚，盡君今日歡。

清劉體仁《七頌堂詞繹》說牛嶠的詞「不離唐絕句」，正如唐初之詩，「未脫隋調」；也就是說在詞的發展史上，尚處於從近體詩向曲子詞過渡的階段。從詞的體制來講固然如此，然就情韻而言，它卻帶有濃厚的詞味了，這首〈菩薩蠻〉便足以證明。

此詞寫豔情。《花間集》中的豔情有不同的風格：溫庭筠詞多用華麗的辭藻，寄託幽怨的感情，題旨較難曉。韋莊詞則注重白描，對人物內心活動刻畫得漸漸細緻。牛嶠這首詞則綜合了他們的優點又向前發展了一步。他以穠麗的語言描繪豔情，沒有絲毫的隱晦，冶雅俗於一爐，可謂極小詞之能事。這一點，也可算是牛嶠自己的風格。

詞中以男女幽會為主要內容，側重寫幽歡過程中的情景和女主人公的心理狀態，詞風大膽潑辣，淋漓盡致。首句寫室內陳設的華麗：玉爐，狀香爐之華貴；冰簟，狀竹席之晶瑩涼爽；鴛鴦錦，謂繡有鴛鴦的錦被。從字面上看，與溫庭筠詞的鏤金錯采並無二致，溫之〈菩薩蠻〉其四云「翠翹金縷雙鸂鶒」，其十云「寶函鈿雀金鸂鶒」，在語辭和語法上非常相似。但溫詞下一句仍停留於寫景，下面幾句即使寫感情也較隱微婉曲。此詞不僅透過首句的景物描寫，為一對情人的幽會安排了特定的環境，而且第二句緊接著寫幽會，詞意徑露，不避淺俗，在《花間集》中也是罕見的。然而寫歡情也只是到此為止，詞人筆下還是注意分寸的。以下二句，他便宕開一筆，寫外在因素的侵擾和她心理的細微變化。當他們歡情正洽時，簾外傳來了一陣轆轤聲，劃破了長夜的寧靜，報導了拂曉的來臨。轆轤，所以汲水也。是誰起得那麼早，到井邊汲水來了？這像一塊石頭投進平靜的池塘裡，立即引起強烈的反應。「斂眉含笑驚」，就是轆轤聲在女主人公感情上激起的波紋。「斂眉含笑」，正爾歡濃，早汲聲傳，頓驚曉色，所謂「歡娛嫌夜短」也。簡單五個字，概括了她一剎那間複雜的感情變化，用筆何其精練而又準確。

換頭一句，從室內寫到室外，化濃豔為疏淡。溫庭筠〈菩薩蠻〉其二云：「水精簾裡頗黎枕，暖香惹夢鴛鴦錦。江上柳如煙，雁飛殘月天。」也是採用此法，兩者可謂同其美妙。細玩本篇詞意，「柳陰煙漠漠」一句並非寫一對戀人在柳陰下相會。蓋由夜至曉，初日斜照，窗外的楊柳已投下一片陰影。柳陰非但表現了時間的轉移，且與起句的「冰簟」相呼應，說明季節已屆夏天。何以得知並非寫柳陰相會，下面一句可以為證。「低鬢蟬釵落」，語本李商隱〈偶題二首〉其一：「水文簟上琥珀枕，傍有墮釵雙翠翹。」可見仍寫枕邊情事。

由於下闋仍寫室內，故結尾二句便有了著落。一般小詞均以景語作結，給讀者留下想像的餘地，此詞卻以情語取勝。近人王國維云：「詞家多以景寓情，其專作情語而絕妙者，如牛嶠之『甘（當作「須」）作一生拚，盡君今日歡』，顧敻之『換我心，為你心，始知相憶深』……此等詞求之古今人詞中，曾不多見。」（《人間詞話》）劉永濟甚至說：「末兩句雖止十字，可抵千言萬語。」（《唐五代兩宋詞簡析》）其實如果從嚴要求的話，這兩句不免鄰於狎昵，「作豔語者，無以復加」（清彭孫《金粟詞話》）。但為什麼卻能備受前人稱道呢？主要是因為它大膽地描寫了女子對感情生活的熱烈追求，直抒胸臆，毫無掩飾，也毫無假借，更沒有其他小詞中那種欲吐還吞、扭捏作態的樣子。用今天的話講，它還打破了幾千年來溫柔敦厚的詩教，表現了她愛好個性自由、反抗封建禮教的精神。一句話，它塑造了生活中一個真實的、人性未被扭曲的人，一個有血有肉、有性格特點的人。就詞風而言，則於婉約中具豪放之筆，在唐五代詞中極為少見。（徐培均）

定西番

牛嶠

紫塞月明千里，金甲冷，戍樓寒，夢長安。
鄉思望中天闊，漏殘星亦殘。畫角數聲嗚咽，雪漫漫。

這首詞描寫邊塞風物，表現征人的鄉愁。詞以「紫塞月明千里」開篇。北國早寒，夜間披金甲，守戍樓，本已淒冷難耐。孤獨中眺望遠天，只見明月臨關，光照千里。浩蕩的月色更引發鄉思。紫塞與長安之間，「隔千里兮共明月」（南朝謝莊〈月賦〉），對月懷人，千載同此情感。思極入夢，因有「夢長安」之語。牛嶠是唐僖宗時進士，他筆下的人物所夢的長安，當是實指，不是如後世之以「長安」代指當時京師。說是「夢長安」，當兼思故土與念親人，且當不止此一夕為然，所以下片便不接寫夢中所見如何如何，不寫比寫出的容量更多。

下片仍是寫月夜望鄉。殘夜行將消逝，望中只見高天遼闊，殘星暗淡，漫漫飛雪中鄉關迷茫，只聽得戍樓之間迴蕩的畫角數聲，嗚咽沉鬱，在愁人聽來，真是如泣如訴。後來周邦彥〈浪淘沙慢〉過片的「情切，望中地遠天闊。向露冷風清，無人處，耿耿寒漏咽」幾句，便從此出。唐末五代時期，戰爭頻仍，民不聊生。而詞壇上最多追逐聲色豔情之作。誠如陸游〈跋花間集〉所說：「方斯時，天下岌岌，生民救死不暇，士大夫乃流宕如此，可嘆也哉！或者亦出於無聊故耶？」牛嶠雖屬花間一派，在香豔的詞作之外，還能將創作的視野由花間樽前擴展到邊塞戍樓，寫出了反映征人離愁之苦的作品，是很難得的。

〈定西番〉所抒寫的邊塞鄉愁，從其情調上看，更接近中唐李益的邊塞七絕。它們所表現的悲涼、淒冷的情韻、氣氛，正是日益衰敗的悲劇時代的折光反映。但是，牛嶠在詞中以紫塞戍樓、中天皓月、飛雪漫漫等景物寄情，使得這首小詞的境界顯得闊大、雄渾，因此，雖悲涼而不絕望，雖淒冷而含有對溫情、幸福的期待。（林家英）

江城子 牛嶠

鵁鶄飛起郡城東，碧江空，半灘風。越王宮殿，蘋葉藕花中。
簾捲水樓魚浪起，千片雪，雨濛濛。

此詞的調名即是題目，寫一個多彩多姿的江城的風物。從既是郡城，又曾有越王宮殿等情況看，自然寫的是古會稽（今浙江紹興）。前三句「鵁鶄飛起郡城東，碧江空，半灘風」，寫江城的外景：一江碧水從城東流過，江面空闊，沙灘陣陣風起，好一派秀美、曠遠的江郊景色。「越王宮殿，蘋葉藕花中」是對此城作歷史的回顧與沉思。越王句踐是春秋時期的霸主之一，他曾在這裡建都，可如今已經不見痕跡，宮殿遺址上已是一片片藕花翠蘋了。這就點明了此城的顯赫歷史，增加了一個描寫層次，在背景塗上了一層古老蒼涼的底色，豐富了江城的形象。當然作者的懷古之情也是顯而易見的，那就是說任何雄圖霸業、奕奕聲光，都經不起時間的銷蝕而雲飛煙滅。這就是李白在〈越中覽古〉所慨嘆的：「越王句踐破吳歸，義士還鄉盡錦衣。宮女如花滿春殿，只今唯有鷓鴣飛。」尾三句「簾捲水樓魚浪起，千片雪，雨濛濛」，描寫最富江城特色的景觀：當你登上臨江的水樓，捲起幃簾，憑窗一望時，只見魚躍浪翻，激起千片飛雪，一江雨霧，迷迷濛濛，蔚為壯觀。尤其是此番景色是透過水樓窗口而攝入眼簾的，更如一幅逼真的畫卷，美不勝收。

此詞僅三十五字，卻把一個江城的風物描寫得如此形神兼備，筆力實在不凡。究其奧妙，大約有此三端：

一是注意多側面、多角度的描寫。它先從遠觀角度寫江郊景色，次以歷史眼光看湖塘風光，再用特寫鏡頭寫水樓觀濤。如此不僅層次清晰，而且頗富立體感。二是注意色彩的多樣與調配。斑斕的鵁鶄、碧綠的江水與白色的沙灘構成一種清新淡遠的色調；翠綠的蘋葉與鮮紅的荷花相配，又以穠麗的色澤耀人眼目；浪花之如雪和水雨之濛濛又構成一種朦朧混茫的氣象。三是注意景物的動態描寫，如鵁鶄的起飛，碧水的東流，半灘風吹，浪花飛舞等等，這種種動態景象，賦予江城以勃勃的生機和飛動的氣韻。在穠豔的牛嶠詞中，此詞獨具一格。（謝楚發）

張泌

【作者小傳】《花間集》稱張舍人，列於牛嶠和毛文錫之間，當為前蜀時人。存詞二十七首見《花間集》《尊前集》。王國維輯有《張舍人詞》一卷，認為張泌乃南唐人。一說泌作佖，字子澄，南唐常州（今屬江蘇）人。歷考功員外郎，進中書舍人，改內史舍人。隨李煜歸宋，官虞部郎中。又，李調元《全五代詩》稱泌淮南人，為句容縣尉，曾向李後主上書極諫。按《花間集》不收南唐人詞，後二說非是。

浣溪沙

張泌

馬上凝情憶舊遊：照花淹竹小溪流。鈿箏羅幕玉搔頭。

早是出門長帶月，可堪分袂又經秋。晚風斜日不勝愁。

這首詞錄自《花間集》，寫一位行役之人旅途中追念舊遊的情懷。

「馬上凝情憶舊遊」，一位遊子離鄉遠行，鞍馬勞頓之際，他凝神遠想，情寄舊遊。這個開頭領起下文，也為全詞定下了一個深沉、感傷的基調。他在追憶什麼呢？「照花淹竹小溪流」，這是舊遊之地。一條淙淙流淌、波光閃爍的小溪，映照著山間的花叢，浸潤了澗邊的翠竹，景色十分幽美。但他更為思念的，則是舊遊之人，一位他傾心相與的女子。「鈿箏羅幕玉搔頭」，在小溪旁，他曾攜侶遊賞，踏青尋芳。張設起絲織的帷幕，依傍著搖曳的花竹，她用纖纖玉指，拂箏按弦，彈奏出動人的樂曲，華貴的簪飾輕貼鬢側，映襯得姿容更加嬌美。人情物態，歷歷在目，賞心樂事，難以忘懷。這兩句鋪寫自然景物，刻畫人物細節，都是側面著筆，以虛涵實。寫花竹，只言其被澄澈溪水反照、浸潤的形態；寫人物，只言其樂器、髮飾的精美；均不涉本體，用筆空靈，而其境其人，卻倍顯真切，那一片甜潤溫馨、深摯繾綣的依戀之情，更是油然溢出紙外。然而，這種回憶越是美好，就越發映襯出今日羈旅之孤淒。詞從上片的憶舊，自然轉入下片的傷今。

過片承「馬上」，敘寫別後景況。「早是出門長帶月，可堪分袂又經秋」，謂別後行役在外，總是天未明即起行，——令人想起溫庭筠〈商山早行〉的名句「雞聲茅店月」。風塵僕僕間，不覺又過一年。「早是……可堪……」同於現代漢語「已是……哪堪……」句式，具有遞進、加倍的作用。行役已艱辛備嘗，更哪堪分別日久的相思之苦呢！結句就此再作渲染，晚風蕭瑟，斜陽慘淡，使他難以為懷。這既回應了開頭情境，使首尾相貫，渾然一體，又借蒼茫暗淡的暮色，將無形的愁思襯出，收到語深意長、含蓄不盡的藝術效果。

全詞透過精心選擇、描述幾個具有典型意義的事件、場景，事中見意，景中含情，使詞畫面鮮明而情味濃郁。張泌〈浣溪沙〉詞現存十首，其他諸篇多寫深閨繡幃，憐香惜玉，「時有幽豔語」（清沈雄《古今詞話》卷上），散發著花間詞常有的脂粉氣。但這首詞寫得清新疏雋，別具風調，「開北宋疏宕之派」（清譚獻《復堂詞話》），是十首中寫得最好的一首。（蔡毅）

浣溪沙　張泌

晚逐香車入鳳城。東風斜揭繡簾輕。慢回嬌眼笑盈盈。
消息未通何計是，便須佯醉且隨行。依稀聞道「太狂生」！

這首詞寫一幕小小喜劇，魯迅在一篇雜文中曾戲謂為「唐朝的釘梢」（按「唐朝」當作五代）。

首句就巧妙交代出時間——一個春天（下文有「東風」）傍晚；地點——京都（「鳳城」）的近郊；人物——一男（「逐」者）一女（被「逐」者，在「香車」之中）。蓋古代男女防閒甚嚴，而在車馬雜沓，士女如雲，男女界限有所混淆的遊春場合，就難免有一見鍾情式的戀愛、即興的追求、一廂情願的苦惱發生，難免有「釘（盯）梢」一類風流韻事的出現，作為對封建禁錮的積極或消極的反應。

首句單刀直入情節：在遊春人眾歸去的時候，從郊外進城的道路上，一輛華麗的香車迤邐而行，一個騎馬的翩翩少年尾隨其後。顯然，這還只是一種單方面毫無把握的追求。也許那香車再拐幾個彎兒，彼此就要永遠分手，只留下一片空虛和失望，——要是沒有後來那陣好風的話。「東風」之來是偶然的。而成功往往不可忽略這種偶然的機緣。當那少年正苦於彼此隔著一層難以逾越的帳幕時，這風恰巧像是有意為他揭開了那青色的繡簾。雖是「斜揭」，揭開不多，卻也夠意思了：他終於得以看見他早想見到的簾後的那人，果然是一雙美麗的「嬌眼」！而意想不到的是她竟然「慢回嬌眼笑盈盈」。這樣丟來的眼風，雖則是「慢回」，卻已表明她在簾後也窺探多時。這嫣然一笑，是下意識的勾引，是對「釘梢」不動聲色的響應。兩情相逢，使這場即興的追求勢必要繼續下去了。

這盈盈一笑本是一個「消息」，使那少年搔首踟躕，心醉神迷。但沒有得到語言上可靠的印證，心中不踏實，故仍覺「消息未通」。而進城之後，更不能肆無忌憚，怎樣才能達到追求的目的呢？「消息未通何計是」的問句，就寫少年的心理活動，頗能傳焦急與思索之神。情急生智——「便須佯醉且隨行」。醉是假的，緊隨不捨才是真的。這套「誤隨車」的把戲，許能掩人耳目，但豈能瞞過車中那人？於是：「依稀聞道『太狂生』！」（「生」為語助詞）這突來的一罵極富生活的情趣。魯迅說：「上海的摩登少爺要勾搭摩登小姐，首先第一步，是追隨不捨」，「第二步便是『扳談』；即使罵，也就大有希望。因為一罵便可有言語來往，所以也就是『扳談』的開頭。」（《二心集．唐朝的釘梢》）這裡的一罵雖然不一定會馬上引起扳談，但它是那盈盈一笑的繼續，是打情罵俏的罵，是「大有希望」的「消息」，將詞意推進了一步。

詞到此為止，前後片分兩步寫來，每次都寫了男女雙邊的活動。在郊外，一個放膽追逐，一個則秋波暗送；入城來，一個佯醉隨行，一個則佯罵輕狂，前後表現的不同根據在於環境的改變。作者揭示出男女雙方內心與表面的不一致甚至矛盾，戳穿了這一套由特定社會生活導演的戀愛的「把戲」，自然產生出濃郁的喜劇效果。此詞不涉比興，亦不務為含蓄，只用白描抒寫，它開篇便入情節，結尾只到聞罵為止，結構緊湊、簡潔。所寫情事，逼肖生活。（周嘯天）

臨江仙

張泌

煙收湘渚秋江靜，蕉花露泣愁紅。五雲雙鶴去無蹤。幾回魂斷，凝望向長空。

翠竹暗留珠淚怨，閒調寶瑟波中。花鬟月鬢綠雲重。古祠深殿，香冷雨和風。

張泌的〈臨江仙〉詞，是一首題材別致、意境淒迷的作品，寫的是洞庭湖畔黃陵廟中湘妃的故事。相傳，湘妃是帝堯的兩個女兒，也就是帝舜的兩個妃子：娥皇和女英。帝舜南巡，死於蒼梧，二妃從征，溺死於湘江，死後作了湘水女神。後世在洞庭君山和湘陰縣北洞庭湖畔都有奉祀二妃的祠廟，君山上的湘君祠，唐時似已毀廢（有宋人記載為據），故唐人所記詠的二妃祠，指的都是湘陰縣北洞庭湖畔的黃陵廟。

詞從環境描寫入手：「煙收湘渚秋江靜，蕉花露泣愁紅。」「秋」點時；「湘渚」點地，說明這是在湘江之濱，也就是黃陵廟的所在地。這時候，宿煙已收，湘江上的洲渚，歷歷分明；秋江靜悄悄的，想是早晨時分吧？紅色的美人蕉花還帶著露水，像在哭泣，顯出愁怨的情態。這兩句，在景物搭配上，一遠一近，一大一小。前句是全景鏡頭，攝取了秋江、秋空和洲渚的畫面，顯示出遠景的遼闊，使人感受到那秋郊的寂寥。後句是特寫鏡頭，把焦點集中在蕉花上。美人蕉葉肥花大，花色深紅，怎能不惹人注目呢？但是這一句的描寫，卻打上了深深的感情色彩。作者構思的匠心，使此帶露的鮮花，帶上了人具有的飲泣、愁怨的情態，從而為全詞定下了淒涼愁怨的主調。不僅如此，作者何以選擇蕉花而不是其他的花來描寫，除了因其顯眼這一點外，我們千萬不要放過其隱喻的「美人」之意。這兩句，既描寫了黃陵廟的環境，也暗喻了廟中女神湘妃的愁怨情懷，開篇起得很好。

「五雲雙鶴」三句，步入正題，寫二妃傷逝事。「五雲」，五色的祥雲，「鶴去」謂駕鶴乘雲而去，喻人的死亡，這裡即指帝舜的死。既然如此，那麼留給二妃的，就只有「幾回魂斷，凝望向長空」——向長空凝望，一次又一次地魂斷傷心而已。「幾回」二句，作為詞的前片結語，是深得「尚存後面地步，有住而不住之勢」（王又華《古今詞論》引張砥中語）的妙處的，它能結束上片，帶起下意。

由於過拍的善於蓄勢，故過片即緊承上文，不斷曲意，進一步展開對二妃的具體描寫：「翠竹暗留珠淚怨，閒調寶瑟波中。」前句係晉張華《博物志》所云「舜崩，二妃啼，以涕揮竹，竹盡斑」的故事，李白〈遠別離〉對此有十分動人的描寫：「帝子泣兮綠雲間，隨風波兮去無還。慟哭兮遠望，見蒼梧之深山。蒼梧山崩湘水絕，竹上之淚乃可滅。」張泌此句，謂至今湖湘一帶的翠竹上，文點斑斑，就是二妃因悲怨而留下的珠淚痕跡。後句說的是湘靈鼓瑟（彈奏瑤瑟）的故事。《楚辭．遠遊》篇載：「使湘靈鼓瑟兮，令海若舞馮夷。」按本意這裡的「湘靈」是泛指湘水的神靈，不指二妃；不過傳說中的二妃既作了湘水之神，所以後來唐章懷太子李賢在為馬融〈廣成頌〉中的「湘靈下」作註時，就以「湘靈」為「舜妃」，因而鼓瑟也就成了兩位女神的事了。「大曆十才子」之一的錢起有一首著名的〈省試湘靈鼓瑟〉詩，繪聲繪色，把這兩位「帝子」的瑟音描寫得悽怨動人：「苦調淒金石，清音入杳冥。蒼梧來怨慕，白芷動芳馨。流水傳湘浦，悲風過洞庭。曲終人不見，江上數峰青。」張詞的「閒調寶瑟波中」，即借助此一傳統意象，傳達出二女的淒怨，與「翠竹」句構成和諧的整體。這兩句描寫富於動作性，透過外部動作傳達出人物的內心感情，娥皇、女英二妃的悲劇形象，就凸現於讀者的眼前。而不管揮淚成斑也好，湘浦鼓瑟也好，都充滿了縹緲的神話色彩，因而這個悲劇形象也就充滿了浪漫的氣息。

「花鬟月鬢」三句，寫祠中所見神女塑像及環境氣氛。「花鬟月鬢綠雲重」，字面上寫的是她們的頭髮之美（花鬟，像花一樣的環形髮髻；月鬢，半月形的耳旁頭髮；綠雲重，指頭髮之密），實際上是以部分概括全體，形容她們全身的美麗。可是，儘管她們還保持著花容月貌，但卻香冷粉消，只能居於古祠深殿之中，和她們作伴的，只有那風風雨雨而已——意思就是惋惜她們悲劇性的死。「古祠深殿，香冷雨和風」，以景結情，含有餘不盡之意，深得「迷離稱雋」（沈謙《填詞雜說》）之妙。

這首詞，透過形象描寫傳達出來的思想意蘊，是對因失去丈夫而悲劇性地死去的湘妃的同情。全詞以景起，以景結，中敘二妃事；娥皇、女英的悲劇形象，與黃陵廟環境的陰冷氣氛融為一體，情景相生，釀造出一股淒涼愁怨的情味。寫景、敘事、抒情之間，「詞氣委婉，不即不離」（湯顯祖評《花間集》），給人以空靈縹緲、意境淒迷的美感。清況周頤稱張泌詞「佳者能蘊藉有韻致」（《餐櫻廡詞話》），此詞可謂當之無愧。張泌詞的語言風格，清沈雄稱其「時有幽豔語」（《古今詞話》），王國維亦賞其「幽豔」（《人間詞話》）；李冰若則徑指「蕉花露泣愁紅」為「淒豔之句」（《栩莊漫記》）。其實不但這一句，「翠竹」二句、「香冷」句也是。即就全詞來說，語言風格也是「淒豔」或「幽豔」的。（洪柏昭）

柳枝

張泌

膩粉瓊妝透碧紗，雪休誇。金鳳搔頭墮鬢斜，髮交加。

倚著雲屏新睡覺，思夢笑。紅腮隱出枕函花，有些些。

這首詞描寫一位女子夢後初起的姿容。上片作者從她的妝束外飾著筆，以讚嘆的口吻，寫她的絕倫美貌。她冰肌玉骨，濃粉未銷，透過碧紗帳，仍可看出她的絕代麗質，潔白得連雪也難比；金鳳凰的搔頭（簪子）斜墮在鬢邊，鬢髮撩亂。嬌慵情態，躍然紙上。

下片，詞先點明這女子剛從睡夢中醒來。她不是忙於理妝，卻倚著屏風，回味著夢境的甜美，不覺露出深情的笑。李冰若《栩莊漫記》評云：「『思夢笑』三字，一篇之骨。」確是如此。它是「新睡覺來」的頭等大事，梳妝都在其次。這是全詞表現她的形體動作和內心情思最簡練又最豐富、最深刻的一筆。想到夢中的情事，她有些羞澀，臉上泛起紅暈。而「紅腮隱出枕函花」，又說明她才離枕，枕痕猶在。以此回應「新睡覺」，襯托「思夢笑」，點出「思」的時刻，「笑」的模樣，針線細密。「隱」字是唐人俗語，見於唐詩①，宋以後沿用。明李實《蜀語》：「有所礙曰隱。隱，恩上聲。」舉例有「晝寢，為（身邊佩囊中）彈丸所隱，脅下極痛」。正與「紅腮隱出枕函花」事理相同，只輕重有別罷了。末句說腮邊隱出的枕函花紋還「有些些」，暗示她的「思夢笑」，從離枕倚屏起頗有一段時間，枕痕漸退而仍留「些些」，語淺意豐，字字傳神。

古詩詞中，記夢的大多著力描寫夢境本身。夢者往往借夢中情事來取得一種安慰和解脫。醒來以後，夢境如煙，得到的是更深的悵惘。張泌這首詞，構思精巧，立意新穎，一掃記夢詩詞的夢裡貪歡、夢後悵恨的窠臼。它不從正面描寫夢境的美好，但卻把美夢表現得極為透脫、深濃；更未寫夢後有何悲懷，而是寫主人公玩索回味夢中情事的甘甜，沉浸於稱心如意的快樂與幸福之中，夢幻與現實完全一致，融合無間，確是一闋別具匠心的詞作。（王錫九）

〔註〕①王梵志詩：「梵志翻著襪，人皆道是錯。乍可刺你眼，不可隱我腳。」又皇甫湜〈石佛谷〉詩：「土僧何為者，老草毛髮白。寢處容身龕，足膝隱成跡。」「隱」是凸起的硬物上壓、下墊、旁擠致影響於其他物體的意思。現在成都、廣州還有其音相似、其義相同的用語。

江城子（二首） 張泌

碧欄杆外小中庭。雨初晴，曉鶯聲。飛絮落花，時節近清明。睡起捲簾無一事，勻面了，沒心情。

浣花溪上見卿卿。臉波秋水明，黛眉輕。綠雲高綰，金簇小蜻蜓。好是問他來得麼？和笑道：「莫多情！」

唐末五代詞人中，有三個張泌。一為常州人，名一作「佖」，先仕南唐後仕北宋；一為淮南人，為句容縣尉，曾向李後主上書極諫；另一個字里無考。這裡的兩首〈江城子〉，見《花間集》卷五。由於《花間集》不收南唐詞，所以可以判定其作者是那位字里無考而曾在西蜀居住的張泌，《花間集》稱為張舍人。〈江城子〉詞調是晚唐人的創製，有單調、雙調之不同，且單調中又有三十五字、三十六字、三十七字諸體。這裡的兩首就分屬三十五字和三十七字兩體。

這兩首詞所表現的內容很可能與作者青年時代的一段戀愛生活有關。第一首寫早春自然景色和女子閒得無聊的心情，第二首寫作者與這位女子的相遇和對此的美好回憶。

這兩首詞語言明白曉暢，富於民歌風味，筆調輕倩靈動、活潑流麗，人物刻畫非常成功，使人有如聞其聲、如見其人之感。

分別來看，第一首的表現特點是先渲染環境，後寫人物動態，以自然界盎然的生機與人物的抑鬱寡歡作對照。她居住的環境雖然相當不錯，但「碧欄杆外小中庭」實際上成了拘禁她年輕身體和熱烈感情的牢籠。在這夜雨初晴、曉鶯啼唱的早晨，在楊柳飛綿、落花狼藉、清明將近的大好春光裡，她多麼想走出這狹小的庭院，去呼吸大自然的清新空氣。可是，她辦不到。她睡夠了，起床來幾乎無事可做——實際上，有的事，如老一套的針黹女紅之類，她不願再做；而那些她感興趣、渴盼著的事，卻又不允許她做。因此，儘管她照常梳妝傅粉，可是內心深處卻感到生活毫無意趣，苦悶得很。「睡起捲簾無一事，勻面了，沒心情」三句，以女子的口吻直接吐露她的心事，語調明快，頗具民歌情味。

第二首所寫的時間比前首稍遲，地點也移到蜀人在春天常愛遊玩的浣花溪畔，但重點並不放在寫景而是集中力量塑造人物形象。先以充滿柔情的筆調描寫她的形貌：「臉波」，指臉上的表情神韻，主要指眼神而言。「臉波秋水明」是說這女子目光清朗，神氣俊秀，猶如明淨澄澈的秋水一般。「黛眉輕」，淡淡塗抹過黛色的細眉。「綠雲高綰」，形容這女孩子梳著高高的髮髻。「金簇小蜻蜓」，指她頭上戴著打成蜻蜓模樣的首飾。這一切綜合起來，便成為作者心目中最美、最可愛的少女形象。下邊寫作者與女子的對話。「好是」，是短句「最好的是」的省略。「好是問他來得麼？」意思是，最好最值得懷念的是，我曾經有機會和她約會，問她下回還來不來。「和笑道：莫多情」是那女子的回答。這是親昵的嗔語，「和笑」道出。雖然語言的表面帶有拒絕的味道，可是這樣的拒絕當然不會令作者生氣和絕望。詞寫到這裡也就戛然而止，以後如何，不得而知，但不管如何，留給作者的印象卻是難忘的。這兩首詞並不是在給人們講故事，它從一個側面反映出古代女子的生活並刻畫出一個可愛少女的形象，富有情味。（董乃斌）

河瀆神

張泌

古樹噪寒鴉，滿庭楓葉蘆花。晝燈當午隔輕紗，畫閣珠簾影斜。

門外往來祈賽客，翩翩帆落天涯。回首隔江煙火，渡頭三兩人家。

〈河瀆神〉原屬唐教坊曲名。唐詞多緣題而賦，〈河瀆神〉即用以詠鬼神祠廟。張泌這首詞從河畔神祠的角度對眼前景色進行描寫，勾勒出一幅素雅的秋江圖。上片的開頭兩句，「古樹噪寒鴉，滿庭楓葉蘆花」，是典型的祠廟外圍景物，給人一種蕭瑟的感覺。接著，筆鋒轉向樓閣。「畫閣」，是指鏤畫彩圖的樓閣，這是廟中供奉神像的地方。「晝燈」即神前的長明燈。時正當午，陽光透進薄紗窗，掛著的珠簾在屋內留下一條斜斜的影兒。這裡，作者雖然沒有直接寫人物，可是「畫閣珠簾」數語，已經意味著其中有人物在。至於是神是人，或是人化了的神，迷離惝恍，未可根究。這種手法，大抵源於《楚辭．九歌》。

下片是從這位畫閣主人觀景的角度來寫的，同樣沒有寫人，而字裡行間卻能體會到，作者的筆下是一種倚樓眺望的景致。「門外」是祠廟之外，行客過往匆匆，江中的風帆片片逐去。這兩句寫得很美，尤其是「翩翩帆落天涯」，形容船隻漸漸遠去，似乎落到望不見的天邊，不露痕跡地反套了李白〈望天門山〉詩中「孤帆一片日邊來」。「祈賽」，是古代人們感謝神靈保佑的一種祠祭活動，盛行於南方。「祈賽客」，是對專程前來祭祠的香客的稱呼。前兩句描繪了白日的江景，後兩句則勾勒了夜幕下的江渚：黑夜籠罩著江上，白天熱鬧的景象已經消失；隔岸遙觀，只能隱約見到星星點點的稀疏燈火——儼然又是一幅秋江晚景的畫圖。前人特別稱讚這兩句詞，認為「與首二句同一蕭然其為秋也」（見李冰若《栩莊漫記》）。可惜，這只道破了一層意思。更有一層深意，那就是前後兩句的鮮明對比。前者尚有一些熱鬧，後者則顯得清冷、蕭疏，從景色的變換中，我們不難想像，那位倚樓人佇立凝望的時間已經很久了——從日午時分直到夜幕初降。他究竟在觀望什麼？僅僅為了欣賞江景嗎？作者全詞的主旨，正含蓄地回答了這個問題。

王國維的《人間詞話》認為，文學作品中的一切景語皆情語，寫景是為了寫情，即人們通常所說的「寓情於景」。張泌這首詞正是如此，全詞借蕭疏的秋景抒發了一種惆悵的心緒，充滿了淡淡的憂愁。稍稍細嚼一下，就不難發現，詞中的主人公始終處於孤獨的境地，周圍所發生的一切都與他保持著距離，無論白天還是夜晚，那斜暉下的簾影、渡頭稀疏的燈火都增添著孤寂的氣氛。過往的行人、船隻來去匆匆，而他只是一個旁觀者，絲毫沒有捲入生活的洪流中，陪伴他的只是孤獨和寂寞。不過，作者對這種惆悵的心緒並不用鋪敘的直說，而是表達得曲折委婉，含蓄深沉。透過對景物的描繪和巧妙的拼接，令人感受到這種惆悵的心緒。從字面上看，句句寫景，而前後呼應，由近及遠，又處處在寫人，寫人的感情。詞的最後，經過幾番靜和動的交替，終於又點出了原有的寂寞、寧靜和蕭條，語盡意未盡，頗有唐人所推崇的意境。借景寫情，正是這首作品成功的祕訣。此外，作品的語言體現了詞人近似於韋莊的自然、疏朗風格；尤其是下片，寫景之語雖平常，卻能翻出未經人道的新意。（朱金城、朱易安）

蝴蝶兒　張泌

蝴蝶兒，晚春時。阿嬌初著淡黃衣，倚窗學畫伊。
還似花間見，雙雙對對飛。無端和淚濕胭脂①，惹教雙翅垂。

〔註〕①一作「拭胭脂」。

這首詞，是寫一位少女在描畫蝴蝶過程中的情思。

「蝴蝶兒，晚春時」，開頭從真蝴蝶寫起。晚春時節，百花爭豔，正是彩蝶成雙成對，翩翾花間的時候。兩句淡淡著筆，不加形容刻畫，卻能喚起對晚春時節自然界美好風光的豐富聯想。

「阿嬌初著淡黃衣，倚窗學畫伊」，漢武帝陳皇后小名阿嬌，這裡用以借指詞中女主人公——一位美麗的少女。淡黃衣是春裝，說「初著淡黃衣」，自然有關合時令季節的意思，但主要還是為了表現這位少女雅淡天然的風韻。面對三春芳華、彩蝶紛飛的天然圖畫，她心裡充溢著青春的喜悅，情不自禁地要借畫來表達自己的感受，於是她倚著窗兒學起畫蝴蝶來了。由面對花間紛飛的真蝴蝶到倚窗學畫，與其說是藝術的衝動，不如說是情苗的萌動。「學畫伊」三字宛然少女聲口。

過片承「學畫」，轉寫畫上的蝴蝶。自然界的蝴蝶本來就是雙雙對對飛舞於花間的，倚窗寫生入畫，當然會是「還似花間見，雙雙對對飛」了。粗粗一讀，或許會覺得這只不過是表明少女畫得逼肖真切，實際上，它所蘊含的感情頗為複雜微妙。如果把全詞看作第一人稱的抒情，這兩句便既表現出少女對自己這幅生動逼真的圖畫的欣賞，更包含著面對充滿青春歡樂氣息的畫幅時的沉思默想。

「還似」二字，頗可玩味。畫中的蝴蝶，一似自然界中的蝴蝶，成雙成對，占盡春光，畫中雖織進了自己對青春歡樂的嚮往追求；但自己究竟能不能像這畫中的蝴蝶一樣，嫁一位稱心如意的郎君，「雙雙對對飛」呢？這就自然引出結尾兩句來。

「無端和淚濕胭脂，惹教雙翅垂」，深鎖幽閨的少女，儘管嚮往著青春的歡樂、幸福的愛情、自由的生活，但卻不能像春天的蝴蝶那樣，雙雙對對，飛舞花間，充分享受青春與愛情的歡樂。因此，這充滿春意的花間蝶戲圖反而觸動了少女對自身的傷感，勾起了傷春的苦悶，禁不住流下了眼淚，沾濕了臉上的胭脂。「無端」二字，把少女從充滿青春嚮往到充滿青春苦悶的心理變化，描繪為連她自己也不知其所以然的微妙過程。少女傷春情懷的萌動，往往就是在瞬息間由於外物的觸動而不自覺地發生的，因此這描寫真切而傳神。

末句尤耐尋味。作者沒有明說究竟是少女的胭脂淚沾濕了畫面上的蝴蝶，致使蝴蝶變形，雙翅下垂，還是由於苦悶心理的潛在支配，不自覺地在未完成的畫幅上畫出了垂下雙翅的蝴蝶。後一種情景或許更切合她當時的心理狀態。這「雙翅垂」的蝴蝶，正像是這位充滿青春苦悶的少女的自我寫照，或者說就是青春苦悶的一種象徵。

這首詞從開始的晚春蝶舞的天然圖畫，到少女充滿喜悅地倚窗對景畫蝶，再到對畫自賞自傷，最後到移情入畫，在畫面上出現「雙翅垂」的蝴蝶，經歷了一個由物到人、由人到畫、由畫生情、由情生畫的曲折變化過程。筆筆不離蝴蝶，筆筆關合少女的情懷，到最後，那「雙翅垂」的蝴蝶已經和人物融為一體。用筆輕淡樸素，卻細膩含蓄，耐人咀嚼。特別是在抒寫人物感情的微妙變化方面，達到渾然不覺的境界。這首詞兼有民間詞的清新樸素與文人詞的含蓄細膩，如果要給它安個題目，那就是詞中最常見的題目——閨情。但它透過這個特殊題材和手法，卻給人耳目一新之感。（劉學鍇）

酒泉子 張泌

春雨打窗，驚夢覺來天氣曉。畫堂深，紅焰小。背蘭釭。

酒香噴鼻懶開缸，惆悵更無人共醉。舊巢中，新燕子，語雙雙。

「物感說」是關於詩歌生成的重要理論之一。南朝梁鍾嶸《詩品．序》中就認為「氣之動物，物之感人，故搖盪性情，形諸舞詠」，強調季節變化、人生境遇、社會現實和外在景致對人內心情感都具有深切的影響。本首就是這樣一首觸景懷人之詞。透過春曉夢覺景致的描述，激發了詞人對心上人的無限思念之情。

上片著意於典型環境的塑造。主要是透過主人公春曉夢覺的所見來渲染情緒，烘托氛圍。「春雨打窗，驚夢覺來天氣曉」，清晨時分，淅淅瀝瀝的春雨敲打窗戶發出的滴答之聲，驚醒沉醉於春夢的主人公。一覺醒來，天空已經泛起了魚肚白。「畫堂深，紅焰小」，主人公環視周圍景致，唯見畫堂幽深寂靜，室內燈焰將盡，發出微弱的燈光。「背蘭釭」之「背」，熄滅之意。「蘭釭」指以蘭膏為油的燈。接著，詞人起床滅掉了燈火。上片透過一連串動作的敘述，夾雜著豐富的閨房意象和室內景致的描繪，為下文情感的抒發奠定了一個扎實的情感基調。

下片側重抒寫主人公的思想情緒。「酒香噴鼻懶開缸，惆悵更無人共醉」，昨晚酒醉，雖然已度過了漫長的深夜，但殘餘的酒香仍撲鼻而來，令人心醉。但是詞人不敢、也懶得再度打開酒缸繼續喝酒，因為在這寂寥的清晨，無人相伴，飲酒也變得無興致了。「舊巢中，新燕子，語雙雙」，緊接著，以眼前燕子雙宿的實景凸顯其寂寥之情。屋內舊巢中，一對新燕正呢喃私語，雙宿雙飛。

明湯顯祖評《花間集》稱此首詞：「撫景懷人，如怨如慕，何減〈摽梅〉諸什？」正是看到此詞以景襯情的鮮明特點。詞作鋪敘了春雨打窗、畫堂幽深、室內燈滅、舊巢新燕等典型的景物，營造出一個淒清哀婉的情感氛圍。在表現手法上，詞人以對比反襯的手法來強化感傷的情懷。詞中用舊巢新燕「語雙雙」的特寫鏡頭凸顯詞人孤寂落寞的情感現實。景物敘寫符合生活常識，契合詞人的情感色彩；抒情則觸景生情，同時擁有真摯的情感積澱，娓娓敘來，感人心腑。（曾紹皇）

南歌子　張泌

柳色遮樓暗，桐花落砌香。畫堂開處遠風涼。高捲水精簾額，襯斜陽。

整首小詞從頭至尾不見人物出場，全都是對於景物的描寫。描畫了一幅精美的小樓夕陽晚照圖。畫卷的中心為小樓，樓旁碧柳如茵，柳樹的枝葉輕柔細嫩，隨著清風微微晃動，光影也隨之浮動，在小樓周圍投下了一片片暗色的樹影。一個「暗」字凸出了明暗對比，正如繪畫中的光影效果。梧桐樹的花傳來陣陣幽香，在風中飛舞，最後落在小樓的石階上。可見，此時的時令正值盛夏。一個「香」字，於整幅畫卷之外帶來了不一樣的感官體驗。一般以梧桐為題材的作品中，梧桐這一意象出現的時節往往是秋天，隨之而來的是風雨如晦、梧桐葉落的衰颯之感。但此篇卻獨闢蹊徑，寫盛夏之時，梧桐花落葉正濃，於意境中只有靜謐沒有頹敗，只見自在不見傷懷。開篇兩句，便讓人覺得閒雅空靈，格調高遠。

對小樓周圍的環境交待完畢之後，轉而對小樓的陳設細節進行刻畫。畫堂的門敞開著，任遠處的風為室內帶來陣陣清涼，廳內的水精簾高高捲起，在斜陽的照射下閃爍著斑斕的色彩。「襯斜陽」三個字不但是描寫小樓和珠簾，也為整幅畫卷塗抹上了迷人的色彩。至此，這幅夕陽晚照中的小樓便描繪完畢。圖中沒有出現人物，但那樹蔭遮掩下的小樓，那階前的落花，那涼風穿過的廳堂，那溶於夕陽色彩中的珠簾，又無不流露出小樓主人的清雅自在，氣度悠然。這正是王國維所說的「以物觀物，故不知何者為我，何者為物」的「無我之境」（《人間詞話》）。（于飛）

牛希濟

【作者小傳】狄道（今甘肅臨洮）人。牛嶠之侄。前蜀時，累官翰林學士，御史中丞。蜀亡，入洛，任後唐雍州節度副使。《花間集》稱牛學士。存詞十一首。今有王國維輯《牛中丞詞》一卷。

臨江仙　牛希濟

洞庭波浪颭晴天，君山一點凝煙。此中真境屬神仙。玉樓珠殿，相映月輪邊。

萬里平湖秋色冷，星辰垂影參然。橘林霜重更紅鮮。羅浮山下，有路暗相連。

五代詞人牛希濟喜作〈臨江仙〉，在他所存十四首詞中，便有七首是〈臨江仙〉。作為一位花間派詞人，牛希濟自然也不脫脂粉氣。但與蜀中其他詞人相比，在他的作品中，尚能透出一絲平淡清麗的氣息。正是這麼一點可貴的「異趣」，曾經引起過有識見的文學史家的注目。如鄭振鐸就曾指出：「其詞雖存者不過十餘首，卻可看出其為一大詩人。」認為他的詞作「蘊藉有情致」（《中國文學史》）。這便是我們賞析牛希濟詞的一個著眼點。

這首〈臨江仙〉，寫的是洞庭湖秋夜的景色，由於沒有標題，詩人究竟是在陸上觀賞，還是在水中遊覽，不能確知。但是細玩詞意，當以泛舟湖上為近。

上片第一句，極言洞庭之大。位於湖南的洞庭湖，是中國第二大湖，素有「八百里洞庭」之稱。因此，寫洞庭而言其大，可說是抓住了要點。句中的「颭（音同展）」字，是風吹浪動的意思。因湖面廣闊，外與天接，遂有「颭晴天」之說。因知此句並非寫浪濤的洶湧，而是寫湖面的廣闊。第二句，寫在湖面上遙望君山，猶如一點凝煙。君山，是洞庭湖中的一處名勝。這裡僅用「一點凝煙」來描繪，既反襯出湖面之大，又為畫面平添了一種神祕朦朧的情韻。第三句緊承上句，進一步說明神祕朦朧的君山實在是個神仙的世界。關於君山，神話傳說頗多，如湘妃泣竹、柳毅傳書等故事，都與此有關，因此，這句詞就能引起種種聯想，而不顯得空泛了。第四、五兩句「玉樓珠殿，相映月輪邊」，是作者對仙境的想像，但也不是沒有因由的。兩句承上君山、仙境而下，而君山上有湘妃祠，容易聯想到玉樓珠殿。「相映月輪邊」，景色奇麗，又非常自然地交代了作者遊湖是在夜間。

下片第一、二句，作者進而以「秋色」二字點明時令。湖水寬闊，秋夜增寒，出一「冷」字，則天之為秋為夜，地（寬廣的湖面）之氣溫，人之體膚心理感覺，都包融於此一字之中。由此可推定作者在泛舟遊湖，這種「冷」，只有身處水天空闊之中才感覺得真切。第二句寫星斗下垂，也是湖面視野開闊所見景象，與杜甫〈旅夜書懷〉詩在「危檣獨夜舟」句下所寫「星垂平野闊」意境相同。「參然」可以有多種解釋，這裡似以釋為「不齊貌」為妥。第三句寫的是洞庭湖畔橘林，經秋霜一壓，橘子成熟，更顯得紅豔嬌美。即韋應物〈答鄭騎曹青橘絕句〉所謂「書後欲題三百顆，洞庭須待滿林霜」者。詞的最後二句，把洞庭湖與道教聖地羅浮山聯繫起來，「有路暗相連」，事出南朝宋謝靈運〈羅浮山賦〉，賦曰：「客夜夢見延陵茅山，在京之東南。明旦得《洞經》，所載羅浮山事云：茅山是洞庭口，南通羅浮。正與夢中意相會。」羅浮山，號稱道教的「第七洞天」，相傳為葛洪煉丹處。詞人遊洞庭而聯想到羅浮山，表現了對仙境的嚮往，既與上片的君山呼應，又明確了這首詞的主旨。

從整首詞來看，作者運用虛實相間的寫作手法，充分地馳騁想像，淋漓盡致地寫出了洞庭湖的神韻。而在語言的運用上，又崇尚自然平易，確實給人一種清新明麗的感覺。（陳允吉、胡中行）

生查子

牛希濟

春山煙欲收，天澹稀星小。殘月臉邊明，別淚臨清曉。

語已多，情未了，回首猶重道：「記得綠羅裙，處處憐芳草。」

此詞寫別情，上片用畫筆寫景，景中含情；下片用詩筆寫情，情中有景。

篇首二句描畫背景，交代故事發生時的情狀：時間是在春天破曉時分，夜霧漸消，山的姿影變得明晰起來；天已微明，萬里蒼穹只剩下不多幾顆小星。「稀星小」，一作「星稀小」。但「稀星——小」，明顯地分為兩個印象；「星——稀小」，儘管也有「稀」與「小」兩個不同的層次，但由於「稀」與「小」都處於謂語的位置上，在印象上就合一了，似不及「稀星——小」形象豐富。三、四句鏡頭移近，在春山、淡天的背景上映出一對戀人，西下的殘月就像映在臉邊，漣漣的別淚，在這清幽的晨光中顯得格外晶瑩。前三句閒閒道來，似乎在隨意設色點染，至「別淚」句方才令人恍然大悟：原來前三句是在著意烘托鋪墊，表明「相見時難別亦難」（李商隱〈無題〉）的一刻已經到來。這正是大家手筆：於無聲處炸響驚雷，在不知不覺之中引入正題。「別淚」句是上片的歸宿，作大特寫，以「別」字入題，以「淚」字由景入情，轉入下片。

換頭「語已多」，一語托住上片，夜來如何互訴衷腸，叮嚀後約，臨別又怎樣彼此關照，互道珍重，已盡在這高度概括的三字之中。前人論繪畫，有疏可走馬、密不通風的說法，「語已多」三字正是成功運用疏筆的一個例子。接著的「情未了」作蕩開之筆。話已說得很多，卻還遠遠沒有把感情充分表達出來，從而反跌出「回首猶重道」的下文。這幾句將戀人之間難捨難分的心理表現得極為細膩深入。「記得綠羅裙，處處憐芳草」之廣為傳誦，一定程度上是得力於「語已多」三句一步三回頭的繪形繪色的刻畫的。唐人張籍的〈秋思〉詩：「洛陽城裡見秋風，欲作家書意萬重。復恐匆匆說不盡，行人臨發又開封。」以摹寫心態見長。牛希濟的這首小詞，在這一點上，與〈秋思〉詩有異曲同工之妙。

末兩句是全詞最有光彩的句子。是誰「回首猶重道」呢？從全篇看來，所寫人物雖然有兩個，著力描寫的則是送行的女子。從「殘月臉邊明」開始，作品觀照的角度一直對準著她，她的情郎則一直處於陪襯的位置上。「殘月臉邊明」時，當是在庭院之中，到「回首猶重道」時，她已送情郎出門正轉身返回。用筆上嶺斷雲連，有所暗轉，有所省略。末兩句深情囑咐，正是她對遠行的情郎所寄予的厚望：如果記得臨別時我穿的這綠色羅裙，你走到哪裡都會愛上綠草的。言下之意是希望對方不要忘了自己，但話說得委婉，還不乏幾分幽默。這兩句之所以動人，歸根結柢是由於道出了離別之際情人心中所共有的感情，同時也因為它既繼承傳統又有所創新。在古典文學中，借助綠草以寄寫感情，有著久遠的歷史。早在漢代，就有人唱出「王孫遊兮不歸，春草生兮萋萋」（淮南小山〈招隱士〉），古詩〈飲馬長城窟行〉中更有了傳誦不衰的名句「青青河畔草，綿綿思遠道」。南朝陳代江總的妻子是把羅裙與芳草聯繫起來的第一人。她的〈賦庭草〉詩說：「雨過草芊芊，連雲鎖南陌。門前君試看，是妾羅裙色。」到了唐代，有杜甫的「蔓草見羅裙」（〈琴臺〉）與白居易的「草綠裙腰一道斜」（〈杭州春望〉）等繼起的歌唱。由於傳統上常將離情與芳草、芳草與羅裙相聯繫，從而形成一種習慣性的欣賞心理，因而「記得綠羅裙」二句，不僅不會使人感到突兀，相反，還給人以親切的感覺。「記得」二句在修辭上又有所獨創。簡短十個字中，運用了多種修辭手段：用「羅裙」代表人，是借代；從「記得綠羅裙」過渡到「處處憐芳草」，是聯想，又是移情。同時，雖是從女子口中說出，卻是從男子一方想入，多了一層曲折，平添了一種情味。因此，比喻雖舊，卻能化舊為新，於親切之外，又見新穎。末句中的「芳草」，遙應篇首的「春」字，可見「芳草」的比喻，既從眼前的羅裙起興，又切合時令的特點，在結構上還有溶首尾為一體的作用。陸遊說：「剪裁妙處非刀尺。」（〈九月一日夜讀詩稿有感走筆作歌〉）大概指的就是此等妙筆吧！

李冰若《栩莊漫記》說：「『記得綠羅裙，處處憐芳草』，詞旨悱惻溫厚，而造句近乎自然，豈飛卿輩所可企及！『語已多，情未了，回首猶重道』，將人人共有之情和盤托出，是為善於言情。」注意到了「語已多」三句以心理描寫見長，「記得」二句匠心獨運卻又出語天成，是頗有識見的。（陳志明）

生查子 牛希濟

新月曲如眉，未有團圞意。紅豆不堪看，滿眼相思淚。
終日劈桃穰，人在心兒裡。兩朵隔牆花，早晚成連理？

牛希濟這首〈生查子〉，是有濃厚民歌風味的抒寫愛情的詞。詞中以比喻、象徵和雙關的手法、明快的語言、開朗的境界，表現了女主人公為相思所苦、熱望同戀人早成佳侶的深摯感情，氣息清新，感情質樸，別有風致。

作者選擇了四種富於象徵和比擬意義的景物，從她對這些景物的觀察和聯想著筆，有層次地展開抒寫，結構成章。

起筆「新月曲如眉，未有團圞意」兩句，首先舉出了有象徵意味的新月。前句以眉毛形容新月的彎曲纖細，這是沿用鮑照詩「娟娟似蛾眉」（〈玩月城西門廨中詩〉）的比喻，儘管人們瞭解以月亮圓缺象徵人間離合的傳統，但如果僅僅從這一句看，也難說有什麼寓意，就像詩人們有時把新月形容為「簾鉤」、「玉弓」、「爪痕」似的。可是，加上了第二句就不同了，「未有團圞意」，給如眉的新月塗上了感情色彩。它用「團圞」這個形容圓的狀貌的字眼，特別強調了新月還沒有呈現圓形的趨勢，在隱約流露的恨月不圓的感情中，凸出了新月象徵不團圓的意味。同時，也使人聯想到「團圞」作為「團聚」解的雙關含義，這就揭示了望月的人渴望團圓而不得團圓的境遇和心情。

三、四兩句「紅豆不堪看，滿眼相思淚」，緊承上文，拈出了「紅豆」，描寫了主人公對它的感受。紅豆一名相思子，它不僅以鮮紅而帶有黑斑的形象惹人喜愛，更主要的，是以它那象徵愛情和相思的獨特含義深入人心。王維的〈相思〉詩不是說「願君多採擷，此物最相思」嗎？詞人在這兩句中，用「不堪看」刻畫她一看到紅豆就勾起相思之痛而難以禁受的心情，在指出她甚至為此而淚流滿面的當兒，還特意點明，她所流的乃是「相思」之淚。這樣，就繼第一、二句之後，進一步表明，她所渴望的團圓並不是一般家人親友之間的團聚，而是「有情人」之間的結合；與此同時，也充分渲染了她相思的強烈、愛情的深摯。

以上，在上片側重表現了主人公相思之苦；下片轉入表現她切盼與心上人早成佳侶的願望。

過片「終日劈桃穰，人在心兒裡」，兩句又設一比喻。劈開桃核就可以得到深藏其中的桃仁。作者利用句中隱含的桃仁的「仁」字同句中暗指心上人的「人」字相諧音，用前句引出後句，隱喻那心上人印在她的心裡，就像那桃仁深藏在桃核裡。冠以「終日」兩個字，強調心上人無時無刻不在她的心裡。五、六兩句就這樣凸出了她在同戀人不得團圓的情況下，執著於愛情，甚至近於痴情的表現，進一步豐滿了她的形象。

在「兩朵隔牆花，早晚成連理？」這結尾兩句中，作者從她的心理出發，創造出「隔牆花」這一貼切的比喻，來形容她同戀人這一對難成眷屬的有情人，並且採用了「連理枝」這個當時人們熟悉的形象來表達她的美好願望。「連理枝」是不同根株的植物枝幹長得連成一體，歷來被看作愛情結合的象徵。白居易在〈長恨歌〉中就曾用「在天願作比翼鳥，在地願為連理枝」作為李隆基與楊玉環的愛情誓言。這裡的「早晚」，不作「遲早」解，而是「何時」的意思。這兩個字把她的願望變成疑問。因為現實生活已經告訴她，在有形、無形的「封建」牆壁阻隔之下的「花朵」，是難以長成「連理枝」的，但她又不甘心就此絕望，這一疑問就表現了她交織著絕望的嘆息和渺茫的期待的複雜感情。這樣的結尾，提出了究竟是什麼「牆壁」阻隔了她美好願望實現的問題，以及關於她未來的命運的懸念，給讀者留下了思索的餘地。

在藝術表現上，作者受到了南朝樂府民歌的啟示，繼承了它的情調，又發展了它以物態喻情、以諧音寓意的手法，在反覆的詠嘆中對主人公作了更充分的描寫，詞情也更加細膩和完整。（范之麟）

尹鶚

【作者小傳】成都人。事前蜀後主王衍，為翰林校書。《花間集》稱尹參卿（參卿為參佐官之敬稱，非具體官守）。性滑稽，工詩詞，與李珣友善。詞存十七首《花間集》《尊前集》中。今有王國維輯《尹參卿詞》一卷。

臨江仙　尹鶚

深秋寒夜銀河靜，月明深院中庭。西窗幽夢等閒成。逡巡覺後，特地恨難平。
紅燭半條殘焰短，依稀暗背銀屏。枕前何事最傷情？梧桐葉上，點點露珠零。

在堆金砌玉的《花間集》中，尹鶚詞是能自樹一幟的。尹鶚仕王蜀為翰林校書，累官參卿，遭逢世亂，風雨飄颻，故其詞多幽怨之思。此詞寫的是傳統的「閨怨」題材，而俞陛雲認為作者「身值亂離，懷人戀闕，每緣情託諷」（《五代詞選釋》），固亦知人論世之語，雖未必然，也可以向讀者提供思索的餘地。

首二句，力寫一個「靜」字。深秋寒夜，銀河橫亙中天，淒冷的月色，照進寂寥的深院。兩句渲染出秋夜蕭索的氣氛，為下文入夢作了鋪墊。清王夫之曾說過：「情、景名為二，而實不可離。神於詩者，妙合無垠。」（《薑齋詩話》）此詞亦在寫景中表露了人物的內心世界。

「西窗幽夢等閒成。逡巡覺後，特地恨難平。」三句轉入人事，情景相副。一般作手，寫相思怨別，往往用「無寐」、「不成眠」等語，已成熟調，而本詞卻說幽夢易成，別出機杼。一是與上文「靜」字相應，一是點出閨中人睏極方眠。久立中庭，徘徊愁思的情況可想而得之。「幽夢」二字，已暗示了閨人夢中的情景，也許是夢到了久別的情人。「等閒成」，更見其戀情的深摯。「逡巡」，猶言頃刻、須臾。可惜的是，好夢匆匆，等閒而成，逡巡而覺，夢裡片時的歡娛，更加深了醒後的怨思，「特地恨難平」，收束上片，筆意重拙，質直而有味。

下片寫夢醒後的情景。室內的殘燭，暗淡無光，只依稀照見在床上背向屏風的閨人身影。紅燭殘焰，與上片寫室外的銀河明月恰成對照，氣氛更覺淒寂。夜已闌珊，一醒之後，夢再難成，唯有獨自傷心而已。「依稀暗背銀屏」，六字刻畫出沉浸在痛苦中的閨人形象，筆觸帶有濃重的感傷色彩，個中的別恨離愁，已不言而喻了。緊接一句設問：「枕前何事最傷情？」承上啟下。「暗背銀屏」，是「傷情」的動態，而「傷情」的原因呢？詞人沒有直接說出來，只用兩句景語作結：「梧桐葉上，點點露珠零。」這真是傳神之筆，能從精微處落想。俞陛雲曰：「結句尤有婉約之思，『只有一枝梧葉，不知多少秋聲』（按：張炎〈清平樂〉），與『零露』句同感也。」（《五代詞選釋》）梧桐葉上的點點零露，不也是她那枕上的盈盈珠淚嗎？不也是她那悽苦寂寥心境的寫照嗎？透過這兩句景語，含蓄地暗示了閨人的身世遭遇。節物凋零，年華將逝，寒夜裡，明月照著深院中的梧桐，更觸起了無盡的離愁，閨中人墮入了深沉的思念中。「傷情」之意至此全出。二語洵為詞中勝境，喚起讀者多少聯想。清沈雄《柳塘詞話》評此詞云：「流遞於後，令讀者不能為懷。豈必曰《花間》《尊前》句皆婉麗也。」詞中用語明淨，意境淒清，不用任何穠豔的色彩，把閨人的離愁烘染到極致。（陳永正）

菩薩蠻　尹鶚

隴雲暗合秋天白，俯窗獨坐窺煙陌。樓際角重吹，黃昏方醉歸。

荒唐難共語，明日還應去。上馬出門時，金鞭莫與伊。

這首〈菩薩蠻〉寫女子痴情，是常見的題材，但卻寫得不落俗套，頗有特色。

首句寫景，鋪染的景物是：秋日的天空，隴雲在不知不覺中匯合。「隴雲」就是「隴上雲」，這一句描繪了秋日的景象，點明了季節，也暗點出時間，所謂「日暮碧雲合，佳人殊未來」（南朝梁江淹〈休上人怨別〉），又兼寓懷人之情。接著，筆觸轉向了女主人公。她獨個兒坐著，俯身從窗簾中窺望暮煙籠罩的陌上。「煙陌」承上句，進一步點明了時間。這句裡的「獨」和溫庭筠〈望江南〉裡的「梳洗罷，獨倚望江樓」的「獨」字相同，告訴我們女主人公是形單影隻、沉默無語的，心情是孤寂的。在這兩句中，情、景兩者很難分解開。清王夫之在《薑齋詩話》中說：「情、景名為二，而實不可離。神於詩者，妙合無垠。」清況周頤在《蕙風詞話》中也說：「寫景與言情，非二事也。善言情者，但寫景而情在其中。」上述兩句，正是情在景中、景情妙合。

在寂寞的黃昏中，又再次傳來城樓上的角聲，自然分外撩撥起人的焦急愁煩情緒。這時，盼望的人回來了。雖然到了黃昏才回來，可究竟是回來了。應該高興吧，但他卻是醉醺醺地回來的，這自然使盼望他回來後我我卿卿、恩恩愛愛等等都落空了。當然，比獨個兒守空房要好些。唐無名氏〈醉公子〉不是說「門外猧兒吠，知是蕭郎至。剗襪下香階，冤家今夜醉。扶得入羅幃，不肯脫羅衣。醉則從他醉，還勝獨睡時」嗎？

下片「荒唐」兩句，進一步寫面對醉漢時，她的心情變化。「荒唐」在這裡是表現不正常的意思，指那人的醉態；下此二字，還包含著她的怨、恨、愛的潛臺詞。酒醉有醒時，一切等醒後再說吧。但是，明日他還要離去。「應去」不是應當去，而是說明天想必還要去。和白居易〈繚綾〉詩裡「昭陽殿裡歌舞人，若見織時應也惜」的「應」字相同。話說回來，明天他還要離去，怎麼辦呢？一般來說，那時候的婦女遇到這種情況，只有哭泣的份兒，韋莊〈江城子〉「露冷月殘人未起，留不住，淚千行」，不就是這樣寫的嗎？但是，她暗下決心，明天待他「上馬出門時，金鞭莫與伊」。詞至此一筆宕開，充分表現了她的潑辣有決斷，表達了她的未盡之言、至深之情。

這首詞的語言質樸，明白如話，似乎是隨口而出，實際上對每個詞語的運用都是頗具匠心的，除了「俯窗獨坐窺煙陌」的「獨」，「荒唐難共語」的「荒唐」，「明日還應出門去」的「還應」之外，如上片「樓際角重吹」的「重」，說明報時的角聲已經是再一次吹起，點明時間已經晚了；「黃昏方醉歸」的「方」，體現出她等待之久，心情之切。況周頤《蕙風詞話》說：「詞過經意，其蔽也斧琢；過不經意，其蔽也褦襶。不經意而經意，易；經意而不經意，難。」尹鶚這首詞的語言，可以說就是「經意而不經意」的一個範例。

這首詞以四十八字寫女子痴情，一氣呵成。而仔細玩味，又覺得這首詞並不「直」。盼歸，醉歸，恨其醉，擬阻其行，層層轉折，委曲盡情，耐人尋味，其境界並非易到。（馬興榮）

李珣

【作者小傳】字德潤。先世波斯人，家居梓州（今四川三臺）。少有詩名，兼通醫理。以秀才屢預賓貢。事蜀主王衍，妹舜弦為昭儀。前蜀亡，不仕。《花間集》稱李秀才。有《瓊瑤集》，已佚。詞存五十四首，風格清婉，多感慨之音。其〈南鄉子〉十七首寫南方風土人情，頗有特色。今有王國維輯《瓊瑤集》一卷。

浣溪沙

李珣

訪舊傷離欲斷魂，無因重見玉樓人。六街微雨鏤香塵。

早為不逢巫峽夢，那堪虛度錦江春。遇花傾酒莫辭頻。

這是一首言情之作。詞人舊地重遊，去探訪意中人，但眼前所見物是人非，倍增傷感。為了不虛此行，還是借酒澆愁吧。這樣的故事在古典詩詞中屢見不鮮，但是作者詞風不俗，寫得「蘊藉」，所以仍為一首成功之作。所謂蘊藉，也就是含蓄深沉、寬廣博大之意。就這首詞而言，確是足以當之。詞的一二句，即概括了此行的目的和結果，顯得十分洗練。「無因」，就是「無從」、「無由」的意思。在這裡，「無因」的原因是什麼，作者並未交代，而是讓讀者馳騁自己的想像，這就是含蓄。第三句可謂精雕細琢，立意殊新。六街，按唐宋時城市建制，京師共設左右六街。故六街即為京師的代稱。李珣為前蜀人，此處所謂京師，當指成都。按下闋「錦江春」句可證。「微雨鏤香塵」，寫得十分新奇精巧，「鏤」字可謂傳神之筆。同時，此句的好處還不僅僅在於此，從整句的意境看，又是非常朦朧空靈，恰如其分地表現出作者惆悵傷感的心緒。給人一種深沉之感。

詞的下闋直抒胸臆，首句借用巫山神女的典故，事見戰國楚宋玉〈高唐賦〉：「昔者先王（懷王）嘗遊高唐，怠而晝寢，夢見一婦人，曰：『妾，巫山之女也，為高唐之客，聞君遊高唐，願薦枕席。』王因幸之。」後人遂用「巫山夢」來借指男女歡會。作者借用此典，是在含蓄地揭示所愛之人的身分，神女薦枕，成而即逝，說明作者鍾愛的「玉樓人」實際上是一位風塵女子。正由於此，作者雖然情有所鍾，但他的傷感還是有限度的。所以他不肯虛度大好春光，而要去覓花傾酒，在煙花風塵中放浪形骸。下闋準確地揭示了作者從嚮往愛情到頹廢放蕩、自甘沉淪的心理變化。而這種心理變化，是透過自抒胸臆的方式來表現的。這種方式，在五代詞中尚不多見。而在宋詞中，上闋寫景，下闋抒情或議論，則成為一種常見的格式。清況周頤評價李詞，說他「清疏之筆，下開北宋人體格」（《歷代詞人考略》），這首詞確可為一佐證。（陳允吉、胡中行）

浣溪沙

李珣

紅藕花香到檻頻，可堪閒憶似花人。舊歡如夢絕音塵。

翠疊畫屏山隱隱，冷鋪紋簟水潾潾。斷魂何處一蟬新。

李珣的這首詞寫得清奇流麗，與花間詞穠豔香軟的基本風格很有些不同。從橫向看，倒是與南唐詞風頗為接近。南唐的馮延巳、李煜等人，固然是詞家大宗，「堂廡特大」（王國維《人間詞話》），不能用清奇流麗一言以蔽之。但從詞的發展傾向來說，他們也的確擺脫了溫、韋的穠豔香軟，而與花間詞派分鑣並馳。相比較而言，清奇流麗也可說是南唐詞的基本特色。

李珣的這首詞，與他的另一首〈浣溪沙〉（訪舊傷離欲斷魂）取的是同一題材，不過時間稍有先後。從兩詞所用韻腳來看，五韻中有三韻相重，估計寫作日期也不會相距太遠。從內容來看，另一首寫的是春天，尋「舊歡」不著，頗覺意外，所以情緒起伏較大。而這一首則寫夏秋之際，已是痛定思痛，因此意蘊也就較前首更為婉約深沉。

詞的首句用的是傳統的比興手法。荷花發出陣陣清香，不時地飄進廊檻上來。第二句即點出主題：由花香引發愁思，在百無聊賴中實在不堪回憶所愛之人。由於上句已寫明荷花，就使下句的「似花人」變得很具體，彷彿出現了一位高潔、素雅而又風姿綽約的美女形象。第三句進一步說明不堪回憶往事的緣由。舊歡已成夢幻，

「她」再也不會來了！這就把詞人的絕望心情和盤托出，足以引起讀者的同情與共鳴。

詞的下闋歷來為人所激賞。清末況周頤稱之為「以清勝者」、「所云下開北宋體格者也」（《歷代詞人考略》）。細味詞意，知此說不虛。第一句是寫屏風，其上遠山含翠，隱約多姿；第二句寫竹席，其上竹紋如波紋，十分清澈，給人帶來一絲涼意。這兩句雖然寫的是眼前器物，但用山水來象徵詞人與意中人的分離，是十分妥帖的。這兩句在藝術手法上堪稱傑構，首先，對仗十分工巧，又具有鮮明的詞的特色，絕不混同於一般的律詩。如「山隱隱」、「水潾潾」，一看便知是詞，真所謂是詞家的「當行本色」。其次，冷鋪紋簟水潾潾，比喻新奇，內涵豐富，既有季節特點，又有人的感受，寫得十分出色。尤為難得的是，在連得兩個佳句之後，並無「才盡」之感，最後一句竟又翻出新意；傷心的思緒在空中飄盪，突然聽到一聲蟬鳴。《禮記．月令》：「（仲夏之月）蟬始鳴。」此句含意幽深。蟬鳴，既使作者回到了現實，又讓讀者產生無窮的聯想。蟬鳴有訴恨的寓意。李商隱〈蟬〉：「徒勞恨費聲。」而且蟬聲一起，炎夏悠悠，日長難度。「斷魂」二字，透過「一蟬新」告訴人們，無窮無盡的悲哀正在等待著詞人。（陳允吉、胡中行）

巫山一段雲（二首）　李珣

有客經巫峽，停橈向水湄。楚王曾此夢瑤姬①，一夢杳無期。
塵暗珠簾捲，香銷翠幄垂。西風回首不勝悲，暮雨灑空祠。

古廟依青嶂，行宮枕碧流。水聲山色鎖妝樓，往事思悠悠。
雲雨朝還暮，煙花春復秋。啼猿何必近孤舟，行客自多愁。

〔註〕①瑤姬，唐李善《文選注》引《襄陽耆舊傳》曰：「赤帝女曰姚姬，未行而卒，葬於巫山之陽，故曰巫山之女。楚懷王遊於高唐，晝寢，夢見與神遇，自稱是巫山之女。」並於題目〈高唐賦〉下引《漢書》注曰：「雲夢中高唐之臺，此賦蓋假設其事，風諫婬惑也。」

李珣是一位花間詞人，他的詞卻多摹繪山水，敘寫風土人情。一次，作者沿江而下，經過巫峽的峭崖碧流，聯想起有關的傳說和史事，不禁有感而寫下這兩首具有詠史性質的詞篇。

這兩首詞具有一定的連貫性，採用了寫景、敘事與想像融合的手法。第一首寫巫山神女祠，從有關傳說轉到眼前空祠，興起懷古幽情。第二首從神女祠與楚王、瑤姬的傳說轉到楚靈王細腰宮遺址，又從弔古引出個人身世之感。由於神女傳說和細腰宮都與楚國君王有關，楚國因君王昏庸、國事腐敗而被秦國所滅，所以詞中彌漫著今昔興亡之感。

第一首先寫詞人舟過巫峽時，泊船江邊，來到神女祠前。這裡本來是一座金爐珠帳、畫簾高掛的神殿，如今卻已冷落荒廢。陸游在《入蜀記》卷六中寫道：「過巫山凝真觀，謁妙用真人祠。真人，即世所謂巫山神女也。祠正對巫山，峰巒上入霄漢，山腳直插江中……然十二峰者，不可悉見，所見八、九峰，唯神女峰最為纖麗奇峭，宜為仙真所託。」詞人徘徊祠前，仰望對面十二晚峰，雲霧輕繞，散開又復相合，特別是那奇麗的神女峰，最為引人注目，詞人的聯翩浮想，也隨之悠然而生。「楚王」兩句，包含著一個夢幻般的傳說：「昔者先王嘗遊高唐，怠而晝寢，夢見一婦人，曰：『妾，巫山之女也，為高唐之客。』」（戰國楚宋玉〈高唐賦〉）這「巫山之女」，也即傳說中赤帝之女，名叫「瑤姬」；牛希濟〈臨江仙〉云：「峭碧參差十二峰，冷煙寒樹重重。瑤姬宮殿是仙蹤。」而自從楚王一夢與之相遇以後，就此人神永隔，所以說是「杳無期」，只留下永久的惆悵。

下片寫神女空祠，從想像轉到現實。而面對空祠，又使詞人聯想起楚國史事，懷古之思油然而生，筆法曲折而又含蓄。「塵暗」兩句，是步入神祠後所見。「珠簾」、「翠幄」，想見昔日殿內陳設之華麗多彩；「塵暗」、「香銷」，嘆息如今簾帷之上塵灰厚積。廟外西風颯颯、冷雨淒淒。從往昔神祠的繁華興盛到如今空殿的寥落衰敗，從傳說聯想到楚國史事，無限盛衰興亡之感湧上心頭：神女之事固屬虛無縹緲的傳說，但楚國由於君王昏庸而終於覆亡，卻足以為後世鑑戒；如今念及有關史事，令人不勝感慨，誠如阮籍〈詠懷〉其六十所云：「簫管有遺音，梁王安在哉！」

第二首仍從神女祠寫起，然後過渡到細腰宮。「古廟」句寫神女祠的環境。「廟後山半，有石壇平曠……壇上觀十二峰，宛如屏障。」（陸游《入蜀記》）青嶂，即廟後之山。下面即由神女祠轉到楚行宮，描敘臨水而築的細腰宮殘跡。《入蜀記》又云：「抵巫山……遊楚故離宮，俗謂之細腰宮。有一池，亦當時宮中燕遊之地，今湮沒略盡矣。三面皆荒山，南望江山奇麗。」這座傍山枕水的離宮，據說是春秋時楚靈王的遊宴之處，如今僅僅遺留下一些供人憑弔的殘跡。《韓非子·二柄》云：「楚靈王好細腰，而國中多餓人。」這座行宮，便是帝王荒淫的具體見證。「水聲」兩句，寫詞人面對殘留的行宮遺址，眼前似乎浮現出昔年細腰宮中歌臺暖響、妝樓鏡開的情景，那不分晝夜的歌舞遊宴，像是永無休止之時。然而，往事已矣，那些輕歌曼舞的宮廷盛況，如今彷彿都已幽閉在潺潺碧流和曖曖翠嵐之中，真如李白所說：「宮女如花滿春殿，只今唯有鷓鴣飛。」（〈越中覽古〉）「鎖」字是虛寫，用來暗示山水長存，而王室繁華已不復可見，離宮也僅留下一片廢墟，供人憑弔，引人深思。

「雲雨」兩句，與第一首「楚王神女」之說遙相呼應。雲雨，仍為〈高唐賦〉有關神女的傳說：「去而辭曰：『妾在巫山之陽，高丘之阻，旦為朝雲，暮為行雨，朝朝暮暮，陽臺之下。』」煙花，指繁花盛開如同煙霞。碧天巫山，雨迷雲輕，花開花落，春去秋來，歲月就這樣無聲地流逝，這裡不僅寫巫山之景，也還有觸景而生的慨嘆。

末尾兩句，總括詞意，達到吟詠史事兼以抒發感慨之目的。啼猿，以巫峽中為最多，所謂「巴東三峽巫峽長，猿鳴三聲淚沾裳」。「依舊十二峰前，猿聲到客船。」（李珣〈河傳〉）詞人在猿啼聲中登舟還望神女空祠和行宮廢址，對於春秋戰國之時楚國興亡的史實，由於帝王荒淫無道而導致的亡國悲劇，感慨無窮，詞人自己的無限身世之感也如叢生之草，不可收拾。真是別有幽愁暗恨生，何必等淒異的猿聲來觸發幽思呢？孤舟中行客的愁恨已經是夠多的了。這兩首詞，寓寫山水景物與詠史事為一體，頗具低迴留連、迴環曲折之致。（潘君昭）

南鄉子　李珣

煙漠漠，雨淒淒，岸花零落鷓鴣啼。遠客扁舟臨野渡，思鄉處，潮退水平春色暮。

鄉土，永遠牽繫人心。它張開無邊無際的蛛網，用鄉情的細絲，日夜不捨地捕捉旅人的鄉夢。而鄉夢，對旅人來說，是無所不在的。在這首詞中，鄉思徘徊在迷濛的暮靄裡，在淒冷的雨聲裡，在落花裡，在鷓鴣聲裡，在楊柳岸邊的舟船中，在野渡頭，在潮來潮去的水聲中，亦在闌珊的春色裡。人類有某些感情，需要某種獨特的景物作觸發劑，唯獨鄉思，似乎是蘊藏在所有景物之中。鄉思，對旅人說，天上人間，無所不在。今人如此，古人更是如此。

這首〈南鄉子〉，是一幅著墨不多的水墨畫，一片江鄉暮春景色，卻被作者弄得滿紙春愁。說起來，煙當然漠漠，而雨卻未見得人人都覺著淒淒。以愁眼看世界，雨亦不免淒淒。至於岸花零落，當然是自然現象，但斯時也故有斯落也，它自落它的，根本不買任何人的賬，看落花泛鄉愁的人，即使給他看花開，他亦只會看到「開的孱愁」。或曰「這是點明時間」，卻沒有想到鄉愁與時間全不相干，沒有任何人可以證明，鄉愁只能在某個時間內才會產生。作者只是把他無處發洩的思鄉之情，像噴泉一樣噴射，誰碰上也免不了變成「愁根恨苗」。作者的感情，使這些煙枝雨葉改變了它們客觀的面目。只有這樣，才能從這些被扭曲的事物上表現出作者內心的感情。

鷓鴣，在文學史上，和杜鵑、鶗鴂一樣，都是被冤枉的典型。只為牠的叫聲像是「行不得也哥哥」，被千古以來的遊子所怨恨，雖然因此牠獲得了文學上的生命，也被蒙上了一個多事的聲名。若說這都是誤會，那是科學家的意見，不是談藝術；若說這都是感情作怪，在文學史上，除了那些不受歡迎的壞詩詞之外，又有哪些不是感情作怪的產物呢？這裡給讀者的是「愁雲恨雨，滿目淒清」的感覺，而拆碎下來，卻是煙、雨、落花與鷓鴣的叫聲而已。但就在這十三個字裡，卻使人覺得這些碎玉零珠滾滾而來，既是互相連貫，又能互相配合，說到底，這都是作者那條感情絲線上懸掛的瓊瑤，它們是由感情組織在一起的。

這首詞屬於「單調小令」，但它有個特色值得注意，那就是前十三字用平韻，後十七字換仄韻，復又句句押韻。從韻腳的改變，很自然地使人產生一種錯覺，像是分了上下片。而實際上這首詞在行文方面也的確如此。前十三字，以比興——或說形象見作者情思。後十七字，用敘述式說明上文的情思是自己的鄉愁。在韻腳上似斷，而在文字和內容上卻一氣呵成。

野渡扁舟，水平潮退，是不得不思鄉處，客路風雨，又值春事闌珊，又是不得不思鄉之時。野渡悽寂無人，不堪鷓鴣之啼矣。前後照應，結構完整，字少思深，平易感人。（孫藝秋、孫綠江）

南鄉子

李珣

乘彩舫，過蓮塘，棹歌驚起睡鴛鴦。遊女帶香偎伴笑，爭窈窕，競折團荷遮晚照。

李珣共有〈南鄉子〉十七首，所詠皆為東粵風情。珣本西蜀詞人，〈南鄉子〉當是他東遊粵地之作。這首是第四首，寫得情趣盎然，饒有民歌的風味。

詞的前兩句，寫詞人乘坐著遊船經過荷花塘。彩舫是有彩飾的船，此當指遊船。第三句，寫興之所至，船上的舟子唱起了歡樂的漁歌，驚動了並肩而睡的鴛鴦。此處的鴛鴦，或許真是詞人泛舟時所見，或許是為了引出下文而故設。因為由鴛鴦而引出遊女，實在是順理成章的。「遊女帶香偎伴笑」，這一句寫得十分傳神，遊女們看到鴛鴦，似乎想到了什麼敏感的事情，於是相互嬉笑，說著連詞人也無法聽見的悄悄話。或許詞人被遊女們的嬉笑聲所吸引，開始把注意力轉向她們；或許遊女們也發現了詞人在注視她們，於是競相折取荷葉遮擋夕陽的同時，也用來表現自己美好的身姿。在這裡，詞人為我們畫下了一幅楚楚動人的美女圖。這首詞頗具民歌風格，又比民歌來得典雅、精緻，如「競折團荷遮晚照」這樣的句子，就非民歌風調。

這首詞清新自然而又精巧，是花間詞中令人矚目的一篇佳作，讀來賞心悅目。人們常說王維「詩中有畫」，如果說李珣的這首〈南鄉子〉是「詞中有畫」，當非溢美之詞。（胡中行）

南鄉子

李珣

雲帶雨，浪迎風，釣翁迴棹碧灣中。春酒香熟鱸魚美，誰同醉？纜卻扁舟篷底睡。

這是一首描寫南國漁家生活的詞，寄託了作者閒適隱逸的情懷。李珣，字德潤，五代前蜀人，國亡不仕，隱遁湖湘草澤，以詩酒自娛，留下了〈南鄉子〉〈漁父〉等描繪南國風土人情、漁父隱逸生活的風流自在、逍遙閒適的系列詞篇，李冰若《栩莊漫記》云：「李德潤詞大抵清婉近端己（韋莊），其寫南越風物，尤極真切可愛……花間詞人能如李氏多面抒寫者，甚鮮，故余謂德潤詞在花間可成一派，而可介立溫、韋之間也。」這一類詞作恰同李珣是波斯人的身世一般，風味特異，在五代詞苑中可稱是一朵奇葩。

本篇短小精悍，乾淨爽利而又風味雋永。開篇驟然嵌入：雲擁雨至，風生浪起，漁翁迎風面雨，出入波濤，在碧灣上持槳往回。「雲帶雨，浪迎風」不加雕飾，甚至有些質野，但是恰好給人生氣勃勃，明晰直接之感，加上這又是一幅壯闊並富動感的場景，讀之心胸激越。「迴棹」是一個輕巧熟練的動作，「碧灣」又是一派清新合融的景色，「釣翁迴棹碧灣中」真是一幀剪接醒目的影像。一番生涯，一個動作，一種歸宿，短短的一句，動靜張弛，節奏明快，給人留下了過目不忘的印象和韻致，我們彷彿也置身船頭，在青綠色的浪濤間迎風面水，心潮湧動。

唐人言「春酒」一般指冬釀春熟之酒，自《詩經．豳風．七月》「為此春酒，以介眉壽」以來，凡言「春酒」大都帶有鄉土野趣，而「鱸魚」更是讓人聯想起張翰（字季鷹）的「蒓鱸之思」，南朝宋劉義慶《世說新語．識鑑》：「張季鷹辟齊王東曹掾，在洛，見秋風起，因思吳中菰菜羹、鱸魚膾，曰：『人生貴得適意爾，何能羈宦數千里以要名爵？』遂命駕便歸。」所以「春酒香熟鱸魚美」不光說春酒甘醇，鱸魚鮮美，更暗示著一種恬然適宜的隱逸生活——誰人一起享醉？繫了小舟就在船篷之下濃睡，香夢甚愜！讀此意嚮往之，不覺陶然心醉，多麼快活自在，多麼灑然逍遙，多麼優哉游哉。

詞作上片主動，興奮激越；下片主靜，恬靜安然，動靜結合，放收自如，把出入風波的形象和希夷恬美的韻味深深地印在讀者心頭，在寄寓閒適隱逸的情趣中兼有盎然濃郁的生活氣息，於唐五代一般詞作和風格中別具特色。（張旭）

南鄉子　李珣

漁市散，渡船稀，越南雲樹望中微。行客待潮天欲暮，送春浦，愁聽猩猩啼瘴雨。

西蜀詞人李珣，曾經遊歷東粵之地，作〈南鄉子〉十七首，均取材於當地的風土人情，具有濃厚的地域色彩，且短小精鍊，頗似民歌，又添了幾分文人情思在其中。於淳樸自然中更顯境味悠然。屬於花間詞中比較特出的一類。這首〈南鄉子〉展現的是行客江邊待潮欲渡的情境。

起首兩句極為平實，直接描寫了當日當地的所見所聞。「漁市散」交代了時間，正是天色將晚，喧鬧的漁市裡當地的漁民和買主都漸漸散去，白日裡擁擠的渡口旁的船隻也變得寥寥無幾。少了人，少了舟車，空間於是顯得開闊，眼光也舒展開去，遠遠望見越王臺的南邊的高聳入雲的樹木是那樣渺小。越王臺是漢時南越王趙佗所建，屬於當地具有代表性的景物，在李珣的這一系列詞中時常出現。前三句均為景物描寫，但是日暮，人稀，景物蒼茫，著實渲染出了一種悲涼而寂寥的情境。那麼，市人散盡，各自歸家的日落時分，究竟是什麼人會在渡口眺望遠方，而心中生出如許哀愁呢？

後三句便交代了原因，「行客待潮天欲暮」，原來是將要遠行的旅人因為江潮未到，不能起錨，所以在渡口徘徊許久。而「天欲暮」三個字，不但和前面的「漁市散」在時間上相呼應，同時也暗示了等待的漫長和內心的焦急。而這份焦急和苦惱的心情又無法排解，只好不斷眺望遠方，映入眼簾的便是越王臺上一排排的雲樹。春浦為送行之地，也正是旅客離開之地。羈旅之人總是歸心似箭，無奈潮頭未起，欲渡不得，心中自然湧起的是羈旅行役之苦。最末句的猩猩和瘴雨都是閩粵地特有的自然風貌。但對於並不習慣此地生活的人來說，猩猩的號叫和霧氣彌漫的雨林確實是哀愁和恐慌的代名詞，再加上原本焦急的心情，便自然地生出一個「愁」字來。於是在那種特殊的情況下，旅人的徘徊等待的形象和寂寥愁苦的心情便呼之欲出，給人留下了深刻的印象。

李珣的這首詞的文人之心態，體驗當地之風物，用王國維的話說便是典型的「以我觀物，故物皆著我之色彩」（《人間詞話》）的有我之境。雖然漁市、渡口、越王臺、雲樹、猩猩、瘴雨都是東粵之地的獨特風物，但卻因行人的愁苦而呈現出孤寂悲涼的色彩。一切景語皆關情，能將當地之見聞與士大夫的羈旅之情融合得如此無間，正是這首詞的精妙之處。（于飛）

南鄉子

李珣

相見處，晚晴天，刺桐花下越臺前。暗裡回眸深屬意，遺雙翠，騎象背人先過水。

這首小詞，描寫的是東粵當地的少女和情人相會的情景。詞中處處可見東粵獨特的風物和習俗。詞中質樸純真的感情和開門見山的表達方式頗似民歌，在寫作手法上工巧典雅，匠心獨運，於天然淳厚中更顯玲瓏剔透。

「相見處，晚晴天，刺桐花下越臺前。」詞的前三句以敘事的方式直接交代了事情的發生時間，地點和人物。「相見」是指青年男女相約相見。當時正是黃昏日暮之時。天空晴朗，萬里無雲，尚未完全落下的夕陽餘暉將天空塗滿了絢爛多彩的金色。從中我們可以想像那赴約的少女的心情大概也正如這天色般晴朗光明。仔細品味「晚晴天」這三個字的妙處還不止於此。在民歌中常見透過諧音字來暗示人物的情感，明確又含蓄地傳遞出微妙的心緒。如以「蓮子」來諧「憐子」，即愛憐之意，以「絲」來諧「思」，「懸絲」即「懸思」，是思念惦記之意。「晴」在民歌中往往用來諧情感的「情」字，是情意、愛情之意。所以「晚晴天」不禁讓我們想起了劉禹錫的〈竹枝詞二首〉其一的名句「東邊日出西邊雨，道是無晴還有晴」。一方面，可見在少女的心中確實是「有情」的，另一方面，這種表達方式使整首詞增添了民歌的風情，也為詞中尚未直接刻畫的少女形象添上了一抹明快亮麗的色彩。第三句進一步描寫了相見的地點和季節，刺桐花屬豆科落葉喬木，早春開花，極為豔麗，是南方特有的植物。越臺即越王臺，是東粵有代表性的建築。這句景物描寫看似平實樸拙，卻又在前兩句的基礎上恰到好處地渲染了約會的氛圍。至此，風和日麗，夕陽晚照，越王臺前，刺桐花下，景物的鋪敘全部完成，只待主人公的出場，便可上演一幕甜蜜浪漫的故事。

詞的後三句，果然，女子見到了自己的心上人，自然是喜上眉梢，但是又怕讓別人看見，所以只好偷偷地注視，以暗送秋波的方式傳遞自己的情感。等到對方也回應了自己的心意後，當然要留下一個定情信物，又不敢公然上前去送，於是她想出了一個非常聰明的主意，故意將頭上的翠鈿掉在地上，然後立刻轉過身去，背著眾人騎上大象涉水而去。男子自然會過去拾起，這樣不但成功地將信物送到了對方手上，而且又避免了被眾人發現的尷尬。果然是懷春少女才具有的細密心思。

至此，我們不難想像當時的東粵似乎有這樣的風俗。春季時分，黃昏日暮，青年男女紛紛騎象渡河而來，聚在越王臺前與自己的意中人約會。這種風俗在古代多有記載，整首詞便是對這一風俗的描寫。而詞人以獨特的眼光，獨具匠心地選取了其中一位少女，僅用暗裡回眸，遺下雙翠，騎象過水這幾個動作，便將懷春少女的熱情與嬌羞生動傳神地展現了出來，讓我們千百年後讀罷仍不禁會心一笑。（于飛）

菩薩蠻　李珣

迴塘風起波紋細，刺桐花裡門斜閉。殘日照平蕪，雙雙飛鷓鴣。

征帆何處客？相見還相隔。不語欲魂銷，望中煙水遙。

這是一首寫少女春情萌動的詞。雖然它出於「花間派」詞人李珣之手，但衝破了「宮體」「娼風」、穠豔香軟的「花間詞」的樊籬，猶如「一枝紅杏出牆來」（宋葉紹翁〈遊園不值〉語），給人以耳目一新的感覺。

乍一看來，上片純是景語。但仔細品味，可見景語中蘊藏著情語，活現出少女春情萌動中那一瞬間的心態。詞人寫景語，借鑑了中國畫中散點透視的章法，以游移挪換的視點組成一個個由靜而動的畫面，折現出那情竇初開的少女心靈深處的點點閃光。詞人先將視點投向水面之景：「迴塘風起波紋細。」春風乍起，將幽靜的塘面吹起一片片漣漪。這漣漪蕩漾的水面之景，暗喻著少女的心靈深處蕩起了感情的浪花。接著，將視點轉向岸上之景：「刺桐花裡門斜閉。」「刺桐」，是生長在南方的一種落葉喬木，春間花開，令人賞心悅目。「門斜閉」，是指刺桐花簇擁中的少女所居之屋門半開半閉。這句是寫景，又是寫情。花開門閉的景物，象徵著情竇剛啟的少女那微妙的心態，象徵著少女含苞欲放的愛情之花。為什麼這樣說呢？這是因為在李珣的詞中，時常以刺桐花聯繫著少男少女的暗裡贈情。比如他的〈南鄉子〉詞：「相見處，晚晴天，刺桐花下越臺前。暗裡回眸深屬意，遺雙翠。騎象背人先過水。」寫一位天真無邪的少女，在越王臺前、刺桐花下，向一位少男暗通情意。這首〈南鄉子〉可以與本首〈菩薩蠻〉相互印證，從中看到詞人在此寫刺桐花的象徵意義。上片的後二句中更是視角多變：「殘日照平蕪，雙雙飛鷓鴣。」無論是西天的殘日與平曠的原野，還是鷓鴣的雙飛與雙落，都是由仰視到俯視的迭換，而視點的迭換則象徵著少女心靈深處春情波瀾的起伏。清陳廷焯謂「『殘日』五字，精絕秀絕」（《雲韶集》），不僅生動地狀寫出一幅春日黃昏的圖景，而且以夕陽將落引申出時不可失，以及須珍惜青春年華、珍惜初戀之情的深意。「雙雙飛鷓鴣」，是古典詩詞中常見的象徵愛情和美的意象。描寫雙飛雙落的鷓鴣，將少女朦朧中的春情形象化、具體化了。由此可見，上片緊緊扣合著春情剛剛萌動的少女的特定身分，用委婉含蓄的手法暗示少女的心態，情語深深地隱藏在景語之中。

下片多寫情語，而且是情語帶出了景語。這是因為有一個過客的形象躍入了這位少女的眼簾，猶如一石激起了她心中的千層浪，引發了這位少女心中愛情的噴吐。原來，這位若有所思、若有所求的少女，情不自主地登上堤岸，注目於煙波浩渺的江面。驀然間，她看到一艘征帆高揚的客船上，站著一位姣好的少年郎，不禁神馳心往。然而，一在岸上，一在船上，「相見還相隔」。「相隔」，兼指這對少男少女的人相隔與心相隔。儘管這位荳蔻年華的少女一見鍾情，但她很可能是單相思，她傾吐愛情的言語很難傳送到客船上少年郎的耳中。這位少女熱切地期待著與少年郎相見相親，但偏偏是水陸相隔，而且客船揚帆遠去，也許使自己與那個少年郎永遠失去了相見相親的機會，這便造成了她的苦悶：「不語欲魂銷。」「魂銷」，即「銷魂」，這裡是形容少女失望時悲傷的情狀。「魂銷」二字是「詞眼」，既點明了少女心中愛情噴吐的高峰，又揭示了全詞的主旨：寫少女初戀失意的苦悶。然而，她求愛的願望並沒有在機會失去中熄滅，而是在苦悶中燃燒：「望中煙水遙。」這位少女魂繫客船，目送著遠去的白帆消失在浩渺煙波之中。以遙望中的少女形象收束全詞，既拓寬了詞中所寫的少女春情的時間與空間，又拓寬了讀者思索的天地。

這首詞以善於捕捉少女心靈深處微妙的感情見長。詞人將少女春情萌動時的心理變化刻畫得維妙維肖，而且層次分明。上片寫少女春情萌動的瞬間，下片寫少女春情的勃發和長久的相思。上片為景語，下片多是情語，景語清麗可喜，情語纏綿動人。而且景語中含有情語，情語中間有景語，景語、情語渾融一體，構成了純真、優美的詞境。（陳書錄）

河傳　李珣

去去！何處？迢迢巴楚，山水相連。朝雲暮雨，依舊十二峰前，猿聲到客船。愁腸豈異丁香結？因離別，故國音書絕。想佳人花下，對明月春風，恨應同。

此詞與〈巫山一段雲〉（古廟依青嶂）可說是姊妹篇。同以三峽風光和神女故事為題材，抒發離情別恨，風格質實直率而又清空婉轉，兩者相輔相成，水乳交融，在《花間集》中是較為特出的。

起句劈頭兩疊字，仄韻。「去去」，聲調悽惻，鬱鬱離情，迷惘惆悵，溢於言表。此行何去？便是那「兩岸連山，略無闕處」（《水經注．江水》）的三峽。「迢迢巴楚，山水相連」兩句，用大筆濃墨揮灑，寫成一幅山水長卷，空間異常高遠廣漠，凸出了三峽的壯偉，境界闊大。

巫山奇觀與神女傳說早已結下不解之緣。「朝雲暮雨，依舊十二峰前」兩句，既是峽谷氣象與景色的典型描繪（清晨，彩雲縈繞望霞峰頂，時聚時散；薄暮，濕氣蒸鬱，雨水濛濛），同時又是神女行蹤的形象寫照（宋玉〈高唐賦〉「旦為朝雲，暮為行雨」）。在這裡，神女傳說與雲雨巫山十二峰的真實刻畫相結合，是神話，彷彿又是現實，亦虛亦實，虛實結合，質實與清空融洽無間，給人以豐富的想像餘地和深刻的美感，詩味無窮。

上片結句「猿聲到客船」，是巫峽景物的一個特寫鏡頭。兩岸猿聲，「空谷傳響，哀轉久絕」（《水經注．江水》），由遠而近，隨風飄盪，傳至客船，一陣陣敲打著遊子的心弦，勾起他濃重的離愁別緒。詞中透過猿聲的實寫，渲染出一種哀傷的氣氛，流露了一股悠悠的情思，寫得含蓄蘊藉而又空靈傳神，質實中見出清空。

過片起句「愁腸豈異丁香結」，本於李商隱〈代贈二首〉其一：「芭蕉不展丁香結，同向春風各自愁。」承上啟下，接寫離愁。丁香結，即丁香的花蕾，詞人用以比喻「因離別，故國音書絕」而引起的愁情，鬱結不開，落筆婉轉委曲，極富象徵意味。

結尾三句「想佳人花下，對明月春風，恨應同」，不實寫遊子對心上人的拳拳思慕，卻虛寫佳人在明月、春風、花下的美好環境氛圍中，當也因離別之故，而與自己同愁同恨。從己方不堪之情擬想對方亦應如是，復從對方之應該如是，雙倍寫出自己之恨之愁。「恨應同」只寥寥三字，而全篇意思，盡皆消納其中，透過它，把雙方心心相印的深情像鏡中影、水中月那樣表現得異常清晰、明朗、具體，可謂玲瓏剔透。

〈河傳〉一調，叶韻方式頗多歧異。此詞上片句句用韻：第三句「楚」、第五句「雨」，與首二句「去」「處」叶；第四句「連」字換平韻，與下「前」「船」叶。李珣兩首皆然。透過韻腳的已轉仍連，造成句意的若斷若續，結構奇妙，為此調僅見，頗堪玩索。（何國治）

定風波　李珣

志在煙霞慕隱淪，功成歸看五湖春。一葉舟中吟復醉，雲水，此時方認自由身。花島為鄰鷗作侶，深處，經年不見市朝人。已得希夷微妙旨，潛喜，荷衣蕙帶絕纖塵。

李珣喜作具有隱逸情趣的詞。細分之，又有兩類，其一是寫對於自然美景的陶醉；其二是寫逃脫世俗的欣慰。就意境而論，後者遠不及前者。但若要探討作者的身世或思想，則後者又比前者更有價值。

這首〈定風波〉顯然屬於後者，在藝術上，除了表現出李珣特有的淡婉風格而外，並無多少可取之處。因此，讀這首詞的主要目的，應在於對李珣的思想作一番瞭解。詞的第一句如果孤立地看，當有兩解，一是嚮往神仙，一是仰慕隱士。因為煙霞既可作天上解，又可作名山大川解；同樣，隱淪也可解作神仙，如漢桓譚《新論．辨惑》：「天下神人五，一曰神仙，二曰隱淪……」也可解作隱士。但是，透過對全詞的理解，便可確知此句是寫隱士而非神仙。明確這一點，對於瞭解李珣的思想是重要的。第二句，表現的是功成身退的思想，用范蠡助越滅吳後乘輕舟浮於五湖的故事（見《國語．越語》）。五代時期，政局動蕩，每有朝不保夕之憂，因此，這種思想就變得更有市場，也更具代表性。下面幾句緊承上句，具體寫了隱居生活的樂趣：整天駕著一葉扁舟，吟詩飲酒，寄身於雲水之間，方知自己是個不受羈絆的自由人！

下闋的前三句，寫的還是蕩湖的情景，詞人設想隱逸湖中，泛舟自適，以無人居住的花島為鄰，以水中沙鷗為友，整年見不到市場上、朝廷中追名逐利之人。這幾句反映的是作者對隱逸生活的美好想像，但在現實生活中，要達到這樣的境界實際上是不可能的。最後三句極贊隱士生涯的神祕高潔，流露出一種自得其樂的心情。「希夷」，語出《老子》：「視之不見，名曰夷，聽之不聞，名曰希。」實際上是一種虛寂玄妙的境界。隱士力圖擺脫塵世間的困擾，追求的正是這樣一種境界。「荷衣蕙帶」則出自屈原《九歌．少司命》一章：「荷衣兮蕙帶，儵而來兮忽而逝。」可知「荷衣蕙帶」原是神（少司命）的裝束，這裡借指詞人隱居後的形象，既表現出纖塵不染的高潔，又表現出飄忽不定的神祕。

一般認為，這首詞寫於蜀亡後，因據《御選歷代詩餘》載，李珣曾「事蜀主衍，國亡不仕」。若按此說，則很難解釋「功成歸看五湖春」的準確含義。因此，我們主要還是應該把它看作對隱居生活的嚮往，而不必拘泥究竟作於何時。（陳仁鳳）

定風波

李珣

雁過秋空夜未央，隔窗煙月鎖蓮塘。往事豈堪容易想，惆悵，故人迢遞在瀟湘。縱有迴文重疊意，誰寄？解鬟臨鏡泣殘妝。沉水香消金鴨冷，愁永，候蟲聲接杵聲長。

這首詞一開始提供了這樣一幅畫面：秋夜，一位女子正倚窗而立，凝望著河漢星空。一隊大雁悠然南飛而過，之後，浩瀚的星空又顯寂寥。只見荷塘月色蒙著一層淡淡的煙霧……表面看去，這些似乎是客觀的描繪，但仔細吟味，發現詞人所描繪的景並非是「無我之景」。一個「鎖」字道出了那女子對眼前景物的心情。荷塘在月光之下所呈現的那種優美景色，本可使觀賞者愉悅，可是煙霧之「鎖」卻大煞風景，使人有「霧露隱芙蓉，見蓮不分明」（南朝樂府〈子夜歌〉）的怨嘆。此怨意從何而來？「往事豈堪容易想」，「容易」，輕易、隨便之意。原來有一段往事不堪回首。下面不說「往事」內容如何，只寫道「故人迢遞在瀟湘」而使她深感「惆悵」。由此一筆，則所謂「往事」，雖不寫，也已寫了，詞筆之含蓄如此。瀟湘，水名，在湖南，也指瀟湘水流域一帶之地。詞用此地名，不必實指，體會其說遠行之意就是了。南朝梁柳惲〈江南曲〉「洞庭有歸客，瀟湘逢故人。故人何不返，春華復應晚」，應是「故人」一句所本。

詞的下半闋，作者進一層描寫了女子的心理活動。她本想給遠行的「故人」寫信寄思念之意，又愁無可託付之人。詞用前秦女詩人蘇蕙作迴文〈璇璣圖〉詩的典故，表明這「故人」就是她的丈夫而非情人。詞情至此又進一步明朗化，「縱有迴文重疊意，誰寄」兩句，寫心理曲折層深，文字亦婉轉多姿。有「意」而以「迴文重疊」形容之，說明她情思蘊積之深，繳繞之密。〈璇璣圖敘〉說蘇蕙的織錦迴文，「題詩二百餘首，計八百餘字，縱橫反覆，皆為文章」（南宋胡仔《苕溪漁隱叢話後集》卷四十引）。「迴文重疊」這四個字，抵得許多相思之苦、望歸之切的辭藻刻畫。「意」字是相對於「筆」而言的。前加「縱有」，後綴「誰寄」，「意」仍是意，終未筆之於書。未寫的原因是無人寄。——其實即使是寫成了，也只是尋常形式的書信。璇璣圖只能有一，不能有二，讀詩詞於此類句子，都可作如是觀。信未寫成，百無聊賴，女子只得含淚卸妝就寢。夜深人靜，此恨綿綿，自然是不能安睡。床前焚的香早已滅盡了，就是那香爐也變得冷冰冰的了。夜漫長，耳邊不斷地傳來秋蟲的悲鳴和遠處的擣衣聲。「愁永」二字，合主觀情緒之自愁與客觀事物之令人愁為一體，字平、句短而意豐。「杵聲」和「候蟲聲」反襯周圍的寂靜，寂靜的夜又反襯了女子內心的思潮洶湧，輾轉反側，可謂傳神。

這首詞刻意描寫人物的心理活動。用「雁」、「候蟲聲」、「杵聲」緊扣住秋夜，用短句「惆悵」、「愁永」來貫穿全篇，使詞始終處在低沉的調子之中，烘托了主題。無論是景色描寫還是意境塑造方面，都與當時盛行的「花間派」創作手法不同，給人以「清疏」之感。（陳仁鳳）

臨江仙　李珣

鶯報簾前暖日紅，玉爐殘麝猶濃。起來閨思尚疏慵。別愁春夢，誰解此情悰？
彊整嬌姿臨寶鏡，小池一朵芙蓉。舊歡無處再尋蹤。更堪回顧，屏畫九疑峰。

《花間集》是最早的一部文人詞總集。它遠紹齊梁宮體，近承唐末豔情詩。於事多為「綺筵公子，繡幌佳人」（歐陽炯〈花間集序〉），於情多為花前月下，傷春悲秋，風格多為綺靡輕豔，纏綿幽怨，文辭多為雕琢繁複，滿眼錦繡。然以文人之心思作聊佐輕歡之小詞，亦不乏因循出新之作，李珣這首〈臨江仙〉顯是這樣一首於尋常中見奇巧的佳作。

整首詞的主旨非常明確，即是閨中女子的傷懷之作。全詞寫景設色緊扣一個「愁」字，將一名金閨繡戶中的妙齡女子那美好的青春，嬌豔的容顏和那綿密幽深又無從排遣的傷感情懷渲染得恰到好處。

詞的上闋由外及內，由景及人。「鶯報簾前暖日紅」，描寫的是閨閣之外的大好春光。陽光即使隔著厚重的繡簾，依然將室內照射得紅彤彤、暖洋洋。一個「暖」字，一個「紅」字，為整個環境賦予了溫度和色彩，也從側面烘托了金閨繡戶的錯彩鏤金的富貴感。一個「報」字實為點睛之筆。簾外的黃鶯不知疲倦地啼叫著，似乎執意要將這春色報告給屋內之人，於是便擾了清夢。第二句掀簾而入，描寫室內的景物。首先看到的是香爐中即將燒盡，卻依然升起的裊裊爐煙，繼而聞到濃濃的香氣。這閨閣中的典型物件，傳遞給人的是靜謐、慵懶甚至些許凝滯的感覺，正如閨中女子的心思，與簾外盎然的春意形成了鮮明的對比。第三句進一步深入室內，轉到了最深處的閨床之上，床上之人被簾外的黃鶯吵醒，似乎還沒有完全分清夢境和現實，因此雖是起床了，卻仍覺得疏懶、恍惚。現實中的相思離別的哀愁和夢境中的歡會的喜悅互相交織。哀傷中帶著淡淡的甜蜜和希冀，喜悅中纏繞著一層層的哀愁。這樣的心情誰能完全說得清，誰又能完全聽得懂？這細膩曲折的閨閣情思便這樣如此真切又如此婉轉地展現在我們眼前。

下闋情景交融，繼續按時間順序和空間順序推進。起床後的第一件事，自然是梳妝打扮。一個「彊」（通「強」）字，緊扣上闋的「閨思尚疏慵」而來。「嬌姿」「寶鏡」寫人物之美好和器物之華貴，不出花間詞風。然而「小池」一句卻讓人眼前一亮。花間派鼻祖溫庭筠一首〈菩薩蠻〉中有一句女子整妝臨鏡的描寫「照花前後鏡，花面交相映」，是寫一前一後兩面鏡子將女子的嬌美容顏和頭上的貼花重重疊疊映照其中，霎時間彷彿春色滿園，豔麗無比，實是名句佳作。李珣的這句「小池一朵芙蓉」與之相比，若說溫詞似花團錦簇，李詞則是一枝獨秀，各擅勝場。那明亮的寶鏡恰似一池平靜的湖水，穿簾而入的陽光照射其上，光影斑駁恰似瀲灩的水波。而鏡中那嬌美的容顏端莊秀麗，宛如春日芙蕖亭亭玉立，更顯高貴典雅。而那獨立湖心的秀美姿容又似乎流露出淡淡的寂寞與哀愁，卻又正是閨中女子哀婉寂寥的真實寫照，於清麗高貴中又平添幾分楚楚可憐。這一比喻真可謂神來之筆。

「舊歡無處再尋蹤」，直接寫出了內心的愁苦和愁苦的原因。這愁苦本就不堪回顧，徒惹悲傷，詞人卻安排女子無意中從鏡中看到了那繪著九疑峰的畫屏。九疑山是傳說中虞舜南巡死而落葬之地，於是便有了舜的妃子娥皇、女英奔至南方，灑淚竹林的淒美的愛情故事，九疑峰也因此而被賦予了悲傷的色彩。現在這悲傷映照在鏡中，彷彿溶進了那一池春水，更融入了女子的心中。畫屏本是閨中尋常之擺設，這看似無心的一句，實則為情感的發展推波助瀾。使愁苦之情更加繁複綿密，又含蓄蘊藉。於是，風格端莊典雅，情感含蓄幽深，鋪陳比喻心思獨到，便成就了這首詞在《花間集》中的名篇地位。（于飛）

毛文錫

【作者小傳】字平珪，高陽（今屬河北）人。年十四，登進士第。已而入蜀，從王建，官翰林學士承旨，進文思殿大學士，拜司徒。蜀亡，隨王衍降唐。未幾，復事孟氏，與歐陽炯等五人以小詞為孟昶所賞。《花間集》稱毛司徒。著有《前蜀紀事》《茶譜》，詞存三十二首。今有王國維輯《毛司徒詞》一卷。

更漏子 毛文錫

春夜闌，春恨切，花外子規啼月。人不見，夢難憑，紅紗一點燈。

偏怨別，是芳節，庭下丁香千結。宵霧散，曉霞輝，梁間雙燕飛。

毛文錫善寫閨情，詞語豔麗，這首〈更漏子〉是一首藝術性較高的描寫閨思之作。閨中少婦，思念遠別的親人，通宵不寐，直待天明。以其愛之甚切，故恨之亦切；以其思之甚深，故怨之亦深。這一懷思緒，主要透過環境氣氛的描寫來烘托和表現。

詞中的景物，不只是作為一般春天景物用以渲染春天的氣氛，有些景物如子規、孤燈、丁香、雙燕等，同時還作為一種「意象」，藉以表達離情別緒和春思春愁。

「花外子規啼月」，思婦在靜夜裡聽到鳥聲，本來就容易勾起孤寂之感。以鳥聲烘托岑寂，是以動寫靜。而這鳥聲又是子規的啼叫聲，便包含著更深一層的意思。子規的叫聲近似「不如歸去」。雍陶詩云：「蜀客春城聞蜀鳥，思歸聲引未歸心。」（〈聞杜鵑二首〉其二）這首詞裡所寫花外子規，也具有思歸的意象，但不是用以表現遊子思歸，而是用以表現思婦切盼情人歸來。

「紅紗一點燈」，思婦獨守空閨，孤寂之中，對著紅紗籠罩的孤燈凝思，此景此情，都帶點淒涼之感。「孤燈」在這裡是烘托思婦孤寂的一種意象。思婦夜裡思念情人，不能入寐，夢也難成，空對著一點寒燈。在寒燈的映照下，益顯出思婦心情的孤寂。

「庭下丁香千結」，寫室外之景。丁香結蕾，唐宋詩人多用以比喻愁思固結不解。如李商隱〈代贈二首〉其一：「芭蕉不展丁香結，同向春風各自愁。」這首詞描寫庭下丁香花蕾千結，同樣暗喻思婦愁腸千結，表現了思婦的離愁和春愁。

「梁間雙燕飛」，雙燕飛於梁間，最易引起思婦的春思和春愁。本來成雙成對的燕子繞梁而飛，是一種很和諧的景物，然而當對著這景物的主人公心境十分孤寂的時候，這一和諧的景物與孤寂的心境恰形成鮮明的對比。所以當詞中的思婦徹夜不眠，送走宵霧，迎來曉霞，看到雙燕在晨曦中繞梁而飛的時候，不是解除了夜間的相思之苦，而是更增添了一種孤寂之感，更無法排遣心中的春情和春思、春愁和春恨。

詞中子規、紗燈、丁香、雙燕這四種意象，是實景，又不是單純的實景，可以說是「實中有虛」，也就是說既具體又抽象，因為它們已成了引發愁情的觸媒，甚至成了這無形無質的情思的表象。這首詞對於這些意象的運用是很成功的。（林東海）

甘州遍

毛文錫

秋風緊，平磧雁行低。陣雲齊。蕭蕭颯颯，邊聲四起，愁聞戍角與征鼙。

青冢北，黑山西。沙飛聚散無定，往往路人迷。鐵衣冷，戰馬血沾蹄。破蕃奚。鳳皇詔下，步步躡丹梯。

五代十國是歷史上混亂而黑暗的時代。豪強軍閥割地自王，北方契丹乘隙攻入，兵役繁興，賦稅苛重，民不聊生。可是這樣的社會面貌在五代詞裡並未得到充分反映。這首〈甘州遍〉別開生面，以樸實生動的語言描寫了守邊將士在艱苦環境中抵禦敵軍奮勇衛國的場面。

公元九二二年，契丹主耶律阿保機率兵南下，進攻定州，李存勗大破之，驅契丹出境。九二三年李存勗建後唐，九二五年滅前蜀。毛文錫隨蜀主王衍降後唐。這首小詞可能即為歌頌李破契丹兵而作。

此詞寫作特點，一是扣住「環境」，極力渲染、誇張環境的惡劣，勾勒出一幅秋風肅殺、沙漫雲濃的畫面，以凸出戰地的氣氛。首句「秋風緊，平磧雁行低」中，「低」字點睛，配合「平磧」寫出天穹與茫茫沙漠相接，顯得低沉沉的，傳達出一層壓抑情緒；與「緊」字相映，又讓人彷彿覺得急飛的雁行是在戰爭氣氛的沉重壓迫下才飛低的，情緒上的壓抑又添了一層。「陣雲齊」，謂雲層疊起如兵陣，雲端齊成一線，沙磧地帶往往有此景象。《史記．天官書》云「陣雲如立垣」，就是像豎起的城牆，古人以為是「兵必起」的徵兆之一。「風緊」、

「雁低」、「雲齊」，使人感到有大戰迫在眉睫之勢，可謂於景物中見情思。

二是圍繞著各種「聲音」來烘托臨戰時的緊張氣氛。「蕭蕭颯颯，邊聲四起，愁聞戍角與征鼙（音同皮）」，轉而寫所聞。馬嘶風吼、號角嗚咽，戰鼓隆隆，一片悲涼激越的「邊聲」，透過這些聲音渲染出枕戈待旦、控弦欲發的氣氛，收到了情景相生的效果。

三是巧寫戰況。「青冢北，黑山西」這兩個對偶句工整妥帖，精練蘊涵，暗示了這次戰爭的對象、性質、地點。「青冢」是指西漢遠赴匈奴和親的王昭君墓，「黑山」為唐朝北方邊塞。青冢之北、黑山之西就不單是點明戰地方位，也表明戰爭性質是「禦外」。接著，作者潛運匠心，巧妙地用「沙飛聚散無定，往往路人迷」一句作旁襯，既烘托出艱苦的戰爭環境，又緩和語勢，增加了詞的起伏變化。在展現激戰場面時，作者運用側面描寫，緣情造景，只用了「鐵衣冷，戰馬血沾蹄」一句，就使讀者充分領略到這次戰爭的宏闊場面、激烈程度，和將士浴血鏖戰的精神。接下來「破蕃奚」是這首詞的主題。蕃指契丹，奚族居幽州東北數百里之琵琶川，在五代時附屬於契丹，常為之守界上。這三個字點明了這次戰爭以對方被摧敗而告終，令人在欣賞過這組邊塞破敵圖後，分享到將士們的勝利欣喜。結尾寫戰勝契丹後將士得到朝廷下詔升賞，對前面艱苦戰鬥的場面作一收束，完成了頌揚的主題。

〈甘州遍〉僅有六十三字，卻分十五句，八韻，體制小，範圍狹，韻腳密，屬筆時是比較難於騰挪馳騁的。而這首描寫金鼓殺伐之事的詞，句法渾涵，字詞精練，蒼涼中流露出一股悲壯、豪邁、慷慨的情緒，讀之令人精神振奮。在當時豔紅香軟的詞壇上，出現這樣一篇雄渾剛健之作，是很值得重視的。（宛新彬）

醉花間 毛文錫

休相問，怕相問，相問還添恨。春水滿塘生，鸂鶒還相趁。

昨夜雨霏霏，臨明寒一陣。偏憶戍樓人，久絕邊庭信。

首句「休相問」，起得突兀。從生活習慣上說，應有交代不清之嫌，但這裡卻做到了先果後因，漸次分明，只在三兩句內，即把前因後果敘述清楚，不故作過多懸念，在效果上有緊湊利落之感，收言少意多且又曲折婉轉之妙。

不欲人相問，因怕所問之事重新觸及感情上的傷痕。此種內心痛苦，唯恐躲避不開，如若相問，則心上幽恨又不得不因之更增加一分，此所謂「添恨」。三句三轉折；休相問，雖為首句，但暗含問句，為一轉。怕相問，又一轉；添恨為三轉。共十一字，將曲折複雜之內心情感及人物對話，敘述詳盡，思路清楚。其中有許多情和事，雖未說出，卻已傳出，使人於十一字中，見其綿綿幽怨，不絕如縷，又所謂言短情長。

短詞用字少，似應避免重字、重詞，而此詞首韻，則以重詞為特色，可見法不宜死。人物之幽恨纏綿，皆以「相問」起，因之，作者即就相問為敘述主線，將相問之前因後果，反覆描寫。而只用「休」、「怕」、「添恨」四字輔助之，竟將這生活中常見之普通一問，生出許多波瀾，使人有感於藝術中細節運用之不易。

既怕問及此相思之苦，亦擬旁顧左右而以他言掩飾之，此亦逃避痛苦之一法。不妨談談眼前景物，轉移怕引起而已引起之久別相思之苦。而舉目所見，唯春水生時，滿塘凝綠，對之似可暫時忘憂，不意於綠水之上竟見鸂鶒（音同溪翅，紫鴛鴦），更不意之相逐相趁，對對雙雙。本來人心中原有一段苦處，欲避煩惱，煩惱卻處處逼人。句中，作者駕馭文字之功力使人驚服。趁，就也。相趁，謂彼此相就，非以此就彼，亦非以彼就此，而是兩兩相就，無限情深。「趁」字以在韻腳處，陡增其生動氣象。詞於一開始處即以「相」字表現雙方活動。首韻說人事，次韻說鸂鶒，人事怕相問，鸂鶒卻相趁，兩「還」字，亦正起對照作用。「還添恨」下，忽接春水，文字似是被攔腰斬斷，而內容卻於鸂鶒處暗連。布局起伏突兀，忽開忽合，文字簡短而變化莫測。

上片全從虛處落筆，究不知所恨何事，故下片直敘事由。對思婦言，春日夜雨已是惱人，而黎明時之侵夢春寒，更催人淚下。何以有此感觸？是因為戍樓人遠，邊信久疏。此婦人怨苦之所從來。這自是詩詞熟套。詞從開頭一個圈子兜回到它的出發點了。但詞的巧妙處就在於它兜了這個圈子。熟事生寫，是它的成功之處。（孫藝秋、孫綠江）

應天長　毛文錫

平江波暖鴛鴦語，兩兩釣船歸極浦。蘆洲一夜風和雨，飛起淺沙翹雪鷺。

漁燈明遠渚，蘭棹今宵何處？羅袂從風輕舉，愁殺採蓮女。

詞寫別情，而沒有送別場面的描寫，也沒有情人離別時的軟語叮嚀，卻把人們分離的情愫表現得深至感人。

開頭二句，寫水滿波平而又溫暖融和，鴛鴦悠閒地嬉遊著，相對款款作語。傍晚時分，漁船成對地返回江邊洲渚之地。這是多麼優美的景象，又是多麼幽靜閒適的生活圖景。「蘆洲一夜風和雨，飛起淺沙翹雪鷺。」一夜風風雨雨，洲渚上的蘆葦搖晃傾斜，失去了平靜中的姿態；棲息於水清沙淺的灘頭上、穩愜舒適的白鷺，也因風雨的襲擊，翹起了頭，伸長了頸項，驚飛而散。

上闋，寫了兩種不同的自然環境和生活情景。前幅是理想的生活境界，後幅則是不理想的生活現象。白鷺驚飛，具有象徵意味，暗示人世的悲歡離合。生活中聚少散多，別易會難。詞就這樣潛氣內轉，過渡到下片抒寫別情。

過片，先寫從行人的角度回頭顧望，只見停泊於極浦（遠渚）的漁船閃爍著耀眼的燈光，這使他想到：那裡的主人或許過著寧靜溫馨、賞心快意的生活。而我呢，卻在這風雨之夜，駕著一葉扁舟，離別親人，邁上了征程，不知今夜將漂泊到何處，棲止於何方。透過兩者在同一時間裡生活情景的對比，表現了行人哀惋悽惻的別情。「蘭棹今宵何處」一句，為柳永〈雨霖鈴〉「今宵酒醒何處？楊柳岸、曉風殘月」所本。柳詞長於鋪敘，層層渲染，寫得比較「放」、「露」，固屬名句；「毛詞簡質而情景具足」（清況周頤《餐櫻廡詞話》），不同於柳詞，只是用筆一點，但主人公漂泊無依、寂寥落寞的景象，淒楚悲酸的情懷，也都深深地包孕其中，亦是警策。

詞的最後兩句則轉筆寫送行者在他們分別時不勝其情，用以渲染行人的離情別緒。直到這裡，「採蓮女」才出現，這表明詞裡所寫的是一對情人的離別。但它是在描寫抒情中順筆點出，並未著力描寫，殊為省淨。「羅袂從風輕舉」，風吹起了她的衣袖，也吹亂了她的心，這一細節，將女子目送行人遠去，悲怨難禁的情態逼肖地表現了出來。對抒寫行人的別情來說，「漁燈明遠渚」相反相成，這兩句則相輔相成，從不同的側面對行人的情絲恨縷作了有力的烘托。

前人評毛文錫的詞為「質直寡味」（李冰若《栩莊漫記》）。此詞初看上去，兩句一幅畫面，一種情景，似乎各自獨立。其實，每一幅畫面，每一種情景，都是緊扣別情的。有的寄寓著離人的生活理想和美好追求，有的象徵著勞燕分飛的驚恐淒楚；有的從相反的情形來反襯，也有的從相似的情形來烘托，感傷離別的主旨得到了多層次、多側面的挖掘和表現，因而也就顯得較為深刻。可以說，這首詞在同類題材中，寫法上確有巧妙別致之處。（王錫九）

臨江仙

毛文錫

暮蟬聲盡落斜陽。銀蟾影掛瀟湘。黃陵廟側水茫茫。楚江紅樹，煙雨隔高唐。

岸泊漁燈風颭碎，白蘋遠散濃香。靈娥鼓瑟韻清商。朱絃淒切，雲散碧天長。

毛文錫是五代詞人，他的這首〈臨江仙〉，取材於江湘女神傳說，但表現的內容似是一種希慕追求而不遇的朦朧感傷，主題與詞題是若即若離，恰好反映了從唐詞多緣題而賦到後來去題已遠之間的過渡。

「暮蟬聲盡落斜陽。銀蟾影掛瀟湘」。起筆詞境就頗可玩味。時當秋夕，地則楚湘。從日落到月出，暗示情境的時間綿延，帶有一種迷惘的意味。詞一發端，似已暗逗出一點《楚辭》的幽韻。「黃陵廟側水茫茫」，接上來這一句，便點染出幽怨迷離之致。黃陵廟在湘水入洞庭處，是古人為帝舜的二妃娥皇、女英所建的祠廟。相傳舜南巡死於蒼梧，葬於九疑，二妃追之不及，溺死於湘水，遂「神遊洞庭之淵，出入瀟湘之浦」（《水經注．湘水》）。寫黃陵廟，點追求怨慕之意，而黃陵廟側八百里洞庭煙水茫茫境界的拓開，則是此意的進一步渲染。「楚江紅樹，煙雨隔高唐」，詞境又從洞庭湖溯長江直推向三峽。楚江紅樹，隱然有屈原「嫋嫋兮秋風，洞庭波兮木葉下」（《九歌．湘夫人》）的意味；而煙雨高唐，又暗引出楚襄王夢遇巫山神女的傳說。神女「旦為朝雲，暮為行雨」（宋玉〈高唐賦〉），襄王夢遇神女，實則「歡情未接」，以至於「惆悵垂涕」（均見〈神女賦〉）。這與二妃追舜不及實無二致。句中下一「隔」字，則詞人心神追慕之不遇，哀怨可感。連用兩個傳說，可見詞人並非著意於詠某一傳說本身，而是為了凸出表現追求不遇的傷感。

「岸泊漁燈風颭碎，白蘋遠散濃香」。水上漁火颭碎，已使人目迷。夜裡白蘋香濃，愈撩人心亂。上片寫黃陵茫茫、高唐煙雨，見得詞人神魂追求之不已。過片插寫這段空景，暗示追求之不遇，足見追求之難。變幻的詞境，層層增添起怨慕的意味。神女究竟在何處呢？「靈娥鼓瑟韻清商。朱絃淒切，雲散碧天長」。歷盡希慕追求，神女這才終於若隱若現出來了。鼓瑟的靈娥，自應是黃陵二妃，但何嘗又不可視為高唐神女呢？而且詞境既展開於從湖湘至江漢的廣袤楚天，自然還會使人聯想到《詩經．周南．漢廣》中「不可求思」的漢上遊女，屈原《九歌．湘君》中「吹參差兮誰思」的湘夫人，她們都是楚地傳說中被追求而終不可得的女性。靈娥鼓清商之樂，韻律清越，使詞人希慕愈不可止。雖說朱絃儼然可聞，則神女也應宛然可見，但雲散天碧，「曲終人不見」（錢起〈省試湘靈鼓瑟〉），終歸於虛，終歸於一份失落感。結尾寫碧天長，不僅示意鼓瑟之音嫋嫋不絕，而且也意味著詞人之心魂從失落感中上升，意味著希慕追求的無已。所以清陳廷焯評云：「結超越。」（《詞則．別調集》）

此詞構思確有新意。它雜糅黃陵二妃與高唐神女的傳說造境，表現的是一種希冀追求而終不可得的要眇含思。由瀟湘而洞庭而高唐的神遊，象徵著詞人希慕追求而終歸於失落的心態。若隱若現、可遇而不可即的靈娥，不必指實為某一傳說中的神女，而應是詞人生活中所追求的理想女性或人生理想的化身。題材雖緣取調名，但實是發抒己意。與《花間集》中一些徒事摹寫神女故實的詞相比，便顯出命意上的個性，體現了詞的演進。同時，此詞風格清越，也有別於《花間集》中他詞之豔。正如俞陛雲《五代詞選釋》所評：「五代詞多哀感頑豔之作，此調則清商彈湘瑟哀弦，夜月訪黃陵遺廟，揚舲楚澤，泠然有疏越之音，與謫仙之『白雲明月弔湘娥』（按：賈至〈初至巴陵與李十二白裴九同泛洞庭湖三首〉其二）同其逸興。」（鄧小軍）

顧夐

【作者小傳】前蜀時給事內庭，擢茂州刺史。後蜀時累官至太尉，善豔詞。《花間集》稱顧太尉。存詞五十五首。今有王國維輯《顧太尉詞》一卷。

虞美人 顧夐

深閨春色勞思想，恨共春蕪長。黃鸝嬌囀泥①芳妍，杏枝如畫倚輕煙，瑣窗前。

憑欄愁立雙娥細，柳影斜搖砌。玉郎還是不還家，教人魂夢逐楊花，繞天涯。

〔註〕①泥（音同膩）：呼也，央求，也作「泥」。

本首為思婦之詞，開頭兩句，通攝全詞，點明由春色引起春恨。上片主要寫春色，下片主要寫春恨。上下片彷彿兩個相連的畫面，全詞情景交融。

開始兩句十二字，內蘊豐富。「深閨」暗示抒情主人公是少婦，面對惱人春色，不禁情思綿綿。一個「勞」字透露出她那「為君憔悴盡，百花時」（溫庭筠〈南歌子〉）的隱痛。由「勞」瘁而怨「恨」，可見其愛之深切。「恨共春蕪長」，李冰若評曰：「佳。」（《栩莊漫記》）「佳」在何處？「佳」在「春蕪」一詞含義雙重而使全句意味雋永。「蕪」，原是亂草叢生之意。以春草喻離別，是古典詩歌的傳統。遠如「王孫遊兮不歸，春草生兮萋萋」（《楚辭．招隱士》），又如「離恨恰如春草，更行更遠還生」（李煜〈清平樂〉）。以上「春草」都是本義，沒有引申之意。而「恨共春蕪長」的「春蕪」，除春草本義外，還隱寓行人之意，也就是說本句不僅有閨中人的怨恨隨著春草不斷增長之意，還含有「平蕪盡處是春山，行人更在春山外」（歐陽脩〈踏莎行〉）的人越遠、恨越深之意。這就深化了詩意，即前人所謂「得言外意」（宋張炎《詞源》）之妙。

下面三句寫景，以具體意象補充首句「春色」，選取深閨「瑣窗前」的視角寫思婦所見所聞。「黃鸝嬌囀䛏芳妍，杏枝如畫倚輕煙」兩句宛如五代花鳥畫，用筆工細，著色鮮豔。前一句聲色並茂，以聲為主，富有動勢。黃鸝的婉囀嬌鳴，似與滿園春色而共語，後一句寫杏枝倚立於淡淡煙靄中，恬靜如畫。這春色以黃鸝、紅杏為主，綴以群芳的奼紫嫣紅，一片暖色，再加上黃鸝悅耳的嬌啼，真是「紅杏枝頭春意鬧」（宋祁〈玉樓春〉）不足喻其美。少婦透過瑣窗所見以上春光，當比「忽見陌頭楊柳色」（王昌齡〈閨怨〉）感觸更為深婉了。上片如從思維順序出發，觸景而生情，則開頭兩句亦可算是逆筆。

從上結至過片，時空轉換為另一個畫面。張炎云：「最是過片，不要斷了曲意。」（《詞源．製曲》）「憑欄」句既自成畫面，又未斷意脈。原來閨中人被春色所吸引，不滿足於隔窗觀花，她輕移蓮步，款款佇立於欄杆旁，含愁凝眸。「雙娥細」，以秀眉的細長以形容其青春貌美。「柳影斜搖砌」，是思婦憑欄所見，也是下片唯一景語。下文思婦的內心獨白，有上片的蓄勢，直至此句才引發出來。從楊花的搖落，聯想自己紅顏將凋零，所以她痛苦地唱出了全詞的最強音：「玉郎還是不還家，教人魂夢逐楊花，繞天涯。」和開頭暗相呼應。

「魂夢逐楊花」為思婦詞開創了新的意境，對後代有所影響，如晏幾道名句：「夢魂慣得無拘檢，又踏楊花過謝橋。」（〈鷓鴣天〉）似受此詞啟發，又如章楶的〈水龍吟．楊花〉以及蘇軾的和詞，詠楊花而和思婦情懷相聯，也似乎受到本詞的影響。

《花間》詞溫庭筠多麗藻，韋莊多質樸語。顧敻成就不及溫、韋，此詞卻能熔麗藻與質樸於一爐，使之疏密相間，恰到好處。此詞也寫得深婉，如明徐士俊評顧敻〈荷葉杯〉曰：「數闋皆人所能言，然曲折之妙，有在詩句外者。」（《古今詞統》）（錢鴻瑛）

楊柳枝　顧敻

秋夜香閨思寂寥，漏迢迢。鴛幃羅幌麝煙銷，燭光搖。
正憶玉郎遊蕩去，無尋處。更聞簾外雨瀟瀟，滴芭蕉。

顧敻的〈楊柳枝〉是一首閨怨詞，在古典詩詞中此類題材的作品很多，而在花間詞中更多，且大多有一個通病，那就是流於淫靡，作者們對思婦的痛苦似乎抱有一種病態的欣賞心理。例如「一自玉郎遊冶去，蓮凋月慘儀形。暮天微雨灑閒庭。手挼裙帶，無語倚雲屏」（鹿虔扆〈臨江仙〉），作者津津樂道的，是婦女的體態身姿；至於「寸心恰似丁香結，看看瘦盡胸前雪」（魏承班〈撥棹子〉）之類的句子就更其無聊了。相比之下，顧敻的這首〈楊柳枝〉在格調上確實要高出許多。

這首詞突破了花間詞醉心描摹婦女外形身態的陋習，著意渲染主人公耳聞目見的景物，來凸出「她」的心理感受，設身處地為主人公抒發哀怨，使人有身臨其境之感。無疑，這就很自然地增強了藝術感染力。

在結構安排上，全詞按上下片分別從時間與空間兩方面來著力刻畫。上片的秋夜，更漏、麝香、燭光，都刻畫了時間的漫長難挨；而下片所寫的「玉郎」（丈夫或情人）出外遊蕩不知去向，又把她的愁思置於一個廣闊的空間裡。這樣的對比，往往使讀者受到強烈的感染。

這首詞的成功處，還在於有些佳句為它增色。先看「燭光搖」，此處著一「搖」字，意境全出。燭光動搖，說明燭蠟將盡，從而交代出夜之將盡。同時，時明時暗的燭光，也使環境變得更為陰冷淒清。而這一切又和主人公心神恍惚的情態多麼相合。再來看「滴芭蕉」。芭蕉的主要特徵是葉大，因此，夜雨打芭蕉，就產生一種靜中有動、動而更靜的意境。雨點滴在芭蕉葉上，等於把雨聲放大了，這對於一個輾轉反側、不能入眠的人來說，的確是增添了一番愁緒。因此，「更聞簾外雨瀟瀟，滴芭蕉」，與李清照〈聲聲慢〉的「梧桐更兼細雨，到黃昏、點點滴滴」實有異曲同工之妙，能使人產生不少的聯想，留下雋永的回味。（陳允吉、胡中行）

訴衷情

顧敻

永夜抛人何處去？絕來音。香閣掩，眉斂，月將沉。爭忍不相尋？怨孤衾。換我心，為你心，始知相憶深。

這首詞寫一位獨守空閨的少婦因丈夫不歸而產生的深沉怨艾和她真摯強烈的感情。整首詞既有文人詞的細膩華美，又帶有民歌風味，是寫閨情的別開生面之作。

「永夜抛人何處去？」發端突兀，扣人心弦。一個問句，不僅揭示了女子愁怨的根由，而且寫出她因久盼不歸而產生的焦灼、苦悶、不安和疑慮，雖是直抒胸臆，卻生動地反映出女子複雜的心理活動。「永夜」，即漫漫長夜。一個「抛」字暗示出女子對自己命運的擔心。「絕來音」，一則寫夜闌人靜、悄無聲息，烘托出女子的孤寂無伴；同時透露出在漫漫長夜、寂寂空閨中，她一直在側耳凝神聆聽戶外聲息的不安心情。門外的每一點哪怕是極輕微的聲音都會喚起她的希望，使她激動和喜悅。然而，當希望之火一次次在心頭燃起旋又熄滅以後，她終於明白今宵是無望的了，「香閣掩」三字表明了她內心的絕望。悶坐空閨，獨對孤燈，怎不令人憂思萬端，愁腸百結？「眉斂」，正是她內心深處壓抑不住的怨情的不自禁的流露。夜已經很深了，但惱人的思緒卻攪得她難以入寐。「月將沉」一句不僅點明天將破曉，而且蘊蓄極富。它既暗示了清幽的月光沒有給人以任何安慰，徒然增加了女子的愁思，也透露出女子為怨思所苦而一夜無眠。在輾轉反側之際，往日恩愛廝守、形影相隨的情景不覺浮現在眼前，在獨臥孤寢的淒清中更添加了幾分寂寞和冷清。再由今日的淒涼展望他日的前景，對那位負心的男子不由得又思念又怨恨，忍不住發出「爭忍不相尋」的嗟嘆。「爭忍」即「怎忍」。至此，種種憂思懸想、寂寞難堪之情統統化為對男子的嗔怪，自肺腑噴薄而出：「換我心，為你心，始知相憶深。」這裡不直言自己相憶之深，而是用對寫法透過假設，曲折地表達出對男子薄情的不滿和自己的一片痴情。這樣寫不僅含蓄地表達了女子不能把握自己命運、擔心被棄的痛苦，而且將女子深摯強烈的感情抒發得更為婉曲，因此清王士禎《花草蒙拾》讚它：「自是透骨情語。」作者用質樸的語言將人人意中所有而筆下所無的感情表達得如此真切動人，實為難能可貴。後人云「妾心移得在君心，方知人恨深」（徐照〈阮郎歸〉）、「只願君心似我心，定不負相思意」（李之儀〈卜算子〉），都顯然脫胎於此。由此可知它在詞壇的影響。此詞既工緻細密，時復有清疏之筆，豔中有質，相襯益彰。清況周頤論顧詞風格時說：「顧夐豔詞，多質樸語，妙在分際恰合。」（《餐櫻廡詞話》）於此詞可見一斑。（張明非）

河傳

顧敻

棹舉，舟去。波光渺渺，不知何處。岸花汀草共依依，雨微，鷓鴣相逐飛。天涯離恨江聲咽，啼猿切。此意向誰說？倚蘭橈，獨無憀。魂銷，小爐香欲焦。

離愁別緒一直是中國文學創作中的主要題材之一，在詩詞創作中更不絕如縷。顧敻之詞亦不逾斯矩，其〈河傳〉一詞就堪為代表。此詞透過離別時分典型場景的鋪敘，描摹了一位離家遠行者與戀人之間難以排遣的離情。顧敻詞風綺豔卻不浮靡，意象生動，情致纏綿，別具藝術匠心。清況周頤在《餐櫻廡詞話》中稱其作品為「五代豔詞上駟也」，高度肯定顧敻之詞「工致麗密，時復清疏。以豔之神與骨為清，其豔乃益入神入骨。其體格如宋院畫工筆折枝小幀，非元人設色所及」，看到了顧敻之詞的獨特之處。

該詞共分兩片，上片擇取富於離情色彩的典型性意象來著意渲染悲悽的離別場景。詞作一開篇便將離別場景定格在蘭舟出發的一瞬間。「起四語，一步緊一步，衝口而出，絕不費力」（清陳廷焯《詞則．別調集》卷一）。當船夫揮動那沉重的木槳，離別之舟駛入波光渺渺的江水之中，漸行漸遠，消失在煙波浩渺的江水中央。抬眼望去，奼紫嫣紅的岸花汀草也似乎受到詞人悲悽離情的感染，呈現出一派依依相戀之狀。此時，迷濛細雨從天空淅瀝地灑落下來，一對對雙宿雙飛的鷓鴣在微風細雨中追逐嬉戲，更勾起詞人對自己心中戀人的無限思念。以鷓鴣雙飛反襯出詞人難以排遣的孤獨與寂寞。

上片是從離別時大的環境著筆，來渲染離情別緒的氛圍，下片則聚焦在遠行者所乘之舟來集中抒發詞人的孤寂情懷。面對著離別天涯的無盡愁恨，詞人登上舟頭，舉目四望，但見江水滔滔，奔流東去，似乎也在為詞人的離別而嗚咽不止。江水兩岸，還夾雜著江猿無盡的淒切哀啼，將詞人本不平靜的心緒攪得更加寢食難安。此情此景，縱有千般情思，又能向誰訴說？詞人斜倚船槳，獨自出神。就連舟上爐中的香火業已燃燒殆盡，詞人也未曾察覺。

詞是一種長於刻畫內心的體裁，在展示心理深度方面，較詩歌有更明顯的優勢。本詞即從普通人的離情別緒角度立意，來抒寫詞人難以言說的纏綿情緒，層次分明，質樸無華，具有鮮明的特點。其一，情景交錯的結構特徵。從總體上看，該詞上、下兩闋大體表現為前景後情的結構方式。上片寫景，主要描述離別之際的景致，用「渺渺波光」、「依依花草」、「迷濛微雨」、「雙飛鷓鴣」等典型化意象加以渲染烘托，寓情於景，情景交錯。下片言情，重點凸出詞人離別時分孤寂落寞的內在心境，並以「江聲嗚咽」、「啼猿清切」等予以映襯。結尾「小爐香欲焦」一句更是以景語收束，將主人公縈繞別情、已忘卻周遭一切事物變化的情態淋漓盡致地展現出來。其二，高度凝練的敘事手法。該詞以白描式的手法來刻畫離別的場景、敘述離別的情緒，呈現出高度凝練的敘事特徵。如開篇即以「棹舉，舟去」四字高度概括了離別場景，雖省去了眾多離別的細節展示，但卻將依依惜別的無奈情緒展露無疑，充滿了悵然離去的無限感慨。同樣，下片「魂銷」二字亦直白地呼喊出內心的訴求，高度概括出詞人離別時分傷心欲絕的痛苦心境。

明湯顯祖評論《花間集》時稱：「凡屬〈河傳〉題，高華秀美，良不易得。」並舉顧敻〈河傳〉三題為例，認為「此三調，真絕唱也」，未為虛譽。全詞以平淡質樸之語寫出，於樸實無華中蘊含著深切的真情，真正達到了景真情切之效，尤其能引起後世讀者的共鳴，在五代離別詞中亦屬難得之詞。（曾紹皇）

鹿虔扆

【作者小傳】後蜀時，為永泰軍節度使，加太保。與歐陽炯、毛文錫等俱以小詞供奉後主。詞多感慨之音。《花間集》稱鹿太保，收詞六首。今有王國維輯《鹿太保詞》一卷。

臨江仙　鹿虔扆

金鎖重門荒苑靜，綺窗愁對秋空。翠華一去寂無蹤。玉樓歌吹，聲斷已隨風。
煙月不知人事改，夜闌還照深宮。藕花相向野塘中。暗傷亡國，清露泣香紅。

這是一首抒寫「黍離之悲」的詞。但在《詩經．王風．黍離》中，可以看到「行邁靡靡，中心搖搖」的行役之人，聽到「悠悠蒼天，此何人哉」的嘆息之聲；在這首詞中，卻看不見一個人影，聽不到一點聲音。作者的「黍離之悲」，既不是透過自己之口直接表達的，也不是借助他人之口間接描述的，而是由詞筆下的景物折射出來的。

詞的上半闋，一開頭就把讀者帶進了一個重門深鎖、綺窗緊閉的廢苑。接下來，作者以翠華（皇帝儀仗，代指蜀主）已去點明苑內杳無人跡，以歌吹聲斷點明苑內闃無人聲，從而給人以極度荒涼靜寂之感。詞的下半闋，更以煙月點明時間是深夜，以露荷點出季節是初秋，展現了一個月照深宮、殘荷泣露的畫面，進一步為這座荒寂的廢苑增添了淒清的色彩，把環境氣氛渲染得更為悲愴。

從表面看，這首詞通篇都是寫眼前景，但字裡行間卻流露出了作者的心中情。清王夫之在《薑齋詩話》中說：「情、景名為二，而實不可離。神於詩者，妙合無垠。」清況周頤在《蕙風詞話》中也說：「寫景與言情，非二事也。善言情者，但寫景而情在其中。」這首詞就正是一首寓情於景之作。而且不妨說，它打動讀者、感染讀者的，主要倒不是呈現在紙面上的廢苑淒涼之景，而是滲透在詞筆中的作者哀痛之情。鹿虔扆生在五代十國紛亂之際，曾在後蜀做過永泰軍節度使，進檢校太尉，加太保，蜀亡後沒有出仕新朝。聯繫他的經歷，可以想見，他在寫這首詞時，身負亡國巨痛，不能不如王國維在《人間詞話》中所說，「以我觀物」，使「物皆著我之色彩」。儘管他沒有讓自己出現在詞中，詞中卻處處有他的影子。而正由於作者寫詞時是以我觀物，寓情於景，讀者也自會反過來，由物及人，由景及情，從詞中呈現的那一荒寂淒涼的境界，看到他的哀傷的心境。

在這首詞中，作者不僅寓情於景，而且還賦情與景。他把本是無知無情的景物寫得似乎有知有情，或應當有知有情。在他的筆下，荒苑中的一扇扇「綺窗」，因人去樓空而感到寂寞，愁對秋空；野塘中的一朵朵「藕花」，因暗傷亡國竟相向而泣，淚濕香紅。作者更為「煙月」仍照深宮而責怪她的懵懂。這樣，「綺窗」、「藕花」、「煙月」都和人一樣成為歷史滄桑的目擊者，而「暗傷亡國」的「藕花」，更成為作者感情的化身。這種擬人化的手法，在詩歌中是常常運用的，而與這首詞在取景、命意上最相似的是晏殊〈蝶戀花〉的上半闋：「檻菊愁煙蘭泣露。羅幕輕寒，燕子雙飛去。明月不諳離恨苦，斜光到曉穿朱戶。」鹿詞令窗愁、荷泣，而責怪煙月不知人事已改；晏詞則令菊愁、蘭泣，而抱怨明月不諳離別之苦。但從內涵來說，晏詞讓檻菊、蘭草、明月表達的只是個人的離別之苦；鹿詞讓綺窗、藕花、煙月表達的則是國家的淪亡之恨，其感情分量是更為沉重的，其感染力量也是更為強烈的。

還有一點值得拈出的是：這首詞要顯示的本是一個極度荒寂淒涼的境界，但作者並不一味去寫荒涼，而在寫荒涼的同時，以「金鎖」、「綺窗」、「翠華」、「玉樓」、「歌吹」、「香紅」等字樣來暗示當年的繁華，使荒涼中閃現著繁華的餘暉。這一明筆與暗筆的錯雜運用，以暗筆寫昔日的繁華來反襯今日的荒涼，就使這一荒涼景象顯得更加可悲，也使今昔之慨與興亡之感自然浮現紙上。

此外，作者在使用擬人化手法的同時，也交叉重疊地使用了襯托手法，以增強藝術效果。在這首詞中，被賦予生命和濃烈的感情、並賴以點明主題的是「藕花」，但她卻不是孤零零地出現的。作者不僅在上半闋中就已經安排好了「綺窗」作為陪襯，以「綺窗」的「愁對秋空」，遙遙引出「藕花」的「露泣香紅」，而且把懵懂的「煙月」穿插在「綺窗」與「藕花」之間，使其上下起襯比作用，一方面反襯上面「綺窗」的愁恨，一方面更與下面相向而泣的「藕花」形成強烈對比，從而更有力地托出了透過「藕花」來表達的「暗傷亡國」的主題。

清沈雄《古今詞話》引《樂府紀聞》稱鹿虔扆「詞多感歎之語」，元倪瓚也稱讚他的詞「曲折盡變，有無限感慨淋漓處」。他僅僅留下來六首詞，其中〈思越人〉一首有「雙帶繡窠盤錦薦，淚侵花暗香銷」句，據清吳任臣《十國春秋．後蜀》說，「詞家推為絕唱」，但比較之下，仍應推這首〈臨江仙〉詞為其代表作。（陳邦炎）

閻選

【作者小傳】生卒和字里不詳。後蜀時布衣，善小詞，與歐陽炯、鹿虔扆、毛文錫、韓琮被時人稱為「五鬼」。《花間集》稱閻處士。今有王國維輯《閻處士詞》一卷，存詞十首。

浣溪沙　閻選

寂寞流蘇冷繡茵，倚屏山枕惹香塵。小庭花露泣濃春。

劉阮信非仙洞客，嫦娥終是月中人。此生無路訪東鄰①。

〔註〕①東鄰：宋玉〈登徒子好色賦〉：「（宋）玉曰：天下之佳人莫若楚國，楚國之麗者莫若臣里，臣里之美者莫若臣東家之子。東家之子，增之一分則太長，減之一分則太短；著粉則太白，施朱則太赤；眉如翠羽，肌如白雪，腰如束素，齒如含貝。嫣然一笑，惑陽城，迷下蔡。然此女登牆窺臣三年，至今未許也。」後人多用「東鄰」借指美女，如李白詩：「自古有秀色，西施與東鄰」（〈效古二首〉其二）。

這首詞的頭兩句共寫了三件床上之物：流蘇帳、「繡茵」（床上墊的被褥）、山枕（即枕頭）。韋莊〈菩薩蠻〉曰「香燈半捲流蘇帳」，帳半捲，又有香燈照壁，說明人尚未眠。此詞寫流蘇帳，而曰「寂寞流蘇」，流蘇帳本是無情物，如何會感到「寂寞」？顯然，寂寞者，人之感覺也。今日有此寂寞感覺，可想往日乃有「芙蓉帳暖度春宵」（白居易〈長恨歌〉）之時也。「流蘇」寂寞，「繡茵」自然也就「冷」了，加一倍渲染了孤眠滋味。

寫枕頭更是濃墨重彩，先說山枕倚屏（古代床頭有屏風）而放，又說它「惹香塵」。關於「香塵」，有兩處記載值得注意，東晉王嘉《拾遺記》提到晉代石崇「屑沉水之香如塵末，布象床上，使所愛者踐之」；又馮贄《南部煙花錄》說陳後主宮中美人著「臥履」，履中貯龍腦香屑，步履有香塵（清史夢蘭《全史宮詞》引）。這兩個故事都和女子歡愛有關，可見此詞中「山枕惹香塵」，實是暗示這裡也曾有過男女間的風流豔事。而如今伊人已去，唯山枕尚留一點香澤了。

詞的開頭兩句所以集中寫床上之物，正是暗示一場豔情。如今情過事遷，抒情主人公看到庭院中含著露珠的花朵，恍惚感到花兒也在為他傷心流淚！

上片沒有出現人物的形象，全是透過幾個有情之物來透露事情的一些蛛絲馬跡，詞境飄忽迷離。

下片的寫法完全不同了。主人公走到臺前來，直接傾吐自己相思、失戀的痛苦。他自比有過一場風流韻事的劉晨、阮肇（見南朝宋劉義慶《幽明錄》），自嘆入仙境而復返，終非仙洞客也。而他那心愛的人，卻如嫦娥一進月宮就回不來了。從此，天上人間，無路可通，永無相見之日矣！「此生無路訪東鄰」，「東鄰」，出〈登徒子好色賦〉，這裡借指所愛的美人。下片三句，連用三典，一氣呵成，語意曉暢，表現出真摯的感情，扣人心弦。

這首詞上下兩闋寫法迥然不同。上片側面寫事，下片正面抒情；上片暗寫，撲朔迷離；下片明寫，直抒胸臆。在詞的色彩格調上也迥然不同，上片香豔密麗，下片則清新疏朗。總之，上下兩片相反相成，相映成趣。我們知道，畫家作畫，要講究畫面景物有疏有密，光線有明有暗，色彩有濃有淡，才能使畫面富有層次，妙趣橫生。從閻選這首詞的寫作來看，寫詞不也很像作畫嗎！（高原）

八拍蠻 閻選

愁鎖黛眉煙易慘，淚飄紅臉粉難勻。憔悴不知緣底事？遇人推道不宜春。

這首詞寫一個閨中少婦對丈夫深沉的思念。全詞四句，分兩層意思。前兩句寫少婦的「愁態」，後兩句寫她的「愁情」。

「愁鎖黛眉煙易慘，淚飄紅臉粉難勻」，以工整的對句寫少婦在閨中的愁態。閨中少婦的愁緒從心頭衝上眉頭，深深地「鎖」住眉宇。一個「鎖」字，形象地寫出了雙眉緊蹙的神態，充分地顯示了內心悲愁的程度。愁情難抑，臉上如籠陰霾，因而說「煙易慘」。起句還是寫靜態的愁狀，已使人看到一個臉色陰沉、翠眉緊皺的婦女，內心凝集著哀怨悲戚。第二句則轉為動態的描繪，她由愁思轉而為流淚了。紅臉飄淚，粉漬斑斑。詞人寫淚，不用流、墮、灑、湧等動詞，而用一「飄」字，則淚飛之狀頓出，悲情難遏之態盡顯。這位少婦，臉紅眉黛，形象是美的，可是這外形美麗與內心愁苦形成鮮明對比，這是什麼原因造成的呢？

「憔悴不知緣底事？遇人推道不宜春」，「憔悴」承上文而來，「不知緣底事」，應聯繫下句理解。她不將心底真話道出，對人只是「推說」不宜春。「不宜春」分明不是真意，因而是推託之詞。她為什麼不徑直說明是思念丈夫呢？這是古代社會的婦女在禮教束縛下，一種很自然的羞澀態度。這個少婦滿腹愁緒，多想一吐為快，可是對人反而不說，這種壓抑使她內心更加痛苦。

這首詞寫少婦的愁態、愁情，就是不明揭愁因。但從她的憔悴之狀與「推道」之話，完全可以探知是思念丈夫。至於她丈夫是薄情，還是從軍，還是求官而去，則無從得知。不管怎麼說，這反映了閨中少婦對她丈夫的深厚情意。清沈謙《填詞雜說》云：「詞要不亢不卑，不觸不悖，驀然而來，悠然而逝，立意貴新，設色貴雅，構局貴變，言情貴含蓄。如驕馬弄銜而欲行，粲女窺簾而未出，得之矣。」閻選這首〈八拍蠻〉就有這種韻致。

（徐應佩、周溶泉）

毛熙震

【作者小傳】蜀人。曾官後蜀祕書監。《花間集》稱毛祕書。存詞二十九首。今有王國維輯《毛祕書詞》一卷。

臨江仙　毛熙震

幽閨欲曙聞鶯囀，紅窗月影微明。好風頻謝落花聲。隔帷殘燭，猶照綺屏箏。

繡被錦茵眠玉暖，炷香斜裊煙輕。淡蛾羞斂不勝情。暗思閒夢，何處逐雲行？

黎明。鶯聲，月影。殘燭搖曳，爐香裊裊。戶外，室中，一切都充滿著迷幻的色彩。閨人擁被猶臥，她在沉思著，回味那方醒的綺夢……

起兩句，寫天將明的情景。屋外邊傳來陣陣婉轉的鶯啼，朦朧的月影散射窗間，幽閨已見微明的曙色。「聞鶯囀」，先從聽覺角度著筆。最先使人從睡眠中醒來的外界刺激是聲音，首句正是閨人清晨初醒時剎那間的感受。「紅窗」句，再從視覺方面推進一層，仍只是從表象寫來，尚未進入人的內心世界。「好風頻謝落花聲」，由景入情。詞中抒情主人公已開始思想活動。落花之聲，似有還無，然而在黎明的幽靜環境中，已被敏感的閨中人覺察到了，為什麼，因有「風」故，所以測知，並喚起了某種微妙的感情。一「謝」字，已露閨怨的本意。看，隔著薄薄的簾帷，暗淡的殘燭還照著掛在繡屏上的寶箏，而箏呢，早已不彈了，情人遠去，誰人來欣賞自己的樂聲？「隔帷」二句，運用暗筆，以屏箏作襯，側面寫出閨人的孤寂。「猶照」二字，筆意迂迴。晚間睡前見此，清晨醒後仍見此，觸目感懷，而當日相對調箏的歡聚情境也可想而得之了。上片五句，表面純是客觀描述，然個中自有人在。這種手法，為《花間》所擅，情餘言外，「不止以濃豔見長也」（清沈雄《古今詞話》引《柳塘詞話》評毛詞）。

下片換筆，描寫閨人的情態和心理活動。「繡被」句，以穠豔之筆寫淒涼之意，此亦唐五代詞家絕詣。「玉」，喻女子的肌體。她睡在溫暖的繡被錦茵之中，靜看著炷香的裊裊輕煙，在空中盤遶擴散。此情此景，何以為懷！「淡蛾羞斂不勝情」，她含著嬌羞，半斂著淡畫的雙眉。在這孤寂的清晨，她想到了什麼呢——「暗思閒夢，何處逐雲行？」啊，方才那一場好夢，夢裡相見的歡娛，醒後已再難尋覓。遠方的遊子，像那縹緲無定的行雲，將要飄流何處？末兩句，是全詞點睛之筆，用意與馮延巳〈鵲踏枝〉詞「幾日行雲何處去」略同，而本詞寫自己夢逐行雲而行，亦不知其處，則更深一層了。（陳永正）

清平樂 毛熙震

春光欲暮，寂寞閒庭戶。粉蝶雙雙穿檻舞，簾卷晚天疏雨。

含愁獨倚閨幃，玉爐煙斷香微。正是銷魂時節，東風滿樹花飛。

當春光消逝落紅無數的時候，人們不免產生一縷悵惘的心緒。鶯歌燕舞、奼紫嫣紅的春光給人帶來生活的歡樂和美感，也悄悄帶走人的青春年華。這首詞在暮春時節風雨花飛的背景上，抒寫閨中春愁，它所蘊含的春思情韻，別有一番耐人尋味的意蘊。上闋寫晚天疏雨、粉蝶雙飛。一般地說，春天的蜂兒、蝶兒，多在日間和風麗日的花樹叢中穿飛。而作者筆下的雙雙粉蝶，偏於晚天疏雨中穿檻而飛，其點綴寂寞庭戶，反襯閨中人孤獨境況的用心，不言而喻。粉蝶雙飛本是無意，但在有情人的心中，頓起波瀾，牽動春思：她對青春幸福的嚮往，對愛人的期待，透過這對比鮮明的畫面暗示給讀者。下闋寫閨中人在期待中的失望。晚天疏雨中，天氣微寒，她獨倚幃帳，雙眸含愁，任「玉爐煙斷香微」。只是當簾外閒庭中東風搖蕩花樹，滿樹花飛如雨的景象才將她從痴迷中喚醒，春光匆匆歸去，不禁使她銷魂蕩魄。

毛熙震是花間派詞人，但這首詞的寫景狀物卻多用白描，清麗疏淡，情味蘊藉，與「花間」穠麗香豔、鏤金錯彩的詞風迥異。作者寫的閨中人，不描摹其體態衣妝，不明言其多情善感，除了「含愁」一句正面點明其期待與失望，再以「玉爐」一句烘托其期待之久、相思之苦外，其餘各句，均於景物描寫中帶出她的形影與神態，這正是詞論家所稱道的融情入景的功力。詞中雙飛的粉蝶、疏雨晚天、東風花樹等景物，是最富於表現暮春情韻和閨中人春愁的典型景物，將它們和諧地組合起來，使全詞有了直觀的畫面，具有誘人的美感，情景交融，了無痕跡。前人論詞的章法，講究「短章蘊藉」（姜夔《白石道人詩說》），言盡意不盡。此詞就是一首情景相生、含蓄蘊藉的佳作。它那情在言外的意蘊，比起痛快淋漓的表白，更具有耐人尋味的魅力。尤其篇末「東風滿樹花飛」一句，形象淒豔，含蘊無窮。（林家英）

菩薩蠻　毛熙震

梨花滿院飄香雪，高樓夜靜風箏咽。斜月照簾帷，憶君和夢稀。

小窗燈影背，燕語驚愁態。屏掩斷香飛，行雲山外歸。

這首詞寫閨中人靜夜獨居、憶念離人的情狀，運筆迂迴，含思縹緲。於篇終見意，曲盡掩抑難言的境況，洵為五代詞中高格。〈菩薩蠻〉詞，前有溫飛卿十四篇精湛之作，而毛氏此詞，易穠華為淡雅，變密豔為幽麗，別出新意，使飛卿不得專美於前也。

「梨花」二句，寫高樓靜夜的情景，渲染懷人的氣氛。樓下的院子裡梨花飄謝，樓上只聽到風吹簷鐵的陣陣聲響。「風箏」，懸在簷間的金屬片，風起作聲，故稱「風箏」，也叫鐵馬。明楊慎《丹鉛總錄》：「古人殿閣簷稜間有風琴、風箏，皆因風動成音，自叶宮商。」二句寫景，實已托出索居寂寞的樓中人的形象。「梨花」句，寫春光已逝，時不待人。「高樓」句，寫夜靜聞聲，極無聊之狀。可與李商隱〈燕臺四首·秋〉「雲屏不動掩孤嚬，西樓一夜風箏急」參看。「斜月照簾帷，憶君和夢稀」。上句寫月光照在薄薄的帷幕上，亦古詩中常見的境界，不外從「明月照高樓」（曹植〈七哀詩〉）、「薄帷鑑明月」（阮籍〈詠懷〉其一）等語化出，以表現閨人的愁思。兩句好就好在「和夢稀」的「稀」字，一字可抵宋徽宗〈燕山亭·北行見杏花〉「怎不思量，除夢裡有時曾去。無據，和夢也新來不做」數句。恨君之深，思君之切，皆由此字透露消息。憶極而生恨，故作此怨懟之語。

下片寫室中情狀和閨人動態。「小窗」二句，運思甚奇。她背著小窗前的燈光，是為了不讓照見臉上的啼痕，可是，卻教棲息在簾帷上的燕子窺到了。牠們呢喃相語，彷彿為閨人的愁態而喫驚呢！二語從側面描寫，一「驚」字尤為入妙。一結兩句，「屏掩斷香飛，行雲山外歸」，為全詞中精絕之筆。俞陛雲亦稱其「尤為俊逸」（《五代詞選釋》）。「斷香」，指斷續的爐香。她床前屏風低掩，只見到熏爐中升起的裊裊輕煙。疑是那縹緲的行雲，冉冉從山外歸來。「山」，指屏風上繪畫的山巒，詞中語意相關，亦暗示情人的去處。由斷香而想及屏山上的行雲，由行雲而想到漂流遠方的遊子。宋玉〈高唐賦序〉謂楚懷王夢巫山神女，神女自言「旦為朝雲，暮為行雨」，因以「行雲」喻男女的歡合。「行雲山外歸」，疑行雲之歸，正是怨其不歸，真是痴心人語。與作者〈臨江仙〉詞「暗思閒夢，何處逐雲行」，意似相反而情味實同。（陳永正）

鳳歸雲　敦煌曲子詞

閨怨

征夫數載，萍寄他邦。去便無消息，累換星霜。月下愁聽砧杵徹，塞雁（成）行。孤眠鸞帳裡，枉勞魂夢，夜夜飛颺。

想君薄行，更不思量。誰為傳書與，表妾衷腸。倚牖無言垂血淚，遍祝三光①。萬般無那處，一爐香盡，又更添香。

〔註〕①三光：指日、月、星。

敦煌發現的《雲謠集雜曲子》中〈鳳歸雲〉詞有兩首，這是其一。由於民間詞傳鈔中出現的問題，況周頤、朱村、董康、王國維等各家校本頗有分歧，本文以俞平伯的校本為據。

本詞的主旨已如題目所示：「閨怨」。所以正文一開始就說「征夫數載，萍寄他邦」，詞是為思念「征夫」而寫的。環繞這個中心，作者作了事實的敘述、環境的描繪和心理的剖視，於是使作品於平淡之處見主人公的深情。

詞的上片側重敘事，於敘事中達情。「征夫數載」固然純屬客觀的交代，然而「萍寄他邦」則隱含著思婦對征人的感情因素。三、四兩句，一則表示征人離家的長久，更重要的還在於表達了思婦在音訊皆無的歲月中的不安與思念。就是在這種心情下，擣衣的砧杵聲、成行的飛雁，都加重了她的思緒。一個「愁」字，就將思婦的情懷表露無遺。最後三句，以「孤眠」示苦寂之重，以「魂夢」之「夜夜飛颺」言思念之深，綴以「枉勞」，更是思不得見，轉而生怨，情見乎詞，感人心脾！

詞的下片側重在達情，在心理描繪中敘事。「想君」二字，表明是思婦的內心活動。她大概將征夫一去數載無消息，設想是他的「薄行」了，不再想到家裡的人。平平說來，艾怨之情，更能摧人肺腑。她想給丈夫寫信，以敘衷腸，卻又無人託寄；倚窗流淚、多方祝禱；於百無聊賴中不斷添香。從而把一位孤寂、多情、純真的思婦心曲和盤托給了讀者，讓讀者瞭解、同情、激動不已。

這首〈鳳歸雲〉詞，我們自然還無根據斷言它就是民間詞，但是這首早期詞作無疑保持了民間創作的質樸、清新特色。說它質樸，是指它的內容雖屬閨思、閨怨、男女私情，但它尚未受到後來剪紅刻翠的「豔詞」的沾染，所以只見真摯、深沉的感情，毫無脂粉豔麗之氣。說它清新，是指它沒有雕飾，流暢自然，完全以白描手法，抒寫了主人公的心理活動和行為表現。這種樸素、自然的文學風格，以及它的藝術性和感染力，都是某些文人創作所不及的。（吳曼青）

天仙子　敦煌曲子詞

燕語鶯啼三月半，煙蘸柳條金線亂。五陵原上有仙娥，攜歌扇，香爛漫，留住九華雲一片①。犀玉滿頭花滿面，負妾一雙偷淚眼。淚珠若得似珍珠，拈不散，知何限，串向紅絲應百萬。

〔註〕①留住句：《列子．湯問》：秦國之善歌者秦青，「撫節悲歌，聲振林木，響遏行雲」。

這闋詞出自《雲謠集雜曲子》，作者已不可考，但從文字風格看，確如王國維所說：「當是文人之筆。」（《評《雲謠集》》）與其他敦煌詞相對照，它是不甚「質俚」的。

本詞刻畫一個歌女的儀態和內心。開頭推出了一個頗為熱烈的場面，似乎還要說一點故事情節，可是終於沒有說，就結束了，留下一個懸念讓讀者自己去想。「燕語」兩句，交代了時間和環境。三月中旬，陽春煙景，正是萬物向榮、燕語鶯歌的美好時節，此時此景，自然會有青年男女的歡會。「出其東門，有女如雲」（《詩經．鄭風．出其東門》），所以，三、四兩句的五陵原上那位手持歌扇的仙娥，便早應該是不呼自出了。五陵，漢時長安豪門貴族聚居地，景色優美，慣常是青年男女遊冶的地方，這裡是借指。仙娥，是美麗的歌女。這位姑娘手持歌扇，身上散發著爛漫濃香，她的歌聲可以把行雲留住。應該說，這姑娘夠美了，夠好了，夠值得青年們迷戀了！「五陵年少爭纏頭，一曲紅綃不知數」（白居易〈琵琶行〉），此時此地，將會出現喜劇性的場面吧。

事情出乎意料。「仙娥」卻認為：「犀玉滿頭花滿面，負妾一雙偷淚眼。」儘管貴重首飾插戴滿頭，臉上笑靨如花，可是這同她那暗中偷彈珠淚的雙眼是多麼地不調和！原來她是過著強顏歡笑的生活。至於所因何事，沒有說明，也無須說明。下面四句是她內心的獨白：「淚珠若得似珍珠，拈不散，知何限，串向紅絲應百萬。」以珠淚之多，表中心之苦。如許淚，只偷彈，則更苦。四句純從「淚」字生發，從「珠」字取譬。「拈」也，「散」也，「串」也，都是說珠，而借珠說淚。「珠淚」這個常人使用過千萬遍的普通詞語被輕巧地拿過來，又神奇地化開去，為古來寫淚文字所未見。這裡用得上前人評詞的一句話，是：「濡染大筆何淋漓！」（李商隱〈韓碑〉）

這闋詞所寫的只是生活中的一個片斷，可稱即景小品。這種小品式的作品，所取雖然只是一景、一物、一人、一事，然而由於作者選材巧妙，表現得當，仍能帶給讀者以美感。（吳曼青）

拋球樂 敦煌曲子詞

珠淚紛紛濕綺羅，少年公子負恩多。當初姊姊分明道，莫把真心過與他。子細思量著，淡薄知聞解好麼？

這首詞出自《雲謠集雜曲子》。它以第一人稱的口吻，如泣如訴地敘述了女主人公在愛情上的不幸遭遇及其悔恨。「珠淚紛紛」是指眼淚之多，連絲綢衣服都滴濕了，她的心情悲傷到了什麼程度便不言自明了。為什麼悲傷呢？接著便給了回答——「少年公子負恩多」。在這裡，「少年公子」猶如「五陵年少」，特指豪富之家的子弟，是這種人玩弄、拋棄了她，從而給她帶來了極大的精神痛苦。按照通常的行文習慣，接下去大概是要數說這負心郎的薄倖行徑了。可這首詞卻避開了常規，轉而去敘寫她的自我埋怨：姊姊當時就曾勸說過的，不要把純真的愛情給予他。這兩句初看似乎平淡的詞句，細細品味卻感到內涵十分豐富。顯然，由於她過於單純、熱烈，她已把「真心過與他」了；旁觀的姊姊倒是早看出來了，「少年公子」是不值得信賴的，可自己偏偏沒有預見到，而且沒聽姊姊的好言相勸。這種揪心的自怨自艾，這種不宜聲張的深沉痛苦，不是比那種據理的抗爭、大聲的指斥更能撥動讀者的心弦嗎？痛定思痛，冷靜下來，「子細思量著，淡薄知聞解好麼」。後一句是思量後的領悟。「知聞」謂交遊相識之人，「淡薄」則指其薄情。「解」是懂得。我把真心過與他，他卻負我，是不懂得好歹者。思姊姊言語，想今日局面，這種內心獨白所表示的追悔，表現了她的心靈創傷和悲苦。

體味詞中情事，似是妓女口吻，「姊姊」是院中姐妹之年長者。這種事司空見慣，但寫來並不落入陳套。

這首詞成功的一點是：作者有意擺脫了對事件的繁瑣敘寫，而是讓主人公出面，向讀者一下子敞開了心扉，從而激起了讀者的共鳴，引起人們對那不幸女子的深切同情，而對紈絝子弟玩弄女性、背信棄義表示極大的憤恨。加以通篇全係口語入詞，更顯得神情宛轉，感情真摯。這種從肺腑中流瀉出來的話語，更增強了詞作的魅力。

這些藝術上的特點，在相當程度上反映了早期詞的面貌，即表現現實生活是真切的，生活氣息濃厚，語言通俗生動。與後來的文人作品相比，技巧上並不遜色。（吳曼青）

魚美人 敦煌曲子詞

東風吹綻海棠開，香榭滿樓臺，香和紅豔一堆堆。又被美人和枝折，墜金釵。

敦煌發現的曲子詞，係唐五代人手抄，具有極高的史料價值。例如這首〈魚美人〉，就為我們瞭解詞的原始風貌及其發展演變提供了一份珍貴的材料。但是，也正由於是出自民間的寫本，故文字上舛訛頗多，這又給我們閱讀和欣賞帶來了諸多不便。在這方面，我們的前輩已為後來者做了許多有益的工作，特別是郭沫若與任二北兩位先生，他們曾分別對這首詞作考訂，提出過一些精當的見解。例如，詞牌所謂的「魚美人」，實則為「虞美人」之誤，看來此詞所表現的形態，當為〈虞美人〉詞形成、演變過程中最早的一體。這就糾正了前人認為〈虞美人〉詞創自李煜的傳統看法。又如，他們還指出「香榭」應作「香麝」，對於疏通詞意也起了關鍵性的作用。但郭、任兩家對這首詞的作者、疏解、評價等許多問題，看法時而相左，有些地方甚至是針鋒相對的。如任二北認為此詞之創作應「出於樂工歌妓之手」，而郭沫若則疑為五代歐陽炯所作。任氏以為此詞「重沓矛盾，並無文理，雖勉為改易訛別，仍難救藥」，而郭卻認為這是一首「絕妙好詞」。兩家看法如此懸殊，歸根結柢是屬於對詞意理解上的分歧。

「東風吹綻海棠開」，詞意清楚，了無歧見。下面一句，任、郭均證「榭」為「麝」。但任釋「香麝」為海棠，而郭則釋為看花的婦女們。按任說，二句即解作「東風吹開了海棠花，花香滿樓臺」。而按郭說，則為「東風吹開了海棠花，賞花的婦女們站滿樓臺」。後者的意境遠勝前者。且海棠本無香，以海棠釋香麝終覺牽強。李

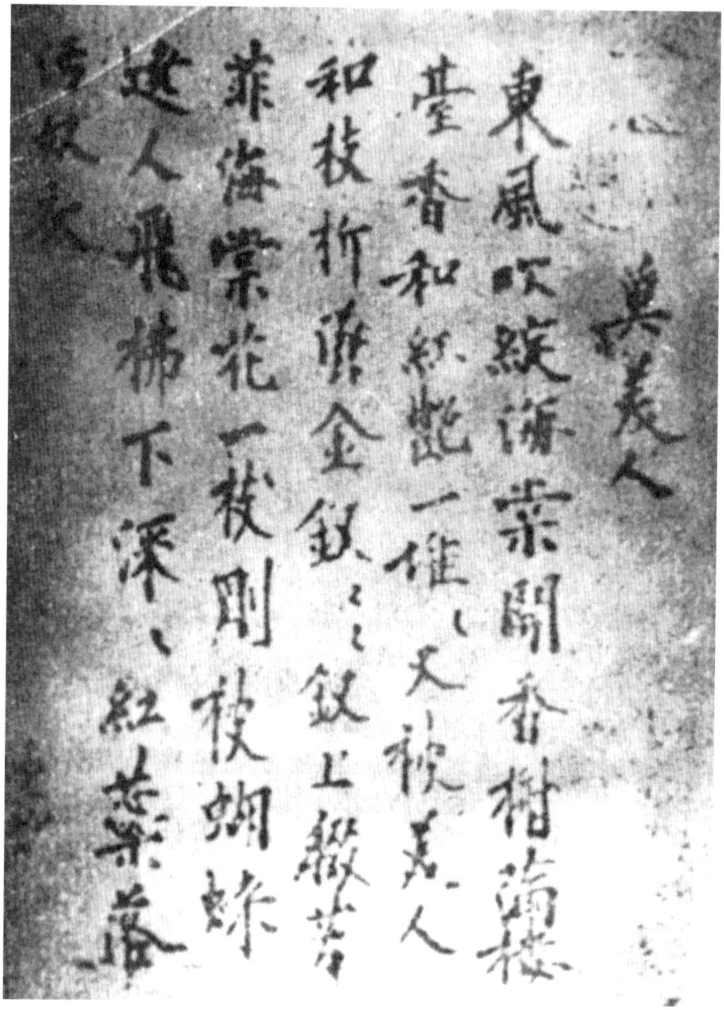

敦煌寫本〈魚美人〉詞

白詩：「風吹柳花滿店香，吳姬壓酒勸客嘗」（〈金陵酒肆留別〉）。柳花無香，此處著一「香」字，乃指「吳姬壓酒」之酒香。任說「唐五代人海棠之詠，皆色香兼至」，恐亦多「風吹柳花」之類。而香麝與佳人的關係，則是極密切的。《晉書．石崇傳》：「盡出其婢妾數十人以示之，皆蘊蘭麝。」敦煌詞〈竹枝子〉云：「顏容二八小娘，滿頭珠翠影爭光，百步唯聞蘭麝香。」故香麝可以代指佳人。下句「香和紅豔一堆堆」，香指人，紅豔指花，人簇花，花擁人，真是一幅優美的圖畫。下句「和枝折」，即為「連枝折」。末句「墜金釵」，有人解作因折花而墜落金釵，似欠妥。蔣禮鴻《敦煌詞校議》認為「墜」字應與「綴」通，是同音假借。這樣說詞意就通順了。

平心而論，這首詞寫得春意盎然，頗有情致，從意境上看，說它是一首「絕妙好詞」並不過分。但是，這首詞在遣詞用語方面確也比較粗糙，如首句，「綻」與「開」意有重複，著一「綻」字意思已足，加一「開」字實有湊音節之嫌。再如「香和紅豔一堆堆」，總覺得太俗了一些。因此，郭沫若認為「必出於名人之手無疑」，並推斷為歐陽炯之作，理由是不充分的。殊不知造境佳妙而遣詞粗糙，正是民間詞的一個特點。（陳允吉、胡中行）

魚美人 敦煌曲子詞

金釵釵上綴芳菲，海棠花一枝。剛被蝴蝶繞人飛，拂下深深紅蕊落，汙奴衣。

這首〈魚美人〉，無論從狀物抒情還是遣詞用語上看，都與上一首（東風吹綻海棠開）有著密切聯繫。在敦煌寫本中，又是兩首連抄，致使有人認為它們是一首詞的上下片。任二北《敦煌曲校錄》定為單片兩首。調名應作〈虞美人〉。從詞體發展與早期詞的特點等方面考察，其說可從。如上一首「又被美人和枝折」，顯是旁觀者的口吻；而下一首末句「汙奴衣」，則用第一人稱。可見作者是將其作為兩首來寫的。然而，兩首之間的聯繫又至為密切，因此，不妨把它們看作姊妹篇來讀。

上一首〈魚美人〉展示了一幅海棠盛會的全鏡頭，這一首則是一個特寫：一位美人把摘下的海棠花連綴在金釵上，人與花交相輝映，真是美極了。不料偏偏引來了蝴蝶在美人頭上飛繞，拂下海棠花粉，汙染了她的衣裳。美人露出了嬌嗔的神態。

對於這首詞的詞義疏解，有如下幾處應注意：其一，「剛被蝴蝶繞人飛」的「剛」，據張相《詩詞曲語辭匯釋》：「剛，猶偏也；硬也。」證以白居易〈惜花〉詩「可憐夭豔正當時，剛被狂風一夜吹」，亦用「剛被」，與此處正合。其二，「拂下深深紅蕊落」的「深」字，這裡用以修飾「紅蕊」之「紅」，作顏色深濃解，重言之，故曰「深深」。與杜甫〈曲江二首〉其二「穿花蛺蝶深深見」，雖同是關涉到花與蝴蝶，但杜是說蝴蝶「穿花」，深入花間，於花叢深處見之，情景不同，故又不宜移彼釋此。其三，「花蕊」的蕊有二義：一指未開的花，即花苞；一指花心，有雄蕊、雌蕊之別。如指未開的花苞，則海棠花未放時確為深紅色（開後淡紅色），於「深深紅蕊」之語最合，而對下句「汙奴衣」卻又不甚切。因為要說花苞跌落衣衫上，顏色能「汙衣」，總是非常勉強。所以郭沫若取「蕊」是花心之蕊一義，解釋為「花粉」。但是問題又來了：海棠花粉並非紅色！於是郭老說：「『拂下深深紅蕊落』應是『黃蕊落』，海棠花瓣雖紅而花蕊卻黃。黃色的花粉被蝴蝶扇落，落在衣衫上是會染色的。」（《讀詩札記四則》）這樣說，「汙奴衣」的問題算講得通了。至於「紅蕊」是否「黃蕊」的誤寫，只能存疑。誰教敦煌卷子的鈔寫人筆下的錯別字太多，讓後世研究者傷透了腦筋。也不妨忽發奇想：我們現代人所見的海棠花粉是黃色的，怎知道千年前的無名詞人當日寫這首小詞時所見的不是地地道道紅色的呢？總之，敦煌曲子詞文字上問題不少，我們只能領會其通體大旨。其四，作「偏」義的「剛」字，語氣直貫至末句「汙奴衣」，三句十七字須作一氣讀，才能得其神理。蓋美人簪花，正喜氣洋洋，不料偏引得蝴蝶飛來，拂落花蕊，「汙」了「奴衣」，大煞風景也。「奴」字下得絕妙，作第一人稱，詞意頓然靈動起來：「金釵釵上綴芳菲，海棠花一枝」兩句，雖非口中所說，卻是心下快活言語，何等得意；自「剛被」至「汙奴衣」，使可喜事翻成可惱，不由得嗔怪到蝴蝶身上。於是其人嬌態可掬，其詞亦諧婉可誦。

這首〈魚美人〉與上首一樣，都不是簡單的詠物詞，而是重在借花寫人。然借海棠寫人，卻是值得注意的現象。宋陳思《海棠譜》引唐李德裕言：「（花木）以海為名者，悉從海外來，如海棠之類是也。」此花在唐以前殊無記載，盛唐以後，詠者漸多。唐玄宗就曾用海棠來比楊貴妃，謂其醉態如海棠春睡未足（見宋惠洪《冷齋夜話》）。其後海棠身價日高，賈耽著《百花譜》，已稱海棠為「花中神仙」（《海棠譜》引）；到了晚唐，著名詩人如鄭谷、薛能等人都有詠海棠詩傳世，「則知海棠足與牡丹抗衡」（《海棠譜》引宋沈立〈海棠記序〉）。可見人們偏愛海棠，實為盛唐以後形成的新風氣。再有，據記載，海棠起自蜀地，「蜀花稱美者，有海棠焉」（同上引沈立序）。這兩首〈魚美人〉詞記的很可能是蜀地盛事，而蜀地又正是晚唐五代詞作的一個中心，記此以供參考。

（陳允吉、胡中行）

菩薩蠻　敦煌曲子詞

霏霏點點迴塘雨，雙雙隻隻鴛鴦語。灼灼野花香，依依金柳黃。

盈盈江上女，兩兩溪邊舞。皎皎綺羅光，輕輕雲粉妝。

這首詞描寫江上女子在春光裡歌舞的景色。透過上闋對景物的描寫和下闋對人的描寫，展現出一幅色彩鮮麗的畫面：在濛濛的細雨中，池塘裡的鴛鴦，對對雙雙，相偎相倚，好像在情話纏綿。旁邊是一片耀眼的野花，散發著陣陣幽香，上邊是金黃色的柳條，輕輕地拂動：這是一個春意盎然的優美環境。在這個環境裡，一群姑娘出場了，她們體態輕盈，脂粉薄施，三三兩兩在溪邊舞著，唱著，她們的羅衣隨著舞姿的變換而閃耀著光彩。到這裡，大自然的美和姑娘們的美和諧地融為一體而互相映發：明媚的春天景物，把姑娘們烘托得格外妖嬈；姑娘們的嬌姿豔態，為春天增添了無限的光彩。一切都是美的，但最美的畢竟還是人，寫景是為了寫人。它在藝術上還值得注意的是每句都用疊字開頭，不僅細緻生動地寫出了景和人，且構成了諧婉的聲調，增強了它的音樂性。唱起來是一支動聽的樂曲，隨著曲調的抑揚婉轉，把人們帶進了詩情畫意的境界。

疊字的運用在《詩經》裡已大量地出現，南朝梁劉勰《文心雕龍．物色》論述它的作用，說：「詩人感物，聯類不窮。流連萬象之際，沉吟視聽之區，寫氣圖貌，既隨物以宛轉，屬采附聲，亦與心而徘徊。故『灼灼』狀桃花之鮮，『依依』盡楊柳之貌，『杲杲』為出日之容，『瀌瀌』擬雨雪之狀，『喈喈』逐黃鳥之聲，『喓喓』

學草蟲之韻。……並以少總多，情貌無遺矣，雖復思經千載，將何易奪！」說明了疊字對於寫情狀物的重要意義。《詩經》以後，在一首詩裡用疊字最多的是〈古詩十九首〉中的〈青青河畔草〉和〈迢迢牽牛星〉。前者共十句，前六句用疊字；後者也是十句，開頭四句和最後兩句都用疊字，生動地寫出了樓頭思婦的美好體態和牛郎織女相望相思的深情，為後人所稱賞。在詞裡用疊字是比較難的，清吳衡照《蓮子居詞話》說：「詞有疊字，三字者易，兩字者難，要安頓生動。」在五代的文人詞裡，也只是用在一句上，如張泌〈蝴蝶兒〉：「還似花間見，雙雙對對飛。」閻選〈八拍蠻〉：「光影不勝閨閣恨，行行坐坐黛眉攢。」而這首〈菩薩蠻〉詞卻句句用，而且用得貼切而自然，帶有濃厚的生活氣息，在詞裡是罕見的。

在宋人詞裡，句句用疊字與此首相近的，有葛立方的〈卜算子〉：「裊裊水芝紅，脈脈蒹葭浦。淅淅西風淡淡煙，幾點疏疏雨。草草展杯觴，對此盈盈女。葉葉紅衣當酒船，細細流霞舉。」對照此詞，可知其手法所自來。至於李清照在〈聲聲慢〉的前三句裡，連用了七處疊字，情摯味濃，不覺重複，顯出了她的才華，但用疊字的方式，是集中而非分散，又另是一格了。

這首〈菩薩蠻〉詞見於敦煌卷子中。敦煌曲子詞絕大多數來自民間，也雜有文人作品。此詞也可能是無名文士所作，它在表現藝術上的特色，應該重視。（李廷先）

菩薩蠻 敦煌曲子詞

清明節近千山綠，輕盈士女腰如束。九陌正花芳，少年騎馬郎。
羅衫香袖薄，佯醉拋鞭落。何用更回頭？謾添春夜愁。

這首無名氏詞見於敦煌卷子，早期詞的那種清新活潑格調躍然紙上。詞作以白描手法勾勒了一幅年輕人在清明踏青時相遇的畫面，情趣橫生，風情如畫。

首句開門見山。「清明節近千山綠」，既點明春深時令，又寫出郊野環境。一個「綠」字綰合兩者，蓋時至清明而葉始盛，地當山野而樹始多。在這樣的時間和地點，自然會招來少男少女的春遊興趣。果然，接著出場的就是體態輕盈、腰細如束的美麗姑娘。第三句「九陌正花芳」，九陌是田野間的道路，中間一個「正」字，更渲染、強化了那種春色宜人的景觀，又似以花比擬上句的士女。正是透過對特定地點、時間、環境的描繪，創造了主人公出場的藝術條件。第四句「少年騎馬郎」，在作者好像是輕描淡寫，一筆帶過，但帶給讀者的聯想卻又十分豐富，彷彿看到在這春日旖旎風光中，正有一位英武矯健的少年騎馬馳蕩。第五句「羅衫香袖薄」又點出在這五彩繽紛的畫面上還有一位輕盈、美麗的姑娘。同第四句相對照，不再直寫人物，而是用「羅衫香袖」指代，更給人以形象的感受。

如果說以上寫的都是靜態的話，那麼，「佯醉拋鞭落」，便看到了動勢：一位佯裝酒醉的英俊少年故意拋落馬鞭，實際卻被巧遇的姑娘的美貌所吸引，「遺卻珊瑚鞭，白馬驕不行」（崔國輔〈長樂少年行〉），借機多注視上幾眼。接下去就便於點出主題了。可看出姑娘的出現，已投入少年的心潭，在少年的內心中飛濺起一朵朵浪花。正當少年感情激發的高潮，鏡頭突然停止，以「何用更回頭？謾添春夜愁」作結，詩情蕩漾，曲折有致。這兩句似是作者的旁白，對於這個場面加以評論，筆意冷雋。好像是對這個「少年騎馬郎」進言：何必再回頭多看幾眼呢？徒然弄得晚上苦思苦想睡不著覺。李白〈陌上桑〉結尾云：「託心自有處，但怪旁人愚。徒令白日暮，高駕空踟躕。」此詞與李詩有異曲同工之妙。（吳曼青）

菩薩蠻　敦煌曲子詞

香銷①羅幌堪魂斷，唯聞蟋蟀吟相伴。每歲送寒衣，到頭歸不歸？

千行欹枕淚，恨別添憔悴。羅帶舊同心，不曾看至今。

〔註〕①銷：有的本子作綃，此從任二北《敦煌曲校錄》。

這是一首思婦詞。從詞裡「每歲送寒衣」一句來看，女主人公所懷念的不是一般的遊子，而是從征的戰士，從征人的親人方面反映了當時的社會現實。

這首詞是用第一人稱寫的，寫自己在深夜就寢前後，懷念親人的苦情。「香銷羅幌魂堪斷，唯聞蟋蟀吟相伴。」「香銷羅幌」，羅幃中熏爐裡的香已燃盡，表明已到了夜闌人靜應該就寢的時候，這個時候也最易引起對遠方親人的思念之情，不覺得神魂飛越，感到孤獨悲涼。誰來陪伴自己呢？不是親人，而是四壁蟋蟀的吟叫聲。夜越靜，蟋蟀的吟叫聲似乎越響，牠的淒苦的吟叫聲，扣動著思婦的心弦，越發使人感到寂寞而難以為懷。由閨中孤寂而想起親人，由蟋蟀吟秋而遞入寄送寒衣，暗中過渡。「每歲送寒衣，到頭歸不歸？」這兩句話是責問親人，實際上也是對唐朝廷委婉的譴責。當時戍邊的士卒，「多為邊將苦使，利其死而沒其財」（《資治通鑑》卷二一六《唐紀》三十二）。他們是不被當人看的，定期番代的規定，早已成了空文。他們有的被折騰而死，暫時還活著的也累年不得歸，使得閨中思婦魂牽夢繞，年年寄送征衣，而年年歸信杳然。這反映在唐代的詩詞裡是很多的，例如敦煌《雲謠集雜曲子》裡的〈鳳歸雲．閨怨〉：「綠窗獨坐，修得為君書。征衣裁縫了，遠寄邊隅。」〈擣練子〉：「造得寒衣無人送，不免自家送征衣。」李白〈子夜吳歌．冬歌〉：「明朝驛使發，一夜絮征袍。素手抽針冷，那堪把剪刀？裁縫寄遠道，幾日到臨洮？」陳玉蘭的〈寄夫〉：「夫戍邊關妾在吳，西風吹妾妾憂夫。一行書信千行淚，寒到君邊衣到無？」（一作王駕〈古意〉）都可以證明這首詞反映的完全是真實情況。下闋寫她就寢以後，並沒有安然入睡，而是哀傷不已，淚流千行，想到和親人分手以後，自己在逐漸憔悴，而團聚無期。「羅帶舊同心，不曾看至今。」羅帶上的同心結，本是夫妻恩愛的表證，按常情，分別以後，會時時看看它以慰離懷，但她卻怕觸發自己的幽情苦緒，從別到今沒有看過，這種加倍寫法，表現出自己異乎尋常的深情。

唐代由於戰爭多，戰期長，產生了大量的以戰爭、征人為題材的邊塞詩，和它相對應的一面就是寫思婦的作品也不少，有許多出色的，如上引李白和陳玉蘭的詩就是。在文人詞裡這類作品不多，只有溫庭筠寫了一些，敦煌曲子詞裡也保留了幾首。這首詞是否出自女性之手不得而知，就詞來說，寫得樸實自然，不假雕飾，而情深透骨，感人至深。和晚唐的文人詞比較起來，風味是迥乎不同的。（李廷先）

菩薩蠻　敦煌曲子詞

枕前發盡千般願，要休且待青山爛。水面上秤錘浮，直待黃河徹底枯。白日參辰現，北斗回南面。休即未能休，且待三更見日頭。

本篇見於敦煌遺書斯四三三二號，是一首很有特色的民間愛情詞。

特色之一是開門見山。全詞從感情的高峰上瀉落，滾滾滔滔，一發難收。芙蓉帳裡、鴛鴦枕上的這位女主人公，既貪戀雲雨新歡的良宵，又不能不擔心現實生活中女子常遭遺棄的不幸，兩種感情的撞擊一下子將她推向盟山誓海的峰巔。因而一落筆，感情便噴薄而出，並外化為開門見山的結構特點，晴日之下忽然轟雷四起，以高八度唱出：「枕前發盡千般願。」「發願」，即發誓，是唐代的俗語。發願本來已是莊重的表示，「發」而至於「盡」，「願」有「千般」之多，更可看出女主人公感情的激動與態度的堅決。首句切入正題，同時又有著提綱挈領、籠罩全篇的作用，以下七句所舉六事，便是從首句「發願」這一源頭上流出而形成的一條綿延不絕的感情的長河。

特色之二是「博喻」手法的運用。為了表現對堅貞不渝的愛情的嚮往，詞中廣泛設喻。女主人公表示，除非六件不可能實現的事都成為事實，否則絕不同意婚姻關係的解除。她舉出的六件事是：青山爛，秤錘浮，黃河枯，白天同時見到參星和辰星，北斗的斗柄轉向南面，半夜裡出現太陽。這和漢樂府民歌〈上邪〉的構思極為相似：「上邪！我欲與君相知，長命無絕衰。山無陵，江水為竭，冬雷震震，夏雨雪，天地合，乃敢與君絕！」都是採用日常生活中習見的事物作比喻，「青山爛」與「山無陵」、「黃河枯」與「江水竭」，更是如出一轍。但這並不意味著〈菩薩蠻〉因襲〈上邪〉，而正好說明了它們都來自生活。正因為是來自生活，所以所用比喻儘管相似，卻並不全同。「白日參辰現」與「三更見日頭」，同「冬雷震震，夏雨雪」雖然都是從時間的角度立論，但前者著眼於晝夜，而後者著眼於四季。具體的寫法也各有千秋：〈上邪〉以前後兩個「絕」字相呼應，五個比喻一氣直下；〈菩薩蠻〉則以第一個「休」字引出五個比喻以後，略一頓挫，以「休即未能休」的讓步副句以退為進，意思是即使以上五種假設都成為事實，要遺棄（即所謂「休」）我，也還是辦不到的，從而在更高的層次上提出了「且待三更見日頭」的新的假設。此詞由於緊緊圍繞著「不能休」這一中心取譬設喻，所以「群言雖多，而無棼絲之亂」（南朝梁劉勰《文心雕龍．附會》）。眾辭輻輳，如大弦小弦嘈嘈切切，似大珠小珠跌落玉盤，響起的是一片繁富而又和諧的樂音。

特色之三是具有民歌的情調與風格。文人筆下的「柔情似水，佳期如夢」（秦觀〈鵲橋仙〉）的纖細情感，蘊藉含蓄、欲說還休的委婉的表達方式，以及反覆推敲、精雕細琢的鍊字造句的功夫，與這首詞是無緣的。此詞抒發的是天籟之聲，大膽，熱烈，奔放，率直。意在誇張，不惜誇大其辭（如「枕前發盡千般願」句）；為了強調，比喻的運用層見疊出；在用字上也不避重複，三用「休」字，二用「面」字、「日」字，「且待」兩見而又用了「直待」。這些，無不表現出民間歌謠拙樸、自然的本色。陸龜蒙〈大子夜歌〉說：「不知歌謠妙，聲勢出口心。」所謂「聲勢出口心」，是說民間歌謠獨特的風情格調的形成，是由於心有所感，以口寫心。這大概也是這首〈菩薩蠻〉語淺情深、似拙而巧、成為一首好詞的奧祕吧？（陳志明）

菩薩蠻　敦煌曲子詞

敦煌古往出神將，感得諸蕃遙欽仰。效節向龍庭①，麟臺②早有名。

只恨隔蕃部，情懇難申訴。早晚滅狼蕃，一齊拜聖顏。

〔註〕①龍庭：朝廷。②麟臺：本指漢朝的麒麟閣，漢宣帝時曾令在麒麟閣畫立過大功的名臣霍光等十一人像，並題其官爵、姓名。

敦煌曲子詞中有〈菩薩蠻〉十八首，這是其中較早的一首，最遲亦當作於唐德宗建中初年（據任二北《敦煌曲初探》）。

吐蕃是七世紀初在青藏高原上建立的奴隸制政權。到贊普松贊干布時，定都拉薩，開始強盛。貞觀十四年（六四〇），松贊干布向唐朝求婚，唐太宗以文成公主嫁之，友好往來，不絕於途。到了高宗咸亨初年，吐蕃奴隸主貴族大開邊釁，盡占吐谷渾故地（青海西部地區），向唐朝內地進逼。以後唐和吐蕃長期處於時戰時和狀態。玄宗天寶十四載（七五五）安史之亂發生後，唐朝邊兵多內調平叛，吐蕃乘虛進攻，於代宗廣德元年（七六三）攻據長安。撤兵後，又於次年（七六四）攻佔唐朝河西節度使府所在地涼州（甘肅武威）。敦煌當時是沙州治所，代宗大曆元年（七六六），新任河西節度使楊休明以涼州失守，移治沙州。其後甘州（甘肅張掖）、肅州（甘肅酒泉）、瓜州（治所晉昌，在甘肅安西東南）先後被吐蕃攻占，敦煌處於四面包圍中，和內地交通完全斷絕，但仍在堅守中。堅守的主將先是楊休明，後有沙州刺史周鼎、閻朝等。直到德宗建中二年（七八一），沙州才被吐蕃占領，前後共堅持了十多年之久。這首詞反映了在唐朝和吐蕃的激烈爭鬥中，敦煌人民強烈的愛國熱情。

上闋寫敦煌的光榮歷史，說敦煌過去屢出「神將」，使得諸蕃遠遠地表示欽敬，不敢進犯，「神將」向大唐朝廷效忠，受到嘉獎，英雄榜上早已有了他的名字。這裡所說的過去的「神將」，可知的有沙州刺史賈思順，玄宗開元十七年（七二九）曾大破吐蕃軍，其他的已難考知。下闋寫道路隔絕以後的情況，「只恨隔蕃部，情懇難申訴」。他們只恨吐蕃把道路隔斷，使得他們不能向朝廷傾訴衷腸。最後兩句表達了希望：「早晚滅狼蕃，一齊拜聖顏。」「早晚」即何時之意，當時俗語。「狼蕃」，這是當時對處於敵對狀態的吐蕃的蔑稱，而把朝見皇帝稱為「拜聖顏」，說明了他們對唐天子的崇敬。皇帝是國家的象徵，這種忠君思想，當時往往會迸發出巨大的精神力量，鼓舞著人們進行英勇的鬥爭。這首〈菩薩蠻〉詞所表現的鬥爭精神，並沒有因沙州被吐蕃攻佔而消失，「州人皆胡服臣虜，每歲時祀父祖，衣中國之服，號慟而藏之」（《新唐書．吐蕃傳》）。過了六十多年，即宣宗大中初年，敦煌又出了一位「神將」張議潮，率領沙州人民收復了沙、瓜、伊、西、甘、肅、蘭、鄯、河、岷、廓十一州之地，大中五年（八五一），並派遣使臣向唐宣宗奉獻十一州圖籍，使河湟廣大地區，又歸於唐。這首〈菩薩蠻〉對吐蕃分割疆土表示憤慨，對於大一統局面表現了真誠的嚮往，語樸而情茂。王重民說它唱出「敦煌人民的愛國壯烈歌聲，絕非溫飛卿、韋端己輩文人學士所能領會、所能道出者」（《敦煌曲子詞集．敘錄》）。

（李廷先）

浣溪沙　敦煌曲子詞

五兩①竿頭風欲平。張帆舉棹覺船輕。柔櫓不施停卻棹——是船行。
滿眼風光多閃爍②，看山恰似走來迎。子細看山山不動——是船行。

〔註〕①五兩：原作五里，五里應為五量，即五兩。②閃爍：原作陝，音近而誤。

民歌之神理，在其純為一片天籟。這首敦煌詞的魅力，正在於此。

這是首舟子之歌。請聽他開唱：「五兩竿頭風欲平。」古人用雞毛五兩繫在竿頂，以測風力風向，這叫「五兩」。凡開船，必先看五兩。李白有〈送崔氏昆季之金陵〉詩「扁舟敬亭下，五兩先飄颻」，可證。竿頭五兩隨風輕舉，將近水平狀態，說明風大可助船行。原來，起句唱的是要開船。接著唱的一句，就是開船了：「張帆舉棹覺船輕。」扯起帆，乘風打槳，只覺這船輕輕地行。舟子心情之輕快，自然也就流露出來。行至中流，「柔櫓不施停卻棹」。搖櫓輕捷，謂之柔櫓。柔櫓不施，槳也不打了，這暗示著啥？當然是風力大的緣故。所以接著攤出一個短句：「是船行。」不用划船，嘿，船可在走。歌詞由七字句一變而為三字句，頓覺聲情搖曳多姿。字句雖短，但從其字聲之為仄平平，猶可體會其樂句之悠長高揚。天助人願，行船憑藉好風力，舟子之快活得意，盡在這拖長一句的歌聲悠揚之中。

船，風行水上。舟子，昂首船頭。展眼望水面，陽光下，但見「滿眼風光多閃爍」，一派浮光耀金，好不炫人眼目。風和日麗，是個好日子呢！再抬頭，看遠山，「看山恰似走來迎」。遠山走向舟子，來迎接他哩。歌句很美。果真是遠山走來迎嗎？且聽舟子又唱了：「子細看山山不動——是船行。」原來並不是山迎過來，是船往前行得快呢。本來，船一往前走，前方的山就好像迎面來，這是種錯覺，只有初次乘船的人，尤其兒童，才會給迷住。而一輩子以行船為生的舟子這麼一唱，卻是自然地流露出他的風趣和喜悅，流露出他對行船的熱愛。唯有熱愛自己工作的人，才永遠也不會失去對工作的那種新鮮感。試吟誦詞句，彷彿就感受到舟子從容豪邁的歌聲，悠揚在麗日長天煙波浩渺之間。

這首敦煌詞的魅力，首先在於暗示之妙，出自天然。舟子行船趕上順風的喜悅，並無一語道破。上片是以停下槳而船在行的直感，暗示順風。下片則以山來迎的錯覺，暗示船速加快，從而又進一步暗示風力的增大。舟子心頭之快活，性格之風趣，自然也就隨之流露出來。

這首詞還可以給我們以更多的啟示。舟子歌唱行船之喜悅，表現出對人生的從容大度和樂觀精神，尤其上下片兩結反覆唱出「是船行」這一歌句，體現從容不迫之人生態度，實在優美。若非飽經驚濤駭浪，哪得如此人生素養。對於這種樂觀精神，我們不僅可以從《周易．繫辭上》「樂天知命，故不憂」的哲理中認知，也可以從這樣一首民間歌詞中感受到。（鄧小軍）

望江南 敦煌曲子詞

莫攀我，攀我太心偏。我是曲江臨池柳，這人折了那人攀。恩愛一時間。

這是一首反映妓女內心痛苦的作品，通篇採用第一人稱寫出。她訴說的對象，看來是一位屬意於她的青樓過客。詞中的「曲江」，即曲江池，在今西安市東南，是唐代京城長安郊外的著名遊賞勝地。女主人公自比「曲江柳」，當是就近取譬，可知她是長安的妓女。

作品開門見山。在一、二句中，她直截了當地勸那位男子不必多情，不要死纏她。所謂「心偏」，即「偏心」，相當於現代的「死心眼」。為什麼她要取這樣決絕的態度呢？後三句作了回答：「我是曲江臨池柳，這人折了那人攀。恩愛一時間。」意思是，自己的身分是妓女，就像是曲江池邊的柳枝，誰都可以任意攀折，所以不可享受專一長久的情愛。

從詞中可以看出，她對那男子真誠相愛的表示是感激的；唯其感激，才投桃報李，坦率相勸。那男子，也許還是一個初涉青樓的年輕後生，不諳世事；而這女子，卻是一位老於風塵的過來人，懂得生活的嚴峻。她用否定語氣說出的「恩愛一時間」，表明她對於堅貞的愛情是嚮往的。但自己身為煙花女子，只有賣笑的義務，並沒有被愛和愛人的權利。她對那男子直言不諱，足見她心地的善良、高尚，也說明了現實的黑暗和她作為妓女的深深的不幸。她拒絕了那男子真誠相愛的表示，也等於認可了自己永遠不可能得到真正愛情的不幸處境。真是欲哭無淚，令人痛絕！

全詞結構的重心在中間「我是曲江臨池柳」一句。前兩句中的兩個「攀」字，後一句中的「折」字與「攀」字，都從這一句引出。從感情的抒發來說，一、二句逐漸加強，到第三句揭出原因而達於頂峰，四、五句所寫自己不幸的處境，仍是由第三句所說的身分決定的，因而語勢變得和緩下來，從而全詞在結構形態上形成高潮居中的兩邊低、中間高的「山」字形。五個句子的字數大體上也是作由少而多，又由多而少的走向，正好與抒情達意的內在需要相適應。

綜上可見，這首小詞看似淺顯，實則具有思想深度；不僅內容可取，而且結構相當完美。前人說「真詩果在民間」（明李夢陽〈郭公謠序〉），這首小詞是一個很好的證明。（陳志明）

望江南　敦煌曲子詞

天上月，遙望似一團銀。夜久更闌風漸緊，與奴吹散月邊雲，照見負心人。

這首敦煌曲子詞，是一首失戀者之怨歌，或一首民間「怨婦詞」。但僅僅指出其中有「怨」意，是很不夠的；還須體味詞中含蘊的那一份痴情，須看到女主人公對「負心人」尚未心死，才能夠味。

「天上月，遙望似一團銀」二句寫景而兼比興。它有兩重象徵意味。首先，對於失戀（或被棄）的女主人公，那一輪燦爛耀眼如銀的團圞明月，會勾起美好的往日之記憶。也許過去正是在這同一明月之下，她與那位男子締約，相好來著。然而曾幾何時，這段愛情就因為對方的負心而產生了危機。所以，這一輪圓月又有反襯人的離分，即象徵愛情危機的作用。

從這兩句到下兩句中有個跳躍，形成一處空白，這就是夜闌天變，月被雲遮，晦暗不明，所以有下文呼風驅散「月邊雲」之語。詞中女子似未覺到風起正是天變雲生的徵兆，反而寄厚望於風，求它「與奴吹散月邊雲」，痴態可掬。其所以這樣，是因為她急於讓明月「照見負心人」。然而「照見」又如何，卻不更說，意極含混，惹人尋思。也許是想借明月之光對不忠實者昭示鑑戒？也許是希望他良心發現？也許是希望他在這一時刻即出現在自己的面前？總之是未能忘情之語，痴之至也。否則，「反是不思，亦已焉哉」（《詩經．衛風．氓》），來個「一刀兩斷」豈不乾脆。「聽話聽反話，心愛叫冤家」。即便罵對方為「負心人」，也未必是決絕語，反而見出自己的未能忘情。否則，直斥為「氓」，多少冷淡。

可見此詞之妙，全在將俗語所謂「痴心女子負心漢」作了藝術的表現，且寫得很有特色。韋莊詞寫女子相思情痴云：「春日遊，杏花吹滿頭。陌上誰家年少，足風流，妾擬將身嫁與，一生休。縱被無情棄，不能羞。」（〈思帝鄉〉）也許此詞女主人公當初與那人結好，正是出於自由之意志，故即使出現了被無情而棄的情況，亦不能翻然悔悟，以至「為伊消得人憔悴」（柳永〈蝶戀花〉）也。

此詞表現手法之妙，在於將戀愛變故情事與一個風雲變幻的月夜密合，由女主人公口吻道出，情景渾然一體。而口語化的語言，又為詞作增添了活潑生動的情致。（周嘯天）

定風波（二首） 敦煌曲子詞

攻書學劍①能幾何，爭②如沙塞騁僂儸③？手執綠沉槍④似鐵，明月，龍泉⑤三尺斬新⑥磨。堪羨昔時軍伍，謾誇儒士德能多。四塞忽聞狼煙⑦起，問儒士，誰人敢去定風波？

征戰⑧僂儸未足多⑨，儒士僂儸轉更加⑩。三策⑪張良非惡弱⑫，謀略，漢興楚滅本由他。項羽翘據⑬無路，酒後難消一曲歌⑭。霸王虞姬皆自刎⑮，當本⑯，便知儒士定風波。

〔註〕①攻書學劍：漢代司馬相如「少時好讀書，學擊劍」，見《史記》本傳。後遂以「書劍」為士子的特徵。②爭：怎。③騁僂儸：騁，逞。僂儸，聰明伶俐、機靈能幹。④綠沉槍：古代名槍。唐殷文圭〈贈戰將〉詩：「綠沉槍利雪峰尖。」綠沉，深綠色。⑤龍泉：相傳春秋時名匠歐冶子、干將作鐵劍三枚，其一曰「龍淵」。見《越絕書》。後用為寶劍的泛稱。唐時避高祖李淵諱，改稱「龍泉」。⑥斬新：嶄新。⑦狼煙：即烽火。古烽火用狼糞為燃料，取其煙直而聚。⑧征戰：原鈔件作「征後」，不辭。任二北校改「征戰」。筆者以為「後」當是「役」的形訛。「征役」即應征從役者，指軍士。南齊謝朓〈從戎曲〉：「自勉輟耕願，征役去何言。」⑨多：稱道、讚許。⑩轉更加：轉，反而。加，超過、在上。⑪三策：原抄件作「三尺」，任校改「三策」。按《禮記．玉藻》載古代士人束腰絲帶長三尺。唐王

勃〈滕王閣序〉：「三尺微命，一介書生。」「三尺」正與張良的儒士身分相符，可通，不必改。說見蔣禮鴻先生《〈敦煌曲子詞集〉校議》。⑫惡弱：原鈔件即如此。「惡」疑是「愚」的形訛。⑬翹據：原鈔件即如此。「翹」疑是「竊」的音訛。⑭一曲歌：《史記．項羽本紀》載項羽被漢軍圍困在垓下，飲酒於帳中，對愛姬虞美人、駿馬烏騅慷慨悲歌：「力拔山兮氣蓋世，時不利兮騅不逝。騅不逝兮可奈何，虞兮虞兮奈若何！」⑮《史記》《漢書》均無關於虞姬自刎的記載，其事當出自後世傳說。⑯當本：原本。

這兩首詞的原鈔件今藏巴黎。由於鈔寫者的文化水平不高，因此錯訛甚多，幾乎不可卒讀。此處所錄，是任二北先生校理過的文字（見任著《敦煌曲校錄》）。

從文義來看，它們應是兩個人的對唱。當我們司空見慣了文人詞中占百分之九十九的獨唱歌曲，再回過頭來讀一讀這兩首詞，不禁耳目一新：原來，民間詞裡還有這樣一種生動活潑的藝術表現形式！

揣想當年演出時的情景，很可能是這樣的：甲乙兩人分別扮作文武二士，粉墨登場。「武士」斜睥白了「文士」一眼，露出鄙夷而不屑一顧的神態，挑釁地唱出了第一支曲子。他的唱辭可真夠尖刻的，一開頭就把文士們所致力從事的學業貶了個一錢不值——你們這些儒生成天價攻讀詩書，學兩下子劍術，能有什麼大不了的出息呢？貶低他人，目的當然是抬高自己，故順勢帶出第二句——你們哪兒比得上我們這些在邊塞沙場上大顯身手的武士啊！接下去三句，進一步炫耀自己的勇武：瞧，我們武士手持像鐵一般堅實的長槍，寶劍磨得簇嶄新，寒光閃閃，好似天上的明月，那才叫威風哩！十六個字只寫兩件兵器，不著一語去描畫人的形象，但武器精良如此，人物的剽悍更不待言了，這便是側筆的妙用，比正面寫人要來得精彩。上闋得意洋洋，風頭出足，相形之下，文士已顯得寒酸、局促，黯淡無光；但「武士」似乎還覺得不夠盡興，下闋又加倍跌宕，換頭處再次折回去用直筆貶抑儒生：往昔立下戰功的軍人們才值得羨慕，別瞎吹噓什麼儒士的德行和能耐如何之大了。末三句更變本加厲，改用詰問的口吻：聽說眼下四方邊塞都燃起了烽火，請問你們這班儒生，哪位有勇氣去平息戰亂？！這一「軍」「將」得極狠，蓋上文云云，還不過是說文學不如武藝，本領高低，前途大小，見仁見智，無關宏旨，「文士」盡可笑而不答，以示自己的雅量；而一旦問題牽涉到敢不敢挺身而出，為國家戡亂，則事關儒士的人格和榮譽，非同小可，容不得裝聾作啞了，勢必予以回答。然而，這問題又實在不好回答：倘若硬充好漢，投筆從戎，以書生文弱之軀去衝鋒陷陣，即無異於犬羊之入虎口；如果自認怯懦，作龜縮之狀，那麼從此再也別想抬頭見人：真是進有所不能，退有所不甘，進退兩難，在觀眾看來，「文士」已被逼到了牆角，無路可遁了。演出至此已進入高潮，人們當饒有興致地等著看那「文士」如何下臺。這時，只見他不慌不忙，脫口唱出第二支曲子來。

「你們武士那點本事沒什麼值得稱道的，我們儒士的能耐更在你們之上呢！」——反脣相譏，「文士」一甩手，也拋出兩句大話。何以見得？自有歷史為證：君不見漢高祖手下的頭號謀士張良乎？那張良體弱多病，從不曾率軍作戰，但他「運籌策帷帳中，決勝千里外」（《史記．留侯世家》），楚漢相爭，楚強漢弱，而終究漢興楚滅，可全虧了張良的謀略。「文士」拉出這面大旗只輕輕一晃，便化解了「武士」其來勢也洶洶的進攻招數。腳跟既已站穩，下闋就勢反擊：楚霸王項羽「力拔山兮氣蓋世」（《史記．項羽本紀》載霸王〈垓下歌〉），武功不可謂不高吧？然而魔高一尺，道高一丈，在張良的謀略面前，他還不是四面楚歌、走投無路，落了個烏江自刎的下場？——弦外之音不啻是說：你們武士誰還狠得過楚霸王？什麼綠沉槍、龍泉劍、「沙塞騁僂儸」之類的話頭快快收起，休要再提了，匹夫之勇，何足道哉！一段為人們所熟知的歷史，正面的啟示，反面的教訓，都已說盡，最後便自然而然地遙應前篇，以直截回答「武士」的詰問作收：以古例今，從來就是儒士平息戰亂！我們書生最「善於」定風波，豈止「敢去」而已？那「文士」成竹在胸，辯口捷給，眼見得這場「舌戰」是他贏了。如若曲子詞也援雜劇之例，須用小字注出演員臨場發揮時的表情和動作的話，此處必定是以「『武士』垂頭語塞科」而告結束。

從這兩首詞的創作傾向來看，作者當是下層社會的一位士子。創作動機也很明顯，大抵當時的社會風氣重武輕文，詞人的自尊心受到了刺激和傷害，因而借歌伶之口為書生們吐氣，到娛樂場上去謀取精神勝利。關於它們的寫作年代，任二北《敦煌曲初探》推斷為唐玄宗開元、天寶之間（七一三～七五五），雖然沒有直接的證據，但看其中充滿著為國靖邊戡亂、建功立業的自信心，格調豪健爽朗，確實是有些「盛唐氣象」的。

平心而論，安邦定國自必須文武並重，相輔相成，這兩首詞持論都不免失之於偏頗；然而「武士」既自負沙場野戰之勞在先，「文士」又何妨轉而標榜一下帷幄運籌的業績，以「過正」來「矯枉」呢？詞中喜劇式的爭執氣氛，活脫脫表現出「文」「武」二士好強鬥勝的個性，質樸可愛。

儘管這兩首詞的筆觸還顯得稚拙，但它們的藝術構思卻是很精巧的。玉蘊璞中，連城之價並不因表面的粗糙而掩沒。（鍾振振）

鵲踏枝

敦煌曲子詞

叵耐靈鵲多謾語，送喜何曾有憑據。幾度飛來活捉取，鎖上金籠休共語。

比擬好心來送喜，誰知鎖我在金籠裡。欲他征夫早歸來，騰身卻放我向青雲裡。

詞這種文學樣式擅長於表現男女閨情，不過，像無名氏這首敦煌曲子詞的作品，即使在詞作中也並不多見：它捨棄了通常賦、比、興手法的運用，避開了作者感情的直接抒發，卻巧妙地實寫了少婦和靈鵲的兩段心曲。正是這兩段似乎平常的心曲，不僅有機地構成全詞上、下兩片的渾然一體，而且凸顯了它那剛健清新、妙趣橫生的藝術特色。之所以會這樣，同作者純熟地運用了擬人化手法不無關係。

將物擬人，這本是文學表現上極常見的手法，遠在《詩經》時代就已經出現了，可在詞學領域，卻首推這闋《鵲踏枝》。而且，它在詞作中一經運用，竟然能如此不事雕飾、樸素自然、逼真入微、情趣橫溢，顯得尤其難得。這一場小小的衝突，雖然發生於少婦和靈鵲之間，卻完全具有人和人之間的性質、意義。上片顯然出自少婦的口吻：誤以為靈鵲說謊，便把牠捉來鎖進籠中，不再同牠講話。這裡透過少婦的想像、行動，賦予了靈鵲以人的思想、行為，使之人格化了。下片則轉換了一個敘述角度，讓靈鵲講話：我好心準備來報喜，哪知卻把我鎖在金籠裡，但願她那出征的丈夫早日歸來，那時就會放我到天空飛翔去了。這就不僅僅是少婦對靈鵲的猜想，而且是透過對靈鵲內心世界的直接披露，完成了牠的「人化」。正是這種擬人化的運用，才使得這一闋民間小詞具有特殊的韻味。

有人說，這上、下片之間是少婦和靈鵲的問答或對話，這說法恐怕不確，實際上倒更像二者的心理獨白或旁白，從語氣和情理上看，它們之間不必也不像對話。而且，早期的詞是入樂的，它透過演唱者的歌聲訴諸人們的聽覺，以口頭藝術特有的聲調語氣，使用獨白或旁白，是易於表現主人公的心理態勢，以至於表達主題思想的。上片表明少婦的「鎖」，下片表明靈鵲的要求「放」，這一「鎖」一「放」之間，已具備了矛盾的發展、情節的推移、感情的流露、心理的呈現、形象的塑造，這也就完成了創作的使命，使它昇華為一件藝術品了。

靈鵲報喜是古代固有的民間風俗。《西京雜記》載漢陸賈答樊噲問「瑞應」之語，有「乾鵲噪而行人至」一條。五代王仁裕《開元天寶遺事》中也有「時人之家，聞鵲聲者，皆為喜兆，故謂靈鵲報喜」的記載，這都透露了此種民間風俗。不過，將靈鵲的噪叫當作行人歸來的預報，畢竟只是一種相沿而成的習俗、觀念，本身並不見得合理，因而也就往往難以應驗。而作者採用這一習俗入詞，正是覷著了它的「跛腿處」而有意生發，其目的還在於表現少婦思夫不得而對靈鵲的遷怒。於是，不合理的習俗倒構成了合理的故事情節，而且也由此增強了詞作的生活氣息和真實感。這真有如點鐵成金的魔棒，有此一著，頓使全詞發生了奇妙的變化，給了兩段普通的心曲以光彩、活力、生命，詞作活起來了。

文學作品的活與不活，取決於社會基礎的深淺、生活氣息的強弱、藝術表現的高低，那是一個複雜的文學理論問題，與此有關而又是本詞特點的兩點：一是心理描寫上的逼真入微，上片用少婦對靈鵲的遷怒、懲罰，反映了一個空閨盼夫的少婦的渴念、急切、失望、怨懟，下片用靈鵲的表白，寫出了牠的善良、委屈、同情、願望，而且前後呼應，相互補充，把兩副赤裸裸的心腸擺在讀者的面前，讓讀者觸摸到它們激烈的跳動，看到了它們的細微的迴環！二是藝術風格上的含蓄蘊藉，這不僅是指在全詞中絲毫不直寫少婦的思念，更是指它用委婉的方式，若隱若現、欲言又止、發人聯想地去表達所要表達的內容，從而又使人感到全詞都貫穿著少婦的思念。北朝民歌的「老女不嫁，踏地呼天」，以及敦煌曲子詞的「枕前發盡千般願」（〈菩薩蠻〉），它們所表達的那種出自肺腑的決絕的呼喚，自然不見於這闋〈鵲踏枝〉，但是，誰又能說它所蘊藉著的感情暗流不足以同它們相比呢？！而且，直接而強烈的呼喚，固然能給人以心靈上的震動，引起人們的強烈共鳴，可委婉而含蓄的暗示，卻往往能啟人心扉，發人聯想，給人回味，讓人掩卷之後仍然感到餘音猶在、餘味無窮。它的感人不在於如何強烈，追求的只是藝術上的雋永。描寫細微方能形象、真實，風格含蓄才會深沉、感人，〈鵲踏枝〉那盎然的生氣正是同這種描寫方法和風格特點相關的。

重現於敦煌石窟的這闋詞作，它的作者已經無從查考了，從它所保持的清新、活潑、通俗化、口語化等特點看來，當是一闋民間創作，它同敦煌卷子中所錄存的其他詞作，共同構成了一幅民間詞創作的絢麗畫卷，不僅使人們從中得以窺見早期詞作的思想內容和藝術形式及其特點，而且再一次生動地證明「歌、詩、詞、曲，我以為原是民間物」（魯迅〈〈致姚克信〉〉）和「民間創作中，蘊藏著無限的財富」（高爾基《文學書簡》）等等論斷的正確性。（魏同賢）

南歌子（二首）　敦煌曲子詞

斜倚朱簾立，情事共誰親？分明面上指痕新。羅帶同心誰綰？甚人踏破裙？

蟬鬢①因何亂？金釵為甚分？紅妝垂淚憶何君？分明殿②前實說，莫沉吟！

自從君去後，無心戀別人。夢中面上指痕新。羅帶同心自綰，被猻兒、踏破裙。

蟬鬢朱簾亂，金釵舊股分。紅妝垂淚哭郎君。信是南山松柏，無心戀別人。

〔註〕①蟬鬢：晉崔豹《古今註．雜註》載魏文帝宮人莫瓊樹為蟬鬢，「縹緲如蟬翼，故曰蟬鬢。」②殿：上古通指高大的房屋，見《漢書．霍光傳》「鴞數鳴殿前樹上」顏師古註。後用以專指帝王宮室。此處究為「堂」的誤字抑或中古民間話言裡尚保留有以「殿」泛稱堂屋的習慣，待考。

這兩首詞和前面〈定風波〉二首（攻書學劍能幾何、征戰僂未足多）相彷彿，也是二人對唱聯章體。作為無獨有偶的實證資料，它們向文學藝術史的研究工作者們披露了一件祕密：當曲子詞興起並盛行於民間之時，原本有著多種多樣的表演形式，可以向著各各不同的方向發展。如若不是由於文人們使她基本定型為一種新的抒情獨唱歌曲的話，像上述這兩組略具代言體表演性質的對唱詞，滿可以隨著情節的進一步繁衍和角色的漸次增多，較快地過渡到以曲子詞為音樂唱腔的戲劇，那麼，中國戲劇史上最早成熟的品種就數不到元雜劇，而應該是「宋雜劇」甚至「唐雜劇」了。

我們還是言歸正傳，具體來讀一讀這兩首詞。很明顯，此番出場的兩名演員，扮相為一對青年夫妻。

第一曲，丈夫遠出歸來，乍進房門，見妻子倚簾佇立，若有所顧盼，頓時起了疑心，只當她果真做出什麼醜事，於是因疑生妒，由妒轉怒，怒不可遏，遂以喝問的口氣唱出一連串的「共誰」、「因何」與「為甚」來：妝面上清清楚楚印著剛留下的指痕，你這是和誰有了私情？衣帶上是誰替你綰成了同心結？什麼人踩住過你的裙裾，以致扯破了羅裙？你的鬢髮怎麼會蓬鬆散亂？髻上的金釵為什麼拆成了單股？（還有一股贈送給誰去作信物了？）胭脂兩頰粉淚雙垂，在想哪個男人？——草草一看，以上六問，問得似乎有點雜亂無章，一會兒「面痕」、「羅帶」、「裙裾」，一會兒「蟬鬢」、「金釵」、「淚臉」，東一頭西一棒，使人如丈二和尚摸不著頭腦，疑惑作者若非有意讓詞中角色於盛怒之下方寸大亂，定是因筆力不濟而湊拍趁韻了。及至反覆吟味，琢磨再三，方才恍然大悟，那順序編排著實經過一番精心構思，絕不是率爾落筆：上闋由問「面痕」而問「羅帶」而問「裙裾」者，眼見得那拈酸吃醋的漢子已將自家的媳婦兒從頭到腳粗粗打量過一遭了也。慚愧！他居然看出許多破綻，遂不免收攏目光，盯住妻子的頭髮、臉龐，再作一番仔細的觀察。於是乎乃有下闋「鬢亂」焉、「釵分」焉、「淚垂」焉等等新的發現，益發要打破砂鍋問到底了。也難怪，一方綠頭巾兒正在半空中吊著，做丈夫的焉得不急？故詞人不僅要讓他「問」，而且要讓他「逼」，這就十分符合夫權社會生活邏輯地引出了歇拍兩句——「分明殿前實說，莫沉吟！」說！老老實實地說！就站在這兒說！說明白！不許拖時間編謊話！九個字裡包含著這許多法官訊囚式的苛辭，聲色俱厲，真能傳神。聽到這一聲兇神惡煞般的吼叫，不禁要為那可憐的弱女子捏一把汗了。

第二曲，無辜而善良的妻子強忍一肚子委屈和羞憤，據實以對，有理、有利、有節。「自從君去後，無心戀別人」，二句先作總的剖白。以下即一一針對丈夫的詰問，委婉地予以正面回答：臉上的指痕，是妾睡夢中自己撫摩出來的。羅帶上的同心結，也是妾自己所綰成。小猴兒踩住過妾的裙裾，因此扯破了羅裙。鬢髮之所以散亂，是不小心讓門簾勾扯了。至於金釵為什麼成了單股，那可是過去的事。淚濕妝臉，哭是因為想念郎君您哪。這一大段，貌似消極被動、平淡無奇，但咀嚼涵詠，卻也話中有話：指痕自撫，可見夢裡都在渴望狎昵溫柔的情愛啦。同心自綰，誰讓您想不到替妾來綰它呢？猻兒踏裙，獨守空閨，除了小畜生，還有誰來與我作伴！朱簾亂鬢，可不都是倚門盼您回家才惹出的麻煩？釵股舊分，不知哪回您出遠門時拆了兩家分開作為表記的，怎麼您倒忘了這茬兒？真好記性！垂淚哭郎，得了，想您還想出話把兒來了，真是！——說話聽聲，鑼鼓聽音，這樣一讀，或許就能咂出點味兒。解釋已畢，最後自稱的的確確如南山松柏一樣忠實堅貞，「無心戀別人」。一篇之中，此句首尾兩見，不是簡單的重複，而是一再地強調。信誓旦旦，把個恨不能掏出心肝給丈夫看的妻子形象寫得活靈活現，既反映出民歌的特色，也更符合說話的口吻。以拙為巧，這等好處，文人詞中正不多見呢！

至此，一場天大的誤會渙然冰釋。丈夫轉怒為喜，妻子破涕而笑，夫妻重歸於好。詞中不曾寫出，場上效果自見。

這事若叫宋代話本小說中的「快嘴李翠蓮」撞著，當是另外一種結局：柳眉倒豎，杏眼圓睜，一蹦三尺，以機關槍對迫擊炮，大不了休書一紙，散夥開路，挾著陪嫁的妝奩回娘家去。那麼，這齣戲就有了反封建禮教的意義。但我們沒有權力要求唐代的大家閨秀具有宋代市民階層的個性解放意識，《快嘴李翠蓮記》塑造的是下層社會人民心目中帶有理想色彩的婦女典型，本篇塑造的則是打著時代烙印的現實生活中的婦女典型。反封建，自然更好；反映封建，也還不失其一定的認識價值。（鍾振振）

無名氏

醉公子　無名氏

門外猧兒吠，知是蕭郎至。刬襪下香階，冤家今夜醉。

扶得入羅幃，不肯脫羅衣。醉則從他醉，還勝獨睡時。

這首詞收入《全唐詩・附詞》，出於民間作者之手，既無字面上的精雕細琢，也無句法章法上的刻意經營，但在懸念的設置上頗具特色，讀者當看其中那一份生活情趣。調名〈醉公子〉與詞的內容吻合，此即所謂「本意」詞。

這首詞採用單刀直入情節的寫法，首句就是「門外猧（音窩，小狗）兒吠」。但讀者應揣知其題前之境，女主人公當常有「獨睡」之苦，其意中人即詞中「蕭郎」必不常來，使她時常惦念。所以她一聽門外小狗的叫聲（狗對生人與熟人叫法是有區別的），便能即刻「知是蕭郎至」。但這裡的所謂「知」，仍是下意識的，或不完全確定的。未得見面時，尚難置信也。這是一重懸念。在它支配下，緊接便是她「刬襪下香階」，光穿襪子就跑出室外，可見女主人公之迫不及待。及至見面，果然是他。「既見君子，云胡不喜」（《詩經・鄭風・風雨》），一切的愁怨，此時都煙消雲散了。「冤家」是對情人的昵稱，女主人公一腔愛嗔之情，溢於言表。

這裡的喜，是有幾分保留的。因為人雖來了，但似乎並非專程相會，你看：「寃家今夜醉。」知他在哪裡作樂，灌了許多「黃湯」？他又將如何解釋這一切！這是第二個懸念。然而從下兩句「扶得入羅幃，不肯脫羅衣」看，他簡直是酩酊大醉了。此情此景，和他理論不得，無奈只得讓他和衣而睡了。

本來好戲到此都已演完。偏偏末尾透過女主人公的心理刻畫，翻出一道波瀾：「醉則從他醉，還勝獨睡時。」似乎是說，這也好，只怕他不醉還不來呢。本來，揆之情理，此時心情應是打翻五味瓶，情緒複雜，不是滋味。但只作欣慰之語，似乎慰情聊勝於無，其實全是「精神勝利法」。如果讀此詞僅僅看到女主人公情痴，不免膚泛。要知道本質與現象往往不統一，有時辭若有憾而實深喜之，有時辭若欣慰而實深憾之。像這首詞，是否客觀上也反映了古代女人難做的淡淡悲哀呢，末尾「還勝」云云，不也是一種含淚的笑麼。這首詞在活潑諧謔的語言形式下，是有著嚴肅的本質內容的，而它的意味也似乎正在這裡。（周嘯天）

菩薩蠻 無名氏

牡丹含露真珠顆，美人折向庭前過。含笑問檀郎①：花強妾貌強？檀郎故相惱，須道花枝好。一面發嬌嗔，碎挼花打人。

〔註〕①譚郎：晉美男子潘岳，小字譚奴，後以譚郎代指情人。

這是唐末無名氏的作品，寫嬌憨天真的女兒之態，極有情趣。

上片前兩句，寫「美人」折牡丹向庭前走過，用「牡丹含露真珠顆」作開頭，表明正是暮春三月，牡丹花開的時令，時間顯然是在早晨，因花枝上尚有一顆顆真珠般的露水。先寫牡丹，後寫動作，有點像電影那樣，先來一個景物的特寫鏡頭，然後再出現人物的行動，給人以深刻的印象。上片的後兩句，先寫「美人」的表情，繼出「美人」向「檀郎」的發問，問得極其有趣。這裡沒有一句話形容「美人」的面貌和體態，但從這一句「含笑」的發問裡，就浮現出一個「美人」的形象來了。從這個發問裡，可以看出，這個「美人」對自己的美，是很欣賞的，所以才會這樣發問；同時又是很自信的，所以才有這個假問；對她的所歡來說，是十分親昵的，既帶有三分嬌氣，也摻雜一點驕氣，所以才這樣隨口提問，目的無非想獲得一個預期的、足以滿足自己好勝要強心理的回答。

但出其不意的是，在下片裡，出現了「檀郎故相惱，須道花枝好」的結果。「須」字是「卻」的意思。「美人」

既是假問，「檀郎」偏作假答，故意來惱她一下，和她開一個玩笑。這就是說，在他的心目中，她比花強，原是毫無疑義的，但卻偏要說一句不稱她心、不合她意的話來氣氣她。這裡作者直接出面說明是「故相惱」，用來表現她所愛的人的心理，用語簡潔有力。於是，這個「美人」立刻變臉，但又不是真怒，而是「嬌嗔」，因此，她沒有說話，也沒法用話來說，而只有態度和行動：「碎挼（音同挪，搓揉）花打人。」「碎挼花」寫她的「嗔」，「打人」寫她的嬌而兼嗔。短短的幾句，把這個美人純真的撒嬌，細緻而又生動地表現了出來。文字全用白描，其生趣和情趣，絕不是靜態的繪畫所能傳神的。

要補充說明的是：第一，作者為什麼要以牡丹來作比呢？其他的花豈不也可以嗎？不，那是不同的。因牡丹是「花王」，有「國色天香」之稱；選用牡丹，典型性更強。第二，寫「美人」的發問，明明是故問，假問，作者不加說明，我們已能意會得之；寫「檀郎」的答問，是故答，假答，作者卻特予點明。這是因為：作為主體的東西要詳描，宜於直接用行動來細寫；作為客體的東西要略敘，宜於敘述式的描寫。這首詞的這種表現手法，於賓主的剪裁和處理上，是很得體的。而且在文字的表達上，也有運用變化之妙。

北宋詞人張先集中，也有這首詞，最後兩句改成：「花若勝如奴，花還解語無？」這一改，原來那種撒嬌的勁兒不足了，「嬌嗔」的味兒沖淡了，這直接影響到人物個性的凸出。後來，到了明代唐寅，又作〈妒花歌〉云：「昨夜海棠初著雨，數朵輕盈嬌欲語，佳人曉起出蘭房，將來對鏡比紅妝。問郎花好奴顏好？郎道不如花窈窕。佳人聞語發嬌嗔，不信死花勝活人，將花揉碎擲郎前：請郎今夜伴花眠！」顯然，這是模仿這首〈菩薩蠻〉的。但他這樣敷陳一番，又使人物性格走樣，已不像閨房的佳人，而是罵街的潑婦了。魯迅說過，好的作品，「全部就說明著『應該怎樣寫』」，「在學習者這一方面，是必須知道了『不應該那麼寫』，這才會明白原來『應該這麼寫』」（〈不應該那麼寫〉）。

明陳耀文《花草稡編》引《稿齋贅筆》云：「宣宗時，有婦人斷夫兩足者，上戲語宰相曰：『無乃碎挼花打人？』蓋時有此詞云。」可見當時這首詞的流行之廣，唐宣宗已把它作為「今典」來使用了。（劉衍文）

後庭宴　無名氏

千里故鄉，十年華屋，亂魂飛過屏山簇。眼重眉褪不勝春，菱花①知我銷香玉。雙雙燕子歸來，應解笑人幽獨。斷歌零舞，遺恨清江曲。萬樹綠低迷，一庭紅撲簌。

〔註〕①菱花：以菱花雕飾的鏡子，韋應物〈感鏡〉：「鑄鏡廣陵市，菱花匣中發。」

關於這首詞的作者時代，有兩種推測。一是近人俞陛雲《唐詞選釋》據詞中「遺恨清江」句，推測為唐末遺民所作。一是劉毓盤《詞史》據詞調結構特點，認為是五代人所作。宋陳巖肖《庚溪詩話》卷下則謂此詞乃北宋宣和間修洛陽宮殿，掘地得碑，上刻此詞。綜合諸說，此詞可能是五代入宋者所作。

前三句只是說「十年華屋」難鎖「千里故鄉」之思，故夢魂常常飛越重重屏山歸去。夢的顯在內容乃是夢中無意識思想的一種表現，其根源乃在日間所思。這幾句又給人夠多的暗示，作者當是前朝舊臣，雖然在詞中已經化身為一個身鎖華屋不得自由的女性。「亂魂」一作「亂雲」，二者的差別只在顯言與隱言耳。作者在造句上頗有推敲，語序稍事挪移，以「千里故鄉，十年華屋」開篇，不僅對仗工緻，而且透過長遠的時空困離為詞中愁情增添了分量。

緊接二句寫夢醒後回到現實生活中來時的情態。「眼重眉褪」是睡後而睡眠未得充分的樣子，秦觀〈臨江仙〉（髻子偎人嬌不整）「眼兒失睡微重」句，即「眼重」的最好註腳。是做了一夜的夢，醒來不勝「春困」，攬鏡自照，玉容銷減。這當非一日之功，自不在話下。「菱花」即鏡子。「鏡裡朱顏瘦」是尋常言語，今說「菱花知我銷香玉」，替代字太多，自是一病，幸得「知我」二字，使全句化腐為奇，言鏡亦有情，不無知己之感。此句還有一層言外之意，就是「此恨誰知」，菱花知我即無人知我之轉語也，又能形象狀出顧影自憐意。其造句有無限委婉深厚，再一次見出作者的功力。

「千里之遙，十年之久，而知其憔悴者，唯有菱花，其蹤跡之銷匿可知。」（俞陛雲《唐詞選釋》）過片寫燕子雙飛笑人幽獨，還不僅僅是寫處境的孤單。古人詩詞中提到燕子歸來，還有另一種含義。「燕語如傷舊國春」（李益〈隋宮燕〉），「燕子不知何世，入尋常巷陌人家，相對如說興亡，斜陽裡」（周邦彥〈西河．金陵〉）等句，均可參閱。於是提到了作者之「遺恨」，「斷歌零舞，遺恨清江曲」，二句大有「舊江山渾是新愁」（宋劉過〈唐多令〉）的意味。那「斷歌零舞」，當然是遺留在作者記憶中的片斷。要之，在詞中主人公看來，好時光都已過了，人生幾何，春已成夏：「萬樹綠低迷，一庭紅撲簌。」眼前落紅成陣，綠葉成陰，言下大有尋芳恨遲，年光恨促之感。末句從元稹〈連昌宮詞〉「風動落花紅蔌蔌」句化出，寓故園蕭條之意。這結尾二句寫花以「紅」，代葉以「綠」，「萬樹」對「一庭」，「低迷」對「撲簌」且均疊韻，對仗工，意象美，音韻妙，能傳淒迷之情味。與上片開端及煞拍的鑄語悉稱，頗有鳳頭豬肚豹尾（元陶宗儀《南村輟耕錄》引喬吉語，即起要美麗，中要浩蕩，結要響亮）之風采。

總之，這首詞的鍊意造句，頗臻上乘。雖有錘鍊，卻自然婉秀，無一點生硬痕跡。作者名氏雖不可考，但必為名手無疑。（周嘯天）

呂巖

【作者小傳】字洞賓，世稱回仙，傳說中八仙之一。京兆（今陝西西安）人，一說為河中（今山西永濟）人。唐末舉進士不第。

梧桐影　呂巖

明月斜，秋風冷。今夜故人來不來？教人立盡梧桐影。

這首詞的作者，是民間傳說中的一位「神仙」。《全唐詩》小傳說他「咸通中舉進士不第，遊長安酒肆，遇鍾離權得道，不知所往」。咸通（八六〇～八七四），唐懿宗年號。同書「凡例」又言：「詞家相傳，呂巖〈梧桐影〉乃當時所作。至於他作，乃乩師所錄。」那麼這首詞是他學道前的作品，寫的是人世間誠摯的友情。

開頭兩句，短短六字，就寫出了從那特定的環境中油然而生的特定的感情。月輪西掛，秋風送寒，清光如洗，銀河瀉影。如此良夜，思與友人共話。詞人只用一個「冷」字，點染出秋夜的冷寂，微帶淒清感，從中流露出自己的思友之情。月已西斜，這個「斜」字，也暗示出等待很久，有些焦急了。似乎是淡淡的兩筆隨意小景，卻處處傳情。

「今夜故人來不來？教人立盡梧桐影」。果然等急了。有約在先，興致勃勃地等了很久，不免有些埋怨情緒。怎麼還不來呢？到底來不來呢？讓人等了這麼長時間！這埋怨不僅見出待之久，也見出望之切，情之深。前一句純是脫口而出的白話，語氣逼真，一片天籟，無須修飾。「立盡梧桐影」，更覺蘊涵豐富，足見確實等待了很長時間，這是一；借這個「影」字顯示出月華滿地，不能不觸起似水友情，這是二；別無他人相伴，只有梧影在旁，更見孤單，這是三；梧桐枝葉扶疏，風聲颯颯，更兼月影錯落，形象極美，這是四。這一結意味極濃。

此詞與唐代孟浩然的〈宿業師山房待丁大不至〉詩風味相似：「夕陽度西嶺，群壑倏已瞑。松月生夜涼，風泉滿清聽。樵人歸欲盡，煙鳥棲初定。之子期宿來，孤琴候蘿徑。」一詩一詞，值得品味的都是那高逸脫俗的清冷感。著筆之處亦頗類似：孟詩寫了「松月」、「風泉」、「孤琴」、「蘿徑」，呂詞寫了「明月」、「秋風」、「梧桐影」，都很善於借助外界環境的背景來表現人物內在的情懷。烘雲以托月，借景以寫人，堪稱高妙。在晚唐五代詞中尤為罕覯，故可珍視。（孫映逵）

王禹偁

【作者小傳】（九五四～一〇〇一）字元之，濟州鉅野（今屬山東）人。宋太宗太平興國八年（九八三）進士。授武成主簿。端拱初，召試，直史館，遷知制誥，判大理寺。遇事敢言，三遭貶斥，作〈三黜賦〉以見志。詩學杜甫、白居易，文風平易暢達。著有《小畜集》《五代史闕文》，存詞一首。

點絳脣　王禹偁

雨恨雲愁，江南依舊稱佳麗。水村漁市，一縷孤煙細。

天際征鴻，遙認行如綴。平生事，此時凝睇，誰會憑欄意！

王禹偁是繼柳開之後起來反對宋初華靡文風的文學家，有《小畜集》傳世，留下來的詞僅此一首。這首詞以清麗的筆觸，描繪了江南的雨景，含蓄地表達了用世的抱負和不被人理解的孤獨愁悶。

借景抒情、緣情寫景是詩詞慣用的手法。景是外部的客觀存在，並不具備人的情感。但在詞人眼裡，客觀景物往往染上強烈的感情色彩。此即王國維《人間詞話》中所謂「以我觀物，故物皆著我之色彩」。本詞劈頭一句「雨恨雲愁」即是主觀感覺的強烈外射。雲、雨哪有什麼喜怒哀樂，但詞人覺得，那江南的雨，綿綿不盡，分明是恨意難消，那灰色的雲塊，層層堆積，分明是鬱積著愁悶。即使是在這彌漫著恨和愁的雲雨之中，江南的景色，依舊是美麗的。南齊詩人謝朓〈入朝曲〉寫道：「江南佳麗地，金陵帝王州。」王禹偁用「依舊」二字，表明自己是僅承舊說，透露出一種無可奈何的情緒。

請看，江南的雨景是何等的清麗動人：在濛濛的雨幕中，村落漁市點綴在湖邊水畔；一縷淡淡的炊煙，從村落上空裊裊升起；水天相連的遠處，一行大雁，首尾相連，款款而飛。但是，如此佳麗的景色，卻不能使詞人歡快愉悅，他恨什麼、愁什麼呢？在古人心目中，由飛鴻引起的感想有許多。「鴻飛冥冥，弋人何篡焉」（西漢揚雄〈法言〉），這是指隱逸遠禍，是一種。齊桓公見二鴻飛過，嘆曰：「今彼鴻鵠有時而南，有時而北，有時而往，有時而來，四方無遠，所欲至而至焉。非唯有羽翼之故」（《管子·霸形》），這是求得賢臣，成大事，又是一種。真是「舉手指飛鴻，此情難具論」（李白〈送裴十八圖南歸嵩山〉）。在這裡，詞人遙見衝天遠去的大雁，觸發的是「平生事」的聯想。不是鄉愁，不是戀情，更不是離愁別恨，而是想到了男兒一生的事業。曹植有詩云：「閒居非吾志，甘心赴國憂」（〈雜詩七首〉其五）。這就是好男兒的功名事業。王禹偁中進士後，只當了長洲（今蘇州）知縣。這小小的芝麻官，怎能實現他胸中的大志呢？他恨無知音，愁無雙翼，不能像「征鴻」一樣展翅高飛。

憑欄遠望，天際飛鴻，這樣的境界後來辛棄疾也寫過。〈水龍吟·登建康賞心亭〉道：「落日樓頭，斷鴻聲裡，江南遊子。把吳鉤看了，欄杆拍遍，無人會、登臨意。」同樣的景，同樣的情，看來辛棄疾是受了王禹偁的影響。但是，二人的風格色彩又顯然不同。辛詞慷慨激烈，直抒胸臆，看刀拍欄，活畫出一個鐵馬金戈的英雄形象。王詞卻將「平生事」凝聚在對「天際征鴻」的睇視之中，顯得含蓄深沉，言而不盡。

清馮金伯《詞林萃編》引《詞苑》對該詞的評語云：「清麗可愛，豈止以詩擅名。」在戀情閨思充斥的宋初詞壇，這首清淡雅麗的〈點絳脣〉，實在是別具一格的佳作。（陳華昌）

寇準

【作者小傳】（九六一～一〇二三）字平仲，華州下邽（今陝西渭南）人。宋太宗太平興國五年（九八〇）進士。累官至中書侍郎同中書門下平章事。二次罷相，封萊國公。宋真宗乾興初，為丁謂所構，貶雷州司戶參軍，卒於貶所。有《寇萊公集》。存詞五首，以〈江南春〉較著名。

踏莎行　寇準

春暮

春色將闌，鶯聲漸老，紅英落盡青梅小。畫堂人靜雨濛濛，屏山半掩餘香裊。

密約沉沉，離情杳杳，菱花塵滿慵將照。倚樓無語欲銷魂，長空暗淡連芳草。

這首詞開頭三句都是寫「春暮」之景，詞人運用了從一般到具體的寫作手法，即首句是對「春暮」一個總概括性敘述，接著以鶯聲漸老，紅英落盡，梅樹已結成小小的果子，來「狀」繁華勝景的春光眼看就要過去了。從這幅「春暮圖」來看，景色並不淒婉，「將」、「漸」兩字，用得頗有分寸；而且紅英雖盡，青梅卻掛滿枝頭，別是一番清景。從總的感觸，到所聞（鶯聲），再到所見（青梅），動靜互見，而尤顯其靜。

接著由室外景轉向室內來。房屋是華美的，此刻靜無人聲，但覺細雨濛濛；屏風掩住了室內景象，只見那尚未燃盡的沉香，餘煙裊裊。如果說上面是以「鶯聲漸老」襯托室外環境的靜，是以動襯靜，這裡卻是以「餘香裊裊」來襯托室內環境的靜，更悄無聲息了。清況周頤稱：「詞有淡遠取神，只描取景物，而神致自在言外，此為高手」（《蕙風詞話·續編》）。清沈祥龍也有相類的話：「寫景貴淡遠有神，勿墮而奇險」（《論詞隨筆》）。兩人所說的「神」，指的是寫景本身並非目的，它只是手段，其中隱寓的是人的「神」，也就是姜夔說的「景中有意」（《白石道人詩說》）。它可以為下闋作鋪墊，繼而痛快淋漓地傾吐出人的情來。這就是詞的通常寫法：上闋寫景，下闋抒情。就這首詞說，上闋句句寫景，仔細吟味，景物中隱寓著人的感情：不過既非滿懷淒愴，也非賞心悅目；平靜中似又糅雜著更多的不平靜。

「密約沉沉」——「密約」，指過去互訴衷情，暗約佳期，可是這一切到如今，都如石沉大海，連一點音信也沒有了！「離情杳杳」——指別後的相思之情，無邊無際，又深又遠。這八個字不僅造成一種意味濃醇的氣氛，而且把女主人公那種深以往昔戀情為念的內心情愫，深沉地表達出來了。「菱花塵滿慵將照」，是對上面義重情深的進一步描繪。「女為悅己者容」（《史記·刺客列傳》），「豈無膏沐，誰適為容」（《詩經·衛風·伯兮》）？既然你不回來，我又為誰去梳妝打扮？鏡匣很久不打開，那上面都積滿塵土了。這三句連貫直下，把她為情所苦，但卻絕不負情的心愫，透過句句加深、層層加重的複疊手法，表現得沉摯凝練。接著仍是寫女主人公情之深：「倚樓無語欲銷魂，長空暗淡連芳草。」心情極度難過，似乎魂都為之「銷」，於是倚樓望遠，可是這時候眼睛所能望見的，只是長空暗淡，芳草連綿。而翹望著的那個人，卻始終不見歸來！這個「潛臺詞」，我們是「言外見之」的。

這首詞題為「春暮」，通篇都是寫女主人公在紅英落盡、芳歇春去的節候中的傷感，似暗寓著一種青春易逝、美人遲暮的情緒。今人或認為寇準是個決澶淵之盟的大政治家，觀其一生，似無緣為思婦抒情。因此可能是作者「罷知青州」時的依託之作。「依託少婦比自己，所望密約者為朝廷」（靳極蒼《唐宋詞百首詳解》），即「終是戀君」。不妨聊備一說。

詞從晚唐五代以來，受溫庭筠「香而軟」詞風的影響，寫閨情、相思之詞，往往旖旎纏綿；但也有寫得較疏淡清麗的，如韋莊、李煜的一部分詞以及入宋以後林逋的〈長相思〉等。寇準此作在詞風上顯然受韋、李的影響，以清新流暢見長，特別是上闋寫景，能抓住春暮景物的特點加以形象描繪，情景交融，充滿畫意。下闋著重抒情，雖不免也是「兒女情長」，但從話語的明白暢曉說，仍是近韋而不近溫的。較後之秦觀等北宋多數詞人那種「香而軟」的詞風，也是頗不相同的。（艾治平）

江南春　寇準

波渺渺，柳依依。孤村芳草遠，斜日杏花飛。江南春盡離腸斷，蘋滿汀洲人未歸。

南朝梁柳惲〈江南曲〉曰：「汀洲采白蘋，日落江南春。洞庭有歸客，瀟湘逢故人。故人何不返，春華復應晚。不道新知樂，只言行路遠。」寇萊公對此詩似乎特有所愛，在他的詩詞中一再化用其意。如所作〈夜度娘〉詩曰：「煙波渺渺一千里，白蘋香散東風起。日暮汀洲一望時，柔情不斷如春水。」題下自註云：「追思柳惲汀洲之詠，尚有遺妍，因書一絕。」上面這首詞，也明顯地由柳惲汀洲詩化出，寫女子懷人之情。

詞的前面四句寫景：一泓春水，煙波渺渺，岸邊楊柳，柔條飄飄。那綿綿不盡的萋萋芳草蔓伸到遙遠的天涯。在夕陽映照下，孤零零的村落闃寂無人，只見紛紛凋謝的杏花飄飛滿地……好一派江南暮春景色！

古典詩詞的用語，由於長期歷史的積澱，往往形成一種特定內涵，上面四句景語就含有豐富的意蘊和情思。如首句「波渺渺」，從懷人女子的眼中望出去，自會使人聯想到溫庭筠〈望江南〉的意境：「過盡千帆皆不是，斜暉脈脈水悠悠。」「波渺渺」，「水悠悠」，實含著佳人望穿秋水的深情，也就是〈夜度娘〉所描寫的「煙波渺渺一千里」、「柔情不斷如春水」也。

「柳依依」，自然使人想起《詩經．小雅．采薇》名句：「昔我往矣，楊柳依依。」古人有折柳贈別的習慣，所謂「長安陌上無窮樹，唯有垂楊管別離」（劉禹錫〈楊柳枝〉）。眼前這青青柳色，自會使人想起當年長亭惜別之時，怎不使人觸目傷懷呢！

「孤村芳草遠」之句，更富有濃厚的感情色彩，「孤村」者，非一定是村「孤」，恰是說明抒情主人公心境之孤寂。詩詞中的「芳草」更與離思有不解之緣，《楚辭·招隱士》云：「王孫遊兮不歸，春草生兮萋萋。」芳草蔓延之「遠」，則更使人想起李後主〈清平樂〉詞「離恨恰如春草，更行更遠還生」了。

「斜陽杏花飛」，是典型的江南暮春殘景。江村日暮，有如美人嬌面的杏花，在無力東風中紛紛飄落，漫天漫地，這景色極豔極美，豔美之中又帶有幾分淒涼的意味，它自然包含著一種「無可奈何花落去」（晏殊〈浣溪沙〉）的傷感。

當然，上面這許多寄託在景物裡的豐富情意，詞人是透過寫景啟發讀者想像的結果，如此，讀者含咀英華，思而得之，饒有情趣。如果不是以景寄情，而是由作者直說出來，就沒有多少味兒了。但是，全用寫景來表現情思，畢竟有點像打啞謎，使人難以捉摸，因此，古典詩詞一般做法都同時採用寫景與抒情兩種手法，相互為用。寇準這首詞也不例外。下面作者便由隱而顯，以直接抒情方式來點破題旨：

「江南春盡離腸斷，蘋滿汀洲人未歸」。前面作者花了很大力氣，連續四句都是寫景，實際上就是為了說出「江南春盡離腸斷」這一層意思。因為有了前面寫景的層層渲染鋪墊，這句直抒胸臆之語，才顯得情意深摯。接著又寫「蘋滿汀洲」云云，這結末兩句之於柳惲「汀洲采白蘋，日暖江南春」詩句，其直接化用的痕跡是極明顯的。古代女子有採花贈情人的風俗，如今正是「蘋滿汀洲」之時，多情的女主人公有意採掇蘋花，贈予心上之人，可嘆「王孫遊兮不歸」！言外之意，自己美好的青春年華就如那「斜日杏花飛」，在孤寂落寞中虛擲了！

這首詞通篇用語大都是詩詞中傳統的意象，詞的意境也是化用前人的，似乎沒有多少新意可言。然而它又是那麼清麗婉轉，柔情似水，饒有韻味。這樣的小詞出自一代名臣之手，曾為許多人所不能理解。南宋胡仔在《苕溪漁隱叢話》卷二十就這樣說：「觀此（指〈江南春〉及〈夜度娘〉）語意，疑若優柔無斷者；至其端委廟堂，決澶淵之策，其氣銳然，奮仁者之勇，全與此詩意不相類，蓋人之難知也如此！」其實，觀寇準一生，也非始終一帆風順，他宦海浮沉，曾幾經滄桑。此詞作意固不可詳考，然堂堂大臣，一再用柳惲詩意，學女子聲口，寫傷春情愫，恐怕未嘗沒有弦外之音，或許其中也寄託著自己流年風雨、美人遲暮之概吧？（高原）

陳堯佐

【作者小傳】（九六三～一〇四四）字希元，號知餘子，世稱潁川先生，閬州閬中（今屬四川）人。宋太宗端拱二年（九八九）進士。歷官翰林學士、樞密副使、參知政事、同中書門下平章事，以太子太師致仕。工詩善書，存詞一首。

踏莎行

陳堯佐

二社良辰，千秋庭院。翩翩又見新來燕。鳳凰巢穩許為鄰，瀟湘煙暝來何晚。

亂入紅樓，低飛綠岸。畫梁時拂歌塵散。為誰歸去為誰來，主人恩重珠簾捲。

陳堯佐僅存這首小詞，據宋釋文瑩《湘山野錄》卷中記載，時宰相申國公呂夷簡欲致仕，仁宗問何人可代，夷簡遂薦堯佐。堯佐拜相後，「極懷薦引之德，無以形其意，因撰燕詞一闋，攜觴相館，使人歌之」。可見作此詞的目的在於感謝呂夷簡「薦引之德」。

從表面看，這是一首詠物詞。清蔣敦復《芬陀利室詞話》云：「詞原於詩，即小小詠物，亦貴得風人比興之旨。」在《詩經．邶風》中，以「燕燕于飛」喻人之送別，以「雄雉于飛」喻人之行役，這種比興手法，無疑給後世以啟迪。此詞以燕子自喻，有比興，有寄託，按當時審美標準，自然也是得「風人之旨」。透過燕子寄寓感恩思想的寫法，格調雖不高，然在宋代詞壇上也不失為特色之一。

詞的起首三句點節序，寫環境，以燕子的翩然來歸，喻朝廷的濟濟多士。二社，指春社與秋社，是祭祀社神（土地神）的節日。春社在立春後第五個戊日，秋社在立秋後第五個戊日。聯繫下文來看，這裡主要指春社，但為什麼說是「二社」呢？因為要與下句的「千秋」對舉。就作為候鳥的燕子來說，相傳春社來，秋社去，故亦可稱「二社」。「千秋庭院」，一作「千家庭院」。「千秋」義較勝，即鞦韆。燕子於寒食前後歸來，而鞦韆正是寒食之戲，歐陽脩〈蝶戀花〉詞「欲近禁煙微雨罷，綠楊深處秋千掛」，是其證。此亦暗點時令，與「二社」照應。這兩句對仗工穩，感情充沛，把詞人對明媚春光，美好時代的一腔熱愛，很自然地反映出來。接著一句透過燕子飛翔的姿態，表達自己悠然自得的心情。「翩翩」，輕快也。《詩經．小雅．四牡》：「翩翩者鵻，載飛載下。」燕子一會兒飛向空中，一會兒貼近地面，自由之態可掬。「新來」二字切己之初就任，語雖淺而義深。

四、五兩句暗喻呂夷簡的推位讓賢，並自謙依附得太晚。據《宋史》本傳，陳堯佐任樞密副使時曾為呂夷簡的親信、祥符縣令陳詁開脫罪責。此事當使呂夷簡產生好感。後夷簡薦以自代，與此不無關係。這一段意思，自然不能明說，即使明說，亦沒有詞味。因此他透過婉曲的方式加以暗示，令人覺得含蓄蘊藉，且不落言筌。「鳳凰巢穩許為鄰」，以鳳凰形容鄰座之巢，意在凸出其華美與高貴。不說「占得」，而說「許為鄰」，亦謙恭之意。「瀟湘」謂燕子從來之處，當係虛指。「來何晚」三字，充滿感情色彩。從語氣上看，似為自責，其中大有「相從恨晚」之意。這就是以曲筆寫深情，筆愈曲而情愈深，使人讀之，玩味不盡。

過片二句雖宕開，然仍暗承上片「翩翩」及「瀟湘」句意脈。「紅樓」為富貴之家，「綠岸」為優美之境。「亂入」形容燕子的紛飛，當此良辰美景，燕子倍感心情舒暢，所以一會兒爭先恐後地飛進紅樓，一會兒又到綠楊岸畔、碧水池旁盤旋低飛，銜泥覓食。僅此二句，已把當時的歡樂以象徵手法概括出來。詞的第三句「畫梁時拂歌塵散」，據西漢劉向《別錄》云，漢代有虞公者，善歌，發聲能震散梁上灰塵（「發聲清哀，遠動梁塵」）。華堂歌管，是富貴人家常事，燕子棲於畫梁，則梁塵亦可稱作「歌塵」。此亦為居處之華貴作一點綴。

結尾二句先以問句提挈，然後歸美於主人，於是詞人所要表達的「感恩」之情，躍然紙上。「為誰歸去為誰來」，純為口語，一句提問，引起讀者充分注意，然後輕輕逗出「主人恩重珠簾捲」，悠然沁入人心，完成了作品的主題。歐陽脩〈采桑子〉詞謂「垂下簾櫳，雙燕歸來細雨中」，燕子不得其門而入，故在細雨中盤旋。此處則與上片「許為鄰」呼應，說主人特地捲起珠簾，讓燕子自由入內。主人憐惜之情，寬仁之度，見於言外。晁端禮〈清平樂〉云：「莫把繡簾垂下，妨它雙燕歸來。」清黃蘇《蓼園詞評》評曰：「借燕歸巢，以寄其招隱之心。」如果說這是從主人角度著筆，那麼此詞則是代燕子立言，表示對主人的感激。據說呂夷簡聽唱到結句，頗為領情，說是「自恨捲簾人已老」，陳堯佐應曰：「莫愁調鼎事無功。」（《湘山野錄》卷中）不用說這裡的主人是呂夷簡，而燕子則是詞人的化身了。

孟子云，論文必須「知人論世」。分析此詞也當如此。若不知此詞的背景，單單從詠燕著眼，必將買櫝還珠、僅得皮毛了。（徐培均）

潘閬

【作者小傳】（？～一〇〇九）字逍遙，大名（今屬河北）人。宋太宗至道元年（九九五）賜進士及第，試國子四門助教。未幾，以狂妄追還詔命。真宗釋其罪，為滁州參軍。有《逍遙詞》。其〈酒泉子〉十首，專詠錢塘自然景物，頗具特色。

酒泉子　潘閬

長憶西湖。盡日憑欄樓上望：三三兩兩釣魚舟，島嶼正清秋。

笛聲依約蘆花裡，白鳥成行忽驚起。別來閒整釣魚竿，思入水雲寒。

這首詞是潘閬憶杭州組詞十首之一，抒寫作者對西湖的回憶。「長憶西湖」，「憶」字是全篇的關鍵：一方面，顯示西湖風景十分美好，令作者念念不忘；另一方面，經「憶」字提示，下文便從現實中脫開，轉入回憶。「盡日憑欄樓上望」，「盡日」、「望」應「長憶」，由今日的不懈思念，引出當年無盡的棲遲，用感情帶動寫景。「憑欄樓上」是詞中熟語，極難出新意，然而用在這裡，在表明作者終日留戀的同時，還使以下諸景因之入目無遺。「三三兩兩釣魚舟，島嶼正清秋」，前句寫風物，後句寫背景，相映生輝。「三三兩兩」句點漁舟位置，有悠然自在、不擾不喧的意思。明楊慎《詞品》說：「（潘逍遙）狂逸不檢，而詩句往往有出塵之語。」於此句可見一斑。

下片開頭繼續寫當日樓上見聞。「笛聲依約蘆花裡，白鳥成行忽驚起」，上句寫聲，「依約」是隱約、聽不分明的意思，摹笛聲渺茫幽遠、似有若無的韻致；後句寫形，用「忽驚起」狀白鳥（即白鷺）翩然而逝、倏然而驚的形態，色彩明快，頗具情味，在樸實的白描中透出空靈。「別來」二字將思路從回憶拉到現實。「閒整釣魚竿」不僅應上片之「釣魚舟」，而且以收拾漁竿、亟欲赴西湖垂釣的神情，襯托憶西湖憶得不能忍耐、亟想歸隱湖上的念頭，全篇立意到此得到有力的暗示。上片只說自己憑欄看見別人的漁舟，這裡卻說自己要親去一釣，意境也更深了一層。「水雲寒」應「正清秋」。水雲或雲水、煙波，是釣翁漁隱出沒之處，這種寥廓蒼茫的背景，對詞中景物是極好的陪襯，也非常符合作者的出塵思想。

這首詞首尾寫當時情，中間寫昔日景：形同包融。前後兩片之間又多處互相照應，比如「笛聲」當發自「釣魚舟」上，「蘆花」也該是「島嶼」周圍之物，至於「別來」與「長憶」，「釣魚竿」與「釣魚舟」，「思」與「憶」，「水雲寒」與「正清秋」更絲絲相扣，今昔一體，全篇渾然。此外，本篇用白描手法寫景，足使憶中之事如在目前。作者對於釣魚舟、島嶼、笛聲、蘆花、白鳥等等都只記其名，不作著力描繪。清沈謙《填詞雜說》曰：「白描不可近俗，修飾不得太文，生香真色，在離即之間，不特難知，亦難言。」這首詞選景高潔，情調閒雅，用筆洗練，是白描中的佳品。《詞品》說潘閬〈酒泉子〉成，「一時盛傳。東坡公愛之，書於玉堂屏風。」宋楊湜《古今詞話》云：「石曼卿見此詞，使畫工彩繪之，作小景圖。」宋釋文瑩《湘山野錄》也有錢希白愛此詞，自寫於玉堂後壁的記載，足見其為人們所重視。（李濟阻）

酒泉子　潘閬

長憶西山，靈隱寺前三竺後，冷泉亭上舊曾遊，三伏似清秋。

白猿時見攀高樹，長嘯一聲何處去①？別來幾向畫圖看，終是欠峰巒！

〔註〕①白猿及長嘯：宋潛說友《咸淳臨安志．呼猿洞》：「陸羽云，宋僧智一善嘯，有哀松之韻，嘗養猿於山間，臨澗長嘯，眾猿畢集，謂之猿父。又遵式〈白猿峰〉詩序云，西天僧慧理，蓄白猿於靈隱寺。」

這首詞寫對杭州西山的回憶。西山在杭州西，山麓有靈隱寺，寺前有冷泉，泉南有飛來峰。再南，則三峰並立，日上天竺、中天竺、下天竺，合稱三竺。這一帶風景清幽，是西湖周圍的勝地。

「長憶西山」，起句點明題旨，然後直接進入回憶。「靈隱寺前三竺後」一句用兩個地名詞和兩個方位詞，帶出了寺前山後的一切風景點。後來蘇軾〈靈隱前一首贈唐林夫〉詩用「靈隱前，天竺後，兩澗春淙一靈鷲」來寫此間景物，便是脫胎於潘閬的。「冷泉亭上舊曾遊」，冷泉在靈隱寺前。上句是遠景大景，這句是近景小景：在展現了廣闊的背景以後，再專門回味遊覽冷泉這一名勝時的情形，自然也有舉一點以見全貌的作用。以上兩句是全篇中唯一正面寫景的地方，但句中只標明地點方位和說明舊日曾經親遊，至於這裡的風景到底怎樣美好，作者卻不直說。這樣寫可以讓讀者馳騁想像，填補出比任何筆墨、色彩都多得多、美得多的景象來，這是空白的妙用。「三伏似清秋」，意思是說在這裡遊憩，即使酷熱的三伏天也如清爽的秋日。如果說前兩句寫景只點出景在哪裡，是使用了藝術的拙筆的話，那麼這一句在無邊的美景之上精心捕捉山光物態的神韻，則使用了藝術的巧筆。

下片「白猿時見攀高樹，長嘯一聲何處去」，這兩句是想像。冷泉亭左側有呼猿洞，相傳晉代僧人慧理曾蓄白猿於此。這兩句虛事實寫，更添了西山靈氣。從內容上看，作者在這兩句中似乎還透過白猿的長嘯而去，懷念杳無蹤跡的慧理，遙寄自己許身湖山、與猿為侶的願望。「別來幾向畫圖看，終是欠峰巒」，意思是說：別後因為甚思西山而不可得，只好找來西山的畫圖頻頻觀看，但那上面終究找不出真山峰的美質來。這裡用圖畫作為反襯，西山的靈姿秀氣因此更為凸出了。「欠峰巒」，指缺少峰巒，實際上是說沒有好的峰巒。「畫圖」，別本作「畫闌」（「闌」同「欄」），說在詩人所處的地方多次憑欄而望，終是看不到西山那些優美的山峰。這樣當然也通，但少了西山比圖畫更美麗這層意思。

這首詞抒寫作者對杭州西山的深摯眷戀，表達方法含蓄隱曲，選詞鍊句也以不露機鋒為主，因而詞風可入沉穩一路。此外，詞中寫景，交替使用了白描、繪神、想像、反襯等多種方法，可是偏偏不去用力刻畫西山的具體形象。這種寫法，雖然不像精雕細刻的風景詩文那樣，能夠讓人以讀當遊，然而作者卻便於利用自己強烈的感受去感染讀者，引起讀者的共鳴，以至產生亟欲親往一遊的迫切願望，因而別有一種藝術效果。（李濟阻）

酒泉子　潘閬

長憶觀潮，滿郭人爭江上望，來疑滄海盡成空，萬面鼓聲中。
弄潮兒向濤頭立，手把紅旗旗不濕。別來幾向夢中看，夢覺尚心寒。

錢塘觀潮，現在在浙江海寧。但在北宋，觀潮勝地卻在杭州。夏曆八月十八日是錢塘江潮汛的高潮期，那時，這一天是「潮神生日」，要舉行觀潮慶典，儀式非常隆重。每到這一天，官民各色人等，傾城出動，車水馬龍，彩旗飛舞，盛極一時。還有數百健兒，披髮文身，手舉紅旗，腳踩浪頭，爭先鼓勇，跳入江中，迎著潮頭前進。潮水將至，遠望一條白線，逐漸推進，聲如雷鳴，越近高潮，聲勢越大，白浪滔天，山鳴谷應。水天一色，海闊天空。如滄海橫流，一片汪洋。當地居民，就直接稱呼錢塘江為「海」；稱江堤為海堤。潘閬因言行「狂妄」被斥逐，漂泊江湖，賣藥為生，曾流浪到杭州。漲潮的盛況留給他極其深刻的印象，以致後來經常夢見漲潮的壯觀。這首〈酒泉子〉小詞，就是他回憶觀潮盛況之作。他用〈酒泉子〉這個詞牌寫過十首詞，但以這一首寫得最好，最為後人傳誦。

上片一開始，「長憶觀潮」，表明作者對於杭州觀潮盛況，永誌難忘，經常回想。他首先回憶觀潮的人：「滿郭人爭江上望。」杭州人傾城而出，擁擠錢塘江邊，踮起腳尖，伸長脖子，爭看江面潮水上漲。說「滿郭」（即「全城」意），雖是誇張之詞，但有現實生活作依據。南宋吳自牧《夢粱錄．觀潮》載：「臨安……西有湖光可愛，東有江潮堪觀，皆絕景也。每歲八月內，潮怒勝於常時。都人自十一日起，便有觀者。至十六、十八日傾城而出，車馬紛紛。十八日最為繁盛。」可見，「傾城而出」是對這種傳統的觀潮盛況的真實寫照。其次，作者回憶潮水洶湧澎湃的來勢。南宋周密的《武林舊事．觀潮》描寫潮水來時：「大聲如雷霆，震撼激射，吞天沃日，勢極雄豪。」雖然也寫得很形象，卻不如潘閬「來疑滄海盡成空，萬面鼓聲中」這麼驚險生動，有聲有色。作者見潮水像一道道的銀白色長城，排山倒海而來，簡直懷疑大海的水，都被倒得一乾二淨，集中到錢塘江，聲音轟隆轟隆，像萬面戰鼓同時敲打，觀潮的人都陶醉在鼓聲之中。真是天下壯觀，人間奇跡！作者的想像力既大膽，又確切。經他這麼誇張地描繪，縱使從來沒有觀過潮的人，也覺得心動神搖，意氣風發。

詞的下片繼續回憶。作者想起那些弄潮健兒創造的奇跡與奇觀：「弄潮兒向濤頭立，手把紅旗旗不濕。」這是從上片末尾的浪漫主義的想像轉入對親眼目睹的弄潮奇觀的實寫。所謂「弄潮兒」就是敢於在風口浪尖上向潮頭挑戰，戲弄潮頭、藐視潮頭的健兒。他們向濤頭挺立，出沒於起伏動蕩的驚濤駭浪中，手舉紅旗，不被潮水濺濕。這是不可思議的奇跡，也是不可多見的奇觀！《武林舊事》曾對「弄潮兒」作過生動的描繪：「吳兒善泅者數百，皆披髮文身，手持十幅大綵旗，爭先鼓勇，泝迎而上，出沒於鯨波萬仞中，騰身百變，而旗尾略不沾濕，以此誇能。」他們不僅「手把紅旗旗不濕」，還要互相競賽，比個高低，真是了不起！但是，那些「弄潮兒」，並不是沒有危險的，面向翻江倒海的怒潮，一不小心，立即有滅頂之災。無怪作者說：「別來幾向夢中看，夢覺尚心寒」，作者當然是見過不少被淹沒的健兒，才感到場面驚險，心寒膽戰的。

上片回憶觀潮，表現宇宙間的壯觀；下片回憶弄潮，表現弄潮兒創造的奇跡。作者寫「觀潮」，人與潮分開寫，先寫人山人海，後寫潮勢潮聲。寫「弄潮」，人與潮結合著寫，寫弄潮健兒迎向濤頭，手舉紅旗，英姿颯爽，不可一世。如果只寫「觀潮」，不寫「弄潮」，那就停留在自然風光的描寫上，人只是消極的旁觀者；

寫了「弄潮」，使人與自然融為一體，作品就顯示出廣度與深度，表現出健兒們敢於和大自然搏鬥的大無畏的精神面貌。末尾的「夢覺尚心寒」，作者用自己的感受——連做夢也被驚險的弄潮場面嚇得膽戰心寒，烘托「弄潮兒」的精彩的表演，實際是對「弄潮兒」的熱情歌頌。（吳奔星）

林逋

【作者小傳】（九六八～一〇二八）字君復，錢塘（今浙江杭州）人。隱居西湖孤山二十年，終生不仕不娶，種梅養鶴，舊稱「梅妻鶴子」。卒謚和靖先生。後人稱林處士。有《林和靖詩集》。工詩善行書，存詞三首。其中〈瑞鷓鴣〉詠梅詞即其七律詩〈山園小梅〉，宋黃大輿選入《梅苑》。

長相思

林逋

吳山青，越山青。兩岸青山相送迎，誰知離別情？

君淚盈，妾淚盈。羅帶同心結未成，江頭潮已平。

林逋是北宋初年著名的隱士。他獨居杭州西湖邊的孤山，二十年不入城市，種梅養鶴，終身未娶，人稱「梅妻鶴子」。其詠梅詩〈山園小梅〉中「疏影橫斜水清淺，暗香浮動月黃昏」一聯，寫出他孤高自許的情懷，最為世所稱道。因此，這位清心寡欲、幾乎不食人間煙火的「和靖先生」，該是與愛情無緣了吧？不然。一闋〈長相思〉，便道出了他關懷人間情愛的款款心曲，展示了他內心世界的另一面。

詞以一女子的聲口，抒寫她因婚姻不幸，與情人訣別的悲懷。開頭用民歌傳統的起興手法，「吳山青，越山青」，疊下兩個「青」字，色彩鮮明地描畫出一片江南特有的青山勝景。吳、越均為春秋時古國名，地在今江浙一帶。錢塘江北岸多屬吳國，以南則屬越國。這裡自古山明水秀，風光宜人，卻也閱盡了人間的悲歡。「兩岸青山相送迎」，吳山、越山，年年歲歲但對江上行舟迎來送往，於人間之聚散離合已是司空見慣。「誰知離別情？」歇拍處用擬人手法，向亙古如斯的青山發出嗔怨，借自然無情反襯人生有恨，使感情色彩由輕盈轉向深沉，巧妙地托出了送別的主旨。

「君淚盈，妾淚盈」，過片承前，由寫景轉入抒情。這無人能夠理喻的離別的痛苦，卻落到了你我身上。臨別之際，淚眼相對，哽咽無語。為什麼這人間常有的離別，卻使他們如此感傷？「羅帶同心結未成」，含蓄道出了他們悲苦難言的底蘊。古代男女定情時，往往用絲綢帶打成一個心形的結，叫做「同心結」。「結未成」，喻示他們愛情生活橫遭不幸。不知是什麼強暴的力量，使他們心心相印而難成眷屬，只能各自帶著心頭的累累創傷，來此灑淚而別。「江頭潮已平」，船兒就要起航了。「結未成，潮已平」，益轉益悲，一江恨水，延綿無盡。

這首詞藝術上的顯著特點是反覆詠嘆，情深韻美，具有濃郁的民歌風味。詞採用了《詩經》以來民歌中常用的複沓形式，在節奏上產生一種迴環往復、一唱三嘆的效果。詞還句句押韻，連聲切響，前後相應，顯出女主人公柔情似水，略無間阻，一往情深。而這，乃得力於作者對詞調的選擇。唐代白居易以來，文人便多用〈長相思〉調寫男女情愛，以聲助情，得其雙美。林逋沿襲傳統，充分發揮了此調獨特的藝術效應，又用清新流美的語言，唱出了吳越青山綠水間的地方風情，使這首小令成為唐宋愛情詞苑中一朵溢香滴露的小花。（蔡毅）

點絳脣　林逋

金谷年年，亂生春色誰為主？餘花落處，滿地和煙雨。

又是離歌，一闋長亭暮。王孫去。萋萋無數，南北東西路。

北宋「梅妻鶴子」的隱逸詩人林逋，留下的詞僅有三首。這首〈點絳脣〉和另一首〈長相思〉，寫的是離愁別緒，都是膾炙人口之作。據宋人吳曾《能改齋漫錄》卷十七「詠草詞」記載，當年人稱林逋的這首〈點絳脣〉詞為詠草之「美者」，引起梅堯臣、歐陽脩的好勝心，他們各自填了一首相同題材的〈蘇幕遮〉（露堤平）和〈少年遊〉（欄杆十二獨憑春）。這三闋詠草詞被後人稱為「詠春草絕調」（王國維《人間詞話》）。由此也可見出林逋這首詞在當時的影響。

古人常借有形有色之物以抒難以名狀之情，而離情又往往和惜春相連。這首〈點絳脣〉就是以草為題，以荒園暮春為背景抒寫綿綿離情的。金谷，即金谷園，指西晉富豪石崇在洛陽建造的一座奢華的別墅。石崇在〈金谷詩序〉裡說，征西將軍祭酒王詡回長安時，他曾在金谷澗為其餞行。所以後來南朝江淹的〈別賦〉中就有「送客金谷」之說，成了典故。「金谷年年，亂生春色誰為主？」人既去，園無主，草木無情，依舊年復一年逢春而生。曾經是錦繡繁華的麗園，如今已是雜樹橫空、蔓草遍地了。寫春色用「亂生」二字，可見荒蕪之狀，其意味，與杜牧〈金谷園〉詩中的「流水無情草自春」相近。「誰為主」之問，除點明園的荒涼無主外，還蘊含著作者對人世滄桑、繁華富貴如過眼煙雲之慨嘆。「餘花」兩句，寫無主荒園在細雨中春色凋零景象。絢爛的花朵已紛紛墜落，連枝頭稀疏的餘花，也隨濛濛細雨而去。「滿地和煙雨」，境界闊大而情調哀傷，雖從雨中落花著筆，卻包含著草盛人稀之意。眼看「匆匆春又歸去」（辛棄疾〈摸魚兒〉），詞人流露出無可奈何的惆悵情懷。

過片直寫離情。長亭，亦稱十里長亭。古代為親人送行，常在長亭設宴餞別，吟詠留贈。此時別意綿綿，難捨難分，直到太陽西下，還「恨不倩疏林掛住斜暉」（元王實甫《西廂記．長亭送別》）。「又是離歌，一闋長亭暮」，詞人正是抓住了黯然銷魂的時刻，攝下了這幅長亭送別的畫面。最後「王孫」三句，活用《楚辭．招隱士》中「王孫遊兮不歸，春草生兮萋萋」詩意，是全詞之主旨。「王孫」本是古代對貴族公子的尊稱，後來在詩詞中，往往代指出門遠遊之人。凝望著親人漸行漸遠，慢慢消失了，唯見茂盛的春草通往四方之路，茫茫無涯。正如李煜〈清平樂〉詞所說：「離恨恰如春草，更行更遠還生。」以萋萋春草比喻離愁和遠思，在古代似有傳統。除《楚辭．招隱士》外，像「青青河畔草，綿綿思遠道」（〈飲馬長城窟行〉）、「萋萋春草生，王孫遊有情」（謝靈運〈悲哉行〉）、「春草明年綠，王孫歸不歸」（王維〈山中送別〉）、「遠芳侵古道，晴翠接荒城。又送王孫去，萋萋滿別情」（白居易〈賦得古原草送別〉）等，都是以無處不生的春草，比喻不可抑制、無時不增的離情。

林逋這首「草」，相比之下另有自己的特色。它更顯得含蓄，委婉，深沉。上片寫荒園、暮春、殘花、細雨，無一字寫草，卻令人自然聯想到草：園既無主，草必與花爭春；花隨雨去，草豈不更盛？在聯想之中，不能不生起惆悵傷春之情，自然為下片送別渲染濃郁的氣氛。下片以「萋萋」明寫草，但這草卻出現在黃昏暮靄之下、凄切離歌聲中，草雖萋萋，卻蒙上一層晦暗之色；草接天涯，更象徵著離愁綿綿不盡。這樣，全詞就收到詠物抒情渾然一體的效果，在詠物詞中，確實堪稱佳作。（董扶其）

楊億

【作者小傳】（九七四～一〇二〇）字大年，建州浦城（今屬福建）人。宋太宗淳化三年（九九二）賜進士第。歷任著作佐郎、知制誥、翰林學士。曾與劉筠、錢惟演等詩歌唱和，編成《西昆酬唱集》，號西崑體。又善駢文。著作多佚，今存《武夷新集》，存詞一首。

少年遊　楊億

江南節物，水昏雲淡，飛雪滿前村。千尋翠嶺，一枝芳豔，迢遞寄歸人。

壽陽妝罷，冰姿玉態，的的寫天真。等閒風雨又紛紛，更忍向、笛中聞。

楊億是「西崑體」詩的代表作家，往往以堆砌辭藻、玩弄典故為能，這首詞也運用了一些書卷和典故，卻能「體認著題，融化不澀」（宋張炎《詞源．用事》），「以意貫串，渾化無痕」（清周濟《宋四家詞選目錄序論》），因而詞章秀麗，意趣典雅。

詞的上片寫梅占春光，梅迎雪放，從梅的這些特點生發出無限的情思。「江南節物」三句，是寫江南春早，使人最先感到春的氣息的是迎著冰雪而開的早梅。在這裡，詞人不著痕跡地化用了齊己的「前村深雪裡，昨夜一枝開」（〈早梅〉）的詩意。既沒有點破梅，又沒有刻畫梅，卻從「水昏雲淡」中，前村深雪中，烘托出梅的「冰姿玉態」來。在雪裡尋梅，從梅花那裡得到春的信息，前人在詩詞中已經有了充分的表現，但詞人以廣闊的江南為背景，借神於水，借色於雲，把梅的傲雪精神表現得淋漓盡致，而又從前人的詩句中脫化出來，乍看了無痕跡，細玩又有濃厚的書卷氣息，非胸羅萬卷者，不容易達到這種「離形得似」的境界。後面三句，抒發由此而引起的悠悠情思。「千尋翠嶺，一枝芳豔」兩個對句，整鍊工巧，流動脫化，給人以芳潤嫵媚的感受。「翠嶺」，指位於粵、贛交界處的梅嶺，據傳張九齡為相，令人開鑿新路，沿途植梅，故有是稱。「迢遞寄歸人」，暗用陸凱贈范曄的詩：「折梅逢驛使，寄與隴頭人。江南無所有，聊贈一枝春。」亦如著鹽水中，視之無形，食之有味。這種用事的手腕，把心物交感之際那種最新鮮、最強烈的感受曲盡其妙地表現出來。

下片寫梅的美，是對上片「一枝芳豔」的進一步描繪，從風雨摧殘中引出詞人的惆悵和傷感，使人感到別有寄託蘊於其內。「壽陽妝罷」，用壽陽公主梅落額上的故事。據唐韓鄂《歲華紀麗．人日梅花妝》云：南朝宋武帝女壽陽公主曾經睡在含章殿的簷下，梅花落到她的額上，成五出之花，怎麼拂拭也留著花的印痕，宮中爭相摹仿，於是有所謂梅花妝。以壽陽公主襯映梅花之美後，詞人接著用「冰姿玉態」、自然天真作進一步的刻畫，實處間以虛意，死處參以活語，就更加光彩百倍，把梅都寫活了。「的的」，是明明白白的意思；「天真」，是自然本色的意思。《莊子．漁父》中有一個最為恰切的解釋說：「真者，所以受於天也，自然不可易也。」詞人把它運用到這裡，就是說梅花的姿態是那樣的自然淡雅。可是，像梅花這樣的「冰姿玉態」，高風亮節，也要遭到風雨的摧殘，這就從物態的刻畫上開拓出來，別有寄託了。「等閒風雨」兩句，正因為寄託了詞人的升沉之感，在芳菲纏綿之中，具沉鬱頓挫之致，非一般擬聲摹形的詠物詞可比。詞人在這裡用一個「又」字表示自己同樣在人生旅途上歷經風波；又用了「等閒」兩字來表達其遭到摧殘的「平白無故」。「更忍向、笛中聞」，是以情語作結，辭盡意遠，真味無窮，應是化用了李白「黃鶴樓中吹玉笛，江城五月落梅花」（〈與史郎中欽聽黃鶴樓上吹笛〉）的詩意。李白借笛中有〈梅花落〉的曲調，運用「雙關」的修辭手段，寫出當時冷落的心境，在蒼涼的景色中透露內心的悲涼。而詞人則是在風雨紛紛的現實中，感到名花零落的悲哀，在悠揚的笛聲中，不忍聽到〈梅花落〉的曲調，從而抒發其別有懷抱的感慨，深婉含蓄，工於運意，借物以言情，即景而發感，造成了若即若離、似而不似的境界。詞人在這首詞中，句句在寫梅，卻沒有出現一個「梅」字，而又無隱晦之嫌，啞謎之病，自然是詠物詞中的佳作。（羊春秋）

錢惟演

【作者小傳】（九七七～一〇三四）字希聖，杭州臨安（今屬浙江）人。吳越王錢俶之子。隨父歸宋，為右屯衛將軍，累遷翰林學士、樞密使。仁宗時，因事落職。終崇信軍節度使。與楊億、劉筠等唱和，編成《西崑酬唱集》，風靡詩壇。所著今存《家王故事》《金坡遺事》，存詞二首。

玉樓春 錢惟演

城上風光鶯語亂，城下煙波春拍岸。綠楊芳草幾時休，淚眼愁腸先已斷。

情懷漸覺成衰晚，鸞鏡朱顏驚暗換。昔時多病厭芳尊，今日芳尊唯恐淺。

據南宋胡仔《苕溪漁隱叢話後集》卷三十九引《侍兒小名錄》載：「錢思公謫漢東（即隨州，今湖北隨縣）日，撰〈玉樓春〉詞（略），每酒闌歌之則泣下。後閤有白髮姬，乃鄧王（惟演父）歌鬟驚鴻也，遽言：『先王將薨，預戒挽鐸中歌〈木蘭花〉（即〈玉樓春〉）引紼為送，今相公亦將亡乎？』果薨於隨州。鄧王舊曲，亦嘗有『帝鄉煙雨鎖春愁，故國山川空淚眼』之句。」宋仁宗明道二年（一〇三三）三月，垂簾聽政的劉太后崩，仁宗開始親政，即著力在朝廷廓清劉氏黨羽。與劉氏結為姻親的錢惟演自然在劫難逃，同年九月，坐擅議宗廟罷平章事職務，貶崇信軍節度使，謫居漢東。緊接著，其子錢曖也被罷官。不久，與錢氏有姻親關係的郭皇后被廢。這一切，都預示著他的政治生命行將結束。這首詞正是作於此時，離他去世不到一年，因此寫得「詞極悽惋」（宋黃昇《花菴詞選》），處處流露出一種垂暮之感。

詞的上片前兩句是寫景，意思只是說，城頭上鶯語唧唧，風光無限；城腳下煙波浩淼，春水拍岸，是一派春景。作者在這裡是借景抒情，而不是因景生情，因此用粗線條來勾勒春景，對於後面的遺懷抒情反而有好處，因為它避免了可能造成的喧賓奪主的毛病。另外，作者對景物描寫作這樣的處理，仍有一番匠心在。首先，這兩句是從城上和城下兩處著墨描繪春景，這就給人以動的感覺。其次，又斟酌字句，使兩句中的聽覺與視覺形成對比，看的是風光、煙波，顯得抽象朦朧；聽的是鶯語、濤聲，顯得具體真切。這樣的描寫，正能體現出作者此時此刻的心情：並非著意賞春，而是一片春聲在侵擾著他，使他無計避春，從而更觸發了滿懷愁緒。清況周頤在《蕙風詞話》中有一段頗有見地的話：「詞過經意，其蔽也斧琢；過不經意，其蔽也褦襶。不經意而經意，易；經意而不經意，難。」錢惟演的這兩句正是進入了「經意而不經意」的境界。

下面兩句開始抒情，綠楊芳草年年生發，而我則已是眼淚流盡，愁腸先斷，愁慘之氣溢於言表。「綠楊芳草幾時休」與「春花秋月何時了」（李煜〈虞美人〉）句法相同，可以互參。此處由景入情，並且突作「變徵之聲」，把詞推向高潮，中間的過渡是很自然的。

下片的前兩句仍是抒情，不過比上片更為細膩，「情懷漸覺成衰晚」，並不是虛寫，而是有著充實的內容。錢惟演宦海沉浮幾十年，能夠「官兼將相，階、勛、品皆第一」（見歐陽脩《歸田錄》），靠的就是劉太后，因此，劉太后的死，對錢惟演確實是致命一擊。一貶漢東，永無出頭之日，這對於一生「雅意柄用」（《宋史》）的錢惟演來說，是一種無法忍受的痛苦，當時的情懷可想而知。「鸞鏡朱顏驚暗換」，亦東漢徐幹〈室思〉詩「鬱結令人老」之意，承上句而來。人不能自見其面，說是鏡裡見而始驚，亦頗入情。這兩句從精神與形體兩方面來感嘆老之已至，充滿了無可奈何的傷感之情。

最後兩句是全詞的精粹，收得極有分量，使整首詞境界全出。明李攀龍說：「妙處俱在末結語傳神。」（明吳從先《草堂詩餘雋》引）明沈際飛說：「芳尊恐淺，正斷腸處，情尤真篤。」（《草堂詩餘正集》）這些評論都是比較恰當的。用酒澆愁的主題，這裡運用得頗出新意，作者捕捉到對「芳尊」態度的前後變化，形成強烈對照，寫得真率。以全篇結構來看，這也是最精彩的一筆，使得整首詞由景入情，由粗及細，層層推進，最後「點睛」，形成「警策句」，使整首詞表達了一個完整的意境。有人曾經把這兩句同宋祁的「為君持酒勸斜陽，且向花間留晚照」加以比較，認為宋祁的兩句更為委婉。這固然有些道理，但同時也要看到，這兩首詞所表現的意境並不相同。宋祁是在意賞春，儘管也流露出一點「人生易老」的感傷情緒。但整首詞的基調是明快的。而錢惟演則是因春傷情，整首詞所抒發的是一個政治失意者的絕望心情。從這點上說，兩者各得其妙。其實，詞寫得委婉也好，直露也好，關鍵在於一個「真」字，「真字是詞骨。情真，景真，所作必佳」（《蕙風詞話》卷一）。

這首遺懷之作，在遣詞用語上卻未脫盡脂粉氣，芳草、淚眼、鸞鏡、朱顏等等，實際上它只是抒寫作者的政治失意的感傷而已，反映出宋初纖麗詞風的一般特徵。（陳允吉、胡中行）

陳亞

【作者小傳】字亞之，維揚（今江蘇揚州）人。宋真宗咸平五年（一〇〇二）進士。曾為於潛令，守越州、潤州、湖州，官至太常少卿。年七十卒。喜作藥名詩詞。有集不傳，詞存四首，皆題藥名。

生查子　陳亞

藥名閨情

相思意已深，白紙書難足。字字苦參商，故要檀郎讀①。

分明記得約當歸，遠至櫻桃熟。何事菊花時，猶未回鄉曲？

〔註〕①檀郎讀：一作「檳郎讀」（「檳榔」也是藥名），檀郎，晉代潘岳是美男子，小名檀奴，故舊時常以「檀郎」代指夫婿或所愛男子。郎讀，諧中藥名「狼毒」。

這是一首寫閨情的詞。閨中人柔情萬縷，日夕縈念客居在外的丈夫，便寫了一封長信給他，向他傾訴無盡的相思之意。這首〈生查子〉，便是這種感情的高度概括。近人俞陛雲對這首詞極表稱賞，認為它「寫閨情有樂府遺意」（《宋詞選釋》）。

陳亞這首〈生查子〉，以藥名入詞，故題為「藥名閨情」。此詞語句淺白，感情深摯，妙用藥名而不著痕跡，誠屬藥名詞中的佳製。

首二句是說自從丈夫別後，憶念甚深。她無法排解離愁，便把深深的思念寫入信中，卻怎麼寫也寫不盡。接著，「字字」二句是說信中的每一個字，都是訴說這離別之苦的，是要丈夫讀了知道此情。句中之「參商」，指參、商二星。參星在西，商星（即辰星）在東，此出彼沒，永不相見，比喻雙方隔絕。「檀郎」，是美男子的代稱；此指閨中人的丈夫。「苦參商」三字極傳神，謂因夫妻離別、隔如參商而苦恨不已。這正好說明閨中人何以「相思意已深」而「白紙書難足」了。

上闋寫書信難表相思之深，以見閨中人的濃情密意。其中「相思」、「意已（薏苡）」、「白紙（芷）」、「苦參」、「郎讀（狼毒）」均為藥名。下闋則以怨嗔口吻，進一步抒發懷念遠人的感情；結尾以反問出之，尤見思念之切。

過片在「記得約當歸」前添上「分明」二字，更顯出分手時的相約印象甚深。常見的〈生查子〉皆為五字句，現這一句襯兩字為七字句，屬於別體。「分明」二句，寫閨中人回憶當日分手時的情景：她一再叮囑丈夫，最遲不要超過櫻桃紅熟時（指夏季）回家。但她等了又等，盼了又盼，卻始終不見心上人回來。於是，她不禁愛怨交織地問道：「現在連菊花都開了（指秋天），為什麼還不回來呢？」這四句一氣呵成，思憶情深，盼望意切，可看作是信中內容的延續，也可看作是信外的心底思忖。真是情味深長，含蘊不盡。

下闋中的藥名有「當歸」、「遠至（志）」、「櫻桃」、「菊花」、「回鄉（茴香）」等，與上闋合起來，一共用了十個藥名。藥名詞，規定每句至少要有一個藥名，藥名可借用同音字。這首詞中的「相思」、「苦參」、

「當歸」、「櫻桃」、「菊花」是藥名本字；「意已」、「白紙」、「郎讀」、「遠至」、「回鄉」等，則是同音借用而成藥名的。

陳亞少孤，由舅父養大；舅父是個醫工，故其從小耳濡目染，藥名爛熟於胸。現存詞四首，都是藥名詞。他的藥名詩也寫得不錯，宋吳處厚《青箱雜記》謂有「百餘首行於世」。如「風月前湖近，軒窗半夏涼」、「棋怕臘寒呵子下，衣嫌春暖縮紗裁」（均見《青箱雜記》引），都很有詩意；句中的「前湖（胡）」、「半夏」、「呵（訶）子」、「縮紗（砂）」，就是藥名。

南宋大詞人辛棄疾，間亦遊戲寫藥名詞。其〈定風波〉（用藥名招馬荀仲游雨岩，馬善醫）云：「山路風來草木香，雨餘涼意到胡床。泉石膏肓吾已甚，多病，提防風月費篇章。孤負尋常山簡醉，獨自，故應知子草玄忙。湖海早知身汗漫，誰伴？只甘松竹共淒涼。」詞中的「木香」、「雨餘涼（禹餘糧）」、「石膏」、「防風」、「常山」、「知（梔）子」、「海早（藻）」、「甘松」，均是藥名。

藥名詞是宋詞雜體中的一體，詞苑中有此異花一株，生色不少。（梁守中）

夏竦

【作者小傳】（九八五～一〇五一）字子喬，江州德安（今屬江西）人。以父死國，授丹陽主簿。宋真宗景德四年（一〇〇七），舉賢良方正科。仁宗朝，歷官知制誥，翰林學士兼侍讀、樞密使、參知政事、同中書門下平章事。封英國公，改封鄭。著有《文莊集》《古文四聲韻》，詞存二首。

鷓鴣天　夏竦①

鎮日無心掃黛眉，臨行愁見理征衣。尊前只恐傷郎意，閣淚汪汪不敢垂。

停寶馬，捧瑤卮，相斟相勸忍分離？不如飲待奴先醉，圖得不知郎去時。

〔註〕①此詞作者，明《詞林萬選》作夏竦，明陳耀文《花草粹編》作無名氏，清趙式《古今別腸詞選》作王曾。諸本以《詞林萬選》最早，當是。又，宋劉克莊《後村詩話》卷一引「近人長短句」有此詞二句，同時之吳潛《履齋詩餘》有〈鷓鴣天·和古樂府韻送游景仁將漕夔門〉全用此詞原韻，履齋稱之為古樂府，可認為宋初夏竦作。

送別是詞中最常見的題材之一。這首詞以代言的方式抒寫一個女子的離情，寫得比較深細，比較新鮮。上片寫這個女子在愛人將行、行日及別宴上種種情態。「鎮日無心掃黛眉」，鎮日，整天，不定指一天。

自愛人打算出行時她就沒精打采，「終日厭厭倦梳裹」（柳永〈定風波〉）了。「臨行愁見理征衣」，她一見他在打點行裝就愁了。這「愁見」似不同於「愁看」，應是情緒的突然觸發，雖然行人即將出發，但何時理征衣，她並不是都有心理準備的。這樣看來，這個「愁」比前句「無心」就深入一層而且帶有一定程度的爆發性了。下面寫別宴。「紅樓別夜堪惆悵」（韋莊〈菩薩蠻〉），這個女子心裡實在難受，以至「淚汪汪」。但她並未讓自己的淚泉湧流出來，而是克制住了。離別對相愛的雙方來說都是痛苦的，自己的痛苦可以忍受，但不能叫對方傷心。「尊前只恐傷郎意，閣淚汪汪不敢垂」，這有多大的克制力，就有多少對郎的溫情。這情形彷彿杜牧〈贈別〉：「多情卻似總無情，唯覺樽前笑不成」，小杜寫分別時想輕鬆一點，但輕鬆不起來，此寫直想哭而「不敢」哭，益見其悽婉厚重。

上片寫離情的鬱積和變形，寫到別宴。過片繼續寫別宴，並加以生發。「停寶馬，捧瑤卮，相斟相勸忍分離？」先是用兩個短句子點示了一下外在情態，略作頓挫，氣氛緩和些了，金玉的字面也顯示了情意的美好；下面的反問又轉入內心，「相斟相勸」表面的平靜下隱伏著多少痛苦的煎熬。情感的潛流愈轉愈急，終見波瀾：「不如飲待奴先醉，圖得不知郎去時」，這是絕妙奇語，雖奇卻又自然，因它順應著上面的情緒邏輯。正因為分別這般痛苦，不如自己先醉倒，不知分手情形或許好受些。這是一。再者，自己強忍著眼淚想寬解對方，但感情的禁制力總有個限度，說不定到分手時還會垂淚傷郎，那只有求助於沉醉，庶幾可免兩傷。這裡仍有對所愛者的如許溫情。一般說來，詞的下片比較難寫，因為它一方面要接著上片發展，一方面又要轉入新的一層意思，另起波瀾，還要吻合上片作個回應、結束。本詞下片就是如此抒寫的，使人有神完意足之感。

一首小令把別情寫得如此深厚、曲折，實不多見。一般這類詞總要寫出「執手相看淚眼」（柳永〈雨霖鈴〉）、「別語愁難聽」（周邦彥〈蝶戀花〉）等情態，被明沈際飛《草堂詩餘正集》譽為「第一個相別情態，一筆描來，不可思議」

的毛滂〈惜分飛〉（淚濕闌干花著露），看來也少些心靈深處的節奏。這首詞沒有採用慣常的借景抒情的方式，全擬女子的聲口，這大約也是便於傳達心曲的一個原故吧。正如清陳廷焯所評論的：「語不必深，而情到至處，亦絕調也。」（《白雨齋詞話》）（湯華泉）

范仲淹

【作者小傳】（九八九～一〇五二）字希文。其先邠（今陝西彬縣）人，後徙蘇州吳縣（今江蘇蘇州）。宋真宗大中祥符八年（一〇一五）進士。官至樞密副使，參知政事，又曾出任陝西四路宣撫使，知邠州。守邊多年，西夏稱他「胸中自有數萬甲兵」。卒謚文正。著有《范文正公集》。詞存五首，風格、題材均不拘一格，如〈漁家傲〉寫邊塞生活，蒼勁明健，〈蘇幕遮〉〈御街行〉寫離別相思，纏綿深致，均膾炙人口。今有輯本《范文正公詩餘》。

蘇幕遮

范仲淹

碧雲天，黃葉地，秋色連波，波上寒煙翠。山映斜陽天接水，芳草無情，更在斜陽外。

黯鄉魂，追旅思，夜夜除非，好夢留人睡。明月樓高休獨倚。酒入愁腸，化作相思淚。

這首詞抒寫羈旅相思之情，題材基本不脫傳統的離愁別恨的範圍，但意境的闊大卻為這類詞所少有。

上片寫穠麗闊遠的秋景，暗透鄉思。起手兩句，即從大處落筆，濃墨重彩，展現出一派長空湛碧、大地澄黃的高遠境界，而無寫秋景經常出現的衰颯之氣。元王實甫《西廂記》「長亭送別」一折化用這兩句，改為「碧雲天，黃花地」，同樣極富繪畫美與詩意美。

「秋色連波，波上寒煙翠」兩句，從碧天廣野寫到遙接天地的秋水。秋色，承上指碧雲天、黃葉地。這湛碧的高天和滿是落葉的大地一直向遠方伸展，連接著天地盡頭的渺渺秋江。江波之上，籠罩著一層翠色的寒煙。煙靄本呈白色，但由於上連碧天，下接綠波，遠望即與碧天同色而莫辨，如所謂「秋水共長天一色」（王勃〈滕王閣序〉），所以說「寒煙翠」。「寒」字凸出了這翠色的煙靄給予人的秋意感受。這兩句境界悠遠，與前兩句高廣的境界互相配合，構成一幅極為寥廓而多彩的秋色圖。

「山映斜陽天接水，芳草無情，更在斜陽外」。傍晚，夕陽映照著遠處的山巒，碧色的遙天連接著秋水綠波，萋萋芳草，一直向遠處延伸，隱沒在斜陽照映不到的天邊。這三句進一步將天、地、山、水透過斜陽、芳草組接在一起，景物自目之所接延伸到想像中的天涯。這裡的芳草，雖未必有明確的象喻意義（如清黃蘇《蓼園詞評》謂芳草喻小人，就不免穿鑿），但這一意象確可引發有關的聯想。自從《楚辭．招隱士》寫出了「王孫遊兮不歸，春草生兮萋萋」以後，在詩詞中，芳草就往往與鄉思別情相聯繫。這裡的芳草，同樣是鄉思離情的觸媒。它遙接天涯，遠連故園，更在斜陽之外，使矚目望鄉的客子難以為情，而它卻不管人的情緒，所以說它「無情」。到這裡，方由寫景隱逗出鄉思離情。

整個上片所寫的闊遠穠麗、毫無衰颯情味的秋景，在文人筆下是少見的，在以悲秋傷春為常調的詞中，更屬罕見。而悠悠鄉思離情，也從芳草天涯的景物描寫中暗暗透出，寫來毫不著跡。這種由景及情的自然過渡，手法也很高妙。

過片緊承芳草天涯，直接點出「鄉魂」、「旅思」。鄉魂，即思鄉的情思，與「旅思」義近。兩句是說自己思鄉的情懷黯然淒愴，羈旅的愁緒重疊相續。上下互文對舉，帶有強調的意味，而主人公羈泊異鄉時間之久與鄉思離情之深自見。

「夜夜除非，好夢留人睡」，九字作一句讀。說「除非」，足見只有這個，別無他計，言外之意是說，好夢做得很少，長夜不能入眠。這就逗出下句：「明月樓高休獨倚。」月明中正可倚樓凝想，但獨倚明月照映下的高樓，不免愁懷更甚，不由得發出「休獨倚」的慨嘆。從「斜陽」到「明月」，顯示出時間的推移，而主人公所處的地方依然是那座高樓，足見鄉思離愁之深重。「樓高」「獨倚」點醒上文，暗示前面所寫的都是倚樓所見。這樣寫法，不僅避免了結構與行文的平直，而且使上片的寫景與下片的抒情自然地融為一體。

「酒入愁腸，化作相思淚」。因為夜不能寐，故借酒澆愁，但酒一入愁腸，卻都化作了相思之淚，這真是欲遣相思反而更增相思之苦了。結拍兩句，抒情深刻，造語生新。作者另一首〈御街行〉則翻進一層，說：「愁腸已斷無由醉，酒未到，先成淚。」寫得似更奇警深至，但微有做作態，不及這兩句自然。寫到這裡，鬱積的鄉思旅愁在外物觸發下發展到最高潮，詞也就在這難以為懷的情緒中黯然收束。

這首詞上片寫景，下片抒情，這本是詞中常見的結構和情景結合方式。它的特殊性在於麗景與柔情的統一，更準確地說，是闊遠之境、穠麗之景與深摯之情的統一。寫鄉思離愁的詞，往往借蕭瑟的秋景來表達，這首詞所描繪的景色卻闊遠而穠麗。它一方面顯示了詞人胸襟的廣闊和對生活對自然的熱愛，反過來襯托了離情的可傷，另一方面又使下片所抒之情顯得柔而有骨，深摯而不流於頹靡。整個來說，這首詞的用語與手法雖與一般的詞類似，意境情調卻近於傳統的詩。這說明，抒寫離愁別恨的小詞是可以寫得境界闊遠，不局限於閨閣庭院的。（劉學鍇）

漁家傲

范仲淹

塞下秋來風景異，衡陽雁去無留意。四面邊聲連角起。千嶂裡，長煙落日孤城閉。

濁酒一杯家萬里，燕然未勒歸無計。羌管悠悠霜滿地。人不寐，將軍白髮征夫淚！

北宋在仁宗即位之後，國家積弱積貧之勢益加明顯，表面上一片昇平，實際上危機四伏，而文風、詞風仍在沿襲著晚唐、五代的餘習發展。有遠見的政治家、文學家都已覺察到問題的嚴重性，「慶曆新政」和古文運動先後發生在這個時期，不是偶然現象，而是當時政治現實、社會現實的客觀要求。在詞的方面，豪放詞開始興起，一變低沉婉轉之調，而為慷慨雄放之聲，把有關國家、社會的重大問題反映到詞裡。范仲淹的〈漁家傲〉可算是這方面的代表作。

范仲淹在仁宗康定元年（一〇四〇）八月，任陝西經略安撫副使兼知延州（治所在今陝西延安），抗擊西夏。慶曆元年（一〇四一）四月調知耀州（治所在今陝西耀縣）。他的〈漁家傲〉詞即作於這個時期。據宋人魏泰《東軒筆錄》說，范仲淹守邊時，作〈漁家傲〉歌數闋，皆以「塞下秋來」為首句，頗述邊鎮之勞苦，歐陽脩嘗稱

范仲淹〈漁家傲〉（塞下秋來風景異）——明刊本《詩餘畫譜》

為「窮塞主之詞」云云。現在只剩下了這一首。

上闋著重寫景。起句「塞下秋來風景異」，「塞下」點明了延州的所在區域。當時延州為西北邊地，是防止西夏進攻的軍事重鎮，故稱「塞下」。「秋來」，點明了季節。「風景異」，概括地寫出了延州秋季和內地大不相同的風光。范仲淹是蘇州人，他對這個地方的季節變換，遠較北人敏感，故用一個「異」字概括，這中間含有驚異之意。怎樣不同呢？「衡陽雁去無留意」，雁是候鳥，每逢秋季，北方的雁即飛向南方避寒。古代傳說，雁南飛，到衡陽即止，衡山的回雁峰即因此而得名，所以王勃說：「雁陣驚寒，聲斷衡陽之浦」（〈滕王閣序〉）。「無留意」是說這裡的雁到了秋季即向南展翅奮飛，毫無留戀之意。這個地區秋天的荒涼景象，盡括在雁「無留意」三字之中，顯得筆力遒勁。下邊續寫延州傍晚時分的戰地景象：「四面邊聲連角起。」所謂「邊聲」，西漢李陵〈答蘇武書〉所云「涼秋九月，塞外草衰，夜不能寐，側耳遠聽，胡笳互動，牧馬悲鳴，吟嘯成群，邊聲四起」，是總指一切帶有邊地特色的聲響。這種聲音隨著軍中的號角聲而起，形成了濃厚的悲涼氣氛，為下片的抒情蓄勢。「千嶂裡，長煙落日孤城閉」，上句寫延州周圍環境，它處在層層山嶺的環抱之中；下句牽挽到對西夏的軍事鬥爭。「長煙落日」，很容易使人聯想起王維的名句「大漠孤煙直，長河落日圓」（王維〈使至塞上〉），寫出了塞外的壯闊風光。而在「長煙落日」之後，緊綴以「孤城閉」三字，氣象便不相同。千嶂、孤城、長煙、落日，這是所見；邊聲、號角聲，這是所聞。把所見所聞諸現象連綴起來，展現的是一幅充滿肅殺之氣的戰地風光畫面，特別值得玩味的是「孤城閉」三字，它隱隱地透露出宋朝不利的軍事形勢。為什麼會造成這種形勢呢？

原來宋朝從建立之後，就採取重內輕外政策，對內加緊控制，把禁軍分駐全國各地，而在邊疆上長期放棄警戒，武備鬆弛。宋仁宗寶元元年（一〇三八）西夏李元昊稱帝，宋廷調兵遣將，揚聲討伐，而事起倉卒，將不知兵，兵不知戰，以致每戰輒敗。范仲淹移知延州，可以說是「受任於敗軍之際，奉命於危難之間」（諸葛亮〈前出師表〉）。他到任後，一方面加強軍隊訓練，一方面在延州周圍構築防禦工事，始終居於守勢，不敢輕易出擊，延州局勢才暫時穩定下來，就整個形勢來說，延州仍處於孤立狀態。所以「孤城閉」三字真實地反映了當時的軍事態勢，反映出宋朝守軍力量是很薄弱的，作為指揮部所在地的城門，太陽一落就關閉起來，表現了形勢的嚴重性。這一句就為下片的抒情作了鋪墊。

下闋著重抒情。起句「濁酒一杯家萬里」，這是詞人的自抒懷抱。他身負重任，防守危城，天長日久，難免起鄉關之思。這「一杯」與「萬里」之間形成了懸殊的對比，也就是說，一杯濁酒，銷不了濃重的鄉愁，造語雄渾有力。鄉愁由何而來呢？「燕然未勒歸無計」，這句是用典。燕然，山名，即杭愛山，在今蒙古國境內。漢和帝永元元年（八九），竇憲大破北匈奴，窮追北單于，曾登此山，「刻石勒功而還」（《後漢書．和帝紀》）。詞意是說，戰爭沒有取得勝利，還鄉之計是無從談起的，然而要取得勝利，又談何容易！「羌管悠悠霜滿地」，寫夜景，在時間上是「長煙落日」的延續。羌管，即羌笛，是出自古代西部羌族的一種樂器，它所發的是淒切之聲，唐代邊塞詩裡經常提到它。如王之渙〈涼州曲〉「羌笛何須怨楊柳，春風不度玉門關」，岑參〈白雪歌送武判官歸京〉「中軍置酒飲歸客，胡琴琵琶與羌笛」等。深夜裡傳來了抑揚的羌笛聲，大地上鋪滿了秋霜。耳所聞的、目所睹的都給人以淒清、悲涼之感。如果深夜裡安然熟睡，是聽不到、也看不到的。這就逗出了下句：「人不寐」，補敘上句，表明自己徹夜未眠，徘徊於庭。「將軍白髮征夫淚」，由自己而及征夫，總收全詞。將軍（詞人自己）為什麼通宵不眠，髮為之白？很明顯，是「燕然未勒歸無計」造成的；征夫為什麼會不眠和落淚？是出於同樣原因。他們和將軍的思想感情是一致的：既希望取得偉大勝利，而戰局長期沒有進展，又難免思念家鄉，妻子兒女魂牽夢繞。愛國激情，濃重鄉思，兼而有之，構成了他們複雜而又矛盾的情緒。將軍與

征夫的矛盾情緒透過全詞景物的描寫，氣氛的渲染，婉曲地傳達出來，情調蒼涼而悲壯，和婉約詞的風格完全不同。（李廷先）

御街行

范仲淹

紛紛墜葉飄香砌。夜寂靜，寒聲碎。真珠簾捲玉樓空，天淡銀河垂地。年年今夜，月華如練，長是人千里。

愁腸已斷無由醉，酒未到，先成淚。殘燈明滅枕頭欹，諳盡孤眠滋味。都來此事，眉間心上，無計相迴避。

這詞一本有副題「秋日懷舊」，是一首懷人之作，其間洋溢著一片柔情。即所謂「鐵石心腸人亦作此銷魂語」（清許昂霄《詞綜偶評》）。上片描繪秋夜寒寂的景象，下片抒寫孤眠愁思的情懷，由景入情，情景交融。

秋夜景象，作者只抓住秋聲和秋色，便很自然地引出秋思。歐陽脩〈秋聲賦〉說：「星月皎潔，明河在天，四無人聲，聲在樹間。」這首詞上片寫的正是這種境界。一葉落知天下秋，到了秋天樹葉大都變黃飄落。樹葉紛紛飄墜在香砌（香階）之上，不言秋而知秋。夜，是秋夜。夜寂靜，並非說一片闃寂，而是如〈秋聲賦〉所說「四無人聲」，聲還是有的，是寒聲，即秋聲。這聲音不在樹間，卻來自樹間。就是樹上飄來的黃葉墜在階上，沙沙作響。夜裡，樹葉飄落是看不見的，即便是月色如晝，也是看不清楚的。這裡寫「紛紛墜葉」是訴諸聽覺，是憑耳朵所聽到的沙沙聲響，感知到葉墜香階的。「寒聲碎」，這三個字，不僅告訴我們這細碎的聲響就是墜葉的聲音，而且告訴我們這聲響是帶著寒意的秋聲。這個「寒」字下得極妙，既是秋寒節候的感受，又是孤寒處境的感受，兼寫物境與心境。由此引出空樓明月的一段描寫。由聽覺轉入視覺。

「真珠簾捲玉樓空」，在空寂的高樓之上，捲起珠簾，觀看夜色。這夜色也如〈秋聲賦〉所說的：「星月皎潔，明河在天。」玉樓觀月的一段描寫，感情細膩，色澤綺麗，有花間詞人的遺風，然而在骨子裡，卻自有一股清剛之氣。唐崔國輔〈古意〉說「下簾彈箜篌，不忍見秋月」，這裡卻寫在玉樓之上，將珠簾高高捲起，環視天宇。都是寫相思之情，其氣質卻自不同。捲簾觀看星月，顯得奔放。「天淡銀河垂地」，評點家視為佳句，六個字勾畫出秋夜空曠的天宇，實不減杜甫「星垂平野闊」（〈旅夜書懷〉）之氣勢。以月寫相思，自南朝謝莊〈月賦〉「美人邁兮音塵闕，隔千里兮共明月」之後，代不乏人。因為千里共月，最易引起相思之情。「年年今夜，月華如練，長是人千里」，寫的也是這種意境，其聲情頓挫，骨力遒勁，和溫庭筠〈菩薩蠻〉「玉樓明月長相憶，柳絲嫋娜春無力」，剛柔有別。寫珠簾、寫銀河、寫月色，奔放雄壯，深沉激越。寫到這裡，感情已似激流洪波，以景寓情已不足以表達，很自然地轉入下片的直接抒情，傾吐愁思。

下片寫酌酒垂淚的愁意，挑燈倚枕的愁態，攢眉揪心的愁容，一個「愁」字，毫不掩飾地端了出來。曹操〈短歌行〉云：「何以解憂，唯有杜康。」古來借酒解憂解愁成了詩詞中常詠的題材。有的反其意而用之，說「舉杯銷愁愁更愁」（李白〈宣州謝朓樓餞別校書叔雲〉）。范仲淹寫酒化為淚，不僅反用其意，而且翻進一層，別出心裁，自出新意。他在〈蘇幕遮〉中就說：「酒入愁腸，化作相思淚。」在這首詞裡說：「愁腸已斷無由醉，酒未到，先成淚。」腸已愁斷，酒無由入，雖未到愁腸，已先化淚。比起入腸化淚，又添一折，又進一層，愁更難堪，情更淒切。真可謂善寫愁思者也。

自《詩經．關雎》「悠哉悠哉，輾轉反側」出，詩人便多以臥不安席來表現愁態。如曹丕〈雜詩〉：「展轉不能寐，披衣起徬徨。」范仲淹在這裡說「殘燈明滅枕頭欹」，室外月明如畫，室內昏燈如滅，兩相映照，自有一種淒然的氣氛。枕頭欹斜，寫出了愁人倚枕對燈寂然凝思神態，這神態比起輾轉反側，更加形象，更加生動。然後補一句：「諳盡孤眠滋味。」由於有前句鋪墊，這句獨白也十分入情，很富於感人力量。「都來此事」，算來這懷舊之事，是無法迴避的，不是在心頭縈繞，就是在眉頭攢聚。愁，在內為愁腸愁心，在外為愁眉愁臉。古人寫愁情，設想愁像人體中的「氣」，氣能行於體內體外，故或寫愁由心間轉移到眉上，如毛滂〈惜分飛〉「愁到眉峰碧聚」；或寫由眉間轉移到心上，如李清照〈一剪梅〉「此情無計可消除，才下眉頭，卻上心頭」。范仲淹這首詞則說「眉間心上，無計相迴避」，說得比較全面，但從詞的語言看，生動性、形象性似稍遜易安一籌，雖然仍不失為入情入理的佳句。

縱觀下片，由景入情，寫情先寫愁意，次寫愁態，再寫愁容，步步逼進，層層翻出，懷人之情直接吐露，淋漓盡致，沉著痛快。（林東海）

剔銀燈　范仲淹

與歐陽公席上分題①

昨夜因看蜀志②，笑曹操孫權劉備。用盡機關，徒勞心力，只得三分天地。屈指細尋思，爭③如共、劉伶一醉④？

人世都無百歲。少痴騃⑤、老成尪悴⑥。只有中間，些子⑦少年，忍把浮名⑧牽繫？一品⑨與千金，問白髮、如何迴避？

〔註〕①席上分題：古人往往在酒席上擬一些題目，分別賦詩填詞，以助酒興。②蜀志：晉陳壽撰《三國志》，全書由《魏志》《蜀志》《吳志》三部分組成。③爭：怎。④劉伶：西晉狂士，嗜酒。南朝宋劉義慶《世說新語．任誕》載伶妻諫其戒酒，伶詐言不能自禁，須對鬼神發誓。其妻遂供酒肉於神位前。伶卻誓曰：「天生劉伶，以酒為名。一飲一斛，五斗解酲。婦人之言，慎不可聽。」誓罷便飲酒食肉，頹然已醉。劉伶的狂飲任誕，實是對政治黑暗的一種消極反抗。⑤騃：音同皚，呆。⑥尪悴：音同汪脆，衰弱貌。⑦些子：一點兒。⑧浮名：古人發牢騷時，每稱功名為浮名。⑨一品：唐宋時官分九品，一品是最高的級別。

范仲淹是北宋豪放詞派的先驅，其詞今雖僅傳五首，但在題材方面有新的開拓，在風格方面也有新的探索。本篇就是一個特例。它寫的是對歷史的評價，對人生的看法，可謂「重大主題」。當我們看膩了婉約派筆下那些風雲氣短、兒女情長的豔詞，一旦讀到這首「別調」的作品，頗有新鮮之感。然而，作者尚未完全擺脫詞為「小道」、「末技」的世俗之見的影響。因此，他在創作以「先天下之憂而憂，後天下之樂而樂」（〈岳陽樓記〉）的政治抱負為主題的文學作品時，態度是嚴肅的，採用的也是古文這種文人心目中比較「高貴」和「正經」的體裁。而在與老朋友一起喝酒、無拘無束地閒聊白話時，則不免戲作小詞了。這就決定了本篇的風格必然是戲謔的。「重大主題」而又出之於「遊戲之筆」，於是我們看到了完全不同於〈岳陽樓記〉裡的另一位范仲淹。

此詞純用口語寫成。上闋大意是說：昨天夜裡讀《三國志》，不禁笑話起曹操、孫權、劉備來。他們用盡權謀機巧，不過是枉費心力，只鬧了個天下鼎足三分的局面。與其像這樣瞎折騰，還不如什麼也別幹，索性和劉伶一塊兒喝他個醺醺大醉呢。下闋則化用了白居易〈狂歌詞〉的詩意。白詩云：「五十已後衰，二十已前痴。晝夜又分半，其間幾何時！生前不歡樂，死後有餘貲。焉用黃墟下，珠衾玉匣為？」范詞則曰：人生一世，總沒有活到一百歲的。小的時候不懂事，老了又衰弱不堪。只有中間一點點青年時代最可寶貴，怎忍心用來追求功名利祿呢？就算做到了一品大官、百萬富翁，請問能躲過老冉冉其將至的自然規律麼？

全篇筆調很詼諧，盡是俏皮話。讀來風趣得很，但想想卻很失望，本來大家對范老夫子還頗有幾分崇敬，如選歷史名人，誰還肯投他的票！——且慢，以人廢言尚且不可，又怎能以言廢人？

據《宋史》本傳，范仲淹年輕時銳意進取，刻苦攻讀，晝夜不息，冬日疲憊時則以冷水沃面，飲食不繼則啜糜粥。中進士後，無論在地方抑在朝廷供職，他都敢於指斥時弊，為民請命，多有善政。所得俸祿，每用以招待慕名前來問學的四方之士，而自家子弟卻只有一套出客的衣服，須易衣出門。即使後來做到執政大臣，家中無客時，他也「不重肉」（不吃兩樣肉食），節餘的薪俸全拿到家鄉去購置「義莊」，贍養族人。但這樣一位仁人志士，卻屢遭小人誣陷，兩度被排擠出朝。仁宗景祐三年（一〇三六）貶官那次，歐陽脩雖不認識他，卻站出來為他打抱不平，結果也受到貶為夷陵縣令的處分。慶曆三年（一〇四三），詞人回朝當上了參知政事（副宰相），主持「新政」（即政治革新），這時歐陽脩也已回京，成為他的重要幫手和莫逆之交。「新政」因遭守舊派官僚們的阻撓，不久即告失敗，詞人遂於慶曆五年（一〇四五）再次貶官離京。本篇是「與歐陽公席上分題」之作，當即寫於這兩三年二人在朝共事之時。弄清了這一點，再來讀這首詞，我們就恍然大悟了：原來，它是詞人因政治改革徒勞無功而極度苦悶之心境的一個雪泥鴻爪式的記錄。胸中有塊壘，故須用酒澆之。憤激之際，酒酣耳熱，對著志同道合的老朋友發牢騷、說醉話，豈可當真？套用《紅樓夢》開卷詩的句格，我們不妨說此詞「滿紙荒唐言，一把辛酸淚，若云不健康，便失其中味」！要之，不能把它當作范仲淹這位大政治家的歷史觀和人生觀來讀，而只能把它看成一面「哈哈鏡」，根據其中扭曲的作者自我形象，去還他的廬山真面目。果真作如是觀，則此詞裡的范仲淹，仍是〈岳陽樓記〉裡的范仲淹。范仲淹的形象，並沒有因為發幾句牢騷便有所損害，正相反，這幾句牢騷倒使得他有血有肉，有強烈的個性，不唯可敬，而且可愛了。

只在詞中求詞，往往不解其詞。要想深得一篇詞作的三昧，更須知人論世，於詞外求之。（鍾振振）

柳永

【作者小傳】（九八七？～約一〇五三）字耆卿。初名三變，字景莊。崇安（今福建武夷山市）人。宋仁宗景祐元年（一〇三四）進士。官至屯田員外郎。排行第七，世稱柳七或柳屯田。為人放蕩不羈，終生潦倒。善為樂章，長於慢詞，以描寫歌妓生活、城市風光以及失意文人羈旅行役的生活等題材為主，語多俚俗，尤善鋪敘形容，曲盡其妙。對北宋慢詞的興盛和發展起了重要作用。代表作有〈雨霖鈴〉〈八聲甘州〉〈望海潮〉〈蝶戀花〉〈戚氏〉等。有《樂章集》傳世，詞存二百十三首。

甘草子　柳永

秋暮，亂灑衰荷，顆顆真珠雨。雨過月華生，冷徹鴛鴦浦。

池上憑欄愁無侶，奈此個、單棲情緒！卻傍金籠共鸚鵡，念粉郎言語。

柳永長調以善於鋪寫見稱，其小詞亦有可觀者，如這首〈甘草子〉就是一篇絕妙的閨情詞。上片寫女主人公池上憑欄的孤寂情景。秋天本易觸動寂寥之情，何況「秋暮」。「已是黃昏獨自愁，更著風和雨」（陸游〈卜算子·詠梅〉），則愁苦可知。「亂灑衰荷，顆顆真珠雨」，不但比喻貼切，句中「亂」字亦下得極好。它既寫出雨灑衰荷歷亂驚心的聲響，又畫出跳珠亂濺的景象，間接地，還顯示了憑欄凝佇、寂寞無聊的女主人公的形象，其心緒也恰可著一個「亂」字。緊接著，以頂針格寫出後兩句：「雨過月華生，冷徹鴛鴦浦。」詞連而境移，可見她在池上欄邊移時未去，從雨打衰荷直到雨霽月升。雨來時池上已無鴛鴦，「冷徹鴛鴦浦」即有冷漠空寂感，不僅是雨後天氣轉冷而已，這對女主人公之所以愁悶是一有力的暗示。

過片「池上憑欄愁無侶」一句收束上意，點明愁因。「奈此個、單棲情緒」則推進一層，寫孤眠之苦，場景也由池上轉入屋內。寫無侶單棲滋味，詞中比比皆是，並不新鮮。此詞妙在結尾二句別開生面，寫出新意：「卻傍金籠共鸚鵡，念粉郎言語。」荷塘月下，軒窗之內，一個不眠的女子獨自調弄鸚鵡，自是一幅絕妙仕女圖，畫中再度流露出她的寂寞無聊的情緒。而畫圖難足的，是那女子教鸚鵡念的「言語」，乃屬於「私房話」。不直寫她念念不忘「粉郎」及其「言語」，而透過鸚鵡學「念」來表現，尤覺婉曲含蓄。驟聞鳥語，如對故人，可聊以自遣自慰，然而豈能持久？鳥語之後，反而會平添一種淒涼。所以這畫面表現的況味又相當複雜。這個結尾，使全詞臻於妙境。

清彭孫《金粟詞話》云：「柳耆卿『卻傍金籠教鸚鵡，念粉郎言語』，《花間》之麗句也。」其實全詞語言皆華美。如「真珠」、「月華」、「鴛鴦」、「金籠」、「鸚鵡」等皆具辭彩。寫環境的華美不能掩蓋人物心境的空虛，適有反襯的妙用。女主人公亦如金籠之孤鳥。詞中兩用鳥名，上片之「鴛鴦」乃虛寫，下片之「鸚鵡」是實寫，各有妙用。（周嘯天）

晝夜樂　柳永

洞房記得初相遇。便只合、長相聚。何期小會幽歡，變作離情別緒。況值闌珊春色暮。對滿目、亂花狂絮。直恐好風光，盡隨伊歸去。

一場寂寞憑誰訴。算前言，總輕負。早知恁地難拚，悔不當時留住。其奈風流端正外，更別有、繫人心處。一日不思量，也攢眉千度。

傳統詩詞寫閨情題材的極多。柳永這首俗詞卻寫的是普通市井婦女的閨情，著重表現她的悔恨，在這類題材中是別開生面之作。

詞以抒情女主人公的語氣敘述其短暫而難忘的愛情故事。她是從頭到尾，絮絮訴說其無盡的懊悔。作者善於使用民間通俗文學的敘述方法，以追憶的方式從故事的開頭說起。初遇即便「幽歡」，正表現了市民戀愛直接而大膽的特點，不需要像公子與小姐那樣有一個漫長曲折的過程。這樣的初遇，自然給女性留下特別難忘的印象。她認定他們以情理而論都「便只合、長相聚」的。但事實上此種愛情在當時是難以為社會和家庭承認的，因而事與願違，初歡即又是永久的分離。顯然，他們的分離係為情勢所迫，還不是由於男子的負心，這就愈使她思念不止了。暮春時節所見到的是「亂花狂絮」，春事闌珊。春歸的景象已經令人感傷，而恰恰這時又觸動了對往日幽歡幸福與離別痛苦的回憶，愈加令人感傷了。「況值」兩字用得極妙，一方面表示了由追憶回到現實的轉換，另一方面又帶出了見景傷情的原因。由此很自然地在上片兩結句達到情景交融的地步：「直恐好風光，盡隨伊歸去。」「伊」既可指男性，也可指女性。柳永的俗詞是供女藝人演唱的，其中的「伊」一般都指男性，如〈定風波〉「針線閒拈伴伊坐」和〈望遠行〉「待伊遊冶歸來」中的「伊」都是指男性的。此詞的「伊」亦指男性。女主人公將春歸與情人的離去聯繫起來，美好的春光在她的感受中好像是隨他而去了。「直恐」兩字使用得很恰當，是主觀懷疑性的判斷，將二者聯繫起來純是情感的附著作用所致，很足以說明思念之情的強烈程度。

下片起句「一場寂寞憑誰訴」，在詞情的發展中具有承上啟下的作用。「一場寂寞」是春歸人去後最易感到的，但寂寞和苦惱的真正原因是無法向任何人訴說的，也不宜向人訴說，只有深深地埋藏在自己內心深處。於是詞的下片轉入抒寫自身懊悔的情緒。作者將這懊悔情緒分作三層，逐層鋪寫。第一，「算前言，總輕負」，是由於她的言而無信，或是損傷了他的感情，這些都未明白交代，但顯然責任是在女方；於是感到自責和內疚，輕易地辜負了他的情意。第二，「早知恁地難拚，悔不當時留住」，看來她對此事缺乏經驗，當初未考慮到離別後在情感上竟如此難於割捨。如果早知道了，何不當時就不顧一切將他留住呢？因為沒有留住他，這才後悔無窮。第三層又補足「恁地難拚」的原因。他不僅舉措風流可愛，而且還品貌端正，遠非一般浮滑輕薄之徒可比，實是難得的人物。但除了這些容易體察的優點而外，「更別有、繫人心處」。這「繫人心處」只有她才能體驗到的奧祕是不便於言說的，也是她「難拚」的最重要的原因。可見，她由於內疚、難捨和私自的喜愛，更感到失去他像失去了人生最寶貴的東西一樣。結句「一日不思量，也攢眉千度」，非常形象地表現了這位婦女悔恨和思念的精神狀態。攢眉即愁眉緊鎖，是「思量」時憂愁的表情。意思是，每日都在思量，而且總是憂思千次的，可想見其思念之深且切了。這兩句的表述方式很別致。本是「每日思量，攢眉千度」，偏說成是「一日不思量，也攢眉千度」，正言反說，語轉曲而情益深。不思量已是攢眉千度了，則每日思量時又是如何，不問可知，造語不但深刻，而且俏皮，得樂府民歌的神采。（謝桃坊）

曲玉管

柳永

隴首雲飛，江邊日晚，煙波滿目憑欄久。一望關河蕭索，千里清秋，忍凝眸？杳杳神京，盈盈仙子，別來錦字終難偶。斷雁無憑，冉冉飛下汀洲，思悠悠。暗想當初，有多少、幽歡佳會，豈知聚散難期，翻成雨恨雲愁？阻追遊。每登山臨水，惹起平生心事，一場消黯，永日無言，卻下層樓。

這首詞是寫離別之恨與羈旅之愁的。作者登高懷遠，觸景傷情，而將情景打成一片，往復交織，前後照應，針線尤為細密。

全詞共分三疊。凡是三疊的詞，以音律論，前兩疊是雙拽頭，後一疊才是換頭（一稱過片）。故文詞也每每是前兩疊大體一意，後一疊另作一意，使聲情相應。此詞第一疊「隴首」三句，是當前景物和情況。「雲飛」、「日晚」，隱含下「憑欄久」。「亭皋木葉下，隴首秋雲飛」（〈擣衣詩〉），是南朝梁柳惲的名句。隴首，猶言山頭。雲、日、煙波，皆憑欄所見，而有遠近之分。由此啟下三句。「一望」，不是望一下，而是一眼望過去，由近及遠，由實而虛，千里關河，可見而不盡可見，逼出「忍凝眸」三字，極寫對景懷人，不堪久望之意。然而上言「憑欄久」，可見已經久望了，則「忍凝眸」者，乃是事後覺得望之無益，是透過一層的寫法。此段五句都是寫景，只用「忍凝眸」三字，便將內心活動全部貫注到上寫景物之中，而使情景交融。

第一疊是先寫景，後寫情；第二疊則反過來，先寫情，後寫景。「杳杳」三句，接上「忍凝眸」來。「杳杳神京」，寫所思之人在汴京；「盈盈仙子」，則寫所思之人的身分。唐人詩中習慣上以仙女作為美女之代稱，一般用來指娼妓或女道士。如施肩吾有〈贈仙子〉，仙子指娼妓；趙嘏有〈贈女仙〉，女仙指女道士。這裡大約是指汴京的一名妓女。「錦字」是用竇滔、蘇蕙夫妻故事。苻秦時，滔得罪徙流沙，蕙作迴文詩，織於錦上以寄，詞甚悽惋，見《晉書》。作者和這位「仙子」，並非正式夫妻，其所以用此典故，或係因應舉時被仁宗放落，因而出京，與竇滔之獲罪遠徙，有些近似之故。文獻不足，無從深考。此句是說，「仙子」雖想寄與「錦字」，而終難相會（偶作「遇」解），這是懸揣之詞，並非真正收到她的信了，觀下文可知。鴻雁本可傳書，而說「斷」，說「無憑」，則是始終不曾負擔起牠的任務。雁給人傳書，無非是個傳說或比喻，而雁「冉冉飛下汀洲」，則是眼前實事。由虛而實，體現出既得不著信又見不了面的惆悵心情，自然就不能不老是想著，放不下了。「思悠悠」三字，總結次段之意，與上「忍凝眸」遙應，而更深入一層。因第一段寫景物蕭索，使人不忍凝眸，第二段則寫即使凝眸，其人終於難偶，不但人難偶，信也難通，所以除了相思之外，更無其他辦法。

第三疊是「思悠悠」的鋪敘。第一、二疊寫景抒情，眼前之事，已經表現得非常豐滿。而今日之惆悵，實緣於舊日之歡情，所以「暗想」四句，便概括往事，寫其先相愛，後相離，既相離，難再見的愁恨心情。「阻追遊」三字，橫插在上四句下五句中間，包括了多少難以言說的酸辛在內。然後，筆鋒一轉，又從回憶而到當前。但是，在回到當前之時，卻又蕩開一筆，在平敘之中，略作波折，指出這種「忍凝眸」、「思悠悠」的情狀，並不是這一次，而是許多次，每次「登山臨水」，就「惹起平生心事」。然後再寫到這回依然如此，在「黯然銷魂」的心情之下，長久無話可說，走下樓來。「卻下層樓」，遙接「憑欄久」，使全詞從頭到尾，血脈流通。

清劉熙載《藝概．詞概》說柳詞：「細密而妥溜，明白而家常，善於敘事，有過前人。」這首詞，特別是其第三疊，很可以證實這一論點的正確。此詞的「暗想當初」以下，似乎平鋪直敘，沒有什麼技巧，但這正是柳永的特色，其他詞人所難以企及的地方。（沈祖棻）

雨霖鈴

柳永

寒蟬淒切。對長亭晚，驟雨初歇。都門帳飲無緒，方留戀處、蘭舟催發。執手相看淚眼，竟無語凝噎。念去去、千里煙波，暮靄沉沉楚天闊。

多情自古傷離別，更那堪冷落清秋節！今宵酒醒何處？楊柳岸、曉風殘月。此去經年，應是良辰好景虛設。便縱有千種風情，更與何人說？

此詞當為詞人從汴京南下時與一位戀人的惜別之作。據傳柳永因作詞忤仁宗（事見南宋吳曾《能改齋漫錄》），遂「失意無俚，流連坊曲」（清宋翔鳳《樂府餘論》），為歌伶樂伎撰寫曲子詞。由於得到藝人們的密切合作，他能變舊聲為新聲，在唐五代小令的基礎上，創製了大量的慢詞，使宋詞開始了一個新的發展階段。這首詞調名〈雨霖鈴〉，蓋取唐時舊曲翻制。據唐鄭處誨《明皇雜錄》云，安史之亂時，唐玄宗避地蜀中，於棧道雨中聞鈴音，起悼念楊貴妃之思，「採其聲為〈雨霖鈴〉曲，以寄恨焉」。南宋王灼《碧雞漫志》卷五云：「今雙調〈雨霖鈴慢〉，頗極哀怨，真本曲遺聲。」在詞史上，雙調慢詞〈雨霖鈴〉最早的作品，當推此首。柳永充分利用這一詞調聲情哀怨、篇幅較長的特點，寫委婉悽惻的離情，可謂盡情盡致，讀之令人於悒。

詞的上片寫一對戀人餞行時難分難捨的別情。起首三句寫別時之景，點明了地點和節序。《禮記・月令》

柳永〈雨霖鈴〉（寒蟬淒切）——明刊本《詩餘畫譜》

云：「孟秋之月，寒蟬鳴。」可見時間大約在農曆七月。然而詞人並沒有純客觀地鋪敘自然景物，而是透過景物的描寫，氛圍的渲染，融情入景，暗寓別意。時當秋季，景已蕭瑟；且值天晚，暮色陰沉；而驟雨滂沱之後，繼之以寒蟬淒切：詞人所見所聞，無處不淒涼。加之當中「對長亭晚」一句，句法結構是一、二、一，極頓挫吞咽之致，更準確地傳達了這種淒涼況味。

前三句透過景色的鋪寫，也為後兩句的「無緒」和「催發」設下伏筆。「都門帳飲」，語本南朝江淹〈別賦〉：「帳飲東都，送客金谷。」他的戀人在都門外長亭擺下酒筵給他送別，然而面對美酒佳肴，詞人毫無興致。可見他的思緒正專注於戀人，所以詞中接下去說：「方留戀處、蘭舟催發。」這完全是寫實，然卻以精鍊之筆刻畫了典型環境與典型心理：一邊是留戀情濃，一邊是蘭舟催發，這樣的矛盾衝突何其尖銳！林逋〈長相思〉云：「君淚盈，妾淚盈，羅帶同心結未成，江頭潮欲平。」僅是暗示船將啟碇，情人難捨。劉克莊〈長相思．餞別〉云：「煙迢迢，水迢迢，準擬江邊駐畫橈，舟人頻報潮。」雖較明顯，但仍未脫出林詞窠臼。可是這裡的「蘭舟催發」，卻以直筆寫離別之緊迫，雖沒有他們含蘊纏綿，但直而能紆，更能促使感情的深化。於是後面便迸出「執手相看淚眼，竟無語凝噎」二句。語言通俗而感情深摯，形象逼真，如在目前。寥寥十一字，真是力敵千鈞！後來傳奇戲曲中常有「流淚眼看流淚眼，斷腸人對斷腸人」的唱詞，然卻不如柳詞凝練有力。那麼詞人凝噎在喉的是什麼話呢？「念去去」二句便是他的內心獨白。詞是一種依附於音樂的抒情詩體，必須講究每一個字的平仄陰陽，而去聲字尤居關鍵地位。這裡的去聲「念」字用得特別好。清人萬樹《詞律．發凡》云：「名詞轉折跌蕩處，多用去聲，何也？三聲之中，上、入二者可以作平，去則獨異。……當用去者，非去則激不起。」此詞以去聲「念」字作為領格，上承「凝噎」而自然一轉，下啟「千里」以下而一氣流貫。「念」字後「去去」二字連用，則愈益顯示出激越的聲情，讀時一字一頓，遂覺去路茫茫，道里修遠。「千里」以下，聲調和諧，景色如繪。既曰「煙波」，又曰「暮靄」，更曰「沉沉」，著色可謂濃矣；既曰「千里」，又曰「闊」，空間可謂廣矣。在如此廣闊遼遠的空間裡，充滿了如此濃密深沉的煙靄，其離愁之深，令人可以想見。

上片正面話別，到此結束；下片則宕開一筆，先作泛論，從個別說到一般，得出一條人生哲理：「多情自古傷離別。」意謂傷離惜別，並不自我始，自古皆然。接以「更那堪冷落清秋節」一句，則為層層加碼，極言時當冷落淒涼的秋季，離情更甚於常時。「清秋節」一詞，映射起首三句，前後照應，針線極為綿密；而冠以「更那堪」三個虛字，則加強了感情色彩，比起首三句的以景寓情更為明顯、深刻。「今宵」三句蟬聯上句而來，是全篇之警策，後來竟成為蘇軾相與爭勝的對象。據宋俞文豹《吹劍錄》云：「東坡在玉堂日，有幕士善歌，坡問曰：『吾詞何如柳耆卿？』對曰：『柳郎中詞宜十七八女孩兒，按紅牙拍，歌楊柳岸曉風殘月。學士詞須關西大漢，執鐵板唱大江東去。』」（明楊慎《詞品》引）這三句本是想像今宵旅途中的況味：一舟臨岸，詞人酒醒夢回，只見習習曉風吹拂蕭蕭疏柳，一彎殘月高掛楊柳梢頭。整個畫面充滿了淒清的氣氛，客情之冷落，風景之清幽，離愁之綿邈，完全凝聚在這畫面之中。比之上片結尾二句，雖同樣是寫景，寫離愁，但前者彷彿是潑墨山水，一片蒼茫；這裡卻似工筆小幀，無比清麗。詞人描繪這清麗小幀，主要採用了畫家所常用的點染筆法。清人劉熙載在《藝概．詞概》中說：「詞有點，有染。柳耆卿〈雨霖鈴〉云：『多情自古傷離別，更那堪冷落清秋節。今宵酒醒何處？楊柳岸、曉風殘月。』上二句點出離別冷落，『今宵』二句乃就上二句意染之。點染之間，不得有他語相隔，隔則警句亦成死灰矣。」也就是說，這四句密不可分，相互烘托，相互陪襯，中間若插上另外一句，就破壞了意境的完整性，形象的統一性，而後面這兩個警句，就將失去光彩。

「此去經年」四句，構成另一種情境。因為上面是用景語，此處則改用情語。他們相聚之日，每逢良辰好景，總感到歡娛；可是別後非止一日，年復一年，縱有良辰好景，也引不起欣賞的興致，只能徒增悵觸而已。「此去」二字，遙應上片「念去去」；「經年」二字，近應「今宵」，在時間與思緒上均是環環相扣，步步推進，可見結構之嚴密。「便縱有千種風情，更與何人說」，益見鍾情之殷，離愁之深。而歸納全詞，猶如奔馬收韁，有住而不住之勢；又如眾流歸海，有盡而未盡之致。其以問句作結，更留有無窮意味，耐人尋繹。

耆卿詞長於鋪敘，有些作品失之於平直淺俗，然而此詞卻能做到「曲處能直，密處能疏，奡處能平，狀難狀之景，達難達之情，而出之以自然」（清馮煦《蒿庵論詞》論柳永詞）。像「蘭舟催發」一語，可謂兀傲排奡，但其前後兩句，卻於沉鬱之中自饒和婉。「今宵」三句，寄情於景，可稱曲筆，然其前後諸句，卻似直抒胸臆。前片自第四句起，寫情至為縝密，換頭卻用提空之筆，從遠處寫來，便顯得疏朗清遠。詞人在章法上不拘一格，變化多端，因而全詞起伏跌宕，聲情雙繪，付之歌喉，亦能奕奕動人。（徐培均）

迷仙引

柳永

才過笄年，初綰雲鬟，便學歌舞。席上尊前，王孫隨分相許。算等閒、酬一笑，便千金慵覷。常只恐、容易蕣華偷換，光陰虛度。

已受君恩顧，好與花為主。萬里丹霄，何妨攜手同歸去。永棄卻、煙花伴侶。免教人見妾，朝雲暮雨。

柳永青年時代長期留連坊曲，熟悉民間歌妓的生活，也深知她們的痛苦並真正地同情她們。在〈迷仙引〉裡，作者表達了她們的呼聲，其中蘊含著她們辛酸痛苦之情。宋代隸屬娼籍中的人，情形很複雜，有的純是出賣色相，有的侍宴侑酒，歌妓則是以小唱為職業的女藝人。民間歌妓大都是貧苦人家女子，因其家遭受災荒或為繳納賦稅而被賣入娼家的，也有被誘拐而誤入風塵的。宋人金盈之說：「諸女自幼丐育，或傭其下里貧家，無賴之徒，潛為漁獵；亦有良家子，為其家聘之後，以轉求厚賂，誤纏其中，則無以自脫，且教之歌，久而賣之。其日賦甚急，微涉退怠，鞭撲備至。年及十二三者，盛飾衣服，即為娛賓之備矣。」（《醉翁談錄》卷七平康巷陌記）從柳永所描述的這位歌妓的情形來看，她也是幼年淪落娼籍的，但並非流浪於茶樓酒肆中的「下等妓女，不呼自來，筵前歌唱，臨時以些小錢物贈之而去」（宋孟元老《東京夢華錄》卷二），而是屬於歌樓中較為高級的歌妓。

全詞透過一位民間歌妓對自己所信任的男子的自述，表現她對自由生活的嚮往和追求。據她自己說，剛成長為少女時便學習歌舞了。古代女子年滿十五歲，開始梳綰髮髻，插上簪子，稱為「及笄」，標誌成年了。由於她身隸娼籍，學習伎藝是為了在歌筵舞席之上「娛賓」，以為娼家牟利，當然也可得到賓客一些賞錢而歸自己。她們個人生活往往是很悲慘的，尤其是精神生活。在封建社會後期的市民生活中普遍盛行著拜金主義，但這位歌妓並非狂熱的拜金主義者。她在華燈盛筵之前為王孫公子們歌舞侑觴，由於她年輕，色藝都好，席上尊前博得王孫公子的稱讚，對她的一笑，等閒（隨便）地便以千金相酬。可是她意不在此，「慵覷」是懶於一顧。可見，她與一般安於庸俗生活、貪得纏頭的歌妓們，意趣頗為相異。作者於此婉曲地表現了這名歌妓的較為高尚的品格——輕視千金而要求人們的尊重和理解。她在風塵中保持著清醒的頭腦：尋覓著知音，渴望著有一個正常的人生歸宿，走「從良」的道路。歌舞場中的女子青春易逝，有如「蕣華」的命運一樣。「華」古通花，蕣華即木槿花。《詩經．鄭風．有女同車》「顏如蕣華」，朱熹註：「蕣，木槿也，樹如李，其華朝生暮落。」東晉郭璞〈遊仙詩〉：「蕣榮不終朝。」古人多用蕣華以喻女子青春，雖美豔而難久駐，有似朝開暮落一般。這位歌妓清楚地知道，她的美妙青春也將像蕣華一樣很快消逝。「光陰虛度」之後，結局如何呢？這就是常常使她感到困擾和擔憂的問題。詞的上片逐層地暗示了落籍從良是歌妓的唯一出路，由此很自然地在詞的下片正面表達其從良的決心和願望。

她終於在賞識者中尋覓到一位可以信任和依託的男子，便以弱者的身分和堅決的態度，懇求救其脫離火坑。他的同情、憐愛和賞識，在她看來已是「恩顧」了。歌妓猶命薄如花的女子，求他作主，求他庇護，以期改變自己的命運。「萬里丹霄」意即廣闊的晴空。為妓如墮溷之花，從良則不啻登天了，對於風塵中的女子來說，這是既渴望而又難以得到的。而今她有了可信任的男子，祈求著「何妨攜手同歸去」，共同締造正常的家庭生活。從良之後，便表示永遠拋棄舊日的生活和那些煙花伴侶，以此來洗刷世俗對她的不良印象。「朝雲暮雨」，本出自宋玉〈高唐賦〉：「妾在巫山之陽，高丘之阻，旦為朝雲，暮為行雨。」歌妓由於特殊的職業，送往迎來，相識者甚多，給人以感情不專、反覆無常的印象。這位歌妓試圖以今後的行為來證明自己並非那種輕浮的女人。她懇求、發誓，言辭已盡，願望熱切，似乎含著熱淚、懷著對未來的憧憬，向社會發出求救的呼聲。然而她所信任和依託的男子是否同意她的要求，是否能幫助她跳出火坑，是否能同她共建美滿的家庭生活，這一切，詞人都未作肯定的回答。作者只傳達出民間歌妓求救的呼聲，希望社會能聽聽這微弱而感人的聲音。我們從民間歌妓在宋代社會現實中的一般情形來判斷，這位歌妓實現從良的願望的可能性是很小的，她們要想像正常人一樣過著溫暖的家庭生活總是難以如願的，雖然這是婦女最低的和最合情理的願望。

這首詞於平淡中很具功力，緊緊抓住了民間歌妓要求從良的主線，善於剪裁，凸出重要情節，語言貼切，深刻地反映了歌妓痛苦的精神生活和迫切的從良願望。作者對描寫的對象是非常熟悉的，以第一人稱的語氣表達民間歌妓發自內心深處的呼聲就尤為真切感人了。詞人柳永是真正同情民間歌妓的，敢於正視她們不幸的命運，因而在詞裡我們可見到作者人道思想的閃光。（謝桃坊）

歸朝歡

柳永

別岸扁舟三兩隻。葭葦蕭蕭風淅淅。沙汀宿雁破煙飛，溪橋殘月和霜白。漸漸分曙色。路遙山遠多行役。往來人，只輪雙槳，盡是利名客。

一望鄉關煙水隔。轉覺歸心生羽翼。愁雲恨雨兩牽縈，新春殘臘相催逼。歲華都瞬息。浪萍風梗誠何益。歸去來，玉樓深處，有個人相憶。

柳永中年時期漫遊江南，寫過一些優秀的羈旅行役之詞。這首〈歸朝歡〉是寫深秋早行而懷念故鄉的作品，反映了作者飄泊生涯的苦悶情緒。它雖平易淺近，卻是極為精整的刻意之作，體現了柳永這類詞的高度藝術水平。

作者習慣於即景生情，首先很工緻地以白描手法描繪旅途景色，創造一個特定的抒情環境。詞的上闋前四句以密集的意象，表現江鄉冬日晨景。「別岸」是稍遠的江岸，「蕭蕭」為蘆葦之聲，「淅淅」乃風的聲響。遠處江岸停著三兩隻小船，風吹蘆葦發出細細的聲音，這圖畫般地寫出了江鄉的荒寒景象。「沙汀」即水間洲渚，為南來過冬的雁群留宿佳處。宿雁之銜破曉煙飛去，當是被早行人們驚起所致。江岸、葭葦、沙汀、宿雁，這些景物極為協調，互相補襯，組成江南水鄉的畫面。「溪橋」與「別岸」相對，旅人在江村陸路行走，遠望江岸，走過溪橋。「殘月」表示旅人很早即已上路，與「明月如霜」之以月色比霜之白者不同，「月和霜白」是月白霜亦白。殘月與晨霜並見，點出時節約是深秋的下旬，與上文風葦、宿雁同為應時之景。三、四兩句十分工穩，確切地把握住了秋冬之際的景物特點。它使人聯想到溫庭筠的名句「雞聲茅店月，人跡板橋霜」（〈商山早行〉），但柳詞卻是「無我之境」，表現更為深沉。「漸漸分曙色」為寫景之總括，暗示拂曉前後的時間推移和旅人已經過一段行程。這樣一勾勒，將時間關係交代清楚，使詞意發展脈絡貫串。「路遙山遠多行役」為轉筆，由寫景轉寫旅人。由於曙色已分，東方發白，道路上人們漸漸多起來了。「只輪」「雙槳」，借指車船。水陸往來盡是「利名客」，他們逐利求名，匆匆趕路。柳永失意無聊，輾轉浪跡江南，也同這一群趕路的人們披星戴月而行。在柳永許多羈旅行役之詞中經常出現關河津渡、城郭村落、農女漁人、車馬船舶、商旅往來等等鄉野社會風情畫面，展示了較為廣闊的社會生活背景，較為客觀地再現了社會現實。這是其他許多文人詞裡很難見到的。

上闋所寫的秋冬之際早行和行人往來道途等情況，以客觀的描述表現了旅途的困苦勞頓。而那些晨景的濃郁的詩意，早起趕路的旅人是無心領略其美妙的，他們甚至會感到厭倦。過片的「一望鄉關煙水隔」，承上闋的寫景轉入主觀抒情，因厭倦羈旅行役而思故鄉。「一望」實即想望，故鄉關河相隔遙遠，煙水迷茫，根本無法望見。既無法望見而又不能回去，受到思鄉愁緒的煎熬，反轉產生一種急迫的渴望心理，恨不能插上羽翼立刻飛回故鄉。對於這種迫切念頭的產生，詞人作了層層鋪敘，細緻地揭示了內心的活動。「愁雲恨雨兩牽縈」喻兒女離情，像絲縷一樣牽縈兩地；「新春殘臘相催逼」是說時序代謝，日月相催，新春甫過，殘臘又至，如晉潘岳所云「荏苒冬春謝，寒暑忽流易」（〈悼亡詩〉）。客旅日久，於歲月飛逝自易驚心，有年光逼人之感。「歲華都瞬息。浪萍風梗誠何益。」「歲華」句申上「新春」句意，流光轉瞬，與天涯浪跡聯繫起來，更增深沉的感慨。

「萍」和「梗」是柳詞中習見的意象，以喻羈旅生活像浮萍和斷梗一樣隨風水飄蕩無定。深感這種毫無結果的漫遊確是徒勞無益，從現實艱難的境況來看還不如回鄉。《文選》載王正長〈雜詩〉云：「昔往倉庚鳴，今來蟋蟀吟。人情懷舊鄉，客鳥思故林。」柳詞意境似之。於是逼出最後三句：「歸去來，玉樓深處，有個人相憶。」這是思鄉的主要原因，補足了「愁雲恨雨」之意。柳永在其他作品中曾回憶青年時代離家赴京的情形：「追悔當初，繡閣話別太容易」（〈夢還京〉）；「到此因念，繡閣輕抛，浪萍難駐」（〈夜半樂〉）。他在離家時已有妻室了。在入仕之後思念家鄉時，他也說：「算孟光，爭得知我，繼日添憔悴？」（〈定風波〉）家鄉的「玉樓深處，有個人相憶」，自然是設想妻子多年在家苦苦相憶了。柳永一生在思想、生活、情感、仕宦等方面都存在難以克服的矛盾，給他帶來很多痛苦並反映在作品中。他在離家後事實上再也沒有回到故鄉，但思鄉之情卻往往異常強烈；他在京都的煙花巷陌與許多歌妓戀愛，但懷念妻子的深情卻時時自然地流露。這些都是真情實感，在作品中表現出來。

在這首詞裡，作者將通用的白話已經提煉到精純的程度，具有平易、準確、形象、貼切的特點；出現工整的對偶句，精警而富於概括力。於是它脫去粗率之習而達到工緻的地步。全詞的結構勻稱完整，詞意的表達不冗不蔓；由景到情的發展極其自然，情景相生，以白描和鋪敘見長，表現手法的運用紆徐自如，逐層地由景到情步步揭示詞的主旨。它與柳永許多名篇一樣，在慢詞長調的寫作方法上體現出法度規範。（謝桃坊）

婆羅門令 柳永

昨宵裡恁和衣睡，今宵裡又恁和衣睡。小飲歸來，初更過，醺醺醉。中夜後、何事還驚起？霜天冷，風細細，觸疏窗、閃閃燈搖曳。

空床展轉重追想，雲雨夢、任攲枕難繼。寸心萬緒，咫尺千里。好景良天，彼此，空有相憐意，未有相憐計。

作者在著名的〈雨霖鈴〉中寫了他與情人的離別，其中有行者對來日情事的設想：「今宵酒醒何處？楊柳岸、曉風殘月。此去經年，應是良辰好景虛設。」而這首〈婆羅門令〉就內容而言，則像是〈雨霖鈴〉的續篇，寫別後旅居時事。詞中透過羈旅者中宵酒醒的情景，抒寫了他的離愁與相思。

上片寫孤眠驚夢的情事。開頭二句從「今宵」聯繫到「昨宵」，說昨夜是這樣和衣而睡，今夜又這樣和衣而睡。連寫兩夜，而景況如一。從羈旅生活中選擇「和衣睡」這樣一個典型的細節，就寫盡了遊子苦辛和孤眠滋味。兩句純用口語，幾乎逐字重複，於次句著一「又」字，這就表達出一種因生活單調膩味而極不耐煩的情緒。以下三句倒敘，寫入睡之前，先喝過一陣悶酒。說「小飲」，可見未盡興，因為客中獨酌較之「都門帳飲」是更其「無緒」的。但一飲飲到「初更過」，又可見有許多愁悶待酒消遣，獨飲雖無意興，仍是醉醺醺歸來。「醺醺醉」三字，既承上說明了何以和衣而睡的原因，又為過拍處寫追尋夢境伏筆。「中夜後」以下數句，忽寫到驚夢後的種種感受。「何事還驚起」用設問的語氣，便加強了表情作用，使讀者感到夢醒人的滿腔幽怨。「霜天冷，風細細」是其觸覺感受；「閃閃燈搖曳」則是其視覺感受。由風「觸疏窗」過渡，語極渾成，其造境的淒清適足反映出主人公的心境。

下片寫醒後不能入睡的苦況。過拍處撇開景語，繼驚夢寫孤眠寂寞的心情。主人公此時展轉反側不能成眠，想要重溫舊夢而不復可得。「重追想」三字對上片所略過的情事作了補充，原來在醉歸後短暫的一眠中，他曾做上一個好夢，與情人同衾共枕，備極歡洽。作者安排「雲雨夢」的情節，對於表現主人公孤淒處境有反襯作用，夢越好，越顯得夢醒後的可悲。雖則只一晌貪歡，也值得留戀，然而「雲雨夢、任攲枕難繼」。相思情切與好夢難繼成了尖銳的矛盾。緊接兩個對句就極寫這種複雜的心緒，每一句中又有強烈對比：「寸心——萬緒」寫出其感情負荷之沉重難堪；「咫尺——千里」則表現出夢見而醒失之的無限惆悵。此下到篇末數句一氣蟬聯，謂彼此天各一方，空懷相思之情而無計相就，辜負如此良宵。

「好景良天」，只說了半句，殊覺突兀，然「彼此」以下緊承「咫尺千里」而來，使那省略的一半意思不難尋繹。所謂「好景良天」，也就是「良辰美景虛設」之省言。「彼此」二字的讀斷，更能產生「人成各，今非昨」（舊題唐琬〈釵頭鳳〉）、「一種相思，兩處閒愁」（李清照〈一剪梅〉）的意味。全詞至此，由寫一己的相思而牽連到對方同樣難堪的處境，意蘊便更深入一層。「空有相憐意，未有相憐計」，兩句意思對照，但只更換首尾二字，且於尾字用韻。由於數字相同，則更換的字特別是作韻腳的末一字大為凸出，「有意」、「無計」的內心矛盾由此得到強調。於中生出「便縱有千種風情，更與何人說」的意味，耐人翫索。這個運用重複修辭的結尾，與開頭二句可謂異曲同工。

通篇寫中宵夢醒情事，卻從睡前、睡夢、醒後幾方面敘來，有倒敘，有伏筆，有補筆，前後照應；從一己相思寫起，而以彼此相思作結。一氣到底而不覺板滯，層次豐富而能渾成，語言質樸而又凝練生動。（周嘯天）

蝶戀花　柳永

佇倚危樓風細細，望極春愁，黯黯生天際。草色煙光殘照裡，無言誰會憑欄意。
擬把疏狂圖一醉，對酒當歌，強樂還無味。衣帶漸寬終不悔，為伊消得人憔悴。

這是一首懷人之作。詞人把飄泊異鄉的落魄感受，同懷戀意中人的纏綿情思結合來寫，採用「曲徑通幽」的表現方式，抒情寫景，感情真摯。

「佇倚危樓風細細」，全詞只此一句敘事，其餘全是抒情，但只此一句，便把主人公的外在形象像一幅剪紙那樣凸現出來了。他一個人久久地佇立在高樓之上，向遠處眺望。「風細細」，帶寫一筆景物，為這幅剪影添加了一點背景，使畫面立刻活躍起來了。他「佇倚」樓頭做什麼？「望極春愁，黯黯生天際」，極目天涯，一種黯然魂銷的「春愁」油然而生。「春愁」，又點明了時令。但這「愁」的具體內容又是什麼？詞人只說「生天際」，可見是天際的什麼景物觸動了他的愁懷。從下一句「草色煙光」來看，是春草。芳草萋萋，剗盡還生，很容易使人聯想到愁恨的連綿無盡。柳永是借用春草來表現自己春愁的無限？春草，容易引起他鄉遊子思歸的感情。《楚辭．招隱士》曰：「王孫遊兮不歸，春草生兮萋萋。」柳永是借用春草，表示自己已經倦遊思歸了？春草，也容易使人懷念親愛的人。南朝江總妻〈賦庭草〉云：「雨過草芊芊，連雲鎖南陌。門前君試看，是妾羅裙色。」柳永是「記得綠羅裙，處處憐芳草」（牛希濟〈生查子〉），在思念他的意中人？那天際的春草，所牽動的詞人的「春愁」，究竟是哪一種呢？詞人卻到此為止，不說了。要想知道究竟，還須再往下看。

四、五兩句，寫主人公的孤單淒涼之感：「草色煙光殘照裡，無言誰會憑欄意！」前一句用景物描寫點明時間，聯繫首句「佇倚」二字我們可以知道，他久久地站立在樓頭眺望，時已黃昏還不忍離去。「草色煙光」寫春天景色極為生動逼真。春草，鋪地如茵，登高下望，在夕陽的餘暉下，閃爍著一層迷濛的如煙似霧的光色。這本來是一種美麗的景象，但加上「殘照」二字，便帶上了一層感傷的色彩，為下一句抒情，烘托出和諧的氣氛。「無言誰會憑欄意」，因為沒有人理解他登高遠望的心情，所以他默默無言。這一是說明他眼前沒有知心人，很孤單寂寞；二是說明，他太痴情，在樓頭「佇倚」太久，超出常情，不能被人理解。有「春愁」又無可訴說，這雖然不是「春愁」本身的內容，卻加重了「春愁」的愁苦滋味。煞是奇怪，他並沒有說出他的「春愁」是什麼，卻又掉轉筆墨，埋怨起別人不理解他的心情來了。詞人就是這樣故意閃爍其辭，讓讀者捉摸不定。

詞人的生花妙筆真是神出鬼沒。讀者越是想知道他的「春愁」所為何來，他越是不講，偏偏把筆宕開，寫他如何苦中求樂。「愁」，自然是痛苦的，那還是把它忘卻，自尋開心吧！「擬把疏狂圖一醉」，寫他的打算。他已經深深體會到了「春愁」的深沉，單靠自身的力量是難以排遣的，所以他要借助於酒：借酒澆愁。詞人說得很清楚，目的是「圖一醉」，並不是對飲酒真的有什麼興趣。為了追求這「一醉」，他「疏狂」，不拘形跡，只要醉了就行。不僅要痛飲，還要「對酒當歌」，大有非抑制住「春愁」不可的氣勢。結果如何呢？「強樂還無味」，他失敗了。沒有真正歡樂的心情，卻要強顏歡笑，這「強樂」本身就是痛苦的一種表現，哪裡還有興味可談呢？故作歡樂而「無味」，正說明「春愁」的纏綿執著，是解脫不了、排遣不去的。

為什麼這種「春愁」如此執著呢？至此，作者才透露這是一種堅貞不渝的感情。他哪是真的想忘卻「春愁」另尋歡樂呢？要是那樣，他的「愁」就不會無法排遣了。他的滿懷愁緒之所以揮之不去，正是因為他不僅不想擺脫這「春愁」的糾纏，甚至還「衣帶漸寬終不悔」，心甘情願為「春愁」所折磨，即使漸漸形容憔悴、瘦骨伶仃，也是值得的，也絕不後悔。至此，已經信誓旦旦了，卻依然不肯把「春愁」這層窗紙捅破，詞人可真沉得住氣。究竟是什麼使得抒情主人公鍾情若此呢？直到詞的最後一句才一語破的：「為伊消得人憔悴」——原來是為她！

我們可以看出，詞人的所謂「春愁」，不外是「相思」二字，但他卻遲遲不肯說破，只是從字裡行間向讀者透露出一些消息，讓讀者去猜。眼看要寫到了，卻又煞住，掉轉筆墨，遠遠發來；迤邐寫到之時，又煞住，另起筆墨，更端發來，如此影影綽綽，撲朔迷離，千迴百折為讀者設下一個迷魂陣，讓這個懸念引導讀者沿著曲曲折折的路走下去，直到最後一句，才把詞人精心捆結起來的「包袱」抖開，使真相大白，構思巧妙，具有強烈的吸引力。在詞的最後兩句相思感情達到高潮的時候，戛然而止，激情迴盪，又具有很強的感染力。

全詞成功地刻畫出一個志誠男子的形象，描寫心理細膩充分，尤其是詞的最後兩句，直抒胸臆，畫龍點睛般地揭示出主人公的精神境界，被王國維稱為「專作情語而絕妙者」，「求之古今人詞中，曾不多見」（《人間詞話》）。（張燕瑾）

卜算子慢

柳永

江楓漸老，汀蕙半凋，滿目敗紅衰翠。楚客登臨，正是暮秋天氣。引疏砧、斷續殘陽裡。對晚景、傷懷念遠，新愁舊恨相繼。

脈脈人千里。念兩處風情，萬重煙水。雨歇天高，望斷翠峰十二。盡無言、誰會憑高意？縱寫得、離腸萬種，奈歸雲誰寄？

這首詞與〈曲玉管〉主題相同，也是傷高懷遠之作。上片景為主，而景中有情；下片情為主，而情中有景。也與〈曲玉管〉前兩疊相近。

起首兩句，是登臨所見。「敗紅」就是「漸老」的「江楓」，「衰翠」就是「半凋」的「汀蕙」，而曰「滿目」，則是舉楓樹、蕙草以概其餘，說明時節已到深秋了，所以接以「楚客」兩句，引用戰國楚宋玉〈九辯〉「悲哉，秋之為氣也……憭慄兮若在遠行。登山臨水兮送將歸」之意，用以點出登臨，並暗示悲秋之意。以上是登高所見。

「引疏砧」句，續寫所聞。秋色凋零，已足發生悲感，何況在這「滿目敗紅衰翠」之中，耳中又引進這種斷斷續續、稀稀朗朗的砧杵之聲，在殘陽中回蕩呢？古代婦女，每逢秋季，就用砧杵擣練，製寒衣以寄在外的征人。杜甫〈擣衣〉：「亦知戍不返，秋至拭清砧。已近苦寒月，況經長別心。寧辭擣衣倦，一寄塞垣深。用盡閨中力，君聽空外音。」又〈秋興八首〉其一：「寒衣處處催刀尺，白帝城高急暮砧。」所以在他鄉作客的人，每聞砧聲，就生旅愁。這裡也是暗寓長期漂泊，「傷懷念遠」之意。「暮秋」是一年將盡，「殘陽」則是一日將盡，都是「晚景」。對景難排，所以下面即正面揭出「傷懷念遠」的主旨。「新愁」句是對主旨的補充，以見這種「傷」和「念」並非偶然觸發，而是本來心頭有「恨」，才見景生「愁」。「舊恨」難忘，「新愁」又起，所以叫做「相繼」。

過片接上直寫愁恨之由。「脈脈」，用〈古詩十九首〉「盈盈一水間，脈脈不得語」，其字當作脈脈，相視之貌。相視，則是她望著我，我也望著她，也就是她懷念我，我也懷念他，所以才有二、三兩句。「兩處風情」，從「脈脈」來；「萬重煙水」，從「千里」來。細針密線，絲絲入扣。

「雨歇」一句，不但是寫登臨時天氣的實況，而且補出紅翠衰敗乃是風雨所致。「望斷」句既是寫實，又是寓意。就寫實方面說，是講雨過天開，視界遼闊，極目所見，唯有山嶺重疊，連綿不斷，坐實了「人千里」。就寓意方面說，則是講那位「旦為朝雲，暮為行雨」的巫山神女，由天氣轉晴，雲收雨散，也看不見了。「望斷翠峰十二」，也是徒然。巫山有十二峰，詩人用高唐神女的典故，常常涉及。如李商隱〈楚宮〉：「十二峰前落照微，高唐宮暗坐迷歸。朝雲暮雨長相接，猶自君王恨見稀。」又〈深宮〉：「豈知為雨為雲處，只有高唐十二峰。」其餘不可悉數。這又不但暗抒了相思之情，而且暗示了所思之人，乃是神女、仙子一流人物。

「盡無言」兩句，深進一層。「憑高」之意，無人可會，唯有默默無言而已。「憑高」，總上情景而言，「無言」、「誰會」，就「脈脈人千里」極言之。憑高念遠，已是堪傷，何況又無人可訴此情，無人能會此意呢？結兩句，再深進兩層。第一層，此意既然此時此地無可訴、無人會，那麼這「離腸萬種」，就只有寫寄之一法。

第二層，可是，縱然寫了，又怎麼能寄去，託誰寄去呢？一種無可奈何之情，千迴百轉而出，有很強的感染力。「歸雲」，漢、晉人習用，如東漢張衡〈思玄賦〉：「憑歸雲而遐逝兮，夕余宿乎扶桑。」西晉潘岳〈懷舊賦〉：「仰睎歸雲，俯鏡流泉。」據張賦「憑歸雲」即乘歸去之雲的意思，可知柳詞末句，也就是無人為乘雲寄書之意。

清周濟《宋四家詞選》曾指出此詞下片在藝術表現上的特徵是「一氣轉注，聯翩而下」。這是一個細緻而準確的判斷。所要補充的是，其文筆雖如周濟所說，但內容卻反覆曲折，並不平順。它們是矛盾的統一。（沈祖棻）

浪淘沙慢

柳永

夢覺、透窗風一線，寒燈吹息。那堪酒醒，又聞空階，夜雨頻滴。嗟因循、久作天涯客。負佳人、幾許盟言，更忍把、從前歡會，陡頓翻成憂戚。

愁極。再三追思，洞房深處，幾度飲散歌闋。香暖鴛鴦被，豈暫時疏散，費伊心力。殢雨尤雲①，有萬般千種，相憐相惜。

恰到如今、天長漏永，無端自家疏隔。知何時、卻擁秦雲態，願低幃昵枕，輕輕細說與，江鄉夜夜，數寒更思憶。

〔註〕①殢：音同替，留置之意。殢雨尤雲：比喻戀情正濃之時。

這是柳永創製慢詞的一個範例。唐五代所傳之〈浪淘沙〉詞，或為二十八字體，或為五十四字體，皆為令詞小調。柳永這首詞，則衍之為一百三十五字之長篇巨製，共三片。第一片寫主人公夜半酒醒時的憂戚情思；第二片追思以往相憐相惜之情事；第三片寫眼下的相思情景。體制擴大，容量增加，主人公的全部心理狀態及情思活動過程，都得到了充分的表現。

詞作從「夢覺」時所見、所聞寫起，說窗風吹息寒燈，夜雨頻滴空階，可知並非天亮覺醒，而是夜半酒醒。此景此情，滋味就不一般。其間，於「燈」之上著一「寒」字，於「階」之上著一「空」字，使得當時所見、所聞之客觀物景，染上了主觀情感色彩，體現了主人公淒涼孤寂之心理狀態。而「那堪」、「又」，以及「頻」，層層遞進，又使得他當時的心境，倍覺淒涼孤寂。接著，他直接發出感嘆：「嗟因循、久作天涯客。」這是造成淒涼孤寂心境的根源。因為久作天涯客，辜負了當時和佳人的山盟海誓，從前的歡會情景，今夜裡一下子都變成了憂愁與淒戚。至此，心中之情思，似乎已經吐盡。其實不然，這僅是其情思三部曲中的第一部。詞作第二片，由第一片之「憂戚」導入，說「愁極」，十分自然地轉入對於往事的「追思」。所思佳人，未曾道出她的身分，由「飲散歌闋」句來看，可知是一位侍宴歌妓。兩人之互相愛戀，已經有了相當長的時期，這從「再三」、「幾度」句中可以體會出來，才見得夜半酒醒時為什麼這樣的憂戚。第三片由回憶過去的相歡相愛回到眼下「天長漏永」，通夜不眠的現實當中來。「無端自家疏隔」，悔恨當初不該出遊，這疏隔乃自家造成，然而內心卻甚感委曲：他的一次又一次出遊，完全出於無奈，是客觀環境所迫。因此，主人公又設想：不知何時，兩人才能相聚，到那時，他就要在低垂的帷幕下，玉枕上，輕輕地向她詳細述說：他一個人在此地，是如何夜夜數著寒更，默默地思念著她。至此，主人公的情思已進入高潮，但作者的筆立刻煞住，就此結束全詞。

從謀篇布局上看，第一、二片，花開兩枝，分別述說現在與過去的情景，至第三片，既由過去回到現在，又從現在想到將來。設想將來如何回憶現在，使情感活動向前推進一層。全詞三片，從不同角度、不同方位，多層次、多姿態地展現主人公的心理狀態和情思活動，具有一定的立體感。

所謂「從現在設想將來談到現在」，是從李商隱的〈夜雨寄北〉「何當共剪西窗燭，卻話巴山夜雨時」句中學來的表現手法。這是柳永慢詞中常常採用的一種表現方法；後世詞人受他的影響，也往往採用。（施議對）

破陣樂

柳永

露花倒影，煙蕪蘸碧，靈沼①波暖。金柳搖風樹樹，繫彩舫龍舟遙岸。千步虹橋，參差雁齒②，直趨水殿。繞金堤，曼衍魚龍戲③，簇嬌春羅綺，喧天絲管。霽色榮光④，望中似睹，蓬萊清淺。

時見。鳳輦宸遊⑤，鸞觴禊飲⑥，臨翠水，開鎬宴⑦。兩兩輕舠⑧飛畫楫，競奪錦標霞爛⑨。罄歡娛，歌〈魚藻〉⑩，徘徊宛轉。別有盈盈遊女，各委明珠，爭收翠羽，相將歸遠。漸覺雲海沉沉，洞天日晚。

〔註〕①靈沼：本指周文王在其離京所造的池沼，謂其像神靈所為，故名，後泛指廣闊的水池。②雁齒：指橋上並列如同雁行的柱子。③曼衍魚龍：古代百戲節目。④榮光：五色雲氣，古代認為這是一種吉祥的徵兆。⑤鳳輦：皇帝座車。宸遊：皇帝出遊。⑥鸞觴：鸞鳥飾紋的酒杯。禊飲：禊音同系。春天的祭祀稱為「春禊」。⑦鎬宴：鎬，音同浩。語本《詩經．小雅．魚藻》：「王在在鎬，豈樂飲酒。」⑧舠：音同刀，小船。⑨霞爛：形容錦標如雲霞一般燦爛奪目。⑩魚藻：《詩經．小雅》篇名，是周代天子宴飲時諸侯所唱歌頌天子的詩歌。

在柳永以前，詞主要是寫男歡女愛、離愁別恨和自然山水，幾乎沒有反映城市生活的。描寫都市的繁華景象，是柳詞在題材上的新開拓。此詞描繪北宋仁宗時每年三月一日以後君臣士庶遊賞汴京金明池的盛況。金明池「在順天門外街北，周圍約九里三十步，……有面北臨水殿，車駕臨幸，觀爭標，錫（賜）宴於此。」（宋孟元老《東京夢華錄》）這首詞形象地反映出仁宗時昌盛興旺的景象，是當時都市風貌的藝術實錄，是一幅氣象開闊的社會風俗畫卷，和柳永描寫杭州繁華美麗景象的〈望海潮〉有異曲同工之妙。

此詞層層鋪陳，重重描繪，極盡渲染之能事。

詞的開頭，以三個四字句「露花倒影，煙蕪蘸碧，靈沼波暖」，真切地描寫了金明池的優美景色：含露的鮮花在池中顯出清晰的倒影，煙靄籠罩的草地一直延伸到碧綠的池邊，池水暖洋洋的。由「露花」、「煙蕪」和「波暖」可知是春日溫煦的早晨，而「倒影」、「蘸（音同站）碧」和「靈沼」則點出了池水的清澈明淨和廣闊，這三句不僅寫得景色如畫，而且有一股春晨的清新氣息撲面而來，充滿著美感和活力，一開始就為全詞奠定了明麗熱烈的基調。「山抹微雲秦學士，露花倒影柳屯田」，這是蘇軾的贊語（宋葉夢得《避暑錄話》），可見此詞的開頭何等地膾炙人口。「金柳搖風樹樹，繫彩舫龍舟遙岸」，繼續寫池上景象。除描繪自然風光外，更凸出人工勝境：岸邊垂柳飄拂的樹上繫有許多爭奇鬥麗的彩舟龍船，煞是好看。接著寫金明池上的仙橋：「千步虹橋，參差雁齒，直趨水殿。」《東京夢華錄》載：「仙橋，南北約數百步，橋面三虹，朱漆闌楯，下排雁柱，中央隆起，謂之『駱駝虹』，若飛虹之狀。橋盡處，五殿正在池之中心。」詞句所云，亦幾乎寫實，而又有文采，把仙橋凌波而起，雄跨池上，直通水殿的氣勢寫活了。「繞金堤」四句，著重描寫金明池上遊樂場面。「曼衍魚龍戲」，敘寫上演的百戲花樣繁多，變化莫測；「簇嬌春羅綺，喧天絲管」，凸出樂部歌舞妓人羅綺成群，彈奏起急管繁弦，聲騰雲霄。這幾句如實渲染金明池上花光滿路、樂聲喧空的繁華熱鬧景象，也寫得繪聲繪影，歷歷在目。上片結語說：「霽色榮光，望中似睹，蓬萊清淺。」晉葛洪《神仙傳》記麻姑語云：「向到蓬萊，水又淺於往昔，會時略半也。」詞語本此。詞人運用豐富想像而進入仙境。往金明池上望去，但見景色晴明，雲氣泛彩，好像看到的是海中的蓬萊仙山。此是前面現實描寫的昇華，並和開頭稱金明池為「靈沼」，前後呼應。

下片以「時見」二字突兀而起。「鳳輦宸遊」四句描寫皇帝臨幸金明池並賜宴群臣的景況。接著鋪敘君臣觀看龍舟競渡奪標。《東京夢華錄》記載當時爭標說：「有小舟一軍校執一竿，上掛以錦綵銀碗之類，謂之『標竿』，插在近殿水中。又見旗招之，則兩行舟鳴鼓並進，捷者得標，則山呼拜舞。」詞中「兩兩輕飛畫楫，競奪錦標霞爛」兩句，生動地再現了龍舟雙槳飛舉，奮力奪標的情形。這裡筆法自然鮮活，詞意顯露，給人的印象十分深刻。「罄歡娛」三句，極寫宴會上群臣詠唱讚美天子的詩歌的盛況，帶有一定的頌聖味道。「別有盈盈遊女，各委明珠，爭收翠羽，相將歸遠」四句，由寫皇帝臨幸而轉入敘士庶遊賞情景。其中「各委」二句，化用曹植〈洛神賦〉中「或採明珠，或拾翠羽」的句子，言遊女各自爭著以明珠為信物遺贈所歡，以翠鳥的羽毛作為自己的修飾，形容其遊春情態十分傳神。「相將歸遠」，相偕興盡而散。這一層描敘，使詞的意味更加濃郁，使詞的鋪陳更見深厚。下片也以想像中的仙境作結：「漸覺雲海沉沉，洞天日晚。」傍晚白雲彌漫空際，廣闊深邃，池上巍峨精巧的殿臺樓閣漸漸籠罩在一片昏暗的暮色之中，彷彿神仙所居的洞府。寫得惝怳迷離，飄渺神奇，帶有理想的色彩，從而把汴京金明池上繁華景色的讚頌推到了頂點。

這首詞採用如此多種手法，或白描，或誇飾，或用典，或想像，多層次，多側面地盡情描寫，充分刻畫，鋪敘層見疊出，轉折不窮，給人一種淋漓盡致的感覺。

為適應鋪敘的需要，這首詞在句式上也很有特色。其一，通篇幾乎都用的是最後一個節奏為雙字的句子。如「千步虹橋，參差雁齒，直趨水殿」，節奏為二二，二二，二二，「虹橋」、「雁齒」、「水殿」都是雙字。

又如「簇嬌春羅綺，喧天絲管」，節奏為一二二，二二，「羅綺」、「絲管」也都是雙字。這樣的句式顯得聲情頓挫，節奏舒緩，有利於進行從容不迫的鋪敘。其二，多用對偶句，如「露花倒影，煙蕪蘸碧」，「各委明珠，爭收翠羽」等。全篇三十一句中，對偶句達六組十二句之多。從而使詞音調和諧，參差中顯出整齊，適宜於鋪陳排比，張揚聲勢，收到了很好的藝術效果。

此詞為篇幅達一百三十餘字的慢詞長調，作者十分注意篇章的組織安排，表現出層次分明、結構嚴密的特點。上片泛寫池上景象，前敘金明池的水色風光，後寫遊樂的熱鬧景況。下片重點描繪賜宴和爭標的場面，先寫皇帝臨幸情景，後敘士庶遊賞情況。全詞條理井然，眉目清晰。「金柳搖風樹樹，繫彩舫龍舟遙岸」兩句，不只寫出了池邊垂柳飄拂、彩舟爭豔的美景，也為後面寫「曼衍魚龍戲」和「競奪錦標霞爛」等作了伏筆。下片以仙境作結，和上片結尾寫蓬萊神仙世界遙相呼應。全詞由晨景始，以晚景終，敘寫了池上一天的遊況，其間寫景、敘事、抒情熔於一爐，前後連貫，首尾照應，描寫「細密而妥溜」（清劉熙載《藝概・詞概》評柳永語）。

作者經過精心結撰，把這樣一首篇幅長、詞意繁的詞組成了嚴密的藝術整體，充分體現了柳詞「層層鋪敘，情景兼融，一筆到底，始終不懈」（近人夏敬觀《手評樂章集》）和「音律諧婉，語意妥帖，承平氣象，形容曲盡」（宋陳振孫《直齋書錄解題》評《樂章集》語）的特點。（吳小林）

二郎神　柳永

七夕

炎光謝。過暮雨、芳塵輕灑。乍露冷風清庭戶爽，天如水、玉鉤遙掛。應是星娥嗟久阻，敘舊約、飆輪欲駕。極目處、微雲暗度，耿耿銀河高瀉。閒雅。須知此景，古今無價。運巧思穿針樓上女，擡粉面、雲鬟相亞。鈿合金釵私語處，算誰在、迴廊影下。願天上人間，占得歡娛，年年今夜。

詠節序之作是難寫好的。柳永詠七夕的〈二郎神〉雖「類是率俗」（南宋張炎《詞源》），但直到南宋末年都還在民間廣泛傳唱，這說明它是具有特殊魅力的。民間關於七夕有古老而優美動人的神話傳說。每年七月七日的夜晚，天上織女與牛郎一年一度的佳期總令人間的痴兒女特別關注，並喚起他們對愛情幸福的熱烈嚮往，因而七夕在唐宋時頗為人們所重視。柳永此詞善於傳達出民眾在此佳夕所產生的普遍情緒和美好的願望。

詞人在作品裡首先以細緻輕便的筆調描繪出七夕清爽宜人的環境氛圍，誘人進入浪漫的遐想境界。首韻「炎光謝」，說明暑熱已退，一開頭即點出秋令。唐《藝文類聚》卷三《夏》載晉李顒詩：「炎光燦南溟，溽暑融三夏」，知「炎光」謂驕陽，代指夏暑；又同卷《秋》載宋孝武帝〈初秋〉詩：「夏盡炎氣微，火息涼風生」，並可為此句作註。先說初秋，次敘七夕，此日又從入暮寫起。一陣黃昏過雨，輕灑芳塵，預示晚上將是氣候宜人和夜空清朗了。「乍露冷風清庭戶爽」，由氣候帶出場景。「庭戶」是七夕乞巧的活動場所。古時人們於七夕佳期，往往在庭前觀望天上牛女的相會。唐人陳鴻說：「秋七月，牽牛織女相見之夕，秦人風俗，是夜張錦繡，陳飲食，樹瓜華，焚香於庭，號為乞巧。」（〈長恨歌傳〉）宋人孟元老也說：「七月七夕……貴家多結彩樓於庭，謂之乞巧樓。」（《東京夢華錄》卷八）民間觀念認為，如果七夕風雨天陰，星月不明，則牛女將會受到阻礙而失去難得的佳期。但這個晚上卻很好：「天如水、玉鉤遙掛。」秋高氣爽，碧天如水，一彎上弦新月，出現在遠遠的天空，為牛女的赴約創造了最適宜的條件。古籍中自漢、晉以來頗有關於織女星座神話傳說的記載，如南朝梁宗懍《荊楚歲時記》、殷芸《小說》等。。據說天河（銀河）之東有織女，她本是天帝的女兒，善織雲錦天衣。天帝可憐女兒孤獨寂寞，允許她嫁給天河西邊的牛郎。因其嫁後便廢棄織紉，天帝大怒，逼使她與牛郎分離，仍然一在天河之東，一在天河之西，只許他們每年七月七日晚上相聚一次。人們在庭戶前乞巧時，仰望星空，關注著牛女一年一度的佳期。「應是星娥嗟久阻，敘舊約、飆輪欲駕」，想像織女嗟嘆久與丈夫分離，在將赴佳期時的急切心情，於是乘駕快速的風輪飛渡銀河。織女本為星名，故稱「星娥」。「極目處、微雲暗度，耿耿銀河高瀉」，人們盼望天上牛女幸福地相會。他們凝視高遠的夜空，縷縷彩雲飄過銀河，而銀河耿耿光亮，牛女終於歡聚，了卻一年的相思之債。柳永是一位傾向於寫實的詞人，所以寫牛女之事巧妙地用了肯定性的猜度之辭「應是」，而寫銀河相會也以「極目處、微雲暗度」而使它顯得如若可見。他所要表達的自是現實生活中人們在七夕的心境。

只有體驗過相思之苦的人，才珍惜一年一度的短暫歡聚機會。柳永是風流多情的才子，對七夕節序風習感受最深。詞的過變兩字句「閒雅」，承上啟下，是詞人對七夕節序特點的概括：它無繁盛宏大的場面，也無熱鬧濃烈的氣氛，各家於庭戶乞巧望月，顯得閒靜幽雅。這種閒雅的情趣之中自有很不尋常的深意。詞人強調「須知此景，古今無價」，提醒人們珍惜佳期。「無價」，即其價值高得難以估量，也可見柳永對七夕的特殊重視，反映了宋人的民俗觀念。詞的下片著重寫民間七夕的活動，首先是乞巧。據古代歲時雜書和宋人筆記，是以特製的扁形七孔針和彩線，望月穿針，向織女乞取巧藝。這是婦女們的事。南北朝庾信〈七夕賦〉說：「於是秦娥麗妾，趙豔佳人，窈窕名燕，逶迤姓秦，嫌朝妝之半故，憐晚拭之全新。此時並捨房櫳，共往庭中，縷條緊而貫矩，針鼻細而穿空。」足見七夕穿針的風俗由來已久，此賦所寫細節，也可以補充詞語所未及。穿針也不是很容易的，有時「針欹疑月暗，縷散恨風來」（梁簡文帝蕭綱〈七夕穿針〉詩），所以要有點技巧。詞中「運巧思穿針樓上女，擡粉面、雲鬟相亞」的「運巧思」，落筆便體會到這一點。接著說「擡粉面」，寫「望月穿針」便形神兼備了，加以「雲鬟相亞」，不忘記交代一下乞巧女子們經過晚妝的頭面。「亞」通壓，低垂的樣子。詞寫穿針乞巧，僅此一句，內涵卻頗為豐富，有文化習俗的歷史傳統，也有現實生活的人物動態，而婦女們對巧藝追求的熱切心情與虔誠態度，於「運巧思」、「擡粉面」中也體現出來了。

這個富於浪漫情趣和神祕意味的晚上，在唐宋時似乎又為青年男女選做定情的好時候。「鈿合金釵私語處，算誰在、迴廊影下」，既是詞人浪漫的想像，也是民間的真實。自唐玄宗與楊妃初次相見，「定情之夕，授金釵鈿合以固之」（〈長恨歌傳〉），他們「七月七日長生殿，夜半無人私語時」（白居易〈長恨歌〉）也就傳為情史佳話。唐宋時男女選擇七夕定情，交換信物，夜半私語，可能也是民俗之一。作者將七夕民俗的望月穿針與定情私語綰合一起，毫無痕跡，充分表現了節序的特定內容。詞的上片主要寫天上的情景，下片則主要寫人間的情景；結尾的「願天上人間，占得歡娛，年年今夜」是全詞的總結。它寄予人們獲得幸福的殷切祝願，展示了詞人熱誠而廣闊的胸懷。

這首詞所寫的七夕的節序風物都是極其平常淺近、為人熟知的，但我們可以設想，當七夕閒雅的氛圍裡，人們唱起它時一定會感到分外親切，因為它寫盡了天上人間的此情此景，詞意淺俗易懂，形象鮮明生動，而作者熱誠的祝願會使人們異常感動的。只有這時，詞的藝術魅力才充分表現出來。自從〈古詩十九首‧迢迢牽牛星〉中寫牛女的幽怨（「河漢清且淺，相去復幾許，盈盈一水間，脈脈不得語」）之後，文人詠七夕之作總是帶著濃重的感傷情調，以寄託個人的相思離恨。這些情調似乎與民間關於七夕的許多想像終隔一層。在民眾看來，七夕佳期是值得慶幸的，柳詞的「天上人間，占得歡娛，年年今夜」，可能較符合他們單純樸素、積極樂觀的生活信念。因而這首平凡率俗的柳詞一直在南宋傳唱不衰。柳永是北宋太平盛世的詞人，這首七夕詞所表現的閒雅歡娛的情調正反映了國家安定、經濟繁榮的世俗生活的一個片斷。由「須知此景，古今無價」便可想見當時人在昇平的社會裡，懷著對幸福的憧憬而歡度七夕的情景了。（謝桃坊）

錦堂春　柳永

墜髻慵梳，愁蛾懶畫，心緒是事闌珊。覺新來憔悴，金縷衣寬。認得這疏狂意下，向人諂譬如閒。把芳容整頓，恁地輕孤，爭忍心安。

依前過了舊約，甚當初賺我，偷剪雲鬟。幾時得歸來，香閣深關。待伊要、尤雲殢雨，纏繡衾、不與同歡。盡更深、款款問伊，今後敢更無端。

仔細研讀柳永前期的俗詞，便會發現其中有很大一部分是以代言體的方式描敘市井小民生活情趣的，尤以表現市井婦女精神生活見長。詞人透過對她們心理的細緻描敘，表現了她們熱烈追求情欲、注重個人實際利益、蔑視封建禮法的意識，成功地刻畫了她們大膽潑辣、富於計謀、無所顧忌的性格。〈錦堂春〉便是柳永這類俗詞中頗有典型意義的。

詞以「墜髻慵梳，愁蛾懶畫」四字對句起筆，直接表現這位婦女的精神狀態。「墜髻」，表示髮髻已鬆欲散了，而她「慵梳」；「蛾」，即蛾眉，指婦女修長彎曲的眉，已經含愁不展了，而又「懶畫」，加倍寫出她的情緒不佳。「心緒是事闌珊」，總束一句。「是事」，猶云事事、凡事，「闌珊」是近乎消失的狀態。凡事都打不起精神，不只梳妝打扮是如此。這是心理狀況。至於身體方面，她發覺新近面容憔悴了，身體消瘦了。

「金縷衣寬」，衣裳變得寬大了，便是身體瘦下去了的證據。古人每以衣帶寬鬆表示身體消瘦，如南朝梁沈約〈與徐勉書〉，自言「百日數旬，革帶常應移孔」，以示腰圍瘦減。柳永〈蝶戀花〉詞也有「衣帶漸寬終不悔，為伊消得人憔悴」之句。她之所以憔悴消瘦，是因「疏狂」的年青人引起的：「認得這疏狂意下，向人諂譬如閒。」柳詞〈少年遊〉云：「王孫走馬長楸陌，貪迷戀、少年遊。似恁疏狂，費人拘管，爭似不風流。」「疏狂」，即風流浮浪之意。用「這」字領出，則此兩字又變成指稱這種人物，如《詩經．鄭風．山有扶蘇》的「不見子都，乃見狂且」（「且」字助詞無義）一樣。意下「向人諂譬如閒」，直解就是心裡對我「直是視若等閒」。「諂（音同偖）」，猶渾也，直也，見張相《詩詞曲語辭匯釋》。值得注意的是這個「人」字。此為女子自呼口吻。黃庭堅〈晝夜樂〉詞：「夜深記得臨歧語，說花時、歸來去。教人每日思量，到處與誰分付」的「人」字，即此義。現代還保留這種用法，為「人家」。此句女子怨懟的聲口如見。至此，作者將抒情主人公思念怨恨的對象點明了，對方對自己的態度也「認得」了，以下便將詞筆轉到描敘她思謀對策的複雜心理了。

市井婦女對待情感，與上層社會婦女有所不同。她們比較注重現實的個人利益，不願聽人擺布自己的命運。比如這位婦女，她並不因這個「疏狂」的年青人，而長久地沉溺在憂傷之中。她有辦法對付這一切，甚至可以採取各種報復行動。「把芳容整頓」，這是她不甘向命運屈服的第一個行動。「芳容」即美容，對於這點她感到很自信，於是重新振作精神，克服慵懶情緒，梳妝打扮起來。這與起首兩句相照應。「恁地輕孤，爭忍心安」！如果因為這點事情，就弄得形容憔悴，輕易辜負了自己的青春，怎能心安。上闋至此，將詞意小結，暗示了下闋詞意發展的線索。

詞的下闋全寫她的內心活動。追思往事，使她內心不安和氣憤難平的是：「依前過了舊約，甚當初賺我，偷剪雲鬟。」「依前」，像從前一樣。「雲鬟」，如烏雲似的頭髮。古代男女相別之時，有訂立盟約，女子剪髮以贈的習俗。贈髮是為了讓男子見髮如見人，另外還有以髮纏住男子之心的寓意。這在柳詞常見，如〈尾犯〉：「佳人應怪我，別後寡信輕諾。記得當初，剪香雲為約。」另外在〈洞仙歌〉裡表述得更明白：「洞房悄悄，繡被重重，夜永歡餘，共有海約山盟，記得翠雲偷剪。」我們說的這位婦女，她現在怨恨「疏狂」的人竟又像從前一樣過了相約的歸期。這疏忽大意不只一次了。既然他失約而不遵守諾言，為何當初又騙取她剪下一綹秀髮為贈呢？說明他確實「疏狂」之甚，竟把盟約忘卻或當作兒戲了。

惱恨之下，她盤算著他有一天歸來，要設法教訓他。她決心採取非常強硬的兩個步驟，第一是「香閣深關」，不讓他進繡房。如果他進房了，就「待伊要、尤雲殢雨，纏繡衾、不與同歡」，不讓他進被窩。以此逼使和要挾對方反省和屈服。這是一般婦女慣用的辦法，還不足為奇。後一步驟就更充分表現了這位女性的潑辣性格：「盡更深、款款問伊，今後敢更無端。」她打算聽任時間在僵持中過去，等待到更鼓已深，即是半夜了，才嚴肅地從頭到尾、有條有理慢慢數落他的疏狂，要他悔過認錯，還要保證今後不能再無賴而致失約。當然以上兩種辦法都屬設想性質，但可以相信，由於她的潑辣和深謀遠慮，必將是說得到做得到的，不獲勝利，絕不罷休。全詞結尾乾淨利落，給人留下一點想像。

這首詞的語言是淺近的白話，其中還有不少的俗語，如「是事」、「認得」、「誚」、「恁地」、「爭」、「賺」、「無端」等，成為表現力很強的通俗文學語言，有如絮語家常。作者善於抓住抒情主人公在梳妝時短暫的意識流程，展現其複雜的思想活動，使詞意高度集中並能深化。詞的結構綿密而層次分明，詞意的發展合情合理。這種一氣傾瀉、內心獨白式的線型結構是柳永這類俗詞的基本特點，它以連貫的細節緊緊抓住聽眾，聽來有頭有尾，是市民所喜聞樂見的藝術形式。像這樣透過深刻具體的人物心理描敘，刻畫人物達到聲情畢肖的境地，確實表現出作者成熟的才能。

柳永創造的這位婦女的形象，具有潑辣的性格、不甘示弱的傲氣及強烈的自我意識，這使她不同於文人詩詞中溫柔敦厚、逆來順受、聽天由命、自怨自艾的婦女形象，是較為典型的市民婦女。（謝桃坊）

定風波

柳永

自春來、慘綠愁紅，芳心是事可可。日上花梢，鶯穿柳帶，猶壓香衾臥。暖酥消，膩雲嚲①，終日厭厭倦梳裹。無那！恨薄情一去，音書無個。

早知恁麼，悔當初、不把雕鞍鎖。向雞窗，只與蠻箋象管②，拘束教吟課。鎮相隨，莫拋躲，針線閒拈伴伊坐。和我，免使年少光陰虛過。

〔註〕①嚲：音同朵，下垂狀。②蠻箋：亦作蠻牋，產自高麗的紙箋。象管：筆。蠻箋象管代指貴重的紙筆。

關於這首詞，曾經有過一則故事。宋人張舜民《畫墁錄》記載：柳永因作〈醉蓬萊〉詞忤仁宗之後，曾求謁當時的政府長官晏殊改放他官，晏殊問柳：「賢俊作曲子（詞）麼?」柳永答曰：「只如相公亦作曲子。」晏殊即道：「殊雖作曲子，（卻）不曾道『彩線慵拈伴伊坐』（與本詞為他本異文）。」柳永只得告退。從中我們可以看到，正統的士大夫文人和柳永之間，其藝術趣味是有所不同的。

這首〈定風波〉表現的是思婦的閨怨。它用代言體的口吻、放開來說的筆調，把那位思婦的滿腔情思，一股腦兒地端到了讀者的眼前。你看，自從春天回來之後，他卻一直杳無音訊。因此，在思婦的眼中，桃紅柳綠，盡變為傷心觸目之色（「慘綠愁紅」）；一顆芳心，整日價竟無處可以安放（「是事可可」者，事事都平淡乏味也）。儘管窗外已是紅日高照、韶景如畫，可她卻只管懶壓繡被、不思起床。長久以來不事打扮、不加保養，相思的苦惱，已弄得她形容憔悴，「暖酥」（皮膚）為之消損，「膩雲」（頭髮）為之蓬鬆，可她卻絲毫不想稍作梳理，只是憤憤然地喃喃自語：「無那（無可奈何）！恨薄情（郎）一去，音書無個。」自此以下，這位女主角便乾脆把作者撇開在一旁，自己站出來向我們掏出她的心曲了：早知這樣，真應該當初就把他留在身旁。在我倆那間書房（「雞窗」）而兼閨房的一室之中，他自鋪紙寫字、念他的功課，我則手拈著針線，閒來陪他說話，這種樂趣該有多濃、多美，那就不會像現在這樣，一天天地把青春年少的光陰白白地虛度！讀完這些，在我們的面前就彷彿出現了一位「快嘴李翠蓮」（宋元話本中的人物）式的婦女形象，她把自己的怨恨和煩惱，痛痛快快地全部「擲」給了讀者。同是表現思婦的閨怨，溫庭筠〈菩薩蠻〉（小山重疊金明滅），只是用含蓄而委婉的筆觸，作側面和迂迴的烘襯，直到末一句「雙雙金鷓鴣」，才若隱若現地從反面映照出思婦的孤寂來。溫詞所體現的文學趣味，是一種士大夫式的文雅的、精美的趣味。它寫的雖是閨怨和豔情，可是卻寫得「好色而不淫」、「風流而蘊藉」，深深契合正統文人那一種「溫柔敦厚」的審美嗜好。而柳詞卻帶有另一種市井色彩的趣味。它不講求含蓄，不講究文雅，而唯求暢快淋漓、一瀉無餘地發洩和表露自己的真感情，相當典型地體現著市民階層那種「以真為美」、「以俗為美」的嗜好。這就難怪晏殊不以為然了。

從思想色彩看，這首詞明顯有兩個特色：愛情意識不可抑勒地蘇醒和抬頭；市民意識頑強而自豪地要求在文學中得到表現。市民階層是伴隨著商業經濟的發展而壯大起來的一支新興力量。它較少封建思想的羈縻，也比較敢於反抗禮教的壓迫。宋人平話《碾玉觀音》中的璩秀秀就是典型人物。是她，首先敢於「勾引」崔寧一起「私奔」，又是她，在死後猶執著於要和丈夫成為「生死冤家」，並向拆散他們婚姻的仇人報了深仇。這樣「潑辣」、「放肆」地追求愛情，在「男女授受不親」的時代是極為大膽的，它表現了一種新的思想面貌，反映在柳詞裡，就形成了〈定風波〉中這位女性的聲吻：「鎮相隨，莫拋躲，針線閒拈伴伊坐。和我，免使年少光陰虛過。」在她看來，青春年少，男歡女愛，才是人間最可寶貴的，至於什麼功名富貴、仕途經濟，統統都是可有可無的。這裡所顯露出來的生活理想和生活願望，在晏殊他們看來，自然是俗不可耐和離經叛道的，但是其中卻顯露了某些新的時代契機。對於當時的市民群眾來說，也唯有這種毫不掩飾的熱切戀情，才是他們備感親切的東西。因而，這種既帶有些俗氣卻又十分真誠的感情內容，就表現出了美的品格。柳詞之雖不入正人雅士之眼而能達到凡有井水飲處皆能誦歌的境地，原因蓋出於此。

從藝術風格看，這首詞是對於傳統詞風的一種「放大」和「俗化」。在柳永以前，詞壇基本上是小令的天下，要求含蓄、文雅。到了柳永，他創製了大量的慢詞長調，鋪敘展衍，備足無餘。試看這首〈定風波〉，光是描寫一個「懶」字，就花了多少筆墨：從春色的撩撥愁緒，到芳心的無處可擺，再到「日上花梢，鶯穿柳帶」時的猶壓香衾高臥，進而又寫她的肌膚消瘦、鬌髮散亂，最後才揭出她病懨懨的倦懶心境，這種重筆和加倍的寫法，只有在慢詞長調中才能大顯其身手。它加強了全詞的抒情氣氛，對傳統的小令風格是一種「放大」。以上是宏觀。再從微觀來說，柳永這首詞中所表現的這位女性，明顯是一位身分不高的婦女——儘管它用了諸如「暖酥」、「膩雲」之類的詞藻來形容她的容貌，用了「香衾」、「雕鞍」、「蠻箋象管」之類的字面來形容他倆的起居物飾，但是卻仍然掩蓋不了他們的「俗氣」——這是因為「真富貴」的作者如晏殊，恰恰就討厭用這種類似於「窮人誇富」的筆調來寫他們的錦衣玉食的生活；相反，他們反倒喜歡用淡雅的語言來表現他們富貴生活。如晏殊詞就是不用那些「金玉錦繡」的字眼而盡得風流富貴之態的。相比之下，柳詞所寫的是屬於市民階層中的「才子佳人」——他們正是功名未就的柳永和他在青樓中的戀人的化身。所以，為了要表現這樣一種「新女性」（與溫、晏某些詞中的貴婦人相比）的心態，柳詞就採用一種「從俗」的風格和「從俗」的語言。這或許可以稱作「人物個性化」的需要。試看馮延巳〈謁金門〉（風乍起）寫那位大家閨秀盼夫的心緒，是何等的含蓄、細膩，其舉止行動，又是何等的文雅、優美。而因柳永表現的是一位青樓歌女的情感，它就採用了民間詞常用的代言體寫法和任情放露的風格，以及似雅而實俗的語言。詞的上片，用富有刺激性的字面（例如「慘綠愁紅」），盡情地渲染了環境氣氛；再用濃豔的詞筆（如「暖酥消，膩雲亸」之類），描繪了人物的外貌形態；接下來便直接點明她那無聊寂寞的心境（「終日厭厭」）。以下直到下片終結，則轉入第一人稱的自述。那一連串的快語快談，那一疊疊的綺語、痴語（其中又夾著許多口語、俚語），就把這個人物的心理寫得活靈活現、躍然紙上。她那香豔而放肆的神態，真摯而發露的情思，端的使人讀到這首詞後如聞其聲，如見其形。綜觀全篇，除了清《四庫全書總目提要》批評柳詞「以俗為病」之外，我們又感到了它的「以俗為美」的另一方面，而這種「以俗為美」又是基於「以真為美」之上的。所以，從認識柳詞的基本思想特徵和藝術特徵這點出發，它和〈雨霖鈴〉、〈八聲甘州〉一樣，有著標本和典型的意義。（楊海明）

訴衷情近　柳永

雨晴氣爽，佇立江樓望處。澄明遠水生光，重疊暮山聳翠。遙認斷橋幽徑，隱隱漁村，向晚孤煙起。

殘陽裡。脈脈朱闌靜倚。黯然情緒，未飲先如醉。愁無際。暮雲過了，秋光老盡，故人千里。盡日空凝睇。

柳永在北宋仁宗景祐元年（一〇三四）考中進士之前的數年間，曾經像斷梗飄萍一樣漫遊江南。他的足跡曾到過江、浙、楚、淮等地，依舊羈旅落魄，「奉旨填詞」。這首〈訴衷情近〉是其漫遊時期在江南水鄉所作，抒寫了他對京都故人懷念之情。

江南水鄉的秋色在詞人的感受中是平遠開闊、疏淡優美的。雨晴之後，溽暑已消，天高氣爽，給人以舒適清新之感。這時登江樓遠望，很有詩情畫意。江水是「澄明」的，表現了秋水的特點，「生光」是波浪在落照中粼粼閃映所致；更遠處是層層蒼翠的遠山：這都是從高處遠眺所見的景象，並透過「暮山」暗示了具體的時間。作者再進一步描繪江上秋晚的景色。「遙認」兩字用得相當確切，很適合具體的環境，因為久久地「佇立江樓」，眺望中漸漸辨認出較遠的景物形象。斷橋、幽徑、漁村、孤煙，它們在向晚黃昏江上的背景中構成了秋色平遠的畫面。這個畫面給人以荒寒、淒清、寂寞的感受。柳永曾經在北宋都城汴京生活了很長一段時期，那裡「綺陌紅樓」、「名園芳樹」、「九衢三市」、「香車寶馬」的繁盛熱鬧，與當前荒江日暮的秋色形成強烈對照，怎不觸動這遊子的悲感呢！

詞的上闋描敘秋景，已為下闋悲秋的傷別意緒作了鋪墊。過片處以「殘陽」的意象承上啟下，轉入抒情。至此，作者關於具體時間已用「暮山」、「向晚」、「殘陽」間接或直接地加以強調，凸出秋江日暮對遊子情緒的影響。抒情主人公的視角出發點前後是同一的，而作者在寫法上頗不同，前者「佇立江樓望處」，是佇立遠望；下闋的「脈脈朱闌靜倚」，是含情靜倚樓闌，轉入思索，動了「黯然情緒」。雖然兩者都是寫人在江樓，凸出的重點卻不同。南朝江淹〈別賦〉云：「黯然銷魂者，唯別而已矣。」可見「黯然情緒」即傷別情緒。無際的離愁已使人如未飲先醉了。「如醉」表現情感的陷溺而不能自拔的狀態。至此，詞情的發展達到高潮：這黯然情緒是由「暮雲過了，秋光老盡，故人千里」引起的。這是在現實中悲秋所生的遲暮之感與客處異鄉所生的懷人的傷別意緒的混合。現實的景物增強了傷別意緒，因而無法消除，唯有「盡日空凝睇」以寄託對「故人」的思念。

對「故人」的思念是全詞的中心，向晚的遲暮之感更強化了對故人的思念之情。但是作者並未將「故人」寫得具體一些，而是含糊其辭的。聯繫柳永其他的羈旅行役之詞來看，這「故人」應是概指他在京都相識的民間歌妓。柳永漫遊江南時對京都歌妓的深切思念，表明尊重、珍惜與她們的愛情和友誼。

〈訴衷情近〉在詞體中屬於中調。作者創作時依據體制的特點，在寫景與抒情時，既未大肆鋪敘，也不特別凝練。詞旨點明即止，結構完整。作者還很注意上下闋之間和意群之間的照應和映襯。如「佇立」與「靜倚」，「望處」與「凝睇」，「殘陽」與「遠水生光」，「暮山」與「暮雲」，「秋光」與「雨晴氣爽」，它們之間都存在著一定聯繫。如此照應和映襯，使詞意發展的脈絡極為清楚，而詞的結構也就具有了謹嚴布置的特點。

這首小詞並非柳永名作，但我們從其用語的準確和結構的謹嚴，都可見出作者的匠心。（謝桃坊）

集賢賓　柳永

小樓深巷狂遊遍，羅綺成叢。就中堪人屬意，最是蟲蟲。有畫難描雅態，無花可比芳容。幾回飲散良宵永，鴛衾暖、鳳枕香濃。算得人間天上，唯有兩心同。近來雲雨忽西東。誚惱損情悰。縱然偷期暗會，長是匆匆。爭似和鳴偕老，免教斂翠啼紅。眼前時、暫疏歡宴，盟言在、更莫忡忡。待作真個宅院，方信有初終。

柳永在青年時代困居都城東京之時，為歌妓樂工寫作新詞，結識了許多民間歌妓。在《樂章集》中寫到的便有秀香、英英、瑤卿、心娘、蟲娘、佳娘、酥娘等，而與他情感最深的要算其中的蟲娘了。他曾描述她賣藝的動人形象說：「蟲娘舉措皆溫潤，每到婆娑偏恃俊。香檀敲緩玉纖遲，畫鼓聲催蓮步緊。貪為顧盼誇風韻，往往曲終情未盡。坐中年少暗銷魂，爭問青鸞家遠近。」（〈木蘭花〉）可見她是一位溫柔俊俏、色藝超群的多情女子。蟲蟲當是蟲娘的昵稱。柳永最初科舉考試下第之後，仍懷著希望，曾安慰她說：「但願我蟲蟲心下，把人看待，長似初相識。況漸逢春色，便是有舉場消息。待這回好好憐伊，更不輕離拆。」（〈征部樂〉）顯然柳永是在下第後落魄無聊的情形下得到她的愛情的，因而他表示如果有了舉場的好消息，即一舉成名之後，定不忘記報答她的恩情。這首〈集賢賓〉詞，寫來有如以詞代書，向蟲蟲表白自己的真實情感，向她許下莊重的誓言，給她以安慰和希望。

詞人坦率地在詞的開始就承認對蟲蟲的真情實意。「小樓深巷」即指平康坊曲之所，歌妓們聚居之地。北宋都城，「出朱雀門東壁，亦人家。東去大街麥秸巷、狀元樓，餘皆妓館，至保康門街。其御街東朱雀門外，西通新門瓦子，以南殺豬巷，亦妓館。以南東西兩教坊」（《東京夢華錄》卷二）。坊曲之中身著羅綺、濃妝豔抹的歌妓甚眾，但柳永卻特別屬意於蟲蟲，為了她的「有畫難描雅態，無花可比芳容」。自然有比蟲蟲更為風流美貌的，而具有雅態的卻極為稀少。「雅態」是蟲蟲的特質。唐宋以來的一些歌妓，除了有精妙的伎藝之外，還有很高的文化修養，能吟詩作詞。柳詞〈兩同心〉的「偏能做文人談笑」和〈少年遊〉的「心性溫柔，品流詳雅，不稱在風塵」，就是表現這種「雅態」，它是源於品格和志趣的高雅，全不像是風塵中的女子。柳永之所以愛慕蟲蟲正由於此。歌妓們雖然受制於娼家，失去了人身自由，但她們的情感是可以由自己支配的。柳永由於真正地同情和尊重她們，因而能獲得其愛情，相互知心。以往的日月裡就曾有過多少良宵，他與蟲蟲幸福地相聚，「鳳枕香濃」，「人間天上」似乎只存在他們的真情了。詞的上片追敘他與蟲蟲的戀愛小史。這是過去的事了，現在他們的愛情出現了一些波折。詞的下片便敘說現實中發生的情事。

詞的過片以「近來」兩字將詞意的發展由往昔轉到現實。下片恰當地表達了詞人內心複雜的情感，達到了勸說蟲蟲的目的。他能理解由於女藝人特殊的職業關係，雲雨西東，這幾乎使他倆失去了歡樂之趣。從與蟲蟲「偷期暗會，長是匆匆」的情形來推測，柳永困居京都，已失去經濟來源，不可能千金買笑而在歌舞場中揮霍了；因而與蟲蟲的聚會只能偷偷地進行，而且來去匆匆。他因此希望與蟲蟲過一種鸞鳳和鳴、白頭偕老的正常夫婦生活，以結束相會時愁顏相對的難堪場面。「斂翠」，翠指翠眉，斂眉乃憂愁之狀；「啼紅」，紅即紅淚，指婦女之淚。蟲蟲在匆匆相會時「歛翠啼紅」，暗示了他們愛情的不幸。這不幸全是來自社會方面的原因，很可能是因娼家嚴禁蟲蟲與這位落魄詞人的往來。對此情形，詞人提出了暫行辦法和長遠打算。暫行的辦法是「眼前時、暫疏歡宴」，疏遠一些，以避開社會或娼家的壓力。他勸慰蟲蟲不要憂心忡忡，請相信他的山盟海誓。長遠的打算是使蟲蟲能「作真個宅院」。南宋吳曾《能改齋漫錄》卷十七載無名氏改馮延巳〈長命女〉「三願」詞作〈雨中花〉，結尾云：「五願奴哥收因結果，做個大宅院。」「奴哥」為對女子的昵稱。這兩句與柳詞語近意同。「宅院」當指妻妾。蘇軾〈減字木蘭花〉詞贈徐君猷寵妾勝之云：「天然宅院，賽了千千並萬萬。」《水滸傳》第四回說趙員外將金老女兒養做「外宅」，均可證。舊時風塵女子得為士人姬妾，已符所「願」。柳永是真正打算娶蟲蟲作「宅院」的。只有到了那時，才算是他們的愛情有始有終。「有初終」，語本於《詩經．大雅．蕩》「靡不有初，鮮克有終」。他預想黃榜得中之後實現這個願望。

應該相信，柳永當時的許諾是真誠的，但也是違反封建婚姻制度的。在宋代社會，像蟲蟲這樣的賤民歌妓，是不可能與宦門子弟的柳永結為正常配偶的，即使免賤為良，納為姬妾，也得經過一系列麻煩的程序，而且得付昂貴的身價銀。現實生活是多變而殘酷的。事實上後來柳永考中了進士，踏入了仕途，但客觀條件已不容許他去實踐為蟲蟲許下的諾言了。統治階層中的一員的他，其社會地位與賤民歌妓無異天壤之隔。但在當時的具體歷史條件下，柳永敢於在作品中大膽表示與賤民歌妓結為正常婚配對偶，已是難能可貴了，這在唐宋文人詞中是甚為罕見的。（謝桃坊）

少年遊　柳永

長安古道馬遲遲，高柳亂蟬嘶。夕陽鳥外，秋風原上，目斷四天垂。

歸雲一去無蹤跡，何處是前期？狎興生疏，酒徒蕭索，不似少年時。

一般人論及柳永詞者，往往多著重於他在長調慢詞方面的拓展，其實他在小令方面的成就，也是極可注意的。我以前在〈論柳永詞〉一文中，曾經談到柳詞在意境方面的拓展，以為唐五代小令中所敘寫的「大多只不過是閨閣園亭傷離怨別的一種『春女善懷』的情意」，而柳詞中一些「自抒情意的佳作」，則寫出了「一種『秋士易感』的哀傷」。這種特色，在他的一些長調的佳作，如〈八聲甘州〉〈曲玉管〉〈雪梅香〉諸詞中，都曾經有很明白的表現。然而柳詞之拓展，卻實在不僅限於其長調慢詞而已，就是他的短小的令詞，在內容意境方面也同樣有一些可注意的開拓。就如這一首〈少年遊〉小詞，就是柳永將其「秋士易感」的失志之悲，寫入了令詞的一篇代表作。

柳永之所以往往懷有一種「失志」的悲哀，蓋由於其一方面既因家世之影響，而曾經懷有用世之志意，而一方面則又因天性之稟賦而愛好浪漫的生活。當他早年落第之時，雖然還可以借著「淺斟低唱」來加以排遣，而當他年華老去之後，則對於冶遊之事既已失去了當年的意興，於是遂在志意的落空之後，又增加了一種感情也失去了寄託之所的悲慨。而最能傳達出他的雙重悲慨的，便是這首〈少年遊〉小詞。

這首小詞，與柳永的一些慢詞一樣，所寫的也是秋天的景色，然而在情調與聲音方面，卻有著很大的不同。在這首小詞中，柳永既失去了那一份高遠飛揚的意興，也消逝了那一份迷戀眷念的感情，全詞所瀰漫的只是一片低沉蕭瑟的色調和聲音。從這種表現來判斷，我以為這首詞很可能是柳永的晚期之作。開端的「長安」可以有寫實與託喻兩重含義。先就寫實言，則柳永確曾到過長安，他曾寫有另一首〈少年遊〉詞，有「參差煙樹灞陵橋」之句，足可為證。再就託喻言，則「長安」原為歷史上著名之古都，前代詩人往往以「長安」借指首都所在之地，而長安道上來往的車馬，便也往往被借指為對於名利祿位的爭逐。不過柳永此詞在「馬」字之下，所承接的卻是「遲遲」兩字，這便與前面的「長安道」所可能引起的爭逐的聯想，形成了一種強烈的反襯。至於在「道」字上著以一「古」字，則又可以使人聯想及在此長安道上的車馬之奔馳，原是自古而然，因而遂又可產生無限滄桑之感。而在此「長安道」上的詞人之「馬」乃「遲遲」其行者，則既表現了詞人對爭逐之事之已經灰心淡薄，也表現了一種對今古滄桑的若有深慨的思致。

下面的「高柳亂蟬嘶」一句，有的本子或作「亂蟬棲」，但蟬之為體甚小，蟬之棲樹絕不同於鴉之棲樹之明顯可見，而蟬之特色則在善於嘶鳴，故私意以為當作「亂蟬嘶」為是。而且秋蟬之嘶鳴更獨具一種淒涼之致。〈古詩十九首．明月皎夜光〉云「秋蟬鳴樹間」，曹植〈贈白馬王彪〉其四云「寒蟬鳴我側」，便都表現有一種時節變易、蕭瑟驚秋的哀感。柳永則更在「蟬嘶」之上，還加了一個「亂」字，如此便不僅表現了蟬聲的繚亂眾多，也表現了被蟬嘶而引起哀感的詞人之心情的繚亂紛紜。至於「高柳」二字，一則表示了蟬嘶所在之地，再則又以「高」字表現了「柳」之零落蕭疏，是其低垂的濃枝密葉已凋零，所以乃彌見樹之「高」也。

下面的「夕陽鳥外，秋風原上，目斷四天垂」三句，寫詞人在秋日郊野所見之蕭瑟淒涼景象，「夕陽鳥外」一句，也有的本子作「島外」，私意以為非是。蓋長安道上安得有「島」乎？至於作「鳥外」，則足可以表現郊原之遼闊無垠。昔杜牧有詩云「長空澹澹孤鳥沒」（〈登樂遊原〉），飛鳥之隱沒在長空之外，而夕陽之隱沒則更在飛鳥之外，故曰「夕陽鳥外」也。值此日暮之時，郊原上寒風四起，故又曰「秋風原上」，此景此情，讀之如在目前。然則在此情景之中，此一失志落拓之詞人，又將何所歸往乎？故繼之乃曰「目斷四天垂」，則天之蒼蒼，野之茫茫，詞人乃雙目望斷而終無一可供投止之所矣。以上前半闋是詞人自寫其今日之飄零落拓，望斷念絕，全自外界之景象著筆，而感慨極深。

下半闋，開始寫對於過去的追思，則一切希望與歡樂也已經不可復得。首先「歸雲一去無蹤跡」一句，便已經是對一切消逝不可復返之事物的一種象喻。蓋天下之事物其變化無常一逝不返者，實以「雲」之形象最為明顯。故陶淵明〈詠貧士〉七首其一便曾以「雲」為象喻，而有「曖曖空中滅，何時見餘暉」之言，白居易〈花非花〉詞，亦有「去似朝雲無覓處」之語，而柳永此句「歸雲一去無蹤跡」七字，所表現的長逝不返的形象，也有同樣的效果。不過其所託喻的主旨則各有不同。關於陶淵明與白居易的喻託，此處不暇詳論。至於柳詞此句之喻託，則其口氣實與下句之「何處是前期」直接貫注。所謂「前期」者，我以為可以有兩種提示：一則可以指舊日之志意心期，一則可以指舊日的歡愛約期。總之「期」字乃是一種願望和期待，對於柳永而言，他可以說正是一個在兩種期待和願望上，都已經落空的不幸人物。

於是下面三句乃直寫自己今日的寂寥落寞，曰「狎興生疏，酒徒蕭索，不似少年時」。早年失意之時的「幸有意中人，堪尋訪」（〈鶴衝天〉）的狎玩之意興，既已經冷落荒疏，而當日與他在一起歌酒留連的「狂朋怪侶」（〈戚氏〉）也都已老大凋零。志意無成，年華一往，於是便只剩下了「不似少年時」的悲哀和嘆息。這一句的「少年時」三字，很多本子都作「去年時」。本來「去年時」三字也未嘗不好，蓋人當老去之時，其意興與健康之衰損，往往會不免有一年不及一年之感。故此句如作「去年時」，其悲慨亦復極深。不過，如果就此詞前面之

「歸雲一去無蹤跡，何處是前期」諸句來看，則其所追懷眷念的，似乎原當是多年以前的往事，如此則承以「不似少年時」，便似乎更為氣脈貫注，也更富於傷今感昔的慨嘆。

柳永這首〈少年遊〉詞，前半闋全從景象寫起，而悲慨盡在言外；後半闋則以「歸雲」為喻象，寫一切期望之落空，最後三句以悲嘆自己之落拓無成作結。全詞情景相生，虛實互應，是一首極能表現柳永一生之悲劇而藝術造詣又極高的好詞。總之，柳永以一個稟賦有浪漫之天性及譜寫俗曲之才能的青年人，而生活於當日之士族的家庭環境及社會傳統中，本來就已經注定了是一個充滿矛盾不被接納的悲劇人物，而他自己由後天所養成的用世之意，與他自己先天所稟賦的浪漫的性格和才能，也彼此互相衝突。他在早年時，雖然還可以將失意之悲，借歌酒風流以自遣，但是歌酒風流卻畢竟只是一種麻醉，而並非可以長久依恃之物，於是年齡老大之後，遂終於落得了志意與感情全部落空的下場。昔宋葉夢得《避暑錄話》卷下記柳永以譜寫歌詞而終生不遇之故事，曾慨然論之曰：「永亦善為他文辭，而偶先以是得名，始悔為己累……而終不能救。擇術不可不慎。」柳永的悲劇是值得我們同情，也值得我們反省的。（葉嘉瑩）

少年遊 柳永

參差煙樹霸陵橋，風物盡前朝。衰楊古柳，幾經攀折，憔悴楚宮腰。

夕陽閒淡秋光老，離思滿蘅皋。一曲〈陽關〉，斷腸聲盡，獨自憑蘭橈。

送客霸橋，折柳贈別，這是始於漢人而沿襲至宋的風俗。霸陵橋即霸橋，在長安東霸水邊。宋程大昌《雍錄》載：「漢世凡東出函潼，必自霸陵始，故贈行者於此折柳為別也。」傳為李白所作的〈憶秦娥〉「年年柳色，霸陵傷別」，即指此事。故霸橋與「南浦」、「長亭」一樣，凝聚著前代不少騷人墨客的離愁別恨。柳永作為「西征客」來到漢唐舊都長安，眼下又將在霸橋這一傳統的別離之地與友人分袂，他徘徊橋上，自然神思徜徉，離憂頓生。

詞以景起，首句總攬霸橋全景：暮色蒼茫中，楊柳如煙；柳色明暗處，霸橋橫臥。在作者眼裡，霸橋已是別離的象徵，所以眼前淒迷的霸橋暮景，更易牽動羈泊異鄉的情懷。霸橋不僅目睹人世間的離鸞別鶴之苦，而且也是人世滄桑、升沉變替的見證。漢、唐鼎盛時，朱輪華轂，在此川流不息，如今景色依舊，人事全非。「風物盡前朝」一句，緊承首句又拓展詞意，使現實的旅思羈愁與歷史的興亡之感交織，把空間的迷茫感與時間的悠遠感融為一體，在貌似冷靜的描述中，透露出作者沉思的神情與沉鬱的情懷。

上片後三句從折柳送別著想，專寫離愁。作者想像年去歲來，多少離人在此折柳贈別，楊柳屢經攀折，纖細輕柔的柳條竟至「憔悴」！古人詠柳賦別，多狀春柳婆娑婀娜之姿，「以樂景寫哀」（清王夫之〈薑齋詩話〉）。如「垂柳萬條絲，春來織別離」（戴叔倫〈堤上柳〉）；「柳陰直，煙裡絲絲弄碧。隋堤上，曾見幾番，拂水飄綿送行色」（周邦彥〈蘭陵王．柳〉）。此詞卻寫衰楊古柳，憔悴衰敗，已不勝攀折。以哀景映襯哀情，借傷柳以傷別，加倍凸出人間別離之頻繁，別恨之深重。

換頭兩句，以霸橋為中心，展現更為廣闊的畫面，使詞境愈加淒清又無限延伸。面對霸橋，已令人頓生離思，偏又時當秋日黃昏，日色晚，秋光老，夕陽殘照，給本已蕭瑟的秋色又抹上一層慘淡的色彩，也給作者本已淒楚的心靈再籠罩一層黯淡的陰影。想到光陰易逝，遊子飄零，一種「夕陽西下，斷腸人在天涯」（元馬致遠〈天淨沙．秋思〉）的離思觸緒而長，綿延不盡，終於溢滿蘅皋了（蘅皋，語出曹植〈洛神賦〉）。詞人寫離愁別恨，多將抽象的感情化為具體的形象。如「離愁漸遠漸無窮，迢迢不斷如春水」（歐陽脩〈踏莎行〉）；「路迢迢，恨滿千里草」（周邦彥〈早梅芳〉）。這裡的「離思滿蘅皋」，同樣是用誇張的比喻形容離愁之多，無所不在，以此喚起讀者的聯想，牽動讀者的心弦。

「一曲〈陽關〉」兩句，轉而從聽覺角度寫離愁。作者目瞻神馳，正離思縈懷，身邊忽又響起〈陽關〉曲，把作者思緒帶回別前離席。眼前又在進行一場深情的餞別，而行者正是自己。客中再嘗別離之苦，舊恨加上新愁，已極可悲，而此次分袂，偏偏又在傳統的離別之地，情形加倍難堪，耳聞〈陽關〉促別，自然使人肝腸寸斷了。此即所謂「今古柳橋多送別，見人分袂亦愁生，何況自關情」（張先〈江南柳〉）。至此，目之所遇，耳之所聞，無不關合離情，紛至沓來，真是「物情人意，向此觸目，無處不淒然」（柳永〈臨江仙引〉）。詞末以「獨自憑蘭橈」，陡然收煞。「獨自」二字，下得沉重，依依難捨的別衷，孤身飄零的苦況，盡含其中。清周濟《宋四家詞選》說：「柳詞總以平敘見長，或發端，或結尾，或換頭，以一二語勾勒提掇，有千鈞之力。」此詞於收句布景出人，以人物行動見意，引導讀者步入詞情之最淒苦處，結得有力，有有餘不盡之妙。

這首詞，以哀景寫哀，詞中借助霸橋暮色、衰楊古柳、夕陽殘照、〈陽關〉之曲等一系列物象與情景，對羈旅與感昔的雙重惆悵反覆渲染，悲秋與離愁渾然劃一，風景與人事有機交融，含情綿邈，吐屬自然。清馮煦曰柳永詞「狀難狀之景，達難達之情，而出之以自然」（《蒿庵論詞》），這一評語恰好道出此詞特色。（顧偉列）

駐馬聽　柳永

鳳枕鸞帷。二三載，如魚似水相知。良天好景，深憐多愛，無非盡意依隨。奈何伊。恣性靈、忒煞些兒。無事孜煎，萬回千度，怎忍分離。

而今漸行漸遠，漸覺雖悔難追。漫寄消寄息，終久奚為。也擬重論繾綣，爭奈翻覆思維。縱再會，只恐恩情，難似當時。

自宋以來，不少正統詞論家指摘柳永的俗詞，因為這些「淫冶謳歌之曲」（南宋吳曾《能改齋漫錄》卷十六）不合社會的道德規範和文人的審美趣味，所以歷來的詞選很少收這類詞。宋人黃昇《唐宋諸賢絕妙詞選》卷五收入柳永俗詞〈晝夜樂．贈妓〉，也還是因蘇軾〈滿庭芳〉（香靉雕盤）引用了其中「膩玉圓搓素頸」一語。並且特為註明說：「此詞麗以淫，不當入選，以東坡嘗引用其語，故錄之。」其實只要不具藝術偏見，柳永俗詞是很有思想意義和藝術水平的。且如此詞，便以細緻的筆調描述市井婦女複雜的離情別緒。

同柳永許多這類俗詞一樣，此詞也是採用線型的結構，按照情節的順序從頭寫起，但內容和形象都別具新意。開始是寫抒情女主人公沉溺在對往日甜蜜的愛情生活的回憶裡。這段幸福的生活雖只有「二三載」，在整個人生旅程中是短暫的，卻因兩心相照，「如魚似水」般的和諧而令人難忘。但就在這幸福難忘的日子裡，已潛伏了破裂的因素。他們的情感不是對等的，她委曲求全，百般遷就，「無非盡意依隨」。但她的委曲求全並未癒合反而加深了他們情感的裂痕。「奈何伊，恣性靈、忒煞些兒」，「性靈」，俗語的意思是指性子或個性；「忒煞」，即太過分了。這說明他們的破裂純由於男子的任性而不近情理，她對他已無可奈何。因而雙方由情感的破裂到最後分離便是情勢發展的必然了。作者省略了不必要的離別細節的描述，詞意的發展出現一次跳躍，進到女主人公訴說分離後的苦悶情緒，心情十分矛盾：「無事孜煎，萬回千度，怎忍分離。」「孜煎」，俗語，憂慮、思念之極，如柳詞〈法曲獻仙音〉：「記取盟言，少孜煎，剩好將息。」每當她閒著無事之時，將往事反覆考慮，仍免不了對離人的眷戀。

詞的下片緊承上片結句之意，著力表現她被遺棄後矛盾複雜的心理。首先，離人已經「漸行漸遠」，加大了空間與情感的距離，「雖悔難追」。似乎當初若再委曲一些、再容忍一些，還是可以挽留住的，而今距離愈遠，縱然後悔也無濟於事了。根據這種情形，即使寄去消息，終久也是白費。「消息」兩字分用，如李玉〈賀新郎〉「遍天涯、尋消問息，斷鴻難倩」，是一種修辭方法。她也曾打算同他再繼續那一段愛情生活，即「重論繾綣」。無奈她經過「翻覆思維」，「思」些什麼呢？是「縱再會，只恐恩情，難似當時。」這就是她從現實狀況下得出的預感，經過分離的痛苦和被棄後的冷靜思考，她已認識到情感是不能勉強的，縱使有這個可能重續舊歡，恩情也不似當時的「如魚似水相知」那樣融洽了。

柳永筆下的這個婦女不同於其俗詞中另一些大膽潑辣、富於計謀的婦女，而具有溫良忍耐的品格。雖然遭到遺棄，她並不怨天尤人，而是盡可能地原諒對方，將過錯歸結為他的乖僻個性，總是設法彌補他們情感的裂痕，分離後還念念難忘，後悔未盡到應有的努力。這都說明她是溫柔多情的，又有對愛情熱烈追求的特點。下片寫她的思維過程很有層次：首先是因別而悔；想寫信去，又怕不會有回音；即使能重拾墜歡，也怕恩情難似當時。感情與理智交戰寫得如此曲折入微，非能深入人物內心設身處地體會透，是寫不出的。作者對棄婦題材的處理有自己新穎而獨特的方式，與傳統文人詩詞中常見的處理方式不同，並不將棄婦寫得悲哀可憐，而是表現得合乎市民社會生活的真實。我們讀了這首詞之後會為其形象的真實所感動，也會嘆服其樸素的表現手法。

（謝桃坊）

戚氏

柳永

晚秋天，一霎微雨灑庭軒。檻菊蕭疏，井梧零亂，惹殘煙。淒然，望江關，飛雲黯淡夕陽閒。當時宋玉悲感，向此臨水與登山。遠道迢遞，行人淒楚，倦聽隴水潺湲。正蟬吟敗葉，蛩響衰草，相應喧喧。

孤館，度日如年。風露漸變，悄悄至更闌。長天淨，絳河清淺，皓月嬋娟。思綿綿。夜永對景那堪，屈指暗想從前。未名未祿，綺陌紅樓，往往經歲遷延。

帝里風光好，當年少日，暮宴朝歡。況有狂朋怪侶，遇當歌對酒競留連。別來迅景如梭，舊遊似夢，煙水程何限。念利名憔悴長縈絆。追往事、空慘愁顏。漏箭移，稍覺輕寒。漸嗚咽畫角數聲殘。對閒窗畔，停燈向曉，抱影無眠。

柳永的《樂章集》以工於抒寫行役羈旅見稱。本詞刻畫驛館的旅思，正是其長技之所在。據詞裡提到「宋玉悲感，向此臨水與登山」諸語，可知作於湖北江陵。柳永外放荊南，已經年過五十。由於他愛同伶工樂妓交往，不為宋仁宗所喜，久不調職，難立於朝，只得外放州郡小官，心情是很鬱悶的。這種情緒也深深地反映到詞裡來了。

這首詞是三片的長調。在結構上，作者以時間為線索，從傍晚、深夜直寫到翌日破曉，脈絡井井，有條不紊。先寫淒清的秋緒，次寫永夜的幽思，最後歸結到厭倦於徵逐名利的官場生活這一主旨上來。篇幅雖然龐大，卻細針密線，層次清楚。

上片描寫的是微雨剛過的薄暮景色。「晚秋」二字點出了時令是在九月。先從近景寫起：秋雨梧桐，西風寒菊，點綴著荒寂的驛館。「惹殘煙」，一字一層。「煙」而曰「殘」，見出梧菊凋零無復煙籠霧密的生意。「殘」而曰「惹」，則見出其勉為弄姿搖曳枝頭的眷戀之情，益發令人憐惜。它與晏殊的「檻菊愁煙蘭泣露」（〈蝶戀花〉）相較，雖同一擬人技法，似更能撥動人們的心弦。傳神就在一個「惹」字。「淒然」以下寫遠景。「夕陽閒」以無心的落照反襯上文。「閒」字下得好，對比強烈，是移情的手法。近人陳曾壽〈臨江仙〉詞「人間閒夕照，銷得一雷峰」，可謂善於學柳。「倦聽」以下，轉寫所聞：一個「應」字更把蟬鳴、蛩響彼此呼應的秋聲寫活了。詞筆細入毫芒，非靜察不能到。

中片深入一層，刻畫此地此時的心理狀態。月明夜靜，一身孤旅，清宵獨坐，怎能不勾起伊鬱的情思來呢？「夜永對景那堪」，六字為句，「屈指」以下轉入憶舊，純乎寫情。以虛襯實，放筆直書而不嫌率直者，以其情真意厚可以流轉自如的原故。

下片「帝里」六句，寫狂放不羈的少年生活，具體地補足了「暗想」的內容。仍用虛筆，與上片密銜細接，有隴斷雲連之妙。「別來迅景如梭」一句喝斷，轉寫實景。詞筆虛實相間，騰挪有致。以向日的歡娛，襯出如今的落寞，煙村水驛，何限淒涼。經過一番鋪墊與蓄勢，然後引出了「念利名憔悴長縈絆」這一點睛之語來。

為什麼要拋親別友，孤旅天涯，去受這份煎熬呢？不正是被區區的名利所羈絆麼？難道這是值得的嗎？就是這些往事的縈迴，使他數遍更籌，聽殘畫角，終夕難眠。結拍二句「停燈向曉，抱影無眠」為一篇詞眼，寫盡了伶仃孤處的滋味，是摹神之極筆。清周濟曾云：「柳詞總以平敘見長。或發端，或結尾，或換頭，以一二語勾勒提掇，有千鈞之力。」（《宋四家詞選》評柳永〈鬥百花〉）移論此詞，也是再恰當不過。

〈戚氏〉一調為柳永所創。全詞二百一十二字，是重頭鉅製。從音律上講，通篇諧協美聽，句法活潑，平仄通叶，韻位尤錯落有致。音律如此考究，也超過了一般的詞曲。這是因為柳永不僅是一位出色的詞人，還是一位優秀的音樂家。因為他兼有二者之長，才能創作出這樣聲情並茂、體制繁複的新聲來。此詞一出，流傳很廣，當時就有「〈離騷〉寂寞千年後，〈戚氏〉淒涼一曲終」（轉引自南宋王灼《碧雞漫志》）之贊詞。其風靡一時的影響，據此可見一斑了。（周篤文）

夜半樂

柳永

凍雲黯淡天氣，扁舟一葉，乘興離江渚。渡萬壑千巖，越溪深處。怒濤漸息，樵風①乍起，更聞商旅相呼，片帆高舉。泛畫鷁、翩翩過南浦。

望中酒旆閃閃，一簇煙村，數行霜樹。殘日下、漁人鳴榔歸去。敗荷零落，衰柳掩映，岸邊兩兩三三、浣紗遊女。避行客、含羞笑相語。

到此因念，繡閣輕拋，浪萍難駐。嘆後約、丁寧竟何據！慘離懷、空恨歲晚歸期阻。凝淚眼、杳杳神京路。斷鴻聲遠長天暮。

〔註〕①樵風：指順風。宋沈作賓《嘉泰會稽志》：「會稽縣：樵風涇，在縣東南二十五里。舊經云：『漢鄭弘少時採薪，得一遺箭，頃之，有人覓箭，問弘何所欲。弘識其神人也，答曰：嘗患若耶溪載薪為難，願朝南風，暮北風。後果然。世號樵風。』」

柳永詞「工於羈旅行役」（宋陳振孫《直齋書錄解題》卷二十一《樂章集》解題），「善於敘事」（清劉熙載《藝概．詞概》）。〈夜半樂〉之值得重視，正因為它體現了柳詞的這一基本特色。

全詞分為三疊。第一疊敘述舟行的經歷，第二疊描寫舟中的見聞，都是寫景；第三疊發抒感慨，是寫情。

首疊中的「越溪」，特指會稽縣南之若耶溪，非泛指越地的河流。「萬壑千巖」出於南朝宋劉義慶《世說新語·言語》。晉人顧愷之稱讚會稽（今浙江紹興）的山水：「千巖競秀，萬壑爭流。」可知此詞是柳永浪跡浙江時的作品。

第一疊首句點明時令，交代出發時的天氣。「凍雲」句說明已屆初冬，天公似在釀雪，顯得天色黯淡。「扁舟」二句拍到自身，以「黯淡」的背景，反襯自己乘一葉扁舟駛離江渚時極高的興致。「乘興」二字是首疊的主眼，從「離江渚」開始，直到「過南浦」，詞人一直保持著飽滿的遊興。「渡萬壑」二句，概括交代了很長的一段路程，給人以「輕舟已過萬重山」（李白〈早發白帝城〉）的輕快感覺。如果再聯想到「競秀」、「爭流」的山川美景，詞人心情的愉悅是不難想見的。「怒濤」四句，寫扁舟繼續前行時的所見所聞。此時已從萬壑千巖的深處出來，到了比較熱鬧的開闊江面上，浪頭漸小，吹起順風，聽見商人旅客呼喚開船，船隻高高地扯起了風帆。「片帆高舉」是寫實，也可想像出詞人在順風揚帆時獨立船頭、怡然自樂的情狀。「泛畫鷁」的「鷁（音同益）」，是一種水鳥，古代常畫於船頭，這裡以「畫鷁」代指舟船。「翩翩」，輕快的樣子。「南浦」，南岸的水邊。「翩翩」遙應「乘興」，既寫舟行的輕快，也是心情輕快的寫照。

第二疊寫見聞，時間是在「過南浦」以後，「殘日下」逗出已屆傍晚。地點從溪山深處轉到了南浦以下的江村。詞人乘興揚帆翩翩而行，饒有興味地觀賞著眼前的風光，故過片即以「望中」二字領起。「望中」三句寫岸上，是遠景：高挑的酒簾在風中閃動，煙靄朦朧中隱約可見有一處村落，其間點綴著幾排霜樹。「殘日」句仍是遠景，但轉寫江中：漁人用木棒敲擊船舷的聲音把詞人的注意力吸引了過來，發現在殘日映照的江面上，漁人在鳴榔歸去。以下轉為中近景。淺水灘頭，芰荷零落；臨水岸邊，楊柳只剩下光禿禿的枝條；透過掩映的柳枝，看得見岸邊一小群一小群浣紗歸來的女子。「浣紗遊女」是詞人描寫的重點，他用工筆細描了她們「避行客、含羞笑相語」的神情舉止。本來，詞人遊目騁懷，漫不經心，只有登山臨水的雅興，而無羈旅行役的感慨。

但眼前的三三兩兩浣紗遊女，觸動並喚醒了沉埋在心底的感情，使他想起了天各一方的親人，一種失落感在心頭油然升起。由觸目而驚心，詞人的感情汪洋中，瞬息之間掀起狂瀾，從而自然地轉入了抒發感慨的第三疊。唐代杜牧之有〈南陵道中〉絕句：「南陵水面漫悠悠，風緊雲輕欲變秋。正是客心孤迴處，誰家紅袖憑江樓？」寫「物色相召，人誰獲安」（南朝梁劉勰《文心雕龍．物色》）的感情變化，與此詞同一機杼，可以互相印證。

第三疊由景入情，過片「到此因念」，一語拍轉。「此」字直承二疊末的寫景，「念」字引出本疊的離愁別恨。「繡閣輕拋」，後悔當初輕率離家；「浪萍難駐」，慨嘆今日浪跡他鄉。將離家稱為「拋」，更在「拋」前著一「輕」字，後悔之意溢於言表；自比浮萍，又在「萍」前安一「浪」字，對於眼下行蹤不定的生活，不滿之情見於字間。最使詞人感到淒楚的，還不在於過去的「繡閣輕拋」與當前的「浪萍難駐」，而是後會難期。「嘆後約」四句，便是從不同的角度抒寫難以與親人團聚的感慨。「嘆後約」句從妻子方面想入：當年別離時分，妻子殷勤叮嚀，約定歸期，如今難以兌現。「慘離懷」二句從自身想入：上句著眼於時間，時至歲暮，但還不能回家，因而只能空自遺憾；下句著眼於空間，自己離妻子寄身的京城汴梁，路途遙遠，不易到達，只得「凝淚眼」而長望。結語「斷鴻」句，重又由情回到景上，將感慨寄託於客觀景物的描寫之中：詞人望神京而不見，映入眼簾的，唯有空闊長天，蒼茫暮色；聽到的，只是離群的孤雁漸去漸遠的叫聲。這一景色，境界渾涵，所顯示的氛圍，與詞人的感情十分合拍，而且還有著明顯的象徵性：日暮愁中的詞人，不正像融入蒼茫暮色的孤雁那樣孤單而又淒然嗎？末一句雖然與前兩疊都作景語，但又有著明顯的區別：前兩疊，景中有情，著重表現的是賞心悅目的自然美色；「斷鴻」句所寫，則是情中之景，著重表現的是寄寓在景物中的主觀感受。因而，前兩疊足可供人賞心悅目，而讀到末句，卻不免令人感到慘然了。

統觀全篇，前兩疊寫景，感情優游不迫，筆調舒徐從容，手法也有所變化，由敘述轉為描繪；描敘內容也在遞變，從自然現象轉到社會人事；顯得層次分明，鋪排有序，足以見出柳詞擅長鋪敘的藝術特色。末疊抒情，感情汪洋恣肆，一發難收，筆調也變得急促起來；以「繡閣輕拋，浪萍難駐」的短促對句，抒寫了悔當初、恨現在的感情；接著的幾句，圍繞著別易會難這一中心，作多角度的反覆抒寫；音韻上，從「嘆後約」句開始，用韻轉密，如促節繁弦，正好適應了哽咽語塞、一吐為快的抒情需要。前兩疊的寫景，為末疊的抒情鋪墊；前兩疊的徐緩，為末疊的急驟蓄勢。一篇之中，兩種色調，兩副筆墨，相映成趣，相得益彰，成功地寫出了從漫不經心到觸目驚心的感情飛躍，自然而深入地表現了羈旅行役生涯的感情痛苦，在「鋪敘委婉」（清周濟《介存齋論詞雜著》）之中，又給人以一種「細密而妥溜」（劉熙載《藝概·詞概》）的新鮮印象。（陳志明）

望海潮

柳永

東南形勝，三吳都會，錢塘自古繁華。煙柳畫橋，風簾翠幕，參差十萬人家。雲樹繞堤沙。怒濤卷霜雪，天塹無涯。市列珠璣，戶盈羅綺，競豪奢。

重湖疊巘①清嘉。有三秋桂子，十里荷花。羌管弄晴，菱歌泛夜，嬉嬉釣叟蓮娃。千騎擁高牙②。乘醉聽簫鼓，吟賞煙霞。異日圖將好景，歸去鳳池誇。

〔註〕①巘：音同演，山頂、山峰。②高牙：高大的牙旗，代指高官。

在詞史上，一般把柳永推為婉約派的正宗，有時與秦觀合稱「秦柳」，有時與周邦彥合稱「周柳」，因為他「長於纖豔之詞，然多近俚俗」（宋黃昇《花菴詞選》），「所作旖旎近情，使人易入」（清《四庫全書總目提要》）。就其大部分作品而言，固屬如此，然亦有不同風格。在這首〈望海潮〉中，詞人以大開大闔、直起直落的筆法，描寫杭州的繁榮景象，彷彿在讀者面前展開一幅宏偉壯麗的歷史畫卷。因此宋李之儀在論及詞體發展時說他「鋪敘展衍，備足無餘，形容盛明，千載如逢當日」（《姑溪居士前集．跋吳師道小詞》）。宋陳振孫也稱其詞「承平氣象，形容曲盡」（《直齋書錄解題》）。

詞的上闋，一開頭即以鳥瞰式鏡頭攝下杭州的全貌。它點出了杭州位置的重要，歷史的悠久，揭示出所詠主題。三吳，舊指吳興、吳郡、會稽。錢塘，即杭州。清顧祖禹《讀史方輿紀要》云：「陳置錢塘郡，隋平陳，廢郡置杭州。」此處稱「三吳都會」，極言其為東南一帶、三吳地區的重要都市，字字鏗鏘，力能鎮紙。其中「形勝」、「繁華」四字，乃一篇之主腦。自「煙柳」以下，便從各個方面描寫杭州之形勝與繁華。「煙柳畫橋」，寫街巷河橋的美麗；「風簾翠幕」，寫居民住宅的雅致。風光旖旎，用筆妍。「參差十萬人家」一句，以力挽千鈞之勢，轉弱調為強音，表現出整個都市戶口的蕃庶。「參差」為大約之義。「雲樹」三句，又推開一層，由市內說到郊外。在錢塘江堤上，行行樹木，遠遠望去，鬱鬱蒼蒼，猶如雲霧一般。一個「繞」字，寫出長堤迤邐曲折的態勢。「怒濤」二句，寫錢塘江水的澎湃與浩蕩。「天塹」，原意為天然的深溝。《南史．孔範傳》云：「長江天塹，古來限隔……」極言長江形勢之險要，這裡移來形容錢塘江，亦十分妥帖。錢塘江八月觀潮，歷來稱為盛舉。早在唐代，李白就在〈橫江詞六首〉其四中寫過：「浙江八月何如此，濤似連山噴雪來。」宋初潘閬在〈酒泉子〉中也說：「長憶觀潮，滿郭人爭江上望。來疑滄海盡成空，萬面鼓聲中。」寫杭州，錢塘江潮是必不可少的一筆。「市列」三句，只抓住「珠璣」和「羅綺」兩個細節，便把市場的繁榮、市民的殷富反映出來。珠璣、羅綺，又皆婦女服用之物，並暗示杭城聲色之盛。綴以「競豪奢」一個短語，反映了市民（這裡主要指富室）窮奢極侈的生活。

下闋前半段專詠西湖。西湖經唐代白居易的治理、五代吳越王的營建，至於宋初已十分秀麗。詞從湖山勝概、四時風物、晝夜笙歌、湖中人物四個方面，描繪了它的美好風貌。重湖，是指西湖中的白堤將湖面分割成的裡湖和外湖。疊巘，是指靈隱山、南屏山、慧日峰等重重疊疊的山嶺。湖山之美，詞人先用「清嘉」二字概括，接下去寫山上的桂子、湖中的荷花。這兩種花也是代表杭州的典型景物。白居易〈憶江南〉云：「江南憶，最憶是杭州。山寺月中尋桂子，郡亭枕上看潮頭。」楊萬里〈曉出淨慈寺送林子方〉詩云：「畢竟西湖六月中，風光不與四時同。接天蓮葉無窮碧，映日荷花別樣紅。」柳永這裡則以工整的一聯，描寫了不同季節的兩種花。據宋羅大經《鶴林玉露》卷十三云：「此詞流播，金主亮聞歌，欣然有慕於『三秋桂子，十里荷花』，遂起投鞭渡江之志。」說得雖有些誇張，但這兩句確實寫得高度凝練，它把西湖以至整個杭州最美的特徵概括出來，具有歆動人心的藝術力量。「羌管弄晴，菱歌泛夜」，對仗也很工穩，情韻亦自悠揚。「泛夜」「弄晴」，互文見義，說明不論白天或是夜晚，湖面上都蕩漾著優美的笛曲和採菱歌聲。著一「泛」字，表示那是在湖中的船上。「嬉嬉釣叟蓮娃」，可以看作對上文的補充，也就是說吹羌笛者是釣叟——漁翁，唱菱歌者為蓮娃——採蓮姑娘。「嬉嬉」二字，則將他們的歡樂神情，作了栩栩如生的描繪。

下闋後半段總結前文，歸美郡守。相傳「孫何帥錢塘，柳耆卿作〈望海潮〉詞贈之」（見南宋羅大經《鶴林玉露》卷十三）。《宋史．孫何傳》謂真宗咸平中（約一〇〇〇），孫何徙兩浙轉運使，至景德初（一〇〇四）代還。「何樂名教，勤接士類，後進之有詞藝者，必為稱揚。」孫何禮賢下士，愛好詞藝，故柳永作〈望海潮〉以贈。（編者按：也有學者認為，此詞非贈孫何，而是贈孫沔。孫沔曾知杭州。）為了博得孫何的稱揚和延譽，他不得不在最後唱一點頌歌。然而筆致灑落，音調雄渾，彷彿令人看到一位威武而又風流的地方長官，飲酒賞音，嘯傲於山水之間。結尾二句：「異日圖將好景，歸去鳳池誇。」鳳池，即鳳凰池，本是皇帝禁苑中的池沼。魏晉時中書省地近宮禁，因以為名。「好景」二字，將如上所寫和不及寫的，盡數包攏。意謂當孫何召還之日，合將好景畫成圖本，獻與朝廷。然「歸去鳳池」，實含入朝執政之意，則「好景」除湖山勝概、廛市繁華外，並當寓指其守杭良好政績。以此語祝孫何他日任滿報政於朝，擢登相位，可謂善頌善禱。

這首詞不但畫面美，音律也很美，在柳永詞中別具神韻。〈望海潮〉詞調始見於《樂章集》，當是柳永所創的新聲。觀其內容與聲情，確似將錢塘觀潮的感受譜入律呂。宋俞文豹《吹劍錄》云：「柳郎中詞宜十七八女孩兒，按紅牙拍，歌楊柳岸曉風殘月。學士詞須關西大漢，執鐵板唱大江東去。」（明楊慎《詞品》引）世人論宋詞，說起豪放派作品，多推東坡的〈念奴嬌．赤壁懷古〉（大江東去），即使上溯，也只及於范仲淹的〈漁家傲〉（塞下秋來風景異），但柳永此詞早於范作十多年，其寫景之壯偉、聲調之激越，與東坡亦相去不遠。

柳永填詞，很注意結構。這首詞儘管以鋪敘見長，但為了避免平鋪直敘，他在發端及換頭之處，都能用一、二句話勾勒提掇。如發端「東南形勝」，給人以警醒的印象；換頭「重湖疊巘清嘉」，給人以別開生面的感覺。另外，他在寫景時也能注意交叉用筆，如「煙柳畫橋」三句與「市列珠璣」三句，本是表現市內繁華，完全可以連續寫下去，但詞人卻在當中穿插「雲樹」三句寫錢塘江景。這樣便顯得不沾滯，場景多變，密中有疏。即以寫自然景色而言，也能注意穿插人物的活動。如下闋前半詠西湖，從桂子、荷花寫到釣叟蓮娃，這就避免了純靜止地摹寫物態，使美麗的西湖，洋溢著生氣，蕩漾著歡樂，充滿著和諧，形成美好的境界。這首詞中還用了許多由數字組成的詞組，如「三吳都會」、「十萬人家」、「三秋桂子」、「十里荷花」、「千騎擁高牙」等等，或為實寫，或為虛指，然均帶有誇張的語氣，這對於豪邁詞風的形成，也是極有幫助的。（徐培均）

玉蝴蝶　柳永

望處雨收雲斷，憑欄悄悄，目送秋光。晚景蕭疏，堪動宋玉悲涼。水風輕、蘋花漸老，月露冷、梧葉飄黃。遣情傷。故人何在，煙水茫茫。

難忘。文期酒會，幾孤風月，屢變星霜。海闊山遙，未知何處是瀟湘！念雙燕、難憑遠信，指暮天、空識歸航。黯相望。斷鴻聲裡，立盡斜陽。

柳永〈玉蝴蝶〉一詞，風格與其〈八聲甘州〉相近，透過描繪蕭疏、清幽的秋景，來抒寫對朋友的思念之情。起句以寫景入題。「望處雨收雲斷」，是寫即目所見之景，可以看出遠處天邊風雲變幻的痕跡，使清秋之景，顯得更加疏朗。「憑欄悄悄」四字，寫出了獨自倚欄遠望時的憂思。這種情懷，又落腳到「目送秋光」上。「悄悄」，憂愁的樣子。《詩經．邶風．柏舟》：「憂心悄悄。」後來辛棄疾〈踏莎行．和趙國興知錄韻〉詞云：「吾道悠悠，憂心悄悄，最無聊處秋光到」，寫的也是同樣的意思。面對向晚黃昏的蕭疏秋景，很自然地會引起悲秋的感慨，想起千古悲秋之祖的詩人宋玉來。「晚景蕭疏，堪動宋玉悲涼」，緊接上文，概括了這種感受。戰國楚宋玉〈九辯〉中的「悲哉，秋之為氣也，蕭瑟兮，草木搖落而變衰」，「坎廩兮，貧士失職而志不平；廓落兮，羈旅而無友生」的悲秋情懷和身世感慨，這時都湧向柳永的心頭，引起他的共鳴。他將萬千的思緒按捺住，將視線由遠及近，選取了最能表現秋天景物特徵的東西，作精細的描寫。「水風輕、蘋花漸老，月露冷、梧葉飄黃」兩句，用特寫鏡頭，攝取了一幅很有詩意的畫面：秋風輕輕地吹拂著水面，白蘋花漸漸老了，秋天月寒露冷的時節，梧桐葉變黃了，正一葉葉地輕輕飄下。蕭疏衰颯的秋夜，自然使人產生淒清沉寂之感。「輕」、「冷」二字，正寫出了清秋季節的這種感受。「蘋花漸老」，既是寫眼前所見景物，也寄寓著詞人寄跡江湖、華髮漸增的感慨。「梧葉飄黃」的「黃」字用得好，凸出了梧葉飄落的形象。「飄」者有聲，「黃」者有色，「飄黃」二字，寫得有聲有色，有動有靜。「黃」字渲染了氣氛，點綴了秋景。作者對千品萬匯的秋景，只捕捉了最典型的水風、花、月露、梧葉，用「輕」、「老」、「冷」、「黃」四字烘托，交織成一幅冷清孤寂的秋光景物圖，為抒寫懷遠之情作了充分的鋪墊。「遣情傷」一句，由上文的景物描寫中來，由景及情，在詞中是一轉折。大凡人在寂寞傷心的時候，最容易勾起對良朋摯友的懷念，似乎可以從朋友那裡得到慰藉。故在景物描寫之後，不期然而然地引出「故人何在，煙水茫茫」兩句，既承上啟下，又統攝全篇，為全首的主旨。「煙水茫茫」是迷濛而不可盡見的景色，闊大而渾厚，同時也是因思念故人而產生的茫茫然的感情，在這裡情與景是交織在一起的。

下片換頭，插入回憶，寫懷念故人之情，波瀾起伏，錯落有致。詞人回憶起與朋友在一起時的「文期酒會」，那賞心樂事，至今難忘。以「文期酒會」之樂，來映襯長期分離之苦，使分離之苦倍增。分離之後，已經物換星移、秋光幾度，不知有多少良辰美景因無心觀賞而白白地過去了。言「幾孤」，言「屢變」，旨在加強別後的悵惘。「海闊山遙」句，又從回憶轉到眼前的思念。「瀟湘」在這裡指友人所在之地，因不知故人何在，故云「未知何處是瀟湘」，暗用南朝梁柳惲〈江南曲〉「洞庭有歸客，瀟湘逢故人」詩意。「念雙燕、難憑遠信，指暮天、空識歸航」，寫不能與思念中人相見而產生的無可奈何的心情。眼前雙雙飛去的燕子是不能向故人傳遞消息的，以寓與友人欲通音訊，無人可託。盼友人歸來，卻又一次次的落空，故云「指暮天、空識歸航」。這句詞，遠師南朝謝朓詩「天際識歸舟，雲中辨江樹」（〈之宣城郡出新林浦向板橋〉），近師溫庭筠〈望江南〉詞：「梳洗罷，獨倚望江樓。過盡千帆皆不是，斜暉脈脈水悠悠。腸斷白蘋洲。」柳詞借用謝朓的詩句，化用溫詞的意境，構造出新的形象，把思念友人的深沉、誠摯的感情表現得娓娓入情。看到天際的歸舟，疑是故人歸來，但到頭來卻是一場誤會，歸舟只是空惹相思，好像在嘲弄自己的痴情。一個「空」字，把急盼友人歸來的心情寫活了。把思念友人之情推向了高潮和頂點。

收尾三句，以景結情。詞人用斷鴻的哀鳴，來襯托自己的孤獨悵惘，可謂妙合無垠，聲情淒婉。「立盡斜陽」四字，畫出了抒情主人公的形象。他久久地佇立在夕陽殘照之中，如呆如痴，感情完全沉浸在回憶與思念之中。一個「盡」字，道出了佇立凝望之久，言有盡而意無窮。

柳永這首詞，很善於化用前人詩詞，用人若己，不露痕跡。他不用僻典，不用冷字，雖明白如說家常，但並不淺俗。他在修辭上既不雕琢，又不輕率，而是俗中有雅，平中見奇，雋永有味，故能雅俗共賞。清況周頤《蕙風詞話》說：「蓋寫景與言情，非二事也。善言情者，但寫景而情在其中，此等境界，唯北宋詞人往往有之。」〈玉蝴蝶〉就是「但寫景而情在其中」的藝術標本。（劉文忠）

滿江紅

柳永

暮雨初收，長川靜，征帆夜落。臨島嶼，蓼煙疏淡，葦風蕭索。幾許漁人飛短艇，盡將燈火歸村落。遣行客、當此念回程，傷漂泊。

桐江好，煙漠漠。波似染，山如削。繞嚴陵灘畔，鷺飛魚躍。遊宦區區成底事？平生況有雲泉約。歸去來，一曲仲宣吟，從軍樂。

此詞為因遊宦泊船桐江作，抒寫了作者厭倦仕途、渴望歸隱的思想感情。

孤身行役，本來使人感到寂寞，天將暮時，又下起雨來了。暮雨初收，夜幕降臨，泊船江邊，江水是那樣澄靜，對面島嶼上，水蓼疏淡如煙，陣陣葦風，帶來涼意。從下片換頭，知「長川」即桐江，在今浙江中部，是錢塘江自建德市梅城至桐廬一段的別稱。水蓼和蘆葦都於秋天繁盛開花，可見時間是在蕭瑟的秋天；雨後的秋夜，更使人感到清冷。「蕭索」是風吹蘆葦之聲。開頭六句寫傍晚泊船情景，凸出一個「靜」字，時間、地點、景物，都顯得無比淒清，烘托著作者無限淒涼的心情。

天更加黑下來，漁人們駕著小舟，匆匆回到村落中去；那舟上的點點燈火，閃耀在夜空裡，映照在江水中，在黑暗中向前飛行。「幾許」猶云多少。黑暗中，一切都看不見，唯見燈火閃爍，才知道這是漁舟，「盡將燈火」四字，極得漁舟夜歸之神理。這兩句在景、情兩個方面，都同上面形成對比。上面寫靜景，這裡卻是動景；但這裡的動，卻更加反襯出整個環境的靜寂，因為在靜寂黑暗中，飛動的燈火才特別鮮明。漁人帶著一天的漁獲回到家中，心情是喜悅的，「飛短艇」的「飛」字，就表現出他們的喜悅心情，這又更加反襯出在外漂泊的作者的孤獨和淒苦，從而自然引出過拍三句。「回程」指由原路回去。漁人家庭生活的歡樂，使作者更加感到自己的漂泊之苦，渴望結束這種羈旅行役生活，回去享受家庭生活的樂趣。

下片是回敘白天旅途所見和由此而生的感慨。桐江風景絕佳，南朝梁吳均〈與宋元思書〉，就作過生動的描繪：「風煙俱淨，天山共色，從流飄盪，任意東西。自富陽至桐廬，一百許里，奇山異水，天下獨絕。水皆縹碧，千丈見底……夾岸高山，皆生寒樹，負勢競上，互相軒邈，爭高直指，千百成峰。」換頭四句，從煙、波、山著筆，語簡意豐，最是傳神，清人周濟稱柳詞「或發端，或結尾，或換頭，以一二語勾勒提掇，有千鈞之力」（《宋四家詞選》），此可當之。「嚴陵灘」即嚴陵瀨，在桐廬縣南，是東漢嚴光（字子陵）隱居時釣魚的地方。「鷺飛魚躍」，亦在寫江上環境之清幽和動物的自適情趣，從而引發作者對於遊宦生活的厭倦情緒。「區區」是不足道之義，「成底事」就是一事無成。遊宦生涯既是如此，自然便興起歸隱於雲山泉石之間的意念，況是早有此願。看到這桐江的美麗景色，緬懷古代的嚴光，這種想法變得更加強烈，所以末尾即以渴望歸隱的感嘆作結。晉代詩人陶淵明辭官回家後寫的〈歸去來兮辭〉，開頭三句是：「歸去來兮，田園將蕪，胡不歸！」柳詞「歸去來」即用此語，「來」是語助詞，加強感嘆的語氣，無義。東漢末詩人王粲，字仲宣。建安二十年（二一五）三月曹操西征張魯，王粲隨軍出征，寫了〈從軍行五首〉紀其事，其第一首首句為「從軍有苦樂」，詩中寫到軍士行役的辛苦和對故鄉的懷念，有「征夫懷親戚，誰能無戀情？拊襟倚舟檣，眷眷思鄴城」（第二首），「征夫心多懷，悽愴令吾悲」（第三首）等句。柳詞「從軍樂」，即指此詩，因為平仄要求，故改「行」為「樂」，用以代指作者對飄泊生活的怨恨和懷鄉思歸心情。柳永一生，政治上極不得意，只做過餘杭縣令、鹽場大使、屯田員外郎一類小官，死後由別人出錢埋葬，景況極為淒涼。在這「歸去來」的悲嘆聲中，實在飽含著無限辛酸。

柳永是最善於寫羈旅行役的詞人。近人夏敬觀稱柳永雅詞「層層鋪敘，情景兼融，一筆到底，始終不懈」（龍榆生《唐宋名家詞選》引《手評樂章集》）。此詞從泊舟寫到當時的心情，然後從回敘日間江行情狀寫到今後的打算，脈絡清楚而又富有變化，通篇充滿強烈的抒情氣氛。此外，對比的運用也是此詞的一個突出特點。除了上面提到的上片前後的對比之外，下片所寫桐江的迷人景色同上片的清冷蕭瑟之景，也是強烈的對比。這些對比都直書所見，非常真實自然，並且都起到了烘托作者思想感情的作用，使全詞在淒涼的基調上，爆出了幾點喜悅的火花，在聲調上也有了緩急低昂的變化，讀來更加委婉曲折，蕩氣迴腸，撼人心扉。宋釋文瑩《湘山野錄》云：「范文正公（范仲淹）謫睦州（治所在今浙江建德），過嚴陵祠下。會吳俗歲祀，里巫迎神，但歌〈滿江紅〉。」下面所引歌詞即柳永此詞，可見人們對此詞的喜愛。（王思宇）

引駕行　柳永

紅塵紫陌，斜陽暮草長安道，是離人。斷魂處，迢迢匹馬西征。新晴。韶光明媚，輕煙淡薄和氣暖，望花村。路隱映，搖鞭時過長亭。愁生。傷鳳城仙子，別來千里重行行。又記得、臨歧淚眼，濕蓮臉盈盈。

銷凝。花朝月夕，最苦冷落銀屏。想媚容、耿耿無眠，屈指已算回程。相縈。空萬般思憶，爭如歸去睹傾城。向繡幃、深處並枕，說如此牽情。

這首詞歷來斷句多誤。近代學者，有的以為開頭二十五字為他詞殘文（朱祖謀《樂章集》校記引夏敬觀語），有的避而不錄，勿論其調（林大椿《詞式》）。吳世昌曾糾其謬，謂萬樹《詞律》斷句，其誤者八。並指出：詞作首二十五字與次二十五字是句式相同之排句，好像是一副對聯（見《詞學導論》〔未刊稿〕第一章），說甚是。這裡依其說重新進行斷句。

這首詞也是柳永創製長詞慢調的一個範例。作者以鋪敘手法言情，於平敘之中，注重層折變化，從不同角度、不同方位，充分展現抒情主人公的內心世界。上片說他在旅途中想念「鳳城仙子」，事情本來很簡單，作者卻極盡鋪敘之能事，先以一組排句對旅途中的客觀物景，大肆進行鋪寫塗抹。這組排句，一邊說場所，一邊說氣候，均以一個三字句托上兩個四字對句，著意加以渲染。「紅塵紫陌，斜陽暮草」，描繪當時的長安道；「韶光明媚，輕煙淡薄」，描繪當時的天氣。然後，人物登場，「迢迢匹馬西征」、「搖鞭時過長亭」，謂他正在旅行，一句話分成兩句說，盡量將場景拉開。其間，「離人」、「匹馬」、「斷魂」、「迢迢」，都帶感情色彩，讓人覺得他的這次旅行，並不那麼愉快，而與韶光明媚、輕煙淡薄的大好時光相對照，則更加烘托出這次不愉快的旅行，是多麼使人難堪，令人生愁。於是，經過這番鋪陳，很自然地轉入對於「鳳城仙子」的思憶。「別來千里重行行」。在漫長的旅行途中，有萬千情事可以思憶，但令人難忘的還是即將踏上征途的那一時刻：執手相看，淚濕蓮臉，水盈盈的雙眼，永遠印在腦際。這是上片的內容。開頭一組排句與以下的思憶，其布局，猶如長調中的雙拽頭，寫的是現在的景況，鋪敘中穿插回憶，已將他旅途中的愁思表現得淋漓盡致。

上片所寫，是眼前的實景實情，下片則轉換角度，述說對方的相思苦情，並且進一步設想將來相見的情景。他設想，離別之後，每逢花朝月夕，她必定分外感到冷落，她夜夜無眠，說不定已經算好了我回歸的日程。對方的相思苦情，這是想像中的事，但寫得十分逼真。「想媚容、耿耿無眠，屈指已算回程。」這時候，彷彿她就在自己的眼前。接著，他轉而想到，這千萬般的思憶，不管是我想念她，還是她想念我，全都是空的，怎比得上及早返回，與她相見，那才是實在的。「爭」，同「怎」。那時候，「向繡幃、深處並枕，說如此牽情」。我將向她並頭細細述說，離別之後，我是如何如何地思念著她。這是下片的內容。換頭用「銷凝」一短句過渡，由使人生愁的現實轉入令人銷魂的幻想。在幻想中，作者既描繪了她的相思苦情，又寫出彼此述說相思的情景。對照上片在旅途中敘說相思，顯得更加深切而生動。上下兩片合在一起看，作者所描繪的這幅羈旅行役圖，有時間推移的層次，又有場景變換的層次，因而也就增強了立體感。

全詞說相思，由匹馬西征，想到耿耿無眠，想到並枕細說，這種表現手法，就是「從現在設想將來談到現在」的手法，是從李商隱〈夜雨寄北〉詩學來的（吳世昌先生語，見《詞學導論》）。柳永《樂章集》中，有不少長調都是採用這一手法鋪敘言情，似有點千篇一律，但是，也正因為有了柳永的反覆實踐，才逐漸形成一定的程式，為當時及後世詞作者創製長詞慢調，打開無數法門。這是柳永對於詞的發展所作的一種貢獻。（施議對）

八聲甘州

柳永

對瀟瀟暮雨灑江天，一番洗清秋。漸霜風淒緊，關河冷落，殘照當樓。是處紅衰翠減，苒苒物華休。唯有長江水，無語東流。

不忍登高臨遠，望故鄉渺邈，歸思難收。嘆年來蹤跡，何事苦淹留？想佳人妝樓顒望，誤幾回、天際識歸舟。爭知我，倚闌干處，正恁凝愁！

柳耆卿在世時，不為人重，但因擅長填詞而深受歌妓們的歡迎和賞識，一生潦倒，死後也是只有歌兒笛工們懷念不忘，逢時設祭。這種文士，舊時譏為「無行」，但是他並不像那些正統士大夫們所估計得那般微不足道。他寫下的幾篇名闋，境界高絕，成為詞史上的豐碑，是第一流作品，千古傳頌。這篇〈八聲甘州〉，早被蘇東坡巨眼所識，說其間佳句「不減唐人高處」（宋趙令畤《侯鯖錄》引）。須知這樣的贊語，是極高的評價，東坡不曾輕易以此許人的。

吟賞此詞，全要著眼於開端，看他是何等氣韻，籠罩一切。一個「對」字，已寫出登臨縱目、望極天涯的境界。爾時，天色已晚，暮雨瀟瀟，灑遍江天，千里無際。時節既入素秋，本已氣肅天清，明淨如水，卻又加此一番秋雨，更是纖埃微霧，盡皆浣盡，一澄如洗。上來二句一韻，已有「雨」字，有「灑」字，有「洗」字，

柳永〈八聲甘州〉（對瀟瀟暮雨灑江天）

三個上聲，但一循聲高誦，已覺振爽異常！素秋清矣，再加淨洗，清至極處——而此中多少淒冷之感亦暗暗生焉。僅此開頭二句，便令人吟味無盡。

其下緊接一個「漸」字，領起四言三句十二字，——便是東坡嘆為不減唐人高處的名句，而一篇之警策，端在於此。「漸」者何也？並非是說詞人此刻登高而望，為時甚久，故為「漸」也，云云。如此領會，未得詞意。須知他是承上句而言，當此清秋復經雨滌，於是時光景物，遂又生一番變化——如此方是「漸」之神態。秋已更深，雨洗暮空，乃覺涼風忽至，其氣淒然而遒勁，直令衣單之遊子，有不可禁當之勢。一「緊」字，又用上聲，氣氛聲韻，加倍峻肅。戰國楚宋玉曾云：「悲哉，秋之為氣也！」（〈九辯〉）至耆卿此詞，乃盡得其意。

當此之際，舉目關河，寥廓迤邐，氣勢磅礴，然而春夏滋榮盛茂之氣已盡，秋來肅殺凋零之氣已濃，草木不芳，一片冷落之景象。於此，再下一「冷」字上聲，層層逼緊。而「淒緊」、「冷落」，又皆雙聲疊響，一經詞人運用，其藝術效果，感染力量，已達極高的境地。

然而，還有一句在後，曰：「殘照當樓。」

上來「一番」二字，早已伏下秋雨晚晴的意思見於言外了。至此便出「殘照」，並不突然。但此句之精彩，不在殘照，端在「當樓」。夫著雨也，霜風也，江天也，關河也，落照也，無往而非至廣至大之景域。若此寥廓乾坤，蒼茫世界，何以包容？能否集聚？曰：能。詞人只將「殘照」（原來也是遍滿江天的宏觀）輕輕一筆轉到了他所登臨送目的高樓上來。如此一筆，不但「殘照」集中於一個「焦點」，而彷彿整個江天、關河、冷雨、金風，統統集中於「當樓」一點，換言之，此際詞人乃覺遍宇宙間悲哉之秋氣，似乎一齊襲來，要他一人禁當！他以此種高極超絕的俊筆，一口氣，幾句話，便將難以形容、不可為懷的羈愁暮景，寫到至矣盡矣的地步！試思東坡對此高度評價，豈無故哉？

再下則筆致思緒，便由蒼莽悲壯，而轉入細緻沉思：蓋以上所觀所寫，總是高處遠處之物色，自此而後，由仰觀而轉至俯察，乃又見處處皆是一片凋落之景象。「紅衰翠減」，乃用玉谿詩人之語（李商隱〈贈荷花〉「翠減紅衰愁殺人」），倍覺風流蘊藉，——其下自加「苒苒」五字，真是好極！「苒苒」，正與「漸」字相為呼應，益信前文拙解不誤。一「休」字，豈是趁韻漫書？要體會此字實具千鈞之力！其中寓有無窮的感慨愁恨。

再下，又補唯有江水東流，雖未必即與東坡〈赤壁賦〉所寫短暫與永恆、變改與不變之間的這種直令千古詞人思索的宇宙人生哲理全同，但也可見柳耆卿亦非只知留連光景的淺薄之輩。在詞而論，又不可忽略了「無語」二字。著此二字，方覺十倍深沉，百端交集。

過片開端，回筆點明全篇的「背景」是登高臨遠；雖已登臨，偏云「不忍」，多一番曲折、多一番情致。然下闋妙處，全在摹擬「對想」：本是詞人自家登樓，極目天際，卻偏想故園之閨中人，應也是登樓望遠，佇盼遊子之歸來！然而我能想見妳在憑高而等候歸舟，妳卻無由想像我真在何處——登舟無計，只自淹留！又是幾層曲折！其情至而感深，學人須向此等處尋味，方知詞筆之妙，——不止是筆巧，要緊是味厚。

以「倚闌干處，正恁凝愁」一收，也是於最末幅點出全篇題目。倚闌干，與「對」，與「當樓」，與「登高臨遠」，與「望」，與「嘆」，與「想」，皆息息相關，筆筆輝映。故柳郎詞筆貌似疏朗，實則綿密。一腔心事，唱嘆無端，筆若連環，豈粗俗之流所及而至哉。「歸思」，思去聲，名詞。「爭」，其義為「怎」，因律當平聲，只能用「爭」。今之人往往不明，宜為拈出。「天際識歸舟，雲中辨江樹」（〈之宣城出新林浦向板橋〉），乃是南朝謝朓名句，詞人加「誤幾回」而用之，尤見匠心獨運。（周汝昌）

竹馬子　柳永

登孤壘荒涼，危亭曠望，靜臨煙渚。對雌霓掛雨，雄風拂檻，微收煩暑。漸覺一葉驚秋，殘蟬噪晚，素商時序。覽景想前歡，指神京，非霧非煙深處。

向此成追感，新愁易積，故人難聚。憑高盡日凝佇。贏得銷魂無語。極目霽靄霏微，暝鴉零亂，蕭索江城暮。南樓畫角，又送殘陽去。

柳永除寫大量俗詞之外，也寫有一部分較雅致的詞。蘇軾說：「世言柳耆卿曲俗，非也。如〈八聲甘州〉云『霜風淒緊，關河冷落，殘照當樓』，此語於詩句不減唐人高處。」（宋趙令時《侯鯖錄》引）這是就其雅詞而言的。〈竹馬子〉也屬柳永的雅詞，而且也達到了「唐人高處」的境界。

這首詞雖然是詞人漫遊江南時抒寫離情別緒之作，而所表現的景象卻是雄渾蒼涼的，其情緒是極其沉鬱的。詞人所登臨曠望之地是古時戰爭留下的殘壁廢壘，而且僅是一點孤壘遺跡，給人以荒涼之感。作者並未由此引出懷古的幽情，卻是將它與酷暑新涼交替之際的特異景象聯繫起來，抒寫了壯士悲秋的感慨。「雌霓」是虹的一種，宋人邢昺《爾雅疏》引郭璞《音義》云：「虹雙出，色鮮盛者為雄，雄曰虹；暗者為雌，雌曰蜺。」「雄風」是清涼勁健之風，戰國楚宋玉〈風賦〉云：「故其清涼雄風，則飄舉升降，乘凌高城，入於深宮。」這兩個詞語都是雅致和考究的，表現了夏秋之交雨後的特有現象。在孤壘危亭之上，江邊煙渚之側，對這時序變換更加能夠感到。孤壘、煙渚、雌霓、雄風，這一組意象構成了雄渾蒼涼的藝術意境，可以說真有幾分「唐人高處」了。詞意的發展以「漸覺」兩字略作一頓，以「一葉驚秋，殘蟬噪晚」進一步點明時序。《禮記．月令》：「孟秋之月，其音商。」故「素商」即秋令。柳永很多詞裡的悲秋情緒都側重向傷離意緒發展，這與其特殊的生活經歷有密切的關係，因此他又是「覽景想前歡」了。然而，瑞雲籠罩的帝都汴京杳遠難以重到。上闋的結句已開始從寫景向抒情過渡，下闋便緊接而寫「想前歡」的心情。柳永不像在其他詞裡將「想前歡」寫得具體形象，甚至近於狎褻，而是僅寫出目前思念時的痛苦情緒。「新愁易積，故人難聚」，是新警之語，很具情感表達的深度。離別之後，舊情難忘，因離別更添加新愁；又因難聚難忘，新愁愈加容易堆積，以致使人無法排遣。「盡日凝佇」、「銷魂無語」形象地表現了無法排遣離愁的精神狀態，也充分流露出對故人的誠摯而深刻的思念。這種情緒發揮到極致之時，作者巧妙地以黃昏的霽靄、歸鴉、角聲、殘陽的蕭索景象來襯托和強化悲苦的離情別緒。

作者在詞中對景與情的處理表現出高超的藝術才能。上闋寫景善於抓住物候時序的變化，描繪了特定時節和環境中的景色，為全詞造成抒情的氛圍，與抒情主人公的心境十分協調。下闋寫景凸出日暮景色，與前者的「一葉驚秋，殘蟬噪晚」遙相呼應，直接渲染了傷離意緒，起到了以景結情的作用。霏微的暮靄、零亂的暝鴉、悲咽的畫角是客觀的景物，它們所具的蕭索悲苦情調正與抒情主人公銷魂痛苦的精神狀態相適應，因而在寫景中達到了情景交融的地步。詞的抒情成分是安排在上下闋之間，使上下銜接緊密。從景到情，是由景生情的；從情到景，是融情入景的；因而轉換之處自然妥帖。詞的整體結構方面，以景起而又以景結，完滿嚴密；其中景與情的穿插又使結構富於變化。此詞雅致含蓄，結構精謹，是柳永慢詞長調的佳作之一。（謝桃坊）

迷神引　柳永

一葉扁舟輕帆捲。暫泊楚江南岸。孤城暮角，引胡笳怨。水茫茫，平沙雁，旋驚散。煙斂寒林簇，畫屏展。天際遙山小，黛眉淺。

舊賞輕抛，到此成遊宦。覺客程勞，年光晚。異鄉風物，忍蕭索、當愁眼。帝城賒，秦樓阻，旅魂亂。芳草連空闊，殘照滿。佳人無消息，斷雲遠。

柳永屢次下第，經過艱難曲折，終於在宋仁宗景祐元年（一〇三四）考中進士，旋即踏入仕途。這時詞人約近五十歲了。他入仕之後長期擔任地方州郡的掾吏、判官等職，久困選調，輾轉宦遊各地，很不得志。這首〈迷神引〉便是他入仕後所寫的羈旅行役之詞。

楚江是泛指楚地某處之江，柳永宦遊經此。舟人將風帆收捲，靠近江岸，作好停泊準備。「暫泊」表示天色將晚，暫且止宿，明朝又將繼續舟行。前人說柳永「尤工於羈旅行役」之詞（宋陳振孫《直齋書錄解題》），從此詞起兩句來看，果然詞人起筆便抓住了「帆捲」、「暫泊」的舟行特點，而且約略透露了旅途的勞頓。顯然，他對這種羈旅生活是很有體驗的。繼而作者以鋪敘的方法對楚江暮景作了富於特徵的描寫，產生畫面似的效果，給人以如臨其境之感。傍晚的角聲和笳聲本已悲咽，又是從孤城響起，這只能勾惹羈旅之人淒黯的情緒，使之愈感旅途的寂寞了。畫角與胡笳聲音的愁怨情調起著籠罩全詞氣氛的作用，因而茫茫江水，平沙驚雁，漠漠寒林，淡淡遠山，它們雖然構成天然優美的屏畫；卻增強了遊子愁怨和寂寞之感。作者對景色只作層層白描，用形象來表達自己的感受，不再加以說明，給讀者留下更多想像的餘地。

詞的上闋寫景，下闋抒情，在藝術結構上屬通常寫法。下闋起兩句直接抒發宦遊生涯的感慨，以下便將這種感慨作層層鋪敘。旅途勞頓，歲月易逝，年事衰遲，這一層是寫行役之苦；異鄉風物，顯得特別蕭索，這一層是寫旅途的愁悶心情；帝都遙遠，秦樓阻隔，前歡難繼，意亂神迷，這一層是寫傷懷念遠的情緒。這些與都城的賞心樂事，真不可同日而語。詞人深感顧此失彼，「舊賞」與「遊宦」難於兩全，為了「遊宦」而不得不「舊賞輕拋」。「帝城」指北宋都城汴京，「秦樓」借指歌樓。它們與詞人青年時代困居京華、留連坊曲的浪漫生活有關。按宋代官制，初等地方職官要想轉為京官是相當困難的。柳永這時要想回到京都頗感不易，因而在他看來，帝城是遙遠難至的。宋代的士子和未入朝籍的幕職官可以到民間歌樓舞榭等地遊樂玩賞，但不許朝廷命官到此種地方與歌妓往來，否則會受到同僚的彈劾。所以柳永自入仕以來，便與歌妓及舊日生活斷絕了關係。詞的結尾數句是對「帝城賒，秦樓阻」意思的補充和發揮。「芳草連空闊，殘照滿」是實景，又形象地暗示了賒遠阻隔之意；在抒情中這樣突然插入景語，使下闋的敘寫富於變化而生動多姿。結句「佳人無消息，斷雲遠」，詞情達到高潮，戛然而止。這句補足了「秦樓阻」之意。「佳人」即「秦樓」中的人，因阻隔或因社會地位的懸殊而與她斷絕了消息，舊情像一片斷雲飄忽而去了。

柳永一生的思想經常處於矛盾狀態。他青年時代為獲取功名而到京都，在京都深受都市生活的習染和新興市民思潮的影響，多次下第之後便說了些鄙視功名利祿的偏激的話，但後來還是經科舉考試而入仕途；入仕之後又難以捨棄舊日的浪漫生活，雖然為環境所逼而不得不改變原有生活方式，但對舊情仍是念念難忘的。我們在他後期詞作中常常見到對仕途的厭倦情緒和對早年生活的嚮往，內心十分矛盾痛苦。這首〈迷神引〉較深刻地表現了作者遊宦生活的矛盾心理，間接反映了古代知識分子的苦悶和不滿現實的情緒。

此詞在藝術表現方面是很有特色的。上下兩闋將寫景與抒情截然分開，似不相連，而又有由景生情的內在關係。上闋的「暫泊」，下闋的「遊宦」，都點出每闋的主意，繼之展開鋪敘描寫。兩結因前有提示而不再作收束，富於形象，有似結非結之感。這樣使全詞在大肆鋪敘之後又具有意境含蓄的韻味。我們從明晰簡捷的布局中，可見到其嫻熟的技巧。（謝桃坊）

木蘭花慢

柳永

拆桐花爛熳，乍疏雨、洗清明。正豔杏燒林，緗桃繡野，芳景如屏。傾城，盡尋勝去，驟雕鞍紺幰出郊坰。風暖繁弦脆管，萬家競奏新聲。

盈盈，鬥草踏青。人豔冶，遞逢迎。向路旁往往，遺簪墮珥，珠翠縱橫。歡情，對佳麗地，信金罍罄竭玉山傾。拚卻明朝永日，畫堂一枕春酲。

北宋建立以來經過五十多年的休養生息、發展生產，到了十二世紀之初即真宗與仁宗年間，經濟與文化已呈現繁榮興盛的局面，是兩宋社會的「盛明」之世。詞人柳永正是這個時代的歌手。他以寫實的方法較客觀地在作品裡反映了這個時代都市的繁華富庶的生活。可貴的是，他並未站在統治階級的立場去歌頌皇恩或以個人虛榮的生活來炫耀富貴氣象，而是從平民的真實感受出發，描繪了一幅幅北宋都市的社會風情畫卷。這首〈木蘭花慢〉便很有代表意義性。它以描繪清明的節日風光，再現了社會昇平時期的繁盛場面。傳統的民俗很重視清明節。這時正風和日暖，百花盛開，芳草芊綿，人們習慣到郊野去掃墓、踏青，作一次愉快的春遊。宋人對這個節日非常重視，不僅柳永選取為詞作的題材，以後的張擇端又以之繪製了宏偉的風俗畫圖〈清明上河圖〉，孟元老的《東京夢華錄》裡也有詳盡的記述。它們都是以北宋都城東京郊外為寫作背景，重現了「汴京盛時偉觀」（元楊準〈題清明上河圖〉），以致在南宋時曾常常激起漢人的愛國情感。

柳詞在東京郊野的背景上，描寫了帝都人士清明遊樂的真實情景。詞首先描述清明時城郊豔麗優美的春日景色。起筆便簡潔地點明了時令。南宋詞學家沈義父以為此詞的起筆很值得效法，「第一句不用空頭字在上，故用『拆』字，言開了桐花爛熳也」（《樂府指迷》）。紫桐即油桐樹，很有經濟價值，農民大量植於陌頭空地，三月初應信風而開紫白色花朵，因先花後葉，故繁茂滿枝，最能標誌郊野清明的到來。諺語謂「清明要明」，經過夜來或將曉的一陣疏雨，郊野顯得特別晴明清新，確實應了節候。作者選擇了「豔杏」和「緗桃」等富於豔麗色彩的景物，使用了「燒」和「繡」具有雕飾工巧的動詞，以凸出春意最濃時景色的鮮妍有似畫屏之美。詞以下進入遊春的描述。作者善於從宏觀來把握整體的遊春場面，又能捕捉到一些典型的具象。「傾城，盡尋勝去」是對春遊盛況作總的勾勒，使詞意的發展脈絡十分清楚。人們帶著早已準備好的熟食，男騎寶馬，女坐香車，到郊外去領略大自然的景色，充分享受春天的歡樂。雕鞍代指馬，「紺幰（音同幹顯）」即深青色的車幔，代指車。上闋結兩句，以萬家之管弦新聲大大地渲染了節日的氣氛，預示著詞情向歡樂的高潮發展。我們從〈清明上河圖〉可見到汴京城郊也有酒肆歌樓，更有許多高宅深院，據宋人所記，這些地方確有競奏新聲的情形，當然柳永筆下略有誇張。

詞的下闋著重表現郊遊的歡樂。柳永這位風流才子往往將注意力集中於豔冶妖嬈、珠翠滿頭的市井時髦婦女和歌妓。在這富於浪漫情調的春天郊野，她們的歡快與放浪，為節日增添了濃郁的趣味和色彩。「盈盈」，以女性的輕盈體態指代婦女，她們占芳尋勝，玩著傳統的鬥草遊戲。關於這種遊戲的具體記述，可參見《紅樓夢》第六十二回：少女們「大家採了些花草來兜著，坐在花草堆中鬥草」，蓋以新奇者取勝。踏青中最活躍的還是那些歌妓舞女們。她們豔冶出眾，頻頻與人們招呼交往。如《東京夢華錄．清明節》所說：「四野如市，往往就芳樹之下，或園囿之間，羅列杯盤，互相勸酬。都城之歌兒舞女，遍滿園亭，抵暮而歸。」柳詞正是表現類似的縱情歡樂場面。作者以「向路旁往往，遺簪墮珥，珠翠縱橫」，襯出當日遊人之眾，排場之盛。《新唐書．楊貴妃傳》記載，楊氏昆仲姊妹五家合隊從玄宗遊華清宮，「遺鈿墮舄，瑟瑟璣琲，狼籍於道」。柳詞用筆仿此，同時也暗示這些遊樂人群的主體是豪貴之家。這是全詞歡樂情景的高潮。繼而詞筆變化，作者繼以肯定的語氣，設想歡樂的人們，在佳麗之地飲盡樽裡的美酒，陶然大醉，有如玉山之傾倒。「罍」為古代酒器，即大酒樽。「玉山傾」出自南朝宋劉義慶《世說新語．容止》，謂嵇康「其醉也，傀俄若玉山之將崩」。這兩個詞語較為典雅一些。詞的結尾，進一步想像：這些歡樂的人們定是拚著明日醉臥晝堂，今朝亦非盡醉不休。下闋後半的虛寫使全詞在結構上產生一些變化，不致因過多的實寫而顯得板滯；同時又巧妙地表示了一天歡遊的結束，有頭有尾。

柳永所描繪的清明節歡樂場面是熱鬧的，只有在昇平富庶的時代纔可能出現。作者雖有不如意之時，但在這首詞裡由衷地透過對人們歡樂的描述表現出社會的昇平氣象，從而讚美了他的時代。詞裡雖用了少數典雅的詞字，但從整篇的語言和表現形式來看仍是較為通俗的，因此能在兩宋社會上廣泛地為人們傳唱。這種節序題材是很難處理的，尤其是從宏觀角度表現整個節日的歡樂場面而不滲入個人的感傷情緒就更難了。宋末詞家張炎談到節序詞的寫作時說：「昔人詠節序，不唯不多，付之歌喉者，類是率俗，不過為應時納祜之聲耳。所謂清明『拆桐花爛熳』……若律以詞家調度，則皆未然。」（《詞源》卷下）顯然他對這首南宋時民間還傳唱的柳永清明詞，以為它率俗而有鄙薄之意。他最後也不得不承認像周邦彥賦元夕的〈解語花〉、史達祖賦立春的〈東風第一枝〉等，雖然措辭典雅精粹，可惜「絕無歌者」，民間喜愛唱的仍是柳永這類俗詞。由此足見柳永的清明詞是有社會基礎和藝術生命的。（謝桃坊）

憶帝京　柳永

薄衾小枕涼天氣，乍覺別離滋味。展轉數寒更，起了還重睡。畢竟不成眠，一夜長如歲。

也擬待、卻回征轡；又爭奈、已成行計。萬種思量，多方開解，只恁寂寞厭厭地。繫我一生心，負你千行淚。

劉熙載《藝概．詞概》論柳詞有云：「細密而妥溜，明白而家常。」〈憶帝京〉就是具有這種特色的一首詞。柳永寫有不少與歌伎舞女別後相思的詞，大多是表現女方的戀情，而這首詞卻是從男方立意的。

時間由夏季轉入了初秋，天氣逐漸涼了。「薄衾」，是由於天氣雖涼卻還沒有冷；從「小枕」看，詞中人此時還擁衾獨臥，於是引起相思之情來：「乍覺別離滋味。」「乍覺」，是初覺、剛覺，由於被某種事物觸動，一下引起了感情的波瀾。開頭兩句，敘述平平，為下面留出來抒情的餘地。這「別離滋味」，旁人是觸摸不到的。所以接下來作者具體的描述：「展轉數寒更，起了還重睡。」空床展轉，夜不能寐；希望睡去，是由於夢中還可彌補現實的不足；也許還可以解愁。默默地計算著更次——一更，二更……可是仍不能入睡，起床後，又躺下來。十個字把一個人床頭展轉騰挪，忽睡忽起，不知如何是好的情狀，毫不掩飾地表達出來了。「畢竟不成眠」，是對前兩句含意的補充。「畢竟」兩字有終於、到底、無論如何等意思。接著寫出了他對長夜的感受：「一夜長如歲。」一連四句透過人的形態動作，把「別離滋味」如話家常一樣攤現開來。一般說，詩詞語忌直，意忌淺，脈忌露，可是柳永的詞仍使人感到情濃味永。「文無定法」，表現手法也是應該不拘一格的。

不過說柳詞「語直」、「意淺」，這只是表面的看法。因為詞的感情抒發仍是「走處仍留，急語仍緩」（清施補華《峴傭說詩》評李白〈早發白帝城〉語）。這從下闋看得最清楚：「也擬待、卻回征轡」。至此可以知道，這位薄衾小枕不成眠的人，離開他所愛的人沒有多久，可能是早晨才分手，便為「別離滋味」所苦了。此刻當他無論如何都難遣離情的時候，心裡不由得湧起另一個念頭：唉，不如掉轉馬頭回去吧。「也擬待」，這是萬般無奈後的心理活動。可是，「又爭奈、已成行計」。已經踏上征程，又怎麼能再返回原地呢？這種離別，往往是為了求官，也是為了生計。在詞中作者雖不時對「蠅頭利祿，蝸角功名」發出鄙薄的聲音，但到頭來仍得是「驅驅行役」（皆〈鳳歸雲〉）。歸又歸不得，行又不願行，結果仍只好「萬種思量，多方開解」，想尋找出一條出路來。出路自然找不到，便只能「寂寞厭厭地」——百無聊賴地過下去了。詞中人為別離所苦的九曲迴腸，表現得淋漓盡致。

最後兩句「繫我一生心，負你千行淚」。這誓言一般的十個字，包含著多麼沉摯的感情！我對你一生一世也不會忘記，把你永遠繫在我心上。看來事情只能如此，也只應如此，這樣「別離滋味」會好受些。雖如此，卻仍不能相見，那麼必然是「負你千行淚」了。他對她情深似海，義重如山，把一切都看成是自己有負於人，大有「此恨綿綿無絕期」（白居易〈長恨歌〉）的意味。

這首詞表現了詞人的落拓風塵之感，寫得婉曲動人。（艾治平）

安公子

柳永

遠岸收殘雨，雨殘稍覺江天暮。拾翠①汀洲人寂靜，立雙雙鷗鷺。望幾點、漁燈隱映蒹葭浦。停畫橈、兩兩舟人語。道去程今夜，遙指前村煙樹。

遊宦成羈旅，短檣吟倚閒凝佇。萬水千山迷遠近，想鄉關何處？自別後、風亭月榭孤歡聚。剛斷腸、惹得離情苦。聽杜宇聲聲②，勸人不如歸去。

〔註〕①拾翠：曹植〈洛神賦〉：「爾乃眾靈雜遝，命儔嘯侶，或戲清流，或翔神渚，或采明珠，或拾翠羽。」翠羽，翠鳥的羽毛。後即以「拾翠」指婦女春日嬉遊。②相傳古蜀王望帝杜宇死後化為杜鵑鳥。

這首詞是遊宦他鄉、春暮懷歸之作。詞人對於蕭疏淡遠的自然景物，似有偏愛，所以最工於描寫秋景，而他筆下的春景，有的時候，也不以絢爛穠麗見長，如此篇即是。這，當然和他長年過著落魄江湖的生活、懷著名場失意的心情是有關的。

上片頭兩句寫江天過雨之景，雨快下完了，才覺得江天漸晚，則雨下的時間很久可知。風雨孤舟，因雨不能行駛，旅人蟄居舟中，抑鬱無聊更可知。這就把時間、地點、人物的動作和心情都或明或暗地展示出來了。

「拾翠」二句，不過是寫即目所見。汀洲之上，有水禽棲息，而以拾翠之人已經歸去，虛擬作陪，更以「雙雙」形容「鷗鷺」，便覺景中有情。「拾翠」字用杜甫〈秋興八首〉其八：「佳人拾翠春相問。」拾翠佳人，即在水邊採摘香草的少女。張先〈木蘭花．乙卯吳興寒食〉也說：「芳洲拾翠暮忘歸，秀野踏青來不定。」意中有人，有人的語笑；今唯餘景，景又呈現人去後特有的寂靜。鷗鷺成雙，自己則塊然獨處孤舟之中。這一對襯，就更進一步向讀者展開了作者的內心活動。

「望幾點」句，寫由傍晚而轉入夜間。漁燈已明，但由於是遠望，又隔有蒹葭，所以說是「隱映」。這是遠處所見。「停晝橈」句，則是己身所在，近處所聞。「道去程」二句，乃是舟人的語言和動作。「前村煙樹」，本屬實景，而冠以「遙指」二字，則是虛寫。這兩句把船家對行程的安排，他們的神情、口吻以及依約隱現的前村，都勾畫了出來，用筆極其簡練，而又生動、真切。

過片由今夜的去程而念及長年行役之苦。「短檣」七字，正面寫出舟中百無聊賴的生活。「萬水」兩句，從「凝佇」來，因眺望已久，所見則「萬水千山」，所思則「鄉關何處」。「迷遠近」雖指目「迷」，也是心「迷」。崔顥〈黃鶴樓〉云：「日暮鄉關何處是，煙波江上使人愁。」正與此意相同。

「自別後」以下，直接「鄉關何處」，而加以發揮。「風亭」七字，追憶過去，慨嘆現在。昔日則良辰美景，勝地歡遊，今日則短檣獨處，離懷渺渺，而用一「孤」字將今昔分開，意謂亭榭風月依然，但人不能歡聚，就把它們孤負了。「剛斷腸」以下，緊接上文。離情正苦，歸期無定，而杜宇聲聲，勸人歸去，愈覺不堪。杜宇無知之物，而能勸歸，則無情而似有情；人不能歸，而杜宇不諒，依舊催勸，徒亂人意，則有情終似無情。用意層層深入，一句緊接一句，情意深婉而筆力健拔，柳永所長，其後只有周邦彥用筆近似。（沈祖棻）

傾杯

柳永

鶩落霜洲，雁橫煙渚，分明畫出秋色。暮雨乍歇，小楫夜泊，宿葦村山驛。何人月下臨風處，起一聲羌笛。離愁萬緒，閒岸草、切切蛩吟似織。

為憶芳容別後，水遙山遠，何計憑鱗翼①。想繡閣深沉，爭知憔悴損，天涯行客。楚峽雲歸，高陽人散②，寂寞狂蹤跡。望京國。空目斷、遠峰凝碧。

〔註〕①鱗翼：即魚雁，代指書信。②高陽：指高陽酒徒。事出《史記・酈生陸賈列傳》，酈食其曰：「吾高陽酒徒也，非儒人也。」

柳永羈旅行役之作對自然景色的描繪很為出色，尤其擅長寫秋景。他常以戰國楚宋玉自比，在詞中傾吐哀曲，清寂的山光水影，凝聚著他個人落拓江湖的身世之感，構成一幅幅秋日行吟圖。在表現手法上，因調而異，變化多端，有的用直筆，有的多曲折，有的兩者兼備，在本詞，乃是一首紆迴曲折的遊子悲秋吟。

起首兩句描繪洲渚宿鳥，對偶工整。清沈祥龍《論詞隨筆》云：「有對起之調，貴從容整煉。」「落」字、「橫」字形容鶩鳥飛下和雁字排列的狀態，這是秋江暮色。「分明畫出」和「正瀟瀟暮雨灑江天，一番洗清秋」（〈八聲甘州〉）之「洗」字，均為形容黃昏江上雨後清冷景象，著重繪出「秋色」。此處純為寫景，但江上行客的愁思，已隱然言外。「暮雨」三句，以小舟晚泊江邊作為背景引出行客；小舟是行客所乘，夜泊指停舟的時間，葦村山驛點出投宿之處乃荒村驛店。滿面風霜的行客形象，透過秋江暮色呈現在讀者眼前。

「何人」兩句，展開山村夜景，月明風緊，傳來羌管悠悠，吹出無限幽怨，李益詩〈夜上受降城聞笛〉有云：「不知何處吹蘆管，一夜征人盡望鄉」，真乃聞曲生怨。柳永在〈戚氏〉中說：「孤館，度日如年。風露漸變，悄悄至更闌。長天淨，絳河清淺，皓月嬋娟。思綿綿，夜永對景那堪，屈指暗想從前。」直接鋪敘客地月夜憶舊，而這裡卻是以設問提起，借笛聲以抒旅懷。「離愁萬緒」四字說到正題，揭出行客內心活動，接著以「蛩吟似織」烘托離愁，姜夔〈齊天樂〉詞云：「哀音似訴。正思婦無眠，起尋機杼」，亦是借蟋蟀聲以托出怨情：唧唧蟲聲、悠悠笛音，觸發起行客無限愁緒，由此引出下文。

換頭「為憶」之句，觸景而生情，抒寫別後思念，亦即〈迷神引〉中所說：「芳草連空闊，殘照滿。佳人無消息，斷雲遠。」唯此處口氣比較婉轉。「憶」字寫思戀之情。以下再訴關山阻隔，魚雁難通，從而反映出內心的焦慮。「想繡閣」三句，就對方設想，伊人深居閨房，怎能體會出行客漂流天涯，「為伊消得人憔悴」（〈蝶戀花〉）的苦處。這是從杜甫詩〈月夜〉「遙憐小兒女，未解憶長安」化出，語意委婉。「楚峽」三句，轉筆歸到目前境遇，前句暗指歌舞消歇，後兩句即「酒徒蕭索，不似去年時」（〈少年遊〉）之意，說明往昔「暮宴朝歡」（〈戚氏〉）都已煙消人散，如今孤村獨坐。唯有對月自傷。寫得柳暗花明，不冗不復，自是慢詞作法。

末尾兩句，以景結情，與〈玉蝴蝶〉歇拍「黯相望。斷鴻聲裡，立盡斜陽」筆法近似。遙望京華，杳不可見，但見遠峰清苦，像是聚結著萬千愁恨，「目斷」與「立盡」都是加強語氣，在這幅秋景中注入行客自身的感情色彩，藉以透露相思之意、悵惘之情。（潘君昭）

鶴衝天

柳永

黃金榜上，偶失龍頭望。明代暫遺賢，如何向？未遂風雲便，爭不恣狂蕩？何須論得喪。才子詞人，自是白衣卿相。

煙花巷陌，依約丹青屏障。幸有意中人，堪尋訪。且恁偎紅倚翠，風流事，平生暢。青春都一餉。忍把浮名，換了淺斟低唱！

這首詞是柳永進士科考落第之後，抒發牢騷感慨之作，它表現了作者的思想性格，關係到作者的生活道路，是一篇重要的作品。南宋人吳曾的《能改齋漫錄》卷十六裡有一則記載，略云：仁宗留意儒雅，而柳永好為淫冶謳歌之曲，傳播四方，嘗有〈鶴衝天〉詞云云，及臨軒放榜，特落之，曰：「且去淺斟低唱，何要浮名！」其寫作背景大致是：初考進士落第，填〈鶴衝天〉詞以抒不平，為仁宗聞知；後再次應試，本已中式，於臨發榜時，仁宗故意將其黜落，並說了那番話，於是作者便自稱「奉旨填詞柳三變」。可見這首詞給他的仕途帶來很大的波折。

全詞相當充分地展示了柳永的狂傲性格。「黃金榜上，偶失龍頭望」，考科舉求功名，開口輒言「龍頭」，他並不滿足於登進士第，而是把奪取殿試頭名狀元作為目標。落榜只認作「偶然」，「見遺」只說是「暫」，其自負可知。他把自己稱作「明代遺賢」，這是頗有諷刺意味的。仁宗朝號稱清明盛世，卻不能做到「野無遺賢」，這個自相矛盾的現象就是他所要嘲諷的。但既然已被黜落，又「如何向」呢？即走什麼樣的生活道路呢？「風雲際會」，施展抱負，是古代士子的奮鬥目標，既然「未遂風雲便」，理想落空了，於是他就轉向了另一個極端，「爭不恣狂蕩」，表示要無拘無束地繼續過自己那種為一般士人所不齒的留連坊曲的狂蕩生活。「偎紅倚翠」、「淺斟低唱」，就是對「狂蕩」的具體說明。柳永這樣寫，是恃才負氣的表現，也是表示抗爭的一種方式。科舉落第，使他產生了一種逆反心理，只有以極端對極端才能求得平衡。他毫不顧忌地把一般士人感到刺目的字眼寫進詞裡，恐怕就是故意要造成驚世駭俗的效果以保持自己心理上的優勢。還應看到，「煙花巷陌」是普遍存在的，這是當時的客觀事實，而涉足其間的人們卻有著各自不同的情況。柳永與一般「狎客」的不同，主要有兩點：一是他保持著清醒的自我意識，只是寄情於聲妓，並非沉湎於酒色，這一點，他後來登第為官的事實可以證明；二是他尊重「意中人」的人格，同情她們的命運，不是把她們當作玩弄對象而是與她們結成風塵知己。可見，柳永的「狂蕩」之中仍然有著嚴肅的一面，狂蕩以傲世，嚴肅以自律，方能不失為「才子詞人」。

這首詞，真切細緻地表述了柳永落第以後的思想和心理。「何須論得喪。才子詞人，自是白衣卿相！」言得失何干，雖是白衣未得功名，而實具卿相之質，這是牢騷感慨的頂點，也是自我寬慰的極限。這些話裡已經出現了自相矛盾的情況，倘再跨越一步，就會走向反面去了。「何須論得喪」，正是對登第與落第的得與喪進行掂量計較；自稱「白衣卿相」，也正是不忘朱紫顯達的思想流露。柳永把他內心深處的矛盾想法抒寫出來，說明落第這件事情給他帶來了多麼深重的苦惱和多麼煩雜的困擾，也說明他為了擺脫這種苦惱和困擾曾經進行了多麼痛苦的掙扎。寫到最後，柳永好像得出了結論：「青春都一餉。忍把浮名，換了淺斟低唱！」謂青春短暫，怎忍虛擲，為「浮名」（即登第為官）而犧牲賞心樂事。其實，這仍然是他一時的負氣之言。但這兩句詞竟使仁宗耿耿於懷，哂斥柳永「何要浮名」，正是以浮名相要脅，柳永順勢自稱「奉旨填詞」，其實是對皇帝的大不順從、大不恭敬，但作為古代知識分子最終還是脫離不開科舉功名這條生活道路，後來他改了名字再去應考，才中了進士。（王雙啟）

張先

【作者小傳】（九九〇～一〇七八）字子野，烏程（今浙江湖州）人。宋仁宗天聖八年（一〇三〇）進士。晏殊知永興軍，辟為通判。歷官都官郎中。晚歲退居鄉里。他的詞多寫士大夫的詩酒生活和男女之情，對都會生活也有反映。語言工巧，曾以三處善用「影」字，人稱「張三影」。喜作慢詞，對詞的形式發展起過一定的作用。有《張子野詞》，詞存一百六十五首。

醉垂鞭　張先

雙蝶繡羅裙，東池宴，初相見。朱粉不深勻，閒花淡淡春。

細看諸處好，人人道，柳腰身。昨日亂山昏，來時衣上雲。

這首詞是酒筵中贈妓之作，以寫其人的裝束開頭，但只寫了一半，即她所穿的裙子。羅裙上繡著雙飛的蝴蝶，已經很漂亮了，但等到讀了結句，才知道，更漂亮的、能夠使人產生豐富聯想的，還不是她的裙，而是她的衣。

「東池」兩句，記相見之地——東池、相見之因——宴，並且點明她「侑酒」的身分。「朱粉」兩句，接著寫其人之面貌，而著重於化妝的特徵——淡妝。詞人在這裡，擺脫一切正面描繪，而代之以一個確切的、具體的比喻，這樣，就將她的神情、風度，都勾畫出來了。試想，濃麗的春光中，萬紫千紅之外，別有閒花一朵，帶著淡淡的春色，在花叢中開放，幽閒淡雅，風韻天然，在許多「冶葉倡條」（李商隱〈燕臺四首．春〉）之中，顯得多麼出色！

這裡涉及欣賞中「一與多」的變化的問題。在一般情況下，多數女子並不濃妝，所以一個濃妝的，便顯得出眾。但在上層社會的行樂場所，或是貴族宮廷裡，多數女子都作濃妝，一個淡妝的，就反而引人注目了。唐朝的虢國夫人便很懂得這個道理，所以常常「素面朝天」。張祜為之作詩道：「虢國夫人承主恩，平明騎馬入宮門。卻嫌脂粉汙顏色，淡掃蛾眉朝至尊。」（〈集靈臺二首〉其二）而無名氏〈裴給事宅白牡丹〉則寫道：「長安豪貴惜春殘，爭賞街西紫牡丹。別有玉盤承露冷，無人起就月中看。」便是諷刺那些豪貴們不懂這個道理。（唐人重深色牡丹，白居易〈秦中吟十首．買花〉云：「一叢深色花，十戶中人賦。」）我們平常讚美一件東西、一個作品等，說它新奇別致，其中往往就包含了這個一與多的問題。張先顯然受了張祜等人的啟發，但「閒花淡淡春」一句，仍然很有創造性。唐人稱美女為春色，如元稹稱越州妓劉采春為「鑑湖春色」（北宋阮閱《詩話總龜》前集卷十六引《翰府名談》）。此詞「春」字，也是雙關。

換頭三句，是倒裝句法。人人都說她身材好，但據詞人看來，則不但身材，實在許多地方都好，而這「諸處好」，又是「細看」後所下的評語，與上「初相見」相應。柳與美女之腰，同其婀娜多姿，連類相比，詞中多有。如溫庭筠〈楊柳枝〉云：「宜春苑外最長條，閒裊春風伴舞腰。」又〈南歌子〉云：「轉盼如波眼，娉婷似柳腰。」不獨白居易「櫻桃樊素口，楊柳小蠻腰」之詩，為世人所熟知而已。

結兩句寫其人的衣。古人較為貴重的衣料如綾羅之類上面的花紋，或出於織，或出於繡，或出於畫。出於織者，如白居易〈繚綾〉：「織為雲外秋雁行。」出於繡者，如溫庭筠〈南歌子〉：「胸前繡鳳凰。」出於畫者，如溫庭筠〈菩薩蠻〉：「畫羅金翡翠。」此詞寫「衣上雲」，而連及「亂山昏」，可見不是部分圖案，而是滿幅雲煙，以畫羅的可能性較大。詞人由她衣上的雲，聯想到山上的雲，而未寫雲，先寫山，不但寫山，而且寫亂山，不但寫亂山，而且寫帶些昏暗的亂山，這就使人感到一朵朵的白雲，從昏暗的亂山中徐徐而出，布滿空間。經過這種渲染，就彷佛衣上的雲變成了真正的雲，而這位身著雲衣的美女的出現，就像一位神女從雲端飄然下降了。這兩句的作用，絕不限於寫她穿的衣服的別致，更主要的是製造了一種氣氛，襯托出並沒有正面大加描寫的女主人形象的優美，風神的瀟灑。本來只是描寫衣上花紋，卻用大筆濡染，畫出了一片混茫氣象，並且寫到這裡，就戛然而止，更無多話，收得極其有力。所以清周濟在《宋四家詞選》中，評為「橫絕」。作者另一首〈師師令〉中，有「蜀彩衣長勝未起，縱亂雲垂地」之句，用意略同，但不及此詞之生動和渾成。

這裡還涉及欣賞中「真與幻」的聯繫的問題。將美女與雲聯繫起來，始於宋玉〈高唐賦〉。賦中神女自白說：「妾在巫山之陽，高丘之阻，旦為朝雲，暮為行雨。朝朝暮暮，陽臺之下。」又宋玉對楚王問朝雲之狀，有云：「湫兮如風，淒兮如雨。風止雨霽，雲無處所。」賦中神女，是宋玉以人間美女為模型而塑造的，就這一點來說，是真的，而她同時又是「無處所」的雲，或隨身環繞著雲的神，則是幻的。因此，她是一個既有人的情欲，又有神的變化，又真又幻的形象，當然比一般人間的美女更吸引人。李商隱〈重過聖女祠〉「萼綠華來無定所」，即以另外一個仙女萼綠華來暗比巫山神女，以表現其真而又幻、仙而又凡的特點，可謂深明賦意。本詞「昨日」兩句，很清楚地也是脫胎於〈高唐賦〉，而從其人所著雲衣生發，就使人看了產生真中有幻之感，覺得她更加飄然若仙了。曹植〈洛神賦〉寫洛神渡水云：「體迅飛鳧，飄忽若神，凌波微步，羅襪生塵。」在水波上走路，是幻；走路而起灰塵，則是真。而說凌波可以微步，微步可使羅襪生塵，又使真與幻統一了起來，同樣顯示出她同時具有人和神的特點，可為旁證。文學中這種真與幻，或人間的與非人間的情景的聯繫，往往能夠使人物形象和景色描寫更為豐滿而美妙。

筵前贈妓，題材純屬無聊。但詞人筆下這幅素描還是動人的。「閒花」一句所給予讀者的有關一與多的啟示，「昨日」兩句所給與讀者的有關真與幻的啟示，也可供今天寫詩人參考。（沈祖棻）

菩薩蠻　張先

憶郎還上層樓曲，樓前芳草年年綠。綠似去時袍，回頭風袖飄。

郎袍應已舊，顏色非長久。惜恐鏡中春，不如花草新。

一對情侶間的離別，如李清照在一首〈一剪梅〉詞中所說，帶來的總是「一種相思，兩處閒愁」；而把這天各一方的愁心遙遙連在一起的，是遊子望鄉、閨人望遠的深情的視線。

高山，是遊子的慣常望鄉之地；層樓，則是閨人的唯一望遠之所。這首〈菩薩蠻〉詞之以「憶郎還上層樓曲」一句起調，正是要透過這位閨中少婦登樓望遠的視線，把她的一顆愁心送到遠方遊子的身邊。梁元帝蕭繹〈蕩婦秋思賦〉「登樓一望，唯見遠樹含煙。平原如此，不知道路幾千」，歐陽脩〈踏莎行〉詞「寸寸柔腸，盈盈粉淚，樓高莫近危闌倚。平蕪盡處是春山，行人更在春山外」，都是從空間落想，悵望行人此去之遠。

第二句「樓前芳草年年綠」，則從時間落想，因見芳草之「年年綠」而悵念行人此去之久。從詞中人的感受來說，正如近人王國維在一首〈蝶戀花〉詞中所寫：「換盡天涯芳草色。陌上深深，依舊年時轍。自是浮生無可說。人間第一耽離別。」從這句詞的出處來說，它取意於漢淮南小山〈招隱士〉賦「王孫遊兮不歸，春草生兮萋萋」，及王維〈山中送別〉詩「春草明年綠，王孫歸不歸」，暗含既怨遊子不歸又盼遊子早歸兩層意思。

三、四兩句「綠似去時袍，回頭風袖飄」，巧妙地以第二句句末的一個「綠」字為橋樑，由望景自然過渡到懷人，由感今自然過渡到思昔。這位登樓望遠的少婦是從芳草之綠生發聯想，勾起回憶，想起郎君去時所著衣袍的顏色，並進而追憶其人臨去依依、回首相望時，衣袖隨風飄動的情景。離別之際的這一細節深深印在她的記憶之中，是時時都會重現在眼前的一幅令人黯然魂銷的畫面；現在，因望見芳草綠，想到「去時袍」，這幅畫面又分明似在眼前了。此時此事，此情此景，真是「中心藏之，何日忘之」（《詩經．小雅．隰桑》）。從這兩句詞，既可以想見詞中人當年別郎時的留戀之狀，也可以想見其今日「憶郎」時的惆悵之情。可與這兩句詞參讀的，有牛希濟〈生查子〉詞中的結拍兩句：「記得綠羅裙，處處憐芳草。」張先詞就居者立言；牛希濟詞則擬居者口語以囑咐行者。俱謂見綠草而不忘著綠之人，其運思之同異正未易區別。

換頭「郎袍應已舊，顏色非長久」兩句，緊承上半闋的過拍兩句。詞筆未曾旁騖，不離衣袍，而又翻出新意。同樣是寫那件綠色的衣袍，但上兩句是回憶當年去時的袍色，這兩句是想像今日別後的袍色。前者是浸沉於回憶的深淵，把一片相思在時間上拉回到過去；後者是游翔於想像的天地，把萬縷柔情在空間上載送到遠方。而從另一方面看，這兩句又與上半闋第二句中的「年年」兩字遙相呼應，也是從時間落想，暗示別離之長久。正因別離已久，才會產生衣袍已舊、怕那去時耀眼的綠色已經暗淡無光的推測。再從袍之舊、色之褪，觸發青春難駐、朱顏易改之感。這就自然引出下面「惜恐鏡中春，不如花草新」兩句，從而把詞意推進一步，深入一層。詞中人之所惋惜、恐懼的，正是王國維所寫的「霎時送遠，經年怨別，鏡裡朱顏難駐」（〈鵲橋仙〉），「一霎車塵生樹杪，陌上樓頭，都向塵中老」（〈蝶戀花〉）。這就不僅是一次別離的痛苦，而是一個意義更深廣、帶有永恆性的人生悲劇。離別固然折磨人的感情，令人陷入愁苦之中，但行人終有歸來之日，日後相逢之樂還可以補償今日相思之苦；至於人生之短促、無情歲月之使居者與行者都在分離中老去，卻是無可挽回、無可補償的。王國維還有兩句詞「最是人間留不住，朱顏辭鏡花辭樹」（〈蝶戀花〉），是說人與花的命運相同，以花之易落喻人之易老。張先的這兩句詞，則對照眼前「芳草年年綠」之景，怨嘆人之不如花草。花落了，明年還會開，草枯了，明年還會綠，年年都會綠，而人的青春之消逝則一去不復返。鏡中的春容只會年年減色，不會年年更新。劉希夷詩「年年歲歲花相似，歲歲年年人不同」（〈代悲白頭翁〉），其含意倒與這兩句詞相似。

　　這首詞始終圍繞顏色運思，並用以穿針引線，貫串全篇。上半闋著眼於顏色的綠與綠之相同，使空間隔絕的近處芳草與遠方行人相連結，使時間隔絕的今日所見與昔時所見相溝通，從而使樓前景與心中情融會為一，合為詞境。下半闋著眼於顏色的新與舊之不同，使回憶中的昔時之袍與想像中的今日之袍相對照，使身上衣與鏡中人相類比，並使容顏之老與花草之新形成反比。沿著這條由顏色展開的思路，這首詞在謀篇方面是句句相承、環環相扣的。上半闋，因「憶郎」而「上層樓」，因「上層樓」而見「樓前芳草」，因芳草之「綠」而回憶郎袍之「綠」，再因去時之「袍」而想到風飄之「袖」。首句與次句的兩個「樓」字，緊相扣合；次句與第三句的兩個「綠」字，上下勾連；第四句的「袖」字固與第三句的「袍」字相應，句中的「回頭」兩字也暗與第三句的「去時」兩字相承：針線極其綿密。下半闋雖另起新意，卻與上半闋藕斷絲連。因過拍兩句回憶起去時之袍，換頭兩句就進一步想像今日之袍；在換頭兩句的上、下句間，則是因衣袍之「舊」而致慨於「顏色非長久」。接下來的兩句，更因袍色之不長久而想到「鏡中春」也不長久，再回溯上半闋「芳草年年綠」句，而有感於不如花草之年年常新。從結構看，通篇脈絡井然，層次分明。

　　這類以感春懷人為內容的閨怨詞，在唐宋詞中本是一個幾乎寫濫了的題材。這首詞卻在運思、謀篇方面自出機杼，別具格局，因而有其陳中見新之處。（陳邦炎）

謝池春慢 張先

玉仙觀道中逢謝媚卿

繚牆重院，時聞有、啼鶯到。繡被掩餘寒，畫閣明新曉。朱檻連空闊，飛絮知多少？徑莎平，池水渺。日長風靜，花影閒相照。

塵香拂馬，逢謝女、城南道。秀豔過施粉，多媚生輕笑。鬥色鮮衣薄，碾玉雙蟬小。歡難偶，春過了。琵琶流怨，都入相思調。

關於此詞的本事，宋楊湜《古今詞話》云：「張子野往玉仙觀，中路逢謝媚卿，初未相識，但兩相聞名。子野才韻既高，謝亦秀色出世，一見慕悅，目色相授。張領其意，緩轡久之而去。因作〈謝池春慢〉以敘一時之遇。」（宋《綠窗新話》卷上引）與詞意大致相符。它是北宋流傳較早的一首慢詞。正因為早出，所以與後來慢詞多用鋪敘手法不同，倒採用令詞一種典型的謀篇布局——先景後情，分劃顯明：上片寫貴家池館春曉之景，下片寫郊遊遇豔相慕之情。而這景與情，即上下片之關係何在，驟讀是不易明瞭的。故最當細心咀玩體認。

「繚牆重院」，原是詞中「我」的居處所在。「時聞有、啼鶯到」，其所以是「時聞」而非「時見」，從上句看，乃由於高牆繚繞、院宇深邃的緣故；從下二句看，則更由於人在春眠之中。這時而一聞的鶯啼，便把人喚醒了。「繡被掩餘寒」，可見被未摺疊，而天已大亮（「畫閣明新曉」）。「朱檻連空闊」句承「畫閣」而寫居處環境，與「繚牆重院」相應，雖富麗然而寂寥，其境過清。「飛絮知多少」暗點時令——這是暮春景象。這樣，從開篇至此寫到了春曉、恬睡、聞鳥，所有這些與「飛絮知多少」之景相連，都儼然孟浩然〈春曉〉詩意。這就構成一個現成思路，間接表現出濃厚的惜春情緒。「徑莎平」句以下續寫暮春景象，路上長滿野草，池面漸廣，風平浪靜時，時有花影倒映。「日長風靜」與「閒」字表現的仍是索寞的氣氛。這幾句又暗示出詞中人已徘徊於小園芳徑之上，百無聊賴，這就為下片的郊遊準備了一個特定的心境。

郊遊本為尋芳，而花絮多已零落，「塵香」二字，承上過變自然。「塵香拂馬」，目標是城南的玉仙觀。一路上愁紅慘綠，該有多少感觸。

這當口，不期然而然地，「逢謝女、城南道」。據本事，他們原是互相慕名的，而百聞不如一見，於是「一見慕悅」。「我」眼中的她，是如此明豔絕倫：其秀麗出於天然，勝似化過妝來（「秀豔過施粉」）；微微一笑，便有無限嫵媚；其衣色鮮豔奪目（「鬥色鮮衣」），日暖衣薄，更熨帖出其身段之窈窕；其隨身佩帶之玉飾，雕琢成雙蟬樣，玲瓏可愛。這裡以工筆重彩，畫出一個天生麗人，從中流露出一見傾心的愉悅。然而緊接六字「歡難偶，春過了」，則有無窮後時之悔。她眼中的「我」怎樣，詞中卻不明寫，從「琵琶流怨，都入相思調」二句看，可說是「心有靈犀一點通」（李商隱〈無題二首〉其一）了。寫「我」的感受以顯言，筆墨較詳而露骨；寫她的表現則隱言，筆墨極省而含蓄，正見用筆變化，有相得益彰之妙。作者並沒有花太多筆墨來寫二人相遇如何的交談或品樂，卻透過相顧無言的描寫將彼此的傾倒愛悅和相見恨晚的惆悵情緒表露得淋漓盡致。略其事而詳其情，長事短說，正是令詞才有的作法。同時下片「春過了」三字兼挽上片，惜春之情與後時（即相見恨晚）

之悔打成一片，可謂景情交融了。

詞寫遇豔，結局怎樣卻沒有寫，讀者卻可從最末兩句裡神會。這種不了了之，一結悠然的作法，也是本屬令詞的。所以夏敬觀論此詞說：「長調中純用小令作法，別具一種風味。」（龍榆生《唐宋名家詞選》引）堪稱的評。

（周嘯天）

惜雙雙　張先

溪橋寄意

城上層樓天邊路，殘照裡、平蕪綠樹。傷遠更惜春暮，有人還在高高處。

斷夢歸雲經日去，無計使、哀弦寄語。相望恨不相遇，倚橋臨水誰家住。

起筆寫登高望遠。「城上層樓」，極寫登臨之高；「天邊路」，極寫眺望之遠。將縱目所及的高天闊地全部納入詞境。「殘照」二句，承「天邊」而來。地平線上，夕陽西下，芳草綠樹的平原業已沉入落照的餘暉裡。殘照，給詞境染上了一層哀感的色調。「春暮」，更是寶貴時光逝去而一切美好願望落空的象徵。所以這平蕪殘照的境象，已強烈地暗示了詞人的哀傷。寫景蓄勢既足，抒情便深厚有力。「傷遠更惜春暮」，點出作意。「遠」，既可指空間距離之遙，也可指時間隔別之久。久別不得團聚，而大好春光更已遲暮。傷心人悲苦縈懷，不可解脫，直至斜日西沉，還佇立在高高的城樓之上。「暝色入高樓，有人樓上愁」（李白〈菩薩蠻〉）。此情將隨夜色漸濃而愈深重，自在不言之中。

過片緊銜接，進一層點明所傷之事。夢與雲，常用以象徵男女愛情，這是古典文學中的傳統。往日的歡愛，如幻、如電，如前塵、昨夢，早已日復一日地遠逝了；舊日的情人，如天空的彩雲，隨風飄盪，不知東西。

這一句，透露出有個愛情斷絕的不幸故事，也暗示了它當初的美好。回顧上片所言「傷遠」，就可以知道所悲傷的並非尋常的離別，而是愛情的斷絕。「無計」一句，寫自己儘管一往情深，無法忘懷，卻不可能向舊日情人傳訴相思了。詞境至此，似乎山窮水盡，然而結筆二句卻平地捲起一場波瀾。「相望恨不相遇」，原來歸雲未去天邊，情人就在不遠。再反觀上片所言「傷遠」，也就可以明白：遠，並不是指分手後空間距離上的遙遠，而是指時間距離上的久遠。而且「咫尺天涯」之感也可加深「一日三秋」之恨。那麼，情人究在何處？有結句作答：「倚橋臨水誰家住。」原來她家就近在那溪橋邊的岸上。可以相望，卻不可以相會。無法重尋舊好的隱痛深哀與始終不能忘情的悠悠希冀，皆見於言外。詞題「溪橋寄意」，意即在此。

這首詞的結構藝術可以說是別開生面。全詞的意脈相通，一般多著意安排歇拍和過變；此詞卻施於兩片的結句，讓「有人」和「誰家」遙遙聯繫起來。意境創造也不同凡響。開頭寫登高望遠，給讀者造成一種人已遠離的錯覺，結尾才點出其人尚近在眼前。這樣寫並不只是由於藝術上的追求，更重要的還是為了表現的需要。登高望遠的境界，最能表現人物執著追求的心靈和綿綿無盡的愁恨。意境的高遠，又往往產生韻致高遠的效果。宋晁補之說「子野韻高」（南宋吳曾《能改齋漫錄》卷十六引），自是會心之言。（宛敏灝、鄧小軍）

江南柳 張先

隋堤遠，波急路塵輕。今古柳橋多送別，見人分袂亦愁生。何況自關情。

斜照後，新月上西城。城上樓高重倚望，願身能似月亭亭，千里伴君行。

此調即雙調的〈憶江南〉。詞中寫的是別情，調名「江南柳」兼關題意。通首作女子口吻。

全詞要點在「自關情」三字，開篇卻從別路寫起。隋煬帝開通濟渠，河渠旁築御道，栽種柳樹，後人稱為「隋堤」。這是一個水陸交通要道，成日裡不知有多少車馬在大路上來往，揚起「路塵」；不知有多少船隻揚帆東下，隨波逐流；也不知有多少人在長堤上折柳送別，以寄深情。總之，前二句就透過「隋堤」展示了一個典型的送別環境，「波急」與「路塵輕」分寫水陸行程，暗示離別圖景，寄有依依別情。一個「遠」字，對別者是長路漫漫，含有旅愁；對於送者則刻畫出依依目送的情態。八個字的含意可謂豐富了。這二句著重從眼前、從水陸兩路，橫向地展開送別圖景；第三句則著重從古往今來，縱向地展示送別情事。一個「多」字，概括性極強，幾乎將古今天下此中人事全都囊括。正因為別情是如此普遍，也就容易喚起「見人分袂亦愁生」的同情感了。

上片前四句沒有具體寫到個人送別情事，只客觀地敘寫普遍的離情，「亦愁生」三字微露主觀情感。末一句則用「何況」二字造成遞進，凸出「自關情」——即個人眼前的離別情事。由於遞進，便覺深刻。

過片詞意有一大跳躍，已經是別後。別時種種情事都省略了。這裡著重寫送者在城樓望月的情景。「斜照後」三字非虛設，它表明送者在城樓延佇的時辰之久，從日落到月出。「重倚望」又表明先已望過，「隋堤遠」數句正是日落前望中之景，重望時應當是不甚分明了。於是送者抬頭望新月，並由此而產生了一個幻想：「願身能似月亭亭，千里伴君行。」這裡的著想與李白「我寄愁心與明月，隨風直到夜郎西」（〈聞王昌齡左遷龍標，遙有此寄〉）相類，可能受到它的啟發。但「亭亭」二字卻把月的意象女性化了，而送者的女子身分亦由此見出，「千里伴行」的說法更是充滿摯意柔情。

總的說來，通首詞沒有具體刻畫送別情事，更沒有刻意作苦語，但透過古今別情來襯托一己的別情，有烘雲托月之妙，將一己別情寫得非常充分。全詞也沒有點明雙方身分、關係，被稱作「君」的甚至未直接露面，但透過新月亭亭的意象和伴行的著想，給讀者以明確的暗示。詞的語言明快素樸，情調清新健康，在送別之作中頗有特色。（周嘯天）

一叢花令 張先

傷高懷遠幾時窮？無物似情濃。離愁正引千絲亂，更東陌、飛絮濛濛。嘶騎漸遙，征塵不斷，何處認郎蹤！

雙鴛池沼水溶溶，南北小橈通。梯横畫閣黃昏後，又還是、斜月簾櫳。沉恨細思，不如桃杏，猶解嫁東風。

張先的詞，工於刻畫景物，鍛鍊字句，但往往傷於纖巧，但他這首抒寫「傷高懷遠」之情的〈一叢花令〉，卻既有警句俊語，又極富抒情氣氛，在他的詞作中是意境渾融、富於情韻的。

劈頭一句，便用重筆直接抒慨：「傷高懷遠幾時窮？」這是在經歷了長久的離別、體驗過多次傷高懷遠之苦以後，盤鬱縈繞在胸中的感情的傾瀉。它略去了前此的許多情事，也概括了前此的許多情事。起得突兀有力，感慨深沉。

緊接著一句「無物似情濃」，是對「幾時窮」的一種回答：傷高懷遠之情之所以無窮無盡，是因為世上沒有任何情事比真摯的愛情更為濃至的緣故。這是對「情」的一種帶哲理性的思索與概括。它是議論，但由於挾帶著強烈深切的感情，故顯得深刻動人。以上兩句，點明了全詞的基本內容——傷高懷遠，又顯示了這種感情的深度與強度，是全篇的一個總冒。

「離愁正引千絲亂，更東陌、飛絮濛濛。」「離愁」，承上「傷高懷遠」。兩句寫傷離的女主人公對隨風飄拂的柳絲飛絮的特殊感受。本來是亂拂的千萬條柳絲引動了胸中的離思，使自己的心緒紛亂不寧，這裡卻反過來說自己的離愁引動得柳絲紛亂。彷彿無理，卻更深切地表現了愁之「濃」，濃到使外物隨著它的節奏活動，成為主觀感情的象徵。而那濛濛飛絮，也彷彿成了女主人公煩亂、鬱悶心情的一種外化。「千絲」諧「千思」，「更」字應上「正」字，這是加一倍寫法。

「嘶騎漸遙，征塵不斷，何處認郎蹤！」這三句寫別後登高，回憶往日情人離去時的情景：當時「郎」騎著嘶鳴著的馬兒逐漸遠去，消逝在塵土飛揚之中，今日登高遠望，茫茫天涯，究竟到哪裡去辨認你的蹤影呢？「何處認」與上「傷高懷遠」相呼應。

過片仍承傷高懷遠，續寫登樓所見。「雙鴛池沼水溶溶，南北小橈通。」不遠處有座寬廣的池塘，池水溶溶，鴛鴦成雙成對地在池中戲水，還有小船可供池塘南北兩岸往來。這兩句看似閒筆，但說「雙鴛」，則所引起的對往昔歡聚時愛情生活的聯想以及今日觸景傷懷、自憐孤寂之情隱然可見；說「南北小橈通」，則往日蓮塘相約、彼此往來的情事也約略可想。

「梯橫畫閣黃昏後，又還是、斜月簾櫳。」時間已經逐漸推移到黃昏，女主人公的目光也由遠而近，收歸到自己所住的樓閣。梯子橫斜著，整個樓閣被黃昏的暮色所籠罩，一彎斜月低照著簾子和窗欞。這景象，隱隱傳出一種孤寂感。「又還是」三字，似乎暗示，這斜月照映畫閣簾櫳的景象猶是往日與情人相約黃昏後時的美好景象，如今，景象依舊，而人已遠颺，只剩下斜月空照樓閣簾櫳了；又似乎暗示，自從與對方離別後，孑然孤處，已經無數次領略過斜月空照樓閣的淒清況味了。「又還是」三字，有追懷，有傷感。這就使女主人公由傷高懷遠轉入對自身命運的沉思默想，引出結拍三句來。

「沉恨細思，不如桃杏，猶解嫁東風。」李賀〈南園十三首〉其一有「可憐日暮嫣香落，嫁與春風不用媒」之句，這幾句翻用李賀詩意，說懷著深深的怨恨，細細地想想自己的身世，甚至還不如嫣香飄零的桃花杏花，她們在自己青春快要凋謝的時候還懂得嫁給東風，有所歸宿，自己卻只能在形影相弔中消盡青春。說「桃杏猶解」，言外隱隱有怨嗟自己未能抓住「嫁東風」的時機，以致無所歸宿的意思。而深一層看，還是由於無法掌握自己的命運。這就越發顯出「沉恨細思」四個字的分量。由於這幾句重筆收束，才與一開頭的重筆抒慨銖兩相稱。而詞人也因為這幾句意深語新的警句俊語，被歐陽脩稱為「桃杏嫁東風郎中」（宋范公偁《過庭錄》）了。

整首詞緊扣「傷高懷遠」，從登樓遠望回憶，收歸近處的池沼、眼前的樓閣，最後拍到自身，由遠而近，次第井然。將對往事的追憶暗暗織入現境，並與現境構成對比，不僅強化了傷高懷遠之情，而且增加了詞的蘊含和耐人尋味的情韻。這是本篇構思的一個顯著特點。（劉學鍇）

相思令　張先

蘋滿溪，柳繞堤，相送行人溪水西。回時隴月低。
煙霏霏，風淒淒，重倚朱門聽馬嘶。寒鷗相對飛。

這是一首送別詞。送別雖是宋詞中習見的題材，但這首詞卻能顯出它的別致。

上片描寫送別情境。起筆兩韻，是景語，寫送行途中所見景象。「蘋滿溪，柳繞堤」。青蘋滿溪，其含意無異於芳草萋萋滿別情。垂柳繞堤，則暗示沿曲曲溪柳送行之遠。溪柳彎又彎，則相送一程又一程可知。相送一程又一程，則行人送者戀戀不捨之情又可知。此二韻熔情入景，寓事於景，意蘊包孕很豐富，語言卻極簡練，只六個字。次韻「相送行人溪水西」，點明送行之事，也點明全詞為送者口吻。千里送行，終有一別。溪水西，即送者不得不止、行人終於別去之處。送者無限悽惘，見於言外。水西一別，行人已經漸行漸遠，則送者不得不返。歇拍即寫送者歸來所見景象：「回時隴月低。」隴月即山月。當山月低垂，則天將拂曉。原來，送行之時是在拂曉之前。古人遠行，多啟程於黎明之前甚至夜半時分。此句也是字字須加細玩。回時二字，寫送者沿送行原路折回。方才順此路送行，即使將別，猶是未別。此時逆此路返回，卻是孤身一人矣。唯有低垂之隴月，照見形單影隻而已。「隴月低」三字，更不可放過。古人熔情入景，往往妙在景物之特徵與情感之特徵相似。這，用日僧空海《文鏡秘府論．地卷》的話來講，就是「人心至感，必有應說，物色萬象，爽然如有感會」。用西方審美心理學的話來講，就是異質同構。此句隴月之低垂，與送者心情之低沉，特徵完全相同。所以，低垂的隴月，正象徵著低沉的心情。

下片描寫別後情境。「煙霏霏，風淒淒」，過片兩韻，又是純然景語。拂曉之後，山水原野，煙靄霏霏籠罩，寒風淒淒交加。送者的心靈，同樣籠罩在淒迷悵惘之中。所以，這景語又正象喻著心情。這兩句不但有景象吻合心情之妙，而且有聲情吻合詞情之妙。兩句共六字，六字皆陰平聲，構成淒調，讀上來愈增其淒楚。次韻「重倚朱門聽馬嘶」，送者已回到家門，可是仍不能平靜。相反，家門反而觸動了傷心懷抱。送者轉過身來，背靠朱門，面向遠方，重新舉目眺望行人所去的方向。可是，哪能還望得見呢？只聽得路上過往的馬嘶聲罷了。馬嘶聲聲，聲聲都緊揪著送者的心。結句「寒鷗相對飛」，別有理趣，將淒迷的詞情推到極致。此時，天地間，唯有那霏霏曉煙中飛來飛去的寒鷗，與孤獨的送者相對而已。寒鷗何能解人意？又何能通人語？人與鷗之相對，只是一片靜默而已。這靜默之中，包含著無限的悲哀。

詞中行人是誰？送者又是誰？二人之關係又如何？朋友乎？情人乎？詞中皆隱而未示。這種一反常規的做法，可能使讀者困惑不解，但是，仔細體會「重倚朱門聽馬嘶」一句，不難發現，送者為女性，行人為男性。溫庭筠〈河傳〉詞云「若耶溪，溪水西。柳堤，不聞郎馬嘶」，正可與此詞參看。詞中主人公送行歸家，聞路上馬嘶聲，猶倚門傾耳而聽。一「聽」字，其心動神馳之狀已如見；再著一「重」字，一聽再聽，其念茲在茲之情亦可想。若非別時行人馳馬而去，則何以此時門前路上馬嘶聲能令其如此入耳動心？騎馬去者必為男子，則「倚朱門」者自是女性。作者對此偏不於明處交代，而從「聽馬嘶」一幕曲折透出，又正是這首詞運筆的別致處。

此詞的藝術特色有兩點。首先是意境的淒迷朦朧。詞以景語結體，熔情入景。其所取之景，無不具淒迷之色調，如萋萋滿溪之蘋，曲曲繞溪之柳，低垂欲沉之隴月，霏霏煙靄，淒淒曉風，還有寂寂的寒鷗。這些景象交織成為淒迷的境界，有機地表現了送者淒迷的心情。而行人送者身分性別的隱約其辭，得暗示而後知，更增添了意境的朦朧感。其次，此詞的另一特色是詞調聲情與詞情妙合無間。從韻腳說，用平聲微、齊韻部，其音低抑，如訴如泣。從韻位說，此詞共八句，句句押韻，韻腳既極密，聲情便緊促。從字聲說，則詞中關鍵所在的過片二句，全用陰平聲，尤見低抑。低抑的韻腳、字聲與急密的韻位構為一部聲情悱惻的淒調，遂與詞情表裡一致，相得益彰。南朝梁劉勰《文心雕龍．聲律》云：「聲有飛沉。」此詞聲情，已得沉抑之極致。從此詞的用調、擇韻、取象、造境之配合細緻來看，詞人確實用了苦心。此詞之別致優雅異於一般送別之作，並非偶然。

（鄧小軍）

更漏子 張先

錦筵紅，羅幕翠。侍宴美人姝麗。十五六，解憐才。勸人深酒杯。

黛眉長，檀口小。耳畔向人輕道。柳陰曲，是兒家。門前紅杏花。

這首小令描寫的是才子佳人之愛，但還是能給人以清新感。故事發生在歌筵酒席之間，頗有點戲劇味。

「錦筵紅，羅幕翠」，起筆出場面。描繪錦筵鋪紅，羅幕垂碧，同時已為下邊所出之美人暗設襯托。下句便出美人。「侍宴美人姝麗」，這一位侍宴的歌女生得很美，出現在紅筵翠幕之間，自是格外光彩照人。「十五六，解憐才」，點其年齡之輕，則歌女之楚楚動人，詞人之惻惻動心，皆在不言之中。不過，真正打動詞人之心的，還是歌女的心靈。「解憐才」三字，極有分量。她雖很年輕，卻懂得什麼是愛，懂得愛才華超眾的詞人（而不是什麼達官貴人之類）。這位歌女或者是在此歌席上為詞人所作歌詞而動心，或者是「初未相識，但兩相聞名」，而「一見慕悅」（如《綠窗新話》引《古今詞話》所記張先〈謝池春慢〉詞事），這倒無關緊要。正是因為她傾倒於詞人的才華，所以才「勸人深酒杯」。人，即詞人自指。勸人深酒杯，即她勸自己飲盡、斟滿。宋時，歌女往往要向客人勸酒。宋無名氏《道山清話》所載晏殊雅重張先，「每張來，即令侍兒出侑觴，往往歌子野所為之詞」，可證。這句描寫很妙，妙在很有分寸，入情入理。試想，酒席上，眾目睽睽，這位歌女要向詞人初次表示自己的愛慕，必然是也只能是透過勸酒之際來暗表衷情。她把愛，都傾注在殷勤的斟酒、勸酒上。這一動作描寫，十分貼切歌女的身分，不僅刻畫出她的愛慕而已。

下片接著寫歌女勸酒之際進一步的大膽表示。「黛眉長，檀口小」，檀色為淺絳，檀口即紅豔的嘴唇。這兩句是逼近的面部特寫。當歌女手執酒壺，在詞人面前俯身斟酒時，面對著面，詞人便格外清楚地看見了她的美貌。畫眉長，紅唇小。不難想見，此時此刻，兩人目光相注，目成心許，所以機靈而大膽的歌女乘此之際，當下便「耳畔向人輕道」。輕道了什麼？「柳陰曲，是兒家。門前紅杏花。」此三句是歌女聲口：柳陰隱祕之處，便是妾家，可別忘了，門前有紅杏花！原來是邀詞人去她家幽會呢。聲音雖輕柔，膽子卻很大。話雖很簡短，叮嚀得卻很明白，情感很摯烈。此三句，歌女性情全出。雖極大膽，卻合情合理，口吻完全符合歌女的身分。結句極美，將詞境溶入一片紅杏花之中，不禁令人聯想起唐詩「人面桃花相映紅」（崔護〈題都城南莊〉），韻外之致無窮。

論藝術，這首詞頗具特色。詞是小令，卻富於敘事性。詞人用緊湊的筆墨，寫出場面、人物、動作、對話，描繪了這一見鍾情的場面。語言很明快，可以說是口語化了。尤其結三句純然為歌女聲口，讀上來更是逼真傳神。同時，詞情大膽而用筆含蓄，輕倩而不失之輕薄，風格是清新明秀的。

才子佳人之愛情，我們在元明清戲曲小說中司空見慣。追溯起來，早在唐宋兩代傳奇、詩詞中就已源源成流。此詞即是一證。才子佳人，實有其歷史文化背景，正如陳寅恪所指出：「吾民族所承受文化之內容，為一種人文主義之教育，雖有賢者，勢不能不以創造文學為旨歸。」（〈吾國學術之現狀及清華之職責〉）特別至唐宋以進士詞科取士，士子詩文之優劣遂成為其才品高低之標準。影響所及，才子遂成為女子所愛慕的理想對象。才子佳人愛情之特徵為郎才女貌。才，即文學才具。因此，這種愛情本身，便具有崇尚人文之精神。此詞中「十五六，解憐才」，一語破的，揭示出才子佳人愛情的特質。

不妨拿同時歐洲中世紀騎士文學相比較，其主題為騎士與貴婦人之愛情，更具有一種崇尚冒險之精神。中西歷史文化背景不同，愛情文學的旨趣也就明顯相異。（鄧小軍）

蝶戀花 張先

移得綠楊栽後院，學舞宮腰，二月青猶短。不比灞陵多送遠，殘絲亂絮東西岸。

幾葉小眉寒不展，莫唱〈陽關〉，真個腸先斷。分付與春休細看，條條盡是離人怨。

這是一首運用擬人化手法寫的詠物詞，也可能是為寫人而託為詠柳。它別無標題，創作本事亦不得而知。然而細玩詞意，可以得其彷彿。

詞的上片說：從外間移來了一株小小楊柳，將它栽種在後院。從此它就脫離了橫遭攀折飄零之苦。言下自以為做了件好事。楊柳垂條輕盈婀娜，所以常與美人纖腰在詩詞中互為比喻。（如白居易「楊柳小蠻腰」即將人擬柳，「枝嫋輕風似舞腰」則將柳擬人。）這兒說「學舞宮腰」就將楊柳擬人化，開篇便宛然有一個歌女兼舞女的形象在。「學舞」者，可見其年尚小，不待「二月青猶短」的形容而然。由於這樣的擬人，移柳之事似乎暗示著這等情事：一個小小歌女脫離風塵，進了人家宅院，境遇大變：「不比灞陵多送遠，殘絲亂絮東西岸。」灞陵亦作霸陵，乃漢文帝陵寢所在，在長安東，附近有灞橋，自漢唐以來均為折柳送別之地，無怪「殘絲亂絮」拋置之多。二句暗示歌女脫離為人隨意作踐的境地，有了一個好心的主人扶持，「不比」云云，分明是誇口。

下片，詞意忽生轉折。「幾葉小眉寒不展」，「寒不展」的葉兒，是顰眉的情態，表明心緒之惡。以楊柳嫩葉比美人之眉，仍是繼續前面的擬人，連下句依然顯現著那小小歌女的形象。「莫唱〈陽關〉」，四字暗示出離別情事，因為〈陽關〉（曲辭即王維名作〈送元二使安西〉）乃送別曲也。與誰離別呢？看來便是前述那位好心的主人了。主人將外出，故伊人依依難捨。「人言柳葉似愁眉，更有愁腸似柳絲。」（白居易〈楊柳枝詞〉）可見「真個腸先斷」的「腸」與「眉」一樣是柳的借喻。末二句則是進一步點明斷腸原因，兼寄詞人的感慨。其中代用了唐人雍陶〈題情盡橋〉「自此改名為折柳，任他離恨一條條」的名句。似乎那柳絲也不是柳絲，條條盡是離人怨苦之具象了。這使我們想到元人雜劇中的一些名句，如「曉來誰染霜林醉，總是離人淚」（元王實甫《西廂記》），「這也不是江水，二十年流不盡的英雄血」（元關漢卿《關大王獨赴單刀會》），其修辭手段恰與張先此詞妙合。

「詩難於詠物，詞為尤難。體認稍真，則拘而不暢；模寫差遠，則晦而不明。要須收縱聯密，用事合題，一段意思，全在結句，斯為絕妙。」（南宋張炎《詞源》）此詞將詠柳寫人打成一片，若粘若脫，暢而不拘，收縱自如，結句點醒題意，尤貴於深有寄託。將柳葉、柳枝比作纖腰、美目或愁腸，都不是作者的發明。然而妙於運用，以此造成一個渾成完整的動人形象，展示出一段曲折哀惋的特殊情事，則是他的獨創。詞先寫伊人在風塵中橫被攀折之苦，移入人家後有所改變，但仍有不美滿者。詞人將此種曠怨之情融入柳寄離情的比興境界中來表現，就特別含蓄耐味。（周嘯天）

訴衷情　張先

花前月下暫相逢，苦恨阻從容。何況酒醒夢斷，花謝月朦朧。
花不盡，月無窮。兩心同。此時願作，楊柳千絲，絆惹春風。

此詞寫的是橫遭挫折的愛情。其難能可貴之處，不僅在於對愛情抱有擇善固執、忠貞不渝的堅定態度，而且表現出一種美好期願不斷昇華的精神。

「花前月下暫相逢」，開筆緬懷昔日兩人相戀的幸福情境。花前月下相逢，原是良辰美景中的賞心樂事。但句中插入一「暫」字，便已暗透悲意。次韻「苦恨阻從容」，就進一步點出戀人隔絕、歡會難再的現實。疊下「苦恨」二字，足見詞人痛苦之深重。下邊，「何況酒醒夢斷，花謝月朦朧」，更用比興的手法，喻說了愛情受阻的現實。「酒醒」，有「抽刀斷水水更流，舉杯銷愁愁更愁」（李白〈宣州謝朓樓餞別校書叔雲〉）之意。「夢斷」，喻往事已成空，而見證昔日美好愛情的春花已經衰謝，明月已經黯淡，竟成為情緣中斷的象徵。天荒地老之悲，已在不言之中。此二句領以「何況」二字，是強調好事難成，不僅如前句所寫戀人隔絕而已，詞情因而倍加悲愴沉痛。

人間多少愛情，一旦遭到破壞，主人公便陷於痛苦失望而難以自拔。但是，詞人卻絕非如此。過片以千鈞之力，將詞情從悲愴沉痛中陡然振起，昇華到一個美好的境界。「花不盡，月無窮。兩心同。」前兩句是對偶句，用比興。詞情振起，端賴此二句。花不盡，是期願青春長在。月無窮，是期願永遠團圓。兩心同，則是堅信情人與自己一樣對愛情忠貞不渝、堅執不捨。由此便透露出一個重大消息，戀人之間的離絕，絕非出於心甘情願，實有難以明言的隱痛，則愛情實為橫遭外來勢力之摧殘可知。張先另有一首〈千秋歲〉詞，以「雨輕風色暴」，喻說摧殘美好愛情的惡勢力，正可以詮釋此詞。衰謝了的春花再度開爛漫，而且永遠盛開；黯淡了的月亮再度顯光明，而且永遠團圓。試想，這一美麗的幻境，這一美好的期願，要昇現在詞人破碎的痛苦的心中，該需要多麼大的精神力量！「兩心同」，正是這種極大力量的無窮源泉。如果沒有對情人無比的愛和最大的信任，是絕不可能產生這種力量的。〈千秋歲〉詞云「天不老，情難絕。心似雙絲網，中有千千結」，也正可以發明「兩心同」的深刻意蘊。此刻，詞人的心靈，向著美好的期願繼續上升，昇華到新的高度。「此時願作，楊柳千絲，絆惹春風。」詞人把甘為挽回春天即挽回愛情而獻身（化身柳絲）的意願，寄託在結筆這優美的比興之中。其高情不可謂不感人，其境界不可謂不重大。

這首令詞堪稱抒情文學之珍品。它表現出人與人之間最大的信任和無比的愛，表現出了處在不幸命運中心靈的高度昇華。宋代晁補之早就指出過：「子野韻高。」（《能改齋漫錄》卷十六引）此詞即是一證。

從藝術造詣的角度來評衡此詞，則這首令詞有兩點特色。第一是潛氣內轉，抒情結構的變化極大。詞情從上片的悲愴沉痛，轉至下片的美好期願，高度昇華，中間並無一字轉折語，過片僅用一比興對偶句，便將詞情暗轉、硬轉、振起，語雖和婉，筆力千鈞。此之謂潛氣內轉。小令抒情結構具有如此巨大的變化，形成尺幅之間波瀾萬丈的局面，極為不易。第二是比興美妙。全詞用花、月的意象貫串而成，寫昔日相戀則有「花前月下」，寫愛情受阻則有「花謝月朦朧」，寫美好期願則有「花不盡，月無窮」，所以美。同時，隨著花月意象所呈示的不同象徵意義，便表現出情感精神所經歷的發展變化昇華，宛如珍珠穿線，只見累累貫珠而不見線，所以妙。

（鄧小軍）

減字木蘭花　張先

垂螺近額，走上紅裀①初趁拍。只恐輕飛，擬倩遊絲惹住伊。

文鴛繡履，去似楊花塵不起。舞徹〈伊州〉，頭上宮花顫未休。

〔註〕①裀：通「茵」，墊褥。

這首詞寫舞蹈動作，但不是技術性的圖解，而是透過舞蹈塑造了一個舞女的優美形象。在古代詩歌中，寫舞姿的名篇不多見，唐詩中以杜甫的〈觀公孫大娘弟子舞劍器行〉為最著，而在宋詞中，則似應以此篇為壓卷了。讀著這首詞，彷彿在欣賞一場精彩的舞蹈。

起首二句，寫舞蹈的開始。「垂螺近額」，指下垂近額角的螺形髮髻，透過這樣的髮型，說明舞女年紀很輕，尚帶幾分稚氣。「走上紅裀初趁拍」，是說這位舞女以輕快的腳步上場，隨即按著音樂的節拍，在紅地毯上翩躚起舞。其中「走」字，意為疾趨、快步，與今義不同。短短二句，便抓住舞女的頭上裝束和腳下動作，描寫了舞蹈的第一階段。「只恐」二句是從觀眾眼中寫舞女的動作。這位舞女身輕如燕，急速飛旋，像是要飛到天上去。詞人於是誇張地說，為防她飛走，想讓空中的遊絲把她牽惹住。設想奇絕，富於詩意。而「只恐」、「擬倩」兩組虛詞，前呼後應，仰承俯注，起到靈活妥溜而不板滯的作用。

過片二句，把鏡頭對準舞女的雙腳。她穿著繡有紋彩鴛鴦的舞鞋，在紅地毯上輕快地旋轉、跳躍，一會兒節奏放緩，又像楊花一樣飄去，連一絲兒灰塵也未沾惹。結尾二句寫曲終舞罷。〈伊州〉，商調大曲名，唐時來自西北邊地。詞至此處，才知道伴奏的樂曲乃是〈伊州〉，前面所說的「初趁拍」乃是指配合〈伊州〉調的節拍。一曲奏畢，舞蹈停止，而舞女頭上的宮花還在顫巍巍地搖晃不休。這樣的寫法極有餘味，人們看著這顫動的宮花，自然仍舊沉浸在舞蹈的意境中。

整首詞的特點是著重寫實，與杜甫的〈觀公孫大娘弟子舞劍器行〉不同。杜詩主要是虛寫，是透過觀眾的反應和種種比喻，讚賞舞技的高超，如「觀者如山色沮喪，天地為之久低昂。㸌如羿射九日落，矯如群帝驂龍翔。來如雷霆收震怒，罷如江海凝清光」，至於具體細節，則不予著筆。這首詞雖然也寫觀眾的反應，也用比喻，但不像杜詩那樣虛，那樣闊大雄渾；而是寫得非常實，非常纖細巧妙，如用遊絲、楊花、宮花這類質地很輕之物來襯托或比喻動作的輕盈飄逸，就頗具特色。在寫舞蹈過程時，也極細緻：從起舞到急舞、緩舞以及舞罷，都寫得層次分明，姿態各別。（徐培均）

天仙子　張先

水調數聲持酒聽，午醉醒來愁未醒。送春春去幾時回？臨晚鏡，傷流景，往事後期空記省。

沙上並禽池上暝，雲破月來花弄影。重重簾幕密遮燈，風不定，人初靜，明日落紅應滿徑。

這是北宋詞中名篇之一，也是張先享譽之作。而其所以得名，則由於詞中有「雲破月來花弄影」之句。據北宋陳師道《後山詩話》及南宋胡仔《苕溪漁隱叢話》所引各家評論，都說到張先所創作的詞中以三句帶有「影」字的佳句為世所稱，人們譽之為「張三影」。

這首詞調下有註云：「時為嘉禾小倅，以病眠，不赴府會。」說明詞人感到疲怠，百無聊賴，對酣歌妙舞的府會不感興趣，這首詞寫的正是這種心情。

其實作者未嘗不想借聽歌飲酒來解愁。但在這首詞裡，作者卻寫他在家裡品著酒聽了幾句〈水調〉曲子之後，不僅沒有遣愁，反而心裡更煩了。於是在吃了幾杯悶酒之後便昏昏睡去。一覺醒來，日已過午，醉意雖消，愁卻未曾稍減。馮延巳〈鵲踏枝〉：「昨夜笙歌容易散，酒醒添得愁無限。」這同樣是寫「歡樂極兮哀情多，少壯幾時兮奈老何」（漢武帝劉徹〈秋風辭〉）的閒愁。只不過馮是在酒闌人散，舞休歌罷之後寫第二天的蕭索情懷，而張先則一想到笙歌散盡之後可能愁緒更多，所以根本連宴會也不去參加了。這就逼出下一句「送春春去幾時回」的慨嘆來。沈祖棻《宋詞賞析》說：「張先在嘉禾作判官，約在仁宗慶曆元年（一〇四一），年五十二。這首詞乃是臨老傷春之作，與詞中習見的少男、少女的傷春不同。」這話確有見地。但張先傷春的內容卻依然是年輕時風流繾綣之事。理由是：一、從「往事後期空記省」一句微逗出個中消息；二、下片特意點明「沙上並禽池上暝」，意思說鴛鴦一類水鳥，天一黑就雙棲並宿，燕婉親昵，如有情人之終成眷屬。而自己則是形影相弔，索居塊處。因此，「送春春去幾時回」的上下兩個「春」字，也就有了不盡相同的含義。上一個「春」指季節，指大好春光；而下面的「春去」，不僅指年華的易逝，還蘊涵著對青春時期風流韻事的追憶和惋惜。這就與下文「往事後期空記省」一句緊密聯繫起來。作者所「記省」的「往事」並非一般的嗟嘆流光的易逝，或傷人事之無憑，而是有其具體內容的。只是作者說得十分含蓄，留下很多餘地讓讀者去想像。這大概就是所謂詞尚「婉約」的特點吧。

「臨晚鏡，傷流景。」杜牧〈代吳興妓春初寄薛軍事〉詩云：「自悲臨曉鏡，誰與惜流年？」張反用小杜詩句，以「晚」易「曉」，主要在於寫實。小杜是寫女子晨起梳妝，感嘆年華易逝，用「曉」字；而此詞作者則於午醉之後，又倦臥半晌，此時已近黃昏，總躺在那兒仍不能銷愁解憂，便起來「臨晚鏡」了。這個「晚」既是天晚之晚，當然也隱指晚年之晚，這同上文兩個「春」字各具不同含義是一樣的，只是此處僅用了一個「晚」字，而把「晚年」的一層意思透過「傷流景」三字給補充出來罷了。

「往事後期空記省」句中的「後期」一本作「悠悠」。從詞意含蓄看，「悠悠」空靈而「後期」質實，前者自有其傳神入妙之處。但「後期」二字雖嫌樸拙，卻與上文「愁」、「傷」等詞綰合得更緊密些。「後期」

有兩層意思。一層是說往事過了時，這就不得不感慨係之，故用了個「空」字；另一層意思則是指失去了機會或錯過了機緣。所謂「往事」，可以是甜蜜幸福的，也可以是辛酸哀怨的。前者在多年以後會引起人無限悵惘之情，後者則使人一想起來就加重思想負擔。這件「往事」，明明是可以成為好事的，卻由於自己錯過機緣，把一個預先定妥的期約給耽誤了（即所謂「後期」），這就使自己追悔莫及，正如李商隱說的「此情可待成追憶，只是當時已惘然」（〈錦瑟〉）。隨著時光的流逝，往事的印象並未因之淡忘，只能向自己的「記省」中去尋求。但尋求到了，也不能得到安慰，反而更增添了煩惱。這就是自己為什麼連把酒聽歌也不能銷愁，從而嗟老傷春，即使府中有盛大的宴會也不想去參加的原因了。可是作者偏把這個原因放在上片的末尾用反繳的手法寫出，乍看起來竟像是事情的結果，這就把一腔自怨自艾、自甘孤寂的心情寫得格外惆悵動人，表面上卻又似含而不露，真是極盡婉約之能事了。

上片寫作者的思想活動，是靜態；下片寫詞人即景生情，是動態。靜態得平淡之趣，而動態有空靈之美。作者未去參加府會，便在暮色將臨時到小園中閒步，藉以排遣從午前一直滯留在心頭的愁悶。天很快就暗下來了，水禽已並眠在池邊沙岸上，夜幕逐漸籠罩了大地。這個晚上原應有月的，作者的初衷未嘗不是想趁月色以賞夜景，才步入園中的。不料雲滿晴空，並無月色，既然天已昏黑那就回去吧。恰在這時，意外的景色變化在眼前出現了。風起了，剎那間吹開了雲層，月光透露出來了，而花被風所吹動，也竟自在月光臨照下婆娑弄影。這就給作者孤寂的情懷注入了暫時的欣慰。此句之所以傳誦千古，不僅在於修詞鍊句的功夫，主要還在於詞人把經過整天的憂傷苦悶之後，居然在一天將盡時品嘗到即將流逝的盎然春意這一曲折複雜的心情，透過生動嫵媚的形象給曲曲傳繪出來，讓讀者從而也分享到一點欣悅和無限美感。這才是在張先的許多名句之中唯獨這一句始終為讀者所愛好、欣賞的主要原因。前人對此句評價極高，如明沈際飛《草堂詩餘正集》評云：「心與景會，落筆即是，著意即非，故當膾炙。」明楊慎《詞品》云：「景物如畫，畫亦不能至此，絕倒絕倒！」

王國維《人間詞話》則就遣詞造句評論說：「『紅杏枝頭春意鬧』，著一『鬧』字而境界全出；『雲破月來花弄影』，著一『弄』字而境界全出矣。」這已是帶權威性的評語。沈祖棻說：「其好處在於『破』、『弄』兩字，下得極其生動細緻。天上，雲在流；地下，花影在動：都暗示有風，為以下『遮燈』、『滿徑』埋下伏線。」拈出「破」、「弄」兩字而不只談一「弄」字，確有過人之處，然還要注意到一句詩或詞中的某一個字與整個意境的聯繫。即如王國維所舉宋祁〈玉樓春〉的「紅杏枝頭春意鬧」，如果沒有「紅」、「春」二詞規定了當時當地情景，單憑一個「鬧」字是不足以見其「境界全出」的。張先的這句詞，沒有上面的「雲破月來」（特別是「破」與「來」這兩個動詞），這個「弄」字就肯定不這麼突出了。「弄」之主語為「花」，賓語為「影」，特別是那個「影」字，也是不容任意更改的。其關鍵所在，除沈祖棻談到的起了風這一層意思外，還有好幾方面需要補充說明。第一，當時所以無月，乃雲層厚暗所致。而風之初起，自不可能頓掃沉霾而驟然出現晴空萬里，只能把厚暗的雲層吹破了一部分，在這罅漏處露出了碧天。但雲破處卻未必正巧是月光所在，而是在過了一會兒之後月光才出現在雲開之處。這樣，「破」與「來」這兩個字就不宜用別的字來代替了。在有月而多雲的暮春之夜的特定情景下，由於白天作者並未出而賞花，後來雖到園中，又由於陰雲籠罩，暮色迷茫，花的丰姿神采也未必能盡情表現出來。及至天色已暝，群動漸息，作者也意興闌珊，準備回到室內去了，忽然出人意表，雲開天際，大地上頓時呈現皎潔的月光，再加上風的助力，使花在月下一掃不久前的暗淡而使其嬌妍麗質一下子搖曳生姿，這自然給作者帶來了意外的欣慰。

接下去詞人寫他進入室中，外面的風也更加緊了，大了。作者先寫「重重簾幕密遮燈」而後寫「風不定」，倒不是遷就詞譜的規定，而是說明作者體驗事物十分細緻，外面有風而簾幕不施，燈自然會被吹滅，所以作者進了屋子就趕快拉上簾幕，嚴密地遮住燈焰。但下文緊接著說「風不定」，是表示風更大了，縱使簾幕密遮而燈焰仍在搖擺，這個「不定」是包括燈焰「不定」的情景在內的。「人初靜」一句，也有三層意思。一是說由於夜深人靜，愈顯得春夜的風勢迅猛；二則聯繫到題目的「不赴府會」，作者這裡的「人靜」很可能是指府中的歌舞場面這時也該散了罷；三則結合末句，見出作者惜花（亦即惜春；憶往，甚且包括了懷人）的一片深情。好景無常，剛才還在月下弄影的奼紫嫣紅，經過這場無情的春風，恐怕要片片飛落在園中的小路上了。作者這末一句所蘊涵的心情是複雜的：首先是「林花謝了春紅，太匆匆」（李煜〈相見歡〉），春天畢竟過去了；復次，自嗟遲暮的愁緒也更為濃烈了；然而，幸好今天沒有去赴府會，居然在園中還欣賞了片刻春光，否則錯過時機，再想見到「雲破月來花弄影」的動人景象就不可能了。也正是用這末一句襯出了作者在留連光景不勝情的淡淡哀愁中所閃爍出的一星晶瑩妍麗的火花——「雲破月來花弄影」。（吳小如）

千秋歲　張先

數聲鶗鴂，又報芳菲歇。惜春更把殘紅折。雨輕風色暴，梅子青時節。永豐柳，無人盡日花飛雪。

莫把么弦撥，怨極弦能說。天不老，情難絕。心似雙絲網，中有千千結。夜過也，東窗未白凝殘月。

這首詞是寫愛情橫遭阻抑的幽怨情懷和堅決不移的信念。

張先以「不如桃杏，猶解嫁東風」（〈一叢花令〉）及「雲破月來花弄影」（〈天仙子〉）諸名句蜚聲北宋詞壇。在現存一百八十首詞中，內容涉及愛情、友誼、風土等多方面。尤其擅長寫悲歡離合之情，能曲盡其妙。此詞就是其中之一。詞調〈千秋歲〉聲情激越，宜於抒發抑鬱的情懷，秦觀寫的一首（水邊沙外）也是如此。

本詞上片沉痛地回顧愛情遭到破壞，但無一語明說。完全運用描寫景物來烘托、暗示，讓讀者自己去尋繹、領會。一起就把鳴聲悲切的鶗鴂（音同啼決，一作鵜鴂）提出來，說牠向人們報導美好的春光又過去了。語源於〈離騷〉：「恐鵜鴂之先鳴兮，使夫百草為之不芳。」此與辛棄疾的「綠樹聽鵜鴂，……啼到春歸無尋處，苦恨芳菲都歇」（〈賀新郎．別茂嘉十二弟〉）詞句很相似，而子野寫得更為簡練。從「又」字看，他們間融融泄泄的愛情已經不止一年了。可是由於遭到阻力，正和春天一樣，來也匆匆，去也匆匆。春去，誰不惋惜呢？惜的想法做法卻各有不同。有人「惜春長怕花開早」（辛棄疾〈摸魚兒〉），子野筆下這位多情者則是「惜春更把殘紅折」。所謂「殘紅」，可以說是象徵著被破壞而猶堅持的愛情。一個「折」字更能表達出對於經過風雨摧殘的愛情多麼珍惜。緊接著寫出「雨輕風色暴，梅子青時節」。這是上片最為重要而又精彩的兩句。表面上是寫時令，寫景物，但細心的讀者會理解語意雙關，說的是愛情遭受破壞。「梅子黃時雨」（賀鑄〈青玉案〉），這是正常的。誰料梅子青時，便被無情的風暴突襲。青春初戀遭此打擊，其何以堪！經過這場災難，美好的春光便又在鶗鴂聲中歸去。白居易有〈楊柳枝詞〉說：「永豐西角荒園裡，盡日無人屬阿誰？」被冷落的受害者這時也就和永豐坊的柳樹一樣，愛情卻如柳絮，「似花還似非花，也無人惜從教墜」（蘇軾〈水龍吟·次韻章質夫楊花詞〉）。

一首詞的上下片間，意脈是相通的。此詞如僅從上片看，未嘗不可理解為「刻意傷春復傷別」（李商隱〈杜司勛〉）。讀到下片則全詞就很清楚了。換頭說：「莫把么弦撥，怨極弦能說。」這兩句來得很突然。在換頭處發起新意，向來認為只高手能之。么弦，琵琶第四弦。弦么怨極，就必然發出傾訴不平的最強音。在這「鐵騎突出刀槍鳴」（白居易〈琵琶行〉）的氣勢下，受害者接著表示其反抗的決心，「天不老，情難絕」。化用李賀「天若有情天亦老」（〈金銅仙人辭漢歌〉）詩句而含意卻不完全一樣。這裡肯定地說天是不會老的，那麼，愛情也就永無斷絕的時候。這比作者常說的「無物似情濃」（〈一叢花令〉），「人生無物比多情，江水不深山不重」（〈木蘭花〉）等等，更為深刻有力。這愛情是怎樣把雙方緊緊聯繫在一起呢？「心似雙絲網，中有千千結」，「絲」諧「思」。在情網裡，他們是透過千萬個結，把彼此牢牢實實地繫住，誰想破壞它都是徒勞的。這是全詞表達思想感情的高峰，也就是晉陸機〈文賦〉所謂「立片言而居要，乃一篇之警策」。情思未了，不覺春宵已經過去，這時東窗未白，殘月猶明。如此作結，可謂恰到好處。

前人評子野詞的，最早有晁補之。他說：「子野韻高，是耆卿所乏處。」（《能改齋漫錄》十六引）清陳廷焯說子野詞「有含蓄處，亦有發越處；但含蓄不似溫韋，發越亦不似豪蘇膩柳」（《白雨齋詞話》）。這些評論都很中肯。「含蓄」和「發越」，此詞可以說兼而有之。至於韻高之說，亦可透過此詞體味，略見一斑。（宛敏灝）

漁家傲　張先

和程公辟贈別

巴子城頭青草暮，巴山重疊相逢處。燕子占巢花脫樹，杯且舉，瞿塘水闊舟難渡。

天外吳門清霅路，君家正在吳門住。贈我柳枝情幾許，春滿縷，為君將入江南去。

這是一首富含民歌風味的詞，也是作者為友人程公辟贈別之作而寫的和詞。兩人都是江南人來四川做官。張先六十三歲時以屯田員外郎知渝州（今重慶市），而程師孟（公辟）則曾提點夔州路刑獄。渝州正屬夔州路。他們在異鄉相逢而又將天各一方，臨別前以詞贈答抒發依依之情。

發端三句指出分別的地點、時間和景色。巴子即今之巴縣，在渝州附近，周代為巴子國，與巴東（今奉節縣）、巴西（今閬中縣）合稱三巴，三巴的山都可以稱巴山。先說眼前巴子城頭碧草萋萋，正是「斜陽暮草長安道，是離人。斷魂處」（柳永〈引駕行〉）。再寫遠望重巒疊翠，那是我們相逢之處。「燕子占巢」形容如今雙燕歸來，「差池欲住，試入舊巢相並」（史達祖〈雙雙燕．詠燕〉）。接著寫花落，「正是銷魂時節，東風滿樹花飛」（毛熙震〈清平樂〉）。春去夏來，時光如流；人事遷變，亦復如此，曾幾何時，我們已相逢而又將別。

三巴的風物是惹人戀念的，李白旅居宣城時，曾在這暮春三月想起了千里之外的三巴：「蜀國曾聞子規鳥，宣城還見杜鵑花；一叫一迴腸一斷，三春三月憶三巴」（〈宣城見杜鵑花〉）。離別而在這三春三月的三巴，使人倍增依依惜別之情。

「杯且舉」兩句，寫餞別宴上，送行者勸君更盡一杯酒，祝君能得平安旅。瞿塘峽，即「古西陵峽也，連崖千丈，奔流電激，舟人為之恐懼」（宋樂史《太平寰宇記》卷一百四十八）。此峽在夔州（今奉節縣）之東，灘石險阻，猿鳥哀鳴，是民歌〈竹枝〉的流行地。唐代詩人劉禹錫任夔州刺史時有〈竹枝詞〉九篇，其中寫道：「瞿塘嘈嘈十二灘，人言道路古來難。」又云：「白帝城頭春草生，白鹽山下蜀江清，南人上來歌一曲，北人莫上動鄉情。」本詞亦是敘行路之難，鄉關之思，寫得明白如話，複疊迴環，頗有〈竹枝〉的味道。

下片將視線從長江頭移向長江尾，從巴子城頭移到「天外吳門、清霅（音同札）路」，正是兩人家鄉所在。所謂「天外」，是形容其遠。吳門（今蘇州市，程師孟故鄉）與霅溪（在作者故鄉湖州烏程東南）相隔不遠，如今我歸而君留，自啟彼思鄉之情。這裡字面有意重複，是使詞意進一步發展。

結尾三句宛轉其意。作者自註曰：「來詞云『折柳贈君君且住』。」折柳贈別，意在挽留。作者為了感激其深情厚誼，所以要把所贈的柳枝和無限鄉思帶回那草長鶯飛的江南。這裡的「江南」，承上「君家正在吳門住」句，意指「吳門」。君雖滯留而寄情的柳枝與我俱歸，亦足慰懷矣。語言明白流利而詞句卻委婉，又多低迴不盡之意。（潘君昭）

木蘭花　張先

乙卯吳興寒食

龍頭舴艋吳兒競，筍柱鞦韆遊女並。芳洲拾翠暮忘歸，秀野踏青來不定。

行雲去後遙山暝，已放笙歌池院靜。中庭月色正清明，無數楊花過無影。

這首詞是作者晚年鄉居吳興時作。乙卯是宋神宗熙寧八年（一〇七五），時作者已八十六歲。寒食節在清明前兩天，古人有禁煙、插柳、上頭、踏青、掃墓等等風俗，宋時還有賽龍船的活動。南宋周密《武林舊事》卷三記載寒食西湖賽船的情景說：「龍舟十餘，彩旗疊鼓，交舞曼衍，粲如織錦……京尹為立賞格，競渡爭標。內璫貴客，賞犒無算。都人士女，兩堤駢集，幾於無置足之地。」本詞就選擇這個節日最為繁盛熱鬧的場面開頭。

「龍頭舴艋吳兒競」，一句便寫出吳中健兒駕舞龍舟，在水面飛駛競渡的壯觀場面。舴艋是江南水鄉常見的一種形體扁窄的輕便小舟，飾以龍頭，就是鄉民為節日臨時裝置的簡易龍舟，雖無錦纜雕紋，卻富鄉土特色。一「競」字涵蓋了划槳人的矯健和船行的輕疾，而夾岸助興的喧天鑼鼓和爭相觀看的男女老少，則由讀者用想像來填補、充實，語言形象而有概括力。

寒食這天姑娘們也特別高興，她們可以放下女紅，走出閨房，雙雙對對，盪著鞦韆，盡興遊樂。「筍柱」指竹製的鞦韆架。

三、四句用一聯工整的對句描寫婦女拾翠、遊人踏青，樂而忘返的情景。「芳洲」、「秀野」使人想見郊野草木競秀、春光明媚的誘人景色。「拾翠」原指採拾翠鳥的羽毛，語出曹植〈洛神賦〉「或採明珠，或拾翠羽」，後亦泛指婦女水邊野外遊春之事。「踏青」即春天出城到郊外遊覽。古代詩詞中常以踏青和拾翠並提，如唐人吳融〈閒居有作〉：「踏青堤上煙多綠，拾翠江邊月更明。」這一聯泛寫寒食遊春的活動，與前面賽龍舟、盪鞦韆的特寫鏡頭相配合，有點有面，顯得主次分明。

詞的上闋著重寫人事，透過熱鬧的場景，描寫春光的美好，遊人的歡樂；下闋則側重寫景物，透過靜謐優美的夜景，反襯白晝遊樂的繁盛。一動一靜，互相映發，收到很好的藝術效果。由動景換靜景，畫面跳躍很大，但過片卻很自然：「行雲去後遙山暝，已放笙歌池院靜」，前句說雲去山昏，遊人散後，郊外一片空寂，為上闋作結。後句說，笙歌已歇，喧囂一天的池院，此刻顯得分外清靜，一「靜」字又為下文寫景作了鋪墊。

最後兩句以寫景工絕著稱。清朱彝尊《靜志居詩話》說：「張子野吳興寒食詞『中庭月色正清明，無數楊花過無影』，余嘗嘆其工絕，在世所傳『三影』之上。」月色清明，甚至可以看見點點楊花飛舞；而花過無影，又顯得清輝迷濛，明而不亮，庭中一切景物都蒙上一層輕霧，別具一種朦朧之美。不僅如此，兩句還寓情於景，反映出作者遊樂一天之後，心情的恬適和舒暢。詞人雖已年過八旬，但生活情趣還很高，既愛遊春的熱鬧場面，又愛月夜的幽靜景色。白晝，與鄉民同樂，是一種情趣；夜晚，獨坐中庭，欣賞春宵月色，又是一種情趣。而後者更能體現詞人的個性和審美趣味，為文人雅士所嘆賞。

文人詞自晚唐五代以來，多以男歡女愛、離別相思為題材，風格綺靡豔麗，至宋初仍沿襲不改。潘閬的〈酒泉子〉（長憶觀潮），晏殊的〈破陣子〉（燕子來時新社）和張先這首〈木蘭花〉都以時序節令和風俗人情入詞，給鏤金錯彩的詞壇吹進一絲較為清新的空氣，增添一點鄉土的氣息，可說是一個小小的變化。（蔣哲倫）

剪牡丹　張先

舟中聞雙琵琶

野綠連空，天青垂水，素色溶漾都淨。柳徑無人，墮絮飛無影。汀洲日落人歸，修巾薄袂，擷香拾翠相競。如解凌波，泊煙渚春暝。

綵條朱索新整。宿繡屏、畫船風定。金鳳響雙槽，彈出今古幽思誰省。玉盤大小亂珠迸。酒上妝面，花豔眉相並。重聽。盡漢妃一曲，江空月靜。

這首詞是張先的得意作品之一。據《古今詩話》說：「有客謂子野曰：『人皆謂公張三中，即心中事、眼中淚、意中人也。』公曰：『何不目之為張三影？』客不曉，公曰：『雲破月來花弄影；嬌柔懶起，簾壓卷花影；柳徑無人，墮絮飛無影：此余平生所得意也。』」《高齋詩話》又說：「子野嘗有詩云：『浮萍斷處見山影』；又長短句云：『雲破月來花弄影』；又云：『隔牆送過鞦韆影』，並膾炙人口，世謂張三影。」（上皆南宋胡仔《苕溪漁隱叢話》前集卷三十七引）二說不同，但都肯定張先善於用「影」字創造優美的詞境。「柳徑無人，墮絮飛無影」（《彊村叢書．子野詞》作「柔柳搖搖，墜輕絮無影」），顯然比不上「雲破月來花弄影」，但放在這首詞所描繪的特定環境中，也別有一番情味。

詞的開頭三句，便是環境描寫。「野綠連空，天青垂水」，這是詞人站在船上，目光順地平線伸延，只見遼遠無際的綠色原野，上接蒼穹。作者又順勢舉頭眺望遠天，晴空蔚藍，好像與江水相連。一個「垂」字用得生動，把遠望中天水相接的感覺，表現得極其形象。詞人仰觀俯視，眼前江水是「素色溶漾都淨」。「素色」即白色，指白茫茫的江水。「淨」字是形容水的明澈潔淨。南朝謝脁詩「澄江淨（一作靜）如練」（〈晚登三山還望京邑〉），為此句所本。以上雖只三句，詞人便以其拿手的鍊字功夫，多方面、多層次地畫出了一幅江上美景，晴空與綠野相連，波光粼粼，天光雲影，映於澄江之中，景象渾茫寥闊，而又十分寂靜。在這幅畫面上，從構圖的角度說，似乎還缺乏特寫鏡頭，「柳徑無人，墮絮飛無影」，正是綠野中的特寫。清周濟在《宋四家詞選》的序論中說：「子野清出處、生脆處，味極雋永，只是偏才，無大起落。」所謂「無大起落」，是對張先詞中一些平凡句子的不滿。像「柳徑無人」二句，只是把眼前景物，率直寫出。淡墨一痕，不求奇峭，但妙處正在這裡。能以平淡的句子，把讀者逗入意境，才見功力。試想，岸邊柳林沒有人影，唯有柳絮隨風飄墜，這樣描寫實在很一般化，加了「無影」二字，立即靈動起來，那柳絮飛舞的輕盈飄忽，形神具出，而且微風吹拂，輕絮飄舞，在微暗的樹蔭中，依稀看見它們在遊蕩迴轉，而一點影子也不留在地面，詞人觀察得如此細微，好像在仔細地品味著飄忽無影的妙趣。

「汀洲日落人歸」，詞境至此推進一層。詞人在完成天光雲影、柳絮輕舞的環境描寫後，讓人物出場了，在風光明媚、落日斜照的汀洲上由遠而近地走來。作者在船上望去，首先在遠處看到人歸之影，人影與晚霞相映，十分妍麗。人漸走漸近，看得也越清楚，連「修巾薄袂」也看得出來。修長的巾帶，薄薄的衫袖，雅麗非凡，且巾長袂薄，隨風飄舉，為美人勾出了一幅飄飄欲仙的姿態。下句「擷香拾翠相競」寫美人結伴春遊，在芳洲上採香草，拾翠羽。古代女子常在春季到郊外拾野鳥的各色羽毛，採各種香草。曹植〈洛神賦〉有「或採明珠，或拾翠羽」之句，寫出洛水眾女神之美，詞人也正是借用此意，為汀洲之女增色。

「如解凌波，泊煙渚春暝」，是寫美人登上自己的船，並停泊洲邊，在水邊過夜。「凌波」即踩水而行。曹植〈洛神賦〉用「凌波微步，羅襪生塵」描繪洛神水上微步的輕盈體態。在晚霞輝映下，寂靜的洲渚上，忽地出現了多個美人，詞人在凝望的同時，也不禁產生了美麗的幻覺，儼然是「翩若驚鴻，宛若游龍」的凌波女神。這不僅細緻地寫了洲上女子的美，而且把詞人的欣喜、驚愕，以至傾慕的心理也表現出來。上片結句一方面把一整天情節的鋪敘加以收束，日落春暝，美人回到船上，詞人也該歇息了。另一方面，又用「煙」字，為江濱洲邊刷上一層煙水淒迷的朦朧色彩，為下片抒發幽思憂愁之情，做好鋪墊。

過變「綵條朱索新整」，寫美女回到船上，在一天的「擷香拾翠」之後，換妝梳洗，以更嬌麗的容顏出現。「綵條朱索」，指五顏六色的綵帶，是女子的裝飾物，這裡是以偏概全，泛指美人身上的衣飾。

隨著時間的流逝，夜亦稍深，人們已經入睡，畫船風定，萬籟俱寂，好像只有詞人還在靜思。此時琵琶聲忽起，劃破寂靜的夜空。「金鳳響雙槽」，以「金鳳」代指琵琶。宋樂史《楊太真外傳》：「妃子琵琶邏檀，寺人白季貞使蜀還獻。其木溫潤如玉，光耀可鑑。有金縷紅文，蹙成雙鳳。」故蘇軾〈宋叔達家聽琵琶〉詩云：「半面猶遮鳳尾槽。」「槽」是琵琶上架弦的格子，「響雙槽」，表明是兩把琵琶同時彈奏。在這優美的樂聲裡飼含著今古幽思，人物的精神境界顯得高雅深沉。又用「誰省」一詞，反跌出只有自己是知音的深意，把自己與琵琶女的關係推進一層，有「相逢何必曾相識」（白居易〈琵琶行〉）的意味。

「玉盤大小亂珠迸」，由白居易〈琵琶行〉「大珠小珠落玉盤」句化來，視覺形象與聽覺形象並舉，形象地表現了音樂旋律的跌宕起伏，高昂處如急風暴雨，低迴處如兒女私語，令人耳不暇接。人物的感情時而慷慨激昂，時而低迴婉轉，皆隨樂聲起伏，曲曲傳出。

「酒上妝面，花黶眉相並。」在這二句前，諸如相逢知己、隔船相邀等細節都已省略，徑直從借酒相慰寫起。「酒上妝面」，是說琵琶女已帶醉意，面頰被酒暈得緋紅，故下句用「花黶」形容其醉美之態。借酒澆愁愁更愁，於是雙眉「相並」。「相並」意即緊鎖，表明愁懷不釋。對醉態愁容的描寫，形神兼備，極其工巧。

既然愁懷未釋，欣逢知己，欲一吐為快，於是重奏一曲，詞人亦得「重聽」。「漢妃一曲」，用王昭君遠嫁匈奴、馬上彈琵琶故事。晉石崇〈王明君辭序〉（按：時因避諱司馬昭，故稱昭君為明君）已言之：「昔公主嫁烏孫，令琵琶馬上作樂，以慰其道路之思；其送明君，亦必爾也。」唐人詩中亦屢及此，如劉長卿〈王昭君歌〉「琵琶弦中苦調多，蕭蕭羌笛聲相和」，李商隱〈王昭君〉「馬上琵琶行萬里」。「一曲」也兼指以昭君出塞故事譜寫的琴曲〈昭君怨〉。這也可以說是「今古幽思」的具體內容。其中也寄託著琵琶女的離鄉背井、流落江湖的身世之感。

結句「江空月靜」，以空廓沉靜的月夜，烘托出音樂的魅力。如泣如訴的昭君怨曲，把聽眾帶進了哀愁的境界，相對無言，月夜格外的沉寂，留下了無窮的餘味。

這首詞在寫法上受白居易〈琵琶行〉的影響甚大，但作者並沒有一味模仿，而是另出新意。在藝術上除了善於鍊字鍊句之外，在體裁上採用慢詞形式，以鋪敘的寫法，把春郊月夜、柳花煙渚，以及在此背景上活動的人物，描畫得有神有形，栩栩如生。可以說，對慢詞這一藝術形式的發展，對鋪敘手法在詞中的運用，作出了貢獻，開風氣之先。（周滿江）

畫堂春 張先

外湖蓮子長參差，霽山青處鷗飛。水天溶漾畫橈遲，人影鑑中移。
桃葉淺聲雙唱，杏紅深色輕衣。小荷障面避斜暉，分得翠陰歸。

此詞寫乘船遊湖之美。時間是暑天，地點在江南，江南多湖。詞人張先是江南湖州人，又在江南作過官，晚年歸宿也在江南。

上片主寫湖山之美。「外湖蓮子長參差」，起句開門見山，直入湖景。江南湖泊往往是重重相連。外湖指近湖。當外湖長滿蓮蓬的時候，遠遠望去，高低參差，錯落有致，比起荷花盛開，那光景又別有一番風味，正是遊湖的好時光呢。下句展開遠景。「霽山青處鷗飛」，天放晴了，雨洗過後的青山，格外的青。正是在那青山映襯之間，幾點翩飛的白鷗，顯得格外的白。多麼令人悅目爽心的風光啊！空氣澄鮮，心曠神怡，那不消說了。大自然感召著人深入她的懷抱。「水天溶漾畫橈遲」，畫橈，指畫船。遲，謂緩行。詞人俯仰上下，上下天光，水涵著天，天連著水，水天溶溶漾漾，融而為一。遊湖之人，陶醉了。於是，任畫船在水中緩緩地行。在這樣美好的大自然裡，人有時忘卻自己，有時卻又以自己為中心，是江山風月的主人。清瑩的湖面正好是一面鏡子，照出自己的存在。「人影鑑中移」，人在船上，船在水上，水面如鏡，人影在鏡裡移動。好一派光明澄澈的境界！

下片主寫歌女之美。不過，不是描寫其容貌之美，而是描寫其性靈之美。如果此時不是這樣，便俗。「桃葉淺聲雙唱」與「杏紅深色輕衣」兩句為對仗，一寫其歌聲，一寫其衫色。桃葉，本是晉代王獻之妾之名。獻之篤愛桃葉，曾作〈桃葉歌〉歌之，傳其辭云：「桃葉復桃葉，渡江不用楫。但渡無所苦，我自迎接汝。」南朝陳時，江南盛歌之（見宋郭茂倩《樂府詩集》卷四十五〈桃葉歌〉題解）。詞上句以「桃葉淺聲」寫所唱，此「桃葉」即〈桃葉歌〉，非指人而言。歌聲輕婉，故曰「淺聲」，女伴同唱，故曰「雙唱」。唐王建〈宮詞一百首〉其二十九云「半夜美人雙唱起，一聲聲出鳳凰樓」，可證。此句寫船上的一對歌女雙雙唱起了輕柔宛轉的歌聲。試想，歌聲悠揚在天光水色之間，多麼美。很自然地，這位歌女便給詞人留下了深刻的印象：「杏紅深色輕衣。」青山綠水，上下天光之間，歌女杏紅的衣色，自然顯得格外地深。深，足見詞人印象之深。詞人寫歌女之印象，不寫其容貌而寫其衣著，正是「韻高」而脫俗的體現。（《能改齋漫錄》卷十六引晁補之語：「子野韻高。」）晏幾道〈臨江仙〉詞云「記得小蘋初見，兩重心字羅衣」，正可與此句相互發明。這時正當暑天，故著輕衣。然而，詞人印象更深的還是：「小荷障面避斜輝，分得翠陰歸」，暑天，斜輝猶熱，所以歌女採得一枝荷葉遮面，並帶著這從滿湖綠陰中分得的一份陰涼乘船一路歸去。這一畫面極美。小荷障面之姿態，很美。分得翠陰之感受，也很美。因為這都是天真的體現。

這是一首純美的詞作。詞中體現了詞人對美的深刻感知和純真性情。人為萬物之靈。女性秉天地之靈氣，有其特美。中國文化雖不像西方文化那樣張揚、崇拜女性美，但實際上真正尊重、理解女性之美，自《詩經》起，便重視描寫女性形象。至宋詞，女性形象遂演進成為詞體文學之優勢意象。不過，中國文化之重視女性美，尤能重視其內美，如性靈之美。此詞寫出歌女在天光水色之間的清歌妙發，一姿一態，實際上都表現出其天真自然的性靈。盈天地之間，有眾美焉。有大自然之美，也有女性之美。靈心銳感的詞人，於是將其感受化為詞中一境。詞雖小，卻很美。（鄧小軍）

浣溪沙　張先

樓倚春江百尺高，煙中還未見歸橈。幾時期信似江潮？

花片片飛風弄蝶，柳陰陰下水平橋。日長才過又今宵。

張先有詩人的敏感，善於捕捉形象，創造意境，表現「心中事，眼中淚，意中人」（南宋胡仔《苕溪漁隱叢話》前集引《古今詩話》）。這首寫閨思的詞就有這一特點。

詞的首句寫閨婦登高之所就提到「春江」，詞的下片又寫到落花飄飄，柳樹成蔭，點明故事發生在暮春。李白〈憶秦娥〉寫的是陸路望歸，溫庭筠〈望江南〉（梳洗罷）寫的已是水路望歸，但與此詞境界不同。張先著眼於登高遠望，故凸出樓高百尺。一座高樓臨江而立，所以用了一個「倚」字，指示位置。這位思婦正在憑欄眺望，儘管她思念心切，但江上還不見丈夫乘船而歸。「煙中還未見歸橈」之「煙」，指江上的水氣。橈即划船的槳，代指船。江上水氣彌漫，白帆片片，由遠而近駛來，她努力辨認，但都不是她所盼的那隻歸舟。失望之餘，她埋怨起他來，覺得他還不如江潮有信。潮漲潮落是有定期的，所以李益樂府詩〈江南曲〉說：「嫁得瞿塘賈，朝朝誤妾期。早知潮有信，嫁與弄潮兒。」丈夫沒有如約歸家，她哪能不失望呢？她的性格和李益詩中所寫民間女子的潑辣不同，她說不出悔不「嫁與弄潮兒」的話。從「幾時期信似江潮」來看，她並不絕望。上片結句雖只七個字，但卻表現了她幽怨與期待的複雜心理。

下片共三句，有兩句寫景，似乎離題，而藝術效果卻不然，這兩句以景傳情，仍然是表現婦女的思念之情。那景是她倚樓而望之景，季節的變化，更強化了她的殷切思念。她和丈夫分手時可能是春天，也可能曾約定春日重聚，誰知春天又一次來了，卻不見人影。眼前春天又將過盡，教她如何不苦惱呢？「花片片飛風弄蝶，柳陰陰下水平橋」，是寫暮春的對偶句，有鮮明的襯托效果。上句寫春歸，不用平直之筆，而極寫花落之狀，形容它們在風中飛舞，像蝴蝶相戲似的。「弄」，戲弄，指相戲。讀至此不能不產生「流水落花春去也」（李煜〈浪淘沙令〉）的感嘆。下一句的「陰陰」，形容柳蔭幽暗的樣子，和初春柳芽初吐遠望如煙的景色不同。整句說綠柳蔭濃，長條拂水，雨後新波與橋面相平。這感受使憑高凝望的婦女十分悲傷。「日長才過又今宵」，是從白天寫到夜晚，是一聲壓抑已久的喟然長嘆，漫長的白晝好容易才挨過去，卻又迎來了寂寞難耐的夜晚。行文至此，已把度日如年的離別之苦寫得含蓄而又深沉了。（吳庚舜）

惜瓊花

張先

汀蘋白，苕水碧。每逢花駐樂，隨處歡席。別時攜手看春色。螢火而今，飛破秋夕。

汴河流，如帶窄。任身輕似葉，何計歸得？斷雲孤鶩青山極。樓上徘徊，無盡相憶。

這是一首懷人思歸之詞。一起五句，倒敘昔日遊春、歡宴和別離的情景。首二句以當日春景起興，兼點時令、地點。「苕水」即苕溪，在作者家鄉浙江吳興。苕溪一帶，向以風光秀美著稱。詞寫故鄉春色，獨取白蘋、碧水等色調鮮明的景物，組成一幅明麗的畫面：汀上蘋花盛開，潔白似雪；苕溪青波漣漣，水色如碧。「白」、「碧」二字，設色濃淡相宜，點染出江南的無限春意，令人想見「汀洲採白蘋，日暖江南春」（南朝梁柳惲〈江南曲〉）的詩意。三、四句因景及人，著意描繪昔日當此良辰美景，徜徉於花前，寄情於山水，陶醉於筵席的種種賞心樂事。兩句中「每逢」從時間上說，「隨處」從空間上說，強調時時處處，逢花則樂，遇席則歡，以此提挈筆勢，推進感情，其縱情遊賞的怡然之樂，溢於紙外。接著用「別時攜手看春色」，挽住對舊遊的追憶。由歡會而別離，詞情因之一轉。在結構上，此句承上啟下，暗中轉折，直跌出上片煞拍處的「螢火」二句。昔日的故鄉歡會，忽成今日的異鄉獨處；記憶中的旖旎春光，忽成眼前秋夕流螢的慘淡景象。轉瞬之間，情景陡變。統觀上片，前五句復呈潛藏於心靈深處的情緒記憶，虛景實寫，層層開宕；後二句由昔而今，落到現況。透過景物色調、環境氣氛的激射對比，實現今昔生活的巨大變異。

換頭「汴河流，如帶窄」兩句是憑高目擊之景，但情緣景生，融情入景。汴河如帶，蜿蜒遠去；滔滔河水，載著綿綿鄉思，長流不盡。將流水與鄉思關合，是詞人常用的表現方式，如「思隨流水去茫茫，蘭紅波碧憶瀟湘」（孫光憲〈浣溪沙〉），「唯有長江水，無語東流」（柳永〈八聲甘州〉）。這裡「汴河」兩句，同樣寄情於流水。流水滔滔，情思悠悠，構成流水不息、思鄉不已的意境。底下「任身輕似葉，何計歸得？」正是即景而生的無限盼想。波上之葉，本與水俱往，葉隨水去，可漂流到日思夜想的家鄉。但作者說即使河如帶窄，身輕似葉，仍難歸去，則更深一層地寫出欲歸不得，徒生幻想的淒苦情懷。接著轉換筆鋒，由俯視寫到仰觀。作者望鄉心切，凝神遠眺，然而望盡寥廓的天宇，唯見斷雲悠悠飄浮，孤鶩漸漸遠去；天之盡頭，更有一抹青山，遮住望眼。從全詞看，此句造境尤高遠闊大。前人論詞，有「詞於清麗圓轉中，間以壯闊之句，力量始大」（清沈祥龍《論詞隨筆》）之說。這是由於詞中所展拓的境界愈闊大，所引逗的情思往往愈綿邈深長。在這句中，雲是飄浮無依的「斷雲」，鶩是離群失所的「孤鶩」，以此映襯自己的飄零身世和孤寂處境，可謂妙合無垠。而天之盡頭的青山遠影，則給人以歸路迢迢、歸期渺茫之感。詞末由憑高臨眺之景，自然過渡到憑高臨眺之人。煞拍「無盡相憶」一句，極有感情分量。「相憶」二字，遙顧上片一起五句的內容，頗有柳宗元〈酬曹侍御過象縣見寄〉中「春風無限瀟湘意，欲採蘋花不自由」的那種相思而不能相見的惆悵。回首昔日，歡宴難再，往事成空；思想眼前，樓上徘徊，歸思難收。全詞以徘徊樓上，「望盡天涯路」（晏殊〈蝶戀花〉）的自我形象作收，結得悽惋，含有不盡的餘味。

前人認為，張先詞在結構上多「無大起落」（清周濟《宋四家詞選目錄序論》）。這首〈惜瓊花〉，卻能以收攏縱開之筆來轉換時間、空間，層層展示流轉在節序交替和情事變故中的懷人思歸之情。詞中，昔日故鄉春光，何等豔麗，今日異鄉秋色，何等蕭索；昔日縱情宴遊，何等意氣，今日獨倚危樓，何等消沉。全詞放筆寫昔，收筆寫今，透過今昔對比的結構布局，由昔而今的縱向剖示，加強心理的縱深感，引導讀者步入那交織著悲與歡、哀與樂的精神領域。（顧偉列）

青門引　張先

乍暖還輕冷，風雨晚來方定。庭軒寂寞近清明，殘花中酒，又是去年病。
樓頭畫角風吹醒，入夜重門靜。那堪更被明月，隔牆送過鞦韆影。

南宋吳文英作詞，論者謂其善於表現銳敏尖新的感覺。其實早在北宋，張先已在這一藝術造詣上導其先路。這首小詞可以為證。

起筆二句，寫自己對春天氣候的感觸。短短一天裡，天氣發生了頻繁的變化。「乍暖」，見得是由春寒忽然變暖。「還」字一轉，引出又一次變化：風雨忽來，輕冷襲人。雖說春天之冷，較冬日為「輕」，但這「冷」是緊接「暖」而來，所以格外容易感覺。輕寒的風雨，一直到晚才止住了。詞人感觸之敏銳，不但體現在對天氣變化的頻繁上，更體現在天氣每次變化的精確上。天暖之感為「乍」，天冷之感為「輕」，風雨之定為「方」。遣詞精細確切，都暗示著如魚飲水冷暖自知的意蘊。大自然與人生常有相通之處。人們對自然現象變換的感觸，最容易暗暗引起對人事滄桑的悲傷。李清照〈聲聲慢〉說：「乍暖還寒時候，最難將息」，也正是此意。「庭軒」一句，由天氣轉寫現境，並點出清明這一氣候變化多端的特定時節。如果說前兩句所寫種種感觸，還是屬於身體的感覺；那麼，這「寂寞」之感就進而屬於內心的感受了。懷舊傷今，已見於言外。歇拍二句，層層逼出主題。春已遲暮，花已凋零，自然界的變遷，象喻著人事的滄桑，美好事物的破滅，種下了心靈的病根，此病無藥可治，唯有借酒澆愁而已。「舉杯銷愁愁更愁」（李白〈宣州謝朓樓餞別校書叔雲〉），醉了酒，失去理性的自制，只會加重心頭的愁恨。更使人感觸的是這樣的經驗已不是頭一遭。去年如此，今年又是如此。愁與年增，情何以堪？

換頭承醉酒之後而來。「樓頭畫角風吹醒」，兼寫兩種感覺。淒厲的角聲，輕冷的晚風，使酣醉的人清醒過來。清黃蘇云：「角聲而曰風吹醒，醒字極尖刻。」（《蓼園詞評》）實際上「吹」字也尖刻。角聲催醒不曰驚而以風吹之吹兼寫，這一吹字便溝通了角聲之驚耳與晚風之刺膚的不同感覺。「醒」，表現出角聲晚風並至而醉人不得不蘇醒的一刹那間反應，同時也暗示酒醉之深和愁恨之重。傷心人在醒了的時候自是痛苦，「入夜」一句，即以現境象徵痛苦的心境。夜的降臨，象徵心情的更加黯然，更加沉重。而重重深閉的院門更象喻著不得開啟的心扉。結筆二句更指出重門也阻隔不了觸景傷懷。溶溶月光居然把隔牆的鞦韆影子送過來。黃蘇又云：「末句那堪送影，真是描神之筆，極希微窅渺之致。」月光下的鞦韆影子是幽微的，描寫這一感觸，也深刻地表現詞人抑鬱的心靈。「那堪」二字，揭示了結筆著重在為鞦韆影所觸動之懷。是不是所懷者竟與鞦韆有不解之緣呢？並未道破，這就愈增尾聲幽渺的意味。

總之，貫串這首詞的是雙管齊下描寫觸物與感懷。透過視覺、聽覺以至膚感等作種種敏銳尖新的描寫，暗示了人物多愁善感的心情。由於以層層感觸及暗示造境，故詞境層層翻進，終至「極希微窅渺之致」。明沈際飛云：「懷則多觸，觸則愈懷，未有觸之至此極者。」（《草堂詩餘正集》）對這首詞的表現特徵，作了相當準確的概括。（宛敏灝、鄧小軍）

滿江紅

張先

飄盡寒梅，笑粉蝶遊蜂未覺。漸迤邐、水明山秀，暖生簾幕。過雨小桃紅未透，舞煙新柳青猶弱。記畫橋深處水邊亭，曾偷約。

多少恨，今猶昨；愁和悶，都忘卻。拚從前爛醉，被花迷著。晴鴿試鈴風力軟，雛鶯弄舌春寒薄。但只愁、錦繡鬧妝時，東風惡。

此詞是追念舊日愛情之作。

起二句寫春的萌動訊息。寒梅飄盡，即早春來臨之時。她是悄悄來的，似乎是不期然而至，所以連最殷勤、最愛熱鬧的粉蝶遊蜂也未曾察覺。早春之來誰先知呢？下一「笑」字，就分明道出自己先知，是初戀的人先萬物而感覺得春意。以下五句，詞筆隨時序的漸次推移，描繪春光的漸次明媚。漸漸地水藍了，山綠了；大地回春，人家裡也開始感到融和的淑氣。浴雨的小桃初放，色澤尚未殷紅；縈煙的新柳才青，長條還很纖細。這裡，表面寫景，實際是以小桃、弱柳喻人。初春最具有魅力，也是最富於希望的時光。就在這樣美好的初春裡，自己與所愛之人初戀，並且有過難忘的私下相會。畫橋深處，水邊小亭，尋春的人們可以去與小桃新柳相見，也可以在這裡期待著初戀的情人。這樣美好的背景，便已暗示出當時約會的美滿情況。又兩句分別領以「記」字、

「曾」字，至此才使讀者明白上片所寫全是回憶。

換頭四句，把詞筆收回到現在。往日歡愛已經逝去，只留下永無窮盡的懷念，使自己沉湎於猶新的記憶中。常常因為醉心於舊日的美好情境，而忘卻了眼前的愁恨淒涼。詞寫至此，勢所必然地又返回到往日。「拚從前」二句，感嘆自己那時常心甘情願地痛飲以至於爛醉，為的是既被容貌所迷，更為出色的歌才傾倒。她的歌聲，像晴空的鴿鈴，在柔和的春風中蕩漾；像嬌小的鶯雛，在薄寒的春林裡弄舌。如此美妙，令人怎得不愛慕鍾情？前面借桃柳隱喻其人，這裡又喻以嬌小的禽鳥，就更為生動。詞情至此，已達高潮。作者卻在收束處突然轉出愛情的悲劇結局，詞情從高潮跌入低潮，形成淒愴的尾聲。可是作者似乎不忍把話說死，有意寫下「但只愁」一語給同情的讀者以一線希望。這就與周邦彥同調（晝日移陰）詞結句，以「最苦是」領起的「最苦是、蝴蝶滿園飛，無心撲」效果大有不同。不作肯定語便戛然而止，把東風惡否等問題留給讀者去深思，這樣不更有餘味嗎？

在北宋詞史上，張先是一位承先啟後的重要詞人。他既善寫傳統的小令，又努力去創作長調。長調須講究結構的錯綜變化，張先在這方面作出了創新、開拓，而為周邦彥等開了先河，此詞即其一例。清陳廷焯指出：「張子野詞，古今一大轉移也。……有含蓄處，亦有發越處。」（《白雨齋詞話》卷一）試以此詞證之：他嫻熟地、大量地運用了傳統的比興手法，上片前半多用興，下片後半多用比。最後還以「東風惡」來比邪惡勢力摧殘美好愛情。所以，此詞自有傳統的含蓄之美。又於抒情回憶中展現一個悲劇性的愛情故事，在結構上作了錯綜變化的安排。如：上片全寫回憶；換頭轉寫現在；「拚從前」四句又是回憶戀愛情景；結尾二句則故作不定之詞，卻暗示這段愛情的悲劇性結局。如依時間順序，則換頭所寫之現在，應置於最後來寫。詞人這樣打破時間順序，錯綜安排結構，不僅收到了富於情節性、曲折性而引人入勝的效果，更重要的是充分表現了激情的波瀾往復。

所以，此詞又有創新的發越之美。尤其全詞將含蓄與發越融為一體，更是天然而無雕飾。陳廷焯稱張詞為「適得其中」，是很有見地的。（宛敏灝、鄧小軍）

晏殊

【作者小傳】（九九一～一〇五五）字同叔，撫州臨川（今江西撫州）人。宋真宗景德二年（一〇〇五）以神童召試，賜同進士出身。仁宗時，官至同中書門下平章事兼樞密使。當時名臣范仲淹、富弼、歐陽脩和詞人張先等，均出其門。卒諡元獻，世稱晏元獻。詩屬「西崑體」，詞風承襲五代馮延巳，閒雅而有情思，語言婉麗，音韻諧和。其〈浣溪沙〉「無可奈何花落去，似曾相識燕歸來」一聯，以屬對工巧流利著稱。有《珠玉詞》，詞存一百三十六首。

浣溪沙　晏殊

一曲新詞酒一杯，去年天氣舊亭臺①。夕陽西下幾時回？

無可奈何花落去，似曾相識燕歸來。小園香徑獨徘徊。

〔註〕①此句亦見唐人鄭谷〈和知己秋日傷懷〉：「流水歌聲共不迴，去年天氣舊亭臺。梁塵寂寞燕歸去，黃蜀葵花一朵開。」

這是晏殊一首膾炙人口的小令。它語言圓轉流利，明白如話，意蘊卻虛涵深廣，能給人以一種哲理性的啟迪。

晏殊〈浣溪沙〉（一曲新詞酒一杯）——明刊本《詩餘畫譜》

「一曲新詞酒一杯，去年天氣舊亭臺。」起句寫對酒聽歌的現境。從複疊錯綜的句式、輕快流利的語調中可以體味出，詞人在面對現境時，開始是懷著輕鬆喜悅的感情，帶著瀟灑安閒的意態的。但邊聽邊飲，這現境卻又不期然而然地觸發對「去年」所歷類似境界的追憶：也是和今年一樣的暮春天氣，面對的也是和眼前一樣的樓臺亭閣，一樣的清歌美酒。然而，在似乎一切依舊的表象下又分明感覺到有的東西已經起了難以逆轉的變化，這便是悠悠流逝的歲月和與此相關的人事。於是詞人不由得從心底湧出這樣的喟嘆：「夕陽西下幾時回？」夕陽西下，是眼前景。但詞人由此觸發的，卻是對美好景物情事的留連，對時光流逝的悵惘，以及對美好事物重現的微茫的希望。這是即景興感，但所感者實際上已不限於眼前的情事，而是擴展到整個人生，其中不僅有理念活動，而且包含著某種哲理性的沉思。夕陽西下，是無法阻止的，只能寄希望於它的東升再現，而時光的流逝、人事的變更，卻再也無法重複。整個上片，實際上和唐劉希夷〈代悲白頭翁〉「年年歲歲花相似，歲歲年年人不同」的意蘊大體相似，不過表現方式要委婉含蓄得多。

「無可奈何花落去，似曾相識燕歸來。」這首詞的出名，和這一聯工巧而渾成、流利而含蓄的對句很有關係，在用虛字構成工整的對仗、唱嘆傳神方面表現出詞人的巧思深情。但更值得翫索的倒是這一聯所含的意蘊。花的凋落，春的消逝，時光的流逝，都是不可抗拒的自然規律，雖然惋惜留連也無濟於事，所以說：「無可奈何」，這一句承上「夕陽西下」；然而在這暮春天氣中，所感受到的並不只是無可奈何的凋衰消逝，而是還有令人欣慰的重現，那翩翩歸來的燕子不就像是去年曾在此處安巢的舊時相識嗎？這一句應上「幾時回」。花落、燕歸雖也是眼前景，但一經與「無可奈何」、「似曾相識」相聯繫，它們的內涵便變得非常廣泛，帶有美好事物的象徵的意味。在惋惜與欣慰的交織中，蘊含著某種生活哲理：一切必然要消逝的美好事物都無法阻止其消逝，但在消逝的同時仍然有美好事物的再現，生活不會因消逝而變得一片虛無。只不過這種重現畢竟不等於美好事物的原封不動地重現，它只是「似曾相識」罷了。因此，在有所慰藉的同時又不覺感到一絲惆悵。如果說，上片著重抒寫了對不變表象下所包含的變化的感喟，那麼下片這一聯則進一步抒寫了消逝中的重現、重現中的變化，以及詞人對這種現象的感受與思索。

「小園香徑獨徘徊。」末句是在惋惜、欣慰、悵惘之餘獨自的沉思：在小園落英繽紛的小路上，詞人獨自徘徊著、沉思著，像是要對所見所感所思來一番深沉的反省與思索，對上述現象的底蘊求得一個答案。或以為這個結尾藝術上不及另一首〈浣溪沙〉（一向年光有限身）的結尾「不如憐取眼前人」，但那一句是即轉即收，這一句卻是上文的餘波，作用不同，寫法也就有別。（劉學鍇）

浣溪沙　晏殊

小閣重簾有燕過，晚花紅片落庭莎。曲欄杆影入涼波。
一霎好風生翠幕，幾回疏雨滴圓荷。酒醒人散得愁多。

這首詞表現的是晏殊這位太平宰相在「酒醒人散」之後，一種索寞悵惘的心情。

上片從寫景入手。劈頭「小閣重簾有燕過」點出環境與時令。此句看似平淡，實乃傳神一筆，有破空而來之勢。這匆匆一過的穿簾燕子，莫非是遠方使者，給簾內人傳遞了春將歸去的消息。像在平靜的水面投下一枚小石，立刻泛起層層波瀾。一下子打破了小閣周圍寧靜的空氣，起著溝通重簾內外的作用。閣中人目隨燕影，看到「晚花紅片落庭莎」。原來時已暮春，庭院滿地落紅。「晚」，一指傍晚，朝花夕謝，形容落花的時間；一指晚春，花事凋零，形容落花的節令。春末多雨，更兼庭中少行跡，滿庭莎草已是一派濃綠。「紅片」與「庭莎」，綠肥紅瘦，相映成趣。「曲欄杆影入涼波」，庭院中池邊的曲曲欄杆，倒影於池塘碧波之中。「涼波」的「涼」既是時已入暮，池水生涼的真實寫照，又何嘗不是個中人此時此地的心境淒涼的折光反射？

以上三句寫的是簾外景物，從視覺所及落筆。「重簾」、「過燕」、「晚花」、「庭莎」、「曲欄」、「涼波」諸意象所組成的畫面，其色澤或明或暗，或濃或淡，或動或靜，使整個庭院呈現出一片淒清冷落。雖然主人公尚未露面，但他的處境、心曲，已躍然紙上了。

換頭兩句由簾外轉入簾內，從聽覺著墨，寫閣中人的感受。「一霎」、「幾回」乃互文。雖說是「好風」、「疏雨」，小閣裡的人卻聽得分明，感得真切，可見環境是何等的靜，人是多麼孤獨。上句「翠」、「生」二字，一為冷色，一為動態，這種化虛為實的描寫，把周圍的景物寫活了，給人以質感。好風入檻，翠幕生寒，孤身獨處，豈不難堪？下句「圓荷」即荷錢。疏雨滴在嫩綠的荷葉上，聲音本是極細極微，但偏偏閣中人卻聽得清清楚楚。簾外之淒清冷落如彼，簾內之空虛寂靜如此，這一切本是足以生愁了，何況又值「酒醒人散」之後。末句一反前文純用景語的格局，以情語作結，總束全詞。興起感情波瀾，似神龍掉尾，極有跌宕之致。詞中主人公的感情發展很有層次，由表及裡，由淺入深，曲盡人物的心理變化。

宋吳處厚《青箱雜記》卷五記載：「晏元獻公雖起田里，而文章富貴，出於天然。嘗覽李慶孫〈富貴曲〉云：『軸裝曲譜金書字，樹記花名玉篆牌。』公曰：『此乃乞兒相，未嘗諳富貴者。』故公每吟詠富貴，不言金玉錦繡，而唯說其氣象，若『樓臺側畔楊花過，簾幕中間燕子飛』、『梨花院落溶溶月，柳絮池塘淡淡風』之類是也。故公自以此句語人曰：『窮兒家有這景致也無？』」這段話頗能道出晏殊富貴詞的獨特風格。這首詞前五句描寫景物重在神情，不求形跡，細節刻畫，取其精神深合密契，不在於金玉錦繡字面的堆砌，而在於色澤與氣氛上的渲染，故能把環境寫得博大高華，充滿富貴氣象。所以詞中所表達的思想既不是傷春女子的幽愁，又不是羈旅思鄉遊子的離愁，更不是感時閔亂的深愁，而是富貴者的嘆息時光易逝、盛筵不再、美景難留的淡淡閒愁。（黃拔荊）

浣溪沙　晏殊

一向年光有限身，等閒離別易銷魂。酒筵歌席莫辭頻。
滿目山河空念遠，落花風雨更傷春。不如憐取眼前人。

這是《珠玉詞》中的別調。大晏的詞作，用語明淨，下字修潔，表現出閒雅蘊藉的風格；而在本詞中，作者卻一變故常，取景甚大，筆力極重，格調遒上。抒寫傷春念遠的情懷，深刻沉著，高健明快，而又能保持一種溫婉的氣象，使詞意不顯得淒厲哀傷，這是本詞的一大特色。

「一向年光有限身」，劈空而來，語甚警鍊。「一向」，即一晌，一會兒。片刻的時光啊，有限的生命！詞人的哀怨是永恆的，那是無法抗拒的自然規律，誰不希望美好的年華能延續下去呢？惜春光之易逝，感盛年之不再，這雖是《珠玉詞》中常有的慨嘆，而本詞中強烈地直接呼喊出來，便有撼人心魄的效果。緊接「等閒」句，加厚一筆。「黯然銷魂者，唯別而已矣！」（南朝江淹〈別賦〉）可是，詞中所寫的，不是絕國千里的生離，更不是瀝泣拉血的死別，而只不過是尋常的離別而已！「等閒」二字，殊不等閒，具見詞人之深於情。在短暫的人生中，別離是不止一次會遇到的，而每一回離別，都占去有限年光的一部分，這怎不令人「易銷魂」呢？詞人唯有強自寬解：「酒筵歌席莫辭頻。」痛苦是無益的，不如對酒當歌，自遣情懷吧。「頻」，謂宴會的頻繁。宋葉夢得《避暑錄話》卷上載，晏殊「惟喜賓客，未嘗一日不宴飲」，「每有嘉客必留」，「亦必以歌樂相佐」，其《石林詩話》也說晏殊「日以賦詩飲酒為樂，佳時勝日，未嘗輒廢」。「酒筵歌席」，即指這些日常的宴飲。近人或謂是「別宴離歌」，非是。這句寫及時行樂，聊慰此有限之身。

換頭二語，忽作變徵之聲。氣象宏闊，意境莽蒼，以健筆寫閒情，兼有剛柔之美，是《珠玉詞》中不可多得的佳句。兩句是設想之辭。若是登臨之際，放眼遼闊的河山，徒然地懷思遠別的親友；就算是獨處家中，看到風雨摧落了繁花，更令人感傷春光易逝。李嶠〈汾陰行〉：「山川滿目淚沾衣，富貴榮華能幾時？」詞語本此，所感亦大矣！李商隱〈杜司勛〉詩又云：「刻意傷春復傷別，人間唯有杜司勛。」大晏正不欲刻意去傷春傷別，故要想辦法從痛苦中解脫出來。如果我們只把它解釋為「就眼前景物，說明懷念之深」，或是「風雨惜別」，則嫌過於質實了。近人吳梅《詞學通論》特標舉此二語，認為較大晏的名句「無可奈何花落去，似曾相識燕歸來」勝過十倍而人未之知。吳氏之語雖稍偏頗，而確是能獨具隻眼。當然，「無可奈何」二語固不失為好句，惜其於貌似自然之中而實不自然，人工雕飾之跡頗露，似傷於尖巧，而「滿目山河」二語，「重、拙、大」兼而有之，《珠玉詞》中僅此而已。

「不如憐取眼前人」，元稹〈會真記〉載崔鶯鶯詩：「還將舊來意，憐取眼前人。」本詞意謂去參加酒筵歌席，好好愛憐眼前的歌女。作為富貴宰相的晏殊，他不會讓痛苦的懷思去折磨自己，也不會沉湎於歌酒之中而不能自拔，他要「憐取眼前人」，也只是為了眼前的歡娛而已，這是作者對待生活的一貫態度。

本詞是《珠玉詞》的代表作。詞中所寫的並非一時，所感的也非一事，而是反映了作者人生觀的一個側面：悲年光之有限，感世事之無常；慨嘆空間和時間的距離難以逾越，慨嘆對已消逝的美好事物的追尋總是徒勞，在山河風雨中寄寓著對人生哲理的探索。詞人幡然感悟，認識到要立足現實，牢牢地抓住眼前的一切。他再三地吟唱：「春光一去如流電。當歌對酒莫沉吟，人生有限情無限。」（〈踏莎行〉）「不如憐取眼前人，免更勞魂兼役夢。」（〈木蘭花〉）這裡所表現的思想，頗類似近世風靡了法國以至歐美的存在主義。本來詞意是頗為頹靡的，但詞人卻把這種感情表現得很曠達、爽朗，具見其胸襟與識度。

在章法結構上，這首小令也別具特色。上片三句，一氣呵成而又筆意曲折，「半首中無一平筆」（俞陛雲《宋詞選釋》），凸出人生短暫、及時行樂的主題。過片後，「滿目」句緊承「等閒離別」，「落花」句緊承「一向年光」，舉出兩個事例，補足「有限身」和「易銷魂」之意，上下兩片便融合無間。末句補足「酒筵歌席」句意，故作排解之語，輕輕宕開，回復主題。全詞結構嚴密，虛實呼應，剛柔相濟，「雖小令而具長調章法」（俞陛雲，同上），全詞內涵更顯豐滿。可以說，本詞無論在思想內容和藝術手法上，已基本脫出「花間」、南唐的範圍了。

（陳永正）

浣溪沙

晏殊

玉碗冰寒滴露華，粉融香雪透輕紗。晚來妝面勝荷花。
鬢嚲①欲迎眉際月，酒紅初上臉邊霞。一場春夢日西斜。

〔註〕①嚲：音同朵，下垂狀。

此詞絕豔，當從「花間」一派衍出。然其麗而不密，婉妙有致，自有出藍之處。長夏斜陽欲暮，麗人晝夢方醒。晚妝初罷，酒臉微醺。詞人迅速攝下這一搖人心魄的鏡頭。

首句寫室內特定的景物：玉碗中盛著瑩潔的寒冰，碗邊凝聚的水珠若露華欲滴。古時富貴人家，嚴冬時把冰塊收藏在地窖中，夏天取用，以消暑氣。一「寒」字正反襯出室中的熱。接著，鏡頭搖到室中人的身上：她粉汗微融，透過輕薄的紗衣，呈露出芬芳潔白的肌體；晚來濃妝的嬌面，更勝似豐豔的荷花。二、三句設喻。用意用語均似「花間」。「粉融」，謂脂粉與汗水融和。不點出「汗」字，正是作者高明之處。若五代牛嶠〈菩薩蠻〉詞「粉融香汗流山枕」，便不能給人以美感了。「香雪」借喻女子肌膚的芳潔，雖亦古詩詞中常用之語，但在本詞中卻有特殊的意義，它跟「冰寒」句配合，在盛夏中得清涼之意。以「玉」、「冰」、「粉」、「雪」之白，襯托「妝面」之紅，上半闋之意始出，寫夏日黃昏女子妝罷的情景，真如一幅優美的圖畫。

過片後，是兩個特寫鏡頭：她那下垂的鬢髮，已靠近眉間額上的月形妝飾；微紅的酒暈，又如紅霞飛上臉邊。兩句寫女子微醉的情態，豔而不俗，細而不纖。古時女子的面飾，有以黃粉塗額成圓形為月，因位置在兩眉之間，故詞稱「眉際月」。李商隱〈蝶〉詩三首其三「八字宮眉捧額黃」，似即指此。「欲迎」、「初上」，形容絕妙。不獨刻畫之工，且見詞人欣賞之情。「月」與「霞」，語意雙關。既是隱喻女子的眉和臉，也是黃昏時的實景。我們也可以想像這位美豔的姑娘，晚妝初過，穿著件單薄的紗衣，盈盈佇立，獨倚暮霞，悄迎新月。晏幾道〈蝶戀花〉詞「斜貼綠雲新月上，彎環正是愁眉樣」，似從此化出，而轉覺詞費意盡了。

「一場春夢日西斜」，讀者才恍然大悟，原來上邊五句所寫的，都是晝眠夢醒後的情景。女子睡起，粉融香汗，重理明妝。「春夢」，謂剛才好夢的短暫。慵困無聊，閒愁閒恨，全詞之意，至此全出。末句倒裝，「日西斜」三字，與上片「晚來」接應。作者〈踏莎行〉（小徑紅稀）詞「一場愁夢酒醒時，斜陽卻照深深院」，用意相近，而本詞不落言筌，便自神來氣來，同為佳作，未可軒輊也。（陳永正）

蝶戀花

晏殊

檻菊愁煙蘭泣露，羅幕輕寒，燕子雙飛去。明月不諳離恨苦，斜光到曉穿朱戶。
昨夜西風凋碧樹，獨上高樓，望盡天涯路。欲寄彩箋兼尺素，山長水闊知何處！

在婉約派詞人許多傷離懷遠之作中，這是一首頗負盛名的詞。它不僅具有精緻深婉的共同點，而且具有一般婉約詞少見的境界寥闊高遠的特色。它不離婉約詞，卻又在某些方面超越了婉約詞。

起句寫秋曉庭圃中的景物：菊花籠罩著一層輕煙薄霧，似乎脈脈含愁；蘭花上沾有露珠，又像默默飲泣。蘭和菊本就含有象喻品格的幽潔的色彩，這裡用「愁煙」、「泣露」將它們人格化，將主觀感情移於客觀景物，透露女主人公自己的哀愁。「愁」、「泣」二字，刻畫痕跡較顯，與大晏詞珠圓玉潤的語言風格有所不同，但在借外物抒寫心情、渲染氣氛、塑造主人公形象方面自有其作用。

「羅幕輕寒，燕子雙飛去。」新秋清晨，羅幕之間蕩漾著一縷輕寒，燕子雙雙穿過簾幕飛去了。這兩種現象之間本不一定存在聯繫，但在充滿哀愁、對節候特別敏感的主人公眼中，那燕子似乎是因為不耐羅幕輕寒而飛去。這裡，與其說是寫燕子的感覺，不如說是寫簾幕中人的感覺——不只是在生理上感到初秋的輕寒，而且在心理上也蕩漾著因孤孑淒清而引起的寒意。燕的雙飛，更反托出人的孤獨。這兩句只寫客觀物象，不著有明顯感情色彩的詞語，表情非常微婉含蓄。

接下來兩句「明月不諳離恨苦，斜光到曉穿朱戶」，從今晨回溯昨夜，明點「離恨」，情感也從隱微轉為強烈。明月本是無知的自然物，它不瞭解離恨之苦，而只顧光照朱戶，原很自然；既如此，似乎不應怨恨它。但卻偏要怨。這種彷彿是無理的埋怨，卻正有力地表現了主人公在離恨的煎熬中對月徹夜無眠的情景和外界事物所引起的棖觸。後來蘇軾的〈水調歌頭〉：「轉朱閣，低綺戶，照無眠。不應有恨，何事長向別時圓？」機杼相類。但蘇詞清疏豪宕，晏詞深婉含蘊，風調自不相同。

「昨夜西風凋碧樹，獨上高樓，望盡天涯路。」過片承上「到曉」，折回寫今晨登高望遠。「獨上」應上「離恨」，反照「雙飛」，而「望盡天涯」正從一夜無眠生出，脈理細密。「西風凋碧樹」，不僅是登樓即目所見，而且包含有昨夜通宵不寐、臥聽西風飄落樹葉情景的回憶。碧樹因一夜西風而盡凋，足見西風之勁厲肅殺，「凋」字正傳出這一自然界的顯著變化給予他的強烈感受。景既蕭索，人又孤獨，似乎接著抒寫的只能是憂傷低迴之音，但卻出人意料地展現出一片無限廣遠寥廓的境界──「獨上高樓，望盡天涯路」。這裡固然有憑高望遠的蒼茫百感，也有不見所思的空虛悵惘，但這所向空闊、毫無窒礙的境界，卻又使其從狹小的簾幕庭院的憂傷愁悶轉向對廣遠境界的騁望，這是從「望盡」一詞中可以體味出來的。所以這三句儘管包含望而不見的傷離意緒，但感情是悲壯的，沒有纖柔頹靡的氣息；語言也洗淨鉛華，純用白描，氣象闊大，境界高遠，遂成為全詞的警句。

高樓騁望，不見所思，因而想到音書寄遠：「欲寄彩箋兼尺素，山長水闊知何處！」彩箋，這裡指題詩的詩箋；尺素，指書信。兩句一縱一收，將主人公音書寄遠的強烈願望與音書無寄的可悲現實對照起來寫，更加凸出了「滿目山河空念遠」（〈浣溪沙〉一向年光有限身）的悲慨，詞也就在這渺茫無著落的悵惘中結束。「山長水闊」和「望盡天涯」相應，再一次展示了令人神遠的境界，而「知何處」的慨嘆則更增加搖曳不盡的情致。

這首詞的上下片之間，在境界、風格上是有區別的。上片取境較狹，風格偏於柔婉；下片境界開闊，風格近於悲壯。但上片於深婉中見含蓄，下片於廣遠中有蘊涵，前者由於表現手法的婉曲，後者由於藝術的概括，全篇仍貫串著意象虛涵這一總的特點。王國維《人間詞話》借用詞中「昨夜」三句來描述古今成大事業、大學問的第一種境界，雖與詞作的原意了不相涉，卻和這三句意象特別虛涵，便於借題發揮分不開。（劉學鍇）

清平樂 晏殊

金風細細，葉葉梧桐墜。綠酒初嘗人易醉，一枕小窗濃睡。
紫薇朱槿花殘，斜陽卻照闌干。雙燕欲歸時節，銀屏昨夜微寒。

這首詞的特點是風調閒雅，氣象華貴，二者本有些矛盾，但詞人卻把它統一起來，形成表現自己個性的特殊風格。晏殊以相位之尊，間為小歌詞，得花間遺韻。宋劉攽《中山詩話》說：「晏元獻尤喜江南馮延巳歌詞，其所自作，亦不減延巳。」也就是說他的詞風酷似馮延巳。但從這首詞來看，它的閒雅風調雖似馮詞，而其華貴氣象倒有點像溫庭筠的作品。不過溫詞的華貴，大都表現在詞藻上的鏤金錯采，故王國維《人間詞話》以「畫屏金鷓鴣」狀其詞風。晏詞的華貴卻不專主形貌，而在於精神。「每吟詠富貴，不言金玉錦繡，而唯說其氣象，若『樓臺側畔楊花過，簾幕中間燕子飛』，『梨花院落溶溶月，柳絮池塘淡淡風』之類是也。」（見宋吳處厚《青箱雜記》）這首詞中所寫的風情，正與上舉兩例相似。它所塑造的形象，借用晁補之評論晏殊的話說，「知此人不住三家村也」（南宋胡仔《苕溪漁隱叢話後集》引），而是一個雍容閒雅的士大夫。

詞的上片是寫酒醉以後的濃睡。起首二句在寫景中點明時間，渲染環境。金風，即秋風。《文選》張協〈雜詩〉「金風扇素節」李善注曰：「西方為秋而主金，故秋風曰金風也。」此時庭院內是西風落葉，畫堂中的詞人因飲了綠酒，一會兒便醉眠了。用筆輕靈，色調淡雅，語氣彷彿與一位友人娓娓而談。其中兩組疊字，首尾相接，音律諧婉。以「細細」狀金風，就沒有秋風慣有的那種蕭颯之感，而顯得平靜、悠閒。以「葉葉」這兩個名詞連用，就在讀者面前展開一片片葉子飄落的景象，並使人感到很有次序，很有節奏。向來寫梧桐經秋都是較為淒厲的，如溫庭筠〈更漏子〉：「梧桐樹，三更雨，不道離情正苦。一葉葉，一聲聲，空階滴到明。」李煜〈相見歡〉：「寂寞梧桐深院鎖清秋。」經過一代又一代詞人的染筆，以至於使人一聽到秋風吹拂梧桐，就產生淒涼況味。而像晏殊寫得如此平淡幽細的，卻極為少見。下面「綠酒」一句，因為用了「初」字和「易」字，就覺得他的酒量不大，淺嘗輒醉，也是淡淡的一筆。然後詞人才用了較重的筆墨：「一枕小窗濃睡。」「綠酒」句點出「濃睡」的原因，是陪筆，「一枕」句才是此片的主意。小飲何以「易醉」？淺醉何得「濃睡」？原來詞人有一點淡淡閒愁，有愁故醉易，愁淺故睡濃。此意於下片見之。

如果說上片是從昨晚的醉眠寫起，那麼下片則是寫次日薄暮酒醒時的感覺。詞人一醉就睡了整整一個晝夜，睡極濃矣。濃睡中無愁無憂，酒醒後是什麼樣的情緒，他沒有言明，只是透過他眼中所見的景象，折射出心情之悠閒，神態之慵怠，而在結句中卻仍反映出一點淡淡的哀愁。紫薇，夏季開花；朱槿，夏秋間吐豔。上片說金風吹得梧桐葉墜，顯然是秋天了，所以詞人從小窗望出去，這兩種花都已凋殘。值得注意的是：前片的梧桐葉墜，為耳中所聞；後片的兩種花殘，乃眼中所見。詞人正是透過對周圍事物的細微感覺，來表現他此際的情懷。「斜陽卻照闌干」，緊承前句，描寫靜景。晏殊在〈踏莎行〉（小徑紅稀）中云：「一場愁夢酒醒時，斜陽卻照深深院。」詞境相似。卻者，正也，說舉目望去，斜陽正照在闌干上，頗有陶淵明「悠然見南山」（〈飲酒二十首〉其五）的意味，然而所見者乃是殘花，是斜陽，表現了詞人此時無可奈何的心境。

日暮了，斜陽正照著闌干，正是「雙燕欲歸時節」。此意平平說來，似不相干語、沒要緊語。可是詞不比詩，它往往用這樣的語言來調和氣氛，緩衝節奏，烘托情感。清吳衡照《蓮子居詞話》云：「言情之詞，必借景色映托，乃具深婉流美之感。」「燕子欲歸」，乃係景語，正好鋪墊和烘托了下句「銀屏昨夜微寒」。雙雙紫燕即將歸巢了，這個景象便興起詞人獨居無聊之感，於是他想到昨夜酒醉後原是一個人獨宿。一種淒涼意緒、淡漠愁情，不禁流於言外。寓情於景，含蓄蘊藉，令人低迴不盡。

這首詞除了「綠酒」、「銀屏」是富貴語外，大都寫得比較清新，它的華貴氣象完全融合在閒雅的風調之中。通篇出之以平淡之筆，和婉之音，聲調自然，意境清幽，雖承花間餘緒，卻能自成一格。（徐培均）

清平樂 晏殊

紅箋小字，說盡平生意。鴻雁在雲魚在水，惆悵此情難寄。

斜陽獨倚西樓，遙山恰對簾鉤。人面不知何處，綠波依舊東流。

這是一首懷人之作。上片抒情。起句「紅箋小字，說盡平生意」語似平淡，實包蘊無數情事，無限情思。紅箋是一種精美的小幅紅紙，可用來題詩、寫信。詞裡的主人公便用這種紙，寫上密密麻麻的小字，說盡了平生相慕相愛之意。顯然，對方不是普通的友人，而是傾心相愛的知音。

信寫成了，接著三、四句便抒發無從傳遞的苦悶。古人有「雁足傳書」和「魚傳尺素」的說法，前者見於《漢書．蘇武傳》「言天子射上林中，得雁，足有繫帛書，言武等在某澤中」，後者見於古詩〈飲馬長城窟行〉（青青河邊草）「呼兒烹鯉魚，中有尺素書」，是詩文中常用的典故。作者以「鴻雁在雲魚在水」的構思，表明無法驅遣牠們去傳書遞簡，因此「惆悵此情難寄」。運典出新，比起「斷鴻難倩」（李玉〈賀新郎〉）等語又增加了許多風致。

託書不成，唯有借景紓憂。因而過片便由抒情過渡到寫景。「斜陽」句點明時間、地點和人物活動，紅日偏西，斜暉照著正在樓頭眺望的孤獨的人影，景象已十分淒清，而遠處的山峰又遮蔽著愁人的視線，隔斷了離人的音信，更加令人惆悵難遣。「遙山恰對簾鉤」句，從象徵意義上看，又有兩情相對而遙相阻隔的意味。倚樓遠眺本是為了紓憂，如今反倒平添一段愁思，從抒情手法來看，又多了一層轉折。

結尾「人面不知何處，綠波依舊東流」，用崔護〈題都城南莊〉詩句「人面不知何處去，桃花依舊笑東風」之意，略加變化，給人以有餘不盡之感。綠水，或曾映照過如花的人面，如今，流水依然在眼，而人面不知何處，唯有相思之情，跟隨流水，悠悠東去而已。

這首詞寫的是一般的離愁別恨，內容並不新奇，但由於抒情婉曲細膩，用語也相當雅致，體現了作者「閒雅而有情致」的風格，故歷來為人傳誦。例如「斜陽獨倚西樓，遙山恰對簾鉤」二句，單從景象來看，詞中主人公似乎處於一種極度寧靜的狀態，外界不存在任何刺激，內心也沒有一絲波瀾。然而，聯繫上下文一讀，便不難體會到這種表面上的相對靜止，正蘊藏著深沉難言的感情浪濤。斜陽、遙山、人面、綠水、紅箋、簾鉤，出語平淡，而蘊意深摯，寫豔情而不豔，寫哀愁而不哀，閒雅從容，摯而不刻，故晏小山云：「先公平日小詞雖多，未嘗作婦人語也。」（南宋趙與旹《賓退錄》卷一引）所謂不作「婦人語」，乃言皆自抒己情，不模擬女子口吻，此詞亦然。（蔣哲倫）

采桑子 晏殊

時光只解催人老，不信多情。長恨離亭。淚滴春衫酒易醒。
梧桐昨夜西風急，淡月朧明。好夢頻驚。何處高樓雁一聲？

這是晏殊一首膾炙人口之作。短短四十四個字，寫出人生一種深沉的感慨。音節如此嘹亮，情感如此鬱勃，真像聽到天際的雁唳。雖然是那樣短促的數聲，卻悲涼淒緊，盤旋迴盪，使你的心情無法立刻平息下來。它引起你深深的讚嘆，使你浮起對人生的許多聯想，正如一杯真正醇美的酒對你產生的魅力。

「時光只解催人老」——這是每一個珍惜時光的人同樣都有的感受。看似平常，細想起來，所謂「時光」，到底是怎麼回事？它除了每時每刻催人老去，還有別的什麼意義呢？詞人一入手就端出「時光」這個問題逼到人們眼前，逼著人們不能不點頭承認：這是無可奈何的事實。

「不信多情，長恨離亭」——照理，在親人之間，不應該永遠分開，永遠在離別之中過日子吧。可是，儘管你不相信事情會如此不妙，事實卻又正是如此。再想想吧，人一天天的老下去，又一天天的隔別著。如今，你不相信的不由你不相信了。這又怎能不使人為之慨嘆不已？

「淚滴春衫酒易醒」——因為感時光之易逝，悵親愛的分離，無可開解，只有拿酒來暫時麻木一下自己；然而不久便又「淚滴春衫」，可見連酒也不能使自己暫時忘卻煩惱。

以上幾句，三層抒發，一層比一層迫緊。驚心於時光易逝，這是一。想不到有情人長期隔別，這是二。企圖忘卻而又不能忘卻，這是三。三層意思，層層相扣，層層拉緊，把讀者投入強烈的心情震盪之中。

於是，在下片，詞人進一步給你以更具體、更濃密的形象，使你的心靈震盪達到最高的頻率。

「梧桐昨夜西風急，淡月朧明」——已經是「淚滴春衫酒易醒」，忽然西風颯颯，桐葉蕭蕭，一股涼意直透人的心底。抬頭一看，窗外淡淡月色，朦朧而又慘淡，彷彿它也受到西風的威脅。

「好夢頻驚」——這好夢，是離人的重逢？是生活的歡樂？是美好事物的幻現？……然而每當希望它多留一霎的時候，它就突然破滅了。而且每當一回破滅，現實的不幸之感就又一齊奔集而來。這裡，「好夢頻驚」四字恰似點睛之筆，把室中人此際的感受放大成為一個特寫的鏡頭，讓人們充分感受其中的沉重的分量。

「何處高樓雁一聲」——室中人沉抑的情緒正在淩亂交織之中，突然飛出一聲高亢的哀音，使眾響為之沉寂，萬類為之失色。這是孤雁的哀唳，響徹天際，透入人心，它把室中人的思緒提升到一個頂峰了。這一聲代表什麼呢？是感覺深秋已經更深嗎？是預告離人終於不返嗎？還是加劇室中人此時此地的孤獨之感呢？不管怎樣，它讓人們想得很遠、很沉，一種惘惘之情使人不能自已。

但總的說來，此詞感情悲涼而不淒厲，詞人不會讓自己沉溺在痛苦之中無法自拔。像此詞結句，用意是何等超脫高遠，它把感情昇華到一個更加明淨的境界。（劉逸生）

喜遷鶯 晏殊

花不盡，柳無窮，應與我情同。觥船一棹百分空①，何處不相逢。朱絃悄，知音少，天若有情應老。勸君看取利名場，今古夢茫茫。

〔註〕①此句見杜牧〈題禪院〉：「觥船一棹百分空，十歲青春不負公。今日鬢絲禪榻畔，茶煙輕颺落花風。」觥（音同宮）船：載酒之船。百分：酒滿杯。

這是一首贈別詞。作者在抒寫離情別意之中，寄寓了自己的人生感慨。

起筆從「花不盡，柳無窮」寫起，借花柳以襯離情。花、柳是常見之物，它們用絢麗的色彩和美妙的姿容裝點大地河山，遍布海角天涯，其數無盡，其廣無邊。花、柳又與人一樣同是生命之物，它們的生長、繁茂、衰謝同人們的生死、盛衰極其相似；「桃之夭夭」（《詩經．周南．桃夭》）、「楊柳依依」（《詩經．鹿鳴之什．采薇》），在離合聚散之際，也同樣顯露出明顯的苦樂悲歡。說「應與我情同」，是以花柳作比，襯寫自己離情的「不盡」和「無窮」，婉轉地表露了離別的痛苦之深。

下面緊接以「觥船一棹百分空，何處不相逢」二句，「觥船」一句出自杜牧的〈題禪院〉詩，作者這裡是強作曠達，故為灑脫，以一醉可以銷百愁作為勸解，這是就眼前而言；「何處不相逢」，則是以未來可能重聚相慰。在對友人的溫言撫慰之中，也反映了作者盡量掙脫離別痛苦的無可奈何之情，但表面上卻十分豁達。

下片的「朱絃悄，知音少，天若有情應老」，詞情一轉，正面敘寫離別之情。「欲取鳴琴彈，恨無知音賞」（孟浩然〈夏日南亭懷辛大〉），高山流水，貴有知音，朱絃聲悄，是因摯友遠去。「調高弦絕無知音」（盧仝〈有所思〉），一種空虛寥落之感油然而生。「天若有情應老」，用李賀〈金銅仙人辭漢歌〉句意吐訴了難以抑止的離別哀傷。結拍「勸君看取利名場，今古夢茫茫」二句，是作者對友人的又一次勸解，與「觥船一棹百分空，何處不相逢」相比，兩者同是相勸，但內涵上卻自不同。前者只就當前離別著眼，以醉飲銷愁、今後可能重逢為解，是以情相勸；後者卻透過一層，以利名如夢為解，則是以理相勸。這裡，隱然表明友人之去是由於利名的牽引，仕途的奔競，在勸解之中包含著作者自身的感受和體驗。晏殊一生富貴顯達，長期躋身上層，但朝廷內部的派別傾軋，政治上的風雨陰晴，親身經歷的挫折，不能不使他感到名利場中的爾虞我詐，宦海風波的險惡，人世的盛衰浮沉，撫念今昔，恍然若夢。千古茫茫，沉溺於此夢者不知凡幾，而能參悟此夢並能醒者又不知能有幾人！

詞旨主在贈別，作者抒寫離情的深摯，卻不淒楚哀傷，感情溫厚平和，從反覆的勸解中顯示了晏殊詞的圓融和理智的特色，由情入理，詞情曲折，感慨深沉。（鍾陵）

撼庭秋　晏殊

別來音信千里，恨此情難寄。碧紗秋月，梧桐夜雨，幾回無寐！

樓高目斷，天遙雲黯，只堪憔悴。念蘭堂紅燭，心長焰短，向人垂淚。

大晏詞，論者多稱其以從容淡雅之筆，寫昇平富貴之態，音調婉和，神清氣遠。而此詞則似於淡雅閒適之外，漸趨深厚蒼涼，反映了作者性情沉鬱的一面，在《珠玉詞》中是較少見的。

首兩句，即點出主題：自與情人離別以來，音信遠隔千里，惆悵的是，這一片深情無從寄去。作者〈清平樂〉亦云：「鴻雁在雲魚在水，惆悵此情難寄。」緊接以景寫情：在碧紗窗下，對著皎潔的秋月，或是臥聽著淅淅瀝瀝的夜雨，滴在梧桐葉上——有多少回啊徹夜無眠！「碧紗」句和「梧桐」句，分別代表不同時間、地點、景物，目的是凸出「幾回無寐」四字。對月、聽雨，雖是古詩詞中常見之意，用於此處，思與境諧，表現出難以排遣的懷人之情。讀者可以聯想起李白的〈三五七言〉：「秋風清，秋月明。落葉聚還散，寒鴉棲復驚。相思相見知何日？此時此夜難為情！」也可以聯想起溫庭筠的〈更漏子〉：「梧桐樹，三更雨，不道離情正苦。一葉葉，一聲聲，空階滴到明。」詞人要表達的思想感情，跟詞的字面和意境都渾成一體，調名〈撼庭秋〉三字所包含的內容也表現出來了。

「樓高」三句，從「無寐」意再跌深一層。上片是泛寫別後相思之情，下片則實寫此時此地的感受：登上高樓極望，只見天空遼闊，層雲黯淡，更令人痛苦憔悴。「樓高目斷」，另筆提起，與上片「幾回無寐」似接非接，文章便有波瀾起伏之勢。意境是闊大的，感慨是深沉的。悲涼，但不顯得淒厲，依然保持著大晏詞那種「怨而不怒」的特色——「念蘭堂紅燭，心長焰短，向人垂淚。」一結三句，是全詞最精美之筆。以紅燭擬人，古人多有，如杜牧〈贈別〉詩：「蠟燭有心還惜別，替人垂淚到天明。」詞人之子晏幾道也說「絳蠟等閒陪淚」（〈破陣子〉）、「紅燭自憐無好計，夜寒空替人垂淚」（〈蝶戀花〉）。同樣是使用「移情」手法，以蠟燭向人垂淚表示自己心裡難過，但詩人們並沒有彼此因襲模擬，這些詩各自獨立起來都是名句。杜牧詩的著眼點在「替人垂淚」而且「有心」，大晏詞則益以「心長焰短」一語。那細長的燭心和短小的火焰，不正是詞人自身的寫照麼？心長，也就是情長意長，悠長的思念和悠長的恨！焰短，暗示著力不從心，暗示著希望的渺茫。詞人在深深嘆息，他無法扭轉人生，無法改變別離的命運。末三句與上片「幾回無寐」呼應，景真情足，便覺悱惻纏綿，令人低迴不已。（陳永正）

少年遊

晏殊

重陽過後，西風漸緊，庭樹葉紛紛。朱闌向曉，芙蓉妖豔，特地鬥芳新。
霜前月下，斜紅淡蕊，明媚欲回春。莫將瓊萼等閒分，留贈意中人。

在一年的百花之中，晏殊總是偏愛木芙蓉、蜀葵、黃菊等秋花，這些淡雅的花兒，在詞人的眼裡，卻是那樣地「妖豔」、「明媚」（一如唐太宗評論魏徵「嫵媚」那樣），個中當有夫子自道之意。史載，晏殊稟性「剛峻簡率」（南宋朱熹《五朝名臣言行錄》），《四庫全書總目提要》評其《珠玉詞》又云：「殊賦性剛峻，而詞語特婉麗。」大概是這些花的「花品」與詞人的「人品」相類吧。

這是首詠木芙蓉之作，在詠物中自有詞人的感情在。在那百卉凋殘的秋節，而庭中芙蓉花卻開得分外妖豔。這凌霜耐冷的花兒，不正象徵著人們品節的堅貞高潔嗎？詞人特地要把它留贈給自己的意中人，也許別有深意吧。

開頭三句，寫重陽過後自然景物的變化。西風淒緊，庭葉飄零，渲染出清秋蕭索的氣氛。緊接「朱闌」三句，作者把筆觸陡然一轉：在這秋日的清晨，朱紅闌干外的木芙蓉卻開得非常美豔，像在特地競吐新芳。木芙蓉於秋天開白、黃或淡紅色花，花在枝梢簇集一處，淡雅美麗。詞中以「妖豔芳新」與上文「西風落葉」作比，益見在清秋開放的芙蓉之可貴可愛。

過片後，著意刻畫：在清霜中，在明月下，那夭斜的紅花、淡黃的小蕊，是多麼鮮明美麗，真的要叫春天回轉了。三句情景極美。「霜前月下」，是泛寫芙蓉開放的環境，從另一角度補充「朱闌向曉」句意；「斜紅淡蕊」，具體而微地寫「芙蓉妖豔」；「明媚欲回春」，是「特地鬥芳新」的芙蓉所引起的強烈的感受，它能把蕭瑟的秋節化作美好的春天，它溫暖了詞人的心，並挑動了他的情懷：啊，不要把這美玉般的花兒隨便地摘下來，還是留著它贈送給意中人吧！因花而及人，因人而惜花，花耶？人耶？惜花亦惜人也！結句為點睛之筆。誰能瞭解詞人贈花的深意呢？「意中人」是何許人，甚至是男是女，詞中都沒有跡象可尋，讀者自可各以己意會之。（陳永正）

木蘭花

晏殊

燕鴻過後鶯歸去，細算浮生千萬緒。長於春夢幾多時？散似秋雲無覓處。聞琴解佩神仙侶，挽斷羅衣留不住。勸君莫作獨醒人①，爛醉花間應有數。

〔註〕①屈原〈漁父〉曰：「舉世皆濁我獨清，眾人皆醉我獨醒，是以見放！」

晏殊詞較少運用「比興」手法，這首詞表面直寫感事、抒情，實際似有寄託，比較特殊。

上片，寫的是對於青春、對於愛情的細膩思考。「燕鴻過後鶯歸去，細算浮生千萬緒」，上句寫春光消逝。燕子春天自南方來，鴻雁春天往北方飛，黃鶯逢春而鳴，這些禽鳥按季節該來的來了，該去的也去了，那春光也來過又走了。杜牧〈為人題贈〉詩：「綠樹鶯鶯語，平江燕燕飛。枕前聞雁去，樓上送春歸。」寫的是鶯語燕飛的春歸時候，這裡卻是鶯燕都稀，更覺悵惘。句中的「鶯燕」，兼以喻人。春光易逝，美人相繼散去，美好的年華與美好的愛情都不能長保，這是一種可嘆的客觀現象。下句從客觀轉到主觀，說對著上述現象，千頭萬緒，細細盤算，使人不能不正視的，正是人生之漂浮不定和難以持久。這一句承接前一句，又作為下兩句的總冒。下兩句：「長於春夢幾多時？散似秋雲無覓處。」用兩種形象來表達。白居易有〈花非花〉詞云：「來如春夢幾多時？去似朝雲無覓處。」此詞改易數字，旨意不同。這裡是寫對於整個人生問題的思考，是把美好的年華、愛情與春夢的短長聯繫比較，是把親愛的人的聚難散易與秋雲的留、逝聯繫對照，內涵廣闊，感慨深沉。這種感慨，實質上是對青春和愛情的珍惜的曲折反映，不是近於虛無。

下片起兩句：「聞琴解佩神仙侶，挽斷羅衣留不住。」寫一件失去美好愛情的事，看來是對上片的感慨的具體申述，實際上這件事是產生上片感慨的主要因素，把它安排在這裡，使上下片的關係交互勾連，不是單純的前後承接，不是單純的從一般到個別。聞琴，指漢代的卓文君，她聞司馬相如彈琴而愛慕他（事見《漢書．司馬相如傳》）。解佩，指傳說中的漢皋神女，曾解佩玉贈給鄭交甫（事見《列仙傳．江妃二女》）。句中說像卓文君、漢皋神女這樣的神仙伴侶要離開，挽斷她們的羅衣也無法留住。寫到這裡，作者的感情好像已無法保持平靜，他激動地呼出：「勸君莫作獨醒人，爛醉花間應有數。」勸人要趁好花尚開的時候，在花間痛飲銷愁。這更有點近於虛無，但仔細想來，這是受到重大刺激的反應，是對失去美與愛的更大的痛心。這種痛心的程度，恰恰又表現了熱愛生活的程度，也不能簡單地歸為虛無。這是把詞的內容當成直接鋪敘的「賦」體來看的。如果聯繫晏殊的生平來看，又會覺得他不可能有這種苦留不住佳人的遭遇，他寫這件事，應該是別有寄託，非真寫男女訣別。他寄託的是什麼事？雖然不能肯定得太具體，但又可以找到相當分明的跡象。宋仁宗慶曆三年（一〇四三），晏殊任同中書門下平章事（宰相），兼樞密使，握軍政大權，是宋朝文武方面的最高官職。這時候，范仲淹為參知政事（副宰相），韓琦、富弼為樞密副使，歐陽脩、蔡襄為諫官，人才濟濟，盛極一時。范仲淹條陳十事，提出改革朝政的主張，被稱為「慶曆新政」，政治上頗有振作的氣象。可惜宋仁宗不能果斷明察，又聽信反對派的攻擊之言，中止改革，韓琦先被放出為外官；第二年，范仲淹、富弼、歐陽脩相繼外放，晏殊自己也罷相。對於這些賢才離開朝廷，晏殊不能不痛心，他把他們的被貶，比為「挽斷羅衣」而留不住「神仙侶」的事，是很自然的。涉及這樣尖銳的政治鬥爭，晏殊的感情當然要一反常態地激動，他喊出不宜「獨醒」、只宜「爛醉」，當然是一種憤慨之聲，而不是一種虛無的自我麻醉之言了。這可能就是詞中的寓意。

這首詞，從青春和愛情的消失，感嘆美好生活的不常，寫情細膩含蓄；又進而寄託著對於賢才受到排擠的現實政治的憤慨，感情比較激動，但表達仍然婉轉；情調看似有些消極，實際並不消極，在晏殊詞中，是一首優美動人而又有深意的作品。（陳祥耀）

木蘭花

晏殊

池塘水綠風微暖，記得玉真初見面。重頭歌韻響錚鏦，入破舞腰紅亂旋。
玉鉤闌下香階畔，醉後不知斜日晚。當時共我賞花人，點檢如今無一半。

在一個初春的黃昏，詞人漫步在小園芳徑，熟悉的景物——池塘、闌干、香階及園中景色——引起他對以往歲月的回憶，鮮明而朦朧，如在眉睫忽而又變得十分遙遠，最終只留下一片惆悵。這種傷春傷逝的抒情題材，為詞中常見。而大晏此詞寫法卻很有特色，他不是順序抒寫，而是採用前後互見的手法。有明寫，有暗示；有詳筆，有略筆。上下片詞意相互補足而韻味深長。

首句「水綠」、「風暖」兩個細節都暗示出「最是一年春好處」（韓愈〈早春呈水部張十八員外二首〉其一）。春天，好風輕吹，池水碧綠，也是花開的季節。花未明寫，於下片「賞花」二字補出，讀者自知。「池塘水綠風微暖」，透過眼觀身受，暗示詞人正漫步園中；這眼前景又彷彿過去的情景，所以引起「記得」以下的敘寫。這一句將「風」與「水」聯在一起，又隱隱形成「風乍起，吹皺一池春水」（馮延巳〈謁金門〉）的動人畫面，由池水的波動暗示著情緒的波動。

以下詞人寫了一個回憶中的片斷。這分明是春日賞花宴會上歌舞作樂的片斷。但他並沒有一一寫出，與下片「當時」「賞花」等字互見，情景宛在。這裡只以詳筆凸出了當時宴樂中最生動、最關情的那個場面：「記得玉真初見面。」「玉真」即玉人（「真」即仙，多用作絕色女子之代稱），而「真」比「人」在音韻上更清脆響亮，也更有詞采。緊接二句就寫這位女子歌舞之迷人：「重頭歌韻響錚鏦，入破舞腰紅亂旋」，這是此詞中膾炙人口的工麗俊語。詞中前後闋句式音韻完全相同名「重頭」，「重頭」就有迴環與複疊，故「歌韻」尤為動人心弦。唐宋大曲末一大段稱「破」，「入破」即「破」的第一遍；演奏至此時，歌舞並作，以舞為主，節拍急促，故有「舞腰紅亂旋」的描寫。以「響錚鏦」寫聽覺感受，以「紅亂旋」寫視覺感受，均甚生動。「錚鏦」、「亂旋」皆疊韻，構成語言上的迴環之美。這一聯雖只寫歌舞情態，而未著一字評語，卻全是讚美之意。

上片寫到「初見面」，應更有別的情事，下片卻不復寫到「玉真」。未盡其言，留給讀者去想像。「玉鉤闌下香階畔」，點明一個處所，這大約就是當時歌舞宴樂之地吧。故此句與上片若斷若聯。「醉後不知斜日晚」，作樂竟日，畢竟到了宴散的時候。仍似寫當筵情事。不過，詩詞的黃昏斜日又常常是象徵人生晚景的。此句實兼關昔與今。這就為最後抒發感慨作了鋪墊。

清張宗橚云：「東坡詩『尊前點檢幾人非』，與此詞結句同意。往事關心，人生如夢，每讀一過，不禁惘然。」（《詞林紀事》）此詞結句只說「當時共我賞花人，點檢如今無一半」，絲毫未提「玉真」，其實她應包含在「當時共我賞花人」之內。至於她究竟屬於哪「一半」？也沒有說，卻更耐人尋味。

詞的上片說「玉真」而不及「賞花人」，下片說「賞花人」不及「玉真」，其實是明寫與暗示交替而互見，這種寫法不唯筆墨省淨，而且曲折有味。故末二語比蘇軾「尊前點檢幾人非」（〈常潤道中，有懷錢塘，寄述古五首〉其二）之句意更深厚一重。（周嘯天）

木蘭花

晏殊

玉樓朱閣橫金鎖，寒食清明春欲破。窗間斜月兩眉愁，簾外落花雙淚墮。
朝雲聚散真無那，百歲相看能幾個？別來將為不牽情，萬轉千迴思想過。

這一首小令詞，寫的是一個古老的主題——離愁別恨。對於這個主題，有些詞人寫的是強烈的感情：例如柳永〈雨霖鈴〉的「此去經年，應是良辰好景虛設」，使人迴腸蕩氣；秦觀〈千秋歲〉的「飛紅萬點愁如海」，使人驚心動魄。這首詞寫的卻是另一種情調。

詞的抒情主人公，不等於作者晏殊的自我形象，卻也深深地打上他的思想性格的烙印。上片「玉樓朱閣橫金鎖，寒食清明春欲破。窗間斜月兩眉愁，簾外落花雙淚墮」，寫的是一個豪華、優美的環境：玉樓朱閣，有明窗可以賞月，簾外的庭院裡種著好花。這不是一個「宜愁宜恨」的環境，相反的卻是安適得可以不愁不恨的環境。但情與境的關係也複雜：一般是情隨境遷，有時也會是境隨情遷。處在這個環境的主人公，由於與心愛的人分別，對著「橫金鎖」的樓閣，便有人去樓空之痛；寒食、清明時節，春色最濃，卻是將殘之候。好花有開有落，夜裡月光斜照窗間，這些景象也會引起他的愁恨。主人公顯然是多情的，但他的感情比較平靜，沒有像上面的柳詞、秦詞寫得那樣激動。上兩句從「橫金鎖」三字已露出可愁之跡。下兩句寫景與寫愁結合，似乎都含有兩義：一是斜月照著人的凝愁的雙眉，人看簾外的落花，因觸動身世之感而雙眼落淚；一是天上的一鉤缺月和窗裡人的愁眉相似，簾外花落也有如簾裡人在垂淚。整片詞寫離愁別恨，卻用輕淡之筆，表現情與景的一種幽細、含蓄之美。

上片以寫景為主，兼帶抒情；下片以抒情為主，兼帶議論。起兩句「朝雲聚散真無那，百歲相看能幾個？」朝雲，用的是宋玉〈高唐賦〉中巫山神女「旦為朝雲，暮為行雨」的典故，以喻美人；無那，無可奈何。上句說與心愛的美人的聚合離散，都是不由自主、無可奈何之事，這是對於人力有限、無法左右自己的命運和情緒的感嘆，是人之常情。下句說的是：面對這種情況，看透了也就不用過分傷感，自尋煩惱。因為自古以來，有幾個人能和他的愛人廝守相看到百年呢？這是看透世事，能夠超脫常情的議論。這議論是對上面所寫的情的否定；詞如果結束於此，那就是歸結於哲理，表示理智可以輕易地戰勝情感。然而下面接著說「別來將為不牽情，萬轉千迴思想過」，「將為」與「將謂」通用。主人公以為可以排除離愁別恨的牽纏，結果還是「萬轉千迴」地思念過了。這表明情的力量的頑強，不容易戰勝，而且主人公也不甘心放棄它，又回到對情的肯定。情的頑強，來自對愛的固執；但理智的思考，對主人公似乎也起了作用，使他的感情仍然比較冷靜，「哀而不傷」。這裡，理與情、肯定與否定，互相滲透著。詞的卓越之處，是能把這種複雜的矛盾和滲透，處理得那樣單純，那樣明淨。

這首詞表現的是想否定離愁別恨而終於否定不了的感情，展示了主人公富於理智而又多情的性格。這種性格正是作者晏殊性格的體現。晏殊七歲能文，有「神童」之譽，十五歲以同進士出身進入官場，聰明過人，又久經宦海風波，飽閱人情世故，使他富於理性，能夠調節自己的感情；又能比較明智、比較超脫地看待生活。但是這一切，最終沒有改變他作為一個出色詞人的多情性格。他的生活比較安定，沒有半生飄泊的詞人那樣，有過嚴重的離別之若，但以他的敏感和多情，對此還能有較深的體會。他的生活和性格反映到這一首詞中的是：

明澈的理智與深厚的感情的結合。它不是任情的，也不是純理智的，但表現出情勝於理，執著過於超脫，從末兩句可見，明顯地表現晏殊詞的特有的婉約風格。（陳祥耀）

訴衷情

晏殊

青梅煮酒鬥時新，天氣欲殘春。東城南陌花下，逢著意中人。

回繡袂，展香茵，敘情親。此時拚作，千尺遊絲，惹住朝雲。

讀到這首美妙的小詞，我們不由得想起《詩經．鄭風．溱洧》裡描寫的情景。暮春三月，城中的男女都到郊外踏青春遊：邂逅和愛慕，心靈上的交流，共同的歡樂以及長相廝守的願望……大晏詞中，也頗寫麗情，但既不華靡，也不纖佻，雖作豔語，終有品格，在紹繼「花間」、南唐的基礎上又有自己的創新，真不愧為「北宋倚聲家初祖」（清馮煦《蒿庵論詞》）。

又是殘春天氣，青梅煮酒，好趁時新。首二語開筆入題。古人在春末夏初時，好用青梅、青杏煮酒，取其新酸醒胃。「鬥時新」，猶言「趁時新」。時新，指應時的新異物品。兩句泛寫，點出天時。「東城南陌」，古詩文中常指遊賞之地。如耿湋〈寄司空曙李端聯句〉：「南陌東城路，春風幾度過。」其後陸游亦有「看花南陌復東阡」之句（〈花時遍遊諸家園十首〉其一）。北宋汴京城東，更有禹王臺、興慈塔等勝跡，春秋佳日，遊人甚盛。三、四句寫自己在春遊時，與意中人不期而遇，欣喜之情，溢於言表。上片真率自然，頗有花間詞人韋莊的情調。

過片三句，描述兩人相遇後的情景。「回繡袂」是使動用法。他招呼她轉過身來，鋪開了芳美的茵席，一起坐下暢敘情懷。是那麼親密無間，是那麼殷勤款洽，說明詞人跟他的意中人纏綿深長的情愛。女子毫不拘忌，落落大方，她也為這回的邂逅感到高興。由於歌妓在社會上所處的特殊地位，她們與男子的交往要比所謂大家閨秀們來得隨意些，也可以較自由地選擇自己真誠愛戀的對象。正由於詞人能夠跟這位意中人「敘情親」，所以才動了他的非非之想：「此時拚作，千尺遊絲，惹住朝雲。」遊絲，是春日時蜘蛛、青蟲等吐的絲，飄颺在空中，故稱。遊絲是那樣地悠揚不定，若有還無，彷彿自己心中縹緲的春思，欲來還去。朝雲，喻意中人，亦暗示她那「旦為朝雲，暮為行雨」的「巫山神女」的身分。詞人這時甘願化身為千尺遊絲，好把那朝雲牽住。怕的是聚散匆匆，佳會難期！這三句是「我願」式的情語。中外詩人，每有此格。如陶淵明〈閒情賦〉「願在衣而為領，承華首之餘芳」至「願在木而為桐，作膝上之鳴琴」的十願；錢鍾書《管錐編》評論陶賦時復舉例證至十餘家，且謂「西方詩歌亦每詠此，並見之小說，如希臘書中一角色願為意中人口邊之笛……」可是，這柔弱婀娜的遊絲，真能把那易散的朝雲留住麼？詞人是知道的，把她留在身邊，長相廝守，只不過是無法實現的願望罷了。就在這十二字中，有著「象外之象」，蘊含了豐富的潛在信息，給讀者留下想像的餘地。偶然的相會，短暫的歡娛，最終還是不可避免的離散。多少悵惘，多少懷思，盡在不言之中了。以純淨之筆，寫摯愛之情，比起那「願得化為紅綬帶，許教雙鳳一時銜」（李商隱〈飲席代官妓贈兩從事〉）等句來，自有雅俗之別。（陳永正）

訴衷情　晏殊

東風楊柳欲青青，煙淡雨初晴。惱他香閣濃睡，撩亂有啼鶯。

眉葉細，舞腰輕，宿妝成。一春芳意，三月和風，牽繫人情。

作者在著意描寫濃春煙景中，巧妙地將楊柳的絲縷和人物的紛亂心緒牽連綰合，襯寫出香閨女子的春怨，景情交融，別具風情。

上片開筆先繪出一幅如畫春景，「東風楊柳欲青青，煙淡雨初晴」，東風吹溫送暖，催引生機。楊柳因春風吹拂而萌發春意，雖未青春成陰，卻染得滿眼春色。柳絲纖細，柳煙疏淡，似有若無，自有一種迷濛意態。特別是在一番春雨初霽之後，柳色顯得倍加清新，翠意撩人，秀色可餐。春風、春柳，春雨、春晴，色彩明媚，春意盎然，令人心醉神怡。下面卻突接以「惱他香閣濃睡，撩亂有啼鶯」二句，詞意陡生頓挫。面對爛漫春光，不是覽景生歡，而是意趣索寞，「香閣濃睡」，情態異常。二句首著一「惱」字，既是貫下，也暗暗承上。《詩經．小雅．采薇》「昔我往矣，楊柳依依」，以楊柳春光映照離別之苦；這裡描繪的春景，也是為了襯示香閣女子的怨思，都是以樂景而反襯哀情，從而形成鮮明的對比，使離情怨思烘托得更為強烈。詞中香閣女子所以對春色視而不見，懨懨無緒，黯黯思睡，聽到鶯聲卻生惱恨，實際是因春感懷，睹景傷情。鶯聲驚睡，也許還驚破了好夢。「打起黃鶯兒，莫教枝上啼。啼時驚妾夢，不得到遼西」，唐金昌緒〈春怨〉的詩意在這裡得到巧妙地化用，卻又別具面貌。

上片以景襯情，人物顯現其中；下片則在繪描人物時蘊情會意。「眉葉細，舞腰輕，宿妝成」，眉葉、舞腰，既是詠柳，也是寫人，楊柳枝葉的纖細婀娜，女子眉腰的秀美窈窕，在詞人生花妙筆的暈染下，相互疊印複合，「眉細從他斂，腰輕莫自斜」（李商隱〈謔柳〉），柳如美人，美人似柳，形象雋麗，喻比貼切，既寫出柳的風神，也顯出人的韻致。「宿妝」，隔夜未整的殘妝。王建〈宮詞〉「宿妝殘粉未明天」，詞裡的「宿妝成」，是指香閣濃睡的女子醒來，無心梳洗，懶於修飾，這裡不僅有睡意惺忪的嬌慵，而且有細味夢中情境而引起的神思恍惚，也許還有美夢破滅後的悵恨。「自伯之東，首如飛蓬。豈無膏沐，誰適為容。」（《詩經．衛風．伯兮》）雖不明白言情，而從「宿妝」不整的容態中自然溢露出一種難以言傳的幽怨。結拍以「一春芳意，三月和風，牽繫人情」三句正面點示題旨。「一春芳意」與「三月和風」兩句對偶，同是「牽繫人情」的景物，柳芽茁長的春意，縈拂柳條的春風，以及柳枝上的鶯啼，柳樹間的煙鎖，無不牽繫著閨中人的情思。「牽繫」二字，更直切柳絲。全篇明以柳起，暗以柳結，中間所及，都直接間接關涉到柳，終以「人情」二字總收，不必明言是何等「人情」，自可以意會之。王昌齡〈閨怨〉「忽見陌頭楊柳色，悔教夫婿覓封侯」詩意自然隱含其中。

全詞借春風楊柳繪寫穠春美景，襯比香閣女子的綽約風姿，曲傳離思別意，景與情諧，物與人合，宛轉含蓄，情致纏綿。詞中化用金昌緒的〈春怨〉和王昌齡的〈閨怨〉詩，但有神無跡，如輕霜溶水，泯融無痕。詩詞都寫到鶯聲驚夢生惱，春柳觸發怨情，但詩中閨婦聽鶯聲而小庭追打，見柳色而直說悔意，明朗爽利，感情真切；詞裡的香閣女子卻只是濃睡不起，宿妝不整，嫻靜溫婉，含而不露。二者相比，感情表現上有隱顯曲直之別，聲情口吻上有坦露含蓄之殊，語言上有直樸明快和清麗優雅之異，意趣、韻味也自判然不同。（鍾陵）

訴衷情

晏殊

芙蓉金菊鬥馨香，天氣欲重陽。遠村秋色如畫，紅樹間疏黃。
流水淡，碧天長，路茫茫。憑高目斷，鴻雁來時，無限思量。

在晏殊之前，從中晚唐以來的小令詞，大多是抒情的，寫景的作品屈指可數。寫景最為膾炙人口的，是張志和的〈漁父〉、白居易的〈憶江南〉；韋莊〈菩薩蠻〉的「春水碧於天，畫船聽雨眠」的佳句，夾在抒情的主體之中。長晏殊兩歲的范仲淹的〈蘇幕遮〉，寫景出色，但那已是中調，不是小令了。生年後於晏殊的歐陽脩，也只有詠潁州西湖的〈采桑子〉小令組詞中有一些寫景的佳句。

從宋庠《元憲集》、宋祁《景文集》與晏殊唱和的詩題稽考，晏殊這首〈訴衷情〉詞，寫於宋仁宗寶元元年（一〇三八）他四十八歲時。這時，他從參知政事貶為外官已有六年，在知陳州（今河南淮陽）任內。他在陳州，政治上是不得意的，宋祁給他的信說他在陳州「視政餘景，必置酒極歡。圖書在前，簫鼓參左」，以文酒景物的留連自遣。詞是在這種背景中寫的。

此詞屬留連景物之作，寫的是秋景。起兩句「芙蓉金菊鬥馨香，天氣欲重陽」，選出木芙蓉、黃菊兩種花依然盛開、能夠在秋風中爭香鬥豔來表現「重陽」到臨前的季節特徵；寫花又寫了時令，顯得簡潔。接著兩句「遠村秋色如畫，紅樹間疏黃」，從近景寫到遠景，從周圍寫到望中的鄉村，從花寫到樹。秋景最美的，本來就是「霜葉紅於二月花」（杜牧〈山行〉），這裡拈出樹上紅葉來寫，充分顯出秋景特徵。為了渲染畫意，增加色調，又細膩地寫了紅樹中間還帶著一些「疏黃」之色。顯然，樹葉之紅是濃密的，而黃則是稀疏的，濃淡相間，倍添優美。

下片起三句「流水淡，碧天長，路茫茫」，從陸上寫到水，從地面寫到天。中原地區，秋雨少，秋水無波，清光澄淨，故用一「淡」字狀水；天高氣爽，萬里無雲，平原仰視，上天寬闊無際，故用一「長」字狀天。這兩字看似平常，對於寫陳州地區的秋景來說，卻是很貼切的。二句寫景之美，和范仲淹〈蘇幕遮〉的「碧雲天，黃葉地」等句相近。上面所寫，用筆疏淡，表現作者的心境是閒適的。到「路茫茫」三字，就不同了，帶著感慨情緒。前路茫茫，把握不住，達如晏殊，說出這話，此中必有所指。接下去「憑高目斷，鴻雁來時，無限思量」，寫久久地登高遙望，看到鴻雁飛來，引起頭腦中的無限思念。這裡的思念，是他詞中所常寫的，對於離別的心愛之人的思念嗎？聯繫前文，顯然不是。就當時處境看，這裡所寫的，應該是對朝廷的思念，盼望有早些把自己內調的消息傳來，不願明寫，故含混言之。

晏殊詞有不少是以男女愛情為題材的，這首詞不寫愛情，主要是寫景。景中的芙蓉、金菊、紅樹是否有對自己的品格的寓托，可以不作深論，以免流於附會；而下片結尾，根據寫作時代，說是他的仕宦生涯不如意和期待的心情的反映，則是可以斷定的。詞的特點，是反映這種心情很含蓄，寫景又淡而有味，富於畫意；著筆無多，沖和閒雅，自成宋初一首以寫景為主的出色小令。（陳祥耀）

踏莎行

晏殊

細草愁煙，幽花怯露，憑欄總是銷魂處。日高深院靜無人，時時海燕雙飛去。

帶緩羅衣，香殘蕙炷，天長不禁迢迢路。垂楊只解惹春風，何曾繫得行人住！

晏殊的詞一般都寫得淒婉而且溫潤，不為激言烈響的勁切之辭，而卻極其富於深微幽隱的感發之作用，這首〈踏莎行〉詞，便是頗能表現出此種特色的一首好詞。

開端「細草愁煙，幽花怯露」，表面上看來只是景物的敘寫：小草上的煙靄迷濛，花蕊上的露珠泫照，所寫都是外在的景象，而內含的卻是極銳敏的感受。他所用的「愁」字和「怯」字，表現了晏殊極細膩的情思，且與細密的對偶形式完美地結合為一體。你看，春天裡，那細草在煙靄之中彷彿是一種憂愁的神態，那幽花在露水之中彷彿有一種戰驚的感覺。用「愁」來表達草在煙靄中的感受，用「怯」來描寫花在晨露中的感受，表面上說的是花和草的心情，實際上是透過草與花的人格化，來表明人的心情，亦物亦人，物即是人。晏殊另一首〈蝶戀花〉之「檻菊愁煙蘭泣露」句，可以與此相參看，境界相同，只是一個是秋景，一個是春景，但同樣是在細小的形象中，表現了晏殊觀察之纖細、幽微。敏銳和善感的詩人特質，投注了他細膩幽深的情思。

下面一個七字長句「憑欄總是銷魂處」，是前兩個四字短句的總結，是感情上的一個總的敘述。這個結句告訴你，「細草愁煙，幽花怯露」，是詞人靠在欄杆上所見到的景物。憑欄遠眺是常人的習慣，但人人都憑欄，人人都看風雨，人人都看江山，人人都看草，人人都看花，卻唯有晏殊看到了細草在那春天的煙靄中有憂愁的意味，小花在晨露中有寒怯的感覺，並且竟能使他感到「銷魂」。你說「銷魂」，不是悲哀愁苦才銷魂嗎？可是晏殊卻只因草上的絲絲煙靄的迷濛，花上的點點露珠的泫照，就能使他「銷魂」，這才更見出詞人之情意的幽微深婉。後面緊連兩個七字句總結上片：「日高深院靜無人，時時海燕雙飛去。」前面由寫景轉而寫人，這兩句則是以環境的襯托，進一步寫人。「靜無人」是別無他人，唯有一個憑欄銷魂的我在。「日高深院靜無人」的環境，襯托著人的寂寥。「時時海燕雙飛去」，則是以「海燕雙飛」反襯人的孤獨，海燕是雙雙飛去了，卻給孤獨的人留下了一縷綿綿無盡的情思，在「日高深院」裡縈迴盤旋，渲染出一種孤寂之中的深沉的悵惘。

下片「帶緩羅衣，香殘蕙炷」，由上片的室外轉向室內，仍在寫人。〈古詩十九首．行行重行行〉曾云「相去日已遠，衣帶日已緩」，寫因懷念遠去的人而消瘦、憔悴，這裡的「帶緩羅衣」，以衣服寬大寫人的消瘦，也暗示著離別。「香殘蕙炷」，「蕙」是蕙香，一種以蕙草為香料製成的熏香，古代女子室內常用。「殘」是一段段燒殘。「炷」是香炷，即我們常說的「一炷香」的「炷」。「香殘蕙炷」是寫室內點的蕙香，一段段燒成殘灰。這又暗示著室內之人心緒的黯淡。秦觀〈減字木蘭花〉上片云：「天涯舊恨，獨自淒涼人不問。欲見迴腸，斷盡金爐小篆香。」以香爐裡燒成一段一段的篆字形的熏香的殘灰，比擬自己內心千迴百轉的愁腸已然斷盡，比擬自己的情緒的冷落哀傷，可以為這裡作注。但晏殊並沒有像秦觀以「篆香」比「迴腸」這樣清楚地表明自己內心之情，他只是客觀地寫出「帶緩羅衣，香殘蕙炷」，不明顯、不激動，很含蓄。一般人念起來，因為很容易讀懂，所以會一帶而過，不再去作深一步體會。但晏殊的詞是非細心體會不能得其妙處的。一讀而過，他有多少離別相思懷念的情意，因為沒有直說，便會被你所忽略了，豈不是入寶山而空手歸的憾事？〈古詩十九首〉所說的離別相思，秦觀〈減字木蘭花〉所寫的愁腸斷盡，都說出了各自的原因，〈古詩十九首〉裡是因為離別的人「相去日已遠」，結果才「衣帶日已緩」；秦觀是因為「天涯舊恨，獨自淒涼人不問」，結果才斷盡了迴腸。晏殊卻沒有說。那麼，他那一份悵惘懷思的情意，就果真是指現實的人與人的離別、懷念、相思嗎？晏殊唯其不直說出來，所以才不受個別情事的拘限，才會使你想到整個人生該有多少值得相思懷念的美好的情事，該有多少美好的人、事、物值得你交託，投注你的感情！這二句給人無限深遠的想像與聯想。

我們再接著看下一句的「天長不禁迢迢路」，這仍是一個長句為上二句作結，與上片的前三句句式相同，兩個對偶的雙式緊接一個單句，嚴密而完整。「不禁」是不能阻攔。「天長」與「迢迢路」，是上面天長，下邊路遠，二者結合得很好，天長路遠，這是沒有什麼辦法阻攔的。「不禁」二字，所表現的是對已消逝的遠去的一切無法挽回的哀傷。緊接在「帶緩羅衣」的思念與「香殘蕙炷」的銷磨之後，更增加了對於已經失落的無可奈何之感。然後在結尾的兩句寫出「垂楊只解惹春風，何曾繫得行人住」，以感嘆的口吻出之，留下了無盡的情意。楊柳柔條隨風擺動，婀娜多姿，在晏殊看來，這多情、纏綿的垂柳，不過是在那裡牽惹春風罷了，千條萬縷的楊柳柔條，雖然從早到晚不住地擺動，但它哪一根柔條能把那要走的人留住？哪一根柔條能把那消逝的美好的往事挽回？這裡象徵著對整個人生的無可奈何的深刻感受，其中寄託有極深遠的一片懷思悵惘之情，是要仔細吟味，才能體會得出的。

可能會有人認為，晏殊這裡無非是表現了一種傷春的情緒，欣賞起來，於現實並無怎樣重大深遠的意義。當然，我們這裡欣賞晏殊的詞，並非是要大家同去傷春落淚，而是在晏殊的傷春情緒中，實在是有一種對時光年華流逝的深切的慨嘆和惋惜存在，而且更在極幽微的情思的敘寫中，流露出了很深摯又很高遠的一份追尋嚮往的心意。這種情意，雖然表面看來也許只不過是傷春懷人之情而已，但是隱然間卻可以使讀者的心靈感受到一種提昇的作用，這種言外的引人感發聯想的作用，正是詞這種韻文所最值得注意的一種特質和成就。而五代

時南唐的馮正中，和北宋初年的大晏、歐陽，則是在這方面表現得最富於高遠深厚之含蘊的幾位作者。（葉嘉瑩）

踏莎行

晏殊

祖席離歌，長亭別宴。香塵已隔猶回面。居人匹馬映林嘶，行人去棹依波轉。

畫閣魂銷，高樓目斷。斜陽只送平波遠。無窮無盡是離愁，天涯地角尋思遍。

送行之作，自要景真情足，方能感人。此詞寫餞別，寫依依相送，寫別後的懷思，均情景逼真，含蘊無盡。如一幅丹青妙手繪的春江送別圖，令讀者置身其間，真切地感受到作者的繾綣深情。唐圭璋《唐宋詞簡釋》謂這首小詞「足抵一篇〈別賦〉」，當非過譽。

起二語，寫在餞行的酒席上依依惜別。古人出行時祭祀路神，因稱餞別宴會為「祖席」。「長亭」為送別之地。「離歌」與「別宴」同屬一事，而「別宴」又與「祖席」意同。所以不憚反覆言之，是為了強調送別的場面。「香塵」句，寫剛分手時的情景。落花滿地，塵土也帶有芬芳的氣息，彼此已隔著漠漠的香塵，還一再含情回顧。「回面」，詞中沒有點明是居人還是行人，讀者自可想像到兩方都繾綣纏綿，不忍別去。此句承上啟下，四、五句方從送者與行者分別寫來，兩相對照，令人尤難為懷。儘管頻頻回望對方，總有不能再看到的時候。一個小小的樹林子，隔斷了人的視線，那馬兒也像瞭解送者的心意，仰首長嘶；出行的人已乘船漸行漸遠，終於隨著江流的曲折而隱沒不見了。馬嘶、棹轉，側面襯托出別情之深。「依波轉」三字，便開發出下片更為深遠的思路。

換頭兩句，寫居人登上畫閣，不禁黯然魂銷，憑倚高樓，獨自含愁極望。似是平平接來，無甚深意，其目的是為了凸出「斜陽只送平波遠」一句。唯見江波映照著落日餘暉，伸展向遙遠的天邊，徒令人增添別恨而已。此意雖從「行人」句生出，若解作去棹已依波轉，故必登樓以望，則未免粘滯了。居人登樓，只是惘惘離懷，有所不甘，聊以慰情罷了，並不是為了繼續目送行舟，詞意與作者〈撼庭秋〉詞「樓高目斷，天遙雲黯，只堪憔悴」相近。明王世貞《藝苑卮言》稱「斜陽」句為「淡語之有致者」，其「致」，當謂詞語不粘不脫，有悠然遠意。在時間上，下片與上片亦不一定緊密銜接，登樓極目，只是別後的情事，遙念行人，無時能已，可與溫庭筠〈望江南〉詞「斜暉脈脈水悠悠」參看。句中「只送」二字，怨極恨極而又無可奈何，語言平易而意旨深曲，不愧斫輪妙手。收二句「無窮無盡是離愁，天涯地角尋思遍」，寫別後的思量，自上句「平波遠」三字化出。他放縱自己的想像，讓此情隨波而去，繞遍天涯。由眼前的渺渺平波，引出無窮無盡的離愁，意境本已深遠，再以「天涯地角」補足之，則相思相望之情，更是無時無處不在了。（陳永正）

踏莎行 晏殊

碧海無波，瑤臺有路，思量便合雙飛去。當時輕別意中人，山長水遠知何處？

綺席凝塵，香閨掩霧，紅箋小字憑誰附？高樓目盡欲黃昏，梧桐葉上蕭蕭雨。

晏殊整整做了五十年的高官。他賦性「剛峻」（宋朱熹《五朝名臣言行錄》），處事謹慎，沒有流傳什麼風流豔事。他自奉儉約，但家中仍然蓄養歌妓，留客宴飲，常「以歌樂相佐」（宋葉夢得《避暑錄話》）。他喜歡納什麼歌妓、姬妾，是容易做到的。照理，他生平不會在男女愛情上產生多少離愁別恨，但他詞中寫離愁別恨的卻頗多。這可能和當時寫詞的風氣有關：酒筵歌席上信手揮寫，以付歌妓、藝人歌唱，內容不脫晚唐、五代以來的「豔科」傳統；也可能和文學創作的特點有關：它可以描寫人們的普遍感情，不限於作者的自我寫照。但晏殊寫的這類詞，也不像完全脫離自身生活的客觀描寫，到底是怎麼回事，始終是一個謎。

這首〈踏莎行〉的小令，照樣不免是謎。但宋無名氏《道山清話》的一則記載，對於解開這個謎，好像有幫助。它說：「晏元獻公為京兆，辟張先為通判。新納侍兒，公甚屬意。先字子野，能為詩詞，公雅重之。每張來，即令侍兒出侑觴，往往歌子野所為之詞。其後王夫人浸不容，公即出之。一日，子野至，公與之飲。子野作〈碧牡丹〉詞，令營妓歌之，有云『望極藍橋，但暮雲千里，幾重山，幾重水』之句。公聞之憮然，曰：『人生行樂耳，何自苦如此！』亟命於宅庫支錢若干，復取前所出侍兒。既來，夫人亦不復誰何也。」或許由於夫人的「不容」，或其他原因，晏殊有時也放出心愛的侍兒，而旋又悔之，所以會產生一些離愁別恨。這首詞，或許就在這種情況中寫成的。當然，事情也不宜看得太死。

詞的上片起首三句：「碧海無波，瑤臺有路，思量便合雙飛去。」碧海，指海上神仙；瑤臺，〈離騷〉有這個詞，但可能從《穆天子傳》寫西王母所居的瑤池移借過來，指陸上仙境。說要往海上神山，沒有波濤的險阻，要往瑤臺仙境，也有路可通，原來可以雙飛同去，但當時卻沒有這樣做；現在「思量」起來，感到「不合」，感到後悔。接著兩句：「當時輕別意中人，山長水遠知何處？」放棄雙飛機會，讓「意中人」輕易離開，造成後悔，又已無法挽回，現在想念她，可就是「山長水遠」，不知她投身何處了。不但不能重聚，而且連消息也都杳然。「輕別」一事，是這首與其他寫離愁別恨的詞的不同之處，它是產生詞中愁恨的特殊原因，是詞的感情的癥結所在。張先〈碧牡丹〉詞有「思量去時容易」句，作者〈浣溪沙〉詞有「等閒離別易銷魂」句，說的也是輕別的事。一時的輕別，造成長期的思念，「山長」句就寫這種思念。它和作者的〈蝶戀花〉詞的「山長水闊知何處」，同一意境。

下片，「綺席凝塵，香閨掩霧」，寫「意中人」去後的情況，塵凝霧掩，遺跡淒清，且非一日之故。「紅箋小字憑誰附」，音訊難通，和〈蝶戀花〉的「欲寄彩箋兼尺素」而未能的意思也相同。「高樓目盡欲黃昏」，更同於〈蝶戀花〉的「獨上高樓，望盡天涯路」。既然是遠別，不知人在何處，又是音訊難通，那麼登高遙望，也就是一種「痴望」。作品故意寫「痴」，是表現情深難制。它不說什麼情深、念深，只透過這種行動來表現，顯得婉轉含蓄。最後接以「梧桐葉上蕭蕭雨」一句，直寫景物，好像不表現它和人物心情的關係，實際上景中有情，情景渾涵，合成一片而不露痕跡，意味更為深長。比較起來，溫庭筠〈更漏子〉的「梧桐樹，三更雨，不道離情正苦。一葉葉，一聲聲，空階滴到明」，李清照〈聲聲慢〉的「梧桐更兼細雨，到黃昏、點點滴滴」

還寫得顯露些；而作者〈采桑子〉詞的「好夢頻驚，何處高樓雁一聲」，另一首〈踏莎行〉的「一場愁夢酒醒時，斜陽卻照深深院」，結筆的妙處都正相同，都是以景結情。

這首詞寫離愁別恨，側重「輕別」，有其「個性」；它從內心的懊悔和近痴的行動來表現深情，婉轉含蓄，不脫晏殊詞的特點；而結筆蘊藉，神韻卓絕，尤堪玩賞。（陳祥耀）

踏莎行

晏殊

小徑紅稀，芳郊綠遍，高臺樹色陰陰見。春風不解禁楊花，濛濛亂撲行人面。
翠葉藏鶯，珠簾隔燕，爐香靜逐遊絲轉。一場愁夢酒醒時，斜陽卻照深深院。

這是一首描繪暮春初夏景象，抒寫時序流逝輕愁的小詞。

上片寫郊行所見。起手三句畫出一幅具有典型特徵的芳郊春暮圖：小路兩旁，花兒已經稀疏，只間或看到星星點點的幾瓣殘紅；放眼廣闊的郊野，卻見綠色已經遍佈大地；高臺附近，樹木已經繁茂成蔭，呈現出一片幽深的顏色。「紅稀」、「綠遍」、「樹色陰陰見」，標誌著春天已經消逝，初夏的氣息已經很濃。三句所寫雖係眼前靜景，但「稀」、「遍」、「見」（同「現」）這幾個詞語卻顯示了事物發展的進程和動態。從詞人觀察景物的角度看，「小徑」、「芳郊」、「高臺」，也顯見移步換形之跡。

「春風不解禁楊花，濛濛亂撲行人面」，楊花撲面，也是暮春典型景色。但詞人描繪這一景象時，卻特意注入自己的主觀感情，寫成春風不懂得約束楊花，以致讓它漫天飛舞，亂撲行人之面。這一方面是暗示已經再也無計留春，只好聽任楊花飄舞送春歸去了；另一方面則又凸出了楊花的無拘無束和活躍的生命力。雖寫暮春景色，卻無衰頹情調，而是顯得很富生趣。「濛濛」、「亂撲」，都極富動態感。「行人」二字，點醒上片所寫，都是詞人郊行所見。

「翠葉藏鶯，珠簾隔燕」，過片兩句，分寫室外與室內，一承上，一起下，轉接自然，不著痕跡。上句說翠綠的樹葉已經長得很茂密，藏得住黃鶯的身影，與上片「樹色陰陰」相應；下句說燕子為朱簾所隔，不得進入室內，引出下面對室內景象的描寫。兩句所寫景物，仍帶明顯季節特徵。著「藏」、「隔」二字，初夏嘉樹繁陰之景與永晝閒靜之狀如見。

「爐香靜逐遊絲轉」，在閒靜的室內，香爐裡的香煙，裊裊上升，和飄蕩的遊絲糾結、繚繞，逐漸融合在一起，分不清孰為香煙，孰為遊絲了。這裡寫了爐香之「逐」，遊絲之「轉」，表面上是寫動態，實際上卻反托出整個室內的寂靜。「逐」上著一「靜」字，境界頓出。那裊裊爐煙與遊絲，都很容易讓人聯想起主人公永日無聊的情思和閒愁。

「一場愁夢酒醒時，斜陽卻照深深院」，結拍跳開，接到日暮酒醒夢覺之時：午間小飲，酒睏入睡，等到一覺醒來，已是日暮時分，西斜的夕陽正照著這深深的朱門院落。這裡點明「愁夢」，說明夢境與春愁有關。夢醒後斜陽仍照深院，便有初夏日長難以消遣之意，賀鑄〈薄倖〉詞「人閒晝永無聊賴。厭厭睡起，猶有花梢日在」，也正是此意。

初讀起來，結尾兩句似乎和前面的景物描寫有些脫節，主人公的愁緒來得有些突然。實際上前面的描寫中一方面固然流露出對春暮夏初富於活力的自然景象的欣賞，另一方面又隱含有對已逝春光的惋惜。由於這兩種矛盾的情緒都不那麼強烈，就有條件地共處著。當芳郊縱目之際，欣賞之情處於顯要地位；當深院閒居之時，惋惜之情轉而滋長。結尾二句就是後一種情緒增長的結果。由於這種春愁只是一種時序流逝的惆悵，本身並沒有多少實質性的內容，所以它歸根到底不過是淡淡的輕愁，並沒有否定前者。（劉學鍇）

山亭柳　晏殊

贈歌者

家住西秦，賭博藝隨身。花柳上，鬥尖新。偶學念奴聲調，有時高遏行雲。蜀錦纏頭無數，不負辛勤。

數年來往咸京道，殘杯冷炙漫銷魂。衷腸事，託何人？若有知音見採，不辭遍唱陽春。一曲當筵落淚，重掩羅巾。

這首詞在晏殊詞中是一種變調，與他平時不為激言烈響的溫潤的風格頗有不同，因為這首詞表現了一種頗為激切的感情，這在晏殊詞中是一種例外。而同時這首詞前面還加了一個「贈歌者」的題目，這在晏殊一貫並無標題的小詞中，也是一種例外。

有些詩人詞人，喜歡把激動的感情明顯、直接、強烈地表現出來，喜歡把自己血淋淋的傷口展露給別人看。晏殊作為一個理性詞人，有了痛苦也不肯把血淋淋的傷口毫無遮掩地呈現給別人看，而是深藏起來，只借某一件情事曲折地表達。所以我們以為這首詞表現出的激情和加一個「贈歌者」的題目這樣兩個例外，結合起來又表現了晏殊詞裡一個值得注意的特色，即是「借他人酒杯，澆自己塊壘」（引鄭騫《詞選》語），迂迴地表達了自己激動的不平的心情。那麼，晏殊為什麼有如這首詞裡所表現的激動和不平的心情呢？我們知道，晏殊曾因為在仁宗朝給李宸妃撰寫墓志，未言及宸妃生仁宗之事，而被貶出，輾轉在潁州、陳州、許州各地任職，後來又曾「知永興軍」。這件宮闈祕事即是戲曲中《狸猫換太子》所依據的史實：原來宋真宗時曾有一位李宸妃，這位李妃懷孕了，而劉后未孕也假說有孕在身，當李妃產下一子之後，劉后即勾通宦官，抱走了李妃之子，並謠傳李妃生的是個怪胎，使李妃失寵於真宗。而劉后抱養的李妃之子，就是被立為太子、以後承繼了帝位的仁宗。顯然這是封建宮廷中的皇后、妃子爭寵，以保存自己的牢固地位。晏殊被真宗朝這種宮闈祕事牽涉，是在仁宗繼位之後的事。當時李妃死了，仁宗命宰相晏殊為李妃撰墓志，由於劉皇后尚健在，晏殊沒敢把仁宗是李妃所出這件史實記在李妃的墓志中。其實當時儘管許多人都在傳說、議論著宮闈祕事，但卻沒有人敢直接說出來。不只是晏殊，換了別人撰寫李妃墓誌也不敢直接揭露此事。可是當劉皇后死了，大家都敢說這件事了，於是就有人對仁宗指說晏殊在當初撰寫李妃墓志時不敢直言，於是晏殊就被貶了。另外，晏殊還曾驅使官兵為自己大興土木，建置官舍。這在宋代官吏中本是極普遍的，但也成了晏殊被貶的一個罪名。從《宋史》中晏殊的傳記上看，晏殊被罷相貶出，很多人同情他，以為「非殊罪」，所以晏殊本人當然有更為激動不平的心情。

晏殊的詞集名《珠玉詞》，這與他的詞的圓柔、溫潤的風格特色是很相稱的。出現〈山亭柳〉這樣一首特殊風格的詞，是晏殊詞風格的一個變調，自有它獨特的、多種的形成因素。鄭騫所編的《詞選》，以為「此詞云『西秦』、『咸京』，當是知永興軍時作，時同叔年逾六十，去國已久，難免抑鬱」。這種寫作的背景和心情，自然是使這首詞形成如此激越之風格的重要因素；而另外則就其標題之「贈歌者」來看，則當時也應該確實有一個歌者，曾經以她的身世經歷引起了晏殊的感動和共鳴，因而才有此感慨激情。但晏殊畢竟是理性的，他依然對如此衝動的感情作了反省、節制和操持，採取了適當的安排和處理，即以「贈歌者」的題目，藝術地把自身與感情拉開一段距離，像演雙簧一樣，自己站在幕後，讓歌女站在臺前表演，自己濃烈的感情，變成歌女的臺詞抒發出去，傳達感染於人。白居易〈琵琶行〉描寫的琵琶女和詩中「同是天涯淪落人，相逢何必曾相識」、「坐中泣下誰最多，江州司馬青衫濕」的感情境界，可以與晏殊這首〈山亭柳〉中的情事相參看，大有異曲同工之妙。

晏殊〈山亭柳〉詞的變調，要結合兩點特色來看。一個是激動的感情，為一變；再一個是以「贈歌者」的題目把感情的慷慨激昂推遠一步，又為一變。這兩個「變」的結合，有如代數中的「負負為正」一樣，使這首〈山亭柳〉詞與晏殊《珠玉詞》中的風格特色相反相成，並未破壞晏詞風格的統一。

下面我們具體欣賞、講析詞的內容：

首句「家住西秦，賭博藝隨身」，是歌女自述的口氣，是自信、自負的。「家住西秦」是寫實，因為下面有「數年來往咸京道」的句子，歌女當是住在陝西附近。「賭」是比賽競爭之意，讀時要將此一字單獨頓開，讀成「賭——博藝隨身」。這兩句是歌女述說自己的出身，自言具有多種浪漫的藝術技能，敢和人比賽競爭。有些版本寫「博」為「薄」，以為既可以免除字面上「賭博」（擲骰子耍錢的遊戲）的誤會，又能講為歌女的自謙之詞，說她自己有一點微薄的技藝隨身。自謙說自己有點薄技不敢隨便獻醜，這是一般的常情，合於一般人的情理，但在這裡卻不恰當。因為下面「花柳上，鬥尖新。偶學念奴聲調，有時高遏行雲」，都是歌女十分自負的口氣。而且說成自謙在字面上雖然講得通，但卻與整個詞的內容意義相悖。「花柳上，鬥尖新」，「花柳」代指一切歌舞藝術才能技巧。「鬥」，仍是競賽之意。「尖」，是高處，是過人之處。「新」，不是陳陳相因的舊套。合起來，這是歌女說自己在多種藝術才能上敢和大家競賽，並且比別人高超，新穎獨創，絕不流俗。「偶學念奴聲調，有時高遏行雲」，是具體形象地誇述自己的才能如何。「偶」，有隨便之意。「念奴」是唐天寶年間有名的歌女。這裡說我偶爾隨便一唱當年念奴曾經唱過的歌，能讓天上的行雲停住，聽我歌唱，足見我唱得有多麼美，多麼動聽。「高遏行雲」，語出《列子．湯問》，說古有歌者秦青「撫節悲歌，聲振林木，響遏行雲」。前面這幾句，是失意時回憶當年得意情事，所以，每一句自負的、向上揚的情緒背後，都有一種反襯中的失意的悲慨。自負的口氣，實在是自負的不平。「蜀錦纏頭無數，不負辛勤」，寫當年得意之時，歌聲一發，令眾人傾倒，博得賞賜無數，不辜負自己多年的辛勞。「蜀錦」，是四川的絲織品，在當時很名貴，古時歌女多以錦纏頭，因借「纏頭」之名指稱贈與她們的財帛。白居易〈琵琶行〉「五陵年少爭纏頭，一曲紅綃不知數」，可以參看。

下片首句「數年來往咸京道，殘杯冷炙漫銷魂」，是失意後的淒涼冷落的境遇寫照。我們前面曾論述過晏殊這首詞是「借他人酒杯，澆自己塊壘」。從詞裡的「西秦」、「咸京道」地點上看，當是晏殊被貶知永興軍時，慨嘆自己的不平境遇而作的。所以，這首詞的整個口吻都寄託著感慨。杜甫〈奉贈韋左丞丈二十二韻〉詩「騎驢十三載，旅食京華春。朝扣富兒門，暮隨肥馬塵。殘杯與冷炙，到處潛悲辛」，是寫杜甫當年身困長安時遭受的冷落。晏殊這裡的「殘杯冷炙」，語正出自杜甫這首詩，境界是同樣的可悲，令人「銷魂」。「衷腸事，託何人？」古代的歌者，多數是女子，因為當時女子沒有獨立的地位，都盼望能找一個可以終生相託的人。特別是一個歌女，一旦「暮去朝來顏色故」（白居易〈琵琶行〉），便沒有人再欣賞她了，做歌女總不是下場。其實還不僅是女子，即使男子也是盼望找到一個足以託身的所在，可以安身立命，終生為之奉獻而不改變。古人說「良禽擇木而棲，良臣擇主而事」，也是相同的意思。「衷腸事」，是指內心的事，這裡是指終生相託的大事。接著下句說「若有知音見採，不辭遍唱陽春」，仍是以歌女的口氣自述：我終身的事託給誰？誰又是我可以終生相託的人？假如有一個知我心的人「見採」，「採」是選擇、接納，也就是說，如果我被這個知音者選擇、接納，那麼，我將唱盡高雅美好的〈陽春白雪〉的曲子，把自己一切最美好的都奉獻給他。這雖然是一個歌女的口吻，但這又實在是舊知識分子、封建士大夫的傳統品德，即如果有一個人以國士待我，我一定以國士報之。因為有這樣的傳統，都希望找到一個能夠瞭解和欣賞自己的人，找到一個知音。〈古詩十九首·西北有高樓〉詩云「不惜歌者苦，但傷知音稀」，寫的便是這種情意。晏殊這裡的「若有知音見採」，「若有」是實無，也就是悲嘆找不到知音。那麼，你縱然有奉獻的感情，縱然願意「不辭」，願意「遍唱」，又有誰接受你的殷勤，接受你的美意？所以就「一曲當筵落淚，重掩羅巾」了。可以想像得出，這個歌女在酒筵前唱歌，想起當年得意之時的滿堂彩聲，眼下卻這樣淒清冷落，不禁當即流下了眼淚。晏殊當時在這個筵席前，可能看到了這個老大傷悲、不得其所的歌女之悲哀，引起了對自身遭貶受逐、客居外鄉的境遇的悲傷。而晏殊所託喻的是歌女，就歌女而言，則還有更深一層的悲哀，那就是歌女是「賣笑」的，是要以笑語歡歌博取人家的歡喜、人家的報酬的，所以，內心即使有悲哀，眼中有淚水，也要「重掩羅巾」，不能讓人看到。「重掩」，是屢次流淚，屢次擦乾。屢次感到悲哀，而又屢次不能讓人看到悲哀，而強作笑顏，這正是一種極為深重的悲哀。

晏殊這首〈山亭柳〉，感慨很深。

此次欣賞當中，像我們欣賞其他作品一樣，徵引了許多旁人的詩作、詞作為參照，作映發，不是徒然的，因為一定要這樣，你才能把晏殊詞裡十分深刻的、沉重的感發的生命力傳達出來，把古典詩詞中幾千年的感發生命的傳統表達出來，像這種感發的生命，及其中所傳達的古典詩歌中的悠久的傳統方面的情意的引發和聯想，是我們在欣賞閱讀古典詩詞時，所最應當加以細心體會和留意的。（葉嘉瑩）

破陣子

晏殊

燕子來時新社，梨花落後清明。池上碧苔三四點，葉底黃鸝一兩聲，日長飛絮輕。

巧笑東鄰女伴，採桑徑裡逢迎。疑怪昨宵春夢好，原是今朝鬥草贏，笑從雙臉生。

二十四節氣，春分連接清明——這正是一年春光最堪留戀的時節。春已中分，新燕將至，此時恰值社日也將到來，古人稱燕子為社燕，以為牠常是春社來，秋社去。詞人所說的新社，指的即是春社了。那時每年有春秋兩個社日，而尤重春社，鄰里大聚會，來行祀社（大地之神也）之禮，酒食分餐，賽會騰歡，極一時一地之盛。閨中少女，也「放」了「假」，正所謂「問知社日停針線」（周邦彥〈秋蕊香〉），連女紅也是可以放下的，呼姊喚妹，許可門外遊觀。詞篇開頭一句，其精神全在於此。

傳統「花曆」，又有「二十四番花信風」，自小寒至穀雨，每五日為一花信，每節應三信有三芳開放；按春分節的三信，正是海棠花、梨花、木蘭花。梨花落後，清明在望。詞人寫時序風物，一絲不走。當此季節，氣息芳潤，池畔苔生鮮翠，林叢鸝囀清音。——春光已是苒苒而近晚了，神情更在言外。清明的花信三番又應在何處？那就是桐花、麥花與柳花。——所以詞人接著寫的就是「日長——飛絮」。古有句云「謝卻海棠飛盡絮，困人天氣日初長」（朱淑真〈清晝〉），可以合看。文學評論家於此必曰：寫景，寫景；狀物，狀物！而不知時序推遷，光風流轉，觸人思緒之閒情婉致也。

當此良辰佳節之際，則有二少女，出現於詞人筆下，言動於吾人目前：在採桑的路上，她們正好遇著；一見面，西鄰女就問東鄰女：「你怎麼今天這麼高興？——夜裡做了什麼好夢了吧？快告訴人聽聽！……」東鄰笑道：「莫胡說！人家剛才和她們鬥草來著，得了彩頭呢！」

「笑從雙臉生」五字，再難另找一句更好的寫少女笑吟吟的句子來替換。何謂雙臉？蓋臉本從眼際得義，而非後人混指「嘴巴」也。故此詞之美，美在情景，其用筆，明麗清婉，秀潤無倫，而別無奇特可尋之跡；迨至末句，收足全篇，神理盡出，此雖非奇，豈為常筆？天時人事，物態心情，全歸於一切。若無神力，能到此境乎？

古代詞曲，寫婦女者多，寫少女者少。寫少女而似此明快活潑、天真純潔者更少。然而，不知緣何，我讀大晏的「池上碧苔三四點，葉底黃鸝一兩聲」，不自禁地聯想到老杜的「映階碧草自春色，隔葉黃鸝空好音」（杜甫〈蜀相〉）；它們之間，分明存在著共鳴之點。此豈為寫景而設乎？我則以為正用景光以傳心緒。其間隱隱約約，有一種寂寞難言之感。而此寂寞感，古來詩人無不有之，蓋亦時代之問題，人生之大事，本非語言文字間可了，而又不得不一抒寫，其為無可如何之意，灼然可見，但老杜為託之於丞相祠堂，大晏則移之於女郎芳徑耳。倘若依此而言，上文才說的明快活潑云云，竟是只見它一個方面，究其真際，也是深深隱藏著複雜的情感的吧。

（周汝昌）

玉樓春

晏殊

綠楊芳草長亭路，年少拋人容易去。樓頭殘夢五更鐘，花底離愁三月雨。
無情不似多情苦，一寸還成千萬縷。天涯地角有窮時，只有相思無盡處。

本詞寫閨怨，頗具婉轉流利之致，詞中不事藻飾，沒有典故，除首兩句為敘述，其餘幾句不論是用比喻，還是用反語，用誇張，都是透過白描手段反映思婦的心理活動，亦即難以言宣的相思之情。

上片一開始是寫景。時間是綠柳依依的春天，地點在古道長亭，這是旅客小休之所，也是兩人分別之處。「年少」句敘述臨行之際，她是淚眼相看，無語凝咽，感到他輕易地撇下我就走了。年少，是指思婦的「所歡」，也即「戀人」，據南宋趙與旹《賓退錄》記載，晏幾道曾為其父辯解，說本詞中的「年少」是「年輕」之意：「晏叔原見蒲傳正云：『先公平日小詞雖多，未嘗作婦人語也。』傳正云：『綠楊芳草長亭路，年少拋人容易去，豈非婦人語乎？』晏曰：『公謂年少為何語？』傳正曰：『豈不謂其所歡乎？』晏曰：『因公之言，遂曉樂天詩兩句：欲留所歡待富貴，富貴不來所歡去。』傳正笑而悟。余按全篇云：……蓋真謂所歡者，與樂天『欲留年少待富貴，富貴不來年少去』之句不同，叔原之言失之。」本詞寫思婦閨怨，也的確是「婦人語」，晏幾道為父辯解之言缺乏說服力量。

「樓頭」兩句，即自上面「年少拋人」引出，把她的思念之意生動地描繪出來，從相反方面說明「拋人去」

者的薄情。白晝逝去，黑夜降臨，她輾轉反側，很久之後才悠悠進入睡鄉，但很快就被五更鐘聲驚破了殘夢，使她重又陷入無邊的失望。窗外，飄灑著霧也似的春雨，那些花瓣像是承受不住恨別的淚水，帶著離愁紛紛落下。李白〈大堤曲〉有句云「春風復無情，吹我夢魂散。不見眼中人，天長音信斷」，是說無情春風吹散夢魂，使她在白天和夢中都見不到音書已絕的戀人。王安國〈清平樂〉曰：「滿地殘紅宮錦（指落花）汙，昨夜南園風雨。小憐初上琵琶，曉來思繞天涯。」形容思婦見雨後落花而引起遐思。可見「殘夢」和「落花」在這裡都是用來曲折地抒發懷人之情，語言工緻勻稱。清陳廷焯《白雨齋詞話》稱此二句「婉轉纏綿，情深一往，麗而有則，耐人玩味」。

下片兩用反語，先以無情與多情作對比，繼而以具體比喻從反面來說明。「無情」兩句，從「樓頭」兩句生發而來，用反語以加強語意。先說無情則無煩惱，因此多情還不如無情，從而反托出「多情自古傷離別」（柳永〈雨霖鈴〉）的深衷；「一寸」指心，柳絲縷縷，拂水飄綿，最識離懷別苦。兩句意思是說，無情，怎似得多情之苦，那一寸芳心，化成了千絲萬縷，蘊含著千愁萬恨。詞意與李冠「一寸相思千萬緒，人間沒箇安排處」（〈蝶戀花〉），與馮延巳「心若垂楊千萬縷，水闊花飛，夢斷巫山路」（〈鵲踏枝〉），意思亦相接近。

末兩句含意深婉。天涯地角，昔人以為是天地之盡頭，所以說是「有窮時」。然而，別離之後的相思之情，卻是無窮無盡，即所謂「無窮無盡是離愁」（晏殊〈踏莎行〉）。這是透過比較來體現出因「多情」而受到的精神折磨，感情真切而含蓄，對於那個「拋人」而去的薄倖年少，卻毫無埋怨之語，所以清黃蘇《蓼園詞評》說：「末二句總見多情之苦耳。妙在意思忠厚，無怨懟口角。」（潘君昭）

張昪

【作者小傳】（九九二～一〇七七）字杲卿，韓城（今屬陝西）人。宋真宗大中祥符八年（一〇一五）進士。累官至參知政事、樞密使、同中書門下平章事。英宗朝以年老辭位，出判許州。以太子太師致仕。謚康節。存詞二首。

離亭燕　張昪

一帶江山如畫，風物向秋瀟灑。水浸碧天何處斷？霽色冷光相射。蓼嶼荻花洲，掩映竹籬茅舍。

雲際客帆高掛，煙外酒旗低亞。多少六朝興廢事，盡入漁樵閒話。悵望倚層樓，寒日無言西下。

這是一首懷古詞。最早見於宋范公偁《過庭錄》，又見於宋黃昇《唐宋諸賢絕妙詞選》、宋樓鑰《攻媿集》卷七十。關於作者，說法不一。范公偁以為張昪作，黃昇和樓鑰都以為孫浩然作。黃、樓都是南宋後期人，范公偁是北宋末、南宋初人，他是范仲淹的曾孫，祖父范純仁，神宗時期任過宰相，父親正平，徽宗時做過光祿大夫。他的書多記北宋諸老遺文遺事，乃得自他父親的傳述，所以名叫《過庭錄》，從他的時代和家世來看，他的說法較為可信。

張昪（音同變，同「忭」），或作張昇，而《宋史·仁宗紀》及《宰輔表》均作張昪，現從之。這首詞據《過庭錄》說是他退居江南後所作。

金陵被諸葛亮稱為「龍盤虎踞」之地，是東吳、東晉、宋、齊、梁、陳等六個朝代的都城所在，它的山川形勝是久已馳名的。這首詞寫作者在高樓上所看到的景物，並藉以抒發自己的六代興亡之感。開頭一句「一帶江山如畫」，先對金陵一帶的全景作一番鳥瞰，概括地寫出了它的山水之美。秋天是草木搖落的時候，一般地說，自然界的風光會因為季節的變換而減色，但這裡卻是「風物向秋瀟灑」，一切景物顯得蕭疏明麗而有脫塵絕俗的風致，這就凸出了金陵一帶秋日風光的特色。接著具體地描繪了這種特色：「水浸碧天何處斷」，這個「水」正承首句的「江」而來，詞人的視線隨著浩瀚的長江向遠處看去，天幕低垂，水勢浮空，天水相連，渾然一色，怎麼也看不到它的盡頭。這種宏闊的景致，透過一個「浸」字形象而準確地描繪出來。再向近處看，「霽色冷光相射」，「霽色」緊承上句「碧天」而來，「冷光」承「水」字而來，萬里晴空所展現的澄澈之色，江波瀲灩所閃現的淒冷的光，霽色是靜止的，冷光是翻動的，動景與靜景的互相映照，構成了一幅綺麗的畫面。這個畫面是用一個「射」字來表現的。看到這裡，詞人又把視線從江水裡移到了江洲上，所看到的是「蓼嶼荻花洲，掩映竹籬茅舍」，洲、嶼是蓼荻滋生之地，秋天是它發花的季節，在密集的蓼荻叢中，隱約地現出了竹籬茅舍。從自然界寫到了人家，為下闋的抒發感慨作了鋪墊。

在下闋裡，先蕩開兩筆，再抬頭向遠處望去，「雲際客帆高掛，煙外酒旗低亞」，極目處，客船的帆高掛著，煙外酒家的旗子低垂著，標誌著人在活動，情從景生，金陵的陳跡湧上心頭，「多少六朝興廢事」，這裡在歷史上短短的三百多年裡經歷了六個朝代的興盛和衰亡，它們是怎樣興盛起來的，又是怎樣衰亡的，這許許多多的往事，什麼人理會呢？「盡入漁樵閒話」，「漁樵」承上闋「竹籬茅舍」而來，到這裡猛然一收，透露出詞人心裡的隱憂。這種隱憂在歇拍兩句裡，又進一步抒寫，「悵望倚層樓」。「悵望」表明了詞人在望景色時的心情，倚在高樓的欄杆上，懷著悵惘的心情，看到眼前的景物，想到歷史上的往事，此時的心情又有什麼人理會呢？「寒日無言西下」，「寒」字承上闋「冷」字而來，淒冷的太陽默默地向西沉下，蒼茫的夜幕即將降臨，更增加了他的孤寂之感。歇拍的調子是低沉的，他的隱憂沒有說明白，只從低沉的調子裡現出點端倪，這是耐人尋思的。從作者過去的身分和字裡行間所流露的情緒來看，他不是一般的感嘆興亡，而是有為而發的。他在退居以前，經歷了真宗、仁宗兩代，退居江南時期，又經歷了英宗、神宗兩朝，宋帝國由盛到衰、積貧積弱的形勢越來越嚴重。神宗熙寧年間，王安石變法，取得了一些成績，也造成不少混亂，他作為一向忠心耿耿的在野大臣，面對著這樣的形勢，不能不感到關切，他擔心六朝故事的重演，這大概就是他的隱憂。在野之身是不好把心事和盤托出的，他的心弦只得用低沉的調子來彈奏。

這首詞從藝術上說，層層抒寫，勾勒甚密，詞樸而情厚，有別於婉約派的詞風。作者和范仲淹同中真宗大中祥符八年進士，是同輩人，王安石是他的後輩，蘇東坡更在其後，他的詞作雖不多，但卻透露出詞風逐漸向豪放轉變的消息，這是時代使然。清況周頤評此詞說：「張康節〈離亭燕〉云：『悵望倚層樓，寒日無言西下。』秦少游〈滿庭芳〉云：『憑欄久，疏煙淡日，寂寞下蕪城。』兩歇拍意境相若，而張詞尤極蒼涼蕭遠之致。」（《歷代詞人考略》）這話是不錯的。（李廷先）

石延年

【作者小傳】（九九四～一〇四一）字曼卿，一字安仁。先世幽州人，家宋城（今河南商丘）。累舉進士不第。宋仁宗明道元年（一〇三二）以大理評事召試，授館閣校勘，官至太子中允。著有《石曼卿詩集》，今傳宋末人輯本；詞集《捫虱庵長短句》，已佚，存詞二首。

燕歸梁　石延年

春愁

芳草年年惹恨幽，想前事悠悠。傷春傷別幾時休，算從古、為風流。

春山總把，深匀翠黛，千疊在眉頭。不知供得幾多愁，更斜日、憑危樓。

這首詞託為女子口吻敘寫春愁，下筆即苞蘊深意。「芳草年年惹恨幽，想前事悠悠」，看見春草萌生，引起對前事的追憶。「年年」、「悠悠」兩疊詞用得好，有形象，有感情。「年年」，層次頗多：過去一對戀人廝守在一起，別後年年盼歸，又年年不見歸，今後定又將年年盼望下去，失望下去。……「悠悠」，形容「前事」是遙遠，形容「想」是深長，都表現出女主人公執著純真的情感。春天的芳草年年萌發，而對往事懷想之情年年不斷，與日俱增，不知何時是了。「傷春傷別幾時休」，把女主人公的感情潮水傾瀉出來了。「算從古、為風流」，是說這種離別愁緒的產生，都是為了男女的風流韻事。「春愁」之意，到此有了著落。

換頭三句：「春山總把，深勻翠黛，千疊在眉頭。」特寫女子雙眉。「春山」是眉之色，這裡又作為春山把自己的青翠的顏色深勻疊壓在女子眉頭，造語別饒韻致。「不知供得幾多愁」一句，承上文，既關合山，又關合眉。王安石〈午枕〉詩：「隔水山供宛轉愁。」辛棄疾〈水龍吟．登建康賞心亭〉詞：「遙岑遠目，獻愁供恨，玉簪螺髻。」這是說山觸發了自己的無限愁思，而又堆集在眉頭上。「更斜日、憑危樓」，寫夕陽西下、江樓倚望的情景，有「多少愁」自在不言之中。聯繫全篇來讀，這裡用下片寫這一日的特定愁緒，寫出年年的長久愁緒。一日之愁已是「不知供得幾多愁」，那「芳草年年惹恨」更是「只恐雙溪舴艋舟，載不動許多愁」（李清照〈武陵春〉）了。何況這種「傷春傷別」又是無時無休呢！

石曼卿這首詞結尾，頗採用了樂府〈西洲曲〉「鴻飛滿西洲，望郎上青樓。樓高望不見，盡日欄杆頭」的意境。自此詩以後，效者日多，各有出新，如溫庭筠〈望江南〉「梳洗罷，獨倚望江樓」全首，最為膾炙人口；柳永〈八聲甘州〉「想佳人妝樓顒望，誤幾回、天際識歸舟。爭知我，倚闌干處，正恁凝愁」，從男子方面說出，思致亦佳。以後賀鑄有一首〈太平時．喚春愁〉：「天與多情不自由，占風流。雲閒草遠絮悠悠，喚春愁。試作小妝窺晚鏡，淡蛾羞。夕陽獨倚水邊樓，認歸舟。」與石曼卿此詞，意境用語有相似處。讀者可以自行比對。

（張清華）

李冠

【作者小傳】字世英，歷城（今山東濟南）人。以文學著稱，與王樵、賈同齊名。舉進士不第，得同三禮出身。調乾寧主簿。有《東皋集》，不傳。存詞五首。

蝶戀花①　李冠

春暮

遙夜亭皋閒信步，纔過清明，漸覺傷春暮。數點雨聲風約住，朦朧淡月雲來去。桃杏依稀香暗度②。誰在鞦韆，笑裡輕輕語？一寸相思千萬緒③，人間沒箇安排處。

〔註〕①本首詞一題李煜作。清沈謙《填詞雜說》：「『紅杏枝頭春意鬧』、『雲破月來花弄影』，俱不及『數點雨聲風約住，朦朧淡月雲來去』。予嘗謂李後主拙于治國，在詞中猶不失為南面王，覺張郎中、宋尚書，直衙官耳。」②此句一作「桃李依依春暗度」。③此句一作「一片芳心千萬緒」。

一起「遙夜亭皋閒信步」句如一把鑰匙，啟開了全詞的關脈。下面使我們窺見這位「信步」之人的所感所觸。清代李漁說「作詞之料，不過『情』『景』二字。非對眼前寫景，即據心上說情。說得情出，寫得景明，即是好詞」（《窺詞管見》）。這首詞的藝術特色，就在於抒情歷歷在目，景色清幽，與那還帶點兒幽默感的內心積愫，兩者交鍊成篇，增加了詞的韻味。

「遙夜」，即長夜。所行之地是「亭皋（音同糕）」，是水邊平地。他在「信步」上用了一個「閒」字，有「施施而行，漫漫而遊」（唐柳宗元〈始得西山宴遊記〉），隨意舉步，漫不經心的樣子。「纔過清明，漸覺傷春暮」，按說清明才過，也還是「一年好景君須記」（蘇軾〈贈劉景文〉）的時候。而詩人已經「傷春暮」了，看來並非完全由於春光的逐漸老去；由此也可見首句的「閒信步」含有排遣內心某種積鬱的用意。

四、五兩句由前三句抑鬱「傷春」的感情變得氣氛清新多了。「數點雨聲」，比前人寫過的「有時三點兩點雨」（唐李山甫〈寒食二首〉其二）和後來辛棄疾〈西江月．夜行黃沙道中〉的「兩三點雨山前」，都稍大一點，但情韻極相近，尤為可喜的是這裡用「風約住」三字接住：「數點雨」而有「聲」，這雨似乎還不小，只是乍然一陣微帶寒意的春風吹過，倏忽間便停止了。這時，淡月朦朧，天空上浮雲流來蕩去。這兩句寫景，清新淡雅，而且流轉自然，雖巧而不見刻削之痕。且「意深詞淺」，探到了寫景的妙處，因為它表達「信步」之人由方才因「春暮」的傷情，而到感情的舒暢，寫來極其自然。清沈謙說「『紅杏枝頭春意鬧』、『雲破月來花弄影』俱不及『數點雨聲風約住，朦朧淡月雲來去』」（《填詞雜說》），雖係一家之說，但也是因為這兩句因景見情，既表示出了人的心緒盎然而又委婉有致，不露痕跡，表現手法高超。

下闋首句仍承上闋後兩句。「桃杏依稀香暗度」，這時雖說已過了桃杏盛開的花期，但餘香依稀可聞。人為淡月、微雲、陣陣清風、數點微雨和依稀可聞到的桃杏花香的美景所感染，那「傷春暮」的情懷暫時退卻了。詞雖受音樂曲調的限制，分為上下闋，卻也可看出詞的開頭三句和接下來的三句（從「數點」句至「桃杏」句），構成的境界韻味，特別是人的感情，都迥不相侔。

「誰在鞦韆，笑裡輕輕語？」這是一個大的轉折。如果說方才因春宵美景而「傷春暮」的心情大有好轉的話，這下子可來了個軒然大波：走著走著他感到不遠處有女孩子們在盪鞦韆，她們笑語歡聲——輕輕的，人家談著什麼悄悄話兒，他聽不到；人家為什麼笑，他也不知道；可是他受不住「笑裡輕輕語」，又是為什麼呢？

從緊接的兩句我們知道，原來由此及彼，這事兒引起了他的萬縷相思：那大概也是在這樣一個「朦朧淡月雲來去」的春夜裡，「飄揚血色裙拖地，斷送玉容人上天」（僧惠洪〈鞦韆〉）。紅裙拖地，玉容上天，上飄下蕩，動作神速，既見技藝高超，更見玉人神采飛揚。這一幕動人心弦的「鞦韆」往事，雖已煙消雲散，然而如今觸景感懷，相思之情不僅萬縷千絲理不出個頭緒來，而且在人世間也幾乎都安排不下它。詞的最後這四句，前兩句輕輕一點，但耐人咀嚼，它用暗筆透視出詞人一大段過往的歡愉生活；後兩句，濃墨重筆，如水銀瀉地，把相思之情，全兜在了讀者的面前！

雖說是暮春夜晚漫步的一首小詞，但還是寫出了詞人抑揚起伏的感情。從前三句的「抑」轉為後三句的「揚」，用疏雨、輕風、浮雲、淡月、芳菲依稀來烘托，在清景無限中，暗示人的感情的變化。後來聞鞦韆聲的輕聲笑語再一轉，拓開一幅畫面之外的新場景（用的是「暗場」），從而引出翻江倒海的相思來。至此，我們才恍然大悟，他為什麼「纔過清明」就「漸覺傷春暮」了。「石以皺為貴，詞亦然，能皺，必無滑易之病。」（清孫麟趾《詞逕》）能寫出人的抑揚起伏的感情來，並不容易；而且表面看，它好像是平鋪直敘，但由於景色映襯得當，「乃具深婉流美之致」（清吳衡照《蓮子居詞話》論姜夔語），這正是此詞的一大特色。（艾治平）

六州歌頭 李冠

項羽廟

秦亡草昧①，劉項起吞併。驅龍虎，鞭寰宇，斬長鯨，掃欃槍②。血染彭門戰。視餘耳③，皆鷹犬，平禍亂，歸炎漢，勢奔傾。兵散月明。風急旌旗亂，刁斗三更④。命虞姬相對，泣聽楚歌聲，玉帳魂驚。淚盈盈。恨花無主，凝愁緒，揮雪刃，掩泉扃⑤。時不利，騅不逝，困陰陵⑥，叱追兵。喑嗚摧天地，望歸路，忍偷生！功蓋世，成閒紀，建遺靈。江靜水寒煙冷，波紋細、古木凋零。遺行人到此，追念痛傷情，勝負難憑！

〔註〕①草昧：草創於冥昧之時。「秦亡草昧」，謂秦滅亡，局勢混沌未分，英雄起而創業。②欃槍（音同蟬撐，彗星的別名）：漢崔篆《慰志賦》：「運欃槍以電掃兮，清六合之土寓。」本是說以彗星為帚清掃天下，指以戰爭手段收拾亂局。後人又以彗星為戰禍的象徵，用掃除它來比喻平息戰亂。③餘耳：指陳餘、張耳，都是參加反秦戰爭的人物。秦亡後，項羽封張耳為常山王，封陳餘三縣地。④刁斗：古代軍中一種用具，銅質，有柄，容一斗，日間用以燒飯，夜間用來打更。⑤掩泉扃：關上地宮之門，指死去。「泉」，黃泉。「扃（音同坰）」，門外栓，這裡代指門。⑥陰陵：秦縣名，故治在今安徽定遠縣西北。⑦本首詞文字按宋黃昇《花菴詞選》。

這是北宋早期的一首長調懷古詞。關於詞的作者，說法不一。宋黃昇以為劉潛所作，宋無名氏《朝野遺記》以為京東張、李二生作。宋陳師道《後山詩話》說：「（李）冠，齊人，為〈六州歌頭〉，道劉、項事，慷慨雄偉。劉潛，大俠也，喜誦之。」陳師道生於宋仁宗皇祐五年（一〇五三），死於徽宗崇寧元年（一一〇二）。上距李冠、劉潛不遠，他的說法自較可信。從詞風上看，這首詞和李冠另一首〈六州歌頭·驪山〉也很相近，當出一人之手。

上闋開頭兩句「秦亡草昧，劉項起吞併」，寫出了秦朝滅亡後，劉邦和項羽的紛爭。起勢突兀，領起全詞。下邊筆鋒倒轉，追敘項羽起兵反秦時的強大聲勢：「驅龍虎」，說他有龍虎一般的戰將供他驅使；「鞭寰宇」，說他「欲以力征經營天下」（《史記·項羽本紀》），以成霸王之業；「斬長鯨，掃欃槍」，在河北鉅鹿救趙之戰中，他俘虜了秦朝大將王離，招降了秦軍主帥章邯，徹底消滅了秦軍主力，注定了秦國的滅亡。「驅」、「鞭」、「斬」、「掃」四句形象地概括了項羽軍發展壯大以及消滅秦軍主力的赫赫戰功。「血染中原戰」一句，陡轉到楚、漢戰爭。秦朝滅亡之後，劉、項在中原地區激戰了五年之久。「視餘耳，皆鷹犬，平禍亂，歸炎漢，勢奔傾。」形勢急轉直下，項羽所扶植起來的張耳、陳餘等人，在劉邦看來，只不過是鷹犬而已，結果張耳投降，陳餘被殺，不附漢的眾諸侯，一個一個被消滅，劉邦取得了勝利，項羽轉強為弱，陷入困境，率眾南走。「兵散月明」到「淚盈盈」七句，描寫了垓下之圍中項羽與虞姬訣別的情景：在一個月明之夜裡，被圍的楚軍人困馬乏，橫七豎八的旌旗，在急風裡抖動，三更時分，項羽忽聽楚歌四起，大驚，起而和虞姬泣別。「兵散」、「旌旗亂」、「泣聽」、「魂驚」創造了濃厚的悲劇氣氛，凸出了項羽的英雄末路的形象。

換頭「恨花無主」，承上闋虞姬而來。接著寫她對項羽的真摯感情。「恨花無主，凝愁緒，揮雪刃，掩泉扃。」項王若死，已無所歸，愁腸百轉，苦恨難言，只有先死，以報項王。前兩句表現了她對項羽的忠貞不貳之情，後兩句表現出她的節烈行為，又構成了一個鮮明的悲劇形象。「時不利」到「忍偷生」，寫項羽突圍後的壯烈結局。他帶領八百多殘兵衝出重圍，後又困於陰陵，陷於大澤，幾度衝殺，最後只剩他單槍匹馬，被漢兵追至烏江。他不忍偷生苟活，南渡烏江，再見江東父老。一個叱咤風雲、不可一世的人物，終於在這裡自刎身亡。「功蓋世，成閒紀，建遺靈」，表現了詞人對項羽的高度評價。建遺靈，指後人為項羽建廟，以他為神靈。可惜現在於項羽廟看到的只是「江靜水寒煙冷，波紋細、古木凋零」。「靜」、「寒」、「冷」、「細」、「凋零」，構成了一片荒寂景象。和項氏當年反秦時的威武雄壯的場面形成了鮮明的對比。最後集中地表現詞人的哀傷情緒：「遺行人到此，追念益傷情，勝負難憑！」一時的勝負是難以憑信的，而蓋世的功勛，卻是永久存於人間，點明了這首懷古詞的主題。

楚漢相爭，項羽是失敗者，他的身後冷落得很。只有司馬遷滿懷著激情，寫出了《史記》中的〈項羽本紀〉，對他的歷史作用做了充分的肯定，稱他將兵滅秦的功業「近古以來未嘗有也」。李冠這首〈六州歌頭〉，通篇隱括〈項羽本紀〉史文，把項羽從起兵到失敗的錯綜複雜的歷程，熔鑄在這首詞裡，著重描寫他的英雄氣概，寫得「慷慨雄偉」，在當時的詞壇上放出異彩。寫懷古或詠史詩和詞，最難的不是抒發感慨，而是剪裁史實，大篇、長調，尤其如此。太實則呆滯，太虛則空疏，必須在虛實之間，而又能情從事出，方臻高境，這非有大才力者不能辦。李冠是由於項羽廟的荒涼景象所觸發，產生了感慨才寫這首詞的，重點是擺在項羽失敗以後，但又不能不顧及事情的全域，寫法上也要有所不同。「劉項起吞併」以下追敘起兵滅秦幾句，只用幾個形象比喻帶過，這是虛寫。劉、項五年的激烈戰爭，劉邦削平諸侯，取得決定性勝利，也只用「視餘耳，皆鷹犬，平禍亂，歸炎漢」幾句帶過，虛中有實。「勢奔傾」以下才著力寫了項虞對泣、虞姬殉情、項羽自刎等三個場面，這是實寫。最後寫項羽廟的荒涼景象，是目前所見，歸結到題目上來。在實寫中，也不是據史實寫，而是把史實加以高度提煉，再加上想像和誇張，構成了色彩鮮明、形象宛然的歷史畫面。例如垓下之圍中「兵散月明」以下幾句就是虛擬，這種寫法不僅不違背歷史真實，反而增強了歷史的形象性和藝術感染力，隨處洋溢著詞人的才情。統觀全詞，構思巧妙，布局得體，大氣包舉，形完神足，在藝術上自是上乘之作。

自來論宋朝豪放詞者，大多推范仲淹〈漁家傲〉為起點，其實李冠此詞早於范作，已開風氣之先。宋程大昌《演繁露》說：「〈六州歌頭〉本鼓吹曲也。近世好事者倚其聲為弔古詞，如『秦亡草昧，劉項起吞併』者是也。音調悲壯，又以古興亡事實之，聞其歌，使人悵慨，良不與豔詞同科，誠可喜也。」李冠此詞能於婉約綺靡的詞風之外，別開生面，表現一種慷慨的氣概，具有創新的意義。（李廷先）

宋祁

【作者小傳】（九九八～一〇六一）字子京，安州安陸（今屬湖北）人。後遷開封雍丘（今河南杞縣）。宋仁宗天聖二年（一〇二四）進士。歷官國子監直講、太常博士、尚書工部員外郎、知制誥、史館修撰、翰林學士承旨等。卒諡景文。詩詞多寫優遊閒適生活，語言工麗，描寫生動，有「紅杏枝頭春意鬧」（〈玉樓春〉）之句，世稱「紅杏尚書」。有集，已佚，今有清輯本《宋景文集》；詞有《宋景文公長短句》，存六首。

玉樓春

宋祁

東城漸覺風光好，縠皺波紋迎客棹。綠楊煙外曉寒輕，紅杏枝頭春意鬧。
浮生長恨歡娛少，肯愛千金輕一笑。為君持酒勸斜陽，且向花間留晚照。

宋子京因此詞而得名，正如秦少游之為「山抹微雲秦學士」（宋葉夢得《避暑錄話》引蘇軾語），他則人稱「紅杏尚書」。古人極善於把事物「詩化」，連一個仕宦職銜也可以化為非常風雅的稱號，傳為佳話，思之良可粲然，——這佳話指的就是此詞的上闋歇拍之句了。但吾人學文，不可貴耳賤目，切須自具心眼，即如本篇傳頌千載，究竟好在哪裡？難道只一個「鬧」字便作成了一段故事？倘如此，「紅杏尚書」者，為何不徑呼他「鬧

宋祁〈玉樓春〉(東城漸覺風光好)——明刊本《詩餘畫譜》

尚書」，豈不更為一矢中的，直截了當？大約古往今來，落於「字障」的學子，半為此等淺見俗說引錯了路頭。

要賞此詞，須看他開頭兩句，是何等的光景氣象。不從這裡說起，直是捨本而逐末。

且道詞人何以一上來便說東城。普天下時當豔陽氣候，莫非西城便不可入詠？有好事者答辯說：當時當地，確實以東城為美。又有的說，只因宋尚書住在東城，所以他不寫西城……這自然都言之成理。然而，寒神退位，春自東來，故東城得氣為先，——正如寫梅花，必曰「南枝」，亦正因它南枝向陽，得氣早開；此皆詞人詩客，細心敏感，體察物情、含味心境，而後有此詩心詩筆，豈真為「地理考證」而設置字樣哉。古代春遊，踏青尋勝，必出東郊，民族的傳統認識，從來如此也。

真正領起全篇精神的，又端在「風光」二字。

何謂風光？詞書詞典上說就是「風景」。科學家若來解釋，定然說，就是「空氣和陽光」。這原本不錯，只是忘記了我們的語文特色，它比「物理化學名詞定義」包含的要豐富得多。風光，其實概括了天時、地利、人和三方面的關係；它不但是自然景色，也包含著世事人情。正古人所謂「天氣澄和，風物閒美」（晉陶潛〈遊斜川〉序），還須加上人意欣悅。沒有了後者，也就什麼都沒有了。

一個「漸」字，最為得神。說是「漸覺」，其實那芳春美景，說到就到，越看越是好上來了。

這美好的風光，分明又有層次。它從何處而「開始」呢？詞人答曰：「我的感受首先就眼見那春波綠水，與昨不同；它發生了變化，它活起來；風自東來，波面生紋，如同紗縠細皺，粼粼拂拂，漾漾溶溶——招喚著遊人的畫船。春，是從這兒開始的。」然後，看見了柳煙；然後，看見了杏火。這畢竟是「漸」的神理，一絲不走。曉寒猶輕，是一步；春意方鬧，是又一步。風光在逐步開展。

把柳比作「煙」，實在很奇。「桃似火，柳如煙」，這譯成外文，無論如何引不起西方讀者的「美學享受」。

然而在我們感受上，這種文學語言，這種想像和創造，很美，美在哪裡？美在傳神，美在造境。蓋柳之為煙，寫其初自冬眠而醒，嫩黃淺碧，遙望難分枝葉，只見一片輕煙薄霧，籠罩枝梢——而非嗆人的黑煙也。桃杏之為火，寫其怒放盛開，生氣勃發，如火如荼，「如噴火蒸霧」，全是形容一個「盛」的境界氣氛——而非炙熱灼燙的為災之火也。

領會了這，或者不難進而領會「鬧」字矣。

鬧，安靜、蕭寂之反詞。詞人用它，寫盡那一派盎然的春意，蓬勃的生機。王靜安論詞主「境界」之說，曾言「著一鬧字，而境界全出」（《人間詞話》）。但也有學者強烈反對這個鬧字，說：鬧並非好字，亦非佳事（如吵鬧、鬧事……），寫良辰而用此等字眼，無理甚矣。這就是忘記了「鬧元宵」，連那頭上戴的也叫「鬧蛾兒」呢！風光大好，但看不得「鬧」字，其理自當有在。

上闋寫盡風光，下闋轉出感慨。

人生一世，艱難困苦，不一而足；歡娛恨少，則憂患苦多，豈待問而後知。難得開口一笑，故願為此一擲千金亦所不惜。正見歡娛之難得也。歡娛恨少，至於此極。書生無力揮魯陽之戈，使日馭倒退三舍，只能說勸斜陽，且莫急下山，留晚照於花間，延歡娛於一餉！讀詞至此，哀耶樂耶？喜乎悲乎？論者或以為此宋祁者腸肥腦滿，庸俗淺薄，只一味作樂尋歡，可謂無聊之尤，允須「嚴肅批判」。嗟嗟，使舉世而皆如是讀文論藝，豈復有真文藝可存乎？

紅杏尚書——莫當他是一個淺人不知深味者流。大晏曾云：「一曲新詞酒一杯」，「夕陽西下幾時回？」（皆〈浣溪沙〉）面目不同，神情何其相似：豈戀物之作，實傷心之詞也。（周汝昌）

蝶戀花　宋祁

情景

繡幕茫茫羅帳捲。春睡騰騰，困入嬌波慢。隱隱枕痕留玉臉，膩雲斜溜釵頭燕。

遠夢無端歡又散。淚落胭脂，界破蜂黃淺。整了翠鬟勻了面，芳心一寸情何限。

宋祁這首詞中「淚落胭脂，界破蜂黃淺」二句，曾被清李調元譽為詞中名句（見《雨村詞話》）。說明它在體貼人情、摹寫物態方面有著很高的造詣。這首詞是寫一個少婦春睡初醒的神態和醒後憶夢的情思。上片寫好夢初回的神情。妙在迷離恍惚中托出一個嬌慵、困倦、淡漠、惆悵的少婦，像浮雕似的出現在畫面上。繡幕是空蕩蕩的，羅帳是高高掛起的，使這個少婦感到內心的空虛。一句話，把她的生活環境和內心矛盾含蓄而細膩地揭示了出來，為生發出下面的詞意作了鋪墊。古人謂「詞重發端」，而發端之辭，貴在開門見山，隱攝全篇。這句詞的「墨光所射」，正在統攝下面的詞意。「春睡騰騰，困入嬌波慢」二句，勾畫出這個少婦的倦態。「騰騰」，這裡與「懵騰」同義，是睡眼朦朧、神志不清的樣子。「嬌波慢」，是說嫵媚的眼睛遲緩地轉動著。如顧敻〈醉公子〉：「睡起橫波慢，獨望情何限。」詞人用兩句話，活脫出一個睡起嬌無力、媚眼轉還遲的少婦來。「隱隱」二句，進一步刻畫少婦春睡乍醒的神情。那潤澤如玉的臉上，隱隱約約地留下了枕痕；那柔密如雲的髮上，一枝飾有雙燕的玉釵傾斜著滑了下來，一種無力、無奈、無聊、無心的慵態，栩栩如生地浮現在我們的面前。「膩雲」，形容潤澤的頭髮，如柳永〈定風波〉的「暖酥消，膩雲嚲，終日厭厭倦梳裹」，蕭東父〈齊天樂〉的「軟玉分裯，膩雲侵枕，猶憶噴蘭低語」。

這首詞的上片不但逼真地描寫了這個少婦的外貌，而且深刻地揭示了這個少婦的內心世界，是深於言情、工於言情的有效手法。

「遠夢無端歡又散」，是過片，緊承上片「春睡騰騰」生發出來的詞意。她在回味著剛才所做的「遠夢」。就在這片時的春睡中，她行盡了塞北江南，經歷了舊歡新別，真是「夢隨風萬里，尋郎去處，又還被、鶯呼起」（蘇軾〈水龍吟．次韻章質夫楊花詞〉）。這無端的歡聚，無端的離散，怎能不令人懊惱呢？夢回酒醒，依舊是人遠樓空，衾寒枕冷，面對眼前的寂寞，回味適才的歡樂，情不自禁地流下了盈盈的熱淚。「淚落胭脂」二句，正是驚夢、憶夢、念遠、傷遠的結果。「蜂黃」，是唐代風行的女子化妝品，宋代也沿用了下來，周邦彥〈滿江紅〉「臨寶鑑，綠雲繚亂，未忺妝束。蝶粉蜂黃都褪了，枕痕一線紅生玉」，可證。宋祁在這裡用一「界」字，把珠淚洗卻塗黃的臉蛋活畫出來。李調元說它是從韋莊〈天仙子〉的「淚界蓮腮兩線紅」脫胎出來的（見《雨村詞話》），但它所構成的形象更加鮮豔，色彩更加豐富，也更富於立體感和動態美。《尊前集》署名李白所作〈菩薩蠻〉的「泣歸香閣恨，和淚淹紅粉」，用「淚」和「粉」構成一個充滿離愁別恨的少婦形象，但還停留在平面的描寫上。牛嶠〈望江怨〉的「寄語薄情郎，粉香和淚泣」，也沒有把「淚」和「粉」有機地結合起來，構成一個有聲有色的動人形象。蘇軾〈賀新郎〉的「共粉淚，兩簌簌」，繪了形，也繪了聲，但色彩過於單調，缺少變化。陸游〈釵頭鳳〉的「春如舊，人空瘦，淚痕紅浥鮫綃透」，寫出了臉餘淚痕、淚濕羅帕的傷心懷抱，而沒有刻畫出少婦面部的色彩轉換、線條變化。只有宋祁這兩句詞構成了色彩線條的轉換變化，反映出少婦內心的複雜矛盾，因而更加深婉。「整了翠鬟勻了面」二句，緊承上片的鬢亂釵溜和上文的淚界蜂黃而來。唯其鬢亂，所以要再整翠鬟；唯其淚流，所以要重勻粉面。「翠鬟」，是婦女髮式的美稱。如毛熙震〈女冠子〉：「翠鬟冠玉葉，霓袖捧瑤琴」，毛文錫〈中興樂〉「翠鬟女，相與，共淘金」。「芳心」，指婦女美好的心靈，如柳永〈定風波〉：「自春來、慘綠愁紅，芳心是事可可。」宋祁這兩句採取以情語收結的形式，既與前意拍合，又是一筆宕開，自有餘韻，有辭盡意不盡之致，使通首所寫的離愁別恨，至此而精神百倍，辭意俱絕。劉永濟先生認為宋祁這一結，較之張先的「沉恨細思，不如桃杏，猶解嫁東風」，「工力悉敵，而風度超妙，則尚勝一籌」（《詞論．結構第五》），可供玩味、參考。（羊春秋）

錦纏道 宋祁

燕子呢喃，景色乍長春晝。睹園林、萬花如繡。海棠經雨胭脂透。柳展宮眉，翠拂行人首。

向郊原踏青，恣歌攜手。醉醺醺、尚尋芳酒。問牧童、遙指孤村道：「杏花深處，那裡人家有。」

這首詞有謂是宋無名氏所作，然見於近人趙萬里所輯《宋景文公長短句》，刊於《校輯宋金元人詞》中，故一般都認為是宋祁所作。

宋祁生活在仁宗朝，與兄宋庠同舉進士，人稱「大小宋」以別之，歷官翰林學士，史館修撰，進工部尚書，拜翰林學士承旨，可謂一生得意，享盡榮華。儘管其詞集宋版已失，但從趙萬里輯本看，他的詞表現出一種風流閒雅的格調，這大概與他一生的經歷和生活有關。

以這首〈錦纏道〉來說，就充滿了歡愉，洋溢著及時行樂的況味，與年輩、地位相近的晏殊、歐陽脩比較，宋祁沒有前者「無可奈何花落去」、「落花風雨更傷春」之類的閒愁，也沒有後者「可惜明年花更好」、「春愁酒病成惆悵」之類的感嘆。由於作者從未經歷過宦海風波，一生富貴，因而詞中表現出明媚鮮妍的藝術風貌和歡快酣暢的韻律節奏。

這首詞以報春燕子的呢喃聲開局，接著由「聲」而「色」，從籠統的空間感受的春色中表現出春晝變長的時間感。繼而將目光投向最足以展現蓬勃春色的園林，「萬花如繡」一語以人工織繡之美表現大自然旺盛的生機，很見特色。作者接著在「萬花」之中選取了一個特寫鏡頭：經雨的海棠，紅似胭脂。由紅花而至綠葉，寫到了柳樹，柳葉兒不是才舒嬌眼，而是盡展宮眉，翠拂人首了。這裡，作者將海棠擬作胭脂，將柳葉喻為宮眉，但讀來並不覺得甜俗，因為這樣的擬人之筆使人更感受到春天的生氣。

春色如斯，人豈能安於亭中、檻內的賞玩？作者在換頭處以「向郊原踏青」一語點明了郊遊之樂，而「恣歌攜手」四字則是一個大寫意的自畫像。「醉醺醺、尚尋芳酒」，前三字是一個近景特寫，後四字醉而更尋醉，以「尚」字的遞進渲染出恣縱之態。最後三句，分明從杜牧〈清明〉一詩中「借問酒家何處有，牧童遙指杏花村」化來。在詩中，雖可看出能在杏花村酒家之中買得一醉，但卻難以排遣清明時節孤身旅人的悲涼情懷，不能消盡淒迷意境的底色。而在詞中，卻是承上陽春郊遊的無比歡暢，是尋樂意緒的延續和歸宿，故呈現出明麗柔媚的色彩。因而這一化用更憑藉句式的長短，將詩中的悱惻低沉變作詞中的酣暢活潑，從形式以至意境上都翻出了新意。

宋祁生活的時代，正值北宋最昇平的盛世，縉紳階級衍五代之餘緒，詞風典雅而溫婉，但馨香秀潔之中不乏傷春傷別的淡淡哀愁，無論是大小晏、歐陽脩，還是更早的范仲淹均如此。因而宋祁的詞就以其善寫春色的明媚、春天的酣樂而自具面貌。〈錦纏道〉較之晏、歐等人之作，其最大特點就在於以鮮明的色彩、生動的形象、擬人化的手法狀春天的主動撩人，來傳遞春色之美麗，春意之熱烈。即使較之喜好豔辭、與宋祁同以佳句互相稱美的張先，也無張氏以「影」字見稱的朦朧。其次，宋初士大夫寫詞雖多不出閒情與豔情範圍，但不失其雍容、矜持的風度，宋祁此詞卻以「恣歌攜手」、「醉醺醺、尚尋芳酒」描繪了狂放的自我形象，雖無晏、歐由含蘊而歸於深雋的抒情況味，但從形象到感情都直接可感，從而也使之在當時詞風中自具一格。

王國維《人間詞話》曾稱道宋祁〈玉樓春〉：「『紅杏枝頭春意鬧』，著一『鬧』字，而境界全出。」正是這一「鬧」字，顯現了紅杏並非無語爭春，而「萬花如繡」，柳拂行人，又豈非撩人之意？大概正是都抓著了春意撩人這一靈魂，宋祁的詞才顯得那樣鮮明熱烈，形象呼之欲出。這雖是享樂之作，但向自然春光中去享受，總比向脂粉裙釵中追求要多一點健康氣息吧！（鄧喬彬）

葉清臣

【作者小傳】（一〇〇〇～一〇四九）字道卿。蘇州長洲（今江蘇蘇州）人。宋仁宗天聖二年（一〇二四）進士。累官至翰林學士，權三司使。存詞二首。

賀聖朝　**葉清臣**

留別

滿斟綠醑①留君住，莫匆匆歸去。三分春色二分愁，更一分風雨。

花開花謝，都來幾許？且高歌休訴。不知來歲牡丹時，再相逢何處？

〔註〕①醑：音同煦，美酒。

葉清臣是北宋中期人，曾任翰林學士、權三司使等官職。他留下的詞作很少，除這首〈賀聖朝〉外，另一首〈江南好〉已經殘缺。本篇被宋黃昇選入《花庵詞選》，是寫得較好的一首詞。

這首詞大約是作者在北宋首都汴京留別友人之作。在筵宴上，作者懷著依依不捨的深情，滿斟翠綠色的美酒，殷勤地勸友人多喝幾杯，不要匆匆歸去，因為別易會難啊！時值暮春多風多雨之時，總共三分春色，其中二分是憂愁，一分是風雨，此情此景，多麼使人難堪！暮春是牡丹花開放的季節，但它容光短暫，從開放到凋謝，沒有多少時間。既然好花不長開，機會難得，還是放聲高歌，暢飲美酒，休去訴說離愁別緒吧。只是不知道明年今日牡丹花開放時節，能在何處重逢。

本篇題名〈留別〉，著重寫與友人分手時的離愁別緒，其中既有黯然失色的傷心語，又有豁達排遣的寬慰語，混和著互相矛盾的感情。「三分春色二分愁，更一分風雨」，雖然還是以詞家習慣運用的情景交融的手法來描寫離愁，但設想奇特，不落俗套，給人以新穎巧妙的感覺。詞人對「春色」巧妙地使用了等份分析法，設想「春色」總體為「三分」，而其中的「二分」是「愁」，「一分」是「風雨」。顯然，此時此刻的「春色」是「愁」與「風雨」的集合體。其實，這裡的「風雨」，只是表象，實質上是明寫風雨暗寫愁。在文學作品中，離別之際的風雨，往往是造景，它象徵著紛亂的、充塞著整個空間的離愁別緒和不忍分袂的臨歧之淚。這裡寫「風雨」，用的正是這種以景寫情的筆法。這樣看來，三分春色都是愁。詞人用全部的春色來寫與摯友分手時的離愁別緒，其友情之深，離別之難，就不言而喻了。這裡的用筆，貌似輕倩活脫，實質上飽和了作者的全部感情，字字沉重，確實是情景交融、情深意長的佳句。蘇軾著名的〈水龍吟．次韻章質夫楊花詞〉有句云：「春色三分，二分塵土，一分流水。」大約即是從此處脫胎，可見它如何受到人們的重視。上片，由舉杯挽留寫到離別情懷，由外部行動而至內心感情，用的是順敘（正敘）筆法。下片則轉折頗多。過片「花開」兩句，緊承上片的離愁別緒，並進一步預寫別後的相思。「花開」句，用韓偓〈謫仙怨〉「花開花謝相思」句意，但作者只寫「花開花謝」，而不說「相思」，實際上「相思」已包容在上片的離愁別緒之中。有離愁，必有相思，這也是感情上的自然發展。「都來幾許」，是說（這種相思）總的算來會有多少，由摯友不得長聚而引起的時序更迭、流年暗換的慨嘆與迷惘，亦暗寓其中。這兩句深化了上片的離愁。但作者馬上又衝破了感傷纏綿的氛圍，用「且高歌休訴」句一變而為高亢曠達。這是對友人的勸慰，也是作者的自我排遣，表現出作者開朗豁達的胸懷。可是一想到別易會難，明年此際不知能否重逢，心裡不免又泛起悵惘之情，使全詞再見波折。這首詞先寫離愁，繼而排解寬慰，終寫悵惘之情，篇幅不長，但寫情比較曲折細緻，語短情長，表現出作者留別友人時複雜矛盾的心情。

本篇雖寫離愁別恨，但它不像許多婉約派詞作那樣，寫愁恨掩抑低沉、淒傷欲絕。篇中不但有豁達樂觀的話，而且全篇語言剛健，筆調雄渾，在惆悵的別情背後，透露出一股豪邁開朗的氣息。《宋史》本傳載葉清臣為人豪爽剛直，敢於在宋仁宗前直言時政闕失，不畏權貴。本詞的豪放風格，也顯示出作者的性格特徵。（王運熙、施紹文）

梅堯臣

【作者小傳】（一〇〇二～一〇六〇）字聖俞，宣州宣城（今屬安徽）人。宣城古稱宛陵，世稱宛陵先生。初試不第，以蔭補河南主簿。宋仁宗皇祐三年（一〇五一），召試，賜進士出身，為太常博士。以歐陽脩薦，為國子監直講，累遷尚書都官員外郎，世稱梅都官。詩主平淡，多反映現實生活和民生疾苦，以矯宋初空洞靡麗之詩風。著有《宛陵先生集》，詞存二首。

蘇幕遮　梅堯臣

草

露堤平，煙墅杳。亂碧萋萋，雨後江天曉。獨有庾郎年最少。窣地①春袍，嫩色宜相照。

接長亭，迷遠道。堪怨王孫，不記歸期早。落盡梨花春又了。滿地殘陽，翠色和煙老。

〔註〕①窣地：窣音同素，拂地。

宋吳曾《能改齋漫錄》卷十七《樂府．詠草詞》云：「梅聖俞在歐陽公座，有以林逋〈草詞〉『金谷年年，亂生春色誰為主』為美者，聖俞因別為〈蘇幕遮〉一闋……歐公擊節賞之。」古代作家的一些名篇，往往是在立志勝過別人的同題之作的情況下產生的。張衡不滿班固的〈兩都賦〉，另作〈二京賦〉，「精思傅會，十年乃成」，終於使之成為京都賦中的大觀。唐宋詩詞中這類例子就更是不勝枚舉了。梅堯臣是北宋名作家。他在創作上自期甚高，少所許可。林逋的〈草詞〉，詞牌為〈點絳脣〉，全詞如下：「金谷年年，亂生春色誰為主？餘花落處，滿地和煙雨。又是離歌，一闋長亭暮。王孫去，萋萋無數，南北東西路。」梅堯臣不肯隨人說妍，已顯示其不偶流俗的藝術鑑賞力，又能即席賦一同題之作，與之較量短長，這更是在藝術上有獨特見解和高超修養的表現。

開頭四句寫春草的芊綿可愛。「露堤平，煙墅杳」，從具體的風景點上著筆：筆直的大堤上綠草如茵，望去平巉巉一片，白色的露水在晨光中閃爍。遠處的一座別墅，在如煙的嫩草的掩映之下，若隱若現。「亂碧萋萋」是總寫一筆。環顧四周，到處是萋萋的綠草，彷佛整個世界都被染綠了。「雨後江天曉」，是用特定的最佳環境來點染春草的精神。雨後萬物澄鮮，春草當然更為嫩綠蔥倩；江天是何等開闊蔚藍，無邊的春草與它配置在一起，千里一色，正好相得益彰。曉風輕拂，空氣清新。一派蓬勃的生機，伴隨著濃郁的春意，簇擁出一個風度翩翩的少年。「獨有庾郎年最少」三句，由物及人，由景入意。「庾郎」本指庾信。庾信是南朝梁代文士，使魏被留，被迫仕於北朝。庾信留魏時已經四十二歲，當然不能算「年最少」，但他得名甚早，「年十五，侍梁東宮講讀」（宇文逌〈庾開府集序〉）。這裡借指一般離鄉宦遊的才子。梅堯臣的詩名與才華，很早就露尖，又於二十多歲時由門蔭入仕。如果把「庾郎」看作是作者自喻，也未嘗不可。「窣地春袍」，指踏上仕途，穿起拂地的青色的章服。宋代六、七品服綠，八、九品服青。剛釋褐入仕的年輕官員，一般都是穿青袍。由綠草而聯想到春袍，與庾信的〈哀江南賦〉有些關係。《能改齋漫錄》卷七《事實．春草隨青袍》云：「杜子美詩『江草亂青袍』、『春草隨青袍』，蓋用古詩『青袍似春草，長條隨風舒』。北周庾信〈哀江南賦〉云：『青袍如草，白馬如練。』」春袍、青袍，實為一物，用在這裡主要是形容宦遊少年的英俊風貌。「嫩色宜相照」，指嫩綠的草色與袍色互相輝映，顯得十分相宜。

如果說，上闋用遍地的春草襯托出一個宦遊少年的春風得意之態的話，那麼下闋主要抒寫宦遊少年春盡思歸的情懷。「接長亭，迷遠道」，即李白〈菩薩蠻〉詞末二句「何處是歸程？長亭更短亭」之意。在茫茫的宦海中，到處潛伏著政治風險，無法預卜凶吉，也看不到自己的歸宿。這時，《楚辭．招隱士》中「王孫遊兮不歸，春草生兮萋萋」的傳統思想悄悄地爬上心頭。「堪怨王孫，不記歸期早」，詞人用自怨自艾的語調表達了強烈的歸思。「落盡梨花春又了」，化用李賀〈河南府試十二月樂詞．三月〉詩句：「曲水飄香去不歸，梨花落盡成秋苑。」以自然界春色的匆匆歸去，暗示自己仕途上的春天正在消逝。梅堯臣由門蔭入仕以後，曾應試進士，沒有及第。他擔任的官職也只不過是主簿、知縣、幕僚之類，仕途極不得意。詞的結尾兩句「滿地殘陽，翠色和煙老」，渲染了殘春的遲暮景象。「老」字與上闋「嫩」字遙相呼應。於春草的由「嫩」變「老」之中，暗寓傷春之意，而這也正好是詞人嗟老、倦遊心情的深刻寫照。

梅堯臣在藝術上主張「狀難寫之景如在目前，含不盡之意見於言外」（歐陽脩《六一詩話》引）。這首詞用「平」、「煙」、「萋萋」，狀草之形；用「碧」、「嫩」、「翠」，狀草之色；又用映襯手法傳寫出草之神與情，或實或虛，都鮮明如畫，歷歷在目。詞中抒寫了作者初仕的得意情態和後來倦於宦遊、春末思歸的苦悶心緒，但

都非常含蓄，只是在精心描繪的意境中微微透出，讓讀者於言外得之，因此這是一首較好地體現了作者藝術主張的佳作。（吳汝煜）

王琪

【作者小傳】字君玉，華陽（今四川成都）人，徙舒（今安徽廬江）。舉進士，調江都主簿。宋仁宗天聖三年（一〇二五），召試，授大理評事、館閣校勘。歷集賢校理，知制誥、加樞密直學士。以禮部侍郎致仕。今有周泳先輯《謫仙長短句》一卷，存詞十一首。

望江南　王琪

江南月，清夜滿西樓。雲落開時冰吐鑑，浪花深處玉沉鉤。圓缺幾時休。

星漢迴，風露入新秋。丹桂不知搖落恨，素娥應信別離愁。天上共悠悠。

《全宋詞》匯收王琪詞十一首，其中〈望江南〉十首，都是雙調五十四字體。每首都以「江南」二字領起，其第三字「柳」、「酒」等，即為所詠之題。此首第一句「江南月」，即是詠月。

起句「江南月，清夜滿西樓」，寫一個天朗氣清的秋夜，明亮的月光灑滿了西樓。月昇月落，月圓月缺，不知重複了多少次：「雲落開時冰吐鑑，浪花深處玉沉鉤。」上句寫天上月，雲堆散開之時，圓月如冰鑑（鏡）高懸天宇；下句寫江中月，浪花綻放深處，缺月似玉鉤沉落江心。前句「鑑」寫月圓，後句「鉤」寫月缺；「冰吐鑑」、「玉沉鉤」，句式新穎別致。本應是「冰鑑」、「玉鉤」為詞，如元稹〈月三十韻〉云：「絳河冰鑑朗，黃道玉輪巍。」陸游〈月下作二首〉其一云：「玉鉤定誰掛，冰輪了無轍。」作者以動詞「吐」、「沉」隔開名詞詞組「冰鑑」、「玉鉤」，這樣冰、玉狀月色的皎潔；鑑、鉤描明月的形態。不僅句式上易板為活，有頓挫峭折之妙；而且詞意上也用常得奇，頗具匠心。上片結句「圓缺幾時休」，既承接收攏了前兩句，又以月圓月缺何時了的感慨，十分自然地開啟了下片，轉入一個新的意境。

下片「星漢迴，風露入新秋」，寫斗轉星移，銀河迢迢，不覺又是金風玉露的新秋。「丹桂不知搖落恨，素娥應信別離愁」，素娥，嫦娥之別稱。丹桂，神話傳說月中有桂樹，高五百丈，斫之，樹創隨合（見唐段成式《酉陽雜俎·天咫》）。月中丹桂四時不謝，雖然它不會因秋而凋零；但月中嫦娥離群索居，在無休止的孤寂的生活中，肯定體驗到了離別的痛苦。「嫦娥應悔偷靈藥，碧海青天夜夜心」（李商隱〈嫦娥〉）。最後結句「天上共悠悠」。悠悠，憂思綿遠的樣子。一個「共」字，道出了人間離人和天上嫦娥，都為月缺人分離、月圓人未圓而黯然神傷，收到了「一石擊二鳥」的藝術效果。

這首詞以詠物為主，寫景生動，體物精微；在詠物中抒懷，借夜月的圓缺不休，表人事的聚散不定；以嫦娥知離愁，寫出了人間的悲歡離合。結句含蓄蘊藉，情韻悠然。（程郁綴）

解昉

【作者小傳】生卒年里不詳。字方叔。曾任蘇州司理。存詞二首。

永遇樂　解昉

春情

風暖鶯嬌，露濃花重，天氣和煦。院落煙收，垂楊舞困，無奈堆金縷。誰家巧縱，青樓弦管，惹起夢雲情緒。憶當時、紋衾粲枕，未嘗暫孤鴛侶。

芳菲易老，故人難聚，到此翻成輕誤。閬苑仙遙，蠻箋縱寫，何計傳深訴。青山綠水，古今長在，唯有舊歡何處。空贏得、斜陽暮草，淡煙細雨。

作者官不過州司理，存詞也只兩三首，自是一個不被注意的人物，就由於此詞的令人矚目，人們至今還沒有把他遺忘。

本詞寫的是一個男性的相思，不像一般寫女性相思的詞那麼深婉，詞意較為率直顯露。上片說春日憶舊。前六句總寫一派大好春光。「風暖鶯嬌，露濃花重，天氣和煦」，寫縱目所見景色：春風吹暖，鶯啼宛轉，百花帶露，滴紅流翠，一派生機。「院落煙收，垂楊舞困，無奈堆金縷」，寫眼下庭院中的又一番春意：院牆下、樹叢中的晨霧被和煦的陽光驅散，垂柳隨風起舞已覺困乏，無可奈何地暫時停歇，一樹樹柳條，就像一堆堆金色的絲條。這裡所寫的也不過是風和日麗、鳥語花香之意，但經作者這樣重彩鋪陳，大有使人身臨其境之感，彷彿可以從紙上聞到春天的氣息。尤其是將垂柳人格化，既顯現了它的動態美，又描寫了它的靜態美，真可謂動靜得宜，婀娜多姿，把柳寫活了，可見其描繪之功。「誰家巧縱，青樓弦管，惹起夢雲情緒」，說的是正賞春色的時候，不知哪家歌樓妓館發出了弦管之聲。傳入耳鼓，惹起了自己的相思之情。「夢雲」用宋玉〈高唐賦〉楚王夢朝雲事。這是從賞春到感舊的一個過渡，也暗示出他往日的情人是一個青樓歌女。「憶當時、紋衾粲枕，未嘗暫孤鴛侶」，即轉入對往日愛情生活的回憶：我與她曾是那麼形影不離，從未單枕獨倚，孤衾獨眠。對往日的回憶，僅及於此，但也就夠了。

下片在回憶的基礎上抒發自己的追悔、思念和悲苦之情。「芳菲易老，故人難聚，到此翻成輕誤」，意思是說當年為了仕途前程什麼的而暫時分了手。哪知道世事無常，青春易逝，兩人難以見面，此刻才意識到當時不該輕率地分離，以致鑄成終身的遺恨。「閬苑仙遙，蠻箋縱寫，何計傳深訴」，接著寫兩人天各一方，音信難通。閬苑，即閬風之苑；閬風是傳說中位於崑崙之巔的一座仙山，一般概指仙人所居之境。蠻箋，是唐時四川地區所產的一種彩色紙，相當珍貴。這裡是使用典故。詞中以洞府仙山喻坊曲，仙女喻美人，其例頗多。如孫光憲〈應天長〉「翠凝仙豔非凡有，窈窕年華方十九。……醉瑤臺，攜玉手」，柳永〈玉女搖仙佩．佳人〉「飛瓊伴侶，偶別珠宮，未返神仙行綴」皆是。這裡說其地其人已離我十萬八千里，我縱使用珍貴的彩色信箋傾訴我的深情，可又有什麼辦法傳遞呢？「青山綠水，古今長在，唯有舊歡何處」，是發自心靈深處的感慨：山水長存，而歡樂不再，「空贏得、斜陽暮草，淡煙細雨」，眼前所得到的只是一片黯淡與迷惘、寂寞與痛苦。斜陽暮草，淡煙細雨，是緣情造景，化不可描摹之情為可見可感之景，以此收結，餘韻不盡。

此詞結構單純，不見錯落；意旨外露，不見隱情；一氣貫串，不見斷續，似是詞壇新手的作品。然而它有一個最大的優點，那就是盡情地表現了胸中燃燒著愛情的烈焰，可以使你聽到作者的心跳，摸到作者的體溫，這又是一般詞壇老手不容易做到的。它的強烈的表情效果，來自如下三方面的努力：一是不開門見山地寫感舊，而先安排一個春日融融的背景。這種當春感舊的布局，不僅自然，而且與後面有著某種比襯作用：大自然的春天去了又回，我心中的春天卻一去不返；大自然是如此的喧鬧，我心中卻是如此冷寂。有此種對比，自然會增加感情的強度與力度。二是回憶直插愛情生活的最深層——同衾共枕。只有回憶得如此之切，才能想念得如此之深；只有回憶得如此之甜蜜，才能顯出分離之痛苦。三是充分利用景物的表情作用，如以青山綠水的長在，反襯自身的舊歡不再；以斜陽煙雨的黯淡迷濛，隱喻愁恨的無邊無際。這樣以有形的景物來體現無形的思緒，作者的感情自然鮮明可感，而且富有餘味。難怪俞陛雲對此詞下了這樣的評語：「其勝處在下闋『青山』以下五句，舉目河山，舊歡如夢，斜陽煙雨，觸處生悲，山靈有知，閱盡悲歡百態，但身受者難堪耳。」（《宋詞選釋》）

（謝楚發）

韓琦

【作者小傳】（一〇〇八～一〇七五）字稚圭，安陽（今屬河南）人。宋仁宗天聖五年（一〇二七）進士。官至同中書門下平章事、昭文館大學士，累封魏國公。著有《安陽集》。《全宋詞》錄其詞五首。

點絳脣 韓琦

病起懨懨，畫堂花謝添憔悴。亂紅飄砌，滴盡胭脂淚。

惆悵前春，誰向花前醉？愁無際。武陵回睇，人遠波空翠。

宋吳處厚《青箱雜記》卷八載：「韓魏公晚年鎮北州，一日病起，作〈點絳脣〉小詞。」詞即此首，是作為正人端士的豔麗之詞一例錄存的。「韓魏公」即韓琦。他從神宗熙寧元年（一〇六八）六十一歲以後，長期任河北路安撫使，判大名府。熙寧五年判大名再任期滿，以身體多病上表乞歸老故鄉。次年才移官相州，而於熙寧八年卒於相州。所謂「晚年鎮北州」，指大名之任。「北州」，一本作「北都」，蓋北宋以大名府為北京也。如是，則這首詞當作於六十一歲以後。「病起懨懨」，即《青箱雜記》所說的「一日病起」，「懨懨」，精神疲憊不振的樣子，這句是實寫作者當時的情況。由於生病，心緒愁悶，故見畫堂前正在凋謝的花枝，也好像更增添了幾分憔悴。「畫堂」句，不僅點出了暮春的節候特徵，而且亦花亦人，花人兼寫：「憔悴」，既是寫凋謝的花，也是寫老病的人；人因「病起懨懨」，而覺得花也憔悴；而花的凋謝也更增加了病人心理上的「懨懨」。「亂紅」兩句，緊承「畫堂」句，進一步描繪物象，渲染氣氛。有「畫堂花謝」，即有「亂紅飄砌」。「砌」應「畫堂」，「亂紅」應「花謝」，連環相扣，正是作者用筆縝密之處。「滴盡胭脂淚」，則情濃意切，極盡渲染之能事。「胭脂淚」，形象地描繪「亂紅」的飄墜，賦予落花以傷感的人情，同時也包含了作者自己的傷感。詞的上片，情景交融，辭意淒婉。下片轉入懷人念遠。「惆悵」兩句，寫前春人去，無人在花前共醉，只有「惆悵」而已。「惆悵」之至，轉而為「愁」，愁且「無際」，足見其懷人之深。最後兩句，更以特出之筆，抒發此情。「武陵回睇」，即「回睇武陵」，回睇，轉眼而望。「武陵」，由結句的「波空翠」看，應是指晉陶淵明《桃花源記》中的武陵溪。作者可能是由眼前的「亂紅飄砌」而聯想到「落英繽紛」的武陵溪，而那裡正是駐春藏人的好地方。但這裡並非是實指，而是藉以代指所懷念的人留連之地。不過，人在遠方，雖凝睇翹首，終是懷而不見，望中徒有翠波而已。「空」字傳神，極能表現作者那種悵惘、空虛的心情。

這首詞很可能有其特定的寓意。當時，王安石正大刀闊斧推行新法，反對新法的大臣紛紛遭貶。韓琦對新法是不滿的，熙寧三年二月，他曾上書請罷青苗法，與王安石發生了尖銳矛盾，王安石曾為此稱疾不朝，韓琦也因此解除了河北安撫使的職權。此後，他心情苦悶，憔悴而多病，同時也非常懷念那些貶出朝廷的志同道合的同僚。凡此，皆與詞中所表現的氣氛與感情極相符合。只是他的這種思想感情，由於當時形勢所迫，動輒得咎，不得不借助於傷春懷人的傳統手法表達罷了。

由落花而傷春，由傷春而懷人，暗寄時事身世之慨，全詞用筆婉妙，深情幽韻，裊裊若不能自勝。這種情調與政治舞臺上剛毅英偉、喜怒不見於色的韓琦絕不相類。對此，吳處厚在其《青箱雜記》中作了這樣的解釋：

「文章純古，不害其為邪；文章豔麗，亦不害其為正。然世或見人文章鋪陳仁義道德，便謂之正人君子；若言及花草月露，便謂之邪人。茲亦不盡也。皮日休曰：『余嘗慕宋璟之為相，疑其鐵腸與石心，不解吐婉媚辭，及睹其文，而有〈梅花賦〉，清便富豔，得南朝徐庾體。』然余觀近世所謂正人端士者，亦有豔麗之詞，如前世宋璟之比。」接著他選錄了這些「正人端士」的詩詞，其中便有韓琦的〈點絳脣〉。同樣的情況，還有范仲淹、司馬光等，皆一時名德重望，他們都寫過豔麗的小詞。其實，這倒是一種正常現象，如宋楊湜《古今詞話》所說：「人非太上，未免有情。」(清馮金伯《詞苑萃編》引)唐韓偓〈流年〉詩有云：「雄豪亦有流年恨，況是離魂易黯然。」再者，這與詞的發展特點有關。詞之初起，便以抒情為上，《花間》之後，便形成了婉約的傳統，在韓琦的時候，詞還沒有突破這個傳統。鑑於這些情況，有著個人遭際的韓琦，寫出這種情調的詞，是完全可以理解的。(丘鳴皋、秋如春)

杜安世

【作者小傳】字壽域，京兆（今陝西西安）人。《全芳備祖》稱為杜郎中。有《杜壽域詞》一卷，存八十四首。

鶴衝天　杜安世

清明天氣，永日愁如醉。臺榭綠陰濃，薰風細。燕子巢方就，盆池小，新荷蔽。恰是逍遙際。單夾衣裳，半籠軟玉肌體。

石榴美豔，一撮紅綃比。窗外數修篁，寒相倚。有箇關心處，難相見，空凝睇。行坐深閨裡，懶更妝梳，自知新來憔悴。

在宋詞作家中，杜安世是個不大顯眼的人物。他的生平缺乏詳細記載，甚至連名和字都搞不清楚。宋陳振孫《直齋書錄解題》稱他名安世，字壽域；宋黃昇《花菴詞選》卻說他字安世，名壽域；把編選《宋名家詞》的明毛晉和編《四庫全書總目》的清紀昀都弄糊塗了。《直齋書錄解題》把他的詞集列在張先、歐陽脩詞之間，可知他是北宋前期的作家。他的《壽域詞》現存作品八十多首，數量不算太少。這首〈鶴衝天〉詞，是值得一讀的。

詞的內容是寫閨思。把春末夏初的景物和深閨思婦的情態，寫得相當鮮明生動。

上片重點鋪敘夏初景物，即閨人所居住的環境，也寫出了環境中的人物。「清明天氣，永日愁如醉」，清明，猶言清和，形容夏曆四月天氣。此時梅、杏、桃等花早已漸次凋謝，最容易引起思婦離人的愁懷。「愁如醉」，兼狀愁人的內心感受和外在表現。愁緒襲來，內心模模糊糊，外表則顯現為表情呆滯。愁人是容易感到日長的，何況清明之後，白晝又確實是逐漸地長了起來，故曰「永日愁如醉」。這樣，一開頭，這首詞就把它要吟詠的主人公的特定心理狀態介紹出來了。

接著筆鋒一轉，描寫閨人所居住的環境。「臺榭綠陰濃」至「新荷蔽」數句，活畫出一幅夏初的園林美景。暖風輕拂；臺榭的周圍，綠樹成蔭；歸來的燕子，新巢已經築成；小小的池塘，長滿了青青的荷葉：這一切是多麼的美，多麼的誘人啊！我們的詞人不禁喊出了一句：「恰是逍遙際」——正是優遊自在地賞玩景物的好時光！但是生活在這裡的女主人公怎麼樣呢？「單夾衣裳，半籠軟玉肌體」，一位肌膚柔軟潔白的佳人，披著件薄薄的夾衣，呆呆地站立在那裡。何以見得這兩句詞有刻畫女主人公神情呆滯的意義呢？一是從「半籠」兩字，見出她披衣時的漫不經心；二是開頭「永日愁如醉」句已作了提示，這裡不過是一種呼應。這樣，女主人公的形象，就得到了進一步的豐富。從描寫的角度來觀察，作者把寫景和寫人的關係處理得很好。優美的環境，襯托著美麗的閨人，恍如綠葉叢中簇擁著牡丹，相得益彰：這是一個方面。但是另一方面，環境和人物又構成了反襯：景物自佳而人物自愁，節奏並不協調，於是更顯出了人物的愁緒之重。

下片著重寫閨人的幽怨情懷和憔悴情態，但卻從景物寫起：「石榴美豔，一撮紅綃比。」這是以「紅綃」比石榴花之紅以狀其美。石榴夏季開花，花常呈橙紅色。白居易〈題孤山寺山石榴花示諸僧眾〉詩云：「山榴花似結紅巾，容豔新妍占斷春。」以紅色的織物比石榴花，大概就從這裡開始。作者看來是受到白詩的啟發。

其後蘇東坡也有「石榴半吐紅巾蹙」（〈賀新郎〉）之句，文學上的繼承借鏡而又有所變化，就是如此。這兩句是繼續寫園林美景。長詞須有錯綜，有搖曳，不可平板單調；下片以寫人為主，卻以寫景開頭，就是為此。

「窗外數修篁」兩句，是實寫，也是虛寫。實寫就是女主人公的窗外大概真的有幾竿修竹；因為在中國的園林中，竹子是必不可少的。虛寫就是她並不一定真的去相倚；這裡用了杜甫〈佳人〉詩中「天寒翠袖薄，日暮倚修竹」的意境，說明她也具有自憐幽獨的懷抱而已。這兩句，既是寫景，也是寫人，其作用是從寫景過渡到寫人，而且本身已具有豐富的幽怨內涵。

於是，緊接著上面兩句，作者揭示了女主人公心靈的祕密：為什麼她那樣幽怨滿懷、行動呆滯呢？是因為「有箇關心處，難相見，空凝睇」。——有一個她關心的人，卻難以相見，只能白白地盼望。這在行文上是水到渠成的一筆，對女主人公的情懷、表現寫了那麼多，其原因也該有一個交代了。詞作至此，就內容來說，已夠完整。但若在此處遽然結束，那麼在人物形象的飽滿方面，卻還有所欠缺。於是就有了最後的三句：「行坐深閨裡，懶更妝梳，自知新來憔悴。」這是對女主人公情態的進一步刻畫，也是對這個人物形象的補足性刻畫。我們彷彿見到她在深閨裡行坐不安的狀態，彷彿見到她形容憔悴的樣子。是的，心愛的人兒不在身邊，還有什麼心思去梳妝打扮呢？「自伯之東，首如飛蓬，豈無膏沐，誰適為容？」（《詩經．衛風．伯兮》）「自從別歡來，奩器了不開。頭亂不敢理，粉拂生黃衣。」（〈子夜歌〉）自古以來，這種事就是人同此心，心同此理的。經過了最後這幾句的進一步刻畫，一位因懷念遠人而憔悴幽怨的閨中少婦的形象，就鮮明地站立在讀者的眼前。

這首詞，前片著重寫景，後片著重寫人，局勢有所變換；但又緊緊圍繞著一個中心，就是把人寫好，寫景是為了反襯人。這樣，詞的氣脈就一氣貫串，而使結構臻於完整。在藝術風格方面，它較少粉飾，善於鋪敘，與柳永詞有相似之處。（洪柏昭）

菩薩蠻 杜安世

遊絲欲墮還重上，春殘日永人相望。花共燕爭飛，青梅細雨枝。

離愁終未解，忘了依前在。擬待不尋思，剛眠夢見伊。

春天即將結束。在燕飛花謝，梅子青青的季節裡，獨處深閨的少女的內心深處，產生了一種難以填補的空虛和惆悵。她止不住向遙遠的高空望去，這時，她才意識到自己在為深深的離愁所苦，直至魂牽夢縈，無法解脫。這雖是古代詩詞最為常見的題材，但這首詞構思比較別致，善於透過具有特徵性的事物含蓄曲折地表現女主人公那種幽微深隱的情感，頗具特色。

起筆就與眾不同：「遊絲欲墮還重上。」詞人抓住在空中飄搖不定的「遊絲」來大做文章，是頗具匠心的。「遊絲」，也說是「晴絲」、「飛絲」、「煙絲」，是一種蟲類吐出的極細的絲縷，飄浮在空氣之中，如果天氣晴朗，陽光璀璨，有時還可發現這種「遊絲」在空中閃著水晶般透明的耀眼的光澤。作者透過這一細微的事物反映出痴情少女內心的微妙的波動，反映出這位少女對春天的熱愛，對青春和對生活的熱愛。明湯顯祖《牡丹亭．驚夢》有句云：「裊晴絲吹來閒庭院，搖漾春如線。」它形象地描繪出杜麗娘青春的覺醒。此詞「遊絲」一句，含蓄曲折，一語雙關。它表面上似在寫景，實際卻在寫少女的心境。詞人在這裡用的是民歌中「諧音隱語」手法。詞裡「遊絲」，正是有意與「相思」的「思」字雙關。這一句形象地說明，少女的相思之情跟天上飄飛不定的「遊絲」一樣，一忽兒，像是要墜落下來；一忽兒，又扶搖直上。剛剛平靜下來的內心，也因此捲起了感情的漣漪。諧語雙關，不僅增強了詞的韻味，同時它還把詞中的景、事、情串接在一起，使全詞成為無懈可擊的有機整體。

當這少女的目光伴隨「遊絲」「重上」之後，她的心也飛向了遠方，於是引出了第二句：「春殘日永人相望。」「春殘」，點明季節，春歸而人未歸。「日永」，白晝延長。在此情況下，「相望」的時間也隨之增長了。「花共燕爭飛，青梅細雨枝」二句是對「春殘」的補充，同時，它又是「人相望」的必然結果。雖然這位少女「相望」的是「人」，但因「人」在千里之外，可望而不可即，她所能見到的便只能是落紅伴著雙飛的紫燕紛紛飄墜，是被雨滋潤過的梅枝上的青青梅子。這兩句還兼有映襯與象徵作用。花，落了；春，歸了；燕子，回來了；人呢？卻杳無歸期。離愁別恨又怎能不油然而生？這也許就是「遊絲欲墮還重上」的深層原因吧。

過片「離愁」二字，很自然地成為上下片轉折過渡的關鍵，並具有畫龍點睛的妙用。「離愁」與「遊絲」上下呼應。「離愁」因有「遊絲」的映襯而顯得鮮明具體，「遊絲」以「離愁」為內涵愈加顯得充實。因之，即使相望很久，都未能沖淡她的「離愁」，故曰「終未解」。不僅如此，詞人還補足一句：「忘了依前在。」「忘了」二字之下省略了一個賓語，即末句的「伊」。即使你想方設法去忘卻他，可他還是跟從前一樣，清清楚楚地再現於你的眼前，再現於你的心頭。詞人這樣寫，覺得意已盡而情猶未盡，又寫了兩句：「擬待不尋思，剛眠夢見伊。」「不尋思」即「忘了」，「夢見伊」即「依前在」。這樣說，豈不是屋下架屋，床上施床了麼？並非如此。無論詩歌藝術有以重複表示強調的傳統手法，就以這一結兩句來說，較之前一句也還是有點新東西。第一，它承接前文的「日有所思」，進一步寫出了「夜有所夢」；第二，說待要不想他，剛睡下就夢見他了，「擬待」與「剛」，虛詞轉折力度強，實際上是以「夢見伊」否定了那個「不尋思」，比以「依前在」來否定「忘了」

還要乾淨徹底。第三，作者不是正面表達她渴望與所思之人夢中相會，而是以「擬待不尋思」先跌一筆，再以「剛眠夢見伊」點出正意，來一個否定之否定，運筆新奇，因而就更引人入勝。比較古樂府〈飲馬長城窟行〉的「青河畔草，綿綿思遠道。遠道不可思，宿昔夢見之」，事非兩歧，意亦只此一端，但以詞體寫出來，便見婉曲之美。無疑，這是一首情真意切、纏綿執著的戀歌，似乎還表現出作者對美好事物、美好理想那種朝思暮想的執著追求。這首詞清新、流暢、自然，淺語含深意，淡語有醇味，頗有民歌風味。（陶爾夫）

卜算子 杜安世

尊前一曲歌，歌裡千重意。才欲歌時淚已流，恨應更、多於淚。

試問緣何事？不語如痴醉。我亦情多不忍聞，怕和我、成憔悴。

這首詞寫聞歌有感。一位歌女的動情演唱引起詞人強烈共鳴，不禁一掬同情之淚。其情事大類白居易〈琵琶行〉，然而小詞對於長歌，在形式上有尺幅與千里之差別。對照讀之，最足見此詞在寫作上的特色。

詞分三層。上片都為一層，寫歌女的演唱，相當於白詩對琵琶女演奏的敘寫。「尊前一曲歌，歌裡千重意」，一曲歌而能具千重意，想必亦能說盡胸中無限事；而這「無限事」又必非樂事，當是平生種種不得意之恨事。這是從後二句中「恨」、「淚」等字可得而知的。首二句巧妙地運用了對仗加頂真的修辭，比較一般的「流水對」更見跌宕多姿，對於歌唱本身亦有模擬效用。「才欲歌時淚已流」一句乃倒折一筆，意即〈琵琶行〉「未成曲調先有情」也。「恨應更、多於淚」，又翻進一筆，凸出歌中苦恨之多。白居易詩對音樂本身的高低、疾徐、滑澀、斷連等等，有極為詳盡的描摹形容；而此詞沒有也不可能對歌曲本身作直接描繪，但它透過：一曲歌——千重意——淚已多——恨更多的層層翻進，已能啟發讀者去想像那歌聲的悲苦、宛轉與動聽了。

「試問緣何事？不語如痴醉」，是第二層。對歌女的悲悽身世作了暗示，相當於琵琶女放撥沉吟，自道辛酸的大段文字。但白詩中的詳盡的直白，在此完全作了暗場的處理，或者說設置為懸念了。當聽眾為動聽的演唱感染至深，希望進一步瞭解歌者身世時，她卻「不語如痴（如）醉」。這樣寫固然是受小令體裁的限制，然而卻又取得了「此時無聲勝有聲」的效果。

末三句為第三層，寫詞人由此產生同情並勾起自我感傷，相當於白居易對琵琶女的自我表白。但白詩明寫了「同是天涯淪落人，相逢何必曾相識」的認同感和緣由，此詞卻沒有。他只說「我亦情多不忍聞」，好像是說歌女不語也罷，只怕我還受不了呢。由此可知，這裡絕不是一般的「情多」導致感傷，而是詞人已從歌詞本身猜測到歌女身世隱痛，又聯繫到個人某些經歷，產生了一種同病相憐、物傷其類的感情。非如此絕不至於「怕和我、成憔悴」的。

可見歌行所長在敘事，妙在形容的委曲詳盡，得其情實；小令所善在抒情，妙在懸念的設置，化實為虛，得其空靈。此外，這首詞在運筆上頗饒頓挫，上片用遞進寫法，下片則一波三折：試問——不答——即答亦不忍聞……讀來便覺引人入勝。〈卜算子〉詞調的兩結，本為五言句，此詞則各加了一個襯字變成六言句（三三結構）。大凡詞中加襯字者，語言都較通俗，此詞亦然。（周嘯天）

李師中

【作者小傳】（一〇一三～一〇七八）字誠之，楚丘（今山東曹縣東南）人。宋仁宗慶曆二年（一〇四二）進士。仁宗朝，提點廣西刑獄。歷天章閣待制、河東都轉運使、秦鳳路經略使、知秦州。後為呂惠卿所劾，貶和州團練副使，稍遷至右司郎中。著有《珠溪詩集》，詞存一首。

菩薩蠻　李師中

子規啼破城樓月，畫船曉載笙歌發。兩岸荔枝紅，萬家煙雨中。

佳人相對泣，淚下羅衣濕。從此信音稀，嶺南無雁飛。

李師中在宋仁宗朝曾為廣南西路提點刑獄，宋范公偁《過庭錄》說他「帥桂罷歸，一詞題別」，可見此詞作於卸任之時。唐宋詞中寫嶺南生活的作品不多，除《花間集》中歐陽炯、李珣的幾首〈南鄉子〉外，當推此闋寫得較好。全詞景色清麗，感情深摯，在意境上似比歐、李詞更為深遠。

詞為「題別」而作，通篇圍繞一個「別」字做文章。上闋起句寫臨別前情景。詞人將要離開廣西了，黎明之前子規鳥就不住地啼鳴，把他從夢中喚醒。他舉頭看看窗外，一彎殘月高掛西天，好像是被子規啼破了似的。

這一句至少有四層意思：第一寫早起之景；第二點臨別之時（子規鳴於農曆三月）；第三寫歸去之思（相傳子規鳴聲似「不如歸去」）；第四抒離別之情（古代以月圓狀團聚，以月破狀分離）。乍看上去，出語自然；細細吟味，含意無窮，洵為人工天籟。第二句寫詞人乘著華麗的官船將要出發，雖為寫實，但實中帶虛，所謂「曉載笙歌」者，乃是以「笙歌」兼指吹奏笙歌的樂妓也，用語甚美，耐人尋味。三、四兩句尤為入妙。畫船在清澈的江中容與而行，只見兩岸荔枝，嬌紅欲滴；濛濛煙雨，籠罩萬家。這完全是畫境，同時也是詩境，讀之令人陶醉。李珣的〈南鄉子〉也寫過乘船，也寫過荔枝，云：「避暑信船輕浪裡，遊戲，夾岸荔枝紅蘸水。」但比起此詞，尚嫌淺狹而輕俏。像這樣色彩豔麗、意境闊大而又迷濛的名句，在唐宋詞中似不可多得。

過片二句寫別情。佳人，謂畫船中樂妓。這裡不僅補足「笙歌」一詞之意，而且進一步發抒離思。一位清正的地方官將要離任了，佳人們無法挽留，與詞人相對而泣，滾滾熱淚，濕透羅衣。這種告別場面，柳永的〈雨霖鈴〉中也寫過：「方留戀處，蘭舟催發。執手相看淚眼，竟無語凝噎。」柳詞寫得含蓄，讓人物盡量控制自己的情感，把淚水吞進腹中。這裡則讓佳人們把惜別的淚水傾瀉出來。寫法不同，而離情則一。

結尾二句，係預想別後情景，對不可能繼續通信表示擔心。「嶺南無雁飛」，據宋陸佃《埤雅》卷十云，雁飛不過衡山，因南地極燠。廣西在嶺南，故鴻雁更難飛到。此處運用鴻雁傳書的典故，符合當地特點，顯得十分妥帖。在古代詩歌中，一般是未曾言別，先盼書來；這裡恰恰相反，未曾言別，先說無書，在寫法上可算是個創新。但就意境而言，這個結尾則不如上闋那樣優美，其失在於質直，於曲則可，詞似不宜。

此詞精於鍊字，工於鍊意。首句「子規啼破城樓月」中的「破」字當從鍛鍊中得來。子規、城樓、月，本是三個互不相干的概念，然著一「破」字，遂連成一體，形成渾一的境界。被人稱為「謝蝴蝶」的宋代詞人謝逸曾在〈玉樓春〉中寫過一聯：「杜鵑飛破草間煙，蛺蝶惹殘花底霧。」深受明人沈際飛推崇，說是「『飛破』、

『惹殘』，極推敲之致」（《草堂詩餘正集》）。其實那個「破」字，主要表現了清晰感和動態美，在藝術的提煉和概括方面，則不如這個「破」字。（徐培均）

蔡挺

【作者小傳】（一〇一四～一〇七九）字子政，一作子正。宋城（今河南商丘）人。宋仁宗景祐元年（一〇三四）進士。歷知滁州、慶州、渭州。以屢敗夏人，討平慶州兵變，累遷龍圖閣直學士。宋神宗熙寧五年（一〇七二），拜樞密副使，以疾罷。詞存一首。

喜遷鶯

蔡挺

霜天秋曉，正紫塞故壘，黃雲衰草。漢馬嘶風，邊鴻叫月，隴上鐵衣寒早。劍歌騎曲悲壯，盡道君恩須報。塞垣樂，盡櫜鞬錦領，山西年少。談笑。刁斗靜，烽火一把，時送平安耗。聖主憂邊，威懷遐遠，驕虜尚寬天討。歲華向晚愁思，誰念玉關人老？太平也，且歡娛，莫惜金樽頻倒。

蔡挺曾於仁宗朝知慶州（今甘肅慶陽），在那裡，他多次打敗了來犯的西夏；神宗即位，加天章閣待制，知渭州（今甘肅平涼），他又訓練士卒，使其「甲兵整習，常若寇至」（《宋史》本傳）。正是這種自豪感激勵著他，從而寫下了〈喜遷鶯〉這樣慷慨雄豪的詞篇。

《宋史》本傳說蔡挺「在渭久，鬱鬱不自聊，寓意詞曲，有『玉關人老』之嘆。」據此，可以確定此詞作於他知渭州期間。全詞以邊塞生活為主體，在昂揚向上的主調中，也流露出了一縷淡淡的憂愁。

詞的上片不用突兀之筆，而是從平淡處入手，以邊塞秋景自然引起。此處的景物都是虛寫，旨在渲染塞上所特有的荒寒寂寥。「霜天秋曉，正紫塞故壘，黃雲衰草」三句，從靜態的方面來摹寫。邊塞秋曉，霜空無際，冷氣襲人。步出帳外，只見曉色中隱約可見的故壘和低壓的黃雲下的枯草衰蓬……繼之而下的「漢馬嘶風，邊鴻叫月」兩句是從動態的方面著筆。透過「叫」字與「嘶」字對舉，把邊塞的風貌活生生地展示在眼前。以上均是從景物方面所作的描繪。

「隴上鐵衣寒早」一句，以「隴上」和「寒早」與前面的秋景相應和，同時自然地以「鐵衣」二字引出活動於詞中的主體——戍邊士卒。因此，這之後便以「劍歌騎曲悲壯」直接敘寫守邊少年慷慨報國的豪情。「盡道君恩須報」一句順勢而下，豪俠之氣衝紙而出。唐詩人李白在〈塞下曲六首〉其二中所寫的「橫戈從百戰，直為銜恩甚」，正與此處的詞意相通，都表現出為國捐軀的決心。何況當時仁宗皇帝對戍邊士卒又能體恤。據《宋史·仁宗本紀》載，慶曆二年冬，「詔恤將校陣亡，其妻女無依者養之宮中」；四年六月，「詔諸軍因戰傷廢停不能自存及死事之家孤老，月給米，人三斗」；五年三月，「詔邊兵第賜緡錢」。朝廷如此，將士們自然會捨生忘死加以報效。而這就與被迫從軍、厭戰畏敵根本不同，將士們的情緒是積極向上的。作者正是深刻地體認到這一點，因此纔可能唱出「塞垣樂，盡櫜鞬錦領，山西年少」這樣有激情、有氣勢的詞句。櫜鞬（音同高兼）是裝甲冑、弓箭的袋子，錦領指戰袍。這裡是說衣甲鮮明的少年將士深覺從軍守邊之樂。因何特指山西？這是暗用《漢書·趙充國傳贊》「秦漢以來，山東出相，山西出將」的成語。山西，指華山或太行山以西地區。上片由寫景到寫人，情緒則由低抑到高昂。東漢末王粲〈從軍行五首〉其一云：「從軍有苦樂，但問所從誰。」作者有生活實踐，詞的上片深得此意。

下片與上片緊相承接。「談笑」二字須與「刁斗靜」相連理解，才能得其真意，它與李白〈永王東巡歌十一首〉其二「為君談笑靜胡沙」含義相同，不是一般生活中的談笑，而是說在從容鎮定之間就把邊事平定了。當然，就宋與西夏之間的當時局勢說，還只是做到了緊守邊關，保得邊境無事。「刁斗靜」是說夜間不必擊刁斗以警戒；「烽火一把，時送平安耗」，也是這個意思。唐代邊塞烽火臺每夜放煙一炬，稱為「平安火」。元積〈遣行十首〉其九說：「平安火莫驚。」這幾句一方面寫出了當時的大好形勢，另一方面對前面表現出來的昂揚士氣做了一個不露痕跡，卻又是必要的補充收結。

「聖主憂邊，威懷遐遠，驕虜尚寬天討」，這幾句是說朝廷採取守邊的策略，對化外之民，想用仁義去感化他們，不用武力去鎮壓，等待他們自己來歸順。於是一年又一年的等待過去了——這三句又為後面的兩句作好鋪墊：「歲華向晚愁思，誰念玉關人老」二句，一反前情，忽作悲愁之語。其實，這正是詞人「在渭久，鬱鬱不自聊」的結果。由於作者後半生多在窮荒邊塞，且多屬太平時期，因此，他自然會生出歲晚難歸，年華空逝的嘆息。不過，以此憂鬱的分量與前面的高亢豪邁相比，其比重又是極小的。因此，它就不至於傷及全詞慷慨豪邁的基調。

全詞以「太平也，且歡娛，莫惜金樽頻倒」作結，極為巧妙。它們對前面表露出的兩種不同情緒都起到了回應的作用：就積極的方面來看，則是因為邊境平靜，使得少年壯士有此「金樽頻倒」的豪情；就消極的方面來看，則又可以理解為作者因歸去無望，暫且把酒自寬的情緒。

北宋寫邊塞題材的詞，留傳下來的極少，以范仲淹〈漁家傲〉「塞下秋來風景異」一首為有名。而蔡挺此詞，宋魏泰《東軒筆錄》卷六亦稱其「盛傳都下」，蔡挺亦因此詞得以調回朝廷任要職。兩詞皆作者親歷邊郡所詠，寫出了真情實感。蔡詞藝術上精粹不及范詞，而氣勢昂揚，也是值得一讀的。（林昭德、陳忻）

司馬光

【作者小傳】（一〇一九～一〇八六）字君實，陝州夏縣（今屬山西）涑水鄉人，世稱涑水先生。宋仁宗寶元元年（一〇三八）進士。仁宗末年任天章閣待制兼侍講，知諫院。神宗時反對王安石變法，出知永興軍。哲宗元祐初，拜尚書左僕射兼門下侍郎。為相八月，病卒。贈太師、溫國公，謚文正。著有《司馬文正公集》《稽古錄》，並主修《資治通鑑》。存詞三首。

阮郎歸

司馬光

漁舟容易入春山，仙家日月閒。綺窗紗幌映朱顏，相逢醉夢間。

松露冷，海霞殷①。匆匆整棹還。落花寂寂水潺潺，重尋此路難。

〔註〕①殷：音同煙，《廣韻》：「殷，赤黑色也。《左傳》云：『左輪朱殷。』」

〈阮郎歸〉又名〈宴桃源〉〈醉桃源〉〈碧桃春〉等，此詞詠其本意。傳說漢明帝永平年間，浙江剡縣劉晨、阮肇同入天台山採藥，迷路不得返，採桃實充飢。至一溪邊，見二女子，姿容絕美，邀劉、阮同居。半年後出山還家，親舊凋零，不復相識，距入山之時，已歷七世（見南朝宋劉義慶《幽明錄》）。唐宋詩詞中，常將劉、阮故事與陶淵明〈桃花源記〉武陵漁人入桃源事牽合在一起，用作冶遊、豔遇的典故。這首詞也是如此。

「漁舟容易入春山，仙家日月閒」，寫一葉漁舟，於無意間進入春山仙境，領略到與人世間不同的悠閒歲月。「容易」，輕易。其所以能輕易地進入仙境，正表示有某種因緣使然。「春山」，則暗示山中花事繁鬧，春景宜人，劉、阮故事中也有「氣候草木是春時」的描述。這兩句流露出初入仙境時一種意外的欣喜和新奇的感受。「綺窗紗幌映朱顏」，綺窗，雕花的窗戶。紗幌，薄紗窗簾。朱顏，指年輕美貌的女子。作者不正面寫女子的姿容，而透過玲瓏的雕花窗和掩映的薄窗紗剪出她的倩影，用筆空靈，縹緲若仙。緊接一句「相逢醉夢間」，則承上句朦朧恍惚之境，寫豔遇的心理：面對天仙般的女子，只覺得醺醺如醉，忽忽如夢，不知是真還是幻，這正是一種全身心陶醉的幸福之感。

過片「松露冷，海霞殷」二句，以松間夜露和海上朝霞，寫山中晨昏景色的變化，暗示時序推移，離別之時將至。寫景靜中有動，且為下句「匆匆整棹還」暗中過渡。整理舟船，匆匆欲歸，是寫塵心未泯，仙緣已盡。但也可以另作一解，即所謂「歡愉之日苦短」，感到歡會未久，卻匆匆就要歸去，流露出一種深深的惋惜和追戀之情。「落花寂寂水潺潺，重尋此路難」，慨嘆別後桃源路渺，無從相見了。寂寂落花，潺潺流水，回應開頭春山漁舟，表示時移境換，且暗喻前情已如水流花落，一去不返。陶淵明〈桃花源記〉寫後人重尋桃源而不得，有云：「尋向所誌，遂迷，不復得路。」秦觀〈點絳脣．桃源〉詞結句云：「亂紅如雨，不記來時路。」與此詞機杼相似。

司馬光是一代名臣和史學大家，亦偶作小詞，《全宋詞》錄存三首，均寫豔情，風格婉麗。宋吳處厚《青箱雜記》卷八比之為鐵石心腸而賦梅花的唐代名相宋璟，此詞可見一斑。（吳戰壘）

西江月　司馬光

寶髻鬆鬆挽就，鉛華淡淡妝成。青煙翠霧罩輕盈，飛絮遊絲無定。
相見爭如不見，有情何似無情。笙歌散後酒初醒，深院月斜人靜。

這首詞最早見於宋趙令時《侯鯖錄》卷八，趙令時並加評語云：「司馬文正公言行俱高，然亦每有謔語……風味極不淺，乃〈西江月〉詞也。」自來多懷疑像司馬光那樣古板的人，不會寫出這種豔詞，而是別人偽造，來誣陷他的。例如清王士禛《花草蒙拾》說：「『有情爭似無情』，忌者以誣司馬。」明楊慎《詞品》卷三引姜叔明說：「此詞絕非溫公作。宣和間，恥溫公獨為君子，作此誣之。」這些說法並沒有什麼根據，只是用衛道的眼光加以推斷，不少人對於歐陽脩的豔詞，也是這樣看待的，而對於范仲淹的豔詞〈御街行〉（紛紛墮葉飄香砌）、〈蘇幕遮〉（碧雲天），他們卻無話可說，只好承認確出范文正公之手，難道只有這個「文正公」能寫豔詞嗎？其實不然。只要考察一下當時文人的生活環境和社會風尚，問題是不難解決的。

宋王朝對於文臣，在物質上是特加優遇的，「恩逮於百官者，唯恐其不足」（清趙翼《廿二史劄記》）。他們俸祿之優厚，生活之豐裕，為前代所未有。作官的大都家有「家妓」，官有「官妓」（地方官妓聚居於樂營，或稱「營妓」），他們經常徵逐於絲竹管弦之間。這種生活環境就成了豔詞滋蔓的溫床。當時的文人，包括政治家，並不把寫詞當作正統的文學創作，而是作為「小道」、「薄技」看待的。在觥籌交錯、酒酣耳熱的時候，他們逢場作戲，寫些香軟的東西，付之歌喉，以佐「清歡」，在他們看來，並不違背「聖教」。宋代的豔詞有很多就是在燈紅酒綠中產生的。只有道學家才矢口不談男女之事，把自己的真實感情嚴嚴實實封閉起來，不肯露出半點。司馬光還不是這種人，他有時喜歡開個小玩笑，完全有可能寫出〈西江月〉這種詞。趙令時出自蘇東坡之門，和司馬光年輩相銜，很有識別能力，他的話該是可信的。

這首詞寫的是宴會上所看到的一位舞妓。上闋寫她的美姿，下闋寫對她的戀情。開頭兩句，寫出這個姑娘不同尋常，她並不濃妝豔抹，刻意修飾，只是鬆鬆地挽成了一個雲髻，薄薄地搽了點鉛粉。次兩句寫出她的舞姿：青煙翠霧般的羅衣，籠罩著她的輕盈的體態，像柳絮遊絲那樣和柔纖麗而飄忽無定。下闋的頭兩句陡然轉到對這個姑娘的情上來：「相見爭如不見，有情何似無情。」上句謂見後反惹相思，不如當時不見；下句謂人還是無情的好，無情即不會為情而痛苦。以理語反襯出這位姑娘色藝之可愛，惹人情思。最後兩句寫席散酒醒之後的追思與悵惘。

〈西江月〉全篇只有五十個字，在詞中屬於小令。司馬光這首詞以很短的篇幅把驚豔、鍾情到追念的全過程反映出來，而又能含蓄不盡，給人們留下想像的餘地，寫法是很別致的。它不從正面描寫那個姑娘長得多麼美，只是從髮髻上、臉粉上，略加點染就勾勒出一個淡雅絕俗的美人形象；然後又在體態上、舞姿上加以渲染：「飛絮遊絲無定」，連用兩個比喻把她的輕歌曼舞的神態表現出來。曹子建〈洛神賦〉中對於洛神出場的描寫是：「翩若驚鴻，婉若游龍；榮曜秋菊，華茂春松。彷彿兮若輕雲之蔽月，飄颻兮若流風之迴雪。」後面還寫道：「芳澤無加，鉛華弗御。」司馬光的寫法很可能是從這裡化出。然而，這首詞寫得最精彩的還是歇拍兩句。當他即席動情之後，從醉中醒了過來，又在月斜人靜的時候，他會想些什麼呢？是眷戀不已？是悵惘？是感傷？所有這些盡括在「深院月斜人靜」這一景語中，要讀者從這一句景語中去體會作者的思想感情。這種寫法達到了「不著一字，盡得風流」（唐司空圖《二十四詩品》）的境界。（李廷先）

韓縝

【作者小傳】（一〇一九～一〇九七）字玉汝。其先真定靈壽（今屬河北）人，徙雍丘（今河南杞縣）。宋仁宗慶曆二年（一〇四二）進士。累官知樞密院事、尚書右僕射兼中書侍郎，出知潁昌府。以太子太保致仕。卒謚莊敏。存詞一首。

鳳簫吟

韓縝

鎖離愁、連綿無際，來時陌上初熏。繡幃人念遠，暗垂珠露，泣送征輪。長行長在眼，更重重、遠水孤雲。但望極樓高，盡日目斷王孫。

銷魂。池塘別後，曾行處、綠妒輕裙。恁時攜素手，亂花飛絮裡，緩步香茵。朱顏空自改，向年年、芳意長新。遍綠野，嬉遊醉眼，莫負青春。

韓縝詞，《全宋詞》錄〈鳳簫吟．詠草〉一首。宋初詞人亦有詠草之作，但本詞卻獨具新意，引人注目。詠草，主要是借春草以抒別情；這種寫法在《楚辭．招隱士》裡就已出現：「王孫遊兮不歸，春草生兮萋萋。」此後，這一內容就經常出現在文人筆下，而且是經久常新，各具特色。本詞的特點是句句有草，句句有人。其中融合著古人詠草之作的含意和名句，寫來自然而不著痕跡，從而構成別具一格的詠草名篇。

上片開始兩句先從遊子遠歸即賦別離說起。春風如醉，香氣似熏；陌上相會，情意綿綿，此處係用南朝江淹〈別賦〉句意：「閨中風暖，陌上草熏。」遺憾的是遊子來去匆匆，才相會又將賦別離，在惜別者的眼中，那連綿不斷的碧草，似乎深鎖著無限離愁，使人觸景傷情。接著「繡幃」三句，形容遊子歸來以後旋即匆匆離去。這裡主要點出深閨思婦垂淚泣送的形象，同時還體現出露滴如珠淚的碧草之神，所謂「春草碧色，春水淥波，送君南浦，傷如之何」（〈別賦〉）。真是深閨念遠，南浦傷別，可以說是相見時難別亦難了。此處用擬人手法將碧草化作多情之人，亦似在為離別而垂泣；這種化靜為動的場面，增添了傷離的黯然氣氛。

「長行」兩句，將鏡頭從深閨轉到旅途中的遊子經歷。他行行重行行，不見伊人倩影，但見遍地芳草，遠接重重雲水，這裡以雲水襯出春野綠意。一「孤」字暗示了睹草思人的情懷。下面隨即折回描寫思婦形象，「但望極」兩句，是寫她獨上危樓、極目天際，但見一片碧色，卻望不到遊子的身影。此處即用「王孫遊兮不歸，春草生兮萋萋」句意，道出了思婦空自悵望的別恨。

下片「銷魂」三句，是回憶當年。「池塘生春草，園柳變鳴禽」，本為南朝謝靈運〈登池上樓〉的名句，詞人憶及昔日同遊池畔，旋賦別離，句中不僅深有滄桑之感，而且也沒有離題。記得那時她姍姍而行，羅裙輕拂，使綠草也不禁生妒；這是反用牛希濟〈生查子〉「記得綠羅裙，處處憐芳草」詞意，以綠草妒忌羅裙之碧色，來襯托出伊人之明媚可愛，從而由草及人，更增添了對她的懷念之情。

「恁時」三句，仍是回憶。「恁時」即「那時」，連上「曾行處、綠妒輕裙」時事。他輕攜伊人素手，在絮飛花亂的暮春季節裡，漫步於如茵綠草之間。而眼前的如茵綠草，又使他興起無限感喟。「朱顏」兩句，從唐劉希夷詩〈代悲白頭翁〉「年年歲歲花相似，歲歲年年人不同」化出，時光流逝，人事已非，相逢不知何日。自己年華已經漸老，只有芳草卻是春風吹過而新綠又生。結末呼應上文，願人們無須觸景傷情，當春回大地、綠滿田野之時，可以放懷宴遊，到那時可不要辜負了青春好時光。本詞在寫作手法上的成功之處，主要是巧妙地將草擬人化，那清晨芳草之上的晶瑩露珠像是她惜別之淚，這樣，遍野的綠草便成為離愁的化身，而與「送君南浦，傷如之何」的伊人別恨密切相連。（潘君昭）

阮逸女

【作者小傳】阮逸，字天隱，建州建陽（今屬福建）人。宋仁宗天聖五年（一〇二七）進士。景祐二年（一〇三五），典樂事。慶曆中，以詩得罪，除名貶竄遠州。皇祐中，特遷戶部員外郎。與胡瑗合著有《皇祐新樂圖記》。其女事跡不詳，詞存一首。

花心動　阮逸女

春詞

仙苑春濃，小桃開，枝枝已堪攀折。乍雨乍晴，輕暖輕寒，漸近賞花時節。柳搖臺榭東風軟，簾櫳靜，幽禽調舌。斷魂遠，閒尋翠徑，頓成愁結。此恨無人共說。還立盡黃昏，寸心空切。強整繡衾，獨掩朱扉，簟枕為誰鋪設。夜長更漏傳聲遠，紗窗映、銀缸明滅。夢回處，梅梢半籠殘月。

此詞寫一個思婦在明媚春時的春愁春恨。全詞用鋪敘的手法，從尋夢到夢回，層層敷衍，節節轉換，情景交融，刻畫入微，把寫景、敘事、抒情打成一片，而又前後呼應，段落分明，成功地反映了一個少婦獨處深閨的寂寞心情，是長調中富有韻味的佳作。

詞的上片，寫少婦在花香鳥語的初春景色中所發生的無限春愁。它分為四個層次來寫，組織得非常自然，步步換形，而又沒有連接的痕跡。「仙苑春濃」三句，是第一個層次。鏡頭一拉開，一幅春花初綻的畫面，便展現在人們的眼前。小桃是桃花的一個品種，上元前後即開花，裝點著濃郁的春意，一枝枝花光照人，含露欲滴，正是已堪攀折的小桃，震顫了抒情女主人公的情弦，使她產生了纏綿悱惻的情思。「乍雨乍晴」三句，就是由此引發的第二個層次。它既是眼前景，又回映當年事。在這樣的「賞花時節」，她們曾經徘徊在花徑柳下，互訴衷曲，互相祝願，而現在卻是桃花依舊，故人千里，自然是難以為懷的。偏偏那無力的東風，搖曳著花臺月榭的垂柳；柳浪深處，傳來了「幽禽」的軟語，使她感到更加難以為情。這就是「柳搖臺榭」的第三個層次。「斷魂遠」以下的結語，自然而有神韻，是上文蓄勢的結果。「翠徑」，是芳草雜花叢生的小徑。她在那裡尋覓什麼嗎？是小桃，是幽禽？還是往日的芳蹤，當年的舊夢？小桃依舊，幽禽如故，而往日的芳蹤，當年的舊夢，已不可復尋，怎麼不使她愁腸百結呢？這是第四個層次。這四個層次，構成了美麗的畫面，組織了豐富的內容。真是一步一態，一態一變，麗情密藻，盡態極妍。

下片寫少婦獨處深閨，幽夢難尋，燈盡夢回，更覺寂寞難堪。換頭的「此恨無人共說」，緊承過拍的「頓成愁結」。什麼是「此恨」？自然是春色惱人，幽禽調舌，引起她的千種幽情，百端離恨。人們知道，黃昏是離人最難為懷的。它是「倦鳥歸巢」的時候，也是「月上柳梢頭」（歐陽脩〈生查子〉）的時候。所以歷來的詞人往往以黃昏為背景，來描寫少婦的哀怨。韋莊的「凝情立，宮殿欲黃昏」（〈小重山〉），這是寫宮女的「立盡黃昏」。張曙的「舊歡新夢覺來時，黃昏微雨畫簾垂」（〈浣溪沙〉），這是寫少婦的聽雨黃昏。瞭解了這一點，就知道她「寸心空切」的真正含蘊了。立盡了黃昏，而遊子猶在天涯，使得她不得不懷著絕望的心情去「強整繡衾，獨掩朱扉」，一想到眼前的形單影隻，枕冷簟寒，便又心灰意冷起來，發出到底「為誰鋪設」的怨語。一句話，把這個少婦剎那間的矛盾心情充分揭示了出來。那漫漫的「長夜」，那聲聲的「更鼓」，從遠處傳到了她的耳中，驚醒了她片時的春夢。她打開惺忪的睡眼，只見碧紗窗下，乍明乍滅的殘燈在那裡眨眼。這是一個多麼淒涼的夜，多麼孤寂的夜，使人感到「春色迷人恨正賒」（顧敻〈浣溪沙〉）。「夢回處，梅梢半籠殘月」，結得情景交融，餘味無窮，使人不禁想起柳永的千古名句「今宵酒醒何處？楊柳岸、曉風殘月」（〈雨霖鈴〉）。它們所創造的富有詩意的意境，如出一轍。它們都是讓抒情主人公的絲絲哀愁，縷縷離恨，在這隱約淒迷的景色中流露出來，比起一般的直抒胸臆，更有一種動人心魄的藝術魅力。詞的下片，就是這麼一環套一環，一層深一層地把這個少婦的纏綿悱惻之情傳達了出來。

宋沈義父說：「作大詞……第一要起得好，中間只鋪敘，過處要清新。最緊是末句，須是有一好出場方妙。」（《樂府指迷》）清賀裳也說，「作長詞，最忌演湊」，必須「緣情布景，節節轉換」（《皺水軒詞筌》）。從這首詞中，我們可以悟出它是如何層層鋪敘，而又互相呼應；如何緣情布景，而又移步換形；如何以景結情，而又饒有韻致。這也就是這首詞的藝術特點。（羊春秋）

春花秋月何時了：唐宋詞鑑賞辭典（第一卷）

唐、五代十國、北宋

作　　者 宛敏灝、周汝昌、葉嘉瑩、唐圭璋、繆鉞、俞平伯、施蟄存等
封面設計 陳玟秀、江麗姿（二版調整）
內頁排版 藍天圖物宣字社
編輯協力 王映琦
行銷企劃 黃羿潔
業務發行 王綬晨、邱紹溢、劉文雅
資深主編 曾曉玲
副總編輯 王辰元
特約總編輯 趙啟麟
發 行 人 蘇拾平

出　　版 啟動文化
Email：onbooks@andbooks.com.tw

發　　行 大雁出版基地
新北市新店區北新路三段 207-3 號 5 樓
電話：(02)8913-1005　傳真：(02)8913-1056
Email：andbooks@andbooks.com.tw
劃撥帳號：19983379
戶名：大雁文化事業股份有限公司

二版一刷 2023 年 11 月
定　　價 990 元
I S B N 978-986-493-153-8
E I S B N 978-986-493-152-1(EPUB)

※本書為改版書，原書名：《【每日讀詩詞】唐宋詞鑑賞辭典（第一卷）：春花秋月何時了——唐、五代十國、北宋》

國家圖書館出版品預行編目（CIP）資料

春花秋月何時了 : 唐宋詞鑑賞辭典 . 第一卷 , 唐、五代十國、北宋 / 宛敏灝等 . -- 二版 . -- 臺北市 : 啟動文化出版 : 大雁文化事業股份有限公司發行 , 2023.11
面；　公分

ISBN 978-986-493-153-8(平裝)

833.4　　112015662

圖書許可發行核准字號：文化部部版臺陸字第 108007 號

出版說明：本書係由簡體版圖書《唐宋詞鑑賞辭典》以正體字在臺灣重製發行，期能藉引進華文好書以饗台灣讀者。